楹联知识手册

YINGLIAN ZHISHI SHOUCE

季世昌　朱净之　编著

商务印书馆国际有限公司

中国 · 北京

图书在版编目(CIP)数据

楹联知识手册 / 季世昌,朱净之编著. — 北京 : 商务印书馆国际有限公司, 2013.1(2022.1 重印)

ISBN 978-7-80103-876-0

Ⅰ. ①楹… Ⅱ. ①季…②朱… Ⅲ. ①对联—中国—手册 Ⅳ. ①I207.6-62

中国版本图书馆 CIP 数据核字(2012)第 242908 号

YINGLIAN ZHISHI SHOUCE

楹联知识手册

编　　著 季世昌　朱净之
出版发行 商务印书馆国际有限公司
地　　址 北京市朝阳区吉庆里 14 号楼
佳汇国际中心 A 座 12 层
邮　　编 100020
电　　话 010 -65592876(编校部)
010 -65598498(市场营销部)
网　　址 www.cpi1993.com
印　　刷 三河市紫恒印装有限公司
开　　本 880mm ×1230mm　1/32
字　　数 620 千字
印　　张 23.25
版　　次 2022 年 1 月第 1 版第 8 次印刷
书　　号 ISBN 978-7-80103-876-0
定　　价 39.80 元

目　录

第一章　楹联的本质

第一节　导　言

自从有人类以来，整个人类社会的全部历史，就是一部建设符合人类生存、发展和幸福所需求的物质文明和精神文明的历史。每一个国家和民族，都在自己特定的自然地理条件、社会历史条件和文化心理条件下创造着具有个性特色的文明价值和文化形态，并以此对人类文明总体发展做出自己的贡献。

一个国家和民族，就精神文化方面来说，它首先创造的是国家和民族的东西，但同时又是在特定的国际关系和世界文化背景下孕育产生的带有世界性意义的东西。这些精神文化财富，既是民族的，也是属于全人类的，因为它代表着特定历史时期人类精神文化所达到的水平和继续发展的基础。与此同时，我们也应当看到，人类的创造力是极其活跃而多能的。有些国家和民族，由于具有某些特殊的情况和独异的条件，也会创造出独具一格的纯属于自己的文化形态。这种独创而又特殊的文化形态，虽然不能直接地被其他民族的文化吸收和融合，但它仍以其形质之奇和意趣之美，如同奇花异卉，装饰着千姿百态、美不胜收的人类文化大观园，并以其曲折的形式为世界文明的发展提供思想上的启迪和创新的借鉴。我国的楹联就是这样。

现在让我们来欣赏几副反映中华民族历史文化的楹联。看看楹联是怎样以它独特的形式，描绘了中华民族五千年来所创造的光辉灿烂的历史，中华儿女怎样以自强不息的精神，奋斗、创造、进取、奉献，为人类文明做出巨大而杰出的贡献。

河南淮阳太昊陵墓清代王掌丝题联曰：

泄造化之机缄,万世文章开易象;
规山川之形胜,千秋陵寝奠淮阳。

黄河流域的中原地区,即所谓华夏地区,是我们中华民族的摇篮。太昊即古帝伏羲,相传为中华民族的始祖。这副楹联颂扬了太昊的赫赫功绩,他发露了“造化之机”,与女娲兄妹相婚而繁衍了人类,创制了八卦而开发了“万世文章”,规划了山川地理而形成了锦绣江山。太昊的形象,乃是中华民族集体塑造的自我形象。对太昊的称颂,实际上就是对中华民族始祖集体化身的赞颂和景仰。又如:四川青城山古黄帝祠于右任题联写道：

启草昧而兴,有四百兆儿孙,飞腾世界;
问龙跻何道?是五千年文化,翊卫神州。

中华民族从诞生、成长以至成为具有悠久历史和优秀文化传统的民族。在这一过程中,逐渐形成和发扬着勤劳、勇敢、智慧、追求真理和正义、崇尚文明和幸福的民族性格和民族精神,获得“文章大国”、“礼仪之邦”的美誉,真是“物华天宝;人杰地灵”(集唐代王勃《秋日登洪府滕王阁饯别序》名句联)。一九八〇年苏州费之雄在全国十八市职工书画篆刻展览会上的题联对此做了精彩的概括：

泰岱日,洞庭月,黄山松,西湖堤,漓江水,南海潮,黄果瀑,故宫殿,昆仑雪,珠穆峰,江南园林,北国长城,阿里林涛,天堑三峡,点神州锦绣江山,增吾胸中丘壑;

诸子文,屈原骚,相如赋,司马史,右军帖,道子画,李杜诗,苏辛词,汉卿曲,雪芹梦,龙门石窟,秦汉古墓,敦煌彩笔,雄文四卷,数中华灿烂文化,壮我笔底波澜。

中国共产党的创始人李大钊写过一副有名的题赠联：

铁肩担道义；

妙手著文章。

联文仅改明人杨继盛题联的一个字，却另铸新义，抒发了中国共产党人的豪情壮志，同时又恰恰是我们整个中华民族的艺术写照。为了统一、团结、和平、发展、振兴、文明和幸福之大义，中华民族任重道远，自强不息，炼就一副铁肩钢脊，一腔浩然正气。

今天，古老的中华民族已经焕发起青春的活力，在社会主义天地里，进行更伟大的开辟、创造、振兴、贡献，犹如一条昂首腾飞的巨龙。一九八三年春节，中央电视台等四单位迎春征联，第三联就吟出了中华民族继往开来，为实现社会主义现代化而奋斗的新的历史使命和崇高伟岸的形象。

出山海，踞岭催涛，纵观千秋华夏风流史；

立昆仑，倚天仗笔，好绘四化神州壮丽图。

通过以上所举的几副楹联，我们可以看出：它不仅记录了我们中华民族的伟大历史和灿烂文化，而且含蕴丰富，形象生动，形式整齐，音韵和谐，充分显示了楹联本身是一种思想艺术性很强的文学样式，它是中华民族的古老文化中有待于进一步开发的蕴含极为丰厚的艺术宝藏之一。深入地开掘和研究我们民族的这一独创的文化建树，继承和吸收这份文化遗产，让我们的人民从中认识我们祖先的创造伟力和艺术才华，深刻地了解我们民族以往的文化生活和精神世界，乃是培养和提高全民族的思想文化素质，振奋民族精神，发扬优秀的民族传统的内在条件，更是建设我们国家和民族的高度的社会主义精神文明的历史文化基础之一。

楹联是中华民族的文化特产之一，它构成了我国人民一千多年来文化生活的一个重要侧面，并反过来对人们的生活、思想、感情和文化心理素质产生了广泛的影响。因此，发掘和整理楹联遗产，研究和阐述楹联史和楹联学的理论，既是历史给我们规定的任务，又是现实的社会主义精神文明建设对我们提出的要求。

第二节　楹联的性质和特征

一、楹联的定义

楹联，俗称对联、对子，又称楹帖、联语、联句，是我国汉民族独创的一种文学样式，是书写或勒刻于门壁、楹柱和其他器物上的，用上下两联形式相对、内容相关的语句结构而成的一种汉语言艺术和装饰艺术，是社会生活的高度凝练和艺术化的反映。由于联语通常题写于楹柱，因而有“楹联”之称。后来楹联则常用来泛称整个对联。

楹联是由相互对仗的两部分文字所组成的。前一部分称为“上联”，又叫“出句”、“对头”、“对公”；后一部分称为“下联”，又叫“对句”、“对尾”、“对母”。其基本特性是既“对”且“联”。所谓“对”，即指形式上成双成对，上、下联之间的字数相等，词性相同，句式相似，平仄相拗。对仗愈是工整，就愈具艺术美。所谓“联”，是指上、下两联的思想内容要紧密联系，相互照应，或相联、或相关、或相对、或相反地熔铸成一个完整的意境，表达一个完整的思想。试看清代书画和楹联大家郑板桥题写的一副治学的对联：

删繁就简三秋树；
领异标新二月花。

这副对联，从字数上看，上下联都是七个字；从词性和结构上看，“删繁就简”和“领异标新”都是两个联合结构的词组，而且“删”、“就”、“领”、“标”四字都是动词，“繁”、“简”、“异”、“新”四字都是形容词做名词用，“三秋树”和“二月花”都是偏正结构的词组，“三秋”和“二月”都是表示时间的名词，而其中的内部结构，“三”和“二”是数词，“秋”和“月”是名词，“树”和“花”又都是植物类的名词，因而词性和结构都相同，对仗工稳；从声律上看，上联为“平平仄仄平平仄”，下联为“仄仄平平仄仄平”，正好平仄相反,且上联最后一字为仄声,下联最后一字为平声,符合对联格律的要求。再从内容上看,上下联表达了一个共同的主题,即阐明了绘画艺术创作的经验和原理。上联指出作画要凝练、简劲,显示出风骨神气,像深秋的树木那样老辣刚健;下联则又指出作画还要能推陈出新,独树一帜,如同早春初放的花儿那样艳丽动人。这样,上下联意义紧密相连,神质贯通,珠联璧合,形象而生动地说明了绘画之道。

在我国民族的文学艺术宝库中,楹联是一颗闪耀着奇光异彩的瑰宝。由于它集诗、词、曲、赋的精华,聚意美、声美、形美于一体,看起来整齐美观,听起来铿锵悦耳,读起来朗朗上口,想起来意味深长,所以,虽然在各种文学样式中它字数最少(一般而言),但却最富有中国文学的特色。它词约而义丰,有无所不包的内容;形小而质美,有独具特色的艺术形式;用途广泛,影响深远,被誉为"袖珍诗"、"诗中诗"、"两行诗",博得我国人民的普遍喜爱,堪称我国文艺园地中雅俗共赏、精巧灵秀的文学奇葩。

作为我国独创的文学样式和汉语言艺术,楹联的形式是和汉字有着直接的因果关系的。汉字是构成楹联的专用物质材料,楹联的独特性主要取决于汉字的特殊性。

汉语是"孤立语"(即不是用词的内部形态,而是用词序、虚词等语法手段来表示词与词之间的关系或其他语法作用),其他使用拼音文字的语言,各个字(词)字母的多少、发音的长短差异很大,因此,不可能造成两个句了的字形、字音、字义都两两相对的对联体式。西方英语诗中有以两行叶韵、表现一个特定思想的两行诗(cuplet),我国有人译作"对句"。这种算作"对句"的两行诗,与我国的楹联相比,看似形似,其实不同。前者是叶韵的两行诗,但并不对仗;而在楹联中对仗则是不可缺少的条件。在外国语言中,也有所谓对偶的句子,例如,俄语中的"Д ружба Д ружба, Служба служба"(友情归友情,公事归公事,即汉语公事公办之意)。英国莎士比亚名言:"Think good thoughts, Write good words"(构佳思,写妙句)。但这样的句子比较罕见,从句或概念的对照与均衡看,它跟汉语的对偶是不能相提并论的。因为它的音节多少不等，语句长短不一，只能是意对而已。而汉语的对偶，由于汉字是单音节方块字，因而不仅形、音、义三者俱对，而且有一套严格的法则。从这一特定意义来讲，汉语的对偶形式是举世无双的。由汉语的对偶形式而产生的楹联艺术也是举世无双的。

汉字最基本的特点，是形、音、义三要素的结合，因而它在形体、表音、表义、词汇和语法方面，都有着同其他拼音文字不同的独特方式。

在形体方面，汉字是以个体、方块形式而存在的，方方正正，整整齐齐，在书写中各自占有相等的空间位置。其形体结构可以分为独体字和合体字两种。独体字（只有一个单一的形体，不能再分为两个或几个偏旁）如“水”、“火”等。汉字绝大部分是合体字（由两个或更多的独体合成）。组字构件的位置不同，就形成不同的组合方式，如上下结构（“字”）、左右结构（“汉”）、上中下结构（“意”）、左中右结构（“谢”）、半包围结构（“同”）、全包围结构（“国”）、品字结构（“众”）等。汉字的这种方块构形，犹如一幅幅别致的图画或完美的建筑物，其中既体现着某种美学的原则，又包含着力学的要求。把这样的字形或直书或横写，排列在一起，就显得疏密有致，整齐美观。

在表音方面，汉字的特点是单音节性和富有音乐性。汉字的音节是由声母、韵母和声调三因素组成的。汉字的字音指的就是这种音节。一个汉字表示汉语中的一个音节。汉字表音的方式是复杂而有规律的，而几百个常用的音节代表着所有的汉字读音。其中有一字一音的，也有一字多音的，还有多字同音的。

富有音乐性是汉语的特长和优越之处（作为汉语书面符号的汉字，它的读音当然也具有这种特长和优越性）。汉语一般不用复辅音，无论在音节的开头或结尾，都没有两、三个辅音连用的现象。因此，音节的界线比较分明，音素的构成形式比较整齐；同时，汉语中元音占优势，由复元音构成的音节相当多，乐音成分比例大；而且绝大多数的音节的开头是辅音，结尾为元音（在古汉语中，有些韵部的字是以辅音结尾的），每个音节都有一定的声调。这些情况就形成了汉语音节乐音成分多，噪音成分少，辅音元音相间和谐,音节分外清亮,声调抑扬顿挫,具有鲜明的节奏感和优美的音乐性。

在表义方面,汉字大多表示语素。语素是语言文字中最小的语音语义结合体,它可以是一个词,也可以是一个构词成分。在汉语语素中,单音节语素是基本形式,占绝大多数,书面上写成一个字,如“天”、“人”、“哭”、“笑”等;也有少数是双音节或多音节的语素,如“葡萄”、“琵琶”等。大多数汉字表示的还不止一个意义,是多义字;少数的只表示一个意义,是单义字。

在词汇方面,汉语的构词方式主要是运用复合法(把两个或两个以上的体现基本意义的语素组合起来构成新词),而不是派生法(给基本意义的语素添加附加意义的语素而构成新词),运用这种方法可以构成大量新词。我国古代汉语中是以单音词为主的,字和词基本一致,绝大多数字都有它的本义,有的还有引申义、比喻义。经过长期的演变发展,汉语才逐渐出现以双音词为主的复合词,一个字跟几个不同的字组合而产生了几个不同意义的词。另外,还可以用重叠以及附加方式等构造新词,这就使汉字的运用更加灵活,词汇也更加丰富。

在语法方面,汉语是分析性语言,词形变化较少,运用词序和虚词是表达语法意义的主要手段,还有大量的语气词等。因此,语法的规律性比较强。

对联正是利用汉字的这些特殊性能来构思、造句、修辞、叙事状景、抒情言志,以精练而形象的语言表达丰富的思想感情,既含蕴深厚,富有诗情画意,又对仗工整,音韵和谐优美,成为我国文学艺术的特殊样式。这真是我国文学的一大创造。

“文章本天成,妙手偶得之”,这两句话道出了一切文艺创作的共同秘诀。各种文艺作品的内容都是客观世界和人类生活所提供的。但是,要把生活的原始素材变成文艺作品,既必须有一个“妙手”,还必须借助于“妙道”,即运用艺术概括的手段把生活反映出来。楹联,作为文学形式的一种,当然具有其他文学样式的共同本质,即社会生活的一种艺术化的反映。不过,较之其他文学体裁,对联的内容更为精练概括,更讲究形式和艺术性罢了。

例如:

万卷古今消永日;

一窗昏晓送流年。

这是陆游写在自己"书巢"里的一副装饰联。联文恰恰是这位胸怀复国大志的爱国诗人壮志难酬、不得不闭门读书解愁的生活和思想的真实写照。

再如:

忆当年,一贫如洗,缺柴缺米,谁肯雪中送炭?

到如今,独占鳌头,有酒有肉,都来锦上添花。

横批:岂有此理。

相传这是粤北一位新科状元大门上的春联。原来这位新科状元当年是个穷秀才,曾向有钱人告贷,被拒之门外,受够了气。但他才学超群,当他中了状元衣锦还乡之日,地方上的豪门巨富和文士名流,都带着厚礼前来巴结。尤其是春节,送礼的贵客蜂拥而至。可是新科状元却紧闭大门,并在门上贴出这副春联谢绝送礼者。这副对联就是对当时社会上世态炎凉和人情冷暖的揭露和讽刺。

又如湖南岳阳楼的一副对联:

四面湖山归眼底;

万家忧乐到心头。

此联抓住岳阳楼景物和典故的特色,一笔道尽了万千游人所见所思的共同感受和情趣。

楹联对社会生活的反映有两种方式。一种是直接取材于现实生活的对联,写时人、时事、时物、时景,如春联、喜联、寿联、挽联、行业联、题赠联、装饰联等。

例如：

九州春意闹；
四化宏图开。

（春联）

文明时代青年前途有望；
社会主义伴侣幸福无疆。

（婚联）

不屈不淫征气性；
敢言敢怒见精神。

（《新华日报》社贺马寅初六十寿联）

三十年戎幕同袍，六载别离成永诀；
五千里云天在望，一腔热血为招魂。

（叶剑英挽叶挺联）

磨砺以须，问天下头颅几许？
及锋而试，看老夫手段如何？

（石达开题理发店联）

人生得一知己足矣；
斯世当以同怀视之。

（鲁迅录何瓦琴句赠瞿秋白联）

求通民情；
愿闻己过。

（林则徐题堂联）

楹联反映社会生活的另一种方式是取材于历史典籍、艺文杂识、民间传说而撰写的反映古代生活的对联、名胜古迹联、集句联等。这些对联虽然写的是古人古事，却间接地反映了当代社会现实，并寄寓了作者的思想感情。

例如：

以神媒配皇煌帝谛之真，道在人伦，不使衣冠沦异族；

继太昊俾天柱地维无恙，世留庙食，犹余社鼓走村翁。

（女娲宫联）

涪王兄弟，蕲王夫妇，鄂王父子，聚河岳精灵，仅留半壁；

两字君恩，四字母训，五字兵法，洒英雄涕泪，莫复中原。

（河南汤阴岳王庙清人题联）

天下有道，穷不失义；

国家将兴，富而不骄。

（集《四书》联）

人分千里外；

兴在一杯中。

（集李白《江夏别宋之悌》诗句联）

也有一些长联熔古、今生活于一炉，上联写现实的景物、人事，下联则追溯远古的人物、事件，从更大的时空范围综合地反映社会生活。但无论采取哪一种形式，楹联的本质内容都是社会生活提供的，都是在一定深度和广度上反映了生活。

二、楹联的特征

楹联的特征，主要表现为：鲜明的民族性、强烈的时代性、严密的格律性、高度的概括性和广泛的实用性。

（一）鲜明的民族性

楹联是中华民族独创的文学样式，极为鲜明地体现着我们自己的民族传统和民族风貌。楹联的民族特性，首先，表现在它体现了我们民族的思维、心理习惯和特点。周汝昌在《〈当代楹联墨迹选〉序》中说：“我们民族的思想方法，从来有独到之处，就是善于观察、理解和表达一个真理：世界事物具有两面性。”“骈俪的根源不仅仅是个文字问题,也在于哲学观点和思想方法:人的神理(神智)运裁百虑(各种思维活动)时,就看到‘相须’‘成对’这一条矛盾统一的客观真理。以‘阴’‘阳’来概括对宇宙万物的认识,几千年前就成立了,是最好的证明。讲我国的诗文,不懂得这一点是不好办的,要理解楹联这一切,离开这一层道理就觉得可异了。”这就说明了我们民族很早就有用辩证观点观察认识事物的历史文化传统,这也就是以表现事物的相对、相反、相关为思想内容,以对称、均齐为表现形式的楹联产生的思想、心理基础。其次,表现在它植根于汉民族的传统文化习俗之中。对联的产生,是在我国古代的诗、赋、文章特别是律诗中孕育的,同时,又是从汉民族源远流长的元旦挂桃符、贴门神的习俗中脱胎演化而来的,因此,它在孕育诞生过程中,就深深地打上了汉民族的印记。第三,表现于构成对联的语言文字形式的汉语方块字的独特性。只有这种形体方块、相对独立、单音表义的汉字,才为对联的字数、音律、句式、意义的对仗准备了独具的条件。第四,表现于对联的民间性和群众性。它起源于民间习俗,经过帝王提倡,文人发展,由俗变雅,后来又由雅及俗,回到民间。因此,对联文学是汉民族所独具的。一般的文学体裁或实用文体,在世界其他各国或者可以仿造出来,唯独对联用拼音文字无法仿制。

这里,要说明一个问题,就是现在世界上的一些国家,偶尔也能看到对联,据说日本的万福寺就有楹联五十六副,其他诸如朝鲜、印尼、马来西亚、泰国、澳大利亚、美国、德国等都可见到对联。例如朝鲜平壤练光亭的临江石柱上就有一副对联,联曰:

长城一面溶溶水;
大野东头点点山。

这些对联不外乎两种情况,一种是中国人书写的,一种是外国人书写的。但是这些对联有一个共同的特点,即都是用汉字书写的。这就说明,它们仍然是地地道道的中国楹联,而不应当把它们看作是异国的文学样式。

这些在异国所见的对联，大多为华侨华裔所作。在一些中国人集中居住的地区，他们虽然身居异域，但仍然继承了祖国的文化传统。那里保存的我国民族传统的文化习俗，有的甚至比国内某些地区还要多，还要浓，还要完整。不少地方还保留了春节贴对联以及商店张贴对联的习惯。例如澳大利亚新南威尔士州首府悉尼市，有一个“中国城”，华人商店鳞次栉比。居住在“中国城”的侨胞，就常写对联。有的对联抒写他们承继了祖国人民的传统美德，并赞颂中澳人民之间深厚的友谊之情：

澳陆风光，物阜民康，邦交友善；

中原气象，德门义路，揖让仁风。

有一家华人商店挂的对联写道：

德业维新，万国衣冠行大道；

信孚卓著，中华文物贯全球。

还有的借故土的习俗民情寄寓了对父母之邦的眷念之情。有一副中秋月饼广告画上书写的对联：

五岭南来，珠海最宜明月夜；

层楼北望，白云犹是汉时秋。

另外，有些楹联表达了华侨华裔对我国历史人物和历史事件的纪念。如爪哇三宝垄市的三宝庙，是我国明代出生于云南的航海家和外交家郑和（世称“三宝太监”）的祠庙，庙内有三宝井和三宝洞，其门联写道：

滇人明史风来世；

井水洞山留去思。

又如美国旧金山的天使岛，是当年关押和审查华工的地方，二十世纪七十年代初一些旅美华侨来此立碑以志纪念，碑文是一副对联：

别井离乡，飘流羁木屋；

开天辟地，创业在金门。

也有外国人用汉字书写的对联。一八九〇年,清光绪皇帝举行结婚大典,盛况空前,各国纷纷送礼致贺。九月二日,英国驻华公使华尔身,送来维多利亚女王的一封贺信及一件中西合璧的礼品——一座英国的自鸣钟,钟上刻的是一副汉字对联:

日月同明,报十二时吉祥如意;
天地合德,庆亿万年富贵寿康。

还有一种情况,即有的长期受中国文化影响的邻国,在早些年以前,曾使用过汉字,因而在那些国家有些有中文修养的人也有书写对联的习惯。如胡志明自撰堂联:“自供清淡精神爽;处事从容日月长。”这应当看作是一种历史上的文化现象。这些楹联的创作和书写,只是异域文体的运用,正如中国人用英语写十四行诗一样。当然,这也是一种国际文化的交流所产生的影响。

但是,值得注意的是,无论是华裔华侨还是外国人创作书写的对联,都仍然无一例外的是运用汉字,并没有产生外国人用本国文字来书写的对联,如中国人现在用汉字书写马雅可夫斯基那样的“楼梯式”的诗,这就说明了马雅可夫斯基那样的楼梯式的诗已经被移植、吸收、改造成为中国新诗的一种诗体,而楹联却没有产生这种情况。这从另外一个方面,证明了对联是基于汉字的特点而产生的文学样式,它有很强的民族性,不易为异国文化所同化、改造和吸收。

(二)强烈的时代性

文学是时代精神的闪光灯。对联作为社会生活的反映,必然受制于时代的性质,摄取这一时代的社会生活和精神风貌,反映时代的脉搏和各阶层人民的思想意识,因而打上明显的时代印记。在阶级社会里,对联的时代性,还表现为阶级性,或隐或现,或浓或淡,或曲或直地表现了一定的阶级、阶层人们的思想意识和感情,表现了他们的世界观、人生观和各种审美观点。有的还直接透露了他们的社会政治思想,反映了阶级斗争。

例如：

帝德乾坤大；
皇恩雨露深。

笃礼崇义；
抱淑守贞。

此类对联就是明、清封建君主专制时代的产物。它是适应巩固皇权、维系封建礼教的需要而产生的。

再如：

天命诛妖，杀尽群妖，万里河山归化日；
王赫斯怒，勃然一怒，六军介胄逞威风。

（洪秀全题联）

大地干戈十二年，举室效愚忠，自称家国报恩子；
诸兄离散三千里，音书寄涕泪，同哭天涯急难人。

（曾国藩挽其季弟曾国葆联）

这两副对联则从正、反两个方面反映了太平天国农民起义时期，推翻清王朝同维护清王朝两大政治势力之间所进行的阶级搏斗。

对联的时代性，还表现为它的内容和形式也随着时代的发展而变化，而且这种变化比其他文艺作品来得更敏锐、更迅速、更强烈。时易世移，社会生活本身变化了，前进了，社会的文化思想和文化背景发展到了新的水平，作为植根于生活并反映社会生活的对联就要适应新的客观形势的要求而扩展、更新自己的思想内容和艺术形式。

如：

亚运会，捷报频传，奋战夺魁，中华健儿好身手；
长征路，鸿图大展，辛劳建业，神州骄子多舜尧。

（中央电视台等一九八三年春节征联）

海峡难隔同心，共盼江山归一统；
版图终须合璧，俱成功业足千秋。

（中央电视台等一九八四年春节征联）

这两副创作于二十世纪八十年代的对联，至少可以说明两点：一是及时地、生动地展现了当代中国人民同心同德搞四化和努力谋求祖国统一的历史使命和时代精神；二是从形式上是白话，是大多数人能懂的现代书面语言，而不像过去的楹联那样基本上是文言文。

（三）严密的格律性

对联区别于其他文学样式的最显著的特征是其严密的格律性，其形式上的格式有非常严格的规定和要求。其一，对联必须而且只能由上下两联组成，无论是短联、中联、长联乃至超长联，上、下联字数都必须相等，相对应的部分一般不用同字。其二，上、下联相互对仗。对仗包括三个方面的内容：一是词性相同，即上、下联相应部分的词性要一致，实词对实词，虚词对虚词，进一步地说，还应当名词对名词，动词对动词，形容词对形容词，副词对副词，数量词对数量词，方位词对方位词等，甚至名词的小类也应当相对；二是结构相似，即上下联相应部分的词句结构差不多，如主谓结构对主谓结构，偏正结构对偏正结构，联合结构对联合结构，动宾结构对动宾结构，动补结构对动补结构等；三是节奏一致，即语气的节拍停顿相对称，上联在何处稍作停顿或断句，下联也要在相应位置稍作停顿或断句。其三，上、下联内容相关，共同表达一个特定的主题。其四，平仄协调，即上联与下联对应位置的用字要求平仄相反，上下联内部的用字要求平仄交替，并要求上联尾字用仄声，下联尾字用平声。

请看两联：

青山有幸埋忠骨；
白铁无辜铸佞臣。

（杭州西湖岳王墓清代松江徐氏女题联。见清代梁章钜《楹联丛话》卷四《庙祀下》）

七十二健儿，酣战春云湛碧血；

四万兆国子，愁看秋雨湿黄花。

（黄兴挽黄花岗七十二烈士联）

第一副平仄全对。第二副平仄大体相对。对联中特别是上、下联停顿处一定要相对，如第二副对联中“儿”与“子”，“血”与“花”四字。因而这两副对联符合格律的要求，并体现了对联的形式之美。

不符合格律要求的就不能算作对联。例如：

社会主义无限好，

党的政策暖人心。

四化红旗舞东风，

映红东西南北中。

这两组句子，思想内容都是很好的，但由于不具有对联必须对仗的基本特征，所以称不上是对联，只是两个整齐的语句。

又如：

忆昨路绕锦亭东，

先主武侯同閟宫。

这是成都武侯祠大门上挂的两行诗句，出自杜甫诗《古柏行》，不是诗联，互不对仗，尽管悬之于祠门，形似联而实非联。

当然，无论是古代对联还是现代对联，都可以分为严对和宽对两种。严对和宽对在格律上的要求有很大的区别。

（四）高度的概括性

对联作为文学样式的一种，它也是用艺术概括的手段反映生活的。但由于严密的格律性的要求和字数的限制，对联艺术概括性的程度较之其他文学样式来得更高更强。没有高度的艺术概括，就不可能在极其有限的字数内反映深广的生活内容，创造各种美的形象，也就谈不上对联艺术。

对联的艺术概括性,主要表现为两个方面的内容。

一是艺术上的综合性和精粹性。对联是一种综合艺术。从形成看,它是由文、赋、诗、词、曲等多种文体综合演变而成的。从整个文学史来看,尽管它的体式、容量、地位和影响比其他文体要小一些,但它却兼有各种文体的某些优点和特点,是借取多种文体的若干优点和特点而创造出来的一种别致清新、精悍灵活的文学珍品;从手法看,它对各种文艺创作手法都杂糅并用,诸如诗歌的精练,散文的抒情,辞赋的铺陈,史论的凝重,词曲的灵巧,小说的形象,乃至绘画的白描,音乐的节奏等等,都兼收并蓄,自成一格;从书写形式看,对联又是与书法艺术相结合而形成的装饰艺术,佳联妙对,再配之以美妙的书法,就会珠联璧合,相映生辉,形成高超的艺术境界;从语言看,它运用对仗而又简练的语言,或庄或谐,或文或白,或叙或议,或藏或露,或豪壮或婉约,或警策或优美,不拘一格,灵活运用。因此,对联总是形质兼美,富有诗情画意,特别精粹。请看两副对联:

清张之洞题屈原湘妃祠联:

万顷水光,有几多奇奇幻幻,淡淡浓浓,铺成画景;
千秋韵事,偏如许淋淋漓漓,洋洋洒洒,惹动诗情。

一九八二年春节《羊城晚报》评选的最佳春联:

闻鸡起舞;
跃马争春。

这两副对联虽然出自不同时代的不同作者之手,但都在读者面前展现了瑰丽的生活画卷,人们可以从这动人的诗情画景中领略到生活的意义和艺术的美感。

又如:

世上疮痍,诗中圣哲;
民间疾苦,笔底波澜。

有钱人穿绸着缎，田不耕，工不作，坐吃三餐，他还神气八担；

我农民披蓑戴笠，手叉土，脚叉泥，种出五谷，谁怜痛苦千般。

这两副对联都是现代作品。前一副是郭沫若题成都杜甫草堂的楹联，后一副是大革命时期湖南宁乡烈士杨枚修为会场主席台两边题写的对联。很显然，前联写的是古人古事，文雅、庄重、深沉；后联写的是今人今事，浅白、明快、具体。但这两联都可以收到异曲同工之效，都有很强的艺术感染力，使读者再三吟哦，引起深沉的思考，激起感情的波澜。

对联的艺术概括性还突出地表现在内容的高度概括和浓缩方面。对联的题材广阔，可容量极大，其内容或来自生活实践，或来自社会斗争，或来自眼前景物，或来自历史典籍。作者在选取某一特定的社会内容创作对联的时候，又往往要思接千载，视通万里，心驰神往，广泛联想，形成或复杂或深刻的思想感情。而要把丰富的客观内容和主观思想熔铸在一副文字简短的对联之中，那就必须运用艺术概括的手法，极尽锤炼浓缩之能事，在庞杂的生活中提炼精要，在浩瀚的文献中掇取珠玑，在古奥怪诞的神话传说中脱化出有生命的东西，在复杂的思想感情中撷取思想之花和智慧之果，从而使对联具有极大的概括力和表现力。

例如：

占全湖绿水芙蕖，胜国君臣棋一局；

看终古雕梁玳瑁，卢家庭院燕双飞。

这是清代文学家俞樾题南京莫愁湖的楹联，高度概括了莫愁湖的主要特征和精华所在。碧绿的湖水中满眼莲荷，秀丽的楼台上画栋雕梁；踌躇满志的朱元璋与功臣徐达在楼上对弈，输了后而以莫愁湖相赠；洛阳美女莫愁远嫁湖边卢家，可惜丈夫戍边，终年难得聚首：眼前的美丽景色，久远的历史传说，作者的深意幽情，都在联文中集中而生动地表现了出来。

又如：

君不见豪富王孙，货殖传中，添得几行香史。停车寻故迹，问何处美人芳草？空留断井斜阳。天涯知己本难逢，最堪怜绿绮传情，白头兴怨；

我亦是倦游司马，临邛道上，惹来多少闲愁。把酒倚栏杆，叹当年名士风流，消尽茂陵秋雨。从古文章憎达命，再休说长门卖赋，封禅遗书。

四川邛崃文君井的这副楹联，既叙述了文君和司马相如的哀怨动人的历史故事，又抒写了作者怀才不遇、抑郁寡欢的感叹和惆怅。“文君”，西汉临邛人卓王孙之女，新寡，喜音乐。司马相如就饮于卓氏，乃以琴心挑之。文君闻相如鼓琴，遂与私奔，后又返成都当垆卖酒。“货殖传”，《史记》篇名，其中记有卓王孙事。“绿绮”为古琴名。“传情”，指相如当初在文君府中弹《凤求凰》，向文君求爱。“白头”，据《西京杂记》载：景帝时，相如因病免官，居茂陵，欲娶茂陵女子为妾，文君作《白头吟》以示之，乃止。“长门”，宫名，汉武帝陈皇后失宠后居长门宫，使人奉黄金百斤请相如作《长门赋》以悟武帝，陈皇后复得宠。“遗书”，汉武帝欲封禅，遣使召司马相如，使至而相如已卒，文君以遗书献之，乃预草的封禅之文。

又如：

死生一知己；
存亡两妇人。

这是韩信祠墓的一副楹联。寥寥十字，就概括了韩信一生中关键的几个事件，非大手笔莫能为之。上联概括的内容是：韩信弃项羽投刘邦后，仍得不到重用，愤然离去。萧何知韩信是大才，月下追韩信，把他劝请回来，并极力保举，终于被刘邦拜为大将。刘邦当皇帝后，怀疑韩信谋反，乃伪游云梦，将韩信拘禁在长安；后萧何又将韩信骗到长乐宫中，被吕后借故处死。这就是“成也萧何，败也萧何”之意。下联的“存亡两妇人”，一妇人是指韩信在从军前挨饿时救他活命的漂母；另一妇人就是直接杀害韩信的吕后。

又如：

萃父子兄弟于一门，八家唐宋占三席；
悟骈散诗词之特征，千变纵横识共源。

一九七九年郭绍虞游览四川眉山三苏祠，填了一首《沁园春》词："冲雅颖滨，豪放东坡，凝炼老泉。考两朝唐宋大家仅八，三苏父子，角逐其间。人杰地灵，物华天宝，此语唯心未必然。凭自述，知读书有得，家学相传。一门才哲翩翩。数玉局堂堂路最宽。于诗、词、骈、散，都臻化境；法书、绘事，均富云烟。行乎当行，止乎当止，纵稍分歧仍一源。祠重建，问当年遗物，可有榆莲？"一九八〇年郭绍虞再游三苏祠，又题了上面这副对联，联文正是对这首词的浓缩和提炼，浓墨重彩的几笔，就道出了"三苏"在中国文学史上的地位，评赞了苏轼卓绝于世的文学才能。

（五）广泛的实用性

对联是最为普遍地运用到人民生活中去的文学形式。具有实用性是对联同其他文学样式的重要区别。对联不仅具有其他一切文学作品所共有的欣赏审美价值，而且还具有其他文学作品所不具有的实用价值。但是对联的实用性与一般的应用文体又不同。一般的实用文体，不要求有文学性。如果文学性压过实用性，就会产生质变，由应用文变成文学了。例如南朝的书信体写景散文，近代的日记体小说之类。对联是一种实用文学，其实用性和文学性是合二而一，并行不悖的。文学性越强，实用性也越大。它的实用价值是由文学价值决定的。它的诗的艺术美愈浓烈，人们就愈乐而用之；而如果失去了诗的艺术美，对联的实用价值也就微乎其微了。

对联的实用性根源于人们的社会生活、社会实践和社会交际的需要。对联一旦形成和发展起来以后，就广泛地被运用到社会生活的各个领域，直接为人们的生活、工作、学习、交际以及其他社会实践活动服务。对联应用范围之广,在其他文体中是少有的。就应用的人来说,从帝王将相,达官贵人,到平民百姓;从文人雅士,专家学者,到农工兵商;三教九流,各阶层各方面的人都应用对联。就应用的范围来说,从政治、军事到社会生产劳动,从婚嫁寿庆到友谊娱乐,从庆贺春节到装饰环境,大事小事,或雅或俗,社会生活的许多领域都应用对联。当然,对联的类型不同,性质不同,应用的对象和范围也就不同。一定的对联只能适用于一定的场合,不同的环境、对象、事件,则需要相应的对联与之配合,为其服务。

现在社会上所写的一些实用性的新对联,往往思想内容很好而文学色彩太淡,信而不美,质而无文,有的甚至粗制滥造,全不入"格"。一九八四年七月二十五日《人民日报》登载《对联带来的冲击波》一文,其中引述新疆生产建设兵团机关大门上贴的一副春联:

五七战士三亩地,年终得利上千元;
职工种了十亩田,分配不到八百元。

这副"春联",反映现实,揭露矛盾,巧妙地表达了群众的呼声,有利于促进经济制度的改革。但严格说来,这并不是合格的对联,只是整齐的两句话。这应当说是对联创作中的一种时弊。要扭转这种浅薄的不良偏向,必须在注重实用性的同时,十分注意它的文学性,恢复和发扬对联的传统的艺术审美价值。

第三节 楹联的地位和作用

一、楹联的地位

当代著名学者程千帆在《关于对联》一文中说:"对联本应该在文学史中占有一席之地,但不知为什么,却被我们的文学史家们一致同意将它开除了。这恐怕是文艺界应当平反的错案之一。"情况确实如此。在对联问世以来的一千多年中,人们究竟写了多少对联,真可谓浩若繁星,不可胜数。据周策纵《续梁启超“苦痛中的小玩意儿”——兼论对联和集句》一书估计,对联至少在十万副上下(香港出版社一九六三年版第八页,求自出版社一九六四年版第二三四页)。上海广益书局一九二七年出版的江忍庵编著的《楹联宝库》一书,收纳对联一万三千副。一九八六年谷向阳、何慧琴辑注的《中国名胜楹联大观》,仅全国四千多名胜点就辑得楹联近万副。鉴于过去楹联没有得到应有重视的情况,肯定有许多重要的遗漏,再加上春联、婚联、喜联、寿联、挽联等各种对联,一千多年来经过历史筛选而保留下来的妙联佳对估计不下数万副。这些对联所产生的社会影响和作用是相当广泛的。即以文学价值而论,与其他文学样式相比,对联也是毫不逊色的。可是在我国的文坛艺史上,对联始终是了无地位,被看作是人们的诗余之末,雕虫小技,笔墨游戏,入不了文学正宗。诗词、散文、戏剧、小说是文坛的望族,在文学史上自然地位显赫;就是民歌谣谚、寓言俚曲、笔记小品之类也都在文学史上占有一席之地,唯独对联,文学史家不取不论,因而史传不载,甚至连个人专集也不收入。比如《郑板桥集》、《徐文长集》等等,作者都是题联大家,一生留下许多名联佳对,可是文集中却都不收入他们的对联作品。清末张之洞的文章,曾由他的弟子许同莘编为《张文襄公全集》,集中附有杂著类,其对联作品大多收入此类。这本来已是等而下之,被编在“另册”了,可是后来的增订本《张文襄公全集》却反而将杂著类删除,列为“另册”的对联也不复容存了。即使像梁启超这样的大学者,对楹联也是持贬抑态度。梁启超一生作过许多对联,尤善集联,他自己最得意的一副是赠给诗人徐志摩的集联:

临流可奈清癯,第四桥边,放棹过环碧;
此意平生飞动,海棠花下,吹笛到天明。

此联集吴梦窗、姜白石、陈西麓、辛稼轩、洪平斋、陈简斋句。梁启超还对对联做过理论研究,在《晨报》上发表过关于楹联的专论,可是他却把楹联贬得低下可怜,说“楹联起自宋后,在骈俪文中,原不过是附庸之附庸”,是“苦痛中的小玩意儿”。

文学史上的冷漠和梁启超的贬抑,说明人们对楹联缺少一种冷静而科学的思考和研究,没有从理论上弄清楚楹联在文学发展史上产生、兴盛的本质和规律,世俗的认识始终停留在感性的、直观的、经验的原初阶段,以致整个文学界都造成了对楹联的偏见。即使清代对楹联的收集整理做出突出贡献的梁章钜父子,也没有能够在理论上做出重大突破,未能建立起自己的楹联理论体系。这实在是文学史上的一件憾事。

楹联,既然是我国文化生活史和文学史上的具有广泛影响的社会存在和文学现象,既是拥有最广大作者和读者的雅俗共赏的民族文学样式,又是具有普遍的社会实用价值和独特的艺术审美价值的精神产品,而且在今天和未来的社会里人们将继续创作、运用和喜爱它,那么我们对楹联在我国的文化思想史和文学史中的地位就不能低估。从理论上阐明楹联的产生和发展,本质和规律,地位和作用,作家和作品,这是文艺理论家、文学史家过去没有完成而又必须完成的重要任务。如果无视楹联创作的基本事实和历史经验,不从理论上加以科学的认识并肯定其地位,不仅在事理上是不公正的,而且对我们今天继承和发扬民族文化的优秀传统,建设社会主义精神文明也是不利的。

十万万炎黄子孙,齐心共奔四化;

五千年文明古国,寰宇同赞中华。

这是一九八一年清明节陕西各界人士祭扫黄帝陵时敬献的一副楹联。此联道出了“五千年文明”的国际意义和对建设社会主义现代化的深远意义。应当看到,在中华古国的“五千年文明”中,包含着盛行于中国千年之久的楹联。楹联,是文明的表现和结果之一。它既是文明的历史遗产、优秀传统,也是新的社会主义精神文明的一项内容和促进社会主义精神文明建设的有力武器。研究中国的文化史和文学史,特别是研究楹联产生以后的一千多年来的文化史和文学史,如果忽视了楹联这一重要侧面,那么,历史材料就会是不全面的,文化面貌就会是不完整的,理论论证就会是不充实的,甚至会导致思想文化上的某种脱节现象。

二、楹联的作用

楹联是一种大俗大雅、格调独异的实用文学。它畅行于文坛,广用于社会,其社会作用的内容和范围大大超过其他各种文学体裁。

楹联作为文学,它首先具有一切文学形式所共有的社会作用,这主要是认识作用、教育作用和审美作用。

楹联是社会生活的高度概括和艺术化的反映。优秀的楹联作品能以其鲜明、生动的诗的形象,真实地再现自然和社会生活中的各种场景,反映一定历史时期的经济、政治和文化,反映社会的习俗风尚,描绘不同阶级、阶层和人物的精神面貌,使读者获得关于历史和现实、社会和人生的种种认识和评价,帮助人们提高观察生活和认识生活的能力。

例如:

能攻心则反侧自消,从古知兵非好战;
不审势即宽严皆误,后来治蜀要深思。

这是成都武侯祠诸葛亮殿清代赵藩的题联。此联的字面意义是在评价诸葛亮的成败得失,总结诸葛亮一生的经验教训。但是它所蕴含的意义却远远超出了诸葛亮其人其事。这副对联之所以脍炙人口、广受赏识,主要是因为它简明扼要地总结了封建统治阶级治理政务的经验,揭示了正反、宽严、和战、文治与武功等矛盾对立统一的辩证关系,强调了要善于运用攻心为上的统治艺术,正确估量形势,及时审察和把握政治斗争的利害关系,不一定非要诉诸武力制胜。这对读者就会产生深刻的认识作用。不仅如此,赵藩还想以此联对当时握有生杀大权的岑春煊进行委婉的批评和劝导。赵藩对四川巡抚、曾做过他的学生的岑春煊剿杀红灯教农民起义的举动深不以为然。但限于制节,他不好公然抗颜直谏。在这年腊月,他拟了这副对联,送到武侯祠悬挂,意图引起岑的注意,并在翌年游春时,送帖子请岑到武侯祠赴宴,让岑亲眼看到联文。岑春煊受到老师的教训,心中不满,借故将赵降调外任。可是,岑不久以因与梁启超有牵连罪被撤职，这时回想起老师的教导，才有所醒悟。十年后岑再次被起用时，他注意"审势"，不敢妄杀，辛亥革命后，较早从清廷营垒中分化出来，拥护共和，兴办实业，这应该说与赵藩苦心孤诣地以这副对联劝谏有关。赵藩后来参与民主主义革命活动，着力营救革命者，因事未成，愤而托病辞官，被人称为"病翁"。辛亥革命后，赵藩给章太炎寄诗说：

君是浙江章疯子，
我是滇南老病翁；
先生道狂我且病，
补天浴日此心同。

赵藩关于武侯祠的这副对联，无论是对当时的人还是后来的读者，其社会认识和思想启示作用都是明显而深刻的。

又如：

精忠两字为中国魂，看近年外患迭生，继起英雄，谁秉遗箴襄大业？

疑狱千秋曰莫须有，慨迩日法权遽替，铸成铁像，好教后世鉴前车。

这是杭州岳飞墓旧有的一副楹联，大概为民国时人所作。此联把南宋初年的国事与民国前后的局势进行类比评述，痛切地反映了这两个时期都是内忧外患，法纪败坏，民不聊生。"闻鼙鼓而思良将"，希望忧国忧民的英雄人物出来拯救祖国，重整河山。这就有助于读者把历史和现实联系起来加以思考，加深对社会斗争和生活现象的理解。"精忠"，指岳飞母姚太夫人在岳飞背上所刺的"精忠报国"四字。"遗箴"，指岳飞治国治军的议论，如"文臣不受钱，武臣不惜死，天下太平矣"，"钱塘僻在海隅，非用武之地"，帝王当"建都上游，亲率六军，往来督战"，"戮力以图恢复，岂可为退保计"等等。"莫须有"，指岳飞、岳云、张宪冤狱案。秦桧诬陷岳飞给张宪写信，要张宪虚报军情威胁朝廷；又诬陷岳云给张宪写信，要张宪设法让岳飞重返部队进行谋反。韩世忠为此责问秦桧。秦桧说："飞子云与张宪书虽不明,其事体莫须有。”韩世忠说:“‘莫须有’三字何以服天下?”“莫须有”,意即“或许有”。

楹联的思想教育作用是十分突出的。有些对联作者在叙事写人状物绘景的同时,也抒写和寄寓了自己的感受、感情、志趣和思想观点,表现鲜明而强烈的爱与憎、是与非,也有些对联,作者则直接总结社会生活经验,把自己认识的结晶,思想的火花,追求的理想,用联语的形式表达出来,形成以说理为主的对联。这些对联中所包含的深刻的思想情感和生活哲理,必然会对读者产生思想上的影响、激励和鼓舞,使他们获得某种美好精神的教化,受到某些真理性的启迪,从而增强理智,充实胸怀,树立美好的生活理想。

例如:

老臣白发,痛矣骑箕,整顿乾坤事粗了;

满眼苍生,凄然流涕,徘徊门馆我何堪。

这是晚清学者王闿运挽左宗棠的对联。联文在对左宗棠为国事操劳一生表示一定的肯定和悼亡之后,着重抒发了作者对国家忧患未除、满眼苍生涂炭的社会现实而不堪忍受、痛心疾首的感情。这种感情自然能感染和教育有识有志之士起来救国救民。

又如:

事父未能,入庙倾诚皆末节;

悦亲有道,见我不拜也无妨。

明代徐文长题上虞曹娥庙的这副对联,是教人要孝敬父母的。联文用曹娥口气:侍奉父母未能尽孝道,到庙里来再虔诚也是没有什么意义的小事;若有办法使双亲欢心,见我不拜也无关紧要。曹娥,东汉时上虞孝女,传说其父溺死,打捞不到尸体,娥乃投江而死。五日后,曹娥负其父尸浮于水面。

在思想教育问题上,必然存在着不同思想观点的斗争。各个不同的阶级、阶层都想利用对联这种形式来宣扬和传播自己的立场、观点和思想意识。例如同是写在寺庙上的两副对联:

看他怒目攒眉，却具一片慈悲，要人醒悟；
到此清心涤虑，请将万念消化，与佛皈依。

你求名利，他卜吉凶，可怜我全无心肝，怎出得什么主意；
庙遏烟云，堂列钟鼎，堪笑人供此泥木，空费了多少钱财。

这两副对联就表现了截然不同的两种观念和态度。前一副是四川乐山凌云寺的楹联，是劝人清心行善，崇奉佛教的。后一副是旧时一个穷秀才题在花神庙上的，联旨则是教人破除迷信，莫信神佛。

这里值得指出的是，许多爱国志士、革命先烈，他们运用对联形式撰写了许多富有深刻教育意义的艺术作品，留下了宝贵的精神财富。

例如：

吃苦是良图，做苦事，用苦心，费苦劲，苦境终成乐境；
偷闲非善策，说闲话，好闲游，做闲事，闲人就是废人。

这是当年湖南宁乡县革命烈士李甲秾撰写并贴在书房的一副自勉联，劝导世人要在勤劳中求取幸福，不要做游手好闲的无用懒汉。

再请看人民教育家陶行知的几副对联：

以宇宙为教室；
奉自然作宗师。

读活书，活读书，读书活；
教死书，死教书，教书死。

四体不勤，五谷不分，孰为夫子？
小疑必问，大事必闻，才称学生。

和牛马羊鸡犬豕做朋友；
对稻粱菽麦稷棉下功夫。

捧着一颗心来；
不带半根草去。

这些对联是陶行知推行他的“改革全国乡村教育”的主张时，用人民大众易懂的语言和形式撰写的，表现了他的治教、治学和立身之道。联文中所表达出来的普及平民教育的开创精神，“教学做合一”的生活教育理论，求实精神和远大理想结合起来的思想，赤胆忠心、献身教育的志趣，犹如一部极生动的教材，对他的学生乃至世人的教育和鼓舞是极为深刻的，有力地激励和推动着人们为建立合理而文明的社会而奋斗。

楹联的宣传教育作用也是极其明显的。太平天国起义时期，太平军所到之处，都要书写对联，宣传他们的革命理想和政治主张，抒发革命的豪情壮志，自觉地以对联为武器翊助革命斗争的发展。就是封建时代官署的题联，也有宣布他们的施政纲领，以此建立自己的威信的作用。据梁章钜《楹联三话·卷上》记载：武承谟任无锡县令，在接印前一日，张挂了四副对联以作“安民告示”。

县衙前照壁上的题联是：

罔违道，罔咈民，真正公平，心斯无怍；
不容情，不受贿，招摇撞骗，法所必严。

大门的题联是：

视民如伤，锡邑苍生皆我子；
修己以敬，东林前辈是吾师。

仪门的题联是：

工堪比官，斧斤利刃，随手携来，因材而用；
医可喻政，硝磺猛剂，有时投下，看病如何！

大堂的题联是：

人人论功名，功有实功，名有实名，存一点掩耳盗铃之私心，终为无益；

官官称父母，父必真父，母必真母，做几件悬羊卖狗的假事，总不相干。

这几副对联一贴出,“四乡人皆聚观”,“时先声所夺,平日绅衿之出入县庭者,皆悚息危惧,有避之他省者”。这说明了这几副对联使好人扬眉,坏人震慑,可见影响之大。

对联在某些特定的情况下,如对敌斗争中,也是打击敌人的锐利武器。一九三四年初,中国工农红军北上抗日,赵赤坪同志奉命留在大别山一带工作,后不幸被捕。敌县长对赵赤坪说:“听说你很有文才。本人历来惜才,也喜欢吟诗联句。我出一上联,你若能对出下联,就立即放你。”他神气十足地说出上联:

四次受剿,四面受剿,面山面水面临绝境;

赵赤坪一听,就识破了敌人的花招,不过是以放人为名,为国民党反动派歌功颂德,对我党进行恶毒的污蔑,于是针锋相对地予以回击,吟出下联:

三民主义,三自主义,自私自利自取灭亡。

赵赤坪的回答,使敌县长气急败坏。赵赤坪同志虽然惨遭杀害,但他用对联同敌人做斗争的事迹却彪炳千古。

对联有时在外交斗争中也能发挥重要的作用。员资深《三莲诗话》载,宋代富弼奉命出使辽国,辽国使者出上联,要求富弼对出下联。辽国使者先说出一则上联:

早登鸡子之峰,危如累卵;

富弼回答说:

夜宿丈人之馆,安若泰山。

辽国使者又说出一则上联:

酒如线因针乃见;

富弼回答说:

饼如月遇食则缺。

这里,“针”、“斟”同音,“食”、“蚀”同音,富弼是对得很工整巧妙的。正因为富弼善于应对,博学多才,宋仁宗两次派他出使契丹,力拒割地,辩和战之利,使宋辽几十年没有发生战争,富弼也因而成为一代名臣。

楹联是人们按照美的规律创造出来的艺术品。在自然界和人类的社会生活中,存在着大量美的和丑的事物,这些美的和丑的事物经过楹联作家的审美处理而形成的对联艺术品,比自然的和实际生活中存在的美和丑更集中,更典型,更有欣赏价值。当人们欣赏这些楹联作品的时候,会获得强烈的美感,得到感觉上、情绪上和心理上的愉快、满足,悦目赏心,陶情冶性,在潜移默化中培养了健康的审美观念,提高了审美能力。这就是楹联的审美作用和娱乐作用。

例如:

少陵茅屋,诸葛祠堂,并此鼎足而三;饰崇丽,荡漪澜,系客垂杨歌小雅;

元相诗篇,韦公奏牍,总是关心则一;思贤才,哀窈窕,美人香草续离骚。

这是成都望江楼公园大门上的一副楹联。望江楼公园是为纪念唐代女诗人薛涛而修建的。薛涛字洪度,祖籍长安,六岁即能作诗,但一生非常不幸。十多岁随父入蜀时,因父亲犯罪而受株连,被迫充当了官府中陪诗伴酒的“乐妓”。薛涛诗才出众,所作诗篇受到当时有名的诗人元稹、白居易等的推崇。她和这些诗人都有诗作唱和。西京节度使韦皋很赏识她,准备让她做校书郎,虽然没有实现,但人们还是尊称她为“薛校书”。薛涛这个被压抑在社会底层的沦落才女,以自己的诗作赢得了社会地位。薛涛有诗集传世,她的诗哀伤愤疾,反映了她凄凉的身世和对幸福生活的向往。望江楼公园的这副楹联,不仅概括地写出了薛涛的身世、诗才,表达了作者的同情和敬慕之情,而且创造了美好感人的诗的情境。它用“少陵茅屋”、“诸葛祠堂”相衬托写出了楼之美;用“漪澜”、“垂杨”、“香草”和游客,写出景之美;用元稹赠诗、韦皋保荐写出薛涛才之美;用“歌小雅”、

“续离骚”写出了她诗之美。读完这副对联,犹如观其景,历其事,见其人,浮想联翩,诗情盈怀,领略着一种难以言传的美的享受。

又如:

心有三爱:奇书、骏马、佳山水;

园栽四物:青松、翠竹、白兰梅。

这是无产阶级革命家方志敏撰写挂在自己卧室里的一副装饰联。作者平生喜爱松之苍劲,梅之高洁,竹之坚韧,兰之幽香,并以松、梅、竹、兰为子女命名。这副对联正是方志敏美好的生活志趣和高尚的思想情操的艺术写照。

又如:

见州县则吐气,见藩臬则低眉,见督抚大人茶话须臾,只解得说几个:是！是！是！是！

有差役如爪牙,有书吏如羽翼,有地方绅董袖金贿赠,不觉的笑一声:呵！呵！呵！呵！

这是一位叫张峰万的书生为知府老爷题写的讽刺联。这个知府在上司面前低头哈腰,奴性十足,在下级面前,趾高气扬,作威作福,思想卑下,形象丑恶,人人恨而骂之。对联巧妙地模拟知府的行径、神态和口气,运用排比和反复等手法,痛快淋漓地活画出一副社会丑角的艺术形象,读来既使人感到解恨,又感到一种精神上的轻快和趣味。

楹联作为一种特殊的文学形式,除了具有文学的一般作用之外,还具有其他文学形式所不具有的特殊用途。这主要是装饰美化作用、社会交际作用和宣传广告作用。

从外在形式来看,楹联实际上是一种装饰艺术,绝大多数类型的楹联都具有装饰作用。某一特定的社会环境和人类生活的具体场景,都是有它的内容、特色和气氛的,如果配之以或悬挂、或直书、或粘贴、或镌刻的楹联,就能造成一种艺术化的外在形式和环境氛围,从而达到装饰、美化、渲染等作用,使美者更美,奇者更奇,喜者更喜,悲者更悲。例如,名胜古迹配之以楹联,可使自然美与艺术美交相辉映,相得益彰,把胜迹装点得更加奇美高雅；春节或喜庆之日，在大门、厅堂张挂对联，可以增强喜庆气氛，给人喜气洋洋之感；在悼念死者的灵堂里悬挂挽联，则可以造成哀伤、肃穆的典型环境，使人沉浸在追念和哀思之中。其他诸如行业联、书斋联、祠庙联、戏联等，都具有装饰、美化环境的意义。

请看贵阳甲秀楼清代刘玉山题的长联：

五百年稳占鳌矶，独撑天宇。让我一层更上，眼界拓开。看：东枕衡湘，西襟滇诏，南屏粤峤，北带巴夔，迢递关河。喜雄跨两游，支持岩疆半壁。恰好于失碉隳，乌蒙箐扫，艰难缔造，装点成锦绣湖山。漫云筑国偏荒，莫与神州争胜概；

数千仞高临牛渚，永镇边隅。问谁双柱重镌，颓波挽住。想：秦通僰道，汉置牂牁，唐靖矩州，宋封罗甸，凄迷风雨。叹名流几辈，留得旧迹千秋。对此象岭霞生，螺峰云叠，缓步登临，领略些画阁烟景。恍觉蓬瀛咫尺，招邀仙侣话游踪。

甲秀楼是贵阳著名胜景，坐落在南明河巨形鳌矶上，始建于明代万历年间，后几经毁建。整个建筑层檐挹翠，飞阁流丹，下有浮玉桥，桥上建涵碧亭，极为宏丽壮观。这样的名楼胜景，得这副长联装饰，显得更加气势雄伟，典雅庄重，格调不凡。如果游人在饱览甲秀楼的景色之余，再细细欣赏一下对联，品味这一百七十四字长联描述的贵州雄奇的地理形势和数千年的历史变迁，眼中所看，心中所想，相互印证，则更能添游兴而增美感，心灵上得到极大的满足。

再如郑板桥书斋里挂的对联：

室雅何须大；
花香不在多。

林则徐官署厅堂里挂的对联：

海纳百川，有容乃大；
壁立千仞，无欲则刚。

范文澜卧室里挂的对联：

板凳要坐十年冷；
文章不写一句空。

当代农民写的新春联：

政策落实，东西南北，方方有利；
生产发展，春夏秋冬，季季常青。

如此等等，其装饰美化环境的作用是十分明显的。无可否认，人们撰写和张贴各种类型的对联，除了表情达意、叙事写景之外，装饰生活，造成形式上的美感和气氛上的情味，应当说是一个直接的首要的目的。

在社会生活中，对联是一种高雅而简便的交际方式，在上流社会、知识阶层乃至平民百姓中广为应用。一般的文学作品，除了某些短小的诗词可以用于赠人、庆贺或哀挽外，其他均不具有交际作用。而对联则是人们最乐于使用的交际形式。在旧时代，对联运用于社交之中是相当流行的。比如，某人逝世，亲朋好友会敬献许多挽联；某人过寿，会收到许多寿联；某人结婚，人们也会送上贺喜联；即便是通常的亲属、朋友、师生、同志或上下级之间，也会相互题赠对联。

请看几副用于社交中的对联：

公谊不妨私，平日政见分驰，肝胆至今推挚友；
一身能敌万，可惜霸才无命，死生从古困英雄。

这是杨度奉献给黄兴的挽联。杨度抓住黄兴和孙中山同心协力，致力民主革命的主流方面和他的历史功绩，指出孙、黄政见上的某些分歧并不影响他们深厚的革命情谊，因此挽联对黄兴的评价和赞扬是公正而深刻的。

又如：

为政若作真书，绵密无间；
爱民如保赤子，体贴入微。

这是清代程恩泽题赠林则徐的对联。

树国树人长期抗战;
宜家宜室并蒂欢腾。

这是彭雪枫一九四二年为安徽怀远县龙亢集农民李广悦家儿子结婚书赠的贺喜联。

寿比萧伯纳;
功追高尔基。

这是叶挺贺郭沫若五十寿联。

楹联应用于社会交际,是人际关系文明化的表现,也是社会生活由俗而雅的一种发展形式。人们题写交际联赠送他人,往往要称颂对方的功业和品行,表现相互间的友爱和情谊,寄托自己美好的祝愿和感情。这样,人们在交往中就会通过对联传情达意,增进理解,加深感情,共勉共励,使双方的思想情操都有可能变得高尚、美好起来;同时,还可以促进人们重视文化,热爱学习,注意提高自己的思想修养和文化水平。所以,在社交中运用对联是我们民族的一个优良的传统。今天,我们在建设社会主义文明生活中,应当看到交际联的作用,进一步利用和发展这一文明的交际形式。

楹联还有一个更为特殊的用途,就是行业的广告宣传作用。由于对联大多是写贴在大门上的,人们在拟写门联的时候,又往往要根据用联者的职业特点和心理愿望来考虑内容,所以三教九流、七十二行的门联都或多或少、或明或暗地带有行业特征和标志。尤其是一些对外营业性的工商肆店,其所用门联更具有明显的广告宣传性质,通过巧妙、生动的联语,把本行业的内容、特色、效用、水平和作风等表达出来,让人们一看门上的对联就产生惠然一顾的心理。

鲁迅故乡绍兴的咸亨酒店,店门上挂着作家李准写的一副对联:

小店名气大;
老酒醉人多。

来往游客欣赏对联的意趣,想起鲁迅对咸亨酒店的描写,不免牵动雅兴,进店择坐，酌酒尝豆，消受一番，酒店因此生意更加兴隆。这副对联所起的广告作用，恐怕连题联的李准也是始料未及的。

又如民国初年，成都有一个名叫张有贵的年轻商人，他接过父亲行将倒闭的一爿茶馆兼酒店的铺子，生意十分清淡。后经人劝告，请穷秀才高必文写了一副对联贴在门首。自此以后，生意竟一天比一天兴隆起来。联文是：

为名忙，为利忙，忙里偷闲，吃杯茶去；
劳心苦，劳力苦，苦中作乐，斟碗酒来。

正因为对联有广告宣传作用，所以，一些茶馆酒楼，为了扩大影响，吸引顾客，常有征联雅举。广东陶陶居茶楼的对联就是征选的。联曰：

陶潜善饮，易牙善烹，饮烹有度；
陶侃惜分，夏禹惜寸，寸分无遗。

又如，据说旧时一家理发店曾挂有这样一副对联：

提起刀人人没发；
拉下水个个低头。

此联虽然切合理发行业特点，也很形象，但内容粗野，顾客望而生畏，生意不景气。后来另换一联：

进店来乌云秀士；
出门去白面书生。

这一改，联文由粗俗到文雅，符合消费者的心理，生意便日渐兴盛。

一般的行业联，都十分注重广告宣传的实用性，这是行业联的特点，反映着行业经营的客观要求。

下面再举几副例联：

到门都是清流客；
入座原非大嚼人。

（素菜馆联）

竹叶杯中，万里溪山闲送绿；
杏花村里，一帘风月独飘香。

（酒馆联）

还我庐山真面目；
爱他秋水旧丰神。

（照相馆联）

萍水相逢见面如亲友；
停车暂住入店似归家。

（旅社联）

男添庄重女添俏；
夏透风凉冬御寒。

（服装店联）

曲是曲也，曲近人情，越曲越妙；
戏其戏乎，戏推物理，越戏越真。

（明傅青主题戏台联）

除了一般的行业联外，其他诸如农家、官绅、文士之家，以及机关、学校等单位所用的门联，也往往体现着自己的职业性，具有一定的职业宣传和广告意义。

另外，多阅读、欣赏和写作对联，还可以帮助人们广学益智，提高文化素养和语文水平。在语言上，可以丰富词汇，辨识词性和句法；在音律上，可掌握声音平仄；在逻辑上，可探索思维规律，训练思维能力；在哲学上，可领略相反相成的辩证法；在写作上，有助于开阔视野，掌握和运用对偶等修辞手法，增添写作的文采。这些已是不言自明的了。

一九三一年，著名学者、清华大学教授陈寅恪负责入学考试的国文命题，他特意设立"对对子"一项，题为"孙行者"三字，要求学生以另外三个字相对，以考察考生应对的三个字的对仗、平仄及意义是否恰当。当时的考生一见试题无不大吃一惊，因为都是新式中学毕业，想不到会遇到这种科举时代的试题,只好乱对一通。诸如“猪八戒”、“唐三藏”、“沙和尚”、“牛魔王”,甚至“工八蛋”都对出来了,不合要求,都吃了零分。考生中只有周祖谟对“胡适之”的,得了满分。“适”对“行”;“之”对“者”;“胡”对“孙”,则假为“猢狲”字耳。这件事后来引起学生和社会上的群起诘难,认为是开倒车。陈寅恪公开申辩,说明用对对子的方式是可以测验学生的语文程度的。他在给国文系主任刘文典的一封信里说,每种文字都有其特性,能对对子才能分别虚、实字,平仄声。从所对对子的好坏可以看出读书之多寡、语汇之贫富,以及思想之有无条理。

第四节　楹联研究的历史和现状

在以往的历史上,学术界对楹联虽缺乏专门的研究,但也为我们留下了许多宝贵的楹联资料。这些资料,一部分见之于一些史书和个人的文集或笔记中,另一部分则汇集于文人学者编纂的对联专书中。按性质分类,大体有以下几种情况:

(一)论及对联史的著作。如《宋史·西蜀孟氏世家》,宋代黄休复的《茅亭客话》,张唐英的《蜀梼杌》,清代俞正燮的《癸巳存稿》,谭嗣同的《石菊影庐笔识》,以及《古今诗话》《洛中记异录》《谈苑》等,都述及对联的起源问题。俞、谭二书还记载了某些名联和集句联。明代周晖的《金陵琐事》、清代陈尚古《簪云楼杂说》等则记述了明初春联之兴和朱元璋题春联之事。

(二)个人文集内论及或收录部分对联的。如宋代朱熹的《晦庵先生朱文公文集》,宋代《周守忠文集》中的附录《姝联》,明代《钱德苍文集》中的附录《玉堂巧对》,清代王士禛的《带经堂诗话》,袁枚的《随园诗话》,俞樾的《春在堂文集》,张之洞的《张文襄公全集》等。

(三)个人对联专集。如清代俞樾的《楹联录存》,曾国藩的《求阙斋联语》,左宗棠的《盾墨余沛》,李篁仙的《天影庵联语》,吴熙的《绮霞江馆联语》,曹秩庸的《邺华吟馆联语》,姜济寰的《寅清阁联语》,王闿运的《湘绮楼联话》等。

(四)对联汇编和联话。对联汇编类的专书,较早的是明代杨慎的对句专辑《谢华启秀》。清代的联集和联话名目繁多。收联最多、影响最大的首推梁章钜、梁恭辰父子。梁章钜编有《楹联丛话》十二卷、《楹联续话》、《三话》和《巧对录》等,梁恭辰编有《楹联四话》和《巧对续录》。梁氏父子的著作,内容涉及面广,资料较为丰富、可靠,除了"钞纂楹联,附以记述"外,还做了初步的整理归类。稍晚,赵曾望、邵筳父编写的《江南赵氏楹联丛话》,与梁氏父子的属于同类,其中亦收录了不少佳联。其他,还有李谦堂编写的《联经》四卷,是依据儒家经典集句或自撰而成,重在宣传经义,形式枯燥,艺术性很低,非楹联佳品;《楹联名迹》则收录了明、清名士的对联墨迹,别具一格,有一定价值;光绪年间出的《楹联集锦》八卷,收录的主要是集字联;朱应镐的《楹联新话》,邱日虹的《楹联汇海》也都有刊本问世。

民国以后,联集和联话也出现颇多。撮其要者,有一九一六年古直愚人的《颐和园联话》,一九二〇年胡君复的《古今楹联汇选》,一九二一年吴恭亨的《对联话》,一九二二年的《悯斋联话》,一九二五年王文濡的《对联大全》,一九二六年王有珩的《古今巧对大观》,一九二七年江忍庵的《楹联宝库》,一九二八年杨祚昌的《西湖联话》,一九三三年曲滢生的《宋代楹联辑要》,彭作桢的《古今联语汇选再补》(即《楹联别话》),无名氏的《绮云楼联话》,一九四六年陈琳的《楹联新集》和东方镛的《楹联新话》等。

中华人民共和国成立以后,我国出版的联话、联集较少。党的十一届三中全会以来,随着思想解放和文化事业的发展,学术界开始注意对楹联的研究,全国成立了中国楹联学会,一些省、市、县的楹联爱好者和研究者也组织起楹联学会,还出版了第一家专门的楹联刊物《对联》。中央和各地有关部门在发起征联的活动中,也邀请和组织了一些专家学者参加评选,撰写评论和赏析文章,既指导了征联活动,又提供了一些有价值的楹联理论材料。全国的许多报纸刊物纷纷介绍佳联妙对,刊载关于对联的民间故事和趣闻轶事，还发表了一些理论文章。近几年来全国陆续出版的有关对联的专书和专著数十种。这些联书，大体可分为四种类型：

（一）对联集锦。如向雉山的《古今楹联选集》，张少诚等的《对联选》，彭作雨等的《实用对联》，山西人民出版社的《对联集锦》，安徽人民出版社的《对联精选》，林芳胜等的《古今对联荟萃》等。这类联书，大多在开头或结尾部分简要介绍了一些对联知识。

（二）对联丛话。如余德泉等的《奇联妙对故事》，梅嘉陵等的《古今名人对联故事》，黄荣章的《古今对联拾趣》，张其中的《对联丛话》，彭友元等的《对联趣话》，苏文洋的《古今联话》，韩明安等的《对联漫话》，夏友兰等的《古今联语趣话》，孙保龙的《古今对联丛谈》，黄太茂的《名胜古迹楹联趣闻录》等。这类联书与梁章钜的《楹联丛话》较为接近，主要是编纂和介绍一些名联佳对及其产生的历史背景、轶闻故事，有的还论及对联所包含的思想意义和艺术技巧。其中的对联故事，有的来自清代联话和名人笔记，有的来自近时报刊和个人收集，增加了不少新内容。同时，这些联书也多有专门篇幅述说楹联的源流和特征，整理、挖掘了一些理论材料。

（三）对联评析。如陈家铨的《对联评注》和《名联欣赏》，萧望卿等的《古今名胜对联选注》，顾平旦等的《对联欣赏》，王存信等的《中国名胜古迹对联选注》，王荣初的《西湖楹联欣赏》，曲树程等的《郭沫若楹联辑注》等。这类联书，价值较大，不仅对入选的楹联做时代背景、作者和有关故事的介绍，而且着重地对楹联的文字、用典、思想内容、写作技巧和艺术成就进行注释、分析、评价，在理论上前进了 大步，为楹联学的建立贡献了许多新的思想成果和理论素材。

（四）对联论著。如余德泉的《对联纵横谈》，孙天赦的《对联格律和撰法》，任喜民的《对联艺术》等。这类对联专著，是在对联汇集、对联故事、对联评析基础上的一个新的突破，其重点已经不再是一般地介绍对联，而是在从客观上对楹联进行理论探讨。其中以《对联纵横谈》取得的成就最大。这本书从发展、作用、种类、特点、艺术技巧、写作、断句与标点、书写与张贴等八个方面对楹联做了理论阐述，初步勾勒了楹联学理论体系的雏形，其中的许多论述是新鲜而有见地的。《对联格律及撰法》一书，意在揭示楹联写作的内部规律，是一种有益的尝试，有特色，不足之处是内容尚不够精细，逻辑和表述不够准确。《对联艺术》是一部带有综合性特点的联书，其内容分为三编：第一编"联艺探略"，讲楹联理论；第二编"联苑佳话"，讲对联故事；第三编"联英荟萃"，集各类名联。因此，它具有明显的优越性，虽然不是专谈楹联理论的，但其理论编从起源和发展、种类、特点和写作、结构和形式、修辞和用字、横额等六个方面对楹联学做了较为具体而详尽的"探略"，具有较高的思想启发意义和理论价值。

第二章　楹联的发展

第一节　楹联的孕育和诞生

一、在古诗文辞赋中孕育

从语言、文学的发展史来考察，楹联脱胎于古代的诗文辞赋，是从古代诗文辞赋中的对偶演化而来的，是随着对偶这一古老的修辞手法的产生、发展和完善而逐步地孕育形成的。人们常说："《尚书》即散文之祖；《诗经》乃诗歌之端。"我们可以引申一句：楹联的源头也应当到"六经"等古籍中去寻找。

由于自然界和人类社会的万千事物都具有相辅相成或相反相成的特性，事物之间的复杂联系和事物内部的对立统一的规律，决定了一切事物都可以找到与它相似、相对或相反的东西；加之古汉语多单音节词，又是方块字，容易形成对偶，而上古"人之发言，好趋均平，短长悬殊，不便唇舌"（范文澜语），因此，在我国的古籍中，很早就出现了一些比较整齐的对偶句。正如南朝梁代刘勰在《文心雕龙·丽辞》中所说："造化赋形，支体必双；神理为用，事不孤立"，"句句相衔"，"字字相俪"。唐代刘知几在《史通·叙事篇》中也说："编字不只，捶句皆双，修短取均，奇偶相配。"在先秦的六经、子书和楚辞中对偶句已屡见不鲜。例如：

《诗经》：

青青子衿，悠悠我心。

（《郑风·子衿》）

山有扶苏，隰有荷华。

（《郑风·山有扶苏》）

投我以木桃，报之以琼瑶。

（《卫风·木瓜》）

《易经》：

水流湿，火就燥。

（《乾卦·文言》）

同声相应，同气相求。

（《乾卦·文言》）

《尚书》：

满招损，谦受益。

（《大禹谟》）

归马于华山之阳，放牛于桃林之野。

（《武成》）

《老子》：

有无相生，难易相成；长短相形，高下相倾；声音相和，前后相随。

祸兮福所倚，福兮祸所伏。

《论语》：

乘肥马，衣轻裘。

（《雍也》）

君子坦荡荡，小人长戚戚。

（《述而》）

《楚辞》：

采薜荔兮水中，搴芙蓉兮木末。

（《湘君》）

朝饮木兰之坠露兮，夕餐秋菊之落英。

（《离骚》）

这里必须补充说明的是，我国古代语言，从总的方面来讲，上古文字以散行为主，而又多短句。随着时代的发展变化，降乎晚周，诸子的文章出现了较多的对偶句子。及至汉赋和六朝骈体文诸文体的产生，对偶逐渐成为古典文学上极为重要的修辞手法，对偶的法度也日趋严密。到了六朝时期，由于语言技巧和声律的进步，出现了沈约的"四声八病"说，特别是修辞上研究对偶的骈俪文体流行的影响，为盛唐以五七言为中心的近体诗孕育了产生和成熟的条件。对联就是在近体诗律句的基础上产生的。朱光潜也曾说过："意义的排偶较早起，声音的对仗是从它推演出来的，这就是说，对称原则由意义推广到声音方面。"（《朱光潜美学文集》第十二章）了解这一总的轮廓，将有利于我们更清楚地看出楹联的发展过程，进一步理解和掌握本章所阐述的具体的历史材料。

因而，以上所举的这些先秦诗文中对偶的运用，尚带有自发性，作家在写作实践中创造了这一手法但使用不普遍，还没有被作为一种自觉的修辞手法而运用。

两汉时期，作家们把诗和散文这两种文体取长补短，相互结合，从而创造了一种新的文学样式——赋。赋的体式，兼具诗和散文的特点，讲究文采和韵律，因此，对偶这种具有整齐美、对比美、音乐美的修辞手法，受到作家们的重视，开始普遍而自觉地运用于赋的创作中，成为一种极富表现力的艺术技巧。请看几例：

枚乘《七发》首段：

今夫贵人之子，必宫居而闺处，内有保母，外有傅父，欲交无所。饮食则温淳甘脆，腥酞肥厚；衣裳则杂沓曼暖，燂烁热暑。

虽有金石之坚,犹将销铄而挺解也,况其在筋骨之间乎哉!故曰:纵耳目之欲,恣支体之安者,伤血脉之和。且夫出舆入辇,命曰蹶痿之机;洞房清宫,命曰寒热之媒;皓齿蛾眉,命曰伐性之斧;甘脆肥脓,命曰腐肠之药。今太子肤色靡曼,四支委随,筋骨挺解,血脉淫濯,手足堕窳。越女侍前,齐姬奉后;往来游宴,纵恣于曲房隐间之中,此甘餐毒药,戏猛兽之爪牙也。所从来者至深远,淹滞永久而不废,虽令扁鹊治内,巫咸治外,尚及何哉!

张衡《南都赋》:

布绿叶之萋萋,敷华蕊之蓑蓑。

虎豹黄熊游其下,縠玃猱挺戏其巅。

曹植《洛神赋》:

翩若惊鸿,婉若游龙;荣耀秋菊,华茂春松;仿佛兮若轻云之蔽月,飘飖兮若流风之回雪。

又,秦汉瓦当上亦有"千秋万岁"、"长乐未央"等对偶文字。

魏晋南北朝,赋走上了骈俪化的歧路,形成骈体文。骈体文起于东汉,兴于魏晋,盛于南北朝。骈体文崇尚对偶,全文大都由对偶句组成。作家们极力通过对偶句表现文章的绚烂和自己的才华,正如刘勰所说:"俪采百字之偶,争价一句之奇。"(《文心雕龙·明诗》)骈体文既是对排偶的纯熟而完美的运用,也是对排偶的形式主义的滥用。如南朝孔稚珪的《北山移文》、丘迟的《与陈伯之书》,北朝庾信的《谢赵王赉白罗袍裤启》,都堪称代表之作。兹录庾文为例:

某启:垂赉白罗袍裤一具。程据上表,空论雉头;王恭入雪,虚称鹤氅。未有悬机巧绁,变蹑奇文,凤不去而恒飞,花虽寒而不落。披千金之暂暖,弃百结之长寒。永无黄葛之嗟,方见青绫之重。对天山之积雪,尚得开衿;冒广厦之长风,犹当挥汗。白龟报主,终自无期;黄雀谢恩,竟知何日?

此文除领句外,全都是用对偶句组成,而且各对偶句之间都对得相当工巧,可谓骈体文形式主义发展之顶极。至此,对偶成为作家写作中最爱用也最擅长的一种辞格。

魏晋以后,由于骈体文的影响,对偶手法在韵文中也竞相运用,诗人们逐步自觉地在诗中使用对偶手法。南朝齐梁间诗人沈约、谢朓创立"永明体"诗,对偶之风盛,声律之说兴,出现了古诗的变体,旧体诗走向了格律化的道路。

在旧体格律诗正式形成的唐代以前,我国古典诗歌的形式是非格律体,每首诗的句数、平仄、对仗、韵脚都没有什么定规。到了南北朝时期,才逐渐产生了略有格律的"永明体"的新体诗,如五言四句的古绝句和五言八句的近体诗。

"永明体"诗作为格律诗的过渡形式,虽然格律还不算强,但在对偶和声律等方面已经比较自觉地运用,并总结出了一些规律。

律诗出现之前,对偶辞格和声律形式是相伴发展起来的。汉文字的特点是个体和单音。因其个体,宜于讲对偶;因其单音,宜于讲声律。对偶,上古已出现;声律,古人也颇注意,到了魏晋,声韵之学渐兴。曹魏时,李登作《声类》十卷,吕静作《韵集》五卷,才分出清、浊音和宫、商、角、徵、羽诸声。另外,孙炎作《尔雅音义》,用反切注音,他是反切的创始人。但魏晋之际,只以宫、商之类分韵,还没有四声之名。南北朝时,由于受佛经"转读"的启发和影响,创立了四声之说,撰作声谱,借转读佛经之声调,应用于中国之美化文,遂成平、上、去、入四声。其间,周颙作《四声切韵》,沈约作《四声谱》,创"四声"、"八病"之说,并根据诗歌要求有节奏感和音乐美的特点,经过创作实践的摸索,总结出诗歌必须"五字之中,音韵悉异,两句之内,角徵不同"的原则。于是,诗文的韵律日益严格。

如南朝齐代谢朓的诗:

云去苍梧野,水还江汉流。

(《新亭渚别范零陵云》)

天际识归舟,云中辨江树。

(《之宣城郡出新林浦向板桥》)

余霞散成绮,澄江静如练。
喧鸟覆春洲,杂英满芳甸。

(《晚登三山还望京邑》)

又如南朝梁代沈约《休沐寄怀》:

虽云万重岭,所玩终一丘。
阶墀幸自足,安事远遨游?
临池清溽暑,开幌望高秋。
园禽与时变,兰根应节抽。
凭轩搴木末,垂堂对水周。
紫箨开绿筱,白鸟映青畴。
艾叶弥南浦,荷花绕北楼。
送日隐层阁,引月入轻帱。
爨熟寒蔬翦,宾来春蚁浮。
来往既云倦,光景为谁留?

全诗除首二联、尾一联不相对仗,中间七联全部对仗入格。

“永明体”诗对声律的片面追求,一方面助长了形式主义文风,另一方面也为后来律诗的形成创造了条件。

从齐梁“四声”、“八病”说盛行之后,再把四声二元化,分为平(平声)、仄(上、去、入声)两大类,既有了平仄的概念,又逐步总结出每句诗的平仄应有变化,每句诗与每句诗之间的平仄也应有变化的“调平仄术”和联结律诗的“粘法”;同时,又发现每句诗用五、七字比用四、六字更富有音乐美,节奏也更加有变化;在一首诗中,骈偶句与散体句并用,又能显示出语言的错综美。就这样,从齐梁时略带格律的“新体诗”,经过一百多年的发展,到了唐代,律诗达到了严格精密的阶段,终于把旧体诗格律的形式定型下来。

成熟的律诗是唐诗的主要形式之一。它既更讲究声律，又要讲求对偶。一般的五、七言律诗，都是八句成章，中间二联，习称颔联和颈联，必须对仗，句式、词性、平仄、意思都要求相对。例如：

孟浩然《过故人庄》：

故人具鸡黍，邀我至田家。
绿树村边合，青山郭外斜。(对仗)
开轩面场圃，把酒话桑麻。(对仗)
待到重阳日，还来就菊花。

杜荀鹤《送人游吴》：

君到姑苏见，人家尽枕河。
古宫闲地少，水港小桥多。(对仗)
夜市卖菱藕，春船载绮罗。(对仗)
遥知未眠月，乡思在渔歌。

杜甫《蜀相》：

丞相祠堂何处寻？锦官城外柏森森。
映阶碧草自春色，隔叶黄鹂空好音。(对仗)
三顾频烦天下计，两朝开济老臣心。(对仗)
出师未捷身先死，长使英雄泪满襟。

韩愈《左迁至蓝关示侄孙湘》：

一封朝奏九重天，夕贬潮阳路八千。
本为圣明除弊政，肯将衰朽惜残年。(对仗)
云横秦岭家何在？雪拥蓝关马不前。(对仗)
知汝远来应有意，好收吾骨瘴江边。

除五、七言律诗外，唐诗中的三韵小律、六言律诗和排律，中间各联也都对仗。

小律如李白《送羽林陶将军》：

将军出使拥楼船，江上旌旗拂紫烟。

万里横戈探虎穴，三杯拔剑舞龙泉。（对仗）
莫道词人无胆气，临行将赠绕朝鞭。

六律如刘长卿《苕溪酬梁耿别后见寄》：

清川永路何极，落日孤舟解携。
鸟向平芜远近，人随流水东西。（对仗）
白云千里万里，明月前溪后溪。（对仗）
惆怅长沙谪去，江潭芳草萋萋。

排律如元稹《和乐天重题别东楼》：

山容水态使君知，楼上从容万状移。
日映文章霞细丽，风驱鳞甲浪参差。（对仗）
鼓催潮户凌晨击，笛赛婆官彻夜吹。（对仗）
唤客潜挥远红袖，卖垆高挂小青旗。（对仗）
剩铺床席春眠处，乍卷帘帷月上时。（对仗）
光景无因将得去，为郎抄在和郎诗。

唐代律诗一旦成熟，对联就孕育其中，接近诞生了。只要把律诗中的对偶句独立出来，稍加变体，形成上、下两联完全对仗的文学形式，这就是楹联。不过，楹联的诞生是有双重源流的，除了律诗的对偶联为它提供了必要的内在条件外，还必须借助门神和桃符这一外在形式或称物质载体。

唐代已有酒令、属对和摘句书壁的事实。据宋人尤袤的《全唐诗话》卷四载，唐代诗人李商隐曾对温庭筠说：近日思得一句上联："远比召公，三十六年宰辅"。但苦于找不出可对偶的句子。温庭筠听后说：何不对"近同郭令，二十四考中书"。又，诗人刘郇伯与郎中范酂为诗友，范酂得一句诗"岁尽天涯雨"，很久未得对句，就和刘郇伯谈起此事。刘说，你何不用"人生分外愁"对之。《新唐书·李泌传》和《李邺侯外传》也记载：开元十六年，唐玄宗在长安召试有才能的学童。当时年仅七岁的李泌进宫应试，遇见玄宗和宰相张说正在看棋手们下棋，玄宗即命张说以下棋为

题,出个上句,让李泌对下句。张说想了一下说道:

方若棋局,圆若棋子,动若棋生,静若棋死;

李泌听罢脱口对道:

方若行义,圆若用智,动若骋才,静若得意。

另外,《苕溪渔隐丛话》卷二十一记载有,唐人著名的酒令:“钮麑触槐,死作木边之鬼(出令);豫让吞炭,终为山下之灰(答对)。”《新唐书·柳公权传》载,唐文宗夏日召集学士联句,命柳公权书写于殿壁。这都可以说明唐代的对偶句已经在单独使用。

唐代诗风极盛,他们在构思律诗的时候,尤其注重对偶联的工巧,对偶联质量的高低往往决定着诗作的水平。为了提高对偶的能力,人们势必要千方百计地学习和培养自己的对偶技巧。因此,就出现了专摘对句、写对于壁以及相互属对联句的情况。这些情况,严格地说,仍然属于作诗范围内的活动,不是题在门扇、楹柱上的真正的楹联,还不完全具备对联的特性和格律。当然,不可否认,这种独立存在和使用的对偶句,已经跟对联相当接近了,可以看成是由律诗联句到正式对联的一种过渡形态。它已经预示着对联快要问世了。

二、借门神和桃符而诞生

对联是对偶句式和门神桃符相结合的产物。

考察对联形式的渊源,应远溯到我国上古时代的门神和桃符。

我国在很古远的时代就出现了祭门神的活动。据《礼记·月令》说:“祀门”是“五祀”之一,其目的是在五谷收藏、六畜安顿好之后请门神来守护。《礼记》是儒家经典之一,所反映的大抵是商周时代的社会生活情况。

“祀门”之举后代逐渐消失,但是,“礼失而求诸野”,这种带有原始宗教意义的祀门活动,后来就保留在对门神的崇敬中,只是由祭祀门神的形式演变而为张贴门神,时间也由九月变为正月初一。

据《汉书 · 景十三王传》记载，广川王刘去疾宫殿门上有勇士成庆的画像，可以说张贴门神最早出现于西汉，东汉时就普遍流行起来。门神的源流有二：

其一来自“神荼郁垒”的传说，即桃偶门神。此说见东汉王充《论衡 · 订鬼》引《山海经》。又见东汉应劭《风俗通义》卷九：“‘按《黄帝书》：上古之时，有神荼与郁垒昆弟二人，性能执鬼。度朔山上有桃树，二人于树下简阅百鬼，鬼无道理妄为人祸害，神荼与郁垒缚以苇索，执以食虎。’于是县官常以腊除夕饰桃人，垂苇茭，画虎于门，皆追效前事，冀以御凶也。”《后汉书 · 礼仪志》说：“以桃印，长六寸，方三寸，五色书文如法，以施门户。”南朝梁宗懔的《荆楚岁时记》中记载：“正月一日……绘二神，贴户左右，左神荼，右郁垒，俗谓之门神。”汉代《括地图》记载：“桃都山有大桃树，盘屈三千里，上有金鸡，日照则鸣；下有二神，一名‘郁’，一名‘垒’，并执苇索，以伺不祥之鬼，得则杀之。”元代陶宗仪编的《说郛》卷十中引宋人马鉴的《续事始》说：“《玉烛宝典》曰：‘元日造桃板著户，谓之仙木……’即今之桃符也。其上或书神荼、郁垒之字。”等等。

以上材料说明，我国古代正月初一在门上“饰桃人”，“垂苇茭”，“画虎”，这就是桃偶门神。

其二源自唐太宗皇宫的传说，即秦琼、尉迟恭的画像门神。据传说，唐太宗有一次生了重病，总觉得宫殿里闹鬼，大将秦琼奏请与尉迟恭戎装在宫门外守卫，太宗准奏，以后果然相安无事。唐太宗非常高兴，就命画工画出二人形象，悬挂寝宫大门左右。后来此风由宫廷传到民间，遂沿袭为门神。后世流传的门神，以秦琼和尉迟恭的画像最为普遍。

崇敬门神，作为汉民族的一种社会习俗，是一种特有的文化现象。其本质意义，一方面是用来驱鬼镇邪，另一方面还反映着人们的深层意向，代表着生活在特定历史时代的人们，特别是农民的传统心理和愿望。

在我国古代，建立于落后生产力基础上的小农自然经济中，广大农民无法控制自然，更不用说凭借自己力量保护自己了。当人们不能控制自己的命运时，心理上必须有一个依赖点。他们在天灾人祸的经常威胁下，非常需要一种心理的依赖点，于是就去找了一些保护神，门神就是其中之一。

但是，作为楹联渊源的门神，并不是秦琼、尉迟恭的画像门神，而是桃偶或桃符门神。

古代人挂桃偶门神是与元旦联系在一起的。《荆楚岁时记》记载了元旦放爆竹、造桃板的风俗。《白孔六帖》也说："正月一日，造桃符著户，名仙木，百鬼畏之。"桃木之所以成为神木，被用来作为造门神的材料，一是因为主管百鬼的神荼、郁垒居于大桃树；二是逐日的夸父死后，其杖也化为桃林。这种桃木门神在发展过程中，其形式也经过了几次演变。古代文献中就有"桃偶"、"桃人"、"桃茢"、"桃印"、"桃梗"、"桃板"、"桃仙木"、"桃符"等多种名称的记载。

根据《左传》记载，鲁襄公二十九年朝楚，"使巫以桃茢先袚殡"，即让巫师用桃枝编的扫帚在楚康王的棺材上扫了一扫，以祛除不祥。《战国策·齐策三》载有土偶人与桃梗的对话。桃梗即桃木刻成的桃偶人。

以桃人立于门户两边，再配以苇茭和画虎，即是门神。

大约到两汉时代，元旦挂桃木门神已成官民的普遍习俗。但是饰桃人、画虎很费事，于是"桃人"演变为"桃符板"，简称"桃符"。这种桃符，是用两块长方形的桃木板制成，一般的长八寸，宽一寸左右，也有的"长六寸，方三寸"。桃板上或画或刻神荼、郁垒形象，有的则简单刻写二神的名字。这种桃符门神，每年除夕和元旦之交更换一次。"桃梗"、"桃印"、"仙木"，大抵都是与"桃符板"类似的东西。至于"桃茢"，则是用桃枝扎成扫帚，挂于门户，其用意无非也是借桃木之"神力"扫除一切鬼魅灾祸罢了。后来，在沿用过程中，桃符的内容和形式也逐步有了变化。在内容方面，除书画二神和符咒之外，出现了题写一些其他吉祥文字的桃符，如"逢凶化吉"，"禳灾降福"，"太公在此，诸邪远避"，"泰山石敢当，百祟无禁忌"之类。在形式上由于题写较多文字的需要，桃板的面积也增大了。这样，楹联的形体就在桃符中慢慢形成。桃符，实为写贴春联这一汉民族风俗的权舆。

作为一种独特的实用文学样式，楹联是由律诗对偶句和门神桃符板合一而创造出来的。而作为诞生的具体标志，较长时期以来，人们认为是后蜀末年蜀帝孟昶的题桃符联句："新年纳余庆，嘉节号长春。"其实这是不确切的。据《宋史·蜀世家》和《宋史·五行志》记载：孟昶当政期间（公元九三四——九六五年），"每岁除，命学士为词，题桃符，置寝门左右"。这一资料说明，后蜀年间，在桃符上题写对联，并挂之于宫门，已成定规。其间所作的对联当为数不少。据近人曲滢生编的《宋代楹联辑要》所载，孟昶在国中有百花潭，后蜀的兵部尚书曾题有一副对联：

十字水中分岛屿；

数重花外见楼台。

这足以佐证后蜀宫廷题挂对联之风气。

近年来，我国各地陆续发现唐五代对联，唐代族谱对联和敦煌遗书中的唐代对联，都有力地证明了对联艺术不但唐代已有，而且已经盛行，从而否定了"余庆、长春"为我国第一联之说。

方东著文说，《福宁府志》记述，唐代林嵩，咸通中读书草堂，乾符二年（公元八七五年）乙未登进士，官至金州刺史。《福鼎县志》载，林嵩未第时，曾结草堂于礼岙吴山，堂悬一副楹联，文曰：

大丈夫不食唾余，时把海涛清肺腑；

士君子岂依篱下，敢将台阁占山巅。

《霞浦县志》又载，唐代陈蓬，乾符间家于后崎，曾题所居两联云：

竹篱疏见浦；

茅屋漏通星。

石头磊落高低结；

竹户玲珑左右开。

刘福铸著文说，《福建通志·名胜志》引明代《八闽通志》说，唐末徐寅曾在莆田延寿筑万卷楼以藏书，并题有联句云：

壶公山下千钟粟；
延寿溪头万卷书。

徐寅，唐代乾宁元年（公元八九四年）进士，官至秘书省正字。传说他归隐后，曾在延寿读完万卷之书，今其地尚存读书处遗迹。《福建通志·伶官传》引北宋马令的《南唐书诗话类编》记有五代十国南唐伶人王感化。南唐保大（公元九四三年）初，李璟方即位，每日里游宴玩乐，王感化正是此时进入内廷，一日题怪石联云：

草中误认将军虎；
山上曾为道士羊。

上联用《韩诗外传》中楚将熊渠子夜行，误认草中怪石为虎而弯弓张射的典故。《史记》中李广也有类似故事。下联用《列仙传》黄初平牧羊，随道士入金华山能叱石成羊的神话故事。

徐玉福著文说，江西德安《义门陈氏宗谱》载有唐僖宗李儇于乾符年间（公元八七四——八七九年）御赐义门陈氏的对联，联曰：

九重天上旌书贵；
千古人间义字香。

谭蝉雪著文说，莫高窟藏经洞出土的敦煌遗书中有：

岁旦：
三阳始布；
四序初开。

福庆初新；
寿禄延长。

立春日：
铜浑初庆垫；
玉律始调阳。

宝鸡能僻(辟)恶;

瑞燕解呈祥。

……

作者认为,把上述文句确定为楹联的依据有三:第一,时间上的吻合。《淮南子·诠言训》许慎注记载:“今人(汉代)以桃梗径寸许,长七八寸,中分之,书祈福禳灾之辞,岁旦插于门左右地而钉之。”春秋以来元日树桃木、桃梗驱鬼辟邪的习俗,到汉代便增添了桃符题词的新内容。至于立春之日,在《荆楚岁时记》中说:“立春日悉剪彩为燕戴之,贴宜春之字。”这就是春词。说明我国古代在岁旦和立春日即有桃符题词和书写春词的活动。第二,文句对偶。如“三阳始布;四序初开”。名词、副词和动词各各相当。从内容看为祈福禳灾之言,正如《岁时杂记》所说:“桃符之制,以薄木板长二三尺,大四五寸……或写春词,或书祝祷之语,岁旦则更之。”第三,敦煌联句最后明确指出:“门神护卫,厉鬼藏埋。书门左右,吾傥康哉!”偶句而写于门之左右者,当为楹联无疑。这些联句写在遗书背面,前后均无题记,其正面为《启颜录》的抄本,尾题“开元十一年八月五日写了”。开元十一年时为公元七二三年,较孟昶的题词早二百四十年。可以说,敦煌联句是迄今为止得以保存下来的我国最早的楹联了。

至此,门神完成了历史的分化。其主要的方面演变为楹联,这是一种质的飞跃,即由原来的带有厌胜性质的文化习俗,变成了一种崭新的文学艺术品,发展成为独特的民族文学形式;其次要的方面仍以门神的形式沿袭下来。此后,楹联同门神就分道扬镳,各立门户,互不相干了。不过,人们在过新年的时候,往往是把春联和门神画同时贴在门两边的。当然,其后的门神大多是秦琼和尉迟恭的画像,而不是桃符。而且,这种门神形象也随着历史变迁和时代内容的革新而有所改变。例如,明版的门神,秦琼是白脸,手执双锏;尉迟恭是黑脸,手执铁鞭,两人都是怒发冲冠,杀气腾腾。而清末民初的门神,已是手捧胡髯,身披锦缎袍,安然高坐的神态,面部和眼角都流露着微笑,唯一露出来的一角护盔才保留了他们昔日的武将痕迹。中华人民共和国成立以后，贴门神的风俗很快被破除了。到了二十世纪八十年代，已被破除几十年的贴门神旧俗又在一些农村恢复了。这些门神大多是明代或清代的雕版。

在叙述楹联在古诗文辞赋中孕育，借门神和桃符而诞生时，还需要补充说明一点，即我国传统的书法艺术对于对联的产生以及此后的传播，也有着不可低估的作用。题桃符固然先得有联句，但终究还得以书法写在其上。我国的书法艺术源远流长，随着文字的演变和发展，产生了多种字体，经过历代书法家的创造和发展到了诗歌极盛的唐代，书法艺术也达到了新的高度。因而对联取代桃符，文学艺术即和书法艺术有机地结合在一起，成为一种新型的综合艺术。后来的许多联家大多擅长书法，而不少书法家集联艺、书艺于一身，楹联成为书法艺术的重要内容和形式之一。

第二节　楹联的发展、繁荣和鼎盛

一、宋元楹联的发展

楹联自唐代问世后，至宋代便渐渐流行起来，首先是在上流社会的士大夫中流行，慢慢地向社会下层渗透，被民间所接受。在这个过程中，楹联的内容、种类、形式和应用范围等都有了发展。

宋代的春联叫春贴子，写春联叫题桃符。如张邦基的《墨庄漫录》中记述苏东坡在黄州时，除夕之前访问王文甫，见王正在制桃符，于是戏书一联于桃符上曰：

门大要容千骑入；
堂深不觉百男欢。

宋代王应麟的《困学纪闻》亦记载宋代楼钥书桃符联云：

门前莫约频来客；

座上同观未见书。

又据记载，宋仁宗赵祯在御阁看到春贴子后，很高兴，便命翰林写春贴子，在立春日剪贴于宫门旁，并命名为春端贴子。

宋代前期的春联大多是题在桃木板上的，即所谓“题桃符”，而不是写在纸上的。王安石的《元日》诗云：

爆竹声中一岁除，春风送暖入屠苏。

千门万户曈曈日，总把新桃换旧符。

这首诗大体反映了这一情况。但是，这一时期的春联和桃符存在着交叉并存的现象，即民间有的人家是在桃符板上题对联悬挂的，就是春联；有的人家则仍旧挂旧时的门神桃符，并不写联语。也就是说，这一时期对联还未完全取代桃符的地位。例如，南宋葛立方在《韵语阳秋》中说：“岁时有祓除不祥之具，而元旦尤多，如桃板、苇索、磔鸡之类是也。”吴自牧《梦粱录》卷六说，“十二月尽，俗云‘月穷岁尽之日’，谓之除夜。士庶家不论大小家，俱洒扫门闾，去尘秽，净庭户，换门神，挂钟馗，钉桃符，贴春牌，祭祀祖宗。”综而言之，宋代的春联和桃符并行了一段时期，由于联语新鲜有生命力，便日益推广普及开来。

宋代不仅出现了春联，又出现了名胜古迹联、挽联、寿联、书斋联、灯联等，而且还出现了以纸代桃的对联新形式。例如：

据《楹联丛话》记载，北宋太平兴国二年(九七七年)龙华寺僧人契盈陪吴越王钱俶游碧波亭，适逢黄浦江潮水初满，舟楫如云。钱俶感怀地对契盈说：“吴越去京师三千里，谁知一水之利如此！”契盈便即兴写了一副题亭柱的胜迹联：

三千里外一条水；

十二时中两度潮。

北宋熙宁八年(一〇七五年),大臣韩琦病故,宰相王安石写了《忠献韩公挽词》,其中两句今人视为挽联:

木稼曾闻达官怕;
山颓今见哲人萎。

孙奕《示儿篇》记载,黄耕庾夫人三月十四日生日,吴叔经为作寿联曰:

天边将满一轮月;
世上还钟百岁人。

北宋宰相吕蒙正,早年生活十分困苦,有一年除夕,他写了一副隐义巧联,反映了他当时缺衣(音同"一")少食(音同"十")无"东西"的窘境:

二三四五;
六七八九。
横批:南北。

又如南宋朱熹题广信南严寺读书处联曰:

一窍有泉通地脉;
四时无雨滴天浆。

朱熹题沧州精舍联:

佩韦遵考训;
晦木谨师传。

这又是书斋联。朱熹之父性急,因取古人佩韦之意,号"韦斋"。考,父亲。朱熹之师为朱熹取字曰"元晦",谓"木晦于根,春荣华敷;人晦于身,神明内腴"。"晦木"即指这两句话。

南宋权臣贾似道镇淮扬时,上元张灯,客有摘句题灯门者,云:

天下三分明月夜;
扬州十里小红楼。

这又是灯门联。唐代诗人徐凝《忆扬州》诗云:“天下三分明月夜,二分无赖是扬州。”这副对联骂贾似道是“无赖”,弄得天下三分二分亡。

对联开始应用于文学作品,也在宋代。宋代话本小说常插入对联。如《碾玉观音》中的:

平生不做皱眉事;
世上应无切齿人。

宋代楹联创作成就较大的有苏轼、王安石、朱熹、黄庭坚、晏殊、李清照等,他们都有对联作品传世。

苏轼是北宋的联语高手,流传他所作的楹联不少。例如:苏轼贬任海南儋州途中,为广州真武庙题了一联:

逞披发仗剑威风,仙佛焉耳矣;
有降龙伏虎手段,龟蛇云乎哉。

又如苏轼一生政治上很不得意,几遭远谪,为此,他曾经作过一副怀悲感愤的对联:

七年远谪,不意自全;
万里生还,适为天幸。

在民间还流传了许多苏轼关于对联的趣闻轶事。例如有一次苏轼游览浙江莫干山,到山寺里去休息。庙中主事老僧见来人衣冠平常,便冷淡地对来客说:“坐!”又对童子说了声“茶!”交谈中,老僧见来客谈吐不凡,便把客人引进厢房,客气地说:“请坐!”又叫童子“敬茶!”当老和尚得知来客是苏学士时,忙把他让到客厅,打躬作揖地说:“请上坐!”急呼童子“敬香茶!”苏轼辞别时,老僧请他留下墨迹以作纪念,苏轼挥毫立就一联:

坐,请坐,请上坐;
茶,敬茶,敬香茶。

苏轼作联,极尚机巧,妙趣横生。世传他与人属对的联句尤为后人称道。如:

三光日月星；（辽使出句）
四诗风雅颂。（苏对句）
四德元亨利。（苏的又一对句）

松下围棋，松子每随棋子落；（黄庭坚出句）
柳边垂钓，柳丝常伴钓丝长。（苏对句）

雪里白梅，雪映白梅梅映雪；（高僧佛印出句）
风中绿竹，风翻绿竹竹翻风。（苏对句）

朱熹是南宋的对联大师。《朱子全集》卷后专门附有他作的楹联。其中有的是颂扬儒家理学的读书生活的，如：

水云长日神仙府；
禾黍丰年富贵家。

（赠人联）

东墙倒，西墙倒，窥见室家之好；
前巷深，后巷深，不闻车马之音。

（赠漳州一士子联）

十二峰送青排闼，自天宝以飞来；
五百年逃墨归儒，跨开元之顶上。

（题漳州大宝镇开元寺后山顶书舍联）

还有一些咏景联写得清新可喜，一些题赠联有一定的教育意义：

鸟识玄机，衔得春来花上弄；
鱼穿地脉，挹将月向水边吞。

（咏景联）

学成君子，如麟凤之为祥，而龙虎之为变；
德在生民，如雨露之为泽，而雷霆之为威。

（题松溪县学明伦堂联）

师师庶僚,居安宅而立正位;
济济多士,由义路而入礼门。

(题建宁府学明伦堂联)

总的说来,宋代楹联处于发展时期,应用范围逐步扩展和下移,制作和欣赏楹联已成为一种社会新风尚。这正如宋代诗人赵庚夫在《除夕即事诗》中所说:“桃符诗句好,恐动往来人。”其形式之新颖,内容之精练,艺术之巧妙,博得越来越多的人的喜爱和采用。

元代延续的时间不长,文治较为逊色,楹联创作没有什么进展,史籍记述亦寥寥。元代楹联作家首推书法家赵孟頫。据清代梁章钜《楹联丛话》所述,明代戴冠《濯缨亭笔记》云:“元世祖初闻赵子昂之名,即召见之。子昂丰姿如玉,照映左右。世祖心异之,以为非人臣之相。使脱冠,见其头尖锐,乃曰:‘不过一俊书生耳。’遂命书殿上春联。子昂题曰:‘九天阊阖开宫殿;万国衣冠拜冕旒。’(此联为集唐代王维《和贾至舍人早朝大明宫之作》诗句联)又命书应门春联,题曰:‘日月光天德;山河壮帝居。’”

赵孟頫其他名联有:

龙涧风回,万壑松涛连海气;
鹫峰云敛,千年桂月印湖光。

(题杭州西湖灵隐寺)

云雾润蒸华不注;
波涛声震大明湖。

(题山东趵突泉泺源堂。“华不注”,山名)

春风阆苑三千客;
明月扬州第一楼。

(题扬州迎月楼联,此联见清代褚人获《坚瓠集》)

梵宫敕建宋代,推甫里禅林第一;
罗汉塑源惠子,为江南佛家无双。

(题江苏吴县甪直镇保圣寺)

"甫里",指甪直镇。唐代文学家陆龟蒙,曾在甪直居住,自号甫里先生,甪直至今尚有陆龟蒙墓,故以甫里代称甪直镇。"惠子",指唐代雕塑家杨惠子。保圣寺内的罗汉系杨惠子所塑。相传杨惠子与吴道子同师张僧繇学画,学成后,杨羞于名列吴后,弃画改塑,遂名列第一。唐时有"道子画,惠子塑,夺得僧繇神笔路"之谚。

元代其他楹联作家也留下了少量作品。据元代杨元诚《山居新话》记载,他自题寓所一联曰:

光依东壁图书府;
心在西湖山水间。

宋元两代,由于楹联尚处于成长时期,创作和应用都不普遍,所以,总的成就不算大,思想内容不够深广,艺术上所达到的水平还不高。不过,值得注意的是,这一时期盛行起来的词和曲两种文学形式,都为明清两代楹联的繁荣和鼎盛准备了良好的文化条件。

二、明代楹联的繁荣

明代楹联创作走向繁荣的道路,跟朱元璋大力倡导和创作实践极有关系。朱元璋虽然出身微贱,行伍大半生,但却非常喜爱题联属对,留下许多妙联佳话。

朱元璋在戎马倥偬、争夺天下的时候,就喜欢与人出联索对,既用以试才逗趣,又寓托宏大志愿。例如,相传朱元璋举事前,冒雪外出,在雪地里遇见一位叫葛恩的人,遂问道:"天寒地冻,外来何事?"葛恩答道:"穷百姓鹑衣百结,不知何以御寒,放心不下,特地出来看看。"朱见他关心民间疾苦,是个同道中人,想结为知交,但不知他腹中文才如何,便口出一联,要葛恩应对:

天寒地冻,水无一点不成冰;

葛恩听了,是个拆字对,"水"加一点成"冰(氷)"。低头略思,把心中之愿作成一联:

国乱民愁,王不出头谁作主。

朱一听,“王”字出头为“主”,寓有要当“人主”之意,心中大悦,遂相邀共举大事。

又如,据《解人颐》一书中说,朱元璋在率兵包围集庆的路上,遇见一个十岁的小孩看守马驿,小孩那手执钢鞭的样子甚是可爱,不由信口笑题道:

十岁孩童当马驿;

那孩子是“初生牛犊不怕虎”,咬着指头,眨眨眼睛,望着朱对道:

万年天子坐龙庭。

朱元璋大喜。

再如,在攻打姑苏城时,朱元璋就“吞吴”二字,出了个寓志于谐的拆字联,要军师刘基续对下一联:

天下口,天上口,志在吞吴;

刘基按出联之旨构思,用“人王”二字勉对下一联:

人中王,人边王,意图全任。

朱元璋对楹联发展的突出功绩是推动春联的普及。“春联”这个名称,就是朱元璋提出来的。据清人陈尚古的《簪云楼杂说》记载:“春联之设,自明孝陵昉也。时太祖都金陵,于除夕忽传旨,公卿士庶家,门上须加春联一副。太祖亲微行出观,以为笑乐。偶见一家独无之,询知为阉豕苗者,尚未倩人耳。太祖为大书曰:‘双手辟开生死路;一刀割断是非根。’投笔径去。嗣太祖复出,不见悬挂,因问故。答云:‘知是御书,高悬中堂,燃香祝圣,为献岁之瑞。’太祖大喜,赉银三十两,俾迁业焉。”

由于朱元璋的大力提倡,楹联就以春联的形式普及起来,上行下效,蔚然成风。每逢除夕,家家户户都贴春联。这样就形成了我国的一种风俗。至此,楹联和桃符门神最后完成了历史的分化。

从明初起，春联采用红纸写。为什么用红纸写春联，其原因有二：其一，相传上古有一种叫“年”的凶兽，专门在寒冬特别是除夕出来为害吃人，但这种兽却怕光，怕响，尤其怕红的颜色，而旧时的桃符板恰恰也是暗红色，因此，用红纸是为了驱邪避害；其二，是红颜色本身带有喜庆色彩，用于春联可增加新年的喜庆气氛。

朱元璋不仅推广了春联，而且还创作了许多著名的名胜联、题赠联、谐趣联。名胜联如：

清风明月本无价；
远水近山皆有情。

（题莫愁湖联）

世事如棋，一着争来千古业；
柔情似水，几时流尽六朝春。

（题胜棋楼联）

佳水、佳山、佳风、佳月，千秋佳地；
痴色、痴声、痴情、痴梦，几辈痴人。

（题秦淮河联）

朱元璋首开帝王赐联之风。《列朝诗集》和《金陵琐记》记载了一些朱元璋题赐臣属的赠联。例如：

始余起兵于濠上，先崇捧日之心；
逮兹定鼎于江南，遂作擎天之柱。

（题赐中山王徐达）

国朝谋略无双士；
翰院文章第一家。

（题赐翰林学士陶安联）

谐趣联大都是和属僚、文士乃至百姓联句，例如：

一弯西子臂；（微服出访的朱元璋出句）

七窍比干心。(卖藕农民对句)

千里为重,重山重水重庆府;(微行的朱元璋出句)
一人成大,大邦大国大明君。(重庆府书生对句)

小村店三杯五盏,无有东西;(微行的朱元璋出句)
大明国一统万方,不分南北。(店主对句)

天作棋盘星作子,日月争光;(朱元璋与刘基对弈时出句)
雷为战鼓电为旗,风云际会。(刘基对句)

枕耽典籍,与许多圣贤并头;
扇写江山,有一统乾坤在手。

(朱元璋见陶安以书作枕戏题联)

朱元璋所作的对联,有的气势磅礴,想象丰富;有的清隽雅丽,富有诗情;有的含义深远,论古策今,使人读后感到才情不俗,格律工严,诚大手笔。据传朱元璋对楹联的意境要求很严。明代郎瑛《七修类稿》卷九记载,有一次朱元璋和四子朱棣、长孙朱允炆观看赛马,他触景生情,便出了个上联叫朱棣和朱允炆续对:

风吹马尾千条线;

朱允炆不懂得意境,对了个"雨打羊毛一片毡"的下联,虽然字数、词类都相对,但意境粗俗,给人以混浊、颓丧的感觉。朱元璋听后,心中甚为不快,觉得大明皇朝国势刚兴,续出此句很不吉利,便回头属意朱棣对。朱棣对的下联是:

日照龙鳞万点金。

朱元璋一听,觉得这个对句意境新奇,给人以富丽堂皇之感,才转忧为喜,但又为长孙的平庸而叹息。他曾对人说:"长孙无才,只怕王位难保。"果然,朱允炆后来登基不久,就被朱棣推翻。

明代以后楹联走向繁荣鼎盛,除了朱元璋推崇和提倡的原因之外,还有一个重要的原因，就是自明代起，科举制度以八股文取士，一般知识分子为了写好八股文，就对骈俪对偶细心研磨，务求精进，这就促进了人们作联的兴趣和技巧的提高，并使联语从律诗格律中突破出来。

到明代中叶，楹联进一步发展并盛行起来。楹联以春联的形式在全社会普及并成熟以后，由于文人学士们的赏识和乐于运用而迅速扩大了应用范围。从前贺婚祝寿、吊死问生、送行接风、赠言答情，多用短文或诗词，现在逐渐改用时髦的对联了，乃至厅堂书斋、名胜古迹、各行各业、社会交际、政治斗争、戏谑逗趣等，都使用对联形式。楹联变成了雅丽的装饰品，变成了高雅的交际手段，变成了雅俗共赏的文艺形式。

在楹联创作活跃、繁荣的局面中，涌现出了一批出色的楹联作家，其中以解缙、徐渭、杨升庵、祝允明等人成就最高。

解缙，洪武年间进士，小时人称"神童"。毛泽东在《反对党八股》一文中引用的那副对联，就是解缙戏赠一位轻薄秀才的：

墙上芦苇，头重脚轻根底浅；
山间竹笋，嘴尖皮厚腹中空。

民间流传的有关解缙属对的故事很多。还在学童时期，他就擅长对对子。有一天解缙摘来一朵花，摆在学堂座位上玩，忽见老师进来，吓得连忙把花塞在袖子里。老师即兴吟一上联：

小子暗藏春色；

解缙怕老师责怪，恭恭敬敬地续对承认：

大人明察秋毫。

又如，有一位官员遇见少年解缙，问他父母的职业。解缙用联语答道：

严父肩挑日月；
慈母手转乾坤。

官员初听不解，仔细一想，原来是一副谜联。父亲每日挑水，母亲一年到头推磨，说明他家是开豆腐坊的。

解缙成年后，有一年写春联，他看自家对面是曹尚书府的一园翠竹，就在大门上贴出了这样一副对联：

门对千竿竹；

家藏万卷书。

曹尚书看了，认为这是讽刺曹家有竹无书，不是书香门第，很是气恼，立即命家人把竹子砍了。解缙见此，便在原联后面续添两字：

门对千竿竹短；

家藏万卷书长。

曹尚书更加气恼，叫家人把竹桩连根刨掉。解缙又在对联后续加一字：

门对千竿竹短无；

家藏万卷书长有。

曹尚书无奈，只好忍气作罢。后来得知解缙才学出众，便请他来府一会，但又故意不开正门，让解缙从小门进。解缙为此神色不悦，曹尚书趁机用联句取笑他：

小犬无知嫌路窄；

解缙反手一击，对道：

大鹏展翅恨天低。

曹尚书指着门前的石狮子又出一联：

石狮子头顶焚香炉，几时得下？

解缙脱口对出下联：

泥判官手执生死簿，何日勾销？

进到中堂，墙上挂着"刘海戏金蟾"的画，桌上摆着一副象棋，曹尚书便指画出了一联：

地不扫,钱不撒,蟾不鸣,笑饱画中刘海;

解缙目视棋盘,顷刻对出下联:

车无轮,马无脚,炮无烟,闷煞阵内将军。

曹尚书接着以棋盘为题,又出一奇句:

天作棋盘星作子,谁人敢下?

解缙略思片刻,对道:

地作琵琶路作弦,那个能弹?

入席后曹尚书见解缙穿着一件绿袍子,便出一联相戏:

出水蛙儿穿绿袄,美目盼兮;

解缙一时未得对句,忽见端上来一道烧红虾的菜,观曹尚书穿着红袍,联想到曹尚书送往迎来总是点头哈腰的样子,喜得一个妙句:

落汤虾子著红袍,鞠躬如也。

经过一番联句斗智和宴间叙话,曹尚书见解缙才华横溢,对他十分器重,当场将女儿许配给他。

徐渭,字文长,明代书画家和文学家。在绘画上,他反对拟古,注重写意,大胆创新,成为"青藤画派"的始祖,对后来的画家陈洪绶、郑板桥、赵抝叔、任伯年、吴昌硕、齐白石等都有很深影响。徐渭对文学艺术方面的贡献,还表现在他亲手撰写过许多佳联巧对,墨迹流传至今。《徐渭集》中记载有他题写楹联的事迹。如《青藤书屋八景图记》中的一段说:

予卜居山阴县治南观巷西里,即幼年读书处也。手植青藤一本于天池之傍,颜其居曰"青藤书屋",自号"青藤道士",题曰"漱藤阿"。藤下天池方十尺,通泉,深不可测,水旱不涸,若有神异,额曰"天汉分源"。池北横一平桥,下承以方柱,予书"砥柱中流"。桥上覆以亭,左右石柱联曰:"一池金玉如如化,满眼青黄色色真。”左右叠石若岩洞，题曰：“自在岩”。筑一书楼，可望卧龙、香炉诸峰，予题有“未必玄关别名教，须知书户孕江山”之句，遂名其楼曰“孕山舫”。……

其中所记“青藤书屋”的题额和题联，皆出自徐渭之手笔。

徐渭的其他楹联作品亦颇多佳构。有不少是围绕治学读书生活的，如：

旧业尚存三径草；
小窗独对半床书。

以菜作齑虽曰易；
磨针从杵岂非难。

日午凭栏，看几点落花，听数声啼鸟；
夜深缓步，待半帘明月，来一榻清风。

（以上题书斋联）

水隔笙簧，白日鸟啼花竹里；
庭围锦绣，青春人在画图中。

（题张氏书室联）

好（hǎo）读书，不好（hào）读书；
好（hào）读书，不好（hǎo）读书。

（题卧室联）

从徐渭题写的对联中可以看出他的为人和处世态度。例如：

无求不着看人面；
有酒可以留客谈。

（家居联）

世间无一事不可求，无一事不可舍，闲打混亦是快乐；
人情有万样当如此，有万样当如彼，要称心便难洒脱。

（以上赠人联）

徐渭其他一些题写戏台、寺庙等的楹联也都贴切生动,例如:

画栋倚青霄,继往开来,瞬息竟成千古事;
雕梁挥彩毫,修文艺武,片时顿觉百般新。

四美具,二难并,人正好逢场作戏;
千金多,一刻少,天何不转夜为日?

(以上题戏台联)

思亲泪落吴江冷;
望帝魂归蜀道难。

(题芜湖灵泽夫人祠联)

八百里湖山,知是何年图画;
十万家烟火,尽归此处楼台。

(题杭州凤凰山城隍庙联)

明代其他重要楹联作家也多有作品传世。例如:
杨慎题昆明华亭寺的楹联:

一水抱城西,烟霭有无,拄杖僧归苍茫外;
群峰朝阁下,雨晴浓淡,倚栏人在画图中。

祝允明题扬州凝翠轩联:

四面有山皆入画;
一年无日不看花。

李东阳题山东曲阜孔府的对联:

与国咸休,安富尊荣公府第;
偕天不老,文章礼乐圣人家。

张居正题故宫文华殿的楹联:

四海升平,翠帷雍容探六籍;
万机清暇,瑶编披阅惜三余。

王守仁题杭州于谦祠的楹联：

赤手挽银河，公自大名垂宇宙；
青山埋白骨，我来何处吊英贤？

左光斗的自题述怀联：

风云三尺剑；
花鸟一床书。

顾宪成题东林书院的对联：

风声雨声读书声，声声入耳；
家事国事天下事，事事关心。

史可法自题的述怀联：

斗酒纵观廿一史；
炉香静对十三经。

这些传世的名联佳对，窥一斑而知全豹，大体上可以反映明代楹联创作的盛况和所达到的新水平。

三、清代楹联的鼎盛

楹联发展到清代进入了极盛时期，楹联创作出现一个黄金时代。如果说，每一个时代或朝代都有它的文学代表形式，如先秦散文、汉赋、六朝骈体文、唐诗、宋词、元曲、明小说，那么，清代文学上的代表作，除小说外，就是楹联。

清初的康熙、雍正、乾隆都爱重文学，喜欢吟诗作对，提倡并亲自撰写楹联。据《日下尊闻录》记载，清宫内外一切皇帝游幸的地方，几乎处处都有楹联。当时紫禁城内宫门楹联就有一百二十多副。由于帝王的爱好和推动，我们这个素称“诗国”的民族，在宋明文化发展的基础上，终于把楹联推上了最高潮，成为盛行全国、风靡官民的世风时尚。满族人富察敦崇在乾隆二十三年印行的《燕京岁时记》中，记载了京城“春联”和“门神”的情况，其“春联”条中说:“春联者,即桃符也。自入腊以后,即有文人墨客,在市肆檐下书写春联,以图润笔。祭灶之后,则渐次粘挂,千门万户,焕然一新。或用朱笺,或用红纸,惟内廷及宗室王公等例用白纸,缘以红边、蓝边,非宗室者不得擅用。”其“门神”条中说:“门神皆甲胄执戈,悬弧佩剑,或谓为神荼、郁垒,或谓为秦琼、敬德,其实皆非也,但谓之门神可矣。”由此可见,宋、明时代曾经在桃木板上相互挤斗的对联和门神,到明末清初都被挤出了桃板,桃木板儿被废弃不用了。春联空前兴盛而门神却趋于冷落。

清代楹联的鼎盛,主要表现在如下几个方面:一是应用范围的扩大和普及。从皇帝的宫殿到监狱的牢门,从官署衙门到文人书斋,从富人的厅堂到穷家的茅舍,从贺婚祝寿到吊丧悼亡,以至庙宇亭榭、名胜古迹、三教九流、七十二行,无处不见长短不一、情趣各异的对联。二是楹联种类的多样化和争奇斗胜。除流行最广的春联外,各类喜联、寿联、挽联、名胜联、行业联、装饰联、应制联、交际联、集联、课联和文艺作品联等都在社会上广泛流行起来。三是楹联的内容广泛深刻,写景状物,抒情言志,述史记事,宣传鼓动,哲理格言,歌颂评赞,批判讽刺,斗智弄巧,社会生活的各方面内容都在楹联中得到了反映。同时,还出现了许多歌颂祖国、讴歌进步、讴歌劳动、反抗和鞭挞封建势力和封建迷信等的重要社会内容。四是楹联的形式丰富多样,不拘一格,它突破了五七言为主的格律诗的句式,创造出许多新形式,有诗句也有散句,有短联,也有长联,非常灵活自由。五是楹联的艺术性达到了纯熟、完美的境界,特别是这一时期崛起的名胜古迹联,取得了极高的艺术成就。其中相当多的楹联都是艺术珍品,具有不朽的美学价值。人们漫行中华大地,神州八方,哪里有名山大川,胜迹佳境,佛殿书院,名祠仙窟,画阁芳园,哪里就有名家高手制作的楹联。这些楹联,犹如一串串闪光耀彩的艺术明珠,与祖国的秀丽风光相映生辉,把美丽的河山装饰得更加典雅壮丽,美不胜收。六是涌现了一大批楹联大师,创作了难以数计的楹联作品。楹联大师如康熙、乾隆、纪晓岚、郑板桥、梁章钜、彭元瑞、何绍基、邓石如、翁方纲、林则徐、彭玉麟、钟云舫等,真如唐代诗人那样群星灿烂。

康熙和乾隆是清初的两位极负盛名的楹联家。这个时期，政治安定，经济恢复，国势承平，史称“康乾盛世”。康乾二帝重视文治，本身也擅长诗词书法，喜好游览名胜，每到一处，往往题辞书联，留下了许多对联作品。

康熙的楹联佳品如：

波光先得月；
山秀自生云。

(题苏州仰苏楼联)

松声竹韵清琴榻；
云气岚光润笔床。

(题苏州行宫联)

表正万邦，慎厥身，修思永；
宏敷五典，无轻民，事惟艰。

(题故宫乾清宫)

四镇多二心，两岛屯师，敢向东南争半壁；
诸王无寸土，一隅抗志，方知海外有孤忠。

(挽郑成功联)

乾隆的楹联佳品如：

怀抱观古今；
深心托毫素。

(题故宫三希堂)

绩奠九州垂万世；
统承二帝首三王。

(题山东禹登山大禹庙)

雁塔影标霄汉表；
鲸钟声渡石泉间。

(题苏州虎丘寺)

胜赏寄云岩，万家总输奇秀；

清阴留竹柏，四时不改葱茏。

（题中南海静谷）

气备四时，与天地日月鬼神合其德；

教垂万世，继尧舜禹汤文武作之师。

（题北京孔子庙大成殿）

古今并入含茹，万象沧溟探大本；

礼乐仰承基绪，三江天汉导洪澜。

（题沈阳故宫文溯阁）

生全孝，死全忠，拼此身报答君亲，忍辱含愤志士仁人今感泣；

朝在潮，夕在汐，凭浩气流行江海，御灾捍患吴山越水古英灵。

（题浙江吴山伍子胥庙）

纪昀，字晓岚，清代乾隆年间进士，官至礼部尚书、协办大学士。曾任《四库全书》馆总纂官，纂定《四库全书总目提要》。他不仅是国学大师，而且是对联圣手。他作联极尚工巧，妙联佳构，出人一筹。请看他题承德避暑山庄“万壑松风”楹联：

八十君王，处处十八公，道旁介寿；

九重天子，年年重九节，塞上称觞。

这是曾受到乾隆称赞的一副巧联。八十君王：指松树。八十，即“木”字分拆，木中之君王，松也。十八公，亦为“松”字分拆。介寿：祝寿。九重天子：指康熙、乾隆等来山庄避暑的清代皇帝。上联将“八十”与“十八”字序颠倒，突现一个“松”字，从而写出了风物的特色；下联将“九重”与“重九”字序颠倒，衬托渲染了帝王避暑生活的特点。兼之上联联尾拟人和下联联尾描写相对仗，读联思物，如闻“万壑松风”传酒令，如见山庄天子宴饮景。尽管反映的是帝王生活的一角，但艺术上堪称佳构。

再看纪昀的几副妙联：

有钱难买命；
无药可医贫。

（题财神和药王合庙神龛）

不明才主弃；
多故病人疏。

（改孟浩然《岁暮归南山》“不才明主弃，多病故人疏”诗句成联，以嘲某庸医）

绣阁团圞同望月；
香闺静好对弹琴。

（贺天津太守牛稔文子完婚联，巧用“牛郎织女”和“对牛弹琴”两个典故）

纪昀与人联句更见其妙，请看：

太极两仪生四象；（邀宴，主人为纪迟到而出句）
春宵一刻值千金。（纪双关对句）

水部火灾，金司空大兴土木；

（清代乾隆年间，时人因工部失火，大司空金简奉旨修建事出句，内嵌“金、木、水、火、土”）

北人南相，中书君什么东西。

（纪晓岚借一位任中书官的同乡之事对句，内嵌“东、西、南、北、中”）

口十心思，思妻思子思父母；（乾隆巧出析字句以试问）
言身寸谢，谢天谢地谢君王。（纪昀对以谢恩告假）

池中莲苞攥红拳，打谁？（乾隆游江南即景出句）
岸上麻叶伸绿掌，要啥？（纪即景对句）

林则徐不仅是一位杰出的民族英雄和政治家，而且对历史和文学都有很高的修养，平生所题写的对联很多，思想性和艺术性都达到相当高的水平。

求通民情；
愿闻己过。

（题江苏廉访使任所大堂）

苟利国家生死以；
岂因祸福避趋之？

（题家中堂室）

朗月照人如鉴临水；
时雨润物自叶流根。

（自题格言联）

攀桂天高，忆八百孤寒，到此莫忘修士苦；
煎茶地胜，看五千文字，个中谁是谪仙才？

（题福州贡院）

儒术岂虚谈，水利书成，功在三江宜血食；
经师偏晚达，专家论定，狂如七子也心降。

（题嘉定归震川先生祠）

小队出郊坰，愿七萃功成，甲洗银河长不用；
偏师成堡垒，看百蛮气慑，烟消珠海尚余清。

（题为禁烟练兵而建的演武厅）

六载固金汤，问何人忽坏长城，孤注空教躬尽瘁；
双忠同坎壈，闻异类亦钦伟节，归魂相送面如生。

（挽关天培）

钟云舫是清代擅撰长联的大家。在清代楹联越写越长的趋势中，他所写的许多长联，代表了这一时期长联创作的成就和水平。

钟云舫,四川江津人,生活于同治、光绪年间,一生坎坷。曾因文字切中时弊,揭发贪官污吏而入狱。今存钟云舫所撰超长联三副,一副是题成都望江楼公园崇丽阁的楹联,一副是六十自寿联,另一副是题他的家乡江津县临江城楼联,后两副将在本书“超长联”部分论述。兹录望江楼公园的一联:

几层楼独撑东面峰,统近水遥山,供张画谱:聚葱岭雪,散白河烟,烘丹景霞,染青衣雾。时而诗人吊古,时而猛士筹边。最可怜花蕊飘零,早埋了春闺宝镜;枇杷寂寞,空留着绿野香坟。对此茫茫,百感交集。笑憨蝴蝶,总贪迷醉梦乡中。试从绝顶高呼:问、问、问,这半江月,谁家之物?

千年事屡换西川局,尽鸿篇巨制,装演英雄:跃冈上龙,殒坡前凤,卧关下虎,鸣井底蛙。忽然铁马金戈,忽然银笙玉笛。倒不如长歌短赋,抛撒些幽恨闲愁;曲槛回廊,消受得清风好雨。嗟予蹙蹙,四海无归。跳死猢狲,终落在乾坤套里。且向危楼俯首:看、看、看,哪一块云,是我的天!

这副超长联是钟云舫写于狱中的感愤之作。

此联上联由望江楼的近景写到远景:葱岭的白雪,白河的烟雨,丹景山的红霞,青衣江的轻雾。这些山河景色之美,吸引着往古的文人墨客和守边将士。然而,令人悲怜的是,花蕊夫人、才女薛涛,这些风流艳丽,都早被历史埋没,空留香坟了。这怎不令作者感叹人生无可把握,犹如庄周梦蝶呢。下联回溯四川的历史,细数诸葛亮、庞统、董宣、公孙述等英雄的业绩。但是,这些英雄业绩也都在历史的乱、治交替中销声匿迹了。这倒还不如文人骚客那样歌赋寄情,陶然山水。想到自己的惨痛遭遇,“终落在乾坤套里”,已是悔恨莫及了,有哪一块云是我头上的天呢?全联愤世悯人,一泻如注,如泣如诉,哀怨感人。

钟云舫不仅在长联创作中独得魁首,而且短联,特别是春联也写得风骨高雅,不落俗套。其中有嘲弄“神仙”、“圣贤”的,有抨击时政官场的,

有刺富悯贫的,有陈情诉冤的。这里选录几联:

神仙何必讲道德;
圣贤究不免迂酸。

吏治牧羊夸猛虎;
军家捕鼠养馋猫。

还有不少对联表现了旧社会一个正直的知识分子的清苦生活和一身傲骨。如:

谋生梦好鸡常破;
索债人多犬不闲。

满腔子都是恻隐;
一肚皮不合时宜。

几根穷骨头撑起气运;
两个大眼孔看倒乾坤。

过苦年,苦年过,过年苦,苦过年,年来年去今变古;
读好书,好书读,读书好,好读书,书田书舍子而孙。

侠烈一层,刚傲一层,愚拙一层,屈指世间谁似我?
功名相厄,银钱相厄,疾病相厄,伤心命运不如人。

在清代各类楹联竞相争奇斗艳的盛况之中,名胜古迹联取得的成就最为辉煌。遍布全国的许多脍炙人口的胜迹名联,大多出自清代人之手。其构思之老练,行文之典雅,技法之高超,意境之深沉,都达到了登峰造极的地步。在不胜枚举的名迹佳联中,我们选录彭玉麟的几副作品,庶可代表一般。

彭玉麟,字雪琴,湖南衡阳人,曾任曾国藩幕僚,参与镇压太平天国农民起义,后官至兵部尚书。他一生题写过不少胜迹联,酣畅淋漓地赞美了祖国的壮丽河山,值得我们借鉴。例如:

胜地足流传，直博得一代芳名，千秋艳说；
赏心多乐事，且看此半湖秋水，十顷荷花。

（题南京莫愁湖）

我本楚狂人，五岳寻仙不辞远；
地犹邹氏邑，万方多难此登临。

（题山东泰山万仙楼集句联）

凭栏看云影波光，最好是红蓼花疏，白蘋秋老；
把酒对琼楼玉宇，莫辜负天心月到，水面风来。

（题杭州西湖平湖秋月）

心远天地宽，把酒凭栏，听玉笛梅花，此时落否？
我辞江汉去，推窗寄慨，问仙人黄鹤，何日归来？

（题武汉黄鹤楼）

百千劫，危楼尚存，问谁摘斗摩霄，目空今古？
五百年，故侯安在，只有倚栏看剑，泪洒英雄。

（题广州越秀山镇海楼）

钟阜割秀，清溪分源，咫尺接层城，叹禁苑全虚，尚留此寺；
谢傅棋枰，荆公第宅，去来皆幻迹，问孤墩终古，究属何人？

（题南京半山寺）

战舰列千军，想当年小乔夫婿，破浪乘风，多少雄姿英发。今我戈船来系楫，吊古凭栏，叹几许事业兴亡，只赢得残灰劫火；
湖天开一碧，看此日大地山河，落霞孤鹜，无非活泼生机。谁家铁笛暗飞声，悲歌击筑，把那些沧桑感慨，暂付与芳草斜阳。

（题江西永修县吴城望湖亭联）

清代楹联之所以能出现全盛局面，创造出一个灿烂辉煌的楹联艺术时代，除了当时社会所提供的许多现实的有利条件之外，还有一个很重要的原因，那就是这一时期的联坛作家敢于大胆地突破楹联格律的种种传统,善于从当时已经成熟的其他文学形式中吸取营养,借各种文学的体式、句式、技法、风格、修辞为我所用,诸如诗的精练蕴藉,赋的铺陈夸张,词的中调长调,曲的急促爽劲,散文的自由潇洒,小说的描写对话,经文的节短韵长等,一切可取的文学表现手法和艺术技巧,楹联几乎都兼收并蓄,熔铸创新。

有的楹联像赋。例如:

当年多士登楼,追陪雅集。溯渔洋修禊,宾谷题襟,招来济济英髦,翰墨壮江山之色。繄玉钩芳草,绿蘸歌衫,金带名花,香霏砚席,扬华摛藻,至今传宏奖风流。贤使君提倡骚坛,谁堪梅阁联诗,芜城续赋?

此日有人骑鹤,烂漫闲游。怅文选楼空,蕃厘馆圮,阅尽茫茫浩劫,园林剩瓦砾之场。只桥畔吹箫,二分月古,湾头打桨,十里春深,补柳栽桑,渐次复升平景象。大都会搜寻胜概,我欲雷塘泛酒,蜀井评泉。

(清代道光进士何栻题扬州题襟馆)

有的楹联像散文。例如;

出门一瞧,数十里图画屏风,请看些梵宇僧楼,与丹枫翠柏相间,红的火红,白的雪白,青的靛青,绿的碧绿;

归台再想,几千年江山人物,回溯那朱门黄阁,和茅屋蓬扉接壤,名者争名,利者夺利,圣者益圣,庸者愈庸。

(济南千佛山北极台联)

又如:

侍金銮,谪夜郎,他胸中有何得失穷通。但随遇而安,说什么仙,说什么狂,说什么文章声价。上下数千年,只有楚屈原,汉曼倩,晋陶渊明,能仿佛一人胸次;

踞危矶,俯长江,这眼前更觉天地空阔。试凭栏远眺,不可无诗，不可无酒，不可无奇谈快论。流连四五日，岂惟牛渚月，白纻云，青山烟雨，都收来百尺楼头。

（黄琴士题安徽采石矶太白楼）

有的楹联像经文。例如：

一屋一椽，一粥一饭，檀越膏脂，行人血汗，尔戒不持，尔事不办，可惧，可忧，可嗟，可叹；

一时一日，一月一年，流光易度，幻影非坚，凡心未尽，圣果未圆，可惊，可怕，可悲，可怜。

（镇江金山寺斋堂联）

清代楹联受宋词、元曲的影响特别大。由于借鉴和吸收了词、曲的体式、格调和手法，楹联的容量、形式、风格和表现技巧都发展得更加丰富多彩。这里，我们概略地做些探讨。

清代著名的戏曲理论家、文学家和楹联作家李调元在《雨村曲话》中引《弦索辨讹》中说：“三百篇后变而为诗，诗变为词，词变而为曲。诗盛于唐，词盛于宋，曲盛于元之北。北曲不谐于南而始有南曲。南曲则大备于明。”（《中国古典戏曲论著集成》第八册第七页，中国戏曲研究院编，中国戏曲出版社一九六〇年版）在中国诗歌史上，古风、格律诗、词、曲都有历史渊源关系，既有纵向的继承和发展，又有横向的借鉴和吸收。因此有人说，词是诗之余，曲是词之余。而楹联，作为诗歌家族中的一员，它从孕育、诞生以至发展、繁盛，也先后从各种文学形式，特别是诗、词、曲中吸取了丰富的营养。

楹联从宋词中吸收营养而得到发展和创新。词，原是和燕乐相配的一种歌词，又称“曲子词”。燕乐者，宴乐也，是一种从印度、中亚细亚经新疆、甘肃传入中原的以琵琶为主要乐器的新兴乐曲，隋、唐时代盛行并被用到宴会上。作为一种文学形式而兴起的宋词，根据字数的多少分为小令、中调和长调，或根据段数分为单调、双调、三叠、四叠。词运用的是长短句，不像格律诗，每句字数必须相同。词的对仗，也不像格律诗那样有明确的规定,而是因词调而异,既可平仄相对,也可平声对平声,仄声对仄声,不像格律诗平仄必须相对,而且宋人填词还有突破定格的现象。同时,词的容量较大,写景抒情、述史咏怀,酣畅淋漓,有很强的表现力和感染力。词的这些特点和优点,逐渐地被楹联家们引入自己的楹联创作中,使楹联的形式和内容有了很大的突破。其表现主要为三个方面:

第一,借鉴词的体式而创造出长联和超长联。词中的双调是最常见的形式,通常是上、下阕的字数相等或基本相等,平仄也大致相对仗,这种双调就为长联的产生提供了启示。而词的长调(慢词)则可看成是超长联的引发者。清联中有些长联,俨若一曲双调,其上、下联与词的上、下阕,形式相近,字数、句式也大体相同。例如:

试看他春如醉,秋如醒,合四时间变幻景光。尽消凝晴姿雨态,夕霭朝晖,雪映霞酣,星初日午。安排着诗酒琴歌,话南渡当年,过去漫牵无限感;

恰好这山为迎,水为送,买一篷儿拓开怀抱。遍探寻邃馆岑台,回楼古刹,名泉秀石,宠柳妍花。狎玩些烟波鱼鸟,算西湖此日,到来俱是有情人。

(熊香海题杭州西湖问花舫)

又如:

数千年胜迹,旷世传来,看凤凰孤岫,鹦鹉芳洲;黄鹄渔矶,晴川杰阁。好个春花秋月,只落得剩水残山。极目古今愁,是何时崔颢题诗,青莲搁笔?

一万里江山,几人淘尽?望汉口斜阳,洞庭远涨,潇湘夜雨,云梦朝霞。许多酒兴风情,仅留下苍烟晚照。放怀天地窄,都付与笛声缥缈,鹤影蹁跹。

(李联芳题武汉黄鹤楼)

第二,吸收词的同字可以对偶的方法,突破异字相对的限制,形成可用同字相对的宽式作联技法。例如:

少年不识愁滋味，爱上层楼，爱上层楼，为赋新词强说愁。

而今识尽愁滋味，欲说还休，欲说还休，却道“天凉好个秋”！

（辛弃疾《采桑子》）

颇有几文钱，你也求，他也求，给谁是好；

不作半点事，朝也拜，夕也拜，教我为难。

（某财神庙联）

第三，活用词的对偶句脚平仄对仗极为自由的特点，对联的某些句脚不拘上仄下平的定格，有时可以平对平、仄对仄或出句平而对句仄。

词的例子：

左牵黄，右擎苍。

（苏轼《江城子》，句脚平对平）

波似染，山如削。

（柳永《满江红》，句脚仄对仄）

柳丝长，春雨细。

（温庭筠《更漏子》，句脚仄对平）

楹联的例子：

与我公别几许时，忽警电飞来，忍不携二十年刎颈交，同赴泉台，漫赢将去楚孤臣，箫声呜咽；

近至尊刚十余日，被群阴构死，甘永抛四百兆为奴种，长埋地狱，只留得扶桑三杰，剑气摩空。

（唐才常挽谭嗣同。句脚平对平）

日月明朝昏，山风岚自起，石皮破仍坚，古木枯不死；

可人何出来，千里重若意，永言诔黄鹤，志士心未已。

（拼字巧联。句脚仄对仄）

洞庭湖，八百里，波滚滚，浪涛涛，大宗师从何而来？

巫山峡，十二峰，云霭霭，雾腾腾，本主考从天而降。

（李调元对某官。句脚仄对平）

曲对清代楹联的影响也是非常深刻的。曲是产生于宋,兴盛于元,流行于明、清的一种韵文,其体式和词相近。王国维称曲是“中国最自然的文学”。这是因为曲最早发源于民间,就其风格而言,典雅与通俗共兼,庄重与谐趣并存。在行文造语方面,较多运用口语、俚语、成语等;在用字技巧上,比起诗词来也多见复字、叠字和衬字;从格律上看,用韵和平仄相当宽,形式更自由。由于可用衬字,同一曲调的字数伸缩性很大,有的曲调甚至字句不拘,可以增损,还允许个别的根本不讲平仄的“自由句”。总体来说,曲较诗、词自由灵活。

作为格律诗形式之一的曲,虽然较为自由,但也是讲对仗的。曲对仗的主要形式有:

其一,两句对,亦称“合璧对”,最常见。例如:张可久的[南吕·一枝花]《湖上归》:“长天落彩霞,远水涵秋镜;花如人面红,山似佛头青。”又如张可久的[双调·折桂令]《赠歌者秀英》:“倾国倾城越西子梨梨枣枣,行云行雨楚巫娥暮暮朝朝。”

其二,三句对,亦称鼎足对或“三枪”。如[正宫]《三煞》:“涨一竿春水,带一抹寒烟,棹一只渔船”;[南吕]《感皇恩》:“一帘风,三月雨,五更寒。”

其三,扇面对,如第四句对第六句,第五句对第七句。例如:[正宫]《三煞》中的第三句到第六句:“新妇矶头,鸥鹭乡中,女儿浦口,鹦鹉洲边。”

其四,四句对,亦称联璧对。如[大石调]《玉翼蝉煞》:“云黯黯,水迢迢,风凛凛,雪飘飘。”

其五,联珠对,即一首曲中对仗的句子占压倒多数,只有少数不对。如[大石调]《玉翼蝉煞》全曲二十九句,不对仗的仅五句,其余二十四句分别对仗。

其六,两韵对,即出句尾字和对句尾字同一韵部。例如“春花明彩袖,春酒满金瓯”,不但两个“春”字同字相对,“袖”与“瓯”又同属曲韵十六部“尤侯”。

其七,首尾相对,亦称鸾凤和鸣对。如杨朝英“小令”[正宫]《叨叨令》(叹世)首句作“想他腰金衣紫青云路”,末句作“那里也龙韬虎略擎天柱”。

其八,重叠对,即第一、二、三句对第四、五、六句。例如:《北词广正谱》所引[越调]《鬼三台》前六句的曲文是:“两家局安营地,施谋智,似挑军对垒;等破绽,用心机,色儿似飞沙走石。”

曲的对仗的特点主要是:

其一,有工对也有宽对,但宽对更普遍,还出现了似对非对即在“对与不对”之间的句子。

其二,句中自为对的现象较常见。如《铁拐李》第二折第五曲:“你嫁个知心可意新家长,那里发付那有母无爷小业冤。”又如《梧桐雨》第四折第十曲:“本待闲散心追欢取乐,倒惹的感旧恨天荒地老。”

其三,错综成对或倒字(词)为对。如《碧桃花》第一折第七曲:“可正是月明千里故人来,惭愧你东风一夜传芳讯。”“传芳讯”倒为“芳讯传”正好与上句“故人来”相对。又如《赵氏孤儿》第一折第八曲:“可不道忠臣不怕死,怕死不忠臣。”错综回环成对。

其四,以俗语入对的现象很普遍。如《望江亭》第一折第七曲:“一会儿甜言热趱,一会儿恶叉白赖。”又如《城南柳》第一折第八曲:“玄都观为头树,彭泽庄第一株。”“为头”作为口语,跟“第一”字面不对而意义恰对。

曲,既有格律可守,又有很大的自由驰骋的余地,因而容量较大,表现力较强。作者既可用“联套”形式长篇叙事,又可用“小令”来抒情;既可使用典雅的词语,又可把一切方言、俚词、外来语容纳进去,使格律形式和自由表达有机地统一起来,收到灵巧有趣、雅俗共赏的效果。曲的这些特点,给楹联的发展提供了很大的启示和借鉴。清代楹联正是吸收了曲的新特点、新营养,才取得了长足的发展。

兹举一曲五联实例比较说明:

关汉卿《黄钟煞》:

> 我是个蒸不烂、煮不熟、捶不扁、炒不爆、响当当一粒铜豌豆,恁子弟每谁叫你钻入他锄不断、斫不下、解不开、顿不脱、慢腾腾千层锦套头。我玩的是梁园月,饮的是东京酒,赏的是洛阳花,攀的是章台柳。我也会吟诗,会篆籀,会弹丝,会品竹;我也会唱鹧鸪,舞垂手;会打围、会蹴鞠,会围棋,会双陆。你便是落

了我牙,歪了我口,瘸了我腿,折了我手,天赐与我这几般儿歹症候,尚兀自不肯休。……

某君中举后自嘲联:

回忆去岁饥荒,五六七月间,柴米尽焦枯,贫无一寸铁,赊不得,欠不得,虽有近戚远亲,谁肯雪中送炭?

侥幸今朝科举,一二三场内,文章皆合式,中了五经魁,名也香,姓也香,不拘张千李万,都来锦上添花。

批判时政联:

什么天主教,称天父天兄,绝人伦,灭天理,光天化日,闹得天昏,赶多咱天讨天诛,天才有眼;

这些地方官,似地贼地寇,掘地宝,剜地藏,胜地名区,变成地狱,又搭上地租地税,地也无皮。

上海嘉定花神庙许太眉联:

海棠开后,燕子来时,良辰美景奈何天。芳草地,我醉欲眠;楝花风,尔且慢到;

碧瀣倾春,黄金买夜,寒食清明都过了。杜鹃道:不如归去;流莺说:少住为佳。

杭州西湖中山公园联:

水水山山,处处明明秀秀;

晴晴雨雨,时时好好奇奇。

北京圆明园戏台楹联:

尧舜生,汤武净,五霸七雄丑末耳。伊尹太公便算一支耍手,其余拜将封侯,不过摇旗呐喊称奴婢;

四书白,六经引,诸子百家杂说也。杜甫李白会唱几句乱弹,此外咬文嚼字,大都缘街乞食闹莲花。

清代楹联在鼎盛繁富的另一面，则有点“滥”。这种“滥”之弊，在挽联和应制联中表现得更为严重。据梁章钜《楹联丛话》和吴恭亨《对联话》所记载，清季帝后藩臣、富绅名流遇有丧事往往挽联如云，呈耀笔墨。如清隆裕太后之丧，京师开追悼会，有挽联数百副。其中虽不乏佳作，但也有许多属应酬之作，思想艺术都不可取。

清代的应制联更是盛行一时，凡遇皇家典庆，皆命臣属进御对联。这些应制联，无不是铺摛鸿藻，申夸景铄，歌扬皇德，鼓吹升平。康熙、乾隆两朝曾两次编辑“万寿盛典”文册，收编进御楹联。例如康熙五十二年六十岁生日时，京城自大内出西直门直达西苑，皆建立牌楼坛宇，每座上都有楹联，皆出自当时的名公硕彦之手。例如：

文德武功，兼帝王而大备；
心宗性学，贯圣智以纯全。

沸地笙镛，丹凤和鸣占景运；
弥天烟霭，青鸾翔舞识祯符。

十雨五风，处处康衢歌帝力；
千秋万岁，年年华渚耀神光。

日之升，月之恒，万年延宝祚；
天所覆，地所载，亿祀奠金瓯。

敷天长戴仁天，知后天之不老；
大地同游乐地，真应地以无疆。

又如乾隆五十五年八十岁寿典，华祝嵩呼之盛，呈献楹联之多，更是史所未闻。诸如：

皇建福极；
位在德元。

尧龄增瑞甲；
轩纪叶长庚。

五福堂同五代；
八旬时念八征。

人如夏谚歌游豫；
地是春台乐皞熙。

福由天纵超千圣；
年越古稀又十春。

文武神圣在明明德；
位禄名寿得全全昌。

七曜灿珠囊，荣镜宇宙；
万年绵宝箓，合撰升恒。

久道、久照、久成、久征不息；
贞观、贞明、贞一，贞下起元。

旸雨协丰，占征念九畴之八；
京垓增泰，策呼闻万寿者三。

龙飞五十有五年，庆一时，五数合天，五数合地，五事修，五福备，五世同堂，五色斑斓辉彩服；
鹤算八旬逢八月，祝万寿，八千为春，八千为秋，八元进，八恺登，八音从律，八风缥缈奏丹墀。

又，清紫禁城中，各门、宫、殿、屏、槅、扇，皆有应制春联，每年腊月下旬悬挂，次年正月下旬撤去。这些春联，系乾隆年间敕命儒臣分手撰拟，典丽堂皇，藻绘粉饰，所以不得改易。其中有需要换新的，只换新绢，联语仍用原文。例如：

麟定螽诜，叶二南于彤管；
星轩月殿，配一德于丹宸。

（坤宁宫联）

日丽丹山,云绕旌旗辉凤羽;
祥开紫禁,人从阊阖覲龙光。

(太和门联)

帝座九重高,禹服周疆环紫极;
皇图千祀永,尧天舜日启青阳。

(乾清门联)

辉骈宝券晋云阊,推策纯常集嘏;
庆衍瑶筹嬴澥屋,阐珍舄奕流禔。

(宁寿宫敛禧门联)

优游茀禄咸宜,宝箓日增侔岱华;
昌炽寿耇弥固,瑶躔春茂式玑衡。

(养性殿联)

皇图盛际阳春,观苍驾,日升久照;
帝座高临北极,庆紫垣,星拱端居。

(皇极殿联)

这些应制联,如同封建帝王制度一样腐朽,自然也随着封建帝制的埋葬而同时被历史淘汰了。

第三节 近现代楹联的继承和运用

一、旧民主主义革命时期的楹联

从鸦片战争到五四运动的旧民主主义革命时期,楹联依然盛行于整个社会。这一时期楹联的特点是,许多楹联被赋予战斗的、革命的内容,尤以讽刺联和哀挽联创作最盛,成就最高。在阶级矛盾和民族矛盾日益尖锐和复杂的社会背景之下,人民群众和进步力量,除了诉诸政治手段进行革命和改革外,还借助笔墨文辞,口诛笔伐,于是,批判讽刺性的对联大量出现，辛辣诙谐，鞭辟入里，一针见血。另一方面，许多仁人志士，在谋求救国救民，与封建势力、帝国主义的拼搏之中，或慷慨就义，或赍志以没，其业绩感天动地，其浩气充盈宇宙，其典范永垂青史，同胞同志，爱而敬之，痛而悼之，往往寄情于联，撰写了特别丰富而珍贵的哀挽联，其思想性、艺术性和历史价值都是前人所不能比拟的。

这一时期楹联的突出成就，主要表现在以下几个方面。

（一）太平天国农民起义领袖的楹联

洪秀全领导的太平天国时期，楹联创作十分兴盛，起义将领撰写了大量楹联，表达他们的理想、斗志、激情和生活。张德坚在所谓《贼情汇纂》一书中说：太平军"最尚联句，凡陷一城，分据宅第，谓之打馆，必令充先生者搜括红黄纸张撰联句，以朱墨书之，互相夸耀"。试看一组佳联。

太平天国天王洪秀全联：

马上得之，马上治之，造亿万年太平有道于弓刀锋镝之间，斯诚健者；

东面而征，南面而征，救廿一省无罪顺民于水火倒悬之会，是曰仁人。

（洪秀全自撰卧室联，后又题于南京新政大殿）

天命诛妖，杀尽群妖，万里河山归化日；

王赫斯怒，勃然一怒，六军介胄逞威风。

（洪秀全题太平天国天王府联）

暂借荆山栖彩凤；

聊将紫水活蛟龙。

（冯云山自题书馆门联）

泗水文章流紫水；

尼山木铎振荆山。

（冯云山题广西桂平紫荆山私塾孔子牌位联）

石达开联：

忍令上国衣冠，沦诸异域；

相率中原豪杰，还我河山。

树三十面征旗，收来豪杰英雄，虎豹威，熊罴猛，吊民伐罪，只鼓一气渡黄河。战必胜，攻必取，方收我诸夏之社稷；

享二百年国祚，放着贪官污吏，豺狼性，狐狸心，暴敛横征，罔知万民皆赤子。得不易，失不难，何保尔夷狄之江山。

其他人也多有佳构，如：

指示机宜，伤心两百余年，忍令故国衣冠沦为妖服；

挥军力战，假手六千君子，但愿当朝父老重返王都。

（某指挥长官邸联）

（二）戊戌维新人物的楹联

戊戌人物的变法维新思想、抱负及其壮志未酬的憾恨，在他们创作的楹联中得到了真实的反映。请看：

康有为联：

时御天风跨鸾凤；

或入碧海掣鲸鱼。

（康有为自题联）

逄比孤忠，岳于惨戮，古人尚尔，君复奚悲！地下如有知，好从孝孺先生，启口问成王安在？

汉家党锢，唐代清流，自昔已然，于今为烈。海内正多故，愿效子胥相国，悬眸看越寇飞来。

（康有为挽六君子联）

微君之功，今为洪宪之世矣；

思子之故，怕闻鼙鼓之声来。

（康有为挽蔡锷联）

其身世系中夏存亡，千秋享庙，死重泰山，当时乃蒙大难；
闻鼙鼓思东辽大帅，一夫当关，隐若敌国，何处更得先生？

（康有为题袁崇焕庙联）

大树飘零，草木犹知名姓；
遗园明瑟，山林常忆将军。

（康有为题杭州徐园联）

坦腹纳震泽；
高怀偃惠山。

（康有为题无锡梅园香雪海联）

割据湖山少许，操鸟兽草木之权，是亦为政；
游戏世界无量，极泉石烟云之胜，聊乐我魂。

（题西湖一天园联）

梁启超联：

国民赖公有人格；
英雄无命亦天心。

（挽蔡锷联）

谭嗣同联：

家无担石；
气雄万夫。

（题书斋联）

大地龙方蛰；
中原鹿正肥。

（改牛金星题扇联而撰春联）

为人树起脊梁铁；
把卷撑开眼海银。

（题格言联）

一鹗忽翔万云怒；
群虬相奋孤剑鸣。

（赠吴筱山联）

与天相保无劳极；
积学所致非鬼神。

（题《急就篇》联）

揽湖海英雄，力维时局；
勖沅湘子弟，共赞中兴。

（题长沙时务学堂联）

恨血千年，秋后愁闻唱诗鬼；
空山片石，苍然如待表阡人。

（题谭嗣襄墓联）

何况到而今，即早生盛世唐虞，不过及早观梦幻；
明知终一散，剩片刻当场傀儡，自将苦口入笙歌。

（题戏台联）

（三）辛亥革命时期的楹联

辛亥楹联是资产阶级民主主义革命家们不朽业绩和伟大精神的生动写照，是讨伐封建帝制的檄文，也是资产阶级民主革命的号角。从文学价值和历史价值来看，这一时期楹联可谓是由众多革命家和爱国志士仁人集体创作的辉煌史诗。

在一些重大的历史事件中，特别是仁人志士和革命家牺牲或逝世时，哀悼和纪念他们的挽联往往是对他们进行歌颂的最集中的反映。

挽秋瑾联：

江户矢丹忱，感君首赞同盟会；
轩亭洒碧血，愧我今招侠女魂。

（孙中山挽秋瑾）

大通讲学，光复联盟，按剑说同仇，不图三十三龄弱女子，成仁取义，腥血先埋。抱沉痛四年余，竟英灵旋转乾坤，试想贵福奸奴，而今安在？

春社留题，西泠感旧，拈花谈慧果，长作六月六日新纪念，崇德报功，丰碑重树。垂令名千载后，使普党眷怀风雨，当并伯荪诸烈，终古难忘！

（朱瑞挽秋瑾）

挽徐锡麟联：

丹心一点祭余肉；
白骨三年死后香。

（孙中山挽徐锡麟。“余肉”，指安庆巡抚恩铭。徐锡麟刺杀恩铭后被捕，恩铭妻妾剜其心以祭夫）

登百尺楼，看大好江山，天若有情，应识四方思猛士；
留一抔土，以争光日月，人谁不死，独得千古让先生。

（黄兴挽徐锡麟）

挽宋教仁联：

作公民保障，谁非后死者；
为宪法流血，公真第一人。

三尺剑，万言书，美雨欧风志不磨。天地有正气，豪杰自牢笼。数十年季子舌锋，效庄周索笔；

五丈原，一抔土，卧龙跃马今何在？冠盖满京华，斯人独憔悴。洒几点苌弘血泪，向屈子招魂。

（以上孙中山挽宋教仁）

挽黄花岗七十二烈士联：

七十二健儿，酣战春云湛碧血；
四百兆国子，愁看秋雨湿黄花。

（黄兴挽黄花岗七十二烈士）

挽黄兴联：

无公则无民国；
有史则有斯人。

（章太炎挽黄兴）

以勇健开国，而宁静持身，贯彻实行，是能创作一生者；
曾送我海上，忽哭君天涯，惊起挥泪，难为卧病九州人。

（蔡锷于日本病危中挽黄兴）

谤满天下，泪满天下；
创造共和，再造共和。

（于右任挽黄兴）

挽蔡锷联：

平生慷慨班都护；
万里间关马伏波。

（孙中山挽蔡锷）

八十日洪宪，推翻须臾，我公如虎，袁僵真鼠；
五千年中华，整顿旦暮，成事在人，星陨则天。

（汪云龙挽蔡锷）

创造共和，利居人后；回复共和，功居人先。大局孰能安，一怒滇池靖妖孽；

未有洪宪，革命以生；既覆洪宪，正命以死。灵魂倘不灭，再钟衡岳奠乾坤。

（黎成镕挽蔡锷）

挽孙中山联：

洪以甲子灭，公以乙丑殂，六十年间成败异；
生袭中山称，死傍孝陵葬，一匡天下古今同。

（章太炎挽孙中山）

是中国自由神，三民五权，推翻历史数千年专制之局；

愿吾侪后死者，齐心协力，完成先生一二件未竟之功。

（蔡元培挽孙中山）

总四十年胼手胝足之工，直是为生民立命，为天地立心，历程中揖让征诛，举同尘土；

流九万里志士劳民之泪，始知其来也有因，其生也有自，瞑目后精神肝胆，犹照人寰。

（于右任挽孙中山）

天心太不仁矣！胡丧斯空前绝后之完人？揖让迈尧，征诛踵武，辩才优于邹孟，博爱广于墨翟，平等真于释迦。数千年专制威权，纯赖苦衷改革。旗张白日，初困雷乡；血染黄花，再挫南越。论到援宁救鄂，策画尤艰！光复汉山河，巍巍元首，敝屣尊荣。岂期约法无灵，群雄多僭名割据。珠江开帅府，挥泪兴师，利钝非所知，惟有鞠躬尽瘁死；

国运亦奚衰乎？谁竟此三民五权之主义？克强早逝，松坡云亡，项城深负公托，黄陂徒有公心，河间直与公敌。二万里共和乐土，渐成满目疮痍。神圣劳工，畴为主宰；职业政治，痛失导师。记得行易知难，学说不朽。陶熔新社会，眷眷同盟，仔肩责任。自惭壮怀虚抱，昔时曾受命阽危。行馆读遗书，服膺垂戒，精诚永相感，何容乱世苟全生！

（刘揆一挽孙中山）

辛亥革命时期的许多领袖人物，都有深厚的文学修养，他们运用楹联抒情言志，留下了不少优秀之作，这里略举一二：

树欲静而风不止，子欲养而亲不待，奉母百年岂足？哀哉数朝卧病，何意撒手竟长逝，只享春秋六二；

爱我国矣志未酬，育我身矣恩未报，愧儿七尺微躯。幸也他日流芳，应是慈容无再见，难寻瑶岛三千。

（秋瑾挽母联）

是南来第一雄关，只有天在上头，许壮士生还，将军夜渡；
作西蜀千年屏障，会当秋登绝顶，看滇池月小，黔岭云低。

（蔡锷题雪山关联）

安危他日终须仗；
甘苦来时更共尝。

（孙中山赠黄兴）

白眼观天下；
丹心报国家。

（宋教仁述志联）

（四）社会各界政治讽刺联

这一时期的讽刺联，大都为政治性质，矛头直指封建统治阶级、北洋军阀、贪官污吏，道出了人民群众心底之声。其中比较集中而突出的是讽刺慈禧太后、袁世凯的。分别举例于下。

讽刺慈禧太后的，如：

今日到南苑，明日到北海，何日再到古长安？叹黎民膏血全枯，只为一人歌庆有；

五十割琉球，六十割台湾，而今又割东三省！痛赤县邦圻益蹙，每逢万寿祝疆无！

（章太炎嘲慈禧七十寿联）

垂帘廿余年，年年割地；
尊号十六字，字字欺天。

（慈禧死后谥号为“慈禧端佑康颐昭豫庄诚寿恭钦献崇熙”皇太后）

讽刺袁世凯的，如袁死后，报纸上曾登载了不少嘲骂对联：

起病六君子；
送命二陈汤。

（“六君子”，是杨度、孙毓筠、严复、刘师培、李燮和、胡瑛，他们鼓吹袁世凯称帝；“二陈汤”，指陈树藩、陈宧和汤芗铭，他们原为袁世凯心腹，后见局势对袁不利，又分别在陕西、四川、湖南宣布反袁独立）

鹿逐中原，浩劫遍及廿一省；
龙飞何处，伤心惟有十三人。

（十三人指筹安会六君子和“七凶”。“七凶”是朱启钤、段芝贵、周自齐、梁士诒、张镇芳、雷震春、袁乃宽）

假冒共和虚名，别具肺腑同路易；
倘讲君臣大义，有何面目见德宗？

劝进有书，劝退有书，诗经云：进退维谷；
造祸由己，造福由己，太上曰：祸福无门。

曹操云，勿人负我，宁我负人，惟公能体斯意；
桓温谓，不能流芳，亦当遗臭，后世自有定评。

公生则人民死，公死则人民生，生死相关，互为因果；
天视自我民视，天听自我民听，视听洞彻，不爽毫厘。

还有一些讽刺李鸿章卖国和其他军阀、权贵的。如：

赶三一死无苏丑；
李二先生是汉奸。

（《素月楼联语》记载：甲午战争之后，有刘赶三者，善演昆曲丑角，名为苏丑，当演《鸿鸾喜》时，讽刺李鸿章卖国，遭迫害致死，时人作此联嘲之。李排行第二）

宰相合肥天下瘦；
司农常熟世间荒。

（宰相李鸿章是合肥人；司农翁同龢是常熟人）

民犹是也，国犹是也，何分南北；
总而言之，统而言之，不是东西。

（王闿运讽北洋军阀政府大总统）

树立无存，但知藏垢纳污，细流同归于海；
勋功何在，除却贪财好色，其余皆不足观。

（讽上海道台袁树勋的嵌字联）

（五）其他名家撰写的楹联

从晚清到“五四”数十年间，许多社会名流都热心楹联创作。

俞樾是清末著作等身的大学者，当代红学家俞平伯的祖父。他一生创作的楹联作品很多，自编成十卷，收入他的《春在堂文集》中。这里略举数副：

积累譬为山，得寸则寸，得尺则尺；
功修无幸获，种豆得豆，种瓜得瓜。

（题苏州积功堂）

记故乡亦有此潭，看一样湖光，添得石桥长九曲；
到此地宜邀明月，问谁家秋思，吹来玉笛到三更。

（题杭州西湖三潭印月石塔）

如何探花使，竟作报罗人，最怜客死浙西，难携九岁孤儿，托付同年良友；

同忆小舟中，曾修同馆礼，犹冀重逢吴下，谁料武林一别，勾销文字因缘。

（挽谭丽生）

上溯羲皇画八卦时，文字权舆，秦而篆，汉而隶，任后来缣素流传，不外六书体例；

高踞吴山第一峰顶，川原环抱，江为襟，湖为带，看从此菁华大启，振兴两浙人材。

（题吴山仓颉庙）

杨度是国学大师王闿运的及门弟子，后来竭力主张君主立宪，成为鼓吹袁氏实行帝制的筹安会的首要人物。君主立宪的幻梦破灭之后，思想发生转变，最终投身革命，于一九二九年加入了中国共产党。杨度所作的挽联，蕴味无穷，手笔不凡，既是他对人物的精到评价，也反映了他一生各个时期的思想。请看他的一组挽联：

事业本寻常，胜固欣然，败亦可喜；
文章久零落，人皆欲杀，我独怜才。

（挽谭嗣同）

公谊不妨私，平日政见分驰，肝胆至今推挚友；
一身能敌万，可惜霸才无命，死生自古困英雄。

（挽黄兴）

魂魄异乡归，于今豪杰为神，万里江山皆雨泣；
东南民力尽，太息疮痍满目，当时成败已沧桑。

（挽蔡锷）

英雄作事无它，只坚忍一心，能成世界能成我；
自古成功有几，正疮痍满目，半哭苍生半哭公。

（挽孙中山）

共和误民国，民国误共和，百世而后，再平是狱；
君宪负明君，明君负君宪，九泉之下，三复斯言。

（挽袁世凯）

旷古圣人稀，能以逍遥传世法；
平生帝王学，只今颠沛愧师承。

（挽王闿运）

帝道真如，如今都成过去事；
医国救民，继起自有后来人。

（杨度自挽联）

曾国藩创作的楹联自成一格。以文章格式属对,从他开始。下面略举一些例子。

名胜联如:

五千里秦树蜀山,我原过客;
一万顷荷花秋水,中有诗人。

(题四川桂湖)

哀挽联如:

一饭尚铭恩,况保抱提携,只少怀胎十月;
千金难报德,论人情天理,也应泣血三年。

(挽乳母)

格言联如:

大处着眼,小处着手;
群居守口,独居守心。

不为圣贤,即为禽兽;
莫问收获,但问耕耘。

天下无易境,天下无难境;
终身有乐处,终身有忧处。

战战兢兢,即生时不忘地狱;
坦坦荡荡,虽忧患亦畅天怀。

丈夫当死中图生,祸中求福。
古人有困而修德,穷而著书。

二、新民主主义革命时期的楹联

从五四运动到中华人民共和国建立的新民主主义革命时期,由于文章格调的对联的逐渐发展和白话文的崛起,对联创作为广大群众所掌握,形成了名人和百姓共同创作、争芳斗艳的局面。这一时期楹联另一个鲜明的特点，就是和革命斗争相结合。楹联成为人民大众反帝反封建、同国民党统治集团进行斗争的一种武器，产生了许多革命楹联和革命的楹联作家。

（一）五四时期的楹联

五四运动中，爱国师生和广大人民群众利用楹联为武器痛斥北洋军阀政府，痛悼遇难的爱国者，表现了觉醒的中国人民反帝反封建的坚强决心。

例如北京的对联，有的矛头直指卖国贼，有的表现商人罢市声援学生的爱国斗争：

卖国求荣，早知曹瞒遗种碑无字；
倾心媚外，不期章惇余孽死有头。

（北京游行学生举着“挽卖国贼曹汝霖、章宗祥”的横幅和这副对联）

破奸贼阴谋，倡士林意气；
舍个人生命，争国民权利。

为国家，今罢市，挽救学生；
实指望，除国贼，还我青岛。

罢课救国，罢市救亡，我两界挺身先起；
民心未死，民国未死，愿大家努力进行。

学界勿畏死，商界勿爱财，群策群力，中邦大有人在；
国货要提倡，日货要抵制，不卖不买，倭奴其奈我何！

爱国者无辜受戮，窃国者法外逍遥，面对着这残暴措施，谁个不冲冠怒发！
已死的播下种子，未死的努力耕耘，肩负起那艰难任务，人人都咬紧牙关。

（某大学悼念五四运动烈士挽联）

全国许多地方也纷纷罢课、罢市，声援北京学生的爱国斗争，涌现了无数充满对帝国主义列强和汉奸卖国贼的无比激愤、洋溢着满腔爱国热情的楹联。如：

三鸟害人：鸦、雀、鸽；
一群卖国：鹿、獐、螬。

（上海闸北区一花鸟店门联。鸦，指鸦片烟；雀，指麻雀牌；鸽，指白鸽彩票。鹿、獐、螬指陆宗舆、章宗祥、曹汝霖）

四金刚捧日，的是可杀；
众商行罢市，尤须坚持。

（上海商界店门联。“四金刚”指段祺瑞、曹汝霖、章宗祥、陆宗舆）

共争青岛归还，同看国贼罢黜；
欢呼学生复课，庆贺商店开门。

（上海南京路商店联）

学生被捕神流泪；
奸贼窃国鬼兴悲。
横额：普天同愤。

学生含冤，定卜三年不雨；
同胞受辱，可兆六月飞霸。

（以上为上海白云寺联。后一联活用“齐妇含冤，三年不雨”、“邹衍下狱，六月飞霜”之典）

（二）无产阶级的革命楹联

在中国共产党领导下的无产阶级革命阵营中，许多革命群众和无产阶级革命家，也以楹联抒豪情，咏壮志，斥顽敌，悼战友，颂祖国，庆胜利，留下了大量慷慨壮美、传诵不衰的佳联妙对。

不同的革命阶段出现的对联，往往有如时代的号角、战斗的誓言、进

军的鼓点,具有极大的感召力。例如:

劳工神圣;
世界大同。

斧头劈开新世界;
镰刀割断旧乾坤。

(红军第四方面军红三十军题四川达县梓潼乡石柱)

土豪劣绅,土崩瓦解;
地痞流氓,地磨草光。

(红二军团秘书蹇先任长征途中改题土地庙)

坚韧卓绝为吾人本色;
奋斗牺牲是我辈精神。

(阮啸仙题广东花县农民协会成立大会)

为革命而奋斗,为革命而牺牲,死固无恨;
在压迫下生活,在压迫下呻吟,生者何堪!

(北京青年挽李大钊)

尽尽尽,谎话说尽,绝事做尽,人心失尽,民主战士杀不尽;
了了了,宣言发了,鲜血洒了,百姓醒了,法西巢穴倾得了。

(云南大学学生挽"一二·一"烈士)

革命烈士写的对联悲壮慷慨,气贯长虹,字里行间充满了血与火、爱与恨和为革命而献身的革命乐观主义情怀。例如:

十载英名宜自慰;
一腔热血岂白流。

(红八军军长俞作豫自挽联)

嫉恶如仇,几根傲骨横天下;
舍身取义,一颗头颅落状元。

(共产党员汤祥瑞在浏阳状元洲就义时咬破指头用血写的自挽联)

社会历史原空白，你一笔，我一笔，写到悠长无纪极；
壮士热血皆鲜红，这几点，那几点，造成全球大光明。

（王麓水烈士挽李大钊）

肉躯壳无足轻重，但求身后有灵魂，死一时，实生千古；
鬼伎俩何等凶险，寄语党中诸巨子，鉴以往，宜慎将来。

（湖南烈士周炳文自挽联）

六四岁，身首分离，是奇害、奇冤、奇诬、奇诈，应视为阶级之恨；
百余里，魂兮归去，愿我妻、我子、我媳、我孙，都要报戴天之仇。

（李玉邕写于狱中的遗联，后悬挂于其追悼会场）

痛吾父从小困穷厄，备尝炎凉，劬劳七十又六龄，到老来只剩一身孤苦，易箦呼儿难瞑目；
感不孝早岁事戎机，历尽艰辛，转战二万五千里，看今日挥戈大江南北，誓歼倭寇奠先灵。

（罗炳辉烈士挽父联）

无产阶级革命家创作的楹联，皆高屋建瓴，收宇宙于手笔之中，壮极，美极，多为难得的珍品。

李大钊所撰的楹联，以赠杨子惠的一副短联和挽孙中山的一副长联最负盛名。

赠杨子惠的联为：

铁肩担道义；
妙手著文章。

此联乃从明代杨继盛的“铁肩担道义，辣手著文章”所化出，另铸新意。

挽孙中山的联为：

广东是现代思潮汇注之区，自明季迄于今兹，汉种子遗，外邦通市，乃至太平崛起，类皆孵育萌兴于斯；先生挺身其间，砥立于革命中流，启后承先，涤新淘旧，揭民族大义，砣然再造乾坤；四十余年，殚心瘁力，誓以青天白日，红血红旗，唤起自由独立之精神，诚为人间留正气；

中华为世界列强竞争所在，由泰西以至日本，政治掠取，经济侵凌，甚至共管阴谋，争思奴隶马牛而来；吾党适丁其会，丧失我建国山斗，云凄海咽，地黯天愁，问继起何人，毅然重整旗鼓；亿兆有众，惟工与农，须本三民主义，群策群力，遵依牺牲奋斗诸遗训，厥成大业慰英灵。

毛泽东作联，因事生论，因论生情，因情生文，如行云流水，读来令人明心畅怀。这里选录一组，以窥一斑。

苟有恒，何必三更起，五更眠；
最无益，只怕一日曝，十日寒。

（在湖南一师读书时题写的自勉联）

为何死了七个同学；
只因不习十分间操。

（一九一七年为病死的七位同学题写的挽联。提醒学校重视体育活动，体现其"文明其精神，野蛮其体魄"的主张）

世界是我们的；
做事要大家来。

（一九一八年任一师附小主事时题写于小礼堂的对联）

疾革尚呼儿，无限关怀，万端遗恨皆须补；
长生新学佛，不能往世，一掬笑容何处寻。

春风南岸留晖远；
秋雨韶山洒泪多。

（以上一九一九年挽母联）

你当年剥削工农,好就好利中生利;

我今日斩杀土劣,怕不怕刀上加刀。

（一九二八年井冈山时期题斗争土豪劣绅会场）

坚持抗战,坚持团结,坚持进步,边区是民主的抗日根据地;

反对投降,反对分裂,反对倒退,人民有充分的救国自主权。

（抗战时期题延安新市场联）

国共合作的基础为何？孙先生云:共产党是三民主义的好朋友;

抗日胜利的原因安在？国人皆曰:侵略者是和平阵线的死对头。

（一九三八年三月为纪念孙中山逝世十三周年暨追悼抗日将士大会题联）

学界泰斗;

人世楷模。

（一九四〇年挽蔡元培）

大计赖支持,内联共,外联苏,奔走不辞劳,七载辛勤如一日;

斯人独憔悴,始病热,继病疟,沉疴竟莫起,数声哭泣已千秋。

（挽张冲）

为民族解放,为阶级翻身,事业垂成,公胡遽死？

有云水襟怀,有松柏气节,典型顿失,人尽含悲。

（解放战争时挽续范亭）

为母当学民族英雄贤母;

斯人无愧劳动阶级完人。

（挽朱德之母）

生的伟大；
死的光荣。

（挽刘胡兰）

诸葛一生惟谨慎；
吕端大事不糊涂。

（题赠叶剑英集句联）

周恩来撰写的对联，内容警策，落落大方，语言精练，对仗工稳。联如其人。这里亦略举数例如下：

浮舟沧海；
立马昆仑。

（一九一六年中学时代题赠留日同学王朴山）

与有肝胆人共事；
从无字句处读书。

（青年时代自勉联）

种子撒在人间；
血儿滴在地上。

（一九二三年挽黄正品烈士）

从排满到抗日战争，先生之志在民族革命；
从五四到民权同盟，先生之行在民主自由。

（一九四〇年挽蔡元培）

桃李增华，坐帐无鹤；
琴书作伴，支床有龟。

（一九四一年与董必武、邓颖超合贺马寅初六十寿联）

黄埔之英；
民族之雄。

（一九四二年挽戴安澜）

鹊报援朝胜利；
花贻抗美英雄。

（题何香凝庆贺抗美援朝胜利所作花鸟画）

西联宝岛；
南国珍珠。

（一九六〇年题海南岛西联农场）

先抓吃穿用；
实现农轻重。
横批：综合平衡。

（一九六二年三月题中央财经小组会议）

儋州立业；
宝岛生根。

（一九六〇年题儋县热带作物研究所）

其他一些无产阶级革命家也题写过不少佳联妙对。朱德题写的胜迹联如：

万里长征犹忆泸关险；
三军远戍严防帝国侵。

（题泸定铁索桥）

草堂留后世；
诗圣著千秋。

（题成都杜甫草堂）

舟系洞庭，世上疮痍空有泪；
魂归洛水，人间改换已无诗。

（题湖南岳阳楼旁的怀甫亭）

董必武的名胜联如：

烟雨楼台,革命萌生,此间曾着星星火;
风云世界,逢春蛰起,到处皆闻殷殷雷。

(题浙江南湖纪念馆)

旋转乾坤,移山倒海;
济人利物,震古铄今。

(题厦门集美鳌园)

旨远辞高,同风雅并举;
行廉志洁,与日月争光。

(题武汉东湖行吟阁)

叶剑英的名胜联如:

蓬莱仕女勤劳动;
繁荣生活即神仙。

(题山东蓬莱阁)

热血染香洲,流芳万载;
悲泪沾狮山,景仰千秋。

(题广东珠海香洲烈士陵园)

浩气贯苍穹,英魂有恨填香海;
伤心悲世道,吊客何堪问佛山。

(题广东珠海狮山赍志亭)

陈毅的楹联明快潇洒,风骨雄奇,涉及甚广,既深刻又富有情趣。诸如:

年难过,年难过,年年难过年年过;
事无成,事无成,事事无成事事成。

(一九二三年回四川乐山老家奉母命写的春联)

在新城,演新戏,欢迎新同志,迎接新胜利;
除旧貌,破旧习,打倒旧军阀,摧毁旧世界。

(一九二八年红军时代题与彭德怀部会师庆贺会场)

东至齐鲁,勉维大业;

西望关陕,痛失元戎。

(挽叶挺等“四·八”烈士)

淮上哀音,痛毁长城,忆杀敌中原,革故鼎新解放人民三千万;

全军缟素,永失典型,念服从群众,出生入死致力革命二十年。

(一九四五年挽彭雪枫)

杖国抗敌,世之遗直;

居乡问政,华夏有人。

(回赠苏北名绅韩紫石。韩赠陈毅的联为:注述六家胸有甲,立功万里胆包身)

要打叭儿落水狗,临死也不宽恕,懂得进退攻守,岂仅文坛闯将;

莫作空头文学家,一生最恨帮闲,敢于嬉笑怒骂,不愧思想权威。

(一九五〇年纪念鲁迅逝世十四周年挽鲁迅)

江山仍画里;

人物已超前。

(题四川峨眉山报国寺)

新松恨不高千尺;

恶竹应须斩万竿。

(题成都杜甫草堂并附纪曰:“此杜诗句,最富现实意义。”此联手迹“文革”中被破坏,一九八二年张爱萍补书)

(三)国统区的政治讽刺联

处于三座大山压迫之下的中国人民,特别是国统区的各阶层群众,对国民党反动统治的揭露、抗议和嘲讽，是这一时期对联创作的一个值得注意的方面。从社会深层涌现出来的一大批政治讽刺联，生动地反映了国统区政治黑暗、民不聊生、怨声载道的社会现实，也表现了人民群众强烈的爱憎和追求。妙联颇多，略录几副：

民国万税；
天下太贫。

（刘师亮讽国民党政权。西南官话，“岁”和“税”、“贫”和“平”，读音一样）

井底孤蛙，小天小地，自高自大；
厕中怪石，不中不正，又臭又顽。

（续范亭题讽蒋介石、阎锡山）

国祚不长，八十多天袁皇帝；
封疆何窄，两三条巷伪政权。

（借袁世凯讽汪精卫）

这征税，那征税，除却菩萨都征税；
英自由，美自由，只有国人不自由。

（题某文殊院联）

朝朝暮暮，物理、化学、微积分、方程式；
天天顿顿，青菜、萝卜、白开水、豆腐渣。

（某教员写的春联）

“医院救人”，不救无钱穷教授；
“耶稣爱我”，谁爱落难孙先生。

（华大神学院学生为穷病致死的一位笃信上帝的孙教授送的挽联）

冷淡商场，可怜几日未开张，好比猿猴空跳舞；
凄凉国事，只为频年都打仗，闹来鸡犬不安宁。

（一九三〇年成都劝业商场布店春联）

爱和平有罪，要民主有罪，争自由有罪，见他妈鬼，那狗屁宪法；

打内战可以，卖国家可以，杀青年可以，滚你娘蛋，这无耻政府。

（浙大学生挽遇害的学生会主席于子三联）

熟视无睹，请君尽管贪污作弊；

有口难诉，我辈何须民主自由。

（题某聋哑学校联）

婆婆莫抹摩登红，谨防特务打主意；

公公要留络腮胡，免得保长抓壮丁。

（重庆某土地庙门联）

（四）其他社会名流的楹联

这一时期的社会名流所作的楹联作品也是琳琅满目，各有千秋。其中冯玉祥、郭沫若所作最丰，成就最大，堪称楹联圣手。

冯玉祥自称是“丘八诗人”。他所作的楹联大致可分四类：一是名胜联，二是庆贺、哀挽联，三是抒情言志联，四是讽刺联。下面分别举例。

名胜联如：

成大事以小心，一生谨慎；

仰风流于遗像，万古清高。

（手书成都武侯祠）

豪杰今安在？看青山不老，紫柏长芳，想那志士忠臣，千古犹存凭吊所；

神仙古来稀，设黄石重逢，赤松再遇，得此洞天福地，一生愿作逍遥游。

（题陕西汉中紫柏山留侯祠）

兵甲富胸中，任教他虏骑横飞，也怕那小范老子；
忧乐关天下，愿今人砥砺奋起，都学这秀才先生。

（题泰山范公亭联。据宋人张唐英的《宋名臣传·文正公传》记载，范仲淹镇守延州时，有威名，西夏人相戒曰："无以延州为意，今小范老子胸中自有数万甲兵。"此联作于一九三三年，当时抗日烽火延及长城，蒋介石解除了冯的兵权，冯隐居泰山，谒范公亭，有感于时事而题，用典精妙，语言畅达，洋溢着御侮爱民的衷情）

哀挽、庆贺联如：

丹心应结平权果；
碧血常开革命花。

（题绍兴秋瑾墓）

救民安有息肩日；
革命方为绝顶人。

（题泰山烈士祠）

民主新伴侣；
自由两先锋。

（旅美时贺女儿冯理达与罗元铮结婚联）

抒情咏志联如：

头可断，身可杀，民族斗争不可屈；
将非骄，兵非惰，外交妥协岂非忧。

要想着收咱失地；
别忘了还我河山。

（抗日时期游青城山手书）

欲除烦恼须无我；
历尽艰难好作人。

（题赠行将出国学习的儿子冯洪国）

讽刺联如：

一桌子点心，半桌子水果，哪知民间疾苦；
三点钟开会，五点钟到齐，岂是革命精神？

（讽汪精卫）

郭沫若的对联，大都形象鲜明、个性突出，即使写同一题材的楹联，内容也往往因人、因事、因时、因地而异，艺术形式上呈现出各种不同的风格和特色。同样是写唐朝的大诗人，题李白纪念馆的对联是：

酌酒花间，磨针石上；
倚剑天外，挂弓扶桑。

“酌酒花间”，用李白《月下独酌》中的“花间一壶酒，独酌无相亲”的诗意。“磨针石上”则用李白少年时代看到老妪磨杵作针，从而发愤读书的故事。“倚剑天外，挂弓扶桑”，语出李白《代寿山答孟少府移文书》中的诗句。“扶桑”为神话中的树木，传说日出其下。这副对联表现了李白“斗酒诗百篇”的杰出才华和他的天才来源于刻苦学习的精神，同时写出了他的诗歌雄奇豪放、想象丰富的浪漫主义风格。而另一副题杜甫草堂的对联，则为：

世上疮痍，诗中圣哲；
民间疾苦，笔底波澜。

“世上疮痍”化用杜甫《北征》中“乾坤含疮痍，忧虞何时毕”的诗句。“疮痍”比喻当时战乱后的破败景象。“诗中圣哲”则为后世对杜甫的赞誉，称颂他为诗人的典范。“笔底波澜”，指杜甫笔下的诗歌感情充沛，意蕴深厚，如波浪起伏，动人心魄。这副对联上下文互文见义，揭示了杜甫诗作所表现的广阔的社会内容和诗人对人民深厚的同情，同时也高度评价了杜甫在文学史上的崇高地位和他忠实于现实主义的艺术风格。这两副对联，前者写得豪迈奔放，俊逸清新，后者写得雄浑刚健，沉郁深厚，揭示出两位诗人不同的风格。又如同样是写宋代的两位词人，题李清照纪念堂的对联是：

大明湖畔,趵突泉边,故居在垂杨深处;

漱玉集中,金石录里,文采有后主遗风。

“趵突泉”在济南市,相传为李清照故居。“大明湖”与趵突泉相距不远。《漱玉集》为李清照的词集。《金石录》是李清照丈夫赵明诚研究金石的著作,李清照曾参与编撰,并写了《金石录后序》。“后主”指南唐最后一个君主李煜,善于作词,艺术上颇有特色。这副对联描绘了李清照故居的环境,概括了她一生的创作成果和艺术特色。而另一副题辛弃疾纪念馆的对联则为:

铁板铜琶,继东坡,高唱大江东去;

美芹悲黍,冀南宋,莫随鸿雁南飞。

“铁板铜琶”是前人形容苏东坡词气势豪迈,要用铜琵琶、铁绰板为之伴奏。“大江东去”是苏东坡《念奴娇·赤壁怀古》的词句,用以代表苏东坡词作的风格。“美芹”指辛弃疾向朝廷陈述抗敌复国之策的《美芹十论》。“悲黍”用辛弃疾《定风波》词“莫望中州叹《黍离》”之意,代指辛弃疾的爱国词作。“鸿雁南飞”指辛弃疾《水龙吟·登建康赏心亭》中有“落日楼头,断鸿声里,江南游子”的词句,表达了他忧国忧民的心情。这副对联也同样是用高度概括的手法,写出了辛弃疾创作的特色和他的爱国抱负。然而这两副对联的风格迥然不同,前者写得生动活泼,婉约清新,同时很少用典;后者写得激越悲壮,雄伟豪放,用了很多典故,又酷似为两位词人立言。综观这四副对联,写诗人的前两副,句式整齐,铿锵有力,好像是两首四言诗;而写词人的两副,句式参差,错落有致,又宛若是两首长短句。

郭沫若不仅是个“天才”,而且是个“捷才”,往往能在短暂的时间内或紧迫的情况下援笔立成,应付裕如,佳构迭出。如有一副勉三厅同志的对联:

大河前横,流水今日;

生气远出,明月雪时。

这副对联是集司空图《诗品》诗句而成。一九四○年初秋，郭沫若任军事委员会政治部第三厅厅长。国民党蓄意策划第二次反共高潮，并以最后通牒的形式强迫第三厅的文化人士加入国民党，否则即以自动离厅论处。在这关键时刻，郭沫若召集第三厅全体人员慷慨陈词，回击国民党反动派的阴谋，并当即写下这副对联。联中“大河前横”二句，指重庆市区三面环江，喻指到处是抗日的浪涛，今天我们要摆脱国民党的束缚，投身到革命的洪流中去。“生气远出”二句，指生命的活力要远出高扬，喻指我们要有坚强的信心和力量，像雪夜朔风中的明月放射出皎洁的光辉。此联写得大义凛然，鼓舞人心。又如与于立群合书的一副对联：

万方春色；
千顷湖光。

这副对联原是于立群想书录毛泽东《浣溪沙·和柳亚子先生》中“万方乐奏有于阗”的词句的，不慎将第三字写错了，便打算废掉。这时郭沫若将这张废纸重新铺开，略思片刻，也用于立群写的隶书，足成了这副四言对联。如果没有高度的艺术修养和敏捷的才思，早已扔进纸篓去了。

郭沫若还善于运用种种修辞手法，充分发挥汉语语音、文字、词汇、语法等方面的特点，妙语天成，涉笔成趣。如赠魏蓉芳的嵌字联：

莫学芙蓉空有面；
应效芬芳发自心。

有的是集联，其中又有集句、集字、集书名、集人名，集句中又有集文句、集诗句等。如有副书名集联：

虎符，孔雀胆；
龙种，凤凰城。

《虎符》、《孔雀胆》是郭沫若抗战期间所作的六大历史悲剧中的两部。《龙种》是美国女作家赛珍珠所著关于中国现实生活题材的作品。《凤凰城》是我国现代剧作家吴祖光描写东北义勇军抗日斗争生活的话剧。郭沫若将这四部当时影响广泛的作品组成对联，联中的四种动物又都是飞禽走兽中的佼佼者，这在意义上有一种内在的联系，同时在美学上也给人一种新奇、愉悦的感觉。还有的是排比联，如有一副赞鲁迅的对联：

鲁迅是奔流，是瀑布，是急湍，但将来总有鲁迅的海；
鲁迅是霜雪，是冰雹，是恒寒，但将来总有鲁迅的春。

这副对联是郭沫若在鲁迅逝世后，针对当时社会上对鲁迅的种种攻击而作的。郭沫若在这里坚决保卫了鲁迅，高度赞扬了鲁迅，感情充沛，铿锵有力。

这里还值得一提的是鲁迅的对联。鲁迅撰写的楹联数量不多，但颇有特色，一创造出来，即为千古绝唱。鲁迅最有名的是集联，有一副赠瞿秋白的集联是：

人生得一知己足矣；
斯世当以同怀视之。

这副对联的题款作："疑冰道兄属洛文录何瓦琴句。""疑冰道兄"是鲁迅对瞿秋白既亲切而又尊敬的称呼。"洛文"是鲁迅的自称，含有讽刺国民党反动派诬蔑他为"堕落文人"的意思（见许广平《略谈鲁迅先生的笔名》）。"何瓦琴"是清代著名的金石篆刻家，工于集联，很为当时的文人所推崇。这副对联就是引用清代徐时栋在其《烟屿楼笔记》中所辑录的何瓦琴集兰亭褉帖字联，借以真实地记录了鲁迅和瞿秋白之间的深厚革命友谊。

另有一副自勉的集联：

望崦嵫而勿迫；
恐鹈鴂之先鸣。

这副对联是鲁迅二十年代在北京工作期间，请乔大壮写了挂在自己的书斋兼卧室的小房间里。联语集自《离骚》。鲁迅以这副对联作为自己"座右的箴言"（见《许广平忆鲁迅·元旦杂感》），激励自己不要虚度光阴，要抓紧时间"赶快做"，为祖国为人民做出更多的贡献。

鲁迅还善于在文艺作品中运用对联，反映所处的时代和人物活动的环境，从而有助于揭示人物的思想性格，深刻地阐发作品的主题思想。鲁迅在短篇小说《祝福》中描写鲁四老爷书房的陈设时，运用了半副对联："事理通达，心气和平。"这半副对联是作者写"我"在观察书房时所见，表面上似不经意之笔，而其实是作者深思熟虑埋下的寓有深意的画龙点睛之笔。此句为下联，上联是："品节详明，德性坚定。"这两句均出于朱熹《四书集注》中《论语·季氏》注，意为学《诗》以后，通晓一切事物的道理，就能心平气和，自得其乐；学《礼》以后，明白做人的道德品行，就能思想坚定，不为外物所动。毋庸说，这是程朱理学唯心主义的自我修养的方法。作者在这里轻轻一笔点出了"老监生"鲁四老爷是孔子、朱熹的忠实信徒，是封建礼教、封建道德的维护者。小说中祥林嫂这个勤劳、善良的农村劳动妇女，正是在这种封建礼教和封建宗法制度的束缚下被迫害致死的。

鲁迅对于律诗有着很深的造诣，他的一些属对工稳、立意精警的诗句，如《莲蓬人》中的"扫除腻粉呈风骨，褪却红衣学淡妆"，《答客诮》中的"无情未必真豪杰，怜子如何不丈夫"，《赠画师》中的"愿乞画家新意匠，只研朱墨作春山"，《题三义塔》中的"精禽梦觉仍衔石，斗志诚坚共抗流"等，往往被人们采作联语。他的《自嘲》诗中的"横眉冷对千夫指，俯首甘为孺子牛"，则是早已成为脍炙人口的联语。其深刻的思想内容不仅为老一辈无产阶级革命家毛泽东、周恩来等所推崇，成为千百万革命人民的座右铭，而且其鲜明的艺术形象也为诗家所称道。郭沫若在《孺子牛的变质》一文中赞扬说：此联"虽寥寥十四字，对方生与垂死之力量，爱憎分明；将团结与斗争之精神，表现俱足。此真可谓前无古人，后启来者"。

三、社会主义时期的楹联

（一）中华人民共和国成立初期的新春联

中华人民共和国建立以后，我国人民的社会生活发生了根本性质的变化，楹联的应用和创作情况也有了深刻的变化。从总的情况来看，楹联繁盛的时代结束了,有些种类的楹联,如挽联、寿联、喜联、装饰联、讽刺联等都不再那么行时,楹联作品大大减少,应用范围明显地缩小了。但春联和行业联却依然盛行不衰。而且,由于人民群众经济的翻身和文化的提高,以及对新生活无限热爱的感情,自编自写对联的人越来越多,而且所写的都是工农群众和知识分子的新生活、新思想。因此,春联扩展了社会内容,增添了新的色彩,洋溢着新的时代气息,渗透了劳动的汗水和泥土的芬芳,并逐渐变得通俗易懂、生动活泼,形成了具有新生命和新格调的新春联。这种新春联,在格律上放宽了,平仄的要求不严格,对仗以宽对为主,只要求内容好、意境好,大体对仗就可以了。广大劳动人民和知识分子把翻身解放的喜悦之感,把对共产党和毛主席的感戴之情,把建设新社会、创造新生活的革命意志,熔炼成了新春联的主题和基调。因而在其他种类的对联趋于衰落的同时,新春联却异军突起,出现了热烈兴盛的景象。

有歌颂共产党、歌颂新中国的:

翻身全亏共产党;
幸福不忘毛主席。

翻身休忘本;
饮水务思源。

葵花托金盘,赤心向党;
端云捧红日,丹凤朝阳。

旧社会天昏地暗;
新中国日曜月明。

人民江山千古秀;
祖国花木四时春。

光明中国日新月异;
六亿人民心红志坚。

有讴歌祖国大好形势和一片艳丽春光的:

祖国有天皆丽日；
神州无处不春风。

万里山河添异彩；
千年历史写新篇。

家家喜饮丰收酒；
处处春催桃李花。

爆竹两三声，人间易岁；
梅花四五点，天下皆春。

有赞美社会主义制度优越性和人民幸福生活的：

好社会，山好、水好、风光好；
新生活，天新、地新、气象新。

五业并举，八方跃进，到底人民政府好；
四处祝捷，万马奔腾，还是社会主义强。

草原花似海，红花浪花，无处不飞花；
边疆歌如潮，凯歌牧歌，有口皆放歌。

有针对各条战线各行各业的特点撰写的春联，也有赞颂战斗英雄、劳动模范、军烈属和民兵等的对联：

战高温，热汗化作千尺金瀑布；
腾烈火，红心铸成万吨优质钢。

层层梯田铺下灿烂景；
条条渠水引来幸福泉。

问寒问暖，时时体察群众疾苦；
知冷知热，处处关心人民生活。

百家争鸣，科学兴旺；
百花齐放，文艺繁荣。

引万道清泉,浇祖国花朵;
倾一腔热血,铸人类灵魂。

踏千山,尝百草,废寝忘食钻业务;
走千家,串万户,救死扶伤为人民。

春满柜台,五光十色连四海。
货盈橱架,万紫千红暖万家。

美酒敬模范;
红花献英雄。

军属人人敬;
功臣个个夸。

喜临英雄门第;
春到光荣人家。

锦绣前程十万里;
铁打江山六亿兵。

(二)"文革"时期楹联的衰落和"四五"运动楹联的勃兴

十年浩劫期间,楹联之花凋零,许多名胜古迹和极富艺术价值的名胜楹联横遭破坏,仅存的春联也大抵被一些极"左"的政治标语口号所代替,楹联蜕化、萎缩到濒临灭亡的境地。诸如:

灵魂深处爆发革命;
横扫一切牛鬼蛇神。

一九七六年清明节,北京天安门广场和全国许多城市爆发了以悼念周总理、声讨"四人帮"为中心的"四五"运动。广大青年学生和人民群众用花圈、诗词作为武器,开展了一场声势浩大而又形式奇特的政治斗争。挽联,这种已经被弃置多年的楹联形式,在人民的血与泪的滋润下复兴起来了,并且成为一种有效的斗争形式而得到人民的喜爱,产生了极大的作用和影响。“四五”运动中中国人民献给周恩来的大量挽联,如宣言,如赞歌,如战鼓,如史诗,在中国历史上留下了光辉的一页。

有的热烈赞颂了周恩来的丰功伟绩,如:

威望著四海,英名永在传世界;
业绩照千秋,光热常存暖人间。

呕心沥血干革命,殊勋盖世间,无法磨灭;
鞠躬尽瘁为人民,英名满天下,有口皆碑。

英名垂宇宙,胸装五洲风雷,横眉冷对旧世界;
伟绩耀神州,肩负革命重责,鞠躬尽瘁新中华。

“五四”运动,“四五”精神,顶天立地大英雄,生荣死哀,光耀二十世纪;

“八一”倡义,“一八”赍志,赤胆忠心好总理,鞠躬尽瘁,恩被九亿神州。

为新中国百年大计,日夜操劳,凭雄才大略主持内政外交,刚柔相济,崇高声德满天下;

跟毛主席万里征途,继续革命,以赤胆忠心创建丰功伟业,始终如一,灿烂光华照人间。

有的表示了对周恩来的沉痛悼念:

一朵白花一颗心;
八亿人民八亿碑。

青山含悲,声声泪,声声呼总理;
碧水长歌,字字血,字字哭忠魂。

人间失去当代伟人,热泪泉涌流大地;
世上长留千古英烈,巨星卫日亘长天。

灰撒江河，看不尽波涛，涓滴都是人民泪；
志华日月，信天际光焰，浩气长贯神州天。

革命作先驱，为共产主义崇高理想而斗争，尽瘁终身，留得丹心照万世；
精神励后起，化劳动人民深切悲痛为力量，誓承遗志，定教赤帜满全球。

“四五”运动是我国社会主义时期实现伟大历史转折的序幕，而悼念周恩来的挽联也预示着我国传统的楹联艺术将有一个复兴。

(三) 社会主义现代化建设新时期楹联的复兴

从一九七六年十月粉碎“四人帮”，特别是一九七八年底中国共产党第十一届三中全会以来，我国实现了伟大的历史转折，进入了以建设社会主义四个现代化为中心的新时期。在这个百废俱兴的新时代里，楹联的创作和应用也得到了恢复和发展，出现了重新兴盛的势头。

第一，农村春联创作活跃，面貌一新。三中全会以后，我国农村改革率先推行并取得巨大成效，农民的经济生活迅速得到了改善。农民们的喜悦之情和农村生活的深刻变化，首先在春联中得到了生动、及时的反映。农村新春联的鲜明特点是内容新颖，感情深厚，语言通俗，格律宽泛，可视为一种最普及最朴实的农民文学和民间文学。许多农民作者创作春联的佳话较为典型地反映农村春联的新特点和新风格。例如：

湖北省大门县农民彭立成，在“四人帮”横行的一九七四年曾写过这样一副春联：

过年只有两升米；
压岁并无一分钱。
横批：我也过年。

一九八○年，彭立成家春节写的春联是：

过年储粮十余担；

压岁存款上千元。

横批：欢度春节。

一九八三年虽然受灾，但农副业收入达七千多元，又添了一栋九柱三间的新瓦房。他又写了一副新春联：

人有勤劳致富两只手；

家有吃穿住用四不愁。

横批：永跟党走。

辽宁省辽阳县农民白洪波，一九七五年春节，写了一副奇特的春联：

辞旧岁旧债未还；

迎新春新债又添。

一九七九年春节，白洪波抚今追昔，感慨万千，挥笔写了这样一副春联：

十载秋风浸岁月，百花凋零；

一朝春雨洗山乡，万木峥嵘。

他爱人看后给想了一个横批："富在眼前"。一九八二年，队里包干到户，白洪波成为"冒尖户"。春节，他饱蘸浓墨写了一副最能表达全家心意的春联：

张灯结彩，喜迎包字进村；

鞭炮齐鸣，恭贺富字扎根。

横批：小康之家。

安徽省来安县农民何开升，过去是有名的"困难户"。一九七八年他写的春联是：

吃一斤，借一斤，斤斤不断；

借新账，还旧账，账账不清。

横批：老牛落在枯井里。

实行生产责任制后,一九八二年全家农副业收入四千五百五十元。一九八三年春节他写的春联是:

吃陈粮,烧陈草,允富政策好;
迎新春,迈新步,更上一层楼。
横批:政策加科学展翅高飞。

一九八三年,何开升包鱼塘,养母猪,栽栗树,成为村里勤劳致富的带头人。春节前夕,他自己编了一副对联:

穿新衣,住新房,人均吨粮;
忙生产,干四化,实现翻番。
横批:坚信党的政策。

农民编写的大量春联不仅反映了农村的巨变,也表现了农民的文学创作才能。其中许多对联极富时代特色和泥土香味。例如有的写得幽默风趣:

一脚踢出穷鬼去;
双手迎进财神来。
横批:天下大喜。

(河北束鹿县新城乡东街村九十五岁农民高棉元)

往年放炮崩穷气,生活靠救济;
今年放炮庆丰收,吃穿都富裕。
横批:政策英明。

(河北深县农民高建民)

有的写得对仗工整:

富社、富队、富人家;
新年、新岁、新华堂。

(江苏东台县许河乡联富大队万元户薛太足一九八三年春节自写的春联)

联产到家家家富；

调整布局局局新。

（广东翁源县周坡乡新安大队某农民春联）

政策落实，东西南北，方方有利；

生产发展，春夏秋冬，季季常青。

（湖南洞庭湖区一户农民春联）

有的运用对比映衬手法写出了生活的变化：

往日“三靠”人家；

今日富裕门庭。

（河南夏邑县胡桥乡李庄农民李建生家春联。“三靠”指吃粮靠救济，用钱靠贷款，治病靠公费医疗站）

大有之年人皆大有；

丰收队里我又丰收。

（湖北监利县余埠乡大兴二队农民老“困难户”万方文写的春联）

还有的用比喻等方式歌颂了党的政策：

自主权为幸福路；

责任制乃富裕桥。

与此同时，工业、商业、文教、军队、科技等各行各业的春联创作也相应地活跃和发展起来。

燕山日丽；

小院春新。

（北京某市民春联）

浪平两岸近；

风正一帆悬。

（福建厦门某市民春联）

打天下，建国家，横刀跃马；
振中华，展宏图，荐良举贤。

（为老干部写的春联）

春色无边，虚怀若谷；
竹节有心，壮志凌云。

（某老干部春联）

引万道清泉浇祖国花朵；
倾一腔热血铸人类灵魂。

（浙江某教师春联）

树人树木同为千秋大业；
爱党爱国常系一片丹心。

（浙江某教师春联）

一刻莫贻岁月；
十分珍重年华。

（某学校春联）

喜文坛老将重挥战笔，诉人民衷曲；
夸文苑新秀初露锋芒，唱四化赞歌。

（上海楼宇生为文艺单位写的春联）

飞天羽绣千缕彩；
不夜城镶万斛珠。

（苏州某工厂春联）

梳到古今丝丝润；
篦邀中外缕缕香。

（常州梳篦厂春联）

鱼恋水，水阔凭鱼跃；
鸟爱天，天高任鸟飞。

（某单位拥军爱民春联）

大洞、小洞、猫耳洞，洞洞藏龙卧虎；
步枪、机枪、冲锋枪，枪枪怒火满腔。

碧血洒老山，捐躯为谁，为国威军威振奋；
身居猫耳洞，幸福何在，在千家万户团圆。

（以上中越边境自卫反击战战场对联）

广大农民和人民群众对春联的热爱和创作、应用春联的热潮，引起社会上知识分子和各界人士纷纷挥毫，涌现了难以数计的佳联妙对。例如：

粉碎四人帮，春回宇内；
促进现代化，劲满神州。

（郭沫若）

凌霄羽毛原无力；
掷地金石自有声。

（臧克家）

春雨洗尘埃，一片清新好风景；
东风吹和煦，千株红艳最芬芳。

（周振甫）

绿野千门丽日；
红旗万里春风。

（吴组缃）

万水千山疆永固；
五风十雨庆丰登。

（张伯驹）

南天日丽，南海潮平，破浪乘风思志士；
多难兴邦，多才建国，扬鞭跃马奋长征。

（王起）

春满神州，大庆欣逢卅五载；
人迎四化，小康定看二千年。

（苏步青）

鸡鸣天上登仙境；
犬吠云中入宝山。

（廖沫沙）

神州赫赫，莽东临碣石，南领群沙，西拥瀚漠，北握玄龙。人杰地灵，前赴后继，丰功彪炳，辉扬廿六史几许。喜三中会后，伟大转折。真鹏翼兼程，菊兰齐放，两水清澄，群山碧绣；

泰岳巍巍，旋春润苗畴，夏荣乔木，秋灿丹枫，冬坚瑞柏。物华天宝，阐往开来，文采风流，光大五千年何多。欣甲子岁朝，崭新时期。正英才共济，帆桅连归，一轮红日，万顷鸥波。

（端木蕻良）

三阳启泰；
四化兴邦。

（赵仲邑）

闻鸡起舞；
跃马争春。

（童璞）

好雨知时群卉盛；
春风得意四蹄轻。

（李小竹）

冲霄鹏鸟云翮健；
献岁梅花雪蕊香。

（徐续）

兴邦有策苍生福；
报国无私赤子心。

（杨永可）

洪水走廊今日粮铺路；
运河两岸来年金成山。

（饶净植）

千树红花颂尧天丽日；
万家春意映塘水清波。

（王宜军）

举湖海为杯，祝人民幸福。
谱春光入曲，唱江山多娇。

（陈棠）

东风化雨，绿叶红花弄双色；
政策归心，银棉金谷共争辉。

（黄叶秋）

翘首望京华，多谢春风常送暖；
深情连海宇，应凭红豆寄相思。

（楼宇生）

伯乐具慧眼，长征新途奔驰千里马；
领导识英才，四化大任倚重接班人。

（易庚山）

新时期春联的昌盛，与各地党、政领导的提倡支持，各地文化、宣传、出版部门的具体组织和帮助也有着密切的关系。据报载，一九八四年春节前夕，江苏省沛县文化站组织了十八位书法爱好者在街头设立两个写春联服务站，为一千多名群众写了春联。县领导人冒着零下八度的严寒，也来到古沛街头展纸挥毫，为群众代写春联。县委书记为一位年逾七旬的老农民写的一副春联为：

三中全会指引康庄大道；
一号文件送来致富真经。
横批：勤劳致富。

老农民激动地说:“这副春联写出了俺的心里话。”

第二,挽联的创作和应用重新出现。党的十一届三中全会以后,大批的冤假错案得到平反和昭雪。人们出于对过去那些惨遭不幸的人们的敬爱和悼念,写了不少哀挽联。如:

一腔热血荐轩辕,堪为华夏人杰,五十年丰功伟绩永垂青史,有口皆碑;

不尽波涛荡泥垢,公报重慰英灵,十余载奇辱沉冤今日昭雪,挥泪祭奠。

(北京师范学院学生挽刘少奇)

积毁铸奇冤,十年风雨燕山夜;

丹心同皎日,千古昭垂赤县天。

(赵朴初挽邓拓)

破门而出千万里,滇南燕北,风风雨雨,为人民奋斗终身,烈士丹心,李闻气节;

秉笔直书四十年,艺苑儒林,是是非非,凭实践检验真理,史家本色,马列学风。

(民盟中央挽吴晗)

似朝霞,似烈火,英雄热血丹心谱;

如五岳,如三江,志士豪情正气歌。

(挽张志新)

新闻巨子,国际专家,落落长才惊海宇;

缧绁蒙冤,囹圄殒命,重重惨痛绝人寰。

(陆定一挽杨潮)

近年来,一些社会名流逝世,也有送挽联的。例如:

巨笔写春秋,何独屈子问天,文姬归汉;

雄才跨百代,岂让杜陵尊圣,太白称仙。

(白雉山挽郭沫若)

忆当年组织上游，幸获追随依左右；
痛今日猝传噩耗，顿伤老友又凋零。

（郭绍虞挽茅盾。一九二七年大革命时，茅盾主持武昌《民国时报》，《上游》是该报的文学副刊）

劬劳闵闵，含辛茹苦育人杰，泽被桑梓，懿德堪扬扬懿德；
诲化敦敦，创业夺魁报慈恩，荫及庠序，母仪足式式母仪。

（广东汕头大学挽李嘉诚先生之母联）

第三，全社会兴起的文学征联活动。在全国人民建设社会主义物质文明和精神文明的新形势下，广大群众自发掀起的楹联创作热潮引起了国家宣传文化部门的关注。

正是基于这一客观形势的需要和对春联复兴的共识，从一九八一年开始，中央和各省、市的不少文化宣传机构和社会团体都先后发起了征联活动，以调动社会上各阶层人士和名家高手投入楹联创作活动，向人民群众奉献出更多更好的对联作品，并使楹联创作在普及的基础上走向提高，更好地为人民群众加强精神文明建设服务。

征联活动是在两个层次上先后进行的。

第一个层次是春节征联，征集各行各业的春联。一九八一年春节，广东《羊城晚报》率先发起征联活动，应征春联多达六万四千五百二十八副，作者遍及海内外和港澳地区。异彩纷呈，美不胜收。全部应征作品经专家组成的评委会评定，入选作品九十九联，并从中选出优秀作品十六联在报上发表。优秀联有：

九州日丽；
四化春新。

（陈芳芷）

五羊春色好；
四化热潮高。

（凌华）

春风终解千层雪；
海水还连两岸心。

（李春熙）

白云春暖千家乐；
珠海波平万舶来。

（罗元贞）

行新政，育新人，新风开万代；
迎春风，绘春景，春色耀人寰。

（马皓）

一九八三至一九八五年连续三年的春节，中央电视台文化生活组、中华书局《文史知识》编辑部、共青团北京市委文体部联合举办了三届迎春征联活动。第一届由评委会拟出上联五则，第二届拟出上联四则、下联一则，分别征求对出下联或上联。第三届改变方式，确定以长城为主题，征求全联。这三次征联都得到全社会的热烈响应，全国（包括来自香港、台湾的同胞）各族的广大群众踊跃参加，年龄最大的九十岁，最小的七岁。第三届春节征联时，正在南极"长城考察站"奋战的我国科技人员，也从遥远的南极寄来了应征联。应征联稿，一九八三年春节为十八万二千件，一九八四年为十七万多件，一九八五年虽然增加了难度，但仍收到七万多件。经专家学者组成的评委会评定，选出了获奖佳联。嗣后，中央电视台《文化生活》编辑部等汇集获奖佳联和其他一些较好的应征联编成《迎春征联集萃》第一辑、第二辑和《长城楹联荟萃》，先后由新华出版社和中国民间文艺出版社出版。书中还约请专家学者对获奖佳联进行评论赏析，展示了这三次征联的丰硕成果。

第一届获得一等奖的最佳联是：

治国安邦，万户欢欣迎大法；（出上联）
承先启后，九州腾跃展新猷。（对下联）
防边御敌，三军奋勇作长城。（对下联）

亚运会捷报频传,奋战夺魁,中华健儿好身手;(出上联)
世杯赛佳音迭至,强攻克敌,体坛新秀锐锋芒。(对下联)
共青团人才辈出,长征接力,革命后代尽英豪。(对下联)

出山海,踞岭催涛,纵观千秋华夏风流史;(出上联)
立昆仑,倚天仗笔,好绘四化神州壮丽图。(对下联)
望澎台,临风寄语,常念万代炎黄骨肉情。(对下联)

碧野田间牛得草;(出上联。碧野,作家。田间,诗人。牛得草,豫剧《七品芝麻官》的编剧兼主演)

金山林里马识途。(对下联。金山,演员。林里,当时任《时代报告》杂志副主编。马识途,作家)

十里春风,长安两路;(出上联)
千年晓月,永定一桥。(对下联)

第二届获得一等奖的最佳联是:

一代英豪,九州生色;(出上联)
八年业绩,四海归心。(对下联。北京胡加奇对)
八方锦绣,四季呈祥。(对下联。四川翟鸣放对)

夺铜牌,夺银牌,夺金牌,冲出亚洲争宝座;(出上联)

重德育,重智育,重体育,振兴中华造人才。(对下联。广东曹惠芳对)

斗体力,斗智力,斗耐力,走向世界逞神威。(对下联。辽宁杨清廉对)

海峡难隔同心,共盼江山归一统;(出上联)
国土终成整体,各披肝胆照千秋。(对下联。青海王迹对)

梅柳迎春,万里东风绽桃李;(出上联)
麦禾熟地,千畦沃土树桑麻。(对下联。上海汪统对)
椿萱含笑,一门和气乐桑榆。(对下联。江西刘绍茆对)

愿得此身长报国；(出上联。句出唐代戴叔伦《塞上曲》)

每逢佳节倍思亲。(对下联。北京韩瑾等四十四人对。句出唐代王维《九月九日忆山东兄弟》)

第三届迎春——长城主题征联,获得一等奖的最佳联是：

四序更新,巍巍乎,万里长城,三春不老；

一元复始,灿灿兮,千年古国,九鼎生光。

(天津林俊勋)

众志奏奇功,古迹重光,碑树北陲铭睿智；

冰原开伟业,新春初度,誉驰南极领风流。

(北京张拔群)

崇山西越,沧海东临,明月雄关,犹想当年鼙鼓；

晓色晴开,春风漫度,柳枝清笛,还听今日笙歌。

(上海吴乃济)

修我长城,荡荡焉,非怀柔安边,乃举十亿神州,欲驾云龙奔旭日；

爱余古国,拳拳也,诚居庸望远,定开四化伟业,当招彩凤伴春光。

(青海沙雁)

水木荣春晖,柳外东风花外雨；(“水木”句见唐代李白《春日独酌》。“柳外”句见元代虞集《答钱翼之》)

江山留胜迹,秦时明月汉时关。(“江山”句见唐代孟浩然《与诸子登岘山》。“秦时”句见唐代王昌龄《出塞》)

一九八五年春节,江苏电视台也发起有奖征联评奖活动,共收到省内外对联作者六千多封来信,十万多副对联。根据一题只评选一副佳联的原则,经评奖委员会评选出获奖对联五十三副,并在报上公布。其中佳联如：

五龙耀彩三吴景；
百业腾飞万象新。

（题常州。作者王骧）

枝叶争妍，显红花娇美；
乡镇崛起，助城市腾飞。

（题无锡前洲乡。作者孙长新）

熔天地铸成铁臂；
举钟鼎惊倒霸王。

（题徐州重型机械厂。作者孙映逵）

为有三吴香雪海；
能教六月结冰花。

（题苏州冰箱厂。作者窦天语）

污随江海滔滔去；
香润身心爽爽来。

（题南通油脂厂。作者常江）

静室一两支，烟云得趣；
清江四十年，星火生辉。

（题淮阴卷烟厂。作者吴锦）

水中锤出千秋鉴；
火上凝成一片冰。

（题扬州玻璃厂。作者孙新军）

悦心赏目，汇古今佳趣；
怡情益智，娱中外游人。

（题南京夫子庙游乐场。作者王海晨）

征联的第二个层次是名胜征联。名胜征联是在春节征联的基础上发展起来的，其格律性、艺术性都比春联要求更高，思想风格也更讲求深沉、蕴藉、典雅。全国名胜征联活动,已有武汉的"长江征联",南京的"金陵新姿揽胜评点征联"等多起(前面所述中央电视台等举办的第三届迎春——长城主题征联即带有名胜征联性质),在中国文学史上堪称壮举。许多体现着当代人的思想认识水平和文学艺术风格的楹联珍品纷纷问世,为名胜联的存亡继绝,为装点祖国壮丽的河山开拓了一条新路,开创了一代新风。

"金陵新姿揽胜评点征联"是一次大型而又别开生面的征联雅举,由南京《周末》报、江苏电视台、南京市园林局等七个单位联合举办,从一九八三年四月到一九八四年四月,历时一年,取得了很大的成功。

南京是我国著名的四大古都之一,山河壮丽,胜迹众多。党的十一届三中全会以来,经过几年的建设,更加青春焕发、英姿动人。这次大型评景征联活动,其目的就在于使人民群众受到一次生动、美好的爱祖国、爱家乡的教育,激发建设现代化新南京的光荣感和责任感,同时也提高了广大群众对这些文物古迹、风景形胜的历史的、科学的、艺术的价值的认识鉴赏能力。评景征联活动,为南京初评出风景点九百二十八处,拟写景名七万多个,创作楹联三万多副。经过多次评审,最后确定风景点为四十个,其中有历史遗迹、革命纪念地、新发现的石林、山泉等。同时为四十个景点选定了景名和一百四十副楹联。

南京旧志中曾载有金陵几十景之说。清代乾隆年间选定"金陵四十八景",并分别题了景名,但不论其社会意义,还是学术价值,都无法与这次评选的新四十景相比。这次大型评景征联,秉山川之灵秀,寄爱国之真情,借日月之新异,壮四化之伟志,实为南京市社会主义精神文明建设的一项创举。

金陵评景征联规定设一等奖五名,二等奖四十名,三等奖一百二十名,纪念奖六十一名。

获得一等奖的五副楹联及其景点景名是:

景点:明孝陵;景名:孝陵烟岚

帝业已销沉，留得孝陵葱郁，石像巍峨，胜地重游溯前史；
神州终变革，喜看钟阜峥嵘，人民解放，豪情奋发创新天。

（作者郭宗海）

景点：清凉山；景名：清凉扫叶

名山、名园、名楼，半亩清凉堪扫叶；
好景、好书、好画，千秋翰墨永流芳。

（作者陆小苏）

景点：渡江胜利纪念碑；景名：渡江史碑

千帆竞发，破浪乘风，越天堑，夺石城，胜决终局斯役定；
万众夹道，高歌狂舞，庆翻身，迎解放，功垂青史此碑铭。

（作者原葆民）

景点：鼓楼；景名：鼓楼揽胜

闹市藏幽，于无声处闻鼙鼓；
高台揽胜，乘有兴时瞰金陵。

（作者吴卫平）

景点：秦淮新河十桥；景名：十虹竞秀

一水旧秦淮，夜泊何须吟旧韵；
十桥新建业，春游只合唱新诗。

（作者陈衡）

全国征联活动，在二十世纪八九十年代还是此伏彼起。这是楹联史上的一次推陈出新运动，全社会各阶层的人们对此怀有极大的兴味，给予极高的赞扬。这既是一项发扬民族文化传统，有益于建设社会主义精神文明的文艺活动，给人以美和智；又是振奋民族精神，推动四化大业的教育活动，给人以情和志。体现着新思想、新内容、新艺术、新格调的征选佳联，标志着我国楹联史翻开了新的篇章。真是：

挥翰仗多才，欢腾吉语；

征联称盛举，彩耀文坛。

文学的形式是需要多样化的，诗歌的形式也是需要多样化的。在以新诗为主的今天，旧体诗、词、曲、楹联等，各自都以文学百花园中的一花而存在，争奇斗艳，相得益彰。楹联作为我国国情民俗所长期孕育、培养而成的一种特殊民族文学样式，其生命力是不应当衰竭的。新时期楹联创作的生动景象正足以说明这一点。可以预料，深深植根于汉民族传统文化土壤和中国人民心灵土壤中的楹联，将会长久地保持生命力，拥有自己的作者和读者，并且随着人民群众文化和文学修养水平的提高，楹联之花将会开放得更加艳丽。

第三章　楹联的分类

楹联分类问题是一个较为复杂的理论问题。科学地解决楹联的分类问题,是对楹联进行宏观考察的起点,也是对楹联内在规律深入进行理论说明的前提。梁章钜是最早提出楹联分类问题的楹联专家,他把楹联划分为十类,即:故事、应制、庙祀、廨宇、胜迹、格言、佳话、挽词、集句、杂缀。这种分法十分朴实但又非常笼统,只是对楹联类别的一种较为原始和粗略的概括,并无统一的维系标准,因此,科学性不强。今人注意运用同一标准从不同角度对楹联进行分类,理论上有了较大的前进,但整体结构框架还未真正确立,理论阐说也存在深浅生熟不一的现象。用唯物辩证法的方法,总结已有的经验,纵观楹联实际,我们认为应根据楹联本身的复杂构成对它进行分解综合,从内容、用途、创作方式、联文长短和对仗形式五个方面进行分类论述,才能完成从具体到抽象,再从抽象到具体的科学思维过程,形成较为完整、科学的分类理论。

第一节　按内容分类

楹联是客观事物和人的主观思想感情的一种反映形式。一切楹联都有其质的规定性,即它所包含的思想内容。内容是楹联的基本要素之一。因此,内容就成为楹联分类的一个重要标准。只有从内容上对楹联进行区别和分类,才能看清楚楹联反映社会生活的广度,把握它的社会性本质。以内容为标尺,楹联可以分为以下几个类型。

一、叙事述史联

以叙述和描写现实生活中或历史上的事件和事情为主要内容的楹联称为叙事述史联。这种楹联的主要目的是把人物经历或事件情节概括准确地叙述清楚，使读者对“事”有一个大体的了解和明晰的印象。这类楹联所叙之“事”，或者有意义，或者有影响，或者蕴含深理，或者富有趣味，较直接地反映了客观世界和人类历史发展过程中的某些质点和片断。楹联的叙事述史，不同于其他叙述性的文学体裁，它必须高度概括、提炼，写出社会事件或历史故实的某种本质和特征；而且在记叙中又往往要融进作者的思想感情，或评说，或褒贬，引导读者缘事驰想，由事及理，贯通古今，通晓和接受历史的经验教训和社会的是非曲直。

叙述现实的社会事件的楹联，如：

家慈五男二女留独子；
先父三难一死为人民。

这是已故中共中央委员曾山写的追悼双亲的叙事联。上联写的是曾山的母亲生过五个男孩，两个女孩，可是到中华人民共和国成立后，只剩下曾山一人。曾山有四个兄弟姐妹在幼年时代先后病死，而老大曾延生（大革命时期的赣南特委书记，吉安党组织创始人）和老三曾炳生（地下党员），又先后于一九二七年八月和一九二八年四月牺牲。下联概述了其父曾采芹烈士的事迹。曾采芹以教书作掩护，从事党的秘密联络工作，一九二九年到一九三〇年期间，他三次入狱。最后在吉安狱中，他坚贞不屈，英勇就义，时年三十六岁。联文全是叙事，但在叙事中却体现了作者对父母的无比敬重和怀念之情。

桂省府数次搬迁，宜山不宜，都安不安，百色百变，从此凌云直上，安居乐业；

四战区再度撤退，向华失向，夏威失威，云淞云散，盼望龙光反照，气煞健生。

这是讽刺国民党军队在抗日战争中一触即溃、一逃再逃的嵌字叙事巧联。一九四四年四月，日寇急于打通大陆往南洋的交通线，在我豫、湘、桂等省发动了“救死攻势”。此联生动地描述了国民党军队在日寇攻势下败逃的狼狈相。上联写平日高唱“焦土抗日，死守广西”的桂系军队，丢城失地，广西省政府一再迁逃，初迁宜山县，继迁都安县，又迁百色、凌云等县，最后逃到边境深山大岭中的乐业县。上联巧嵌五个县名。下联写国民党军队的败局，第四战区司令官张发奎（向华）一直向后方溃逃，先奔桂阳，后至重庆；桂军名将夏威，桂林卫戍司令韦云淞都相继败逃，他们向驻守在钦州、防城一带的桂军邓龙光求援也无济于事。此事气坏了桂军总司令白崇禧（健生）。下联巧嵌五个国民党将领的名字。

叙述历史故实的楹联更为多见，兹略举数例。

夏鼎商彝，秦碑汉瓦；
刘略班艺，贾策扬经。

这是一副概述我国古代优秀历史文化的楹联。其中“鼎”是古代炊器。“彝”即彝器，指古代青铜器中的礼器。“刘”指刘歆（约公元前五十——公元二三年），西汉经学家、目录学家、文学家。“略”，指刘歆所撰的《七略》。“班”指班固（公元三二——公元九二年），东汉史学家、文学家。“艺”，指《汉书·艺文志》，乃班固据《七略》所编成。“贾”指贾谊（公元前二〇〇——公元前一六八年），西汉政论家、文学家。“策”，指贾谊所上《治安策》《论积贮疏》等。“扬”指扬雄（公元前五三——公元一八年），西汉文学家、哲学家、语言学家。“经”，指扬雄所撰《太玄经》等。

心悬八阵图，初对策，再出师，共仰神明传将略；
目击三分鼎，东连吴，北拒魏，常怀谨慎励臣躬。

这是成都武侯祠的一副楹联，概述了诸葛亮一生中辅佐刘备父子的主要策略和功绩。

一生与宰相无缘，始进时魏公误抑之，中岁时荆公力扼之，

即论免役,温公亦深恶其言。贤奸虽殊,同怅君门违万里;

到处有西湖作伴,通判日杭州得诗名,太守日颍州得政名,垂老投荒,惠州更寄情于佛。江山何幸,但经宦辙便千秋。

这是金安清题于湖北黄州苏公祠的一副楹联。上联述评苏轼一生政治上的坎坷遭遇,先后受到宰相韩琦、王安石、司马光的反对和贬谪,贤而未得重用;下联则叙说了苏轼在被贬谪辗转各地时所取得的诗名、政绩,为当地增添了光彩。

奇花龙马传千古;

名士高僧共一楼。

这副题于云南省大理感通寺的楹联,略述了明代发生在感通寺的两个故实。上联事指:洪武十七年,感通寺住持僧法天到金陵朝见朱元璋,呈献白马一匹,龙女花一株,诗二首,《南征赋》一篇。传说在朱元璋接受献礼时,白马嘶鸣,龙女花开放。朱元璋认为这是吉祥之兆,心中大悦,即赠法天袈裟一领,赐法号"无极"。下联事指:正德十七年,杨慎因"议大礼"案充军云南永昌卫,七年后来到大理,与翰林李元阳同游点苍山,夜宿感通寺,闻寺僧念经声韵错乱,即提笔为之校改。为此,李元阳题匾,将二人所宿之所命名"写韵楼"。明末,诗人唐泰出家感通寺,钦慕杨慎"临利不苟先人,见义不敢后身"的为人,重修写韵楼,居住其内,直至去世。

二、写景状物联

这是以描绘自然风景、状摹现实事物为主要内容的楹联。自然界的山川风光之美,社会生活中许多事物的造型之美,是艺术美取之不尽的源泉。把自然景色之美和社会事物之美转化为文学艺术之美,正是一切文艺家和文艺作品的创造性职能。楹联是最擅长于写景状物的文艺形式之一。它能够运用鸟瞰、勾勒、渲染、点睛和高度浓缩而又极为形象的艺术化手法,融万千景物于简短联语之中,脍炙人口,美目会心,直可与名山胜水、古迹文物相映生辉,千古不朽。

写景状物联在名胜古迹联中数量最多,成就也最高。在春联、行业联、喜联、交际联和装饰联中,也有一些重在写景状物的佳联。

写景状物联在艺术构思和表现上,竭力描摹景物的形象特征,发掘山水之精髓,撷取风光之神韵,点示事物之玄奥,既淋漓尽致又新奇独到地表现出客观事物的外形美和内蕴美。好的写景状物联甚至能够把景物本身也变成艺术品,给人们以艺术化的感觉。

写景状物联在惟妙惟肖地描绘景物形胜之时,往往要寄寓作者的某种情怀、见解、理想,把写景与抒情结合起来,使人们在赏心悦目之中,又陶情怡性,受到感染、启发、鼓舞。现让我们略举数例:

万荷倒影月痕绿;
一雨洗秋山骨青。

这是北京陶然亭的楹联。写水则水清浸月,荷影倒映,一潭绿玉;写山则雨洗尘泥,骨骼清奇,满山青翠。

短艇得鱼撑月去;
小轩临水为花开。

这是苏州沧浪亭联。景物写得活极、巧极、神极、趣极。

一碧浸孤亭,看参差烟柳楼台,绕岸几人沽酒去;
明漪比西子,有多少青红儿女,停桡都学捧心来。

杭州西湖湖心亭的这副楹联,活画出了一幅西湖游乐图,湖亭楼台之美和男女游人之乐,相互衬托,其意境,其情趣,真可令人陶醉。

水从碧玉环中去;
人在青莲瓣里行。

这是贵阳甲秀楼的一副楹联。站在甲秀楼纵目眺望,所看到的是涵碧潭一带的美景,宛如一幅雅丽活泼的山水画。

龙潭倒映十三峰,潜龙在天,飞龙在地;
玉水纵横半里许,黑玉为体,苍玉为魂。

这是郭沫若为云南丽江纳西族自治县黑龙潭(玉泉)得月楼题写的一副楹联。从得月楼上看黄龙潭和玉龙雪峰(十三峰),好像水中的龙飞到天上,天上的龙潜入水中,而碧玉般的泉水形成了黑龙潭的形象和神韵,奇景得配绝笔,美极了。

欲挽春光,两岸柳条青袅袅;
能消夏暑,一湖莲叶绿田田。

此联为南京莫愁湖新征并获二等奖的左风生所作的楹联。作者抓住了莫愁湖春夏二季的景色特点,把景物和季节有机结合起来。

这种写景状物联,大都非常讲究艺术技巧,运用各种修辞手法把景物描绘得栩栩如生、惟妙惟肖,使人如临其境,如见其景。

例如:

燕入桃花,犹如铁剪裁红锦;
莺穿柳树,却似金梭织翠丝。

这副楹联用两个妙喻把燕莺桃柳写得形象而美好。

又如:

有美一人,中夜开五铢环佩;
遗世独立,下游俯两点金焦。

这是安徽小姑山对联,把小姑山写成俨然是一美女,夜出江面,环佩叮当,俯览远景,神韵绰约。

还有不少写景状物联,把写景和咏史紧密结合起来(特别是长联),这样景象更为阔大,意境更为深远。如:

小结构到底何奇?想洞纪龙眠,石传象跪,诗题竹树,果种菩提,为儒,为释,为帝王,蕞尔微躯,其中大有人在;

真逍遥当前即是:看朝霞虹映,夜月蟾辉,宝岭秋光,漾江春色，好山，好水，好景物，取之不尽，此外匪我思存。

这是杨金和题云南鹤庆云鹤楼的咏物联。上联写云鹤楼的史迹和现状，下联写楼外的美好环境。“洞纪龙眠”，相传明建文帝朱允炆因“靖难之变”，出逃到鹤庆眠龙洞避匿十年。“石传象跪”，相传元忽必烈南征时，由丽江骑象至鹤庆城北，象跪不行，化为象跪石。“诗题竹树”，指明代杨慎、李元阳曾游此唱和，刻诗句于竹。“果种菩提”，民间传说开辟鹤庆的祖师赞陀屈多曾种菩提树于城西南。“宝岭秋光”，指石宝山石刻的“佛光”现象。此联是从大范围咏物的佳联。

有的咏物联极其智巧，还包含生动有趣的传说故事。如：

树影横江，鱼游枝头鸦宿浪；

山色倒海，龙吟岩畔虎眠滩。

此联为康熙年间广西一巡抚夜游南明河，见水中倒影景色之美而题的上联，少年周渔璜对出下联。上下联都是写水中倒影，空中水下，景融一体，生动逼真，对仗巧妙，令人拍案叫绝。

三、抒情勉志联

这是借景、借物、借事而着重抒发作者的感情意愿、理想志向的楹联。抒情勉志联往往交融在一起，然大致仍可分为两类。抒情联如：

气盖世，力拔山，因公来乎；

歌大风，思猛士，为子伤神。

韩信庙的这副对联，作者通过对韩信辅佐刘邦打败项羽的英雄业绩的赞扬，突出地表达了为韩信的悲惨结局而产生的不平和伤感之情。

望不断七二峰衡岳，流不尽八百里洞庭，明月当头，如许江山赢我醉；

是谁赋屈大夫离骚，问谁虚贾太傅前席，幽情无限，满城风雨自西来。

这是长沙天心阁的楹联。上联写衡峰七十二,洞庭八百里,山河如此壮丽,怎不令人心醉。下联则由眼前景物之壮阔而想到古今人事的不公。汉代扬雄有感于屈原投水而死,作《反离骚》投在江中,以示哀悼,同时为屈原轻易自溺不能藏器待时而表示遗憾。富有政治才能的贾谊,虽然汉文帝曾经移席虚心地和他夜谈过,实际上还是不肯重用,以至贾谊作《吊屈原赋》以抒发内心的郁愤。作者追怀屈贾,无限感伤,内心的郁积借此一吐。

挽联大多抒发了作者强烈的情感,因而从内容的角度来看可属此类。如:

人而鬼也,鞭尸三百贾似道;
死犹生乎,悲歌一曲李慧娘。

这是楼适夷挽昆剧艺术家孟超的对联。孟超生前创作的昆剧《李慧娘》,描写了少女李慧娘与奸相贾似道的生死斗争。"文革"中孟超因写此剧而被诬陷摧残至死。楼适夷的这副挽联,巧妙地把对剧本中两个对立人物的强烈爱憎的感情移用到现实中,表达了对贾似道式的林彪、"四人帮"一伙奸佞的痛恨之情和对李慧娘式的孟超的悲悼和赞颂之情。

勉志联如:

有志者,事竟成,破釜沉舟,百二秦关终属楚;
苦心人,天不负,卧薪尝胆,三千越甲遂吞吴。

这是蒲松龄为了激励自己发愤著书而刻写在铜质书镇上的一副对联,表示了不达目的决不罢休的雄心壮志。联中巧用了项羽破釜沉舟大破秦兵和勾践卧薪尝胆灭吴雪耻的典故。在这副楹联的激励下,蒲松龄从考场失意的痛苦中解脱出来,埋头撰书,始终不懈,终于创作了《聊斋志异》一书,为我国古典文学树起一块丰碑。

满堂花醉三千客;
一剑霜寒四十州。

这是孙中山手书的述志联。此联是根据一副古诗联改制而成的。据明代田汝成的《西湖游览志余》记载：唐末，杭州人钱镠，据有两浙土地，被封为吴越王。有一位贯休和尚，浙江婺州人，请求钱镠给予一席卓锡之地。贯休先写一首七律托人送给钱镠，诗曰：

贵逼身来不自由，几年勤苦踏林丘。
满堂花醉三千客，一剑霜寒十四州。
莱子衣裳宫锦窄，谢公篇咏绮霞羞。
他年名上凌烟阁，岂羡当时万户侯。

钱镠十分喜欢这首诗，但是他希望把“十四州”改为“四十州”，以变成他拓地开疆、一统天下的祥瑞。贯休听后说：“州亦难添，诗亦难改；闲云野鹤何天不可飞邪？”即辞而远游四川。贯休入川后，倍受蜀主王建的重视，称他为“禅月大师”。孙中山的这副对联，把贯休的十四州改为四十州，目的并不是为了满足钱镠生前的愿望，而是借以表达自己的志向，即推翻封建专制的清政府，建立民主共和国。

其他勉志联再举数例：

风云三尺剑；
花鸟一床书。

（明代左光斗题联）

虎贲三千，直捣幽燕之地；
龙飞九五，重开尧舜之天。

（南京太平天国龙凤殿联）

壮志难磨，尚欲乘长风破万里浪；
闲情自遣，不妨处南海弄明月珠。

（清代黄遵宪题画舫联）

戴天履地并称才，七尺伟男，须作几分事业；
往古来今中有我，百年易耳，当思千载姓名。

（清代朱恂叔勉志联）

追科学，揣摩宇宙万物，速度唯恐不光电；
师造化，穷变古今中外，青丝不教逝流年。

（中国人民解放军某部指导员题联）

四、评论说理联

这是形象地总结社会生活和个人生活经验，艺术地揭示某种事物的本质和规律，概括地评论人物和事物，能给人以理智的启迪、警策和说服的一种对联。此类对联在装饰联、题赠联和名胜古迹联中所见较多，而且多为短联。楹联的说理评论，虽然也运用逻辑抽象的手法，但因多有借托，或者是精辟之见、呕心之说，所以极富于说服人的力量，读来并不觉得空泛。有许多说理评论联，能独具慧眼卓识，说出人人心中皆有，人人笔下所无的至理妙论，令人扼腕赞叹，甘心领教。可以说，此类对联就是一种袖珍式的论说文，是人们进行议论说理评事论人、交流思想观点的一种精致的形式。

说理评论联，又可分为事理联、物理联、哲理联、禅理联、格言联和评论联几种。

事理联如：

才与福难兼，贾傅以来，文字潮儋同万里；
地因人始重，河东而外，江山永柳各千秋。

（广西柳州柳侯祠杨紫卿联）

职业原无贵贱，只要安心务正，就是他剃头唱戏缝衣裳，不算低下；

品格应分高下，若是任意胡来，哪怕你做官为宦当皇帝，照样肮脏。

又如：

行路有何难？我曾从天柱、九嶷、三涂、太白、紫阁、终南，直到上京王者地；

得师真不易，所愿与高堂、二戴、安国、子长、相如、正则，同依东鲁圣人家。

（清代翁同龢题联）

死者长已矣，死而能伸民志伸国权，死犹不死；
生者为何乎？生而成为奴隶为马牛，生亦徒生。

（一九三〇年红八军在广西龙州为死难烈士挽联）

物理联如：

犁辕弯，耕田直；
锯齿斜，断木齐。

船漏漏湿，盆漏漏干；
灯吹吹灭，火吹吹燃。

竹本无心，节外又生枝叶；
藕虽有孔，腹内不藏污泥。

天近山头，到了山头天又远；
月浮水面，撬开水面月还深。

（清代李渔与慧远和尚对句）

蚕作茧，茧抽丝，织就绫罗缎匹；
兔生毫，毫扎笔，写成锦绣文章。

（明代吴文之幼时与客人对句）

哲理联如：

欲求寡欲先无我；
为所当为不问他。

（四川青城山天师洞客堂联）

大海有真能容之度；
明月以不常满为心。

（郭沫若书赠普陀山导游唐锋）

事在人为，休言万般都是命；
境由心造，退后一步自然宽。

（四川青城山天师洞联）

这是讲为人处世之道。

酒能成事，酒能败事；
水可载舟，水可覆舟。

（明代余文赠朱元璋联）

管百姓须爱百姓；
要一钱不值一钱。

（李寅清题江西某县大堂联）

这是讲为宦治世之道。

一生二，二生三，三生万物；
地法天，天法道，道法自然。

这是讲自然法则。

舞台小天地；
天地大舞台。

这是讲文艺与生活的关系，等等。

禅理联如：

一即是多多即一；
文随于义义随文。

（近代弘一大师李叔同集《华严经》联）

此即濠间，非我非鱼皆乐境；
恰来海上，在山在水有清香。

（上海城隍庙三穗堂清代陶文毅联）

松声、竹声、钟磬声，声声自应；
山色、水色、烟霞色，色色皆空。

（福建武夷山石湖洞联）

世外人，法无定法，然后知非法法也；
天下事，事犹未了，何妨以不了了之。

（四川新都宝光寺大雄宝殿联）

桥跨虎溪，三教三源流，三人三笑语；
莲开僧舍，一花一世界，一叶一如来。

（东林寺三笑亭清代唐英题联）

撰写格言联，是中国人传统的一种修身进德、自勉自警的好方法之一，可使人朝夕晤对，三省吾身，如听良师教导，益友忠言，警钟长鸣，潜移默化，陶冶情操，净化心灵。如：

无情岁月增中减；
有味诗书苦后甜。

这是激励人们勤奋读书的。

人间岁月闲难得；
天下知交老更亲。

这是教导人们珍惜友谊的。

厚情性，薄嗜欲；
直心思，曲文章。

于进步中求退步想；
在忙时节作闲时游。

（清代田东溪联）

这是告诫人们为人处世的。

知多世事胸襟阔；
阅尽人情眼界宽。

这是讲要知人论世的。

好学近乎知，力行近乎仁，知耻近乎勇；
富贵不能淫，贫贱不能移，威武不能屈。

（集四书句联）

醴泉无源，芝草无根，人贵自立；
流水不腐，户枢不蠹，民生在勤。

（清代程梓庭题官斋联）

这又是讲品德修养的。

评论联主要是指对古人古事或今人今事的评价、评析和评赞，以歌颂性的内容为主，亦可兼及其他。如有的是评品人物的：

此老不工画，不善书，不精杂诗，压倒吴蜀魏中几多伪士；
其人可托孤，可寄命，可临大节，算来夏商周后，一个纯臣。

（陕西五丈原武侯祠联）

洁廉为心，忠信为体；
文章在册，功德在民。

（广西柳州柳侯祠联）

文字烛千秋，十四县民命苍天，尽是此公赐予；
万里归一汇，八百里青城沃野，都从太守得来。

（四川省灌县玉垒山二王庙联。联文对李冰和他的儿子李二郎修筑都江堰等水利工程的历史功绩做了公正评价。“文字烛千秋”指李冰父子采取的“深淘滩，低作堰”的治水方法）

这是评古人。

无公则无民国；
有史必有斯人。

（章太炎挽黄克强）

聋两耳，跛一足；

学三绝，人千秋。

（俞志韶赠吴昌硕联）

这是评当世人。

有的是评论其他事物的：

谁说仙佛王侯威力无穷，已如香烛得灰，烟云幻灭；

唯有劳工奴隶天才不朽，得与宝山并寿，松柏长青。

（张子斋题云南剑川石宝山石刻第三、四窟联）

还有的是评论艺术作品的：

善剪裁，善铺陈，善烘托，善夸张，刻刀超群绝伦，惟妙惟肖；

或威武，或文雅，或庄严，或美丽，形象鲜明生动，多采多姿。

（张子斋题云南剑川石宝山石刻第七窟评赞石刻艺术联）

五、批判讽刺联

这是用来对历史和现实中的丑恶现象和人事进行揭露、批判和嘲讽的对联。这种对联，语言通俗幽默，思想尖锐泼辣，感情强烈，态度鲜明，嬉笑怒骂，纵横走笔，往往是代群众立言，为正义呐喊的。

批判和讽刺联，可分为政治批判联和一般讽刺联两种。政治讽刺联如：

公生则人民死，公死则人民生，生死相关，互为因果；

天视自我民视，天听自我民听，视听洞彻，不爽毫厘。

（嘲讽袁世凯的挽联）

学骑坠地杖龙驹，试剑杀妃伤长女，君王神武似何帝？

命相年达十余辈，理财饷添千万两，政府昏横过暴秦。

（一六四四年四月李自成军破北京时，大将李岩题在崇祯住过的暖阁的楹联。上联嘲笑崇祯帝坐不稳马鞍滚下来时，竟把马打了四十大板;京城破时,亲手杀妃子袁氏,又砍断十五岁的女儿的左腕。下联揭露他一年换十多个宰相,又一味剥削人民,年增税千余万两,贪得无厌。联文尖锐而又确切)

著,著,著,主子洪福;
是,是,是,皇上圣明。

(讽刺道光年间之谀臣潘世恩、穆彰阿联)

中华人民共和国成立以后,社会政治生活发生了根本性的变化,因而政治讽刺联大大减少,这是很自然的。但是旧思想旧观点的影响不可能一下子完全肃清,反映到政治生活中官僚主义、开后门等不正之风仍然存在,有些对联就揭露、批判了这些落后现象和丑恶事物。如:

一杯茶,一支烟,一张报纸混半天,一篇空话算一天;
凡事糊,凡事推,凡是文件画个圈,凡是工作不沾边。
横批:以混为纲。

这是当时任国家体委顾问的荣高棠在湖北批评某些无所用心的干部时口占的一副对联,幽默地嘲弄了干部队伍中的官僚主义现象。

一般性的讽刺联如:

我若有灵,也不至灰土处处堆,筋骨块块落;
汝休妄想,须知道勤俭般般有,懒惰件件无。

这是嘲弄迷信对泥菩萨顶礼膜拜的。

又如:

五百里蓉城,奔来眼底,喜洋洋录出遗才。便东游牛市,南谒羊官,西到满城,北观昭觉。假充豪杰,借此宿柳眠花;便水榭茶亭,商量就烧香换贴;更酒楼烟馆,贪恋着过瘾传杯。莫辜负威仪小帽,履泰朝鞋,义和虾仁,月兴酢肉;

数千人蒿目,惨上心头,怒冲冲怨着主考。想文揣时风,诗遵官韵,策操纂要,经习短篇。废寝忘餐,尚望步蟾折桂;奈邮传报语，叫不应解元老爹；及爱女娇妻，做不成夫人小姐。只剩得半幅号帘，三场题纸，两枚残烛，一个提篮。

这是江受先仿大观楼联嘲科举考生联。

还有一种是自嘲联，多是文人在旧社会不得意，穷愁潦倒，因而作联聊以自嘲，或者是历经世态炎凉、人情冷暖而感慨系之。如：

旧岁饥荒，柴米无依靠；走出十字街头，赊不得，借不得，许多内亲外戚，袖手旁观，无人雪中送炭；

今科侥幸，衣禄有指望；夺得五经魁首，姓亦扬，名亦扬，不论张三李四，踵门庆贺，尽来锦上添花。

这是某君中举后自嘲联。

讽刺批判联甚为讲究文字技巧，幽默风趣，因而多用仿拟、析字、换序、易字等手法。如：

一生不正行歪事；

二世为人作伪官。

这副拼字巧联是讽刺王宜仲的。王诨名王二歪子，江苏高邮人，抗战前因犯罪逃亡安徽省，由于拿钱运动了高邮官府，免于逮捕法办。日本侵占高邮后，王宜仲当上高邮县的汉奸县长。他恶性不改，人民恨之入骨，写了这副对联贴到他家的后门嘲骂出气。

又如：

重帘不卷留臭久；

短笛无腔吹未休。

抗战时期，江苏常熟县城内鸦片馆特别多，其中有一家名为“乐尔”的烟馆，为土娼惠嘐所开。时人把陆游“重帘不卷留香久”改动一字，遂成一副刻画入微的讽刺妙联。上联讽刺惠嘐身为土娼又开烟馆，名声臭透；下联喻抽鸦片时口衔烟枪状如吹笛。

六、戏谑智巧联

这是逗乐谐趣、斗智试才的一种游戏性对联。这类对联，往往借助汉字音、形、义某一方面的特殊情况，运用别出心裁的奇思异构撰写而成，偏重于文字游戏，但又能表达一定的意义，饶有文学情趣。

戏谑智巧联可分为戏谑联和智巧联两种。戏谑联不同于讽刺联，不具有严肃的批评和认真的嘲讽之意，而是以诙谐幽默的方式借嘲讽戏乐而进行的一种善意而友好的交游文字。例如：

清代赵翼《檐暴杂记》卷五记载："明代李空同（梦阳）督学江西，一生偶同姓名。李出对句云：'蔺相如，司马相如，名相如，实不相如。'生应声对曰：'魏无忌，长孙无忌，公无忌，我亦无忌。'"此联各以历史上同名人物引出撰联者的意思，十分工巧有趣。

又如，旧时有个赶考的秀才，坐着一条小船，不多时，后面一个武官坐着扯帆的大船赶了上来。两船并行到一条窄河口，互不相让。武官傲慢地说："秀才，我出个对子，你对上了你先走，对不上我先走，行吧？"秀才说："请！"武官即出联道：

两艇并行，橹速不如帆快；

这是双关隐语上联，"橹速"谐鲁肃，"帆快"谐"樊哙"，言外之意是说文不如武。秀才一时对不出下联，只好让武官先行。后来，秀才中了进士得授知府，到任之日，地方官绅名流都来送礼接风，席间，知府见官绅中有一个武官，好生面熟，一问，就是上次坐船出对的那一位，便说："久违了！上次的对联，今天我对上了。"随即吟出下联：

八音齐奏，笛清难比箫和。

"笛清"谐狄青，"箫和"谐萧何，言下之意，从今天光景来看，还是武不及文啊。

再如：

三角如鼓架；

一秃似雷槌。

此联见明代冯梦龙《古今谭概》。明代于谦幼时头上梳着三个小髻，僧人蓝古春见了，出上联戏弄他，于谦立即以对句反讥。

掰破石榴，红门中许多酸子；

咬开银杏，白衣里一个大仁。

明代徐晞因为不是科举出身，黉门秀才看不起他，徐晞便借物为喻，撰谐音双关妙联反唇相讥，众人方服其才。“红门”谐“黉门”，“酸子”喻众秀才，“白衣”指无功名，“大仁”谐“大人”，喻自己。

智巧联运用各种技巧，更是五彩缤纷、多彩多姿。如：

高晓声，梁晓声，操千曲乃晓新声；

许怀中，徐怀中，行万里益怀域中。

这是一九八五年中国作协第四次代表会上，盛宁文巧用作家同名所撰对联。

鳝长、鳅短、鲶大嘴，一串无鳞；

龟硬、鳖软、蟹细腿，三者有足。

这是巧用动物名相对联。据传清代状元、大实业家张謇未中状元时，在市场上遇见一位渔翁出对考智，张謇竟无可续。后其父代续了下联。自此之后，张謇戒骄戒躁，发奋攻读，终于成名成才。

上旬上，中旬中，朔日望日；

五月五，九月九，端阳重阳。

这是巧用节令名相对联。

又如：

珠海船如梭，横织波中锦绣；

羊城塔似笔，倒写天上文章。

这是清代何淡如运用夸张手法撰写的对联。

鹊噪鸦啼,并立枝头谈祸福;
燕来雁往,相逢路上话春秋。

绿水本无忧,因风皱面;
青山原不老,为雪白头。

这是运用拟人手法撰写的对联。

雪里白梅,雪映白梅梅映雪;
风中绿竹,风翻绿竹竹翻风。

这是苏轼与佛印运用反复、回环手法撰写的即景联句。

想上去吗？上去便能通碧落;
快下来吧，下来难免坠红尘。

这是江西庐山仙人桥上一副诙谐幽默的智巧联,等等。

这里顺便提一下,有一副最难认的对联,联文是:

軉𨈡桱烎悆慲豩;
䞍僔偳琡溄惪墺。

这副对联是陕西周至终南山楼观台的老子说经台上的一副石刻对联。楼观台,传说因周代尹喜曾在这里研究天文、观星望气而得名。后来老子由楚入秦到过这里。东汉张陵创立五斗米道,尊奉老子为"太上老君",道士来这里修道,成为我国道教最早的宫观,道士们称之为"洞天之冠"、"天下第一福地"。这副对联据说是"太上老君"写的,这十四个字像是天书,谁也不认识,一般辞典也查不到,从《康熙字典》及增补中才可查出,并经研究考证,认为这些字是:

玉炉炼烧延年药;
真道兴修益寿丹。

这副对联当然谈不上有什么思想和艺术价值,但作为运用汉字的怪联,录以备考。

第二节　按用途分类

楹联是一种实用文学，它除了具有文学的一般功能之外，还具有装饰、交际的特殊用途。广泛的实用性是楹联区别于一般文学的基本特征之一。因此，按用途进行分类，就成为楹联分类的一个最基本的方法。

按用途分，楹联可以分为春联、行业联、名胜联、婚联、寿联、挽联、装饰联、题赠联、课联和游戏联十种。

一、春联

春联古称春帖，其内容主要是表达人们在辞旧岁、迎新年之时的祝福、欢乐情绪和新的愿望与追求。春联是应用范围最为普及的一种楹联形式。但是，人们由于地位、教养、职业等的不同，所用的春联又是各具特质的。旧时代，帝王将相的深宅朱户与平民百姓的蓬门荜户，诗礼传家的书香门第和商贾工匠的店肆之门，所张贴的春联会旨趣迥异，大体上反映了门第的贵贱和职业特色，也反映了不同的生活境况和思想感情。

春联有祝颂性、时效性和针对性的特点，并体现一个“春”字。新时代的春联则应表现出新春的气息和时代的特征，思想积极，格调清新，表现作者（或用联者）的美好的理想和乐观的精神，避忌陈俗而空泛的吉庆话和标语口号式的干瘪语言。

这里，我们先以旧春联为例，来分析一下春联的特点。第一，春联是在我国人民一年一度的传统的新春佳节时书写张贴的，因而不少春联点明春节时令，渲染节日气氛。如：

一元复始；
万象更新。

东风引紫气，一元复始；
大地发春华，万象更新。

又是一年春草绿；
依然十里桃花红。

春夏秋冬春为首；
梅桃李杏梅占先。

寒去矣，天开生人路；
春来也，地得放花时。

几点雪花几点雨；
半含冬景半含春。

这是点明春节时令。

华灯飞彩；
喜爆放红。

日月红光照；
乾坤喜气多。

天开清淑景；
人乐共和年。

爆竹两三声，人间易岁；
梅花四五点，天下皆春。

这是渲染节日气氛。

第二，还有不少春联描写自然景色、大好春光。如：

江山千古秀；
赤县万年春。

云霞成异色；
梅柳动春风。

江山增秀色；
桃李艳春光。

日丽远山含淑气；
晴烘芳树蕴春晖。

这是描写壮丽山河的。

更多的是描写春天大自然明媚的风光，显示出一派蓬勃生机的。如：

风来花自舞；
春入鸟能言。

春到碧桃枝上；
莺歌绿柳楼前。

蜂抱花须；
鱼吹柳絮。

日融莺语滑；
风暖蝶身轻。

燕尾点波绿皱；
莺嘴啄花红溜。

翠柳摇风，喧千林翠鸟；
红梅映日，吐万树红霞。

这里写到了春天莺、燕、蜂、蝶、鱼等动物。

瑞凝三秀草；
春入万年枝。

红插山花；
绿眠芳草。

暖吐花唇；
晴舒柳眼。

桃红复含宿雨；
柳绿更带朝烟。

千里松涛无山不绿；

万顷麦浪有地皆春。

这里写了春天的桃、柳、松、花、草等植物。

第三，表现了对新年的良好祝愿和希望。如：

春光骀荡；

国步龙腾。

时和世泰；

人寿年丰。

河清海晏金瓯固；

人寿年丰玉烛调。

政清星辰耀彩；

国富日月生辉。

风调雨顺千家乐；

政通人和万户春。

春暖风和日丽；

年丰物阜民欢。

这是写对国家和人民的祝愿的。

千祥云集；

百福骈臻。

前门生万福；

后户纳千祥。

岁岁平安日；

年年如意春。

福星高照；

万事亨通。

桃花开五福；
竹叶兆三多。

这是对家庭和个人的祝愿。

第四,还有些春联包含有深刻的哲理,寄寓了用联人远大的志向。如：

时雨当春乃降；
好花应时而开。

水因春暖冰方解；
月到更深光倍明。

雨入花心自成甘苦；
水归器内各现方圆。

里有仁何须木铎；
思无邪不用桃符。

长江能容百代客；
寸草难报三春晖。

这是带有格言性的春联。

鸿鹄得志；
桃李争春。

老骥伏枥千里志；
短锥处囊半寸锋。

这是富有哲理性的春联。

勤俭黄金本；
诗书丹桂根。

严冬梅萼得雪护；
小春花蕾索雨洗。

宏观在宇，微观在握；
虚心而学，实心而行。

江山如有待；
花柳更无私。

帘前春色应须惜；
身外浮名何足论。

这些春联则又表达了用联人的志向和傲骨。

第五，春联中运用的事物多是美好的事物，或者是中华民族喜爱的珍禽灵兽、吉祥之物。如：

龙从海中跃起；
凤自天外飞来。

天蓝鱼生翅；
海阔鸟伏波。

第六，春联一定要切合用户或个人的身份、特点，因而不少春联带有行业联的性质。如：

六畜兴旺；
五谷丰登。

八路进宝；
四方来财。

一望而知，第一副是农家春联，第二副是商人家的春联。又如：

吟竹诗含翠；
画梅笔带香。

新诗古剑比高雅；
寒梅疏竹共风流。

笛奏梅花曲；
莺歌杨柳风。

松下清琴皓月；
花边好鸟春风。

毫无疑问，这些是书香门第或读书人写的春联。

以上所说大部分是通用春联。也有的春联是针对特殊的用联对象、地理环境而写的，个性就显得格外分明，其他人就不能乱用。如：

有竹有梅门第；
半林半郭人家。

共沐一池水；
分享四时春。

以上这些特点都是我们应当注意的。

中华人民共和国成立以后的新春联，除了继承上述特点外，在内容上、形式上都有了新的发展，主要表现在：

第一，描绘了社会主义革命和建设的大好形势，如党的十一届三中全会以来的一些春联：

大地回春，山河壮丽；
阳光普照，玉宇澄清。

九州春色满；
四化凯歌扬。

万家春酒绿；
四化捷报红。

欣看四化伟业；
喜闻八方佳音。

祖国春常在；
人民乐无疆。

城乡比翼；
工农齐飞。

冰消雪化，江山又呈五光十色；
冬去春来，神州再现百态千姿。

时尚一新，所见原多快意事；
春风满面，相逢尽是舒心人。

山美、水美、春光美，宏图更美；
人新、事新、时代新，伟业长新。

第二，抒发了广大人民群众对党、对社会主义的热烈赞颂。如：

翻身莫忘本；
饮水务思源。

葵花托金盘，赤心向党；
瑞云捧红日，丹凤朝阳。

大地迎春绿；
人心向党红。

长征万里党指路；
江山千秋民当家。

春风绿万里；
党恩泽九州。

这是歌颂党的领导的。

社会主义千般好；
人民江山万代红。

举国同唱社会主义好；
全民共植精神文明花。

这是歌颂社会主义制度优越性的。

马列主义红旗开路；
四化建设喜报迎春。

马克思主义真理传万代；
毛泽东思想光辉照千秋。

这是歌颂马列主义、毛泽东思想与中国革命实践相结合的。

东风化雨；
政策归心。

四化宏图，辉映五湖四海；
政策落实，调动万马千军。

花开花红总赖东君作主；
年裕年丰全仗政策宜时。

汗珠落地夺高产；
政策暖怀激壮心。

这是歌颂党的方针政策英明正确的。

第三，表达了对国家和人民美好的祝愿和建设国家的壮志豪情。如：

抬头看形势，无限美好；
放眼望前程，一片光明。

一轮旭日消残雪；
亿颗红心向未来。

人向四化；
鸟鸣三春。

律启初春买花赏岁；
功期四化载酒航天。

江山千载美；
祖国万年春。

这是表达了对国家和人民的祝愿。

挥彩笔,锦绣山河添锦绣；
立壮志,光明中国更光明。

革命者任重道远,知难而进；
红旗手乘风破浪,勇往直前。

人间有险皆能越；
世上无高不可攀。

莫学盆里小景,只在斗室吐芳艳；
应看山中劲松,傲对风雪显英姿。

一代英雄能文能武为祖国,争当长征突击手；
中华儿女同德同心忙建设,誓做革命实干家。

保人民,卫四化,枕戈待旦,志守边陲,志向祖国；
冒严寒,顶酷暑,披星戴月,虽苦犹甜,虽险犹安。

这是表达了建设祖国、保卫四化的壮志豪情。

第四,与旧春联不同的是,不少新春联表达了对各行各业的要求。如：

开创社会主义新局面；
建设物质精神双文明。

实践是检验真理唯一标准；
群众乃振兴中华真正英雄。

荡涤污浊,有艰难,功在不舍；
百废俱兴,须勠力,风雨同舟。

为党分忧，万里锦绣江山铜墙铁壁；
为国争光，十亿中华儿女众志成城。

民心、党心、军心，同心实现四化；
人力、物力、智力，协力建设九州。

社会主义海阔天高，要求人人有作为；
四化建设任重道远，急需个个显身手。

这些新春联可以说是表达了对各行各业的共同要求。

英雄十亿追科学；
风流一代再长征。

十亿健儿胸怀奇志兴百业；
一代风流手挥彩笔写春秋。

这是对全体人民，特别是对青年的要求。

发扬革命传统；
争取更大光荣。

这是对老干部的要求。

破千年旧俗；
立一代新风。

旧习惯宜随旧时日俱往；
新年月当与新知识并增。

这是对树立一代新风和学习科学知识的要求。

第五，新春联在语言上有很大变化。一是更加通俗浅显，大多用浅近的文言或书面语言，有的甚至用白话；二是融进新词，过去楹联多用单音词，随着社会的发展和语言的变化，要表现新的内容，就必须吸收许多双音词，甚至三个音节以上的多音节词，如上所述，就运用了“社会主义”、“马克思主义”、“毛泽东思想”等入联；三是格律较宽，与旧春联相较，新春联很多都是宽对,平仄的要求也不是那么严格,这对于表达新的思想内容给予更大的自由。

第六,新春联增强了阅读性和欣赏性。不少新春联特别擅长运用群众喜闻乐见的反复、叠字、顶真、对比、回环等修辞手法,如:

四化蓝图图图美;
九州春色色色新。

乐乐乐,家家粮食满仓囤;
笑笑笑,人人喜气上眉梢。

解放思想,人人心情舒畅;
政策落实,个个意气风发。

迎新年,三江春水三江酒;
干四化,一寸光阴一寸金。

中华人民共和国成立以来,不少报刊每年春节都要刊登或征集春联,出版部门也编辑出版历书,其中载有新春联,不仅向社会提供了书写张贴的材料,而且本身也富有可读性,是一种很好的供阅读欣赏的文学作品,受到读者的欢迎,取得了良好的社会效果。如报刊上发表的一些长联:

喜报闹新春,从头数二十四番花信,锦绣铺大地;
东风撅日历,放眼看一千万里江山,阳光照红旗。

蒙雨露,花木荣,社会主义江山处处美景;
沐春光,人心暖,四化建设征途步步佳音。

风光无限,喜看桃红柳绿,春色处处宜人愿;
天地有情,笑播和风细雨,政策昭昭暖人心。

炎黄子孙手携手,共商祖国统一千秋业;
中华儿女肩并肩,同建民族兴旺万世功。

日月潭碧波凝翠,台湾骨肉日日思归盼统一;
扬子江热浪含情,大陆同胞天天翘首望团圆。

乘万里风破万里浪，万水千山，万重艰难万重乐；

有一分热发一分光，一心四化，一寸光阴一寸金。

很显然，这些长联很少是能在门上张贴的，因而与其说是供书写的，倒不如说在报刊上发表出来，更多的是供阅读欣赏的。

还有一点必须指出的——无论是新春联还是旧春联——在实际应用中，春联多为通用联。这种通用联不带行业或职业特征，各种家庭或单位都可使用。但也有些春联写进了职业特征，这就成为带有行业特点的专用联了。这与前面所述"不少新春联表达了对各行各业的要求"有类似之处，只不过更进了一层。这里我们试以新春联为例：

落实按劳分配，六畜兴旺；

施行专业承包，五谷丰登。

这是农村春联。

争上游，万盏矿灯银光闪烁；

夺高产，百里煤海热浪滔天。

这是煤矿春联。

文明经商，货流五湖四海；

礼貌待人，心向万户千家。

这是商店春联。

并剪细裁，胜二月春风；

秧针巧绣，羞九天仙女。

这是某地"三八服装店"春联。

兢兢业业，培育桃李芳天下；

勤勤恳恳，造就栋梁兴中华。

这是学校春联。

救死扶伤，当好白衣战士；
妙手回春，攀登医学高峰。

这是医院春联。

浓墨重彩，绘不尽九州春色；
千歌万曲，唱不完四化凯歌。

这是文艺团体春联。

二、行业联

这是专门张贴于各行各业的家庭、店铺、企事业单位的大门或街门上的，具有明显的职业标志和行业广告特征的一种常年使用的对联。使用行业联，除了具有装饰美的作用以外，还具有广告宣传招徕顾客的作用。人们从对联中就可以知道该行业的内容、特点。社会上各行各业十分繁杂，所以，行业联的内容和风格也是丰富多彩的。但它的针对性和专用性很强，不同行业的对联是不适于移易混用的。

行业联和春联是姊妹联种，既有相同之处，又有不同特点。一般说来，各行各业都使用春联，如果所撰写的春联是专用联而不是通用联，则春联中就已包含了行业的标志。在这种情况下，春联和行业联是合二而一的。行业联和春联的主要区别是：(一)春联突出的是"春"、"喜"、"吉"、"庆"等内容，行业联突出的是行业的性质和作用；(二)春联是春节时候张贴的，行业联则不限于春节，在行业开张时、新店启用时、营业方向转变时，都可以张贴新对联；(三)春联时间性短，主要是为适应欢度春节的需要撰写的，一般的每年必须更换，而行业联则是常年适用的，一个老店甚至可以多年一直沿用下来；(四)从艺术性上来说，行业联的艺术性较之春联更为讲究。春联较通俗、端庄，行业联则多运用各种风趣的艺术手法，艺术性较高。这里让我们看一些常见行业的古今佳联：

酒馆门联：

店好千家颂；
坛开十里香。

铁汉三杯脚软；
金刚一盏摇头。

刘伶借问谁家好；
李白还言此处佳。

劝君更尽一杯酒；
与尔同消万古愁。

酌来竹叶凝松绿；
饮罢桃花上脸红。

水如碧玉山如黛；
酒满金樽月满楼。

竹叶杯中，万里溪山常送绿；
杏花村里，一帘风月独飘香。

对酒当歌，自是英雄本色；
祝捷把盏，先为祖国干杯。

味香色美，十载陈酿后劲足；
家富国强，百年大计前程佳。

茶馆联：

尘虑一时净；
清风两袖生。

香分花上露；
水吸石中泉。

扬子江心水；
蒙山顶上茶。

为爱清香频入座；
欣同知己细谈心。

欲把西湖比西子；
从来佳茗似佳人。

幽借山巅云露质；
香凭崖畔芝兰魂。

九曲夷山采雀舌；
一溪活水煮毛尖。

泉香好解相如渴；
火候闲评坡老诗。

松涛烹雪醒诗梦；
竹院浮烟荡俗尘。

十载许勾留，与西湖有缘，乃尝此水；
千秋同俯仰，唯青山不老，如见故人。

还有的是茶、酒合一的茶酒馆联：

为人忙，为己忙，忙里偷闲，吃杯茶去；
谋食苦，谋衣苦，苦中取乐，拿壶酒来。

酒后高歌，听一曲铁板铜琶，唱大江东去；
茶边语旧，看几番星轺露冕，从淮海南来。

饭茶馆联：

一枕黄粱熟；
三餐白粲香。

薄煮红桃千朵艳；
芳倾绛雪一瓯香。

银丝细借吴刀切；
玉液香生洛酒淘。

宰天下有如此肉；
治大国若烹小鲜。

枵腹而来，充肠而去；
既饱以德，如愿以偿。

花样多，蒸煮炒炸皆备；
质量好，色香味形俱全。

翠阁我迎宾，数不尽甘脆肥脓，色香清雅；
园庭花胜锦，祝一杯富强康乐，山海腾欢。

（广东翠园酒家征联。朱国基出句，何启光对句）

理发店门联如：

头等事业；
顶上功夫。

到来尽是弹冠客；
此去应无搔首人。

新事业从头做起；
旧现象一手推平。

不教白发催人老；
更使春风满面生。

照相馆联如：

摄将真面去；
幻出化身来。

常留俊美春风面；
聊解兼葭秋水思。

现出容颜多活泼；
看来毫发不参差。

秦镜高悬,须眉毕现;

庐山在是,面目留真。

浴室门联如:

共沐一池水;

分享四季春。

汤泉里有浮沉客;

暖室中多健康人。

到此皆洁己之士;

相对乃忘形之交。

开诚布公,共袒心腹;

归真返朴,不掩疵斑。

旅馆门联如:

未晚先投宿;

鸡鸣早看天。

相逢皆萍水;

小住息风尘。

茅店月明鸡唱早;

板桥雪滑马行迟。

赤心迎来三江客;

笑颜奉送四海宾。

宾至如归,稍安毋躁;

客来不速,小住为佳。

春夏秋冬,一岁川流不息;

东西南北,四方客至如归。

商店门联如：

其交以道，其接以礼；
同声相应，同气相求。

两厢锦绣藏百货；
一店春风暖千家。

瞧瞧看看，琳琅满目，件件称心如意；
挑挑选选，宾至如归，个个百问不烦。

经营有方，货物满架生意好；
服务周到，顾客盈门买卖活。

药店门联如：

是乃仁术也；
岂曰小补哉。

细考虫鱼笺尔雅；
广收草木续离骚。

但愿世间人无病；
何愁架上药生尘。

神州到处有亲人，不论生地熟地；
春风来时尽著花，但闻藿香木香。

戏台剧场联如：

梨园小天地；
天地大梨园。

此曲只应天上有；
斯人莫道世间无。

古往今来只如此；
淡妆浓抹总相宜。

借虚事指点实事；
托古人提醒今人。

借古代衣冠，实行宣传说议；
娱今人耳目，尤应力挽颓风。

古事犹今事，要知今事通古事；
戏情即世情，欲谈世情看戏情。

乾坤一戏场，请君更看戏中戏；
俯仰皆身鉴，对影莫言身外身。

学君臣、学父子、学夫妇、学朋友，汇千古忠孝节义重重演出，漫道逢场作戏；

或富贵、或贫贱、或喜怒、或哀乐，将一时离合悲欢细细看来，管教拍案惊奇。

戏剧本属虚，虚中寻实，实非为实，虚非为虚，虚虚实实，方寸地生杀予夺，荣辱贵贱，做来千秋事业，莫道当场是假；

唱弹原为乐，乐中藏忧，忧民之忧，乐民之乐，乐乐忧忧，顷刻间悲欢离合，喜怒哀惧，现出万代人情，须从戏里传真。

三、名胜古迹联

这是题写镌刻于名山胜水、风景绮丽之地，或历史遗迹、名人纪念地的 种楹联。这类楹联的撰拟和书写大都出于名流硕彦之手，或赞美佳山秀水，或借景评古论今，或凭吊先贤以述志，或咏物怀古以抒情，呕心沥血而成名句，泼墨挥翰而书佳联，旨深意远，如诗如画，无论内容、形式和书法都可谓臻于完美，是楹联中艺术性最高的一类。

名胜古迹联的价值，首先是装点和美化江山胜迹，成为广大游人的欣赏艺术。在名胜古迹之处，配之以佳联妙对，把自然美和艺术美结合起来，造型美与精神美结合起来，游人们在欣赏奇景古迹之时，吟诵一两副楹联，更可以增添雅兴豪情，产生诗情画意，引起遐思妙想，发现和领略山水之美、人文之美、情理之美，置身于美的境界之中。楹联和胜迹，珠联璧合，交相辉映，成为我国胜迹游览和文化中的一绝，把祖国的江山装点得更加妩媚妖娆。其次，胜迹联作为一种宝贵的文学遗产，还具有保留和补充史料的作用，为后人提供了历史、地理、宗教、文学、书法、篆刻等方面的丰富遗产。

胜迹联数量之多，分布之广，正如梁章钜所说，是“天章稠叠，不啻云烂星陈”。可惜历经人世沧桑，许多楹联珍品泯灭无存。但就现存的楹联作品来看，胜迹联依然蔚为大观。

胜迹联的基本特点是融自然风光、名胜景物和历史事迹于一体，并寄寓着作者的某种思想感情。

下面让我们先来看几副名胜古迹联：

一楼萃三楚精神，云鹤俱空横笛在；
二水汇百川支派，古今无尽大江流。

这是湖北武昌黄鹤楼清萨迎阿题联。上、下联的第一句都是写眼前的风光景物：黄鹤楼聚集了湘鄂一带的神采灵秀，显得那样的雄伟壮丽；长江和汉水汇集着许多支流的水势，显得那样的气势阔大。而上、下联的下句则由今溯古，写出了黄鹤楼的历史典故：唐代诗人崔颢的《黄鹤楼》中有“黄鹤一去不复返，白云千载空悠悠”的诗句，李白的《黄鹤楼闻笛》中有“黄鹤楼中吹玉笛，江城五月落梅花”的名句。黄鹤楼雄峙天地，阅历古今，超越时空，令人崇敬。

大功在备倭，城郭依然，公去苍茫谁嗣者；
圣明使防海，风波未已，吾来宏济愧前贤。

清代周彦升题于山东蓬莱戚家祠的这副楹联，赞扬了明代民族英雄戚继光和他的父亲戚景通戍边抗倭的勋绩，并吊古伤今，为当世难得像戚家父子那样爱国御侮的将领而发出慨叹。

几时归去，问天上琼楼玉宇，今夕何年？且携美酒盈樽，清影弄九秋明月；

此日登临，忆阁中画栋雕梁，胜游犹昨。安得长江如带，好风送万里诗人。

此联为清代一位北方文人中秋登桂林风洞岩望月时所题。桂林山水甲天下，而风洞岩在桂林名胜中又是首屈一指。凭岩眺望漓江萦带，奇峰罗列，山堞回环，万家扑地，绿田如画，远浦浮青，清风徐来，尘虑顿消。作者登岩望月，触景生情。上联从苏轼词《水调歌头》脱化而出，抒发了阴晴圆缺、人事难全之感慨；下联则由眼前的景物想到北国的家乡，表达了久羁思归之情。

（一）胜迹联又可分为风光联、古迹联、革命纪念地联、祠墓联等。

1. 风光联是指题写于山岩、关、峰、洞、湖、海、江、泉、池、潭、井等自然风景处的楹联。例如：

峭石千重立；
藤萝百道开。

（山西五台山联）

迎来海外三千履；
望尽齐州九点烟。

（山东崂山张伯驹联）

三峰二霄通，宝掌千秋留蘚迹；
一岳一石作，金天万里矗莲花。

（陕西华山清严长明题联）

近四旁惟中央，统泰华恒衡，四塞关河拱神岳；
历九朝为都会，包伊瀍洛涧，三台风雨作高山。

（河南嵩山清吴慈鹤题联）

水界辽河，山通华表，历数代毓秀钟灵，真乃东都胜迹；
千峰拔地，万笏朝天，看四时晴岚阴雨，遥连南海慈云。

（辽宁千山清臧乃用撰联）

湖名合杭颖而三，水木清华，惜不令大苏学士到此；
山势分村郭之半，楼台金碧，还须倩小李将军画来。

（广东潮州西湖清人题联。小李将军指唐代画家李昭道，他曾来此作画）

这是咏山的。

世间有石皆奴仆；
天下无山可弟兄。

（福建武夷山天游峰联）

足下起祥云，到此处应带几分仙气；
眼前无俗障，坐定后宜生一片禅心。

（江西庐山绝顶联）

此地咫尺能进天，懒问天，但闻佛笑；
近水亭间先见月，要留月，不许云飞。

（四川峨眉山金顶楹联）

望望七十二峰，工部游时，诗圣有谁能继响？
遥遥一千余载，文公去后，岳云从此不轻开。

（湖南衡山绝顶祝融峰联）

真奇哉一百二十峰，造化小儿无端弄巧；
可惜了三万六千年，白头老叟几个曾游。

（浙江雁荡山天柱峰联）

这是题峰的。

剑气冲星斗；
文光射日虹。

（广西白龙洞石达开题飞壁联）

万山拜其下；
孤云卧此中。

（安徽黄山文殊院联）

门辟九霄,仰步三天胜迹;
阶崇万级,俯临千嶂奇观。

（山东泰山南天门联）

这是描绘山中景物的。

无边晴雪天山出;
不断风云极地来。

（甘肃玉门关联）

两京锁钥无双地;
万里长城第一关。

（河北山海关联）

这是颂关的。

四面荷花三面柳;
一城山色半城湖。

（山东济南大明湖铁保撰联）

万顷湖平常似镜;
四时水好最宜秋。

（杭州西湖石冶棠题联）

不增不减,不生不灭,不垢不净;
如梦如幻,如泡如影,如露如电。

（广东惠州西湖清林兆龙撰联）

桑柘几家湖上社;
芙蓉十里水边城。

（福建福州小西湖联）

茫茫碧水,昼夜拍丹岩,洗耳涛声常在耳;
浩浩清风,晴阴敲翠叶,凝思竹韵总于思。

（湖北武汉东湖听涛轩联）

人来桂蕊香飘里；
祠在荷花水影中。

（新都桂湖澄心阁联）

这是写湖的。

佛脚清泉，飘飘飘飘，飘下两条玉带；
源头活水，冒冒冒冒，冒出一串珍珠。

（山东济南趵突泉联）

鱼有化机参活泼；
人无俗虑悟清凉。

（杭州玉泉联）

壮思风飞，冲情云上；
和光春霭，爽气秋高。

（广西鹅泉联）

夜壑泉归，渥洼能致千岩雨；
晓堂龙出，崖石皆为一片云。

（杭州龙井明文学家张岱题联）

飞鸿映天光，秋妍冬灿，屋脊冰场舞翩跹。锦雉低翔，银峰奇幻，天山竞美诗情艳，何须筑王母九苑？

巧艇掀池浪，春媚夏葱，花丛野筵唱玲珑。金鳞荡漾，林涛歌喧，池水微寒浴兴欢，胜过那西湖三潭。

（新疆天池联）

这又是描绘泉、井、池的。

在山水联中字迹最大的对联，是黄山立马峰上的对联，每字九米余见方，联文是：

立马空东海；
登高望太平。

2. 古迹联是题写于宫、殿、楼、堂、台、榭、塔、桥、庐、馆、寺、院等古代遗留胜迹上的楹联。例如：

丽日和风春骀荡；
花香鸟语物昭苏。

（故宫颐和轩联）

龙游凤舞中天瑞；
日朗风和大地春。

（故宫联）

九陌红尘飞不到；
十洲清气晓来多。

（故宫承先殿联）

惟以一人治天下；
岂为天下奉一人。

（故宫乾清宫西暖阁雍正题联）

百福屏开，九天凝瑞霭；
五云景丽，万象入春台。

（故宫储秀宫慈禧太后联）

这是题写宫殿的对联。

西岭烟露生袖底；
东洲云海落樽前。

（颐和园涵远堂联）

复旦引星辰，珠联璧合；
顺时调律吕，玉节金和。

（颐和园排云殿排云门联）

皎月白如银，辽海浪淘天外月；
乱山蹲似虎，长城围锁塞边山。

（颐和园联）

玉宇琼楼天上下；
方壶圆峤水中央。

（中南海跨桥汪由敦联）

岚飞生翠常疑雨；
峰有真姿不藉春。

（北海公园联）

这是题写园林的对联。

峰巅片石留三国；
槛外长江咽六朝。

（镇江北固山甘露寺联）

长啸一声，山鸣谷应；
举头四顾，海阔天空。

（江苏南通狼山寺石刻楹联）

大肚能容，容天下难容之士；
慈颜常笑，笑世上可笑之人。

（安徽凤阳龙兴寺佛殿联）

经始溯唐朝，与开元而并古；
普光被厦岛，对太武以增辉。

（厦门五老峰南普陀寺联）

此处既非灵山，毕竟什么世界？
其中如无活佛，何用这样庄严。

（浙江绍兴戒珠寺联）

尘劫历一千余年，重复旧观，幸有名贤来作主；
诗人题二十八字，长留胜迹，可知佳句不须多。

（苏州寒山寺清邹福宝题联）

一窍有泉通地脉；
半山无雨滴天浆。

（广西贵县南山寺洞门石刻楹联）

在山本清，泉自源头冷起；
入世皆幻，峰从天外飞来。

（浙江杭州灵隐寺冷泉亭左宗棠题联）

这是题写寺院的对联。

朝朝朝朝朝朝夕；
长长长长长长消。

（福州市罗星塔联）

此联乃言潮汐长消。上联第三、第四、第六个“朝”字读为“潮”，音 cháo，其余“朝”字读 zhāo。下联第三、第五个“长”字读 zhǎng，通“涨”字，其余“长”字读 cháng。

拔地擎天四面云山拱一柱；
乘风步月万家烟火接层霄。

（山西应县木塔联）

水从碧玉环中去；
人在苍龙背上行。

（河北赵县赵州桥联）

这是题写塔桥等古代建筑的对联。

何时黄鹤重来，且自把金樽，看洲渚千年芳草；
今日白云尚在，问谁吹玉笛，落江城五月梅花。

（武汉黄鹤楼联）

洞庭西下八百里；
淮海南来第一楼。

（湖南岳阳楼联）

占全湖绿水芙蕖，胜国君臣棋一局；
看终古雕梁玳瑁，卢家庭院燕双飞。

（南京莫愁湖胜棋楼联）

乍来顿减尘嚣，看远山铜鼓，夹岸芦笙，丞相祠堂云霭霭；

小憩便成仙境，听珠树莺声，鳌矶渔唱，将军柱石雨潇潇。

（贵阳甲秀楼联）

此间寻校书香冢，白杨中，问他旧日风流，汲来古井余芬，一样渡名桃叶好；

西去接工部草堂，秋水外，同是天涯沦落，自有浣笺流韵，不妨诗让杜陵多。

（成都望江楼联）

此地有崇山峻岭，茂林修竹；

其人读三坟五典，八索九丘。

（宁波天一阁藏书楼联）

阁楼正中心，训乌江子弟八千，破浪乘风驱倭寇；

弦歌大众化，本泗水渊源一贯，腾蛟起凤继柴翁。

（贵州遵义藏书楼联）

这是题写楼堂亭榭的楹联。

浣纱存古迹；

救国出真人。

（浙江诸暨县浣溪亭联）

志在高山，志在流水；

一客荷樵，一客听琴。

（武汉阳月湖伯牙琴台联。上联讲俞伯牙，下联讲钟子期。“荷樵”、“听琴”皆子期一人而已）

亦知吾故主尚存乎？从今后走遍天涯，再休言万钟千驷；

曾许汝立功乃去尔，倘他日相逢歧路，岂敢忘杯酒绨袍。

（河南许昌关帝庙关羽辞曹处联）

心在汉室，原无分先主后主；

名高天下，又何辨襄阳南阳。

（河南南阳诸葛庐联）

诸葛亮的故居隆中，在今湖北襄阳，当时属南阳郡，所以过去对诸葛亮的故居是在襄阳还是在今南阳，一直存在着争论。清襄阳人顾嘉蘅任南阳知府，既不敢开罪当地豪绅，又怕家乡父老骂他出卖桑梓，故他为南阳诸葛庐所题对联，含糊其辞。

江山如画，高风终古长留，止姓氏流芳，有光名郡；

出处休论，清节尽人可学，愿竭来渡濑，无愧先生。

（浙江富春山严子陵钓台联）

才子重文章，凭他二赋八诗，都争传苏东坡西游赤壁；

英雄造时势，待我三年五载，必艳说湖南客小住黄州。

（湖北黄州东坡赤壁黄兴题联）

这又是题写与历代名人有关的胜迹的楹联。

3. 革命纪念地联。这主要是中华人民共和国成立以后发展起来的一种新的胜迹联。在人民革命胜利以后，为了不忘革命斗争的胜利来之不易，教育后代永远继承革命的光荣传统，在许多重要革命纪念地都设立了纪念馆，或者建立碑、亭以志纪念。在这些地方，党和国家领导人，以及社会各界人士撰写了大量楹联。这些楹联大都洋溢着强烈的革命精神，浓郁的时代气息，再加之当代书法家刚健清新的书法，对于广大参观者而言，既是思想政治教育的形象化教材，也是一种美的艺术享受。

这些革命纪念地的楹联，记述了五四运动以来各革命阶段，直到社会主义现代化建设新时期所发生的许多重大历史事件和无数的历史人物，如果把这些楹联连缀起来，简直是一部中国现代革命史，是一部重要的历史人物评传。

这些楹联数量很多，因在讲述其他问题时我们已多有涉及，这里就不重复了。

4. 祠墓联是过去专为一些历史人物修建的祠、庙、陵、墓、坟、堂、像等题写的楹联。祠墓联多为歌颂性的，夸饰溢美之作比比皆是，但从总的思想倾向来看，还是褒忠抑奸的，显示出历史的公正性和文化的人民性。其中也有不少评价相当客观,犹如人物的史传和论评,言简意赅,笔力如椽。

这里有传说中的人物,如:

粒我烝民,使有菽粟如水火;
播时百谷,先知稼穑之艰难。

(山西子长县神农庙联)

张旭何颠狂,仗吃三杯酒,乱涂几点鸦,也在字中称草圣;
李斯亦妄诞,擅变六书通,强分八体法,敢于篆外废古文。

(杭州吴山仓颉庙联)

洪水奠当年,亿万家饭美鱼香,如依夏屋;
清时思俭德,千百世泳勤沐泽,共乐春台。

(绍兴会稽山禹王庙联)

君妃二魄芳千古;
山竹诸斑泪一人。

(湖南岳阳洞庭君山二妃墓联)

这里有古代著名的思想家、政治家、军事家。如:

气备四时,与天地日月鬼神合其德;
教垂万世,继尧舜禹汤文武作之师。

(山东曲阜文庙联)

尊王言必称尧舜;
忧世心同切孔颜。

(山东邹县孟庙乾隆帝题联)

观瞻气象耀民魂,喜今朝祠宇重开,老柏千寻抬望眼;
收拾山河酬壮志,看此日神州奋起,新程万里驾长车。

(杭州岳飞墓赵朴初题联)

甲兵富于胸中,一代功名高宋室;
忧乐关乎天下,千秋俎豆重苏台。

(江苏吴县范文正公祠联)

赤手挽银河，公自大名垂宇宙；
青山埋白骨，我来何处吊英贤。

（浙江杭州于谦祠联）

提挈自西东，帕首靴刀，十年戎马书生志；
指挥定中外，塞云边月，万里寒鸦相国祠。

（新疆左宗棠祠联）

这里有著名的历史学家、文学家、艺术家。如：

哀怨托离骚，生面独开诗赋祖；
孤忠报楚国，余风波及汉湘人。

（湖南汨罗屈子祠联）

刚直不阿，留将正气凌霄汉；
幽愁发愤，著成信史照千秋。

（陕西韩城司马迁祠联）

天意启斯文，不是一封书，安得先生到此；
人心归正道，只须八个月，至今百世师之。

（广东潮州韩公祠联）

宦迹渺难寻，只博得三杰一门，前无古，后无今，器识文章，浩若江河行大地；

天心原有属，任凭他千磨百炼，扬不清，沉不浊，父子兄弟，依然风雨共名山。

（四川眉山三苏祠杨庆远题联）

自滇池八百里而下，潇湘泛艇，岣嵝寻碑，名迹访姜斋，风月湖山千古；

孕衡岳七二峰之灵，挥麈谈兵，植槐卜相，雄才张楚国，文章经济一家。

（湖南衡阳王船山故居湘西草堂清张之洞题联）

才子风流，岂在色字；
名贤忠正，不附权奸。

（苏州唐伯虎祠联）

治历明农百世师，经天纬地；
出将入相一个臣，奋武揆文。

（上海徐光启祠联）

山川异域；
风月同天。

（扬州鉴真纪念堂联）

这里有著名的民族英雄、爱国主义者和革命仁人志士。如：

久要不忘平生之言，古谊若龟鉴，忠胆若铁石；
敢问何为浩然正气？镇地为河岳，丽天为日星。

（浙江温州文天祥祠联）

佩鄂国至言：不爱钱，不惜命；
与文山比烈：曰取义，曰成仁。

（扬州史可法祠联）

风清华表翔元鹤；
云护佳城閟玉鱼。

百丈松楸驯鹿土；
千秋佳节卧牛眠。

（以上福州林则徐墓联）

亘古不磨，片石苍茫立天地；
一峦挺秀，群峰奔赴若波涛。

（湖南浏阳谭嗣同墓联）

巾帼拜英雄，求仁得仁又何怨；
亭台悲风雨，虽死不死终自由。

（绍兴秋瑾墓陶浚宣联）

从头收拾了山河,一身尘土;
正气磅礴在天地,万古日星。

（湖南岳麓山黄兴墓联）

这里还有历史上的其他著名人物。如:

匹马斩颜良,偏师擒于禁,威武震三军,爵号亭侯公不忝;
徐州降孟德,南郡丧孙权,头颅行万里,封称大帝耻难消。

（河南关羽庙后殿联）

照耀千秋,念当时铁面冰心建谠言,不希后福;
闻风百世,至今日妇人孺子颂清官,只有先生。

（安徽合肥包公祠联）

生全孝,死全忠,拼此力报答君亲,忍辱含冤志士仁人今感泣;
朝在潮,夕在汐,凭浩气流行江海,御灾捍患吴山越水古英灵。

（杭州吴山伍子胥庙乾隆帝题联）

朝有奸党,岂能成将帅之功,若教仗钺专征,蛟虎犹非对敌手;
世无圣人,不当在弟子之列,谁信读书折节,机云曾作抗颜师。

（江苏宜兴周处庙联）

虞兮奈何,自古红颜多薄命;
姬耶安在,独留青冢向黄昏。

（安徽灵璧县虞姬墓联）

谷铃如诉旧愁来,蜀道秦川,过客重谈杨李氏;
墓粉还将秋色补,雨尘云梦,伤心何似汉唐陵。

（陕西兴平马嵬坡杨贵妃墓清许振祎题联）

（二）胜迹联常见的表现手法有空间雕画法、时空交织法、动静相济法、情景交融法、述事评论法诸种。

1. 空间雕画法是通过对周围景物、气象的描绘来烘托表现所题咏的胜迹的特色。例如：

遥对清凉山，近临北极阁，更看台城遗址，塔影横江，妙景入樽前，一幅图画传胜迹；

昔年凭栏处，今日豁蒙楼，却喜玄武名湖，荷花满沼，好风来座右，数声钟磬答莲歌。

（南京鸡鸣寺豁蒙楼黄建管题联）

左瞰青畴，右扶苍石；

后临大海，前揖中山。

（琉球龟山蜀楼联）

2. 时空交织法是把胜迹的现实景物和历史典故结合起来描写的一种方法，既写横观之实景，又写纵忆之故实，使楹联的内容显得蕴含丰富，典雅不俗。例如：

依然极浦遥天，想见阁中帝子；

安得长风巨浪，送来江上才人。

此联为清人宋荦题于南昌滕王阁的楹联，既写了眼前的空间景色“极浦遥天”，江水浩渺无际，水光远连天光；又写了以往的典故传说。滕王阁，为唐朝滕王李元婴所建，所以叫滕王阁。李元婴是唐高祖李渊的儿子，公元六三九年受封为滕王。“阁中帝子”即指李元婴。“江上才人”指王勃。公元六七五年，洪州都督阎公重修滕王阁，阁成，阎公定于重阳节在阁中大宴宾客，并事先叫其婿作好《滕王阁序》，准备在宴会上炫耀自己的才能。这时，王勃去交趾探望父亲，乘船路经洪州，参加了这次宴会，写出了千古名篇《滕王阁序》。

过江诸山，到此堂下；

太守之宴，与众宾欢。

这是清代扬州知府伊墨卿题于扬州平山堂的楹联。上联写站在高峻的平山堂上眺望长江南岸,北固诸山就像罗列堂下,故有"过江诸山"之语;下联则追溯北宋欧阳修任扬州太守时修建平山堂宴客的情景,并寓含作者也自得当年太守之乐趣。

3. 动静相济法是作者在写景状物时,把动者写得活泼飞动,把静者写得恬静安谧,动静相比相济,愈显出景物的生机神韵之美。例如:

月色如故;

江流有声。

这副题湖北赤壁的楹联,上、下联仅八个字,一静一动,静写月色,动写江声,构成了美妙的意境,使人自然而然地追想到当年曹操、周瑜、诸葛亮等人所进行的赤壁大战的轰轰烈烈的场景。

试看他春如醉,秋如醒,合四时间变化景光。尽消凝晴姿雨态,夕霭朝晖,雪映霞酣,星初日午。安排着诗酒琴歌,话南渡当年,过去漫牵无限感;

恰好这山为迎,水为送,买一篷儿拓开怀抱。遍探寻邃馆岑台,旧楼古刹,名泉秀石,宠柳妍花。狎玩些烟波鱼鸟,算西湖此日,到来俱是有情人。

这是熊香海题杭州西湖问花舫的楹联。上联静写西湖四季的景象,昼夜的姿色,以及游人们漫话宋赵构南渡在此建都的古往憾事。下联则动绘乘船游湖时所见到的山水楼台,花柳泉石。这一静一动的描写和自然的抒情,把富有魅力的西湖写得更加迷人了。

4. 情景交融法在胜迹联中最为常见,或者融情于景,借景抒情,或者是情缘景发,景因情显。例如:

六朝金粉,十里笙歌,裙屐昔年游,最难忘北国豪情,西园雅集;

九曲清波,一帘梦影,楼台依旧好,且消受东山丝竹,南部烟花。

这是清代薛慰农题于南京秦淮河水阁的楹联。秦淮河,据传是秦始皇凿通钟山引淮水贯通城中而得名。六朝建都南京,秦淮河两岸成了繁华闹市。沿岸歌楼舞榭林立,历代风流名士多涉足其间。唐代诗人杜牧的《泊秦淮》诗"烟笼寒水月笼沙,夜泊秦淮近酒家。商女不知亡国恨,隔江犹唱后庭花",就是当年秦淮河繁华的写照。此联上下,人以景移,情由人传,情景交融,创造了一个特定的艺术情境。

五千里秦树蜀山,我原过客;
一万顷荷花秋水,中有诗人。

这是曾国藩题新都桂湖的楹联。上联说,在五千里的秦树蜀山中,我只是匆匆来去的过客;下联则说,桂湖的一万顷荷花秋水,都是使我流连忘返的佳境。联语明朗自然,不事渲染却表现了桂湖景色之美和作者陶醉之情。

铜雀算老瞒安乐窝,卖履晚无聊,一世雄尽,美人亦尽;
洞庭是夫婿战利品,埋香兹有托,三分鼎亡,抔土不亡。

这是岳阳小乔墓吴恭亨题撰的楹联。上联说曹操虽称英雄,但他晚年修造铜雀台,过的是无聊的生活,曹操死了,美人也随之死去了。卖履,指曹操去世前遗令,让他的姬妾们无事时,学做履组出卖。下联则写周瑜打了胜仗,夺取了洞庭,使小乔有了埋葬的地方,虽然魏、蜀、吴都先后灭亡了,可小乔墓却留存后代。

又如:

由秀才而封王,主持半壁旧江山,为天下读书人顿增颜色;
驱外夷以出境,自辟千秋新事业,语中国有志者再鼓雄风。

这是丘逢甲题福建南安县郑成功祠堂联。联中概述了郑成功坚持抗清收复台湾的丰功伟绩,他高尚的民族气节和爱国主义精神,成为知识分子的楷模和鼓舞中国人民的巨大的精神力量。

四、婚联

婚联又称贺婚联，是为庆贺结婚之喜而撰写的对联，通常张贴于婚娶之家的大门、洞房门、厅堂或妆奁上。婚联的内容多是对结婚双方的热情赞美和良好祝愿，并带有浓烈的吉祥、喜庆色彩。婚联的表现手法多用美好事物进行比喻、象征，如鸾凤、鸳鸯、并蒂莲、连理枝、比翼鸟、比目鱼、春台、兰梦、合璧、红叶、琴瑟等，从而使新人与美物相映衬，造成美好、高尚、热烈的喜庆欢乐气氛。

婚联可分为他贺婚联和自贺婚联两种。由亲友故旧书赠的贺联叫他贺婚联。由婚嫁之家自己撰写张贴的贺婚联叫自贺婚联。但这两种婚联在内容、色彩和表现手法上都大体相似，只是在内容上各有侧重，角度和口气不完全一样。

旧时代的传统婚联和现代婚联则有着明显的不同，这主要是旧婚联讲究文采，内容多为一般的庆贺吉语，缺少个性和时代色彩；新婚联则较为平白，偏重思想性，能体现时代精神。

现在我们来具体分析一下婚联的主要特点。先以旧婚联为例，婚联的主要特点表现为：

第一，渲染结婚的喜庆气氛。如：

堂开蓬莱景；
人醉武陵春。

喜酒香浮蒲酒绿；
榴花艳映佩花红。

有的表现了对结婚之喜的祝贺：

银汉双星蓝田合璧；
人间巧节天上佳期。

白璧种蓝田，千年好合；
红丝牵绣帏，万载良缘。

还有的表达了对前来参加婚礼的嘉宾的热诚欢迎：

喜迎亲朋贵客；
欣接伉俪佳人。

第二，描写新婚燕尔的欢乐情景。如：

戴雪梅花飘绣阁；
临风兰韵入香帏。

琴韵谱成同梦语；
灯花笑对含羞人。

银镜台前人似玉；
金莺枕侧语如花。

黄菊绽金光云髻；
芙蓉含露醉朱颜。

第三，表现了对新婚男女的良好祝愿。如：

白头偕老；
永结同心。

芝兰茂千载；
琴瑟乐百年。

凤凰鸣矣，梧桐生矣；
钟鼓乐之，琴瑟友之。

第四，在内容上往往用成双作对的美好的事物表示对男女结婚的祝贺，在修辞手法上运用最普遍最突出的是比喻。

有的是成双作对的同类事物：

锦堂双璧合；
玉树万枝荣。

当门花并蒂；
迎户树交柯。

文鸾对舞珍珠树；
海燕双栖玳瑁枝。

九畹兰香花并蒂；
千树梧碧凤双栖。

缕结同心，日丽屏间孔雀；
莲开并蒂，影摇池上鸳鸯。

有的是和谐合欢的异类事物：

珠联璧合；
凤翥鸾翔。

麦浪芳菲，莺花共艳；
桃潭秾郁，鱼水同欢。

有的是成双作对的同类事物同和谐合欢的异类事物结合使用：

鸾凤和鸣，莲花并蒂；
螽麟瑞叶，玉树连枝。

红雨花村，交颈鸳鸯成匹配；
翠烟柳驿，和鸣鸾凤共于飞。

第五，除了一般的通用婚联外，有的还应当根据不同的对象，不同的结婚时间，是初婚还是复婚、续弦，是嫁女还是招婿等不同情况，写出有个性特点的婚联，这样就更加贴切生动。如：

雪案联吟诗有味；
冬窗伴读笔生香。

碧纱待月春调瑟；
红袖添香夜读书。

这是贺读书人结婚。

轻画黛眉欣此后；
同骑竹马忆当年。

这表明男女双方有青梅竹马的友谊。

百年恩爱双心结；
千里姻缘一线牵。

这表明男女双方本来是素不相识的一对。

梅开二度花复艳；
月缺重圆光更明。

这是贺复婚。

君欢再有室；
我颂百斯男。

这是贺续弦。

还有的婚联四季、月份和日期也有不同。

例如四季婚联：

春季：

日丽华堂，莺歌燕笑；
春融绣幕，凤舞鸾翔。

柳暗花明春正半；
珠联璧合影成双。

夏季：

红妆带绾同心结；
碧沼花开并蒂莲。

栀绾同心结；
莲开并蒂花。

秋季:

借得花容添月色;
直将秋夜作春宵。

喜溢兰闺,室家相庆;
香飘桂窟,人月同圆。

冬季:

律应黄钟谐凤卜;
春回紫帐协熊占。

皓月描来双雁影;
寒霜映出并头梅。

又如月份婚联:

正月:

丹椒风暖青鸾镜;
翠柏春融绿蚁樽。

吉语饼蕃,祥征验胜;
韶华燕喜,辉映春灯。

二月:

凤翔鸾鸣春正丽;
莺歌燕舞日初长。

云拥妆台,和风送暖;
花临宝扇,丽日正长。

三月:

名花艳映同心缕;
美酒春留婪尾杯。

景丽三春,璇闺日暖;
祥开百世,金谷花娇。

四月:

色香露渥蔷薇架;
富贵花开芍药栏。

满架蔷薇,香凝金楼;
倚栏芍药,花拥琼屋。

五月:

云开兰叶香风起;
火灿榴花暖意融。

华烛生辉,玉箫谱曲;
榴花映日,蒲叶摇风。

六月:

恩爱自征双美合;
风光大好一年中。

鸾凤和鸣,莲花并蒂;
螽斯衍庆,玉树交柯。

七月:

菱花光映妆台镜;
瓜果香分合卺杯。

银汉双星,蓝田合璧;
人间巧节,天上佳期。

八月:

兰幕宵长香馥郁;
桂林荫满月团圞。

箫彻琼楼，声和凤侣；
花明金屋，香满蟾宫。

九月：

诗题红叶同心句；
酒饮黄花合卺杯。

酒酿黄花，情联鸾凤；
诗题红叶，梦占熊罴。

十月：

京兆画眉传彩笔；
寿阳点额试梅妆。

璧合珠联，百年嘉偶；
琴耽瑟好，十月阳春。

十一月：

黍谷春回添绣线；
兰闺宵永灿银釭。

箫引凤凰，律回葭管；
杯斟鹦鹉，座对梅妆。

十二月：

翠黛画眉才子笔；
红梅点额美人妆。

金屋才高，诗吟白雪；
玉台春早，妆点红梅。

再如日期婚联：

初见钟情，今结侣伴；
一堂聚首，齐庆新婚。

初举首登,名题雁塔;
二龙际会,云集巫山。

初月洒银光,诗题红叶同心句;
三更话蜜语,酒饮黄花合卺杯。

初夜话前情,曾记否,山盟海誓;
四更入熊梦,其然乎,如意称心。

初月高悬,玉兔腾大地;
五星普照,喜鹊聚银河。

初衷遂,两姓谐,长并乾坤之寿;
六律和,五音协,永调琴瑟之欢。

初次合卺,畅抒壮志;
七夕巧渡,喜结良缘。

初识便钟情,结合自多如意事;
八字无关命,工夫不负有心人。

初衷喜遂成伉俪;
九韶乐奏颂舜尧。

初鼓月才明,高手欲攀丹桂蕊;
十年闺待字,赤绳已系玉人心。

十里山河,处处莺莺燕燕;
一园春色,朝朝我我卿卿。

十年树木,桃李争艳;
二姓联姻,鱼水偕欢。

十万山河添异彩;
三千珠履庆新婚。

十月梅花,含苞待放;
四方嘉宾,举杯高歌。

十雨五风隆化育;
五光十色映红妆。

十全其美,五世其昌,斯为贵也;
六合同春,万民同庆,不亦乐乎。

十十一百,百年偕老;
七七四九,九州生春。

十亿心齐,共创千秋大业;
八方乐奏,喜庆两姓联姻。

十雨五风,再睹唐虞盛世;
九州四海,共建幸福家庭。

二分事业,百倍功夫,四化英雄建树日;
十载幽思,一朝遂愿,百年伉俪偕荣时。

二朵彩云飞彩凤;
一双红烛映红心。

廿年嫁,卅载婚,因乎古训;
二姓和,八音翕,燕尔新婚。

廿四桥边,月下遥传鸾凤曲;
三二知己,窗前同干幸福杯。

二杯合欢酒,珠联璧合;
四化正气歌,国治家齐。

二心相印抒壮志;
五音齐奏宴新婚。

廿世纪创宏图、兴伟业，中华儿女多奇志；
六出花飞大地、兆丰年，天下笙歌奏太平。

廿龄少女，三八模范；
七尺男儿，四化尖兵。

二姓喜有情人都成眷属；
八方亲朋戚友齐庆新婚。

二分明月，筛影疏梅，低低切切，回味恋爱史；
九霄仙女，舞袖长空，羞羞答答，艳羡幸福人。

三冬瑞雪，难如爱情圣洁；
十月红梅，强似战斗英姿。

我国南方有的地区，婚必三联：地名联贴房柱，日期联贴门侧，人名联贴正堂，一看便可知道何地何人何时结婚。

还有的写出了婚姻的曲折经历，更为生动感人。如：

喜气溢江夏，喜报上林春，喜十年订就良缘，喜今夕吹箫引凤；

幸寇退浠川，幸从离乱出，幸三生结成佳偶，幸此日淑女乘龙。

（抗日战争时期，武昌某男和浠水县某女因战乱，婚期一延再延，日寇投降后，于订婚十周年之日成亲，两亲家在花轿两边合题此联）

第六，婚联还有一些惯常用语和习用的成语典故，这也构成了婚联的语言特色。如：

云汉桥成牛女渡；
春台箫引凤凰飞。

蓝田曾种玉；
红叶自题诗。

画眉笔带凌云志；
种玉人怀咏雪才。

杯交玉液飞鹦鹉；
乐奏瑶笙舞凤凰。

中华人民共和国成立以来，新婚联无论在内容上，还是在形式上都有了很大的变化，特别是在思想内容上，以崭新的面貌出现在人们面前。它虽然不像春联、行业联、胜迹联应用那么普遍，但它在举行婚礼的场合所造成的风趣和气氛渲染作用远胜于彼。新婚联与旧婚联的区别，主要表现在：

第一，新婚联描写新婚燕尔情景的较少，而突出地强调了男女双方要志同道合。如：

志同道合创业；
情长意深成家。

又红又专，两情鱼水；
同心同德，百岁鸳鸯。

强调爱情要建立在革命和劳动的思想基础上。如：

爱情花朵同长沃原，共沐甘露，得千日常好；
革命夫妻并肩战斗，比翼翱翔，乘万里东风。

志同道合革命新伴侣；
互敬互爱美满好姻缘。

革命交知己；
劳动结同心。

劳动展开爱情羽翼；
知识鼓满青春风帆。

还有的劝诫人们不要沉湎于新婚的欢乐，而应当有着更为远大的志向，以爱情为动力，为祖国为人民做出更大贡献。如：

成家当思创业苦；
举步莫恋蜜月甜。

红花并蒂相映美；
矫燕双飞试比高。

不愿似鸳鸯嬉戏浅水；
有志像海燕搏击长风。

屋内蜜语绵绵，共商青春年华做贡献；
门外众声啧啧，齐赞有志男女配鸳鸯。

第二，新婚联不只是对男女双方一般的良好祝愿，而是有着特定的时代内容，在今天，就是为祖国的社会主义现代化建设携手努力。如：

窗下共议四化业；
灯下同攻百科书。

五色云临门似彩；
四化志铭心如磐。

长征路上结成一对伴侣；
四化途中贡献两颗红心。

同心奔四化；
携手上征途。

第三，反映新社会婚姻观念、婚姻制度的变化及党和政府关于婚姻、人口方面的方针和政策。如：

两情两愿，姻缘多美满；
相亲相爱，幸福乐无边。

婚姻自主恩爱重；
家庭和睦幸福多。

行文明礼；

结自由婚。

这是描写婚姻自由的。

相敬如宾客,莫道妇随夫唱；

情深若战友,休言女卑男尊。

举案齐眉示互敬；

既婚乃友自相亲。

握手行成平等礼；

胸前联缀自由花。

这是提倡男女平等的。

自由恋爱,两朵红花并蒂开绽；

计划生育,一代新人茁壮成长。

出于两愿,男嫁女,可贺可赞可提倡；

只生一个,女或男,利国利家利双方。

小伙子出嫁,父送母送合家相送；

大姑娘招亲,爹迎妈迎全家相迎。

这是赞扬计划生育和移风易俗的。

第四,新婚联在语言风格上也有很大的变化,通俗易懂,明白如话,很少用典,当然,这也带来另一方面的不足,过于直白和浅露,缺少文采。诸如描写新婚燕尔的：

花好月圆甜蜜夜；

桃红柳绿幸福时。

表示庆贺的：

喜鹊喜期传喜报；

新春新燕闹新房。

好姻缘,好伴侣,好青年,年年相好年年好;

新社会,新家庭,新人物,处处皆新处处新。

有的表示迎接新人的:

新舟引来采莲女;

湖面又添荡桨歌。

再如,有一副题赠夫妻在两地工作的婚联,也写得情真意切,两情依依:

鸳鸯成对,天涯地角寄深情;

夫妻和好,海枯石烂见真心。

五、寿联

寿联是为过寿的人祝寿专用的对联,是一种交际性的对联形式。其内容一般是评赞过寿者的功业才能、道德文章,祝愿过寿者增福增寿,美满快乐。其感情色彩是热烈而庄敬的。在艺术手法上,庄重典雅,多以山、水、松、菊、龟、鹤、椿、萱等做比喻,寄寓祝福过寿者康乐长寿之意。

寿联可分为通用寿联、专用寿联、夫妻双寿联、名人寿联、自寿联和讽寿联六种。

(一) 通用寿联,是男女过寿者都可以用的寿联,其内容大都是一般性的祝颂语,不具有个性。

通用寿联的特点,主要表现为:

第一,渲染祝寿的气氛:

筹添沧海日;

嵩祝老人星。

觞飞瑶砌来仙祝;

瑞霭锦屏见寿星。

与天长春,灵芝献瑞;

人传济美,宝树敷荣。

花好月圆,庚星耀彩;
兰馨桂馥,甲第增辉。

北海开樽,西园载酒;
南山献礼,东阁延宾。

南极辉腾,彤云瑞霭;
西池宴会,绛雪香芹。

第二,表示祝福做寿者健康长寿:

天地同寿;
日月齐光。

身似西方无量佛;
寿如南岳老人星。

喜享遐龄,寿比南山松不老;
欣逢盛世,福如东海水长流。

第三,表示对做寿者高尚品德的赞美:

德为世重;
寿以人尊。

心宽能增寿;
德高可延年。

松节柏心宜晚翠;
童颜鹤发胜当年。

汉柏秦松骨气;
商彝夏鼎精神。

皓首穷经,青云有路;
黄花介寿,晚节弥坚。

第四,寿联中修辞手法运用最多的是比喻,而尤其以松、鹤、南山、东海等事物为多。如:

文移北斗成天象;
月捧南山作寿杯。

北斗连台座;
南山献寿诗。

这是以北斗、南山为喻。

指南山而作颂;
倾北海以为樽。

这是以南山、北海为喻。

野鹤无凡虑;
寒松有本心。

芝兰气味松筠操;
龙马精神海鹤姿。

这是以松、鹤为喻。

在寿联中还惯常运用神话中的仙人以及其他优美的传说故事,形成美妙的意境,富有浓郁的民族特色和强烈的浪漫主义色彩。如:

松柏常滋仙掌露;
凤凰新浴璧池春。

瑶池桃熟三千岁;
海屋寿添八百春。

瑶池春不老;
寿域日开祥。

(二)专用寿联是指为特定的对象,特定的年龄所撰写的寿联,具有明

确的针对性,不可移作他用。如:

世间年岁不可纪;
惟知盘古乃故人。

过寿者当是高寿的人。

盛世频开千叟宴;
芳辰遥拜五云天。

差不多同时过寿者当远不止一人。

体健身强,宏开寿域;
孙贤子肖,欢度晚年。

过寿者当是有儿有孙的。

万里归槎,安享家园晚福;
千秋添算,欣瞻祖国新猷。

过寿者当是海外赤子。

坐看溪云望岁月;
笑扶鸠杖话桑麻。

过寿者当居住于农村。

立德立言于兹不朽;
寿人寿世共此无疆。

过寿者当是著名的文人。

医国、医民,同兹医意;
寿民、寿世,亦以寿身。

过寿者当是杰出的医生。

这里想指出两种情况,一种是:为特定的对象所撰的贺寿联,有的有男用和女用之别。如:

杏苑风和,长春不老;
椿庭日永,上寿无疆。

杏花雨润韶华丽;
椿树云深淑景长。

这是为父祝寿的。《庄子·逍遥游》:"上古有大椿者,以八千岁为春,八千岁为秋。"大椿长寿,后因以为父的代称,亦可称"椿庭"。又如:

日长萱草连云秀;
风静兰芽带露香。

天朗气清延晷景;
辰良日吉祝慈龄。

这是为母祝寿的。《诗经·卫风·伯兮》:"焉得谖草,言树之背?"毛传:"谖草令人忘忧。背,北堂也。""谖"同"萱"。"言",语助词。诗意谓北堂树萱。后因以"萱堂"指母亲的居室,亦即代指母亲。又因为"北堂"是古代士大夫家中主妇居留之处,故而后来又以"北堂"为母亲的代称。因而凡有"北堂"、"萱堂"等字样的对联,均是为母祝寿的。

当然,这种男用女用的寿联,有的可以从内容看出来。如:

春风绛帐谈家国;
绕膝扶床戏子孙。

这当为男用。"绛帐"是红色帷帐。《后汉书·马融传》言马融"常坐高堂,施绛纱帐,前授生徒,后列女乐"。后因以"绛帐"为师长或讲座的代称,含有尊敬的意思。

又如:

有令子名重才高,菽水承欢,庭前多种忘忧草;
唯贤母望孚颜慈,华堂晋祝,头上新簪益寿花。

这显为女用,为一副贺友母寿联。

像上面这些专用寿联，有的不仅指出了是男用女用，而且结合过寿者的情况写出了其个性特点，真正体现了“专用联”的特色。兹再举一二例：

梅子绽时酣夏雨；
萱花称满霭慈云。

十月值小春，看岭上梅花初放；
一星悬宝婺，祝堂前萱草长荣。

这两副对联，除告诉我们是为母亲祝寿外，还点出了祝寿的时间：一为夏季，一为冬季。

另外一种需要指出的是，贺特定年龄的寿联（通常指贺三十岁到一百岁的整寿，或者百岁以上的高龄），往往在年龄上“大做文章”。

贺三十岁联如：

燕桂谢兰年经半甲；
桑弧蓬矢志在四方。

正值壮年，应知不朽方为寿；
恰当而立，须识文章可永龄。

贺五十岁联如：

数百岁之桑弧，过去五十，再来五十；
问大年于海屋，春华八千，秋实八千。

庭帏长驻三春景；
海屋平分百岁翁。

（女用）

婺宿腾辉，百龄半度；
天星焕彩，五福骈臻。

（女用）

屈指三秋，天上又逢七夕，
齐眉百岁，人间应用双星。

（夫妻双寿用）

贺六十寿联如：

二回甲子春初度；
举国笙歌醉太平。

八月秋高仰仙桂；
六旬人健比乔松。

甲子重新，如山如阜；
春秋不老，大德大年。

玉树阶前莱衣竞舞；
金萱堂上花甲初周。

（女用）

璧合珠联，图开周甲；
伯歌季舞，燕启良辰。

（夫妻双寿用）

贺七十岁寿联如：

人歌上寿；
天与稀龄。

从古称稀尊上寿；
自从伊始乐余年。

金桂生辉老益健；
萱草长春庆古稀。

（女用）

日月双辉，惟仁者寿；
阴阳合德，真古来稀。

（夫妻双寿用）

贺八十岁联如：

百岁能预期,廿载后如今日健;
群芳齐上寿,十年前已古来稀。

渭水一竿闲试钓;
武陵千树笑行舟。

(男用)

八秩寿诞开萱草眉舒绿;
千秋佳节到蟠桃面映红。

(女用)

鸾笙合奏和声乐;
鹤算同添大耋年。

(夫妻双寿用)

望三五夜月对影而双,天上人间齐焕彩;
占八千春秋百分之一,椿庭萱舍共遐龄。

(夫妻双寿用)

贺九十寿联如:

三千美景添筹算;
九十风光乐有余。

明月有恒,纪年合献九如颂;
长春不老,添闰当称百岁人。

设帨溯当年,喜花甲一周又半;
称觞逢此日,祝萱颜百岁有奇。

(女用)

耄耋齐眉,春深爱日;
孙曾绕膝,瑞启颐年。

(夫妻双寿用)

贺百岁寿联如：

称觞共庆千秋节；
祝嘏高悬百岁图。

天赐颐期，长生无极；
人间百岁，积庆有余。

风范仰坤仪，欢呼共祝千秋岁；
期颐称国瑞，建筑应兴百岁坊。（女用）

孙子生孙，上寿同臻称国瑞；
老人偕老，百年共乐合家欢。

（夫妻双寿用）

（三）夫妻双寿联是为夫妻二人同时过寿所撰写的对联。这实际上也是专用寿联的一种。本来夫妻白头偕老，就值得庆贺，同时祝寿，就更为可喜。因而夫妻双寿联较一般祝寿联为多，故单独列出。

夫妻双寿联，往往在联中点出夫妻同时祝寿之意。如：

年享高龄，椿萱并茂；
时逢盛世，兰桂齐芳。

椿萱同茂；
庚婺同明。

梅竹平安春意满；
椿萱同茂寿源长。

这是以椿萱为喻。

南极星辉斑联玉树；
北堂瑞霭花发金萱。

风和璇阁恒春树；
日暖萱庭长乐花。

这是以其他事物作譬。

同婚联中比喻的事物一样,表示男女双双祝寿,可用相同事物也可用相关事物来做比喻或借代。如:

并蒂花开瑶岛树;
合欢酒进碧筒杯。

这是以成双作对的同类事物作譬。

山河并寿;
日月双辉。

这是以相互辉映的不同事物为喻。

祝贺夫妻双寿,人们还往往同他们儿孙绕膝、家庭美满联系起来,以示欢度幸福晚年,享受天伦之乐。如:

瑶觞春介齐眉寿;
锦砌晖承绕膝花。

斑衣人绕膝;
白首案齐眉。

园林娱老儿孙好;
夫妻同耕日月长。

夫妻双寿而又同岁就更为难得了。在"专用寿联"中已有若干夫妻同岁的祝寿联,这里再举二例:

凤凰枝上花如锦;
松菊堂中人比年。

德行齐辉一门合庆;
福寿大衍百岁同符。

(四)名人寿联,指古今社会名流所撰写的贺寿联。这类对联艺术技巧较高,社会影响较大,往往不胫而走,广为流传。

这些名人寿联,有的写得幽默风趣。如:

人生不满公今满;
世上难逢我今逢。

(清雍正时进士王文清贺百岁老人联)

人近百世犹赤子;
天留二老看元孙。

(清张问莱贺书法家梁同书夫妇九十寿联。“元孙”即“玄孙”,乃第五代孙子。清代避康熙讳,用“元”代“玄”)

有的写得奇巧独到,如:

天数五,地数五,五十五年,五世同堂,共仰一人有庆;
春八十,秋八十,八旬八月,八方万国,咸呼万寿无疆。

(清窦光鼐贺乾隆八十岁八月寿辰联,时值乾隆在位五十五年)

七夕是生辰,喜功名事业从心,处处带来天上巧;
百花为寿域,羡玉树芝兰绕膝,人人占却眼前春。

(清代李渔贺朱建三寿联。朱七月七日生,住百花巷)

有的写得概括凝练,如:

诗称三子,学积三余,望重三城,福茂三多,寿祝三秋,望松柏益健,菊节弥坚,文圃词场陪杖履;

身历四朝,名高四海,官尊四品,科连四世,堂开四代,况夫妇齐眉,儿孙晋爵,国恩家庆乐林泉。

(清李紫辅贺诗人张维屏七十八岁九月三十日生日联。张身历乾隆、嘉庆、道光、咸丰四朝,官至四品知府)

出宰相之门,入宫詹之室,居学士、侍御、孝廉、胄子之堂,足不履民家户阈者,七十年于此;

继麻姑之迹,追王母之踪,证如来、观音、文殊、普贤果,口偏食人间烟火者,八千岁犹然。

（清李渔贺方太夫人七十年寿联。联前序文曰："夫人为何芝岳相国之女，方坦庵宫詹之配，楼冈学士、邵村侍御与三孰四世五孝廉，暨谦六任子之母，茹斋奉佛，兼礼列仙。"见《楹联丛话》卷九）

这其中有不少是名人贺名人，更能引起广大读者的兴趣。如：

寿比萧伯纳；
功追高尔基。

这是叶挺贺郭沫若五十寿辰的。

替有色人种增光，铁骨铮铮钦此老；
为世界和平努力，东风习习寿期颐。

这是郭沫若贺美国黑人作家杜波依斯九十一岁寿辰的。

还有的是若干名人同贺一人。如：

南山峨峨，生者百岁；
天风浪浪，饮之太和。

（朱德等贺冯玉祥寿联）

真体内充，返虚入浑；
生气远出，与古为新。

（叶剑英等贺冯玉祥寿联）

写诗写文章，亦庄亦谐如口出；
反帝反封建，不挠不屈见襟期。

（邓颖超等贺冯玉祥寿联）

这些在楹联史上已成为文坛盛事，千古佳话。

（五）自寿联是过寿者为自己撰写的对联。自寿者往往是有感而发，真情真语，能具体生动地反映出过寿者彼时彼境的思想感情。而贺赠他人的寿联，则往往拘于礼尚，沿用陈词，意多溢美，难于脱俗。自寿联如：

七旬天子古六帝；
五代孙曾余一人。

这是清乾隆七十岁自寿联。历代皇帝超过七十岁的只有六人：汉武帝在位五十四年，寿七十一岁；梁武帝在位四十八年，寿八十六岁；唐高祖在位九年，寿七十一岁；唐玄宗在位四十四年，寿七十八岁；康熙在位六十一年，寿七十岁；连乾隆共六人。而五代同堂的皇帝唯乾隆一人。

又如：

常如作客，何问康宁，但使囊有余钱，瓮有余酿，釜有粮，取数叶赏心旧纸，放浪吟哦，兴要阔，皮要顽，五官灵动胜千官，过到六旬犹少；

定欲成仙，空生烦恼，只令耳无俗声，眼无俗物，胸无俗事，将几枝随意新花，纵横穿插，睡得迟，起得早，一日清闲似两日，算来百岁已多。

这是郑板桥六十岁自寿联。

但得夕阳无限好；

何须惆怅近黄昏。

这是朱自清五十一岁自寿联。

水上漂流数十年，就凭这一张网，几颗钓，福也福，寿也寿；

人间风雨千百次，无奈我青箬笠，绿蓑衣，去便去，来便来。

这是某渔翁自寿联。

（六）讽寿联不是寿联的正宗，而是寿联中的特殊形式，其目的并非真的贺寿，而是借寿联之名，行嘲讽之实。

例如讽慈禧太后六十寿联：

万寿无疆，普天同庆；

三军败绩，割地求和。

讽龚照玙六十寿联：

称大太爷，上六旬寿，欣占六月六日良辰，六数适相逢。曾听得张六先生，大踏步闯进门来，口叫六哥还旅顺；

坐三年监，陪三次斩，赚得三代三品封典，三生愿已足。最可怜达三故友，小钱头不为咱洒，冤沉三字赴黄泉。

（龚照玙与卫达三同为清朝守旅顺长官，甲午中日战争时，因弃职逃跑，卫达三被诛。龚因行贿而得免。出狱后，于六月六日庆六十寿辰，大宴宾客，时人耻之）

农民讽某县官寿联：

大老爷做生，金也要，银也要，票子也要，黑红一把抓，不分南北；

小百姓该死，麦未收，谷未收，豆儿未收，青黄两不接，送啥东西？

六、挽联

专用于哀挽死者的对联称挽联。挽联属交际联中的一种，出现较春联为晚，其形式是根据春联翻制而成的。然而，就内容看，它又别有自己的源头。挽联是由古代的挽歌、祭文分化演变出来的。挽，牵引之义。古代牵引灵车前进时所唱的哀歌叫挽歌。在先秦和汉魏的文献中，早就出现了与挽联作用相同、内容相似的挽歌、挽词、悼亡诗、墓志铭等。相传孔子年轻时就是替人唱挽歌的。战国时代的屈原在汨罗江投江而死以后，湘江两岸人民就曾用"月影茫茫，江水洋洋，歌我屈子，咒死昏王"的歌词来挽悼他。汉乐府的《蒿里行》、《薤露行》，也是专写挽悼内容的诗。据史载，刘邦统一天下后，齐人田横率五百壮士逃居海岛中。刘邦恐田横以后为乱，便派人赦免田横等，并准备在洛阳召见他。田横不愿面见刘邦，就在应召途中自刎而死。田横的门生故旧十分哀痛，便作了《蒿里》、《薤露》的悲歌来悼念他。据《古今注·音乐》所载：这两首悲歌后来由李延年改为二章二曲，用《薤露》送王公贵人，用《蒿里》送士大夫庶人。晋陶渊明写过自挽诗三首，其中说："有生必有死，早终非命促。昨暮同为人，今旦在鬼录。""在昔无酒饮，今但湛空觞。春醪生浮蚁，何时更能尝？""荒草何茫茫，白杨亦萧萧。严霜九月中，送我出远郊。"第一首写殓，第二首写祭，第三首写葬，自哀自叹，如泣如诉，使人读来凄怆不已。这种挽歌挽诗等,在对联形式出现以后,就很自然地借形铸意,创造出挽联来。

挽联通常是悬挂于死者的灵堂内的。其内容要求能概括和突出被挽者的特点、优点,表达出挽者对死者的安慰、评价、称颂和悲悼之情,同时也要体现出挽者和被挽者之间的特定关系。有些挽联还表示了对造成死者不幸的恶势力的控诉以及生者的誓愿。挽联中一般都应用表示哀悼的文字以表现哀悼的意境,如"千古"、"不朽"、"长存"、"永诀"、"仙逝"、"招魂"、"挥泪"、"含哀"、"伤"、"哭"、"悲"、"恸"等等,单纯赞颂死者而未表达出哀悼之意者,还不能说是合格的挽联。从风格来看,挽联的语言多哀惋庄重,情调多感伤悲恸,思想真切感人。挽联的修辞多采用排比、对比、映衬、用典等手法,力求增强思想的分量和感情的深度,以产生感人至深的艺术效果。南宋叶梦德的《石林燕语》中记载我国最早的一副挽联,是苏颂挽韩绛的对联:

三登庆历三人第;
四入熙宁四辅中。

此联上联说,韩绛在宋仁宗庆历年间考举人、进士和状元三次,皆得第三名。下联说韩绛在宋神宗熙宁年间四入宰辅为相。作为第一副挽联,因为联中只写了死者生前的功名事业,全无悼死悲逝的意思,所以尚不完全具备挽联的特征。

挽联中联文较长者居多。清代挽联和"五四"以来报刊发表过的名人挽联大都在几十字以上。这是因为挽联既要叙事又要抒情的缘故。但是,挽联再长毕竟不同于悼词、祭文,写起来不允许那样纵笔铺叙、随情生发。它必须抓住最能概括死者生前业绩、风貌、人品的本质特征,用简练的文学语言,按对联的格律要求创造出精粹的联语,抒写出感人的情愫。如姚克挽鲁迅联:

译著尚未成书,惊闻殒星,中国何人领呐喊?
先生已经作古,痛忆旧雨,文坛从此感彷徨。

挽联的情调多悲伤、哀惋,但也有的或因作者的巨笔,或因逝世者的高风亮节，写得感天泣地，气壮山河。如胡宗南侵入延安后，杀害了西北著名的民主活动家杜斌丞，群情激愤，彭德怀题挽联云：

秦岭巍峨，悼先烈舍身成仁，光耀西北，永垂不朽；

黄河怒吼，看三军气冲霄汉，直捣长安，胡贼难逃。

又如一九二六年春，直系军阀吴佩孚委任刘镇华为陕甘剿总，兵围西安八个月。杨虎臣坚守抗击，因缺粮饿死军民数万。解围后，公祭死难者，杨虎臣题挽联为：

生也千古，死也千古；

功满三秦，怨满三秦。

有些挽联除重在情深意笃之外，还追求含蓄、典雅，表现出悲中之美。这种格调的挽联一般是写给文士学者的。如挽秋瑾的对联：

化身作自由神，姓氏皆香，剑花飞上天去；

呕心作长吉语，龙鸾一啸，诗草还让君传。

还有一种挽联，由于作者与逝者的特殊关系，联中寓含着某种难言的微妙之情。如诗人徐懋庸挽鲁迅的一联：

敌乎友乎？余唯自问；

知我罪我，公已无言。

徐懋庸与鲁迅之间既存师生之份，又有朋友之谊。鲁迅欣赏徐的才华，悉心指导，慰勉有加。徐懋庸对鲁迅则从知遇之恩到由衷敬佩。但是，由于当时的诸多原因以及“两个口号”之争，鲁迅晚年曾严厉地抨击过徐。徐懋庸当时又不便过多辩解，只望有一天能表明心迹，不想鲁迅溘然长逝，徐深觉不安，既为当初致信鲁迅的鲁莽，又为再不能为自己崇敬的人所了解而痛楚。人死情在，他于是烦友人代呈这副挽联于鲁迅灵前。

挽联可分为一般挽联、名人挽联、自挽联和讽挽联四种。

（一）一般挽联是指社会上通用性的挽联，包括一般性的通用挽联和在特定的对象范围内通用的挽联。

通用挽联的特点,主要表现在:

第一,点出丧事,哀悼死者,抒发伤悲。如:

天下皆春色;
吾门独素风。

白马素车愁入梦;
青天碧海怅招魂。

月照寒枫,空谷深山徒泣泪;
霜封宿草,素车白马更伤情。

这是点出丧事。

云覆巫山人不见;
月照仙岭鹤归来。

桃花流水杳然去;
明月清风何处游。

天不遗一老;
人已足千秋。

身归阆苑丹丘上;
神在光风霁月中。

这是哀悼死者的。

悲音难挽流云住;
哭声相随野鹤飞。

情凝雪片皆飞白;
泪洒枫林尽染红。

烟雨凄迷,万里名花凝血泪;
音容寂寞,清溪流水是哀音。

这是抒发伤悲的。

第二,称颂死者高尚的品德和志向,和他们对后人的恩泽和余荫。如:

美德常与天地在;
英灵永垂宇宙间。

齿德并推重,月旦有评,慈惠常留众口颂;
斗山今安仰,风流长住,典型堪作后人师。

高风传乡里;
亮节昭后人。

热血一腔化春雨;
壮志千秋泣鬼神。

在世克己奉公;
临终瞻念革命。

良操美德千秋在;
亮节高风万古存。

这是称颂死者的品德和志向的。

音容已杳;
口泽犹存。

完来大璞归天地;
留得和风惠子孙。

幽兰仍觉遗风在;
宿草何曾润雨干。

这是怀念先人的恩泽和余荫的。

第三,表达对死者的思念之情的。如:

想见音容一万里；
思听教训月三更。

眉间爽气无由见；
座右清言不再闻。

未弭前思顿成永诀；
追寻笑绪皆为悲端。

樽酒昔言欢，烛剪西窗，犹忆风姿磊落；
人琴今已杳，梅残东阁，只余月影横斜。

挂剑若为情，黄菊花开人去后；
思君在何处，白杨秋冷月明时。

第四，挽联饱含着作者的痛悼之情，字字皆血，句句皆泪，贵在有真情实感，能使日月失色，江河呜咽。修辞上多用拟人、移情、比喻、借代、衬托、典故等。这里仅举一点，即用自然界的花草树木和鸟兽虫鱼，来表示死者的去世和生者的悲悼，不涉及一个“人”字，但处处写“人”，哀惋动人。如：

香消夜月梅花寂；
韵冷苍天鹤梦寒。

花落水流；
兰摧玉折。

这是写人去世的。又如：

菊径荒凉溟漠秋郊悲雨泣；
蓉城缥缈苍茫野陌怅风凄。

风凄暝色愁杨柳；
月吊宵声哭杜鹃。

烟径云迷，风凄翠竹；
石阶露冷，雨泣黄花。

月阶夜静蛩声切；
竹院秋声鹤梦凉。

群山披素，玉梅含孝意；
诸水鸣悲，杨柳动哀情。

这是写生者的悲悼的。

专用挽联，这里主要指出两种情况，即：一是有些挽联有男用、女用之别；二是有些挽联是专门用来挽特定的亲属关系的。这两种都不能混淆和移用。下面分别举例说明之。

挽女用联，如：

淑德标彤史；
芳踪依白云。

画堂省识春风面；
环佩空归夜月魂。

壶范垂型，贤推巾帼；
婺星匿彩，驾返蓬莱。

白云居空悠然而尽；
黄叶满地凄其以悲。

青鸟传来，王母归时环佩冷；
玉箫声断，秦娥去后凤楼空。

挽祖父联，如：

一夜秋风，狂吹祖竹；
三更凉露，泪洒孙兰。

寂寞乾坤，邈矣一公何所在；
凄迷风雨，哀哉两字弗堪闻。

挽祖母联，如：

祖母永别千载去；
诸孙泪洒几时干。

慈竹风摧，鹤唳一时悲属纩；
西山日落，鸠杖只影恨含饴。

挽外祖父联，如：

厚谊附饴舍，从前雅尝枣梨，辱赐宠言蒙眷爱；
深恩承岳戴，此后傥闻丝竹，顷怀往事益欷歔。

挽外祖母联，如：

萱幄喜长春，视外孙如孙，慈恩未报；
莲台已仙去，随老母哭母，痛泪难干。

挽父联，如：

屋内女儿嗟父逝；
门前吊客履霜来。

椿影已随云气散；
鹤声犹带月光寒。

挽母联，如：

春江桃叶莺啼湿；
夜雨萱花蝶梦寒。

慈竹当风空有影；
晚萱经雨不留芳。

看日瞻云慈容不再；
期劳戒逸母训难忘。

挽父母联，如：

倚门人去三更月；
泣杖儿悲五夜寒。

深恩未报惭为子；
饮泣难消羞作人。

情切一堂，红泪相看都是血；
哀生诸子，斑斓忽变尽成麻。

挽岳父母联，如：

半子无依何所赖；
东床有泪几时干。

获选昔成龙，独忆东床初袒腹；
游仙今驾鹤，那堪北堂杳慈颜。

挽夫联，如：

碧水青山谁作主；
落花啼鸟总伤情。

君去矣，万事独任艰难，能无追念前徽，深为吾痛；
儿勖哉，尔父既为泉壤，尚其各自努力，克振家声。

撒手又何悲，数十年贫病交加，纵我留君生亦苦；
贱躯何足惜，八千里翁姑未殡，因君累我死犹难。

（广州某女士挽夫联。张之洞见而赏葬礼白银千两）

挽妻联，如：

宝瑟无声弦柱绝；
瑶台有月镜奁空。

绣阁花残，悲随鹤唳；
妆台月冷，梦觉鹃啼。

最怜儿女无知，犹自枕畔娇啼，问阿母重归何日？
但愿苍穹有眼，补此人间缺憾，许良缘再结来生。

（二）名人挽联，大多是名人挽名人，联多独铸，情发肺腑，声成绝唱，是挽联中思想意义和文学价值很高的一种。

这些名人挽联的撰写者，在封建社会里上自帝王，下至公卿都有。如：

此日漫挥天下泪；
有公足壮海军威。

（光绪挽邓世昌）

学术各门庭，与子平生无唱和；
交情同骨肉，俾予后死独伤悲。

（纪晓岚挽朱筠河）

在近现代史上，有革命民主主义者、爱国主义者、社会名流、学者等所撰挽联。如：

树弱小民族解放先声，列宁而还，公真健者；
与帝国主义奋斗救世，斯人已往，谁其嗣之。

（柳亚子挽孙中山）

谤满天下，泪满天下；
创造共和，再造共和。

（于右任挽黄兴）

代人民说公道话，替党国讲正经话，卓哉君乎安可死；
言文学如黄梨洲，论品行似顾宁人，髦矣我也得毋伤？

（马相伯挽章太炎）

两卷新诗，廿年旧友，相逢同是天涯，只为佳人再难得；
一声何满，几点齐烟，化鹤重归华表，应愁高处不胜寒。

（郁达夫挽徐志摩）

十载奏双簧，无词今后难成曲；
数人弱一个，教我如何不想他。

（赵元任挽刘半农。赵为语言学家、音乐家，曾与刘合作名曲《教我如何不想他》）

无产阶级革命家及党和国家领导人也写下了许多著名的挽联。如：

广州暴动不死，平江暴动不死，而今竟牺牲，堪恨大祸从天落；

革命战争有功，游击战争有功，毕生何奋勇，好教后世继君来。

（毛泽东挽黄公略）

和平大业犹赊，贤劳正赖，何竟中道捐弃，碧血长天永留恨；

民主曙光初吐，瞻望方殷，难堪噩耗惊传，苍天大地尽含悲。

（宋庆龄挽“四·八”烈士）

五十岁崎岖世路，献身革命，尽瘁斯民。海内瀛寰，同钦气节。两次从征凡七载。流亡异域，苦经十度春秋。反动阴谋空画饼。纵几处羁囚，壮怀尤烈。方期延水堤边，宏抒国事。天丧巨才无可赎，旷古艰难遗后死；

二十年忧患旧交，同学苏京，并肩北伐。南昌广州，共举义旗。一朝分手隔重洋。抗日军兴，血战大江南北。茂林惨变痛陷身。喜今番出狱，久别重逢。孰意黑茶山上，飞陨长星。我哭故人成永诀，普天涕泪失英雄。

（聂荣臻挽叶挺）

既痛逝者，行自念也；

名之所至，谤亦随之。

（谢觉哉挽何叔衡）

教书三十年，一面教，一面学，向时代学，向青年学，生能如斯，君诚健者；

生存五一载，愈艰苦，愈奋斗，与丑恶斗，与暴力斗，死而后已，我哭斯人。

（许德珩挽朱自清）

成败由天，毁誉由人，一生经济文章，都从实地做起；

细行不矜，大德不逾，盖世功名事业，何堪浊浪淘来。

（钱昌照挽张謇）

在这些名人挽联中还有外国人挽我国人的对联，如：

有名作，有群众，有青年，先生未死；

不做官，不爱钱，不变节，是我良师。

（日本佐藤村夫挽鲁迅）

（三）自挽联是人在逝世之前为自己撰写的挽联。其内容大抵为两个方面，一是对自己的一生做自我总结和评价，表达豁达的情怀；另一是遗嘱，对死后的某些事情做出交代。自挽联大多为文人学士之作，也有普通人所作。下面分别举例说明：

生无补乎时，死无关乎数，辛辛苦苦著二百五十余卷书，流播四方，是亦足矣；

仰不愧于天，俯不怍于人，浩浩荡荡数半生三十多年事，放怀一笑，吾其归欤。

（清代俞樾自挽联）

朝闻道夕死可矣；

今而后吾知免夫。

（翁同龢自挽联。此为集句联，上联集《论语·里仁》句，下联集《论语·泰伯》句。此联为翁同龢一九〇四年临终时口拟，门生南通张謇代书。上联是说，如果早晨能得知真理，那么当晚死掉都愿意，下联是说，从今以后，我知道可以免去革职编管的人身屈辱，表现了一个以保君兴国为己任的政治家的悲哀）

三十年科举沉迷，自从知罪悔改以来，革过命，无党勋；作过官，无政绩；留过学，无文凭。才力总后人，唯一事功，尽瘁岭南至死；

两半球舟车习惯，但以任务完成为乐，不私财，有日用；不养子，有徒众；不求名，有记述。灵魂乃真我，几多磨炼，荣归基督永生。

（近代教育家，岭南大学缔造者钟荣光自挽）

这些自挽联写出了对自身的评价和平生的志向。

好副臭皮囊，为你忙着过九十，而今可要交卸了；

这般新世界，纵我活不到一百，及身已见太平来。

（著名出版家张元济一九五七年春自挽联。张元济系清代光绪进士，曾任刑部主事，总理各国事务衙门章京等职，后因参与维新变法活动被革职。抗战时不忘国耻，表现了崇高的气节。中华人民共和国成立后为谋求祖国统一做了许多有益的工作。此联清新别致，格调高雅，字里行间，一扫哀惋凄戚的情调，表现了他对新旧两个社会迥然不同的感情）

奴别良人去矣，大丈夫何患无妻。他年重结丝罗，莫对生妻谈死妇；

儿依严父戒哉，小孩子终当有母。异日得蒙抚养，须知继母即亲娘。

（清代福州欧阳顺斋妻何氏自挽联。表达了作者的遗愿和嘱托）

自挽联有多种风格，许多革命烈士的自挽联多写得壮烈豪放，而文人学士的自挽联则多写得幽默风趣。例如：

十余载劳苦奔波，秉春秋笔，执教士鞭，仗剑从军，矢志为党。有志未能伸，此生空热心中血；

一家人悲伤哭泣，求父母恕，劝兄弟忍，温语慰妻，负荷属子。含冤终可白，再世当为天下雄。

（熊亨瀚烈士自挽）

有二绝句述怀，可歌可泣；

曾三上书乞死，知命知仁。

（黎又霖烈士自挽）

肉躯壳无足轻重，但求身后有灵魂，死一时，实生千古；

鬼伎俩何等凶险，寄语党中诸巨子，鉴以往，宜慎将来。

（周炳文烈士自挽）

这是革命烈士的自挽联。

浮沉宦海如鸥鸟；

生死书丛似蠹鱼。

（清代纪晓岚自挽联）

伤时有谐稿，讽世有随刊，借碧血作贡献同胞，大呼寰宇人皆醒；

清宣无科名，民国无官吏，以白身而笑骂当局，纵死阴司鬼亦雄。

（刘师亮自挽）

这是文人学士的自挽联。

（四）讽挽联是挽联的“异化”现象，非挽联正宗。它是借哀挽之名，行鞭挞之实，如讽寿联一样，属于一种戏题之作。例如：

起病六君子；

送命二陈汤。

（讽挽袁世凯联。“六君子”、“二陈汤”都是药名，同时又兼指“筹安会”六君子和倒戈独立的原袁氏亲信陈树藩、陈宧和汤芗铭）

经八年艰苦抗战，本已流芳。奈何妄想独裁，甘违民主？友邦调处，马歇尔九上匡庐；政协磋商，周恩来两飞陕北。未遂同舟之愿，顿开杀戮之端。可怜赤子竟无辜，全不念总理遗言，和平奋斗救中国；

历三载暴戾施威，果然遗臭。曾忆改革币制，换发金圆。物价狂腾，翁咏霓一筹莫展；元勋仰药，陈布雷万古含冤。难维大众之心，自取灭亡之路。岂但奸雄成梦幻，只落得山河易手，仓皇败遁走台湾。

（中华人民共和国成立前夕，有人讽挽蒋介石）

七、装饰联

装饰联是人们题写、张挂于厅堂、书斋、卧室、案头以及其他器物上，用以装饰和美化室内环境的一种对联。在室内配挂上内容典雅、书法俊美的联语，创造一个优雅文静的环境气氛，给人一种怡情悦目的美感，有助于人们更好地学习、工作和交谊。

装饰联的内容有两种情况，一种是普通群众家庭悬挂的请人代笔或从书画店里购买的对联，其内容多属一般性的祝颂联语，没有多少特色和价值。另一种是文化修养较高的军政要人和学者等家庭的装饰联，这类联语大多是主人自己撰拟和书写的，其内容往往体现着特定家庭和主人的情趣、理想和人格，具有较强的哲理性、警策性和勉励性，其思想意义和艺术价值都较高。

装饰联的特征是旨意深宏，文辞典丽，蕴含丰富，淡远奇峭，联幅短小。

装饰联可分为厅堂联、书斋联、卧室联、器物联等多种。

（一）厅堂联。一种是家庭用的。如：

莫放春秋佳日过；
最难风雨故人来。

竹露松风蕉雨；
茶烟琴韵书声。

竹影松风闻虎啸；
泉鸣谷应听龙吟。

这是一般家庭通用的。还有的特别诉说了家庭苦况的：

命苦不如趁早死；
家贫无奈作先生。

（夏丏尊题堂联）

另一种是专门的厅堂用的，如：

虽豪杰难免过差，愿诸君谠论忠言，常攻吾短；
凡堂属略同师弟，使僚友行修名立，方尽我心。

（清左宗棠题江西督署厅堂联）

这是题官署用的。

莫寻仇，莫负气，莫听教唆，到此地费心费力费钱，就胜人，终累己；

要酌理，要揆情，要度时势，做这官不清不勤不慎，易造孽，难欺天。

（清李石冰题河南法院堂联）

我也曾为冤枉痛入心来，敢糊涂忘了当日；

汝不必逞机谋争个胜去，看终久害着自家。

（清庆元县令吕璜题大堂联）

这是题大堂和法院用的。

还有不少是带有格言式的，表达了主人的识见和胸怀，给人以启迪和智慧。如：

力求有功，方能无过；

必先去旧，然后立新。

（蔡廷锴题堂联）

板凳要坐十年冷；

文章不写一句空。

（范文澜题中堂联）

知足不知足；

有为有弗为。

（冰心祖父题客室联）

室有芝兰气味别；

胸无城府天地宽。

爱竹不除当路笋；

惜花留得碍人枝。

好大喜功终为怨府；

贪多务得哪有闲时。

（历史学家顾颉刚拟；金石学家容庚书写的钟鼎文堂联）

春随香草千年艳；
人与梅花一样清。

（徐霞客自题小香山梅花阁堂联）

海阔天高气象；
风光月霁襟怀。

（冰心福州老家厅堂联）

（二）书斋联。一是题个人书斋，多跟读书、友谊、作文、为人、惜时、忧民等内容有关。如：

友天下士；
读古今书。

得好友来如对月；
有奇书读胜看花。

吟哦出新意；
坦率见真情。

这是讲读书与友谊。

春风拂槛温如玉；
好日当窗刻似金。

这是讲读书与惜时。

身无半亩，心通天下；
读破万卷，神交古人。

（左宗棠题书斋联）

两三竿竹见君子；
十万卷书思古人。

咬定几句有用书，可以充饥；
养成几竿新生竹，直似儿孙。

（郑板桥题书斋联）

醴泉无源,芝草无根,人贵自立;

流水不腐,户枢不蠹,民生在勤。

(清代学者程梓庭题官斋联)

事能知足心常惬;

人到无求品自高。

(清陈白崖题书室联)

这是讲读书与为人的。

旧书不厌百回读;

新诗说尽万物情。

(清熊香海集苏轼诗句题书斋联)

沧海日,赤城霞,峨眉雪,巫峡云,洞庭月,彭蠡烟,潇湘雨,武夷峰,庐山瀑布:合宇宙奇观,绘吾斋壁;

少陵诗,摩诘画,左传文,马迁史,薛涛笺,右军帖,南华经,相如赋,屈子离骚:收古今绝艺,置我山窗。

(清代邓石如题碧山书屋联)

这是讲读书与创作。

还有一种是题学堂联,往往概述办学的宗旨和要求。如:

执干戈以卫社稷;

说礼乐而敦诗书。

(张之洞题武备学堂联)

合花木兰之武与曹大家之文,炉而冶焉,斯称教育;

维溇澧水比深或道人峰比峻,学苟准是,何愧男儿。

(张謇题女子学校联)

(三)居室联。多为格言警句,如:

智欲圆而行欲方,胆欲大而心欲小;

正其谊不谋其利,明其道不计其功。

(清朱恂叔题雪舫居室联)

幸有两眼明,多交益友;

苦无十年暇,熟读奇书。

(清包世臣题居室联)

纵尽时间,横尽空间,几多教育家、政治家、宗教家,谁是完全人格;

客观外籀,主观内籀,一有文字想、经济想、功名想,已非真正自由。

(清黄摩西题居室联)

人生得一知己足矣;

斯世当以同怀视之。

(瞿秋白与杨之华房间挂的鲁迅赠联)

(四)器物联是指雕刻、嵌烫或书写于钟鼎、杯盘、笔砚、书画、花盆、花灯、画舫、纸扇等器物上的装饰性对联。内容大多是对器物或艺术作品的赞美,抒发作者志趣。例如:

壮志难磨,尚欲乘长风破万里浪;

闲情自遣,不妨处南海弄明月珠。

这是黄遵宪题画艇联。

大泽龙方蛰;

中原鹿正肥。

这是牛金星题扇联。

有志者,事竟成,破釜沉舟,百二秦关终属楚;

苦心人,天不负,卧薪尝胆,三千越甲可吞吴。

这是蒲松龄刻题于镇纸铜尺联。

未出土时便有节;

及凌云处尚虚心。

这是李苦禅题竹画联。

开图草里惊蛇乱；
下笔阶前扫叶忙。

这是齐白石题郭味渠画联。

在器物联中有的字迹很小。据清代张潮《虞初新志》记载：明代有个特别手巧的人叫王叔远，他曾赠送给魏学洢一个用桃核雕刻的船，名叫《苏轼游赤壁》。船长八分多一点，高只有两黍（约4.6毫米）上下的样子，船上却雕刻了各具情态的苏轼、黄庭坚、佛印和尚及两个船工，共五人，船篷、船桨、火炉、水壶、横幅的画卷、佛印的念珠各一件。内容是苏轼等围着火炉、水壶吟诗作画，二船工划船前行。船篷上有八扇窗户，两侧刻有一副对联：

山高月小，水落石出；
清风徐来，水波不兴。

船的顶面稍平的地方刻有题名"天启壬戌秋日，虞山王叔远毅甫刻"，还有篆字图章"初平山人"。对联、题名、篆章共三十四字，且与船体、篷窗比例适中，字迹之小就可想而知了。

随着事物的发展，艺术也在不断发展。现在字迹最小的对联，是苏州工艺美术研究所微雕家沈为众于一九八七年四月十一日在头发上刻的今人孙皖樵所撰的一副对联。这副对联分别刻在黑白不同的两根头发上，联语为：

黑发若知勤学好；
白头更觉读书甜。

字迹要在二百倍显微镜下才能看清楚，其小可知。更令人惊异的是，在白发下联末端还刻有"安徽孙皖樵撰、江苏沈为众刻"的并排落款，使发刻字迹又缩小了一半宽度，开创了头发上并列刻两行字的先例。

八、题赠联

题赠联是人们在社会交际和友谊中为了表示敬仰、赞颂、怀念、祝贺、勉励等等意思而题写赠送的对联。其作用与赠言、赠诗相同,主要在于表达思想,增进情谊。题赠联多流行于上流社会和知识阶层中,是既有意义又很风雅的事。题赠联的特点是言简意深,专用于个人纪念和玩味欣赏。

题赠联有两种情况,一种是上下级、长晚辈以及同窗、同僚、同志、朋友之间平常的赠答联;另一种是在喜事或其他重大事情时的赠贺联。题赠联有两种形式:一种是题写在条幅、礼品、匾额、书籍上的书面文字形式;另一种是口头语言形式,系在交谈过程中即兴口占赠答的。题赠联因多在思想文化素养层次较高的人们中流行,所以此类联语,思想境界和艺术境界比较高,既是思想火花,又是艺术明珠。许多题赠联,评人论文,阐理述志,醒目动人,成为人们乐于称道的格言名句,富有思想启发意义。

先说赠答联。各种各样的社会关系都可赠答。有皇帝赠臣僚的,如:

忠可格天,正气垂之万世;
功昭捧日,休光播于百年。

(明神宗赠张居正)

有赠前辈的,如:

前辈典型,秀才风味;
华嵩品格,江海文章。

(清王文治赠蒋士铨)

有赠晚辈、子侄、弟子的,如:

虚其心,实其腹;
骥之子,凤之雏。

(清陈白伯赠侄子联,以《老子》“是以圣人之治也,虚其心,实其腹,弱其志,强其骨”之意而用之)

几生修到梅花骨；
一世争传柳絮才。

（清齐梅麓赠女弟子张云裳）

傅相伯师皆是弼；
聪明正直即为神。

（张伯驹赠傅聪嵌字联）

有赠名医的，如：

深山隐高士；
盛世期新民。

（刘少奇赠名医盛多贤）

有赠僧人的，如：

千古英雄浪淘尽；
天下名山僧占多。

（清王仁堪赠金山寺僧秋岩）

有赠其夫的，如：

人生唯酒食机关，须百炼此身成铁汉；
世上有是非门户，要三缄其口作金人。

（清钱守璞赠其夫）

更多的则是赠友朋、同事、同志的，如：

远富近贫，以礼相交天下少；
疏亲慢友，因财而散世间多。

（清鄂比赠曹雪芹）

胸藏万汇凭吞吐；
笔有千钧任歙张。

（郭沫若赠茅盾）

有的有赠有答，如：

曾从二千石起家，衣钵新传贤子弟；
难得八十翁就养，湖山旧识老诗人。

（清林则徐赠梁章钜）

麟阁待劳臣，最难西域生还，万顷开荒成伟绩；
凤池诏令子，喜听东山复起，一门济美报清时。

（梁章钜答林则徐）

有的单相题赠，多为赞美，如：

诗堪入画方称妙；
官到贫时乃是清。

（戴远山赠友人）

亦有规箴者，如：

计利当计天下利；
求名应求万世名。

（于右任赠蒋经国）

贺赠联主要为他人乔迁、生子、满月、周岁、升学、留学、参军、毕业、团聚或其他喜庆之事而题赠的对联：例如下面三副都是庆贺辛亥革命成功的对联：

百折不回，十七次铁血精神，始有去年今日；
一笔勾销，四千年帝王历史，才成民主共和。

（黄兴贺赠武昌开国纪念会）

厥功首功，武昌响，长沙应；
今日何日，专制死，自由生。

（清吴恭亨贺赠长沙光复纪念会）

不皇不帝不君不天王，总统万年，大如美利坚，小如戈司特；
曰汉曰满曰蒙曰回藏，共和五族，东到日本海，西逾喜马山。

（清庹尊素贺赠民国大总统）

再如以下四副都是贺赠升学、留学、毕业的：

浮舟沧海；
立马昆仑。

（周恩来贺赠留日同学王朴山）

欲除烦恼须无我；
历尽艰辛好作人。

（冯玉祥贺赠其即将出国留学的儿子冯洪国）

投笔自雄才，可笑吾曹，毛锥子竟安所用；
立功期马上，抗论先世，飞将军亦又何人？

（清田金楠贺赠学生李植吾升入武备学堂）

惟其通九万里以言语；
故能读百二国之宝书。

（王子章贺赠友人英文专科毕业）

九、课联

课联是旧式学堂塾馆里专门用以对学生进行语言、文学和思维训练的一种对课作业，通常是塾师出句，学生按要求续出对句。这种在“对课”上对答而成的课联，并不是成熟的对联作品，只是一种练习性的对子，因此不一定具备对联的典型格律，且超短联较多。超短联如：

盘庚；
管子。

团鱼；
扁鹊。

这种课联自有对联以来，历代皆有流传，而且有不少是名人幼年聪慧的故事。如：

癸辛街；

子午谷。

（于谦少年时对叔父）

雨过月明，顷刻呈来新世界；（塾师出联）

天昏云暗，须臾不见旧江山。（少年李自成对句）

柳线莺梭，织就江南三月景；

云笺雁字，传来塞北九秋书。

（明代顾鼎臣幼年同其父观新柳栖莺，其父出句，顾鼎臣对句联）

花坞春晴，鸟韵奏成无孔笛；

树庭日午，蝉声弹出不弦琴。

（明代顾鼎臣幼年塾师出句，顾对句联）

这是明代的。

海到无边天作岸；

山登绝顶我为峰。

（林则徐少时随塾师游海边鼓山，按塾师限“山”“海”二字所属联句）

驼背桃树倒开花，黄蜂仰采；（塾师出句）

瘦脚莲蓬歪结子，白鹭斜观。（少年张之洞对句）

这是清代的。

陷兽入井中；（塾师出句）

放牛归林野。（少年鲁迅对句）

独角兽；（塾师出句）

比目鱼。（少年鲁迅对句）

昨日偷桃钻狗洞，不知是谁？（塾师出句）

他年攀桂步蟾宫，定必有我。（少年郭沫若对句）

这是现代的。

像这一类对句在民间传说故事中特多,多含有机智巧趣。诸如:

谷黄米白饭成霜;(塾师出句)

炭黑火红灰似雪。(学生对句)

笔架如山;(塾师出句)

棋盘似路。(学生对句)

十、游戏联

游戏联是人们在日常交往中用以娱乐、逗趣、斗智、试才的一种口头征答式的对联,是旧时代常见的一种文雅的游戏形式。大多是一出一对,合而成联。兹略举数例:

清代河间人纪昀和钱塘人袁枚才学齐名,有"南袁北纪"之称。二人交往很深,每次相逢,总要吟诗作对,逗乐一番。某晚,袁枚宴请纪昀,陪客都到齐了,纪昀却迟到了。袁枚要罚他对一联,对出来才开宴。纪昀笑道:"只要大家愿陪我挨饿,我不妨试试。"袁枚出上联道:

太极两仪生四象;

这是取古人诗成句,且戏喻纪昀如同大象一样行动迟缓。众人听了,都暗暗叫苦。纪昀笑对道:

春宵一刻值千金。

纪昀巧妙引用了苏轼《春宵》诗中的一句,且婉转地说明了自己迟到的理由,恰到好处,众人齐声喝彩。

又如:

清代梁启超有一次去武昌求见张之洞。张想试探一下梁有无真才实学,便戏出一上联:

四水江第一,四时夏第二,老夫居江夏,谁是第一,谁是第二?

梁启超略加思索，便对出下联道：

三教儒在前，三才人在后，小子本儒人，不敢在前，不敢在后。

这个下联，言辞精巧，不亢不卑，既显示了自己的高才，又十分得体，很得张的赏识。

再如：

清代文学家李调元有一次赴江南主考，渡长江时，船夫以答对为乘船条件相戏。船夫出的上联是：

洞庭湖，八百里，波滔滔，浪滚滚，大人从何处来？

李调元雅兴顿起，略加思索，即景对出了下联：

巫山峡，十二峰，云霭霭，雾腾腾，本院自天而降。

这类楹联，多出自轶闻杂谈，民间传说，在流传过程中又每有文人改动，可靠性不大，但其趣味性很强，并且于游戏之中也反映了社会上的人情世故，因此，仍有其较高的欣赏价值而受到人们的喜爱。

第三节　按创作方式分类

从楹联作品的形成过程来考察，它不是运用一种方式，而是运用多种方式创作而成的。因此，创作方式就成为楹联分类的重要标准之一。从创作方式对楹联加以分类，可以使我们把握楹联艺术构成的多样性和创作的基本规律。按创作方式，楹联可以分为创作联、改制联、集引联和征募联四种基本类型。

一、创作联

创作联是指作者根据特定的使用对象，从现实或历史上选取材料、提炼主题、结构句式、熔铸新辞创作而成的楹联。这是制作楹联的主要方法。在春联、行业联、胜迹联、婚联、寿联、挽联、装饰联、题赠联、游戏智巧联等各类楹联中,绝大多数作品,都属于创作联。我们在创作论中将详细论述,这里就不赘述了。

二、改制联

改制联是指作者利用某些诗词、文赋中的成句或古联、俗谚、格言等,注入新意,脱化改成的对联。改制联看起来只是借用成句,略事改造,似乎很容易,其实不然。改制联作得好并非轻而易举。第一,它要求所借用的成句本身就很典型,深刻,富有表现力,属于名言名句;第二,所借用的成句必须与楹联所使用的对象有一定的内在联系,相互吻合或关联;第三,必须在成句基础上另铸新意,或者变其意而用之,或者反其意而用之,或者化腐朽为神奇,使借用的成句获得新的生命。因此,改制联也是一种创作。改制联中上乘之作颇多。有些作者匠心独运,点石成金,所作改制联,往往成为妙联绝对,传之不朽。

改制联常见的有如下几种情况:从古诗词中的成句改制而成;从古散文辞赋中的成句改制而成;从古楹联改制而成;从俗语、格言中改制而成。下面分别举例说明之。

(一)从古诗词中的成句改制而成的楹联。这种楹联也有多种多样。有的是从原诗脱化而来。如:

黄鹤飞去且飞去;
白云可留不可留。

这是武汉黄鹤楼南宋胡寅题写的楹联,脱化自唐代诗人崔颢的《黄鹤楼》诗。上联由"昔人已乘黄鹤去,此地空余黄鹤楼"两句脱化成;下联由"黄鹤一去不复返,白云千载空悠悠"两句脱化而成。联中作者抒发了乡愁离恨,感情微妙动人,令读者吟味再三,余意不尽。

灯影幢幢,凄绝暗风吹夜雨;
荻花瑟瑟,销魂明月绕船时。

这是江西九江琵琶亭的楹联。上联借唐元稹诗《闻乐天授江州司马》的诗意,概括了诗人听到白居易被贬谪时的心情。原诗是这样的:“残灯无焰影幢幢,此夕闻君谪九江。垂死病中惊坐起,暗风吹雨入寒窗。”下联则借白居易《琵琶行》的诗句加以改造,描述了白居易送客浔阳江头听到琵琶声的景况。像这副题于九江琵琶亭的楹联,巧妙地脱化于两首相关的名诗而成,比一般的创作联更能引起读者的兴味和深思。

有的是熔铸古诗,谱成新辞。如:

花事年年,为问岭表白云,寒梅开未?

车尘历历,指点汉阳红树,流水依然。

一九三六年京广铁路建成。这副对联是悬挂在由广州到汉口的粤汉铁路第一次通车时的火车头上的。此联是由唐诗中“十月先开岭上梅”和“晴川历历汉阳树”两句名诗的意境脱化改制而来,将广州、汉阳两地不同的景色联系在一起,表现了一车畅通,南北相连,人定胜天的气魄和喜悦豪迈的情怀。

中央宛在;

一半勾留。

这是杭州西湖湖心亭的楹联。上联脱自《诗经·秦风·蒹葭》:“蒹葭苍苍,白露为霜。所谓伊人,在水一方。溯洄从之,道阻且长;溯游从之,宛在水中央。”意谓湖心亭,在西湖中央,可览全景。下联脱自白居易诗《春题湖上》:“未能抛得杭州去,一半勾留是此湖。”意思是逗留西湖,陶醉忘返的原因一半是这个湖心亭。这种改制联运用艺术化的曲笔,把湖心亭写活写神了,比直写湖心亭如何美丽诱人更加生动有力。

有的是半为创作,半为改制,如:

登楼听比户弦歌,且共倒芳樽,忽忘瓮头春酿;

引手摘层霄星斗,莫高吟奇句,恐教天上人惊。

这是广西柳州甑山阁江峰青题的楹联。此联上联为创作,下联是改制。古代称高楼为摘星楼。宋代诗人杨亿在诗中写道:“危楼高百尺,手可摘星辰。不敢高声语,恐惊天上人。”此联下联即由杨诗脱化而来,并有所创新。

甚或有的是反其意而用之。如:

但得夕阳无限好;
何须惆怅近黄昏。

这是现代诗人朱自清五十一岁时题写的一副堂联,反李商隐的诗意而成。李商隐《乐游原》诗说:“夕阳无限好,只是近黄昏。”朱自清借句另铸新意,用以壮怀勉志。

(二)从古代文赋中的成句改制而成的楹联。这种楹联也是丰富多彩的。如有的是径用原句,有的是加以压缩:

公生明,偏生暗;
智乐水,仁乐山。

这是郭沫若题赠侯外庐的对联。上联句出《荀子·不苟》篇:“公生明,偏生暗,端悫生通,诈伪生塞,诚信生神,夸诞生惑;此六生者,君子慎之,而禹、桀所以分也。”下联脱自《论语·雍也》:“子曰:‘知者乐水,仁者乐山。知者动,仁者静。知者乐,仁者寿。’”

有的是借用字面,加以别解,如:

没齿无怨;
每饭不忘。

这副题赠牙医的对联,上联由《论语·宪问》的“没齿无怨言”句脱化而来。下联借用后人称颂杜甫的文句“忠君忧国,每饭不忘”。这里也是借字面而转意,用以表示对牙医的感谢。

有的是反其意而用之,如:

何必读书;
请学为圃。

这是旧时菜圃联。联文由《论语》中樊迟请学稼之典翻化而来。《论语·子路》:"樊迟请学稼,子曰:'吾不如老农。'请学为圃。曰:'吾不如老圃。'樊迟出。子曰:'小人哉,樊须也!上好礼,则民莫敢不敬;上好义,则民莫敢不服;上好信,则民莫敢不用情。夫如是,则四方之民襁负其子而至矣,焉用稼?'"这副对联的作者显然是同孔子唱反调的,借其字形,攻其实质。

有的是熔铸诗句、文句而成新辞。如:

倦飞知还,云无心以出岫;
含睇宜笑,若有人兮山阿。

这是近人方尔谦题赠天津名小说家刘云若的嵌字联。上联出自陶渊明《归去来辞》中"云无心以出岫,鸟倦飞而知还",下联出自楚辞《九歌》中"若有人兮山之阿,被薜荔兮带女萝。既含睇兮又宜笑,子慕予兮善窈窕"。此联糅合诗文原句,熔炼简化,典雅风流。

(三)从古楹联脱化而成的楹联。此种楹联亦是千变万化。如有的是移植改制:

华岳三峰凭槛立;
黄河九曲抱关来。

这副陕西省潼关的楹联,系从清梁章钜题甘肃兰州清泉寺楹联移植改制而成。梁原联是:

佛地本无边,看排闼层层,紫塞千峰凭槛立;
清泉不能浊,笑出山滚滚,黄河九曲抱城来。

有的是脱化翻新,点铁成金,如:

宠辱不惊,看庭前花开花落;
去留无意,望天上云卷云舒。

这是画家刘海粟的自题联,表现出恬然自得的艺术家的风度。联文是由清代张英所撰的双溪草堂联脱化翻新而成的。张英原联是:

白鸟忘机,任天外云舒云卷;

青山不老,看庭前花落花开。

此联见王之春《椒生随笔》。

有的从旧联中加以生发,如:

生意兴隆,从兴隆中找生意;

财源茂盛,从茂盛中找财源。

这副对联,是从传统商业联"生意兴隆通四海;财源茂盛达三江"改制出新而成的。

有的反旧联而创新,如:

蓬莱仕女勤劳动;

繁荣生活即神仙。

这是叶剑英题山东蓬莱阁的楹联。此阁原有清代龚葆琛写的一副楹联:

海市蜃楼皆幻影;

忠臣孝子即神仙。

原联联文陈腐,叶剑英反其意而作,借助蓬莱仙境的传说,把人们对仙境生活的羡慕同今天的社会主义新生活联系起来,歌颂了劳动人民,指出仙境就在人间。

(四)由俗语、格言等改制而成的楹联。此类楹联更是五光十色。有的运用俗语、戏称,十分灵活。如:

君能使鬼;

人尽称兄。

这是旧时财神庙的一副楹联。上联是从"有钱能使鬼推磨"的俗语中脱化而出;下联则是从旧时人们对铜钱的戏称"孔方兄"衍变而成。如此脱化概括,诙谐尖锐,一针见血,讽尽世情。

有的浓缩警句,颇为精当。如:

后乐，先忧，范希文庶几知道；

昔闻，今上，杜少陵可与言诗。

这是湖南岳阳楼的一副楹联。上联由范仲淹《岳阳楼记》中的“先天下之忧而忧，后天下之乐而乐”的名句脱化；下联由杜甫登岳阳楼的诗句“昔闻洞庭水，今上岳阳楼”改制。

有的反旧格言而用之，如：

千古艰难小生死；

万代权衡大是非。

这是宋振庭悼念张志新烈士的一副挽联。上联是由一句古语脱化而出。古语有云：“千古艰难唯一死。”宋振庭把这句古语变通了两个字，改“唯一死”为“小生死”，加上下半联，就创作出了一副境新意深的好对联，可谓化腐朽为神奇。联文的意思说：张志新为了捍卫真理，是视死如归的千古英雄；她在大是大非面前，是经得起万代权衡品评的顶天立地的巨人。

无能事而能无事，无事则无事事矣；

不可解即可不解，不解以不解解之。

这副对联是反一副格言联拟制而成的。原格言联为：

无能事而能无事；

不善言而善不言。

这副格言联宣扬消极无为思想，不可取。改制联借题发挥，并加强嘲讽和批评，联意有机趣亦有哲理。

三、集引联

集引联，简称集联，就是运用集合、援引诗词文史碑帖等典籍中的成句或文字而构成的能表达一个完整意义、对仗工稳的对联。集引联起于宋代，但传世者甚少，说法也不一。据清代梁章钜《楹联丛话》记载，《梦溪笔谈》说集句联始于宋代王安石，最早的集联是“风定花犹落，鸟鸣山更幽”。上联为南朝梁谢贞诗句,下联为王籍诗句。又据宋代周紫芝《竹坡诗话》载,王安石曾集白居易《琵琶行》中的“江州司马青衫湿”一句作对,下联久思未得。一日,问蔡天启,蔡说:“何不对‘梨园弟子白发新’?”(唐代白居易《长恨歌》诗句)王大喜。而《金玉诗话》和《蓼花洲闲录》又说集联不始于荆公,宋初已有集句,至石曼卿而大著,如以“天若有情天亦老”对“月如无恨月长圆”。又据清代黄协埙的《锄经书舍零墨》所说:集句之体,始于东坡集兰亭诗钞,后黄山谷仿而行之,名曰万家衣体,近则多集成句作楹帖。例如:“此地有崇山峻岭,茂林修竹(王羲之语);是能读三坟五典,八索九丘(左传语)。”(见《历代小说笔记选》清·三)。总而言之,集引联宋已有之,清以后则所制甚多,成为楹联中的一个新品种,占有相当的比例。

集引联因是活用典籍成句成文而成,所以作联者必须腹笥渊博,记诵功深,融会贯通,才能撷珠采玉,合璧成联,雍容自然,有如己作。一副好的集引联,不但体现了原作者的构思精密、寓意深邃,而且还体现了集引者的深刻的体察能力,以及在理解原作者的特定创作意图基础上的再创造能力。

集引联可分为集句联、集字联、摘句联、半集句联、半摘句联五种。

(一)集句联是直接引用不同作者或篇章诗文成句构成的对联,其基本要求是把不同的两篇诗文中原来毫不相干的两个句子配合成一副符合格律的楹联。

作集句联有宽严不同的要求。最严的一格是要求在同一位作家的诗词或文集里去找出句和对句,比如用杜诗对杜诗,用苏词对苏词,用《论语》对《论语》。次一格的要求是上下两联所引成句的原作者相去不远,至少也要在同一个朝代,比如以唐诗对唐诗,以宋词对宋词,以汉文对汉文等,但不允许以词、曲、文的句子来对诗句,更不可以成语、谚语来对。宽的一格则可不限作者,不限朝代,也可以用诗、词、曲、文的句子交错相对,只要是古人的现成的句子就行。现略举数例说明之。

集诗句联,如:

心悬万里外；

兴在一杯中。

（集李白诗句联）

蝶衔花蕊蜂衔粉；

露似珍珠月似弓。

（扬州西园新月楼联，上联为李商隐诗句，下联为白居易诗句）

古来大才难为用；

老去诗名不厌低。

（集杜甫、陆游诗句）

沙棠作舟桂作楫；

浮云似帐月如钩。

（集《古乐府》句）

南山峨峨，生者百岁；

天风浪浪，饮之太和。

（朱德、彭德怀集司空图《二十四诗品》句为冯玉祥写的挽联。上联集《旷达》句，下联集《豪放》和《冲淡》句）

集骚句联，如：

望崦嵫而勿迫；

恐鹈鴂之先鸣。

（鲁迅集屈原《离骚》句的自题联）

集赋句联，如：

鸟啭歌来；

花浓雪聚。

（集庾信《马射赋》）

山高月小；
水落石出。

（集苏轼《前后赤壁赋》句）

集词句联，如：

临水看云，寸心分付梅驿；
挥毫赋雪，一笑写入瑶琴。

（清顾文彬集宋张玉田词句题苏州怡园南雪亭）

忍泪觅残红，柔情似水；
起舞弄清影，瘦骨临风。

（集宋词句联）

花坞春长，烟火千家都入画；
桃源路近，桑麻十里尽成荫。

（集宋词句）

大江东去，平楚南来，一带江山如画；
高柳垂荫，老鱼吹浪，依稀风韵生秋。

（集宋词句联）

集文句联，如：

好学近乎知，力行近乎仁，知耻近乎勇；
富贵不能淫，贫贱不能移，威武不能屈。

（集《论语》、《孟子》句联）

仁者不忧，知者不惑，勇者不惧；
视其所以，观其所由，察其所安。

（集《四书》句）

集史句联，如：

床头见数帙书，便以学问相许；

宅边有五柳树，尝著文章自娱。

（集史书句联。上联集《宋书·王微传》句，下联集《南史·陶潜传》句）

还有的集诗、词句联，如：

夕阳无限好；

高处不胜寒。

（清端方题镇江焦山文阳楼。上联为李商隐《乐游原》诗句，下联为苏轼《水调歌头》词句）

有的集诗、赋句联，如：

我辈复登临，目极湖山千里外；

奇文共欣赏，人在水天一色中。

（南昌滕王阁楹联，集陶潜、王勃诗赋句联）

更有的集诗、词、文、赋句联，如：

放歌自得，心旷神怡，尽教风雪江湖，梦里不知身是客；

逸兴遄飞，酒酣耳热，难得烟花鱼鸟，老来专以醉为乡。

（金匮杨子延集句联。上联“放歌自得”，集张炎《寄兴词》句；“心旷神怡”集范仲淹《岳阳楼记》句；“尽教风雪江湖”，集张玉田《归杭疏》句；“梦里不知身是客”集李后主《浪淘沙》句。下联“逸兴遄飞”，集王勃《滕王阁序》句；“酒酣耳热”，集魏文帝《与吴质书》句；“难得烟花鱼鸟”，集李商隐《谢河东公和诗启》句；“老来专以醉为乡”，集苏轼《次韵赵令铄诗》句）

（二）集字联是从同一碑帖中选取有关的字词，用原文字体书写出来的一种对联。这种对联多为文人书家所制撰。

集字联以集石鼓文字最为古朴，如

花好四时秀；

嘉树州里多。

（女书法家萧娴撰石鼓文字联）

集其他碑、帖字亦颇多佳联，如：

取静于山，寄情于水；
虚怀若竹，清气若兰。

（集《兰亭序》字联）

观书要能自出见解；
处世无过善体人情。

（集颜真卿《多宝塔碑文》字联）

言之高下在于理；
道无古今维其时。

（集《秦峄山碑》字联）

（三）摘句联，就是直接摘取古诗文中的对偶句，特别是律诗中的颈联和颔联而单独使用的对联。本来，诗中的对偶句跟对联还是有区别的。诗中的对偶句是作为全诗中的一个部分而存在的，它的意思往往要跟前后诗句联系在一起才能充分表现出来，不具备独立性；而对联则是独立的作品，能够表达一个完整的意思。因此，一般的诗中对偶句是不能直接作为对联使用的。但是，有些对偶诗句，对仗工巧，内容美好，已成脍炙人口的名句，又有相对的独立性，也可以单独提取出来作为对联使用。这就是所谓诗联。诗联在楹联中所见不少，也颇受人们喜爱，现略取数例说明之。

有的是直接取用描绘其景的诗句为联，如：

楼观沧海日；
门对浙江潮。

这副诗联题于杭州西湖韬光庵观海亭的亭柱上，出自初唐诗人宋之问的五言排律《灵隐寺》。全诗为：“鹫岭郁岧峣，龙宫隐寂寥。楼观沧海日，门对浙江潮。桂子月中落，天香云外飘。扪萝登塔远，刳木取泉遥。霜薄花更发，冰轻叶未凋。夙龄尚遐异，搜对涤烦嚣。待入天台路，看余渡石桥。”晚唐孟棨在《本事诗》一书中说：宋之问被贬放还，游灵隐寺，月下作诗,得首联二句后,搜肠索肚终不可续。时长明灯下一端坐禅床的老僧为宋解难说:何不续“楼观沧海日,门对浙江潮”?宋之问深喜这两句诗之绮丽遒劲,欣然从之,并接而作完全诗。宋明日复访,老僧已不知去向。寺僧告之,那老僧就是骆宾王。这两句诗不管是宋之问所写,还是骆宾王所示,总之是写得极切极好,字字入画的。登上山腰韬光庵的观海亭,远观大海的日轮,遥对钱塘的江潮,气象何其壮阔,联语又何其绮丽!

山势北连三竺去;
泉声西自五云来。

这是西湖虎跑寺梦虎亭的一副楹联,截明代诗人张宁的七言律诗《题虎跑寺》而成。原诗为:“苍苔白石路盘回,林谷藏春一径开。山势北连三竺去,泉声西自五云来。花残老衲和松卧,风静闲云伴鹤回。游赏渐多题咏遍,不知谁是子瞻才。”此联写登山游虎跑的见闻感受,上联写实,看到大慈山向北连接上、中、下三天竺走去,界阔气宏,富有实感。下联虚写,传说虎跑泉是南岳(衡山)童子派了两只神虎来此跑地成穴而涌出,想象之中,似乎听到了虎跑泉的响声从西边的五云山传来。景奇联美,令人倾倒。

有的是直接取用其人的名句为联,如:

三十功名尘与土;
八千里路云和月。

这是一九七九年杭州岳王庙修复时,张爱萍题于殿门口的一副楹联,联文出自岳飞《满江红·写怀》词中的对偶名句。

更多的是借用古诗文中描绘他景、叙说他事的诗句为联,以抒发胸臆。如:

蝉噪林愈静;
鸟鸣山更幽。

这是明代文徵明借南朝梁代诗人王籍《入若耶溪》诗中的对偶句而题写于苏州拙政园亭的一副楹联。短短十个字就把拙政园夏日午后万籁俱寂的幽静空间所特有的静中有闹、闹中有静的环境气氛恰到好处地表现出来了,真是妙手偶得。王籍诗句经他这么一用,就更加脍炙人口了。

泉声咽危石;
日色冷青松。

这是杭州西湖冷泉亭的一副楹联,联文截取自唐代王维《过香积寺》的颈联。全诗是:“不知香积寺,数里入云峰。古木无人径,深山何处钟?泉声咽危石,日色冷青松。薄暮空潭曲,安禅制毒龙。”原诗把过香积寺所见的幽冷的环境和所引起的幽远的联想,写得出神入化。后人把颈联移作亭联,十分吻合。

(四)半集句联,指一半是集录他人成句,一半是作者自撰的对联。主要有两种情况:一种是上下联中有一联是集录他人成句,一联为作者自制。例如,董必武题湖北隆中武侯祠联:

诸葛大名垂宇宙;
隆中胜迹永清幽。

上联系杜甫《咏怀古迹五首》的诗句,下联为作者自撰。

另一种是上下联的一部分,系集录前人成句,另一部分为作者自制。例如,顾复初题成都望江楼濯锦楼联:

引袖拂寒星,古意苍茫,看四壁云山,青来剑外;
停琴伫凉月,予怀浩渺,送一篙春水,绿到江南。

上、下联的第一分句分别集自韩愈《答张彻》和谢朓《移病还园示亲属》二诗。其余分句为作者自撰。

(五)半摘句联,指上下联前半部分或后半部分系摘用他人现成的对偶句,而另半部分为作者自撰。例如,中共中央挽一九三九年“平江惨案”烈士联:

在国难中惹起内讧,江河不洗古今憾;
于身危时犹明大义,天地能知忠烈心。

上下联前半部分系作者自制，后半部分摘自陆游《王给事饷玉友》诗中的对偶句。

这里必须补充说明一点，过去人们把集句联、集字联和摘句联统称为集联。因而前人所作集联往往包含了我们所说的这三种不同的小类，甚至包括了我们所说的部分改制联，这是须要加以辨察的。例如郭沫若曾经集毛泽东诗词佳句制作楹联二十六副，一九六四年三月二十日《光明日报》集中发表，产生了很大影响。后来毛泽东的一些诗联、词联也被人们乐于应用，作为春联、门联或建筑物的楹联。郭沫若所制作的毛泽东诗句楹联就包括有我们所说的集句联。当然流传最广的，仍然是毛泽东诗词中天然而成的诗联、词联，如：

风雨送春归；
飞雪迎春到。

（《卜算子·咏梅》）

四海翻腾云水怒；
五洲震荡风雷激。

（《满江红·和郭沫若同志》）

虎踞龙盘今胜昔；
天翻地覆慨而慷。

（《七律·人民解放军占领南京》）

春风杨柳万千条；
六亿神州尽舜尧。

（《七律·送瘟神》）

为有牺牲多壮志；
敢教日月换新天。

（《七律·到韶山》）

这些毛泽东诗词联句，又往往采用毛泽东手书，优美的词句加上刚劲的书法,更加受到广大人民群众的喜爱。

四、征募联

征募联是指通过一定的途径向社会征集而成的楹联。征联者或者限定题材,或者限定范围,或者先拟出上联,然后通过报刊、电台或广告形式向社会广泛征联。这种征联,实际上是征联者和应征者的合作形式,其作品多带有集体创作性质。征募联大体可分为以下几种形式:

(一)限题征募全联。就是由征联者限定题材内容或格式,由应征者拟撰完整的对联。例如本书第二章所述的金陵揽胜征联、《羊城晚报》的春节征联等,都是限定题材内容的征联,上下联均由应征者拟撰。另外,还有一种限定格式的征联。例如广东著名茶楼陶陶居,就曾以"陶陶"二字作"鹤顶格"联为限格征联,应征获得冠军的是一位过路的外省人,联为:

陶潜善饮,易牙善烹,饮烹有度;
陶侃惜分,夏禹惜寸,分寸无遗。

这副应征联,"陶陶"两字嵌得贴切自然,内容与饮食密切相关,所引皆是名人名典,节奏明快,情理俱佳,传诵一时,至今仍挂在陶陶居的三楼上。

(二)拟出上联或下联征募另一联。这种征联方式所见较多,历来被人们乐于采用。

有的是征联讽世,如:一九〇八年十月,清光绪帝死,三岁的溥仪继位,改元宣统。次年春,溥仪之生父摄政王载沣推行排汉政策,皇族内阁排挤汉族大臣,激起人民的反对。当时的《中国日报》上刊出了一句上联:"未离乳臭先排汉"。这是同盟会元老朱执信拟撰的,并公开征对下联。海内外应征者极为活跃。新加坡、仰光、檀香山、旧金山、槟榔屿等地都有报纸代为募集下联。共得应征下联十万副,征联活动形成了一个广泛的反清宣传活动。朱执信等人从中挑选出二百名优胜者。第一名是"将到毛长又剪清"。意即要继承太平天国之志,翦灭清朝。第二名是"横扫膻腥独立旗”。“膻腥”指清统治者。此外尚有：

饱载腰缠尚剥民。

厚敛脂肥假中华。

吓得魂飞忽做王。

根据联文内容来看，这最后一则下联，当在一九一一年辛亥革命以后，为讽刺黎元洪所作。意为辛亥革命时，武昌的清军统协黎元洪怕被革命党抓住枪毙，吓得魂飞魄散，躲藏在床底下。结果黎被革命党揪出来，未杀，反而让他当上了革命军的都督。

又如：宣统年间，中国革命派在仰光办的《光华日报》也发起了一次征联活动，上联由同盟会会员、记者吕志伊拟定，是为：

摄政王兴，摄政王亡，鞑虏兴亡两摄政；

“摄政王兴”，指的是顺治的叔父多尔衮，在顺治七岁时，带兵入关，灭明建清，被加封为“皇父摄政王”。“摄政王亡”，指载沣，当时以摄政王身份执政。这里所说“摄政王亡”是预言。这一联的结构复杂，要对得工整实非易事。但在应征的对联中仍不乏佳作。评选结果，冠军联是：

驱胡者豪，驱胡者杰，汉家豪杰再驱胡。

亚军联是：

出师表前，出师表后，武侯前后六出师。

季军联是：

兼祧子成，兼祧子败，清朝成败二兼祧。

“兼祧”一词意为过继为嗣。此联的前一个“兼祧子”指顺治，他是皇太极的第九子。顺治年幼时由他的叔叔多尔衮摄政，顺治的母亲据说又下嫁给多尔衮。多尔衮被封“皇父摄政王”后，顺治又成了多尔衮的儿子。当然多尔衮死后，顺治追削其封号，杀其后代，使多尔衮断了“香火”，那又当别论了。后一个“兼祧子”指宣统，他是过继给同治与光绪做儿子的。这下联与上联同述清朝成败兴亡事，取材巧妙，为众人所称道，传诵一时。"摄政王亡"、"兼祧子败"的预言，终于在两年后的辛亥革命中得到了验证。这可以说是反映了人心的向背和楹联作者对当时斗争形势的正确分析。

再如：抗战前夕，山西军阀阎锡山曾到江苏无锡游览，当地名士冯国徵，拟了一上联，在上海《大公报》上公开征联。其所出上联曰：

阎锡山，过无锡，登锡山，锡山无锡；

锡山在无锡市西郊，相传该山先秦时代盛产锡，因而得名。但锡山之锡矿，到汉初便被采尽，所以汉初在其地置郡，遂以无锡名之，沿用至今。冯国徵的这个出联，久久无应征之人。抗战爆发后，原《大公报》记者范长江，一九四二年转入敌后解放区工作。有一次，他因公来到天长县新四军驻地，与新四军二师师长罗炳辉等人谈论大江南北的抗日形势。谈着，谈着，他忽然有所触悟，想起几年前《大公报》上的征联，不禁脱口对出了下联：

范长江，到天长，望长江，长江天长。

有的是征联试才，如：旧时有一位高明的中医师，缺少一个得力的助手，物色好久而未得。于是他采用征联的办法选择助手，出了一个用中药名称连珠串成的上联试题：

白头翁，持大戟，跨海马，与木贼草寇战百合，旋复回朝，不愧将军国老；

出联内"旋复"、"将军"、"国老"既是药名，又借以夸示自己的医道高深。过了三日，有个年轻妇人款款而入，不言不语，不亢不卑，提起大笔写道：

红娘子，插金簪，戴银花，比牡丹芍药胜五倍，从容出阁，宛若云母天仙。

续联内的"从容"、"云母"、"天仙"亦为药名，恰好也表现了少妇的落落不凡。中医一看，喜出望外，急忙拜问，知她亦精通医道，经协商，改为合股经营,并把这副奇联悬挂在药店门口,成为一副特别能招徕顾客的行业联。

有的是征联演戏,如一九三四年,著名粤剧表演艺术家薛觉先因排演新剧《乔小姐三气周瑜》,戏中布景需要一副楹联,于是自己先拟出了一则上联:

乔女自然娇,深恶胭脂胶肖脸;

他以"薛觉先征联"的名义,在报纸上征募下联,规定下联要像上联一样,首句用拆拼字法,末五字用同偏旁,还要求用周瑜的口吻对答。不久,先后收到下联二千多则,录取了十四则,其中三则是:

止戈才是武,何劳铜铁铸镖锋。

人言虽可信,但防渭水混泾江。

主人留小住,岂嫌酵醃配醇醪。

有的征联述怀,如:清末吴恭亨根据龚自珍的词句改成上联,悬赏征对。龚自珍的《金缕曲》:"愿得黄金三百万,交尽美人名士,更结尽燕邯侠子。"吴恭亨改制的上联为:

愿得黄金无数量,交尽美人名士,结尽燕邯侠子,更填平世路不平处;

征募所得的下联之一为:

剩携绿酒几多觞,觅个月地花天,做个烟火神仙,且还了人生未了缘。

征募得的下联之二为:

纵观青史若干年,许多盗贼圣贤,几多诗酒神仙,总难了风尘未了缘。

有的是征联娱乐,如:一九八二年春节《中国青年报》举办征联活动,后来在报上公布了一组征答的对联,如:

昨夜大寒，霜降茅棚抵小雪；（出联中三个节气名，既是名词，又可作词组别解）

望日清明，春分月色胜中秋。（钟龙对下联）

今日当归，半夏离家又三七。（刘连宾对下联）

上海自来水来自海上；（出联为回文，顺读倒读一样）

中国出人才人出国中。（石星兵对下联）

西湖绿柳堤柳绿湖西。（康乃忠对下联）

半联七字：桃红、李白、杨柳翠；（唐金标对上联）

举国同欢：燕语、莺歌、狮子吼；（彭铎对上联）

一屏三色：麦青、豆绿、菜花黄。（所拟一联为下联，写江南三、四月间的农村景色）

有的是征联寓教，如：一九八二年春，江苏《新华日报·钟山副刊》发起征联活动，拟出的上联为：

讲文明，日日文明，月月文明；

这个对联，乍看简单，细想颇难。从形式上说，属于拆字、叠字、绞连对。“明”字拆开是“日”和“月”；“日日”、“月月”是叠字；又重复了三个“文明”，是绞连。日日、月月、文明，口语和书面语中都常用，频率也高，非常现成。“日日文明，月月文明”，词与词之间配合紧密、自然。而且，就“讲文明”来说，从“日日”到“月月”，还有一个递进关系。从内容上说，紧扣当时“五讲四美”的社会生活，是社会上的普遍要求和重要活动。因此，这样的上联，要对一个形式、内容都相称的下联很不容易。这次征联，收到省内外应征联稿五千五百五十三份，可是竟没有一个合格、理想的下联。勉强选取刊登的几个较好的下联有：

争冒尖，小小冒尖，大大冒尖。

创三好，女女三好，子子三好。

过险峪，山山险峪，谷谷险峪。

这些应征下联，都不完全符合出联的对仗要求，使这次征联活动变成一件文化中的憾事。

（三）求偶绝对。求偶绝对指拟制出上联或下联，求对另一联，但由于出联奇巧绝妙，久久得不到相称的下联，因而这种出联求偶，往往就成为绝对。它同上述两种征募联不同之处，是难度特大，专待索解，重在启智，娱乐性强，故不同于一般征联。然因前述征联中也有一部分久不得解，或虽解而不理想的，也就成了求偶绝对；因而这两者既有区别，又难截然分开。

这种求偶绝对，其结果仍会出现两种情况：一种是经过许多人的尝试，仍然得不到合格的另一联，因成无偶绝对；另一种是经过许多人的再努力，终于有了一个理想的另一联，如同天造地设，工巧绝伦，可称之为得偶绝对。现分别举例说明之。

先说无偶绝对。有的巧用谐音，如：

今世进士，尽是近视；

这个上联传为明代某秀才所出，谐音叠韵，简短通俗，但续对极难，是一个求偶绝对。

和尚装姑娘，不梳头，插朵攀枝花，难瞧；

这个出联是一则多个地名绝对。云南省文山县有和尚庙、姑娘寨、布苏、查朵、攀枝花、南桥等地名，要求下联也用多个地名或其他物名成对。未见何人对出，是为求偶绝对。

夏大禹，孔仲尼，姬旦、杜甫、刘禹锡；

这个出句是由历史人物组合而成，同时又是谐音对，读音尚可表示另外一层意思：下大雨，恐中泥，鸡蛋、豆腐、留女婿。要求下联也有类似的谐音，包含“字外之义”。也无人能对，成为绝对。

又如：传说苏东坡任杭州地方官时，有一年清明时节，一些官绅文士请他乘舟游西湖，有一个歌女提了一把锡制的酒壶给苏东坡斟酒，不慎将酒壶掉入湖中。一文士即兴出了一联：

游西湖，提锡壶，锡壶掉西湖，惜乎锡壶；

这个出联，叙事抒情，谐音反复，意思连贯，犹如绕口令。苏东坡左思右想，竟也未能对出。

有的妙用析字，如：

古文故人做；

这是一个双重拼字联，第一、二字拼合成第三字，第三、四字又拼合成第五字。要求下联也按此格对出，构成一个意思明确的短句。无人能对，成绝对。

有的采用复字，如：

江氏在江亭追悼江西江县令；

清代光绪年间，江西南昌的江知县爱国爱民，因同横行不法的外国传教士斗争被杀害，引起全国青年的悲愤。北京有个名叫江亢虑的教师，在陶然亭（江亭）为江县令举行追悼会。上联即据此而撰。后来登报悬赏征对，也未得下联，因成绝对。

有的运用嵌字，如：

白塔街，黄铁匠，生红炉，烧黑炭，冒青烟，闪蓝光，淬紫铁，坐北朝南打东西；

这是以旧日四川省泸州白塔街黄铁匠铺为题而撰拟的上联，内嵌“红、黄、黑、白、青、蓝、紫”七种颜色和“东、南、西、北”四个方位。至今还是无偶绝对。

有的暗用词义，如：

省曰黔省，江曰乌江，神曰黑神，缘何地近南天，却占北方正色？

这是清朝礼部尚书李宗仿以贵州乌江为题拟写的上联。其中“黔”、

“乌”、“黑”三字均含黑义，而“黑”色在传统上又表示北方的方位，可是在此却都用作南方的省名、江名、神名是何道理？这个上联也是一个求偶绝对。

有的语带双关，如：

由山而城，由城而陂，由陂而河，由河而海，每况愈下；

这个上联字面上说，地势由高到低，步步下降，由山降为城，由城降为陂，由陂降为河，由河降为海。实际内容却是说民国历届总统一个不如一个，具有深刻的政治含义。“山”指孙中山，广东香山人；“城”指袁世凯，河南项城人；“陂”指黎元洪，湖北黄陂人；“河”指冯国璋，河北河间人；“海”指徐世昌，江苏东海人。据说当时也有人对出了下联，但都不能像上联那样文字显豁而又寓意深刻，终未能有大家认可的下联，至今犹是求偶绝对。

有的倒序成文，如：

望天空，空望天，天天有空望空天；

这是旧时一位怀才不遇的士子，在悲观失望中，愤书而成的上联。他自己未写出下联，后人也未见续联，成为绝对。

有的巧意成联，如：

某年，恰好年头年尾有两个“立春”，又是闰八月，王安石以此出了个上联，让苏东坡对下联。出联为：

一岁两春双八月，人间两度春秋；

苏东坡未能对出，成无偶绝对。

又如：

大凉山山小，小凉山山大，不论大山小山，都是锦绣河山；

这是以四川大小凉山为题拟的求偶绝对。

再如：

据说山西的双塔寺建成以后，曾有一道士跋涉千里前来瞻观，对着拔地而起像宝剑一样直刺苍穹的双塔，即兴脱口吟出一句：“双塔寺内双座

塔。”恰巧旁边有一新贵,接口续出下一句:“五台山下五个台。”那道士于是续加二字,又成一上联:

双塔寺内双座塔:塔,塔;

新贵不能对。后来也无人能续出下联,又成求偶绝对。最近,有王贯五、刘江应对下联为:“二峰山中二台峰:峰,峰。”这个下联以“二峰”对“双塔”,近乎合掌,且该文不够自然,不能算作佳对。

更有不少无偶绝对是采用多种手法综合制联的,如:

东庙阚公,西庙房公,两公门户相当,方敢并座;

旧时浙江省慈溪县城内有东西二庙,东庙供祀三国时东吴的中书令阚泽,西庙供祀唐代宰相房琯。这个上联描写了两庙对峙的实景,并巧妙地嵌进两人姓氏,又分别拆开。“阚”字拆开为“门”、“敢”,“房”字拆开为“户”、“方”。慈溪人民世代传此绝联,但未得下联。

其他还有些古老的或当代的求偶单联,虽然后来有人对出了下联,但匹配不称,对仗欠工,所以仍可视为求偶绝对。例如:“妙人儿倪家少女”(对之以“故言者诸子古文”);“讲文明,日日文明,月月文明”(对之以“争冒尖,小小冒尖,大大冒尖”)等等。这里我们试以中央电视台一九八四年迎春征联的第二联出句进行分析说明:

这次迎春征联第二联出句为:

夺铜牌,夺银牌,夺金牌,冲出亚洲争宝座;

这一征联,出拟上联的评委会有一个规定:内容限于体育方面,不可通融,凡下联不对体育方面的内容一律无效。这个出联技巧性很强。这主要表现在前三个分句中。第一个技巧性特点是“夺铜牌、夺银牌、夺金牌”这三个分句,句式结构相同,大部分的字词重复,“夺”字和“牌”字反复出现三次。这种紧接着的词语上的反复,是一种修辞技巧,常用来表示某种迫切的要求和愿望,强调某种意义,同时又往往能迸发出一种强烈的感情。从诵读的角度看,这种紧接着的反复,也常常带着一种有音律的节奏。第二个技巧性特点,是这三个分句里又嵌入了“铜、银、金”三个词,作为宾语的定语,这三个词又形成一定的顺序,而且层层递进,有等次,成比例。它们本身价值上就有差别,而铜牌、银牌、金牌又代表着水平等级的第三、第二、第一名。从修辞角度看,这是在平列性的排比中包含着具有等级性的层递。技巧上的第三个特点,是“铜、银、金”三个字的形体巧同一个部首“金”字。应对的下联,必须符合以上的规定和三个技巧性特点的要求,才能算是完美的工对。可是在大量的应征下联中竟没有一个能满足全部条件的,尤其是要达到第三个技巧性特点的要求,更加困难。比较好的应对下联是:

重德育,重智育,重体育,振兴中华造人才。(广东曹惠芳)

斗体力,斗智力,斗耐力,走向世界显神威。(辽宁杨清廉)

战小球,战大球,战全球,走向世界占鳌头。(国家女篮)

曹惠芳的下联气魄恢宏,目光远大,雄震上联,但“德育”、“智育”、“体育”没有递进关系,且“德”、“智”、“体”三字不同部首。杨清廉的下联“体”、“智”、“耐”三字形体也不同部首。女篮的下联用“小”、“大”、“全”来表明顺序上的递进,特别是用了双关性的“全”字颇具匠心,可惜在字形上也没有达到要求。可见此联出句,还是一个难得偶的绝对。

再说得偶绝对。民间往往流传许多故事。例如《北窗琐语》说,福建建溪,宋代有一浙商极爱山水,月夜停舟溪侧,走上桥头,他注视着潺潺溪水,忽作一上联:

独立小桥,人影不随流水去;

他想要续出下联,却不能如意,彷徨终夜,竟思穷而逝。人们常常于月夜隐隐地听到他的吟咏声。后来有一诗人过此,船夫将故事告诉诗人。诗人遂续出下联,为其散魂:

孤眠旅邸,梦魂曾逐故乡来。

这些得偶佳句,大都有较高的艺术技巧,因而广为流传,博得人们的称道。

有的巧对同韵,如:

望江楼,望江流,望江楼上望江流,江楼千古,江流千古;

印月井,印月影,印月井中印月影,月井万年,月影万年。

这副绝联,出句为清代某名士到四川讲学时,登临望江楼所作,可是苦思不得下联,只得抱憾而去。直到二十世纪三十年代,四川青年李洁玉,从薛涛井旁"古印月井"四字得到启发,对出了下联,完成了百年来许多人对不出的绝对。

有的妙用析字,如:

此木为柴山山出;

因火成烟夕夕多。

有的正值同旁,如:

客寓富安,空守寒窗寂寞;(旧时一才女寓住富安旅社出句,同为宝盖头)

渔游滨海,漫沽浊酒沉沦。(落泊为渔夫的文人对出下联,同为三点水旁)

琴瑟琵琶,八大王王王在上;(传为八国联军代表出句)

魑魅魍魉,四小鬼鬼鬼犯边。(清官员对句)

有的偏旁既同且异,如:

烟锁池塘柳;

炮镇海城楼。

上联传为清乾隆所拟,五字含"金、木、水、火、土"偏旁,下联亦含五行。

有的同嵌数字,如:

一扁舟,二客商,三四五六水手,扯起七八尺风帆,离九江还有十里;(明代嘉靖年间状元罗洪先舟游九江出句)

十里远,九里香,"八七六五"号轮,仍走四三年旧道,只二日

胜似一年。(一九五九年夏李戎翎对出下联)

又如：

孤山独庙，单枪匹马一将军；

双峰对岭，并肩比斧二樵夫。

江苏《乡土》报一九八三年第十一期登载《楝山的半副妙对》，介绍六合县的楝山，传说为陈胜去世之地，后人在此建庙纪念他，庙里立了陈胜骑马塑像。有人在庙门上题了“孤山独庙单枪匹马一将军”半副对联，但一直未有人对出下联。该文见报后，陆续收到许多下联。编辑部从中选出两则下联在报上发表，是为：

双峰对岭，二樵夫并肩比斧。

夹江两岸，二渔翁对钓双钩。

事隔不久，读者指出这两则下联与原上联对仗不工，上联“孤山独庙”、“单枪匹马”、“一将军”为“四四三”句式，而两个下联均为“四三四”句式。《乡土》编辑部旋即做了更正，改为：

双峰对岭并肩比斧二樵夫。

夹江两岸对钓双钩二渔翁。

二对句均工，而以“双峰”句尤佳，堪称妙对。

有的一词多义，如：

金男大，金女大，男大当婚，女大当嫁，齐大非偶；

市一小，市二小，一小在南，二小在北，两小无猜。

抗战时，南京金陵大学、农学院、金陵女子文理学院和济南齐鲁大学医学院，都迁移到成都华西协和大学上课，齐鲁大学的病理学家侯宝璋教授在课堂上出此上联。学生拊掌叫好，但无人能对。《新民报》记者在报上征对。四川农政所第一血清示范厂会计对出下联，完成了一副绝联。

有的恰逢同称，如：

父戊子，子戊子，父子戊子；

师司徒，徒司徒，师徒司徒。

出联写清乾隆戊子年某父子同中进士，下联为纪晓岚所对，写朝中有师徒二人先后为司徒官。

有的妙对俗语，如：

五月黄梅天；

三星白兰地。

此联的上联，是某年梅雨时节，有人拟请国民党元老于右任属对的。于右任苦思数日，未成对。数日后，有同僚设家宴请于赴会。及至，见满席佳肴，另有一案则遍置著名美酒，于见其中有一瓶长颈精装进口酒，名曰“三星白兰地”。于视之再三，恍然若悟，抚髯大笑说：这“三星白兰地”对“五月黄梅天”不是天生一副绝好的对联吗？众皆拊掌，举席尽欢而散。

有的巧对其意，如：

掬水月在手；

弄花香满衣。

更有不少是综合运用对综合运用，如：

天上月圆，人间月半，月月月圆逢月半；(老秀才中秋赏月出句)

今夕年尾，明朝年头，年年年尾接年头。(除夕守岁得对句)

(四)口头或书面联句。联句是人们在交游中的一种文化娱乐形式，先由一个人念出或写出上联，然后由另一个人或几个人各续出下联。可以是一则上联一则下联，也可以是一则上联，数则下联，均为即兴之作。联句虽为游戏，但这种合作而成的对联，往往生动活泼，富有个性特色，颇有趣味。

例如：清雍正有一次召翰林院编修李春芳和大学士张鹏翮去内宫饮宴，赏吃螃蟹，雍正出一上联，命李、张二人联句。上联是：

螃蟹浑身铠甲；

李春芳略一思索，即对道：

凤凰遍体文章。

张鹏翮也不慌不忙，说出了自己的下联：

蜘蛛满腹经纶。

雍正听了，十分高兴，觉得二人都对得不错，不过李联多形于外，张联更重于内，还是张联最为妥帖工稳。

又如：清代文学家李调元因得罪权臣，充军伊犁，获释归家时，夫妻久别重逢，感慨万端。他的妻子出了一个上句：

月圆月缺，月缺月圆，年年岁岁，暮暮朝朝，黑夜尽头方见日；

夫人的出句，也触动了李调元胸中郁积的复杂感情，因联下句道：

花开花落，花落花开，夏夏秋秋，暑暑凉凉，严冬过后始逢春。

一旁侍立的丫鬟助兴道："夫人出得好，老爷对得妙，何不用羊毫写在红绫纸上？"这句话启发了李夫人，于是又出了一个上句，属意丈夫联句：

羊毫笔写红绫纸；

李调元当晚竟未联成下句。第二天，他在厅前踱步思对，忽听丫鬟和几个家人也在用这个上联议论联句：

鹿角杈晾紫罗裙。（晾晒衣服的丫鬟联的对句）

牛鼻索捆青㭎柴。（收拾柴薪的厨子联的对句）

虎头靴套麻草鞋。（轿夫联的对句）

猪拱嘴吃青海椒。（诨号"猪拱嘴"的书童的联句）

马蹄刀切黄牛皮。（鞋匠联的对句）

这五个对句，第一字都是动物名，第五字都是颜色名，与出句对仗工整。

李调元听了，惭愧之余，也悟出了一个道理，文出于理，诗发于情，联句生于实景，光靠苦思冥想，雕文琢字，是对不出好句子的。

诗人萧三参观海南岛华南热带作物研究院和华南热带作物学院时，题了一句上联，并注明“希望有后来高明者对下联”。萧的上联是：

生产产诗歌，诗歌歌生产，热带作物区里作诗，诗情最热；

隔了三天，郭沫若也来此参观，见萧三上联，欣然联出下句：

劳动动教研，教研研劳动，红旗照耀光中施教，教益通红。

又如：

才子居然能革命；（柳亚子出句）
诗人毕竟是英雄。（郭沫若联句）

剪纸斗彩，秋色宜人；（茅盾出句，故空下联）
作字题诗，春风满座。（郭沫若续联）

这都是文人之间的联句。

还有劳动人民之间的联句，如一九八〇年深秋，某地农民在田头收稻休息时联句：

一位老大爷先念出原联：

台上是人，台下也是人，锣鼓敲响人看人；
大墩是铁，大锤也是铁，风箱拉动铁打铁。

原联上联为一位教师在村上看戏时拟出的，下联是一铁匠所对。依此例，众农民纷纷联句：

楼上是仓，楼下也是仓，稻粱丰收仓顶仓。（老大爷联句）
老爹是人，老娘也是人，学习雷锋人帮人。（送水大娘联句）
草灰是肥，草籽也是肥，灰施草籽肥养肥。（积肥模范联句）
机前是人，机后也是人，机器开动人赛人。（记工员联句）

《红楼梦》第五十回写“芦雪庭争联即景诗”，虽说是联诗，实际上也是联句作对联。从全部即景联句来看,除了起头两句和结尾两句不相对仗外,其他全是对句,是很好的即景对联。文长不录,请参看《红楼梦》本文。

五、组联

组联,指由两副以上对联构成的内容相关、字数相等、同时用于同地的一组对联。这往往是在某些情况下,作者难以用一副对联把意思说完,因此不得不同时创作两副或两副以上的对联而产生的,如同其他艺术形式中的组诗、组歌、组画一样。

一九八〇年四月十二日《北京日报》发表的《天源酱园注》一文中说:"天源酱园开业于清朝同治八年,即一八六九年。字号借助于'天'字号,老匾为清朝翰林陆润庠所题。"当时清朝官吏王续曾为天源酱园四个字作注如下:

天:天高地厚千年业;
源:源远流长万载基。
酱:酱佐盐梅调鼎鼐;
园:园临长安胜蓬莱。

楹联研究者常江认为,"此'注'非文,亦非诗(绝句),分明是一套(两副)对联"。一联是:

天高地厚千年业;
源远流长万载基。

一联是:

酱佐盐梅调鼎鼐;
园临长安胜蓬莱。

这两副对联不仅对仗工稳,而且格律也符合对联的平仄规律:前一联为七言联的第一种平仄联型(平平仄仄平平仄;仄仄平平仄仄平),后一联则是七言联的第二种平仄联型(仄仄平平平仄仄;平平仄仄仄平平)。两联分嵌“天、源、酱、园”四字,文字奇巧,匠心独具。

一九七六年四月二日,北京天安门广场人民英雄纪念碑上立起的宽一尺、高六尺的四块木制条幅,分别写的是:

红心已结胜利果;

碧血再开革命花。

倘若魔怪喷毒火;

自有擒妖打鬼人。

这也是一套由两副对联组成的组联。

六、额联

额联,指在同一处由两则相关的横额组成的对联。楹联研究者常江认为这往往位于牌坊、园门的内外或两侧。一般情况,外为上联,内为下联;南为上联,北为下联;东为上联,西为下联。

有的既有对联,又有额联。如北京中南海“静谷”小园西门外,联为:

悟物思遥托;

悦心非外缘。

额为:

荟蔚适于幽处合。

西门内,联为:

芝径缭而曲;

云林秀以重。

额为:

岭岈每与望中深。

这两副横额组成一副对联:

荟蔚适于幽处合；
峪岈每与望中深。

又如北京北海濠濮涧桥南柱联为：

日永亭台爽且静；
雨余花木秀而鲜。

额为：

山色波光相罨画。

北柱联为：

蘅皋蔚雨生机满；
松嶂横云画意浓。

额为：

汀兰岸芷吐芳馨。

有的没有柱联，只有额联。如甘肃兰州五泉山公园望来堂后有一牌坊，柱上无联，正反两面各有一横额组成一副对联：

高处何如低处好；
下来还比上来难。

又如山东曲阜孔庙门内第一进院落直对建筑中轴的两个木牌坊，东西相对的横额，组成一副对联：

德侔天地；
道贯古今。

第四节 按联文长短分类

在文学领域中，楹联是最短小精悍的一种体裁，短而精，这是楹联的特点之一，也是它的优点之一。但是，在楹联的发展过程中，由于应用范围的不断扩大，反映生活的广度和深度也不断地扩展，因此，联幅文字的长短也在发生很大的变化，联文愈写愈长，出现了大量数十字的长联，也出现了相当多的数百字、上千字的超长联；另一方面还出现了四字以下的超短联。这一情况是楹联发展到极盛时期的必然现象。没有这一形式上的突破，就不能适应它既广泛地反映社会，又广泛地应用于社会的客观要求。正由于浩繁的楹联作品所呈现出来的联文长短悬殊的复杂情况，为了有利于在理论上和实践上对楹联进行说明和把握，就有必要从联文长短的角度对楹联加以分类。

在这个问题上，人们在习惯中已经自发地把楹联分为两类，即短联和长联。这种分法，由于没有科学的严密规定，粗略笼统，并不具有多少理论意义，只是在实践上给人们带来了一些方便。这是很不够的。因此应当从联文的长短方面给楹联做出科学意义上的分类。

按照联文长短分类，主要是按联文的字数多寡分类。有人主张按联文的句子来分类，比如说，单联包含三个以上句子的楹联就是长联，否则就是短联。这种分法，从内容的构成上说有一定的道理，因为包含三个以上句子的单联内容往往是比较丰富繁杂的，但这样分法并不完全科学。因为，第一，楹联内在蕴含的多少，并不都在于句子的多少，有些楹联虽然只有一个单句甚至词组，却包含了极其丰富的内容；第二，有些包含三个分句以上的楹联，蕴含也不一定都是复杂丰富的。另外，在人们的概念中，所谓“长”“短”主要是指联文的长度，因而主要应当指字数。三个句子以下的楹联固然相对来讲比较短，但是三个句子以上的楹联文字也不一定都长，少的甚至也只有十个字左右，难以称之为长联。因此，我们认为，还是以字数的多寡作为划分长短联的标准较为合理（这其中很自然地就会包含了句子的多少、内容的繁简等方面的因素），且与人们的习惯认识相一致。

按联文字数，楹联可分为超短联、短联、中联、长联和超长联五种类型。

一、超短联

超短联是指单联仅有一至三个字的对联。这种超短联,是楹联中的特殊格,非楹联正宗,正规使用所见很少,大多为试才游戏性的对句,难以表达一个完整的意思。我们之所以以一至三字定为超短联,是因为我国诗歌的句式,能单独完整地表达一个意义的一般的至少四个字,因而作为诗歌变体的楹联,通常也至少要有四个字。我国最早的诗歌总集——《诗经》基本是四言诗,这绝不是偶然的,而是我国语言,特别是古代语言发展的必然产物。故而以一至三字作为超短联是符合我国语言实际的。下面分别举例说明之。

一至三字的超短联,一般不具有完整的意义。例如有的是人名巧对:

李白;

杨朱。

伊尹;(清道光帝出联)

阮元。(阮元以自己的名字对句)

孙行者;(陈寅恪出句)

胡适之。(考生周祖谟对句)

有的是地名巧对:

鼓楼;

钟亭。

长乐路;

莫愁湖。

有的是动物巧对:

独角兽;(塾师出句)

比目鱼。(少年鲁迅对句)

有的是植物巧对:

马齿苋；
鸡冠花。

观音柳；
罗汉松。

龙眼；(桂圆)
马蹄。(荸荠)

有的是作品巧对：

呐喊；(鲁迅小说名)
追寻。(钟天心小说名)

雄黄阵；(川剧名)
牡丹亭。(汤显祖传奇)

有的是词组巧对：

色难；(乾隆出句)
容易。(纪晓岚对句)

但是也有些超短联用得很巧妙，赋予了它某种特定的或完整的意义。如：

一字联：

死；
丰。

一九三一年"九一八"事变后，有人写的一副特殊的挽联，意谓宁可站着死，也不倒着生。

福；
寿。

(祝寿联)

二字联,如:

学习;
奋斗。

(毛泽东在延安时期手书的对联挂轴)

摇红;
涤翠。

霓带;
霞衣。

(河北保定市莲池书院莲花池联)

三字联,如:

霍去病;
杨大年。

此联为黄炎培题赠患病中的友人杨君。霍去病为汉代骠骑将军,宋代杨亿一字大年,为西昆体诗作家。黄炎培巧借两位古人姓名作对,祝愿友人霍然去病,得享大年,语意双关,隽永有味。

疑无路;
别有天。

这是山西隰城县西北一公里凤凰山上的“小西天”联。“小西天”又名“千佛庵”,三面环水,庵前临河,据险而筑,形势奇崛。联语描绘出了这里景物环境的特点,言短意长。

二、短联

短联是指四至七字的对联。短联是楹联中最基本的形式,最能体现楹联的历史传统,直接表明了古代楹联是从古风的四言对句、辞赋骈文的四六对句,特别是五言律诗和七言律诗演变而来的渊源关系和原初状态。短联的特点是形体极精悍,内容极概括,节奏极短促,字少意深,易于记诵,适用于较小的门扇或场所悬挂。

四字联是联语的基本形式之一。因字数很少,浓缩度极大,风格典雅古朴,唯大手笔始能操纵自如。

四字联多用于,一是描绘气势壮阔的自然景象,如:

月色如故;
江流有声。

(黄冈赤壁联)

昼夜不舍;
天地同流。

(太原晋祠难老泉亭联)

水天一色;
风月无边。

(湖南岳阳楼联)

秦时明月;
洞口桃花。

(湖南桃花源联)

山高月小;
天淡云闲。

(清代胡震题联)

二是阐述某种哲理和禅理,如:

心清水浊;
山矮人高。

(四川灌县青城山天师洞门亭联)

到清凉境;
生欢喜心。

(桂林叠彩山门联)

三是叙写格言和警句，如：

人淡似竹；
屋小如舟。

（鲁迅读书的“三味书屋”联）

曾三颜四；
禹寸陶分。

（苏州网师园郑板桥书联）

行己有耻；
博学为文。

（顾炎武自题联）

儋州立业；
宝岛生根。

（周恩来题海南岛儋县热带作物研究所联）

又如张之洞在任两湖总督时，为其所创建的织布局撰写的门联曰：

经纶天下；
衣被苍生。

五言联是短联中最常见的形式之一。因其与五言律诗中的诗联基本同格，和四言联相比，一般来讲容量更大，节奏变化更为丰富。它同七字联一样，音律比四字联、六字联更为和谐。所以它同七字联最为人们乐于撰写和应用。

五字联的题材是极为广泛的，在胜迹联中五字联拥有大量的佳作，如写山和水的：

峭石千重立；
藤萝百道开。

（山西五台山望海峰联）

眼中沧海小；
衣上白云多。

（福州鼓山联）

绿树多生意；
白云无尽时。

（董必武题广东白云山庄联）

这是写山的。

江流横万里；
天柱插三峰。

（桂林南溪山联）

晴看汉水涨；
秋觉岘山高。

（汉阳龟山阁联）

山远疑无树；
湖平似不流。

（杭州西湖平湖秋月联）

这是有山有水的。

还有写楼阁亭园的，如：

花影常迷径；
波光欲上楼。

（成都望江楼李绪联）

吹笛闻梅落；
登楼待鹤归。

（湖北黄鹤楼黄亮联）

这是写楼的。

好山一窗足；
佳景四时宜。

（北京北海一房山联）

有鹤松皆古；

无花地亦香。

（山东济南历下亭联）

共知心似水；

安见我非鱼。

（苏州沧浪古亭联）

还有的写自然景色之美和人们的或愉悦、或闲适的心情的。如：

春在江山上；

人入画图中。

（广西阳朔画山联）

雁声秋露白；

鸦阵晚霞红。

（吉林省澄江阁徐世昌联）

石压笋斜出；

岩垂花倒开。

（北京永庆寺联）

这是写自然景色之美的。

云来山补缺；

月静水无痕。

（广州黄婆洞游泳池联）

月来满地水；

云起一天山。

（江苏扬州瘦西湖月观郑板桥联）

明月几时有？

孤云独自闲。

（江西信江书院问月亭联）

这都是写到月的,寄寓了作者的思想感情或者含有某种禅机。

还有不少写人事的佳作,如:

英雄尚毅力;
志士多苦心。

(绍兴秋瑾故居吴芝瑛联)

乾坤容我静;
名利任人忙。

(浙江舟山普陀禅寺联)

从这两副五字联显然可以看出,作者有着不同的宇宙观、世界观、人生观。

再如:

诗从肺腑出;
心与水月凉。

(汪敬集苏轼句联)

胸中富丘壑;
腕底有鬼神。

(齐白石题联)

鬼狐有性格;
笑骂成文章。

(山东蒲松龄故居老舍联)

这几副写艺术创作的五字联显示了不同的思想和风格,然皆写得刚劲有力、自然生动。

六字联为楹联中的别体,所见不多,作此者或取朴拙,或重平易,或效词曲,颇具自己的特色。

六字联的佳作,有写自然景物的。如:

沙鸥狎人去住；
云海荡我心胸。

（昆明揽胜阁联）

此是山阴道上；
如来西子湖边。

（绍兴东湖陶璇宣题联）

桃花流水之曲；
绿荫芳草之间。

（杭州西湖葛岭联）

白马秋风塞上；
杏花春雨江南。

（徐悲鸿书联）

有写人事的，如：

石贵丹心一寸；
人崇碧血千秋。

（南京雨花台烈士陵园张玉良联）

铁石梅花气概；
山川香草风流。

（王遐举书联）

悲哉秋之为气；
惨矣瑾其可怀。

（挽秋瑾联）

革命尚未成功；
同志仍须努力。

（孙中山题联）

个别的也有写得幽默风趣的，如：

黄酒隽鸡风味；

白头老妪生涯。

这是近人杨了公题赠熟鸡肆老妪的对联，上下联皆只平列了三个名词，无一使用关联之字，直截了当，切合其人其事，联意、音节俱飒爽可喜，以短见长，风格雅近黄山谷六言诗之硬语盘空，转折突兀。

七字联是楹联中最基本的传统体式，是由七律中的颔、颈二联直接脱化而成，在各类楹联中运用最多，尤其适用于一般的春联、行业联、装饰联。在胜迹联、婚联中亦颇多，佳作不胜枚举。

七字联的佳作，题材之广阔、风格之多样几乎一如七言律诗，这里只能略举数例，聊备赏析。

写历史人物的，如：

千秋冤案莫须有；

百战忠魂归去来。

（河南汤阴岳庙吴云樵联）

十年幕府悲秦日；

一卷唐诗补蜀风。

（成都杜甫草堂高升之联）

四壁云山开醉眼；

一楼风月活诗心。

（安徽采石矶太白楼联）

一弹流水一弹月；

半入江风半入云。

（江西九江琵琶亭联）

但是人家有遗爱；

曾将诗句结风流。

（杭州白公祠阮元联）

孔门功冠三千士；
周室生当五百年。

（山东邹县孟子庙田实发联）

写名胜古迹的，如：

一样湖光比西子；
千秋乐府唱南朝。

（南京莫愁湖李松云联）

思亲泪落吴江冷；
望帝魂归蜀道难。

（徐文长题安徽蟂矶祠联）

未离海峤千山黑；
刚到天心万国明。

（山东泰山观日阁联）

古佛由来皆铁汉；
凡夫但说是金身。

（福州开元寺曾弗人题铁佛联）

日为宝镜天天照；
月作明灯夜夜光。

（广东高要望大石联）

悲欢聚散一杯酒；
南北东西万里程。

（甘肃阳关长亭联）

写自然风光的，如：

烟笼古寺无人到；
树倚深堂有月来。

（清翁方纲题北京陶然亭联）

野烟千叠石在水；
渔唱一声人过桥。

（广西阳朔画山临江亭联）

楼高但任鸟飞过；
池小能将月送来。

（上海豫园得月楼联）

从各个作者的七言联中也尽可看出不同的思想和风格。如：

世无遗草真能隐；
山有梅花转不孤。

（林则徐题杭州孤山放鹤亭联）

水能性淡为吾友；
竹解心虚是我师。

（清阮元题辽宁省故宫衍庆宫联）

汲来江水煮新茗；
买尽青山当画屏。

（清郑板桥题镇江焦山汲江楼联）

书中岂有黄金屋；
海上共存天一楼。

（胡乔木题宁波天一阁联）

三、中联

中联是指单幅联文为八至十九字的中幅楹联。这种楹联，联文长短居中，容量大小适宜，句式变化自由，节奏舒缓灵活，宜于表达较为丰富的思想内容，形式上也易于出新取胜。因此，中联在各类楹联中的应用较为普遍，尤其是八、九、十、十一字联更为人们所乐用。我们之所以以八至十九字为中联，是因为考虑到，四、六言，特别是五、七言为楹联最基本的形式，八言则可能是两个四言或一个三言、一个五言的句子，内容相应地来讲可能更为复杂一些。同时，对联的单联由一句变成多句时，在格律上就产生了新的内容。这个新的内容，第一是每个单联若干个分句的句脚，一般来讲平仄要交错，两个单联相对应的分句的句脚平仄要相反；第二是每个单联的若干分句之间，有可能产生自对。这就由量的变化产生了质的变化。因而，以八言作为划分中联的起界是合适的。至于为什么以十九字为上界，则只能从人们的习惯和心理来看，因为我们是把楹联的长度分为五个数量级的，因而不到二十字很难称其"长"，前人在分类时，如《楹联丛话》中"长联"每联就在二十字以上，这也可以算作一个佐证。

八字联多为"四四"句式。有的是并列关系，如：

桂馥兰芳，水流山静；
花明柳媚，日朗风清。

（上海豫园点春堂联）

志在高山，志在流水；
一客荷樵，一客听琴。

（汉阳俞伯牙琴台联。上联指俞伯牙，下联指钟子期）

侠骨柔肠，横眉俯首；
胸中海岳，笔底风雷。

（钱昌照挽鲁迅联）

有的是顺承关系，如：

御侮挥戈，心昭日月；
精忠报国，气壮山河。

（武昌岳飞亭联）

广学甄微，敬咏其德；
揽英接秀，隆构厥基。

（厦门集美鳌园李济深联）

桂蕊飘香，美哉乐土；
湖光生色，换了人间。

（昆明桂湖公园郭沫若联）

话尽燕山，沉诗冤海；
胸怀日月，遗惠生民。

（吴作人挽邓拓联）

有的是解说关系，如：

鱼跃鸢飞，活泼泼地；
日华云烂，纠缦缦兮。

（昆明五华书院联）

有的是条件关系，如：

力求有功，方能无过；
必先去旧，然后立新。

（蔡廷锴题堂联）

也有的是“三、五”句式：

岁增岁，岁岁风光美；
年复年，年年气象新。

还有的是八字一句的，如：

过也如日月之食焉；
复其见天地之心乎。

（新疆乌鲁木齐过复亭联）

飞峰一动不如一静；
念佛求人不如求己。

（杭州飞来峰联）

九字联多为“四、五”句式或“五、四”句式。

“四、五”句式，如：

一苇渡江，远源溯六祖；
九年面壁，妙理悟三乘。

（河南嵩山少林寺达摩面壁洞联）

鱼鸟清闲，作濠濮间想；
竹石奇古，如魏晋时人。

（南京朴园联）

有的作“五、四”句式，如：

智谋隆中对，三分天下；
壮烈出师表，一片丹心。

（湖北隆中武侯祠陆定一联）

乾坤擎一柱，障百川东；
江海拥三山，览全吴胜。

（镇江金山联）

还有极少数九字一句的：

天下断无易处之境遇；
人间哪有空闲的光阴。

中圣人之清有如此水；
取醉翁之意以名吾亭。

（甘肃酒泉井亭左宗棠联）

十字联多为“四、六”句式、“六、四”句式和“五、五”句式。例如：

嵌石一亭，临水居然可月；
层峦百尺，插天直许栖霞。

（厦门鼓浪屿联）

洞辟几时？问桃花而不语；
亭蹲一角，对潭水以怀情。

（湖南桃花源联）

这是“四、六”句式。

借取西湖一角，堪夸其瘦；
移来金山半点，何惜乎微。

（扬州徐园联）

自古宇宙垂名，布衣有几？
能使山川生色，陋室何妨？

（湖北隆中武侯祠联）

这是“六、四”句式。

似入万重山，不离三亩地；
欲穷千里目，更上一层楼。

（杭州适园联）

高阁逼云霄，举头红日近；
远山收入画，回首白云低。

（安徽黄山玉屏楼联）

这是“五、五”句式。

还有少数“三、三、四”句式的：

师卧龙，友子龙，龙师龙友；
弟翼德，兄玄德，德弟德兄。

（广东揭阳榕城镇关庙联）

还有极少数十字一句的：

李谪仙欲以千金裘换酒；
陶彭泽不为五斗米折腰。

想当年逢人只说三分话；
喜今日向党全献一片心。

十一字联通常用“四、七”或“七、四”句式，也有用“五、六”或“六、五”句式的。这种格式的楹联,字数适中,不短不长,多用于富丽堂皇的殿阁楼台,较大场所的春联也多见此式。

大雅琴书,垂柳秀竹神仙府;
富华院落,三径高台帝子家。

（香港九龙“宋城”联）

一念回光,化爱河而成净土;
六根返本,变苦海以作莲池。

（四川宝光寺念佛堂联）

这是“四、七”句式的。

天为棋盘星为子,何人敢下;
地作琵琶路作弦,哪个能弹?

这是“七、四”句式的。

高视两三洲,何论二分明月;
旷达八百载,难忘六一风流。

（扬州平山堂联）

这是“五、六”句式的。

红蓼花疏,打桨人犹夸粉黛;
朱门草没,登楼我自吊英雄。

（南京莫愁湖联）

这又是“四、七”句式的。

还有少数“三、三、五”句式的:

三分水,四分竹,添七分明月;
五步楼,十步阁,望百步长江。

（广东梅州人境庐黄遵宪联）

十二字联最常见的是“五、七”句式或“七、五”句式,也有“六、六”、

“四、四、四”或“三、三、六”句式的。如：

王者五百年，湖山具有英雄气；
春光二三月，莺花合是美人魂。

（清代彭刚直题南京莫愁湖胜棋楼联）

诗史数千言，秋天一鹄先生骨；
草堂三五载，春水群鸥野老心。

（成都杜甫草堂象予民联）

这是“五、七”句式的。

峰峦或再有飞来，坐山门老等；
泉水已渐生暖意，放笑脸相迎。

（杭州西湖灵隐寺张载阳联）

山青水秀风光好，四时花似锦；
人寿年丰喜事多，万众面皆春。

这是“七、五”句式的。

集芙蓉以为裳，又树蕙以百亩；
帅云霓而来御，将往观乎四方。

（湖南汨罗屈原祠联）

这是“六、六”句式的。

醴泉无源，芝草无根，人贵自立；
流水不腐，户枢不蠹，民生在勤。

这是“四、四、四”句式的。

好时代，好风光，喜颂好人好事；
新社会，新气象，笑播新曲新歌。

这是“三、三、六”句式的。

还有极少数十二字一句的：

鳌园博物大观百闻不如一见；
鹭江集美中学万人共仰千秋。

十三字联有“四、四、五”、“五、四、四”、“三、三、七”、“四、九”和“七、六”等多种句式。如：

仰之弥高，钻之弥坚，可以语上也；
出乎其类，拔乎其萃，宜若登天然。

（山东泰山孔子崖联）

这是“四、四、五”句式。

金碧焕楼台，远眺盘龙，近招白鹤；
烟云生几席，风来北牖，亭对南薰。

这是“五、四、四”句式的。

湘灵瑟，吕仙杯，坐览云涛人宛在；
子美诗，希文笔，笑题雪壁我重来。

（湖南岳阳楼毕秋帆联）

这是“三、三、七”句式。

下笔千言，正桂子香时，槐花黄后；
出门一笑，看西湖月满，东浙潮来。

（浙江贡院清阮元联）

这是“四、九”句式。

客为坝上寓公，到此好吟千树雪；
我是江南驿使，折来聊寄一枝春。

这是“六、七”句式的。

同心同德搞四化，人人龙腾虎跃；
载歌载舞迎三春，处处鸟语花香。

坐里门内夕而朝，教不忘就尔事；
习君子言尊以偏，学莫便近其人。

（福州鳌峰书院林枝春联）

这又是“七、六”句式。

还有的十三字一句的：

奈何金戈铁马仅争得偏安局面；

至今山光水色犹照见一片丹心。

（杭州西湖岳坟王蘧常题联）

十四字联有“五、九”和“七、七”等句式，如：

纵目上层楼，看云树万家，桑麻千里；

骋怀临胜地，正清江南汇，雪岭西来。

（成都望江楼崇丽阁清叶夔生联）

这是“五、九”句式。

放不开眼底乾坤，何必登斯楼把酒；

吞得尽胸中云梦，方可对仙人吟诗。

（湖南岳阳楼清胡林翼联）

这是“七、七”句式。

十五字联有“五、十”、“四、四、七”等句式，如：

造物本无私，移来槛外烟云，适开胜境；

会心原不远，就此眼前山水，犹见故人。

（广西独秀峰五咏堂联）

这是“五、十”句式。

钟敲月上，磬歇云归，非仙岛莫非仙岛；

鸟送春来，风吹花去，是人间不是人间。

（四川青城山上清宫联）

这是“四、四、七”句式。

十六字联有“五、四、七”、“六、十”等句式，如：

是父生是子，家学一门，自昔声名弥宇宙；

难兄更难弟，豪贤两世，至今俎豆重乡邦。

（四川眉山三苏祠蔡宗健联）

这是“五、四、七”句式：

九龙绕郭而来，一颗明珠，宛在芙蓉烟雨；
万马窥江已去，半规浮玉，依然杨柳楼台。

（无锡九龙山黄埠墩联）

这是“六、十”句式。

十七字联有“五、十二”、“六、十一”等句式。如：

异代不同时，问如此江山，龙蟠虎卧几诗客？
先生亦流寓，有长留天地，月白风清一草堂。

（成都杜甫草堂顾复初联）

这是“五、十二”句式。

谢宣城何许人，只江上五言诗，令先生低首；
韩荆州差解事，放阶前盈尺地，让国士扬眉。

（安徽采石矶太白楼吴山尊联）

这是“六、十一”句式。

十八字联有“五、六、七”等句式。如：

鼓角隔江听，当年短棹频来，赖有诗篇消旅况；
宾僚随屐至，他日玉堂归去，也应梦魂恋清游。

（张之洞题湖北鄂城九曲亭联）

别馆接莲池，谱来杨柳双声，古乐府翻新乐府；
故乡忆梅市，听到鹧鸪一曲，燕王台作越王台。

（保定浙绍会馆骆照题联）

十九字联有“八、十一”、“四、七、四、四”等句式。如：

殉社稷只江北孤城，剩水残山，尚留得风中劲草；
葬衣冠有淮南抔土，冰心铁骨，好伴取岭上梅花。

（扬州史可法墓联）

这是“八、十一”句式。

八千里路，惟鹍鹏不以为遥，子体倦耶，憩息稍坐；
十二万年，这天地终于有坏，君身劳矣，谈笑何妨？
（广西荔浦鹅翎寺凉亭联）

这是“四、七、四、四”句式。

四、长联

长联是指单幅联文为二十至九十九字的长幅楹联。这种对联，字数多，容量大，可以表现十分复杂的思想内容，是楹联中的大制作。在胜迹联和挽联中，长联应用较多。对联贵在意旨深宏，情趣卓然，联文长短则在其次。联文的长短，一要依据反映对象所包含的内容而定，二要依据悬挂的场合而定，该短则短，该长则长。一般说来，短、中联精练易读，更为人所喜闻乐用；长联的佳作上品也是有价值、受欢迎的。例如：

二十字联：

莽乾坤，能得几个闲，且安排铁板铜琶，唱大江东去；
好风月，不用一钱买，休辜负青山红树，送爽气西来。
（安徽安庆正观门外大观亭联）

二十二字联：

万古河山，胜迹长留，叹百年时运维艰，三楚名楼曾付火；
千秋邦国，韶华永驻，看一代英雄谋略，九霄仙鹤又乘风。
（武汉黄鹤楼洪源联）

我住资江尾，君住资江头，咫尺等天涯，芙蓉未睹春风面；
生则长相思，死则长相忆，音容终隔阂，葵藿空怀向日心。
（袁铸仁烈士生前为哀悼大革命时期的一位先烈而作的挽联）

二十三字联：

我愧无能，卅载功夫，可谓深矣，终难治贫者病根，富家钱癖；

人死何知，五尺棺木，亦云足矣，更毋需经忏损产，苫块伤身。

（某医生自挽联）

二十四字联：

汉水接苍茫，看滚滚江涛，流不尽云影天光，万里朝宗东入海；

锦城通咫尺，听纷纷丝管，送来些鸟声花气，四时佳兴此登楼。

（四川望江楼清顾复初联）

二十八字联：

扶大厦之将倾，此处地灵生人杰，解危济困，安邦柱国，万民额手寿巨擘；

挽狂澜于既倒，斯邦天宝蕴物华，冶山秀水，兴工扶农，千载接踵颂广安。

（马识途题四川省广安县协兴乡牌坊村邓小平旧居）

三十字联：

撼山亦何易，撼军亦何难，愿忠魂常镇荆湖，护持江汉雄风，大业先从三户起；

文官不爱钱，武官不怕死，奉谠论复兴国家，留得乾坤正气，新猷端自四维张。

（武汉蛇山岳飞墓碑亭联）

三十三字联：

好算得四十余年天下英雄，陡起野心，假筹安两字美名，一意孤行，居然想学袁公路；

仅做了八旬三日屋里皇帝，伤哉短命，援快活一时谚语，两相比较，毕竟差胜郭彦威。

（黄兴挽袁世凯联）

四十一字联：

对崔巍古堞，凭吊南朝，有平湖青梵，野寺疏钟，胜迹亦销魂，叹纷纷棋局掀翻，都付与流水声中，夕阳影里；

趁闲散工夫，来游东郭，听莲外渔歌，芦边樵唱，群情差解意，把处处山灵唤醒，齐送到穿林软翠，涉浦寒青。

（南京玄武湖神庙周维藩联）

四十九字联：

滚滚长江，流不尽我族四千六百年无量英雄无量血，放眼觇钟山王气，楚水霸图，半壁奠东南，大野玄黄，已遂秋风变颜色；

茫茫震旦，要争个全球八十三万里自由民意自由魂，举手庆汉日再中，胡尘一扫，雄师捣西北，卿云纠缦，重安禹甸仗群才。

（辛亥革命后南京临时政府成立大会上的楹联）

五十五字联：

数千年胜迹，旷世传来。看凤凰孤岫，鹦鹉芳洲，黄鹤渔矶，晴川杰阁。好个春花秋月，只落得剩水残山。极目古今愁，是何时崔颢题诗，青莲搁笔？

一万里长江，几人淘尽？望汉口斜阳，洞庭远涨，潇湘夜雨，云梦朝霞。许多酒兴风情，仅留下苍烟晚照。放怀天地窄，都付与笛声缥缈，鹤影蹁跹。

（武汉黄鹤楼李联芳题联）

六十五字联：

开阁集群英，问琴台绝调，卜肆高踪，采石狂歌，射洪感遇，古贤哲几许风流？忽揽起儋耳逐臣，哀牢戍客，乡邦直道尚依然。衰运待人扶，莫侈谈国富民殷，漫和当年俚曲；

凭栏飞逸兴,看玉垒浮云,剑门细雨,峨眉新月,峡口素秋,好江山尽归图画。更忆及草堂诗社,花市春城,壮岁旧游犹在否?老怀还自遣,窃愿与幽思丽藻,同分此地吟笺。

(成都望江楼崇丽阁清代李榕联)

六十九字联:

甲天下名不虚传:奇似黄山,幽如青岛,雅同赤壁,佳似紫金,高若鹫峰,穆方牯岭,妙逾雁荡,古比虎丘,激动着倜傥豪情,志奋鹍鹏,思存霄汉,目空培塿,胸涤尘埃,心旷神怡消垒块;

冠寰球人皆向往:振衣独秀,探隐七星,寄傲伏波,放歌叠彩,泛舟象鼻,品茗月牙,赏雨花桥,赋诗芦笛,引起了联翩遐想,农甘陇亩,士乐缥缃,工展宏图,商操胜算,河清海晏庆升平。

(王力题广西桂林七星公园月牙山小广寒楼联)

七十七字联:

当年多士登楼,追陪雅集。溯渔洋修禊,宾谷题襟,招来济济英髦,翰墨壮江山之色。繄玉钩芳草,绿蘸歌衫,金带名花,香菲砚席,杨华摛藻,至今传宏奖风流。贤使君提倡骚坛,谁堪梅阁联诗,芜城续赋?

此日有人骑鹤,烂漫闲游。怅文选楼空,蕃厘馆圮,阅尽茫茫浩劫,园林剩瓦砾之场。只桥畔吹箫,二分月古,湾头打桨,十里春深,补柳栽桑,渐次庆升平景象。大都会搜寻胜概,我欲雷塘泛酒,蜀井评泉。

(扬州题襟馆清代何栻联)

九十六字联:

二百年草昧破天荒,继滇黔而踵湘鄂,迢迢绝域,问谁把秋色平分?看雄关四扇,雉堞千寻,燕厦两行,龙门数仞。外勿弃九边桢干,内勿遗八郡楩楠。画栋与雕梁,齐焜耀于铁马金戈以后；抚今追昔，饮水思源，莫辜负我名相怜才，如许经营，几番结撰；

一万里文明培地脉，历井鬼而指斗牛，翼翼神州，知自古夏声必大。想积石南横，崆峒东矗，流沙北走，瀚海西来。淘不尽耳畔黄河，削不成眼前兰岭。群山兼众壑，都奔赴于风檐寸晷之中；叠嶂层峦，惊涛骇浪，无非为尔诸生下笔，展开气象，推助波澜。

（兰州甘肃贡院清代吴可读联）

五、超长联

超长联是指单联在一百字以上的巨型楹联。超长联与短联一样，也是楹联中的变体，近乎一篇骈体文。其优点是包容丰富，气势宏大，铺锦列绣，词丽句雅，融景情事理于一炉，揽古今时空于一体，博大精深，具有史诗风味。由于超长联篇幅过长，容量过大，述事过多，着力铺陈和用典，难免有堆砌臃肿之弊，文学色彩因而减淡，而且，也不便诵读和理解，读者往往读后忘前，顾此失彼，削弱对联鲜明的对仗特色和对比趣味。超长联作为楹联中的鸿篇巨制，实属难能之作，非大手笔不能为之。现存的超长联数量并不多，其历史价值和文学地位都是应该给予肯定和重视的。现列举若干超长联，以供研究之资。

第一副超长联：单联八百零六字，全联一千六百十二字。

清代钟云舫拟题江津临江城楼联

地当扼泸渝，控涪合之冲，接滇黔，通藏卫之隘，四顾葱葱郁郁，俱围入画江城。①看南倚艾村，北褰莲盖，西撑鹤岭，东敞牛栏，焰纵横草木烟云，尽供给骚坛品料，②敧斜栋桷，径枝梧魏、晋、隋、唐。③仰睇骇穹墟，缰鬼宿间，矮堞颓堙，均仗着妖群祟伙。④只金瓯巩固，须防劫火憎腾；范冶炉锤，偏妄逞盲捶瞎打。⑤

功名厄运数也,运数厄功名也。[6]对兹浑浑茫茫,无岸无边,究沦溺衣冠几许?[7]登斯楼也,羽者,齿者,裸者,介者,脰臆鸣者,旁侧行者,忿翅抉抢,喜啮攫扪者,迎潮谒谒趋去,拂潮谒谒趋来,厘然坌集,而乌、兔撼胸,掷目空空,拍浪汹汹,拏橹噰噰,挝鼓冬冬,詟以霹雳,骤以丰隆,溯岷嶓蜿蝘根源,庶畅泻波澜壮阔胸怀耳![8]试想想狉榛朴噩,俄焉狂荡干戈;吴楚睢盱,俄焉汪洋澉冕;侏离腾踔,俄焉渺漾球图。[9]谓元黄伎俩蹊跷,怎恇怯挐鬡努眼?[10]环佩铿锵之日,盈廷济济伊周,忽喇喇掀转鸿沟,溪谷淋漓膏液。[11]蚩氓则咆哮虓虎,公卿则谨视幺豚,熊罴鹈鹳韬钤,件件恃苍羲定策。[12]追欃枪扫净,奎壁辉煌,复纱帽下瘫瞌睡虫,太仓里营狡猾鼠,毛锥子乏肉食相,岂堪甘脆肥脓?[13]恁踹踏凤凰台,蹂躏鹦鹉洲,距踊麒麟阁,靴尖略踢,惨鸡肋虔奉尊拳,喑呜叱咤之音,焰闪胭脂舌矣。[14]已矣!余祈蜕变巴蛇矣!斑斑俊物,孰抗逆鲉啖凶鳞?[15]设怒熵支祁,例纠率魑魅魍魉;苟缺锯牙钩爪,虽宣尼亦慑桓魋。[16]这世界非初世界矣!爰悄悄上排阊阖,沥诉牢愁,既叨和气氤氲,曰父曰母,巽股艮趾,举钦承易简知能。[17]胡觇轴折枢摧,又嫉儿孙显赫,未容咳笑,先迫号咷,恪循板板规模,诸任雷霆粗莽。[18]稽首、稽首、稽首;吁浓恩派归甲族,侣伴虾蛸,泡响昙嘘,尚诩蜉蝣光彩;闷缘香藻,喧喤闹铁板铜琶;快聆梅花,潇洒饫琼箫玉笛;疏疏暮苇,瀛寰隔白露蒹葭。[19]嗟嗟!校序党痒,直拘辱士林羑里;透参妙旨,处处睹鱼跃鸢飞。[20]嗜欲阵,迷不着痴女呆男,撞破天关,遮莫使忧患撩人,人撩忧患。[21]懵懂自吉,伶俐自凶,脂粉可乱糊涂,乔装着丑末须髯,彼愈肮脏,俺愈邋遢。[22]讪骂大家讪骂,[23]某本吟僧一个,无端堕向泥犁。[24]恰寻此高配摘星,丽逾结绮,咬些霜,咽些雪,俾志趣晶莹,附舟楫帆樯,晃朗虑周八极。[25]听、听、听,村晴莺啭,汀晚鸥哗,那是咱活活泼泼,悠悠扬扬的性。久坐、久坐,计浊骸允该抛弃,等候半池涨落,拣津汁秘诀揉抟,抟至乳洽胶溶,缩成寸短灵苗,妪煦麑卵,倏幻改绀发珠眸，远从三百六度中，握斧施斤，与渠镌囫囵没窍混沌。[26]

蒙有倾淮渎，溢沪渎之泪，堆衡岳，压泰岱之愁，满腔怪怪奇奇，悉属我心涕泗。[27]念蚕凫启土，刘孟膺符，轼辙挥毫，马扬弄墨，泄涓滴文章勋绩，遂销残益部精华。[28]逼狭河山，怎孕育皋、夔、契、稷？[29]俯吟欷剑栈，除拾遗外，郊寒岛瘦，总凄煞峡鸟巫猿。[30]故卧龙驰驱，终让井蛙福泽；阴阳罗网，惯欺凌渴鲋饥鹏。[31]英雄造时势耶？时势造英雄耶？为何滔滔汩汩、匪朝匪夕，要飘零萍梗何乡？[32]涉巨川耶？恍兮，惚兮，凛兮，冽兮，窔沕洞兮，突漩涡兮，迤逦欧亚，辽敻奥斐兮，帝国务壅民愚，阿国务诱民智，奋欲乘桴，而羿、奡掣楫，履冰业业，褰裳惕惕，触礁虢虢，擎舵默默，动其进机，静其止屉。藐湔泜潢污行潦，谁拔尔抑塞磊砢才猷乎？[33]叹区区锤凿崔嵬，夸甚五丁手段？组织仁义，夸甚费蒋丝纶？抽玩爻占，夸甚谯程卜筮？[34]在冈底峥嵘脉络，应多少豪杰诞身？[35]沱潜澎湃之余，依旧荒荒巢燧，硬苦苦追踪盘古，弹丸摭拓封疆。[36]累赘了将军断头，凄怆了苌弘葬碧，礼乐兵农治谱，纷纷把尧舜效尤。[37]及泾渭轰平，黎邛顺轨，第薛蕊代芙蓉增色，杜鹃伏丛棘呼冤，峨眉秀鲜桢干材，勉取賨毡橦布。[38]反猢狲美面具，豺狼巧指臂，狮狻盛威仪，口沫微飞，统犍叙胥惊灭顶，锦纨綷縩之服，宁称穷措体哉！[39]伤哉！予安获贡蜀产哉？嶪嶪巉岩，类钟毓嶙峋傲骨。[40]即肖形凹凸，早耨恼邑贵朝官；假饶赤仄紫标，虽盗跖犹贤柳惠，庶贫贱弗终贫贱哉？[41]冀缓缓私赴泉宫，微还躯壳，诳说神州缥渺，宜佛宜仙，虹彩霓辉，都较胜幽冥黑暗。[42]讵识铅腥锡臊，遍令震旦褦襶甫卸翳胞，遽烦汤饼，愧悔昏昏曩昔，泣求危老轮回。[43]菩提菩提菩提，愿今番褪脱皮囊，胚胎蝼蚁，堂砌殿穴，永教宗社绵延。[44]虱脑虮肝，垂拱萃蟭螟肸蚼；蚊眉蜗角，挤肩拥蛮触艅航；小小旃檀，妻妾恣红尘梦寐。[45]噫噫！牂牁僰道，乃稽留逐客夜郎；种杂獞猺，啧啧厌鹀啼鸱叫。[46]丘索坟，埋不尽酸觜醋骼。[47]猜完哑谜,毕竟是聪明误我,我误聪明。宇宙忒宽,瞳眶忒窄,精魂已所修炼,特辜负爹娘鞠抚,受他血肉,偿他髑髅。[48]浮沉乐与浮沉。孽由酷滥九经,始畀投生微裔。[49]且趁兹沙澄洗髓,渚澈湔肠,唏点月,哦点风,倩酒杯斟酌,就诗歌词赋,权谋站住千秋。[50]瞧瞧瞧,蓼瘠椹敲,荷瘦桨荡,却似仆凄凄恻恻,漂漂泊泊的情。[51]勿慌、勿慌!料蓝蔚隐蓄慈悲,聊凭双阙梯崇,望银涛放声痛哭,哭到海枯石烂,激出丈长鼻腻掬付龟鳌,嘱稳护方壶员峤,近约十二万年后,跟踪蹑迹,眡侬斲玲珑别式乾坤![52]

作者简介、题解与评析

钟云舫(一八四七年——一九一一年),清末文学家,四川江津县人,字祖棻,自称铁汉,号铮铮居士。秉性聪慧,博学善思,才华横溢,人称"江津才子"。自幼熟读诗书,为清末秀才。但家境贫寒,补廪后,即在县内阙氏祠设馆授徒,聊以谋生。因侍奉先后卧病的祖母和父亲达十七年之久,误了考场进取。为人"性情真挚,平生不作欺人语","性豪侠,博于交","刚简而不能谀","与人直言不讳"。(《江津县志》)他鄙视趋炎附势,专爱控告贪官污吏,因此怀才不遇,潦倒一生。著作有《振振堂文集》。《江津县志》说他"生平著作甚多,联语尤奇横不落窠臼"。一生作对联一千八百五十多副,而以长联创作最为突出,人们称他为"长联圣手"。我国十大最长联中,就有两副是他创作的。

钟云舫创作的《拟题江津临江城楼联》是迄今所见的我国最长联,也是唯一的千字以上的楹联。单联八百零六字,全联一千六百十二字。这副对联,联前有段小序:"飞来冤祸,理所不解,偶一触念,痛彻心肝,迟迟春日,藉此搜索枯肠,欲其不以冤情撄念耳。以泪和墨,以血染纸,计得一千六百余字,明知抛查取厌,而故曼其词,谬欲以长制胜。阅者笑我之无耻,当谅我之无聊也。噫!"作者后来又在《自记》中说,这副长联,"计每面八百零六字,创稿一日,重检七、八日,因此中(指狱中)无一诗册撷拾,而牢愁郁结,意不开展,徒以此撩鄙怀,度永日耳!"可见,这副饱含血泪,可泣可诉的超长联是作者在被诬下狱后于悲愤中写成,同时，又是在条件极其艰苦，没有任何参考材料的情况下写成的，因而显得更加难能可贵。

钟云舫入狱之事，据记载为，光绪二十九年（一九〇三年），四川总督岑春煊调两广，由水道过江津。举人张泰阶约钟云舫以诗联访岑于舟中，适逢新任县令武文源因他案被摘顶戴。武疑二人揭其短，于是千方构陷。在这之前，江津粮税章程弊端百出，张泰阶曾联络士绅，提出纠弹，钟亦列名其上。已胜诉而案未结，督署派员来县复查，武遂乘机贿赂重庆府尹，将张、钟二人解赴省城"质询"，拘禁于臬署待质所，自一九〇三年起，前后在押计三年。钟在狱中写下了这副对联和另一副《六十自寿联》。钟云舫的这件冤狱，直到一九〇六年，据说是他所作的《锦江城楼联》被新任四川总督锡良的幕僚读到，幕僚深惜其才，向锡良辩冤，钟才获得开释。

这副对联，从江津所处的地理位置，说到蜀中的典章人物，从四川说到全国，从地狱说到天堂，从盘古开天辟地说到十二万年以后，心游万仞，精骛八极，发乎情而见诸字。小自蚊眉蜗角，大至衡岳泰岱，无不兼容并包，收聚笔端。述自性，则村晴莺啭，汀晚鸥哗，一片活泼生机；表心志，则握斧施斤，别斫乾坤，满怀经世济民之想；诉冤情，则"无端堕向泥犁"，"这世界非初世界矣"，痛斥社会的黑暗。全联内容之广博，词语之丰富，气势之悲壮，对仗之严整，令人叹为观止，诚为楹联创作的恢恢奇迹。唯感不足的是用典过多，文字冗长，佶屈聱牙，晦涩难解，这既是不少长联的通病，也是该联的瑕疵。

注　释

①泸渝涪合，指四川泸州、重庆、涪陵、合川。藏卫，藏指西藏，卫指前藏。"藏卫"泛指西藏。江城，指江津。

②骞（qiān），揭起。艾村、莲盖，江津附近的地名。鹤岭、牛栏，江津附近的山名。焰，谓光明灿烂。骚坛，即诗坛，泛指文坛。品料，指创作文艺作品的素材。

③攲（qī），倾斜。栋桷，梁椽。枝梧，支撑。

④睇，斜着眼看。骇，被……惊恐。穹墟，天上的故城。缰，马缰

绳,引申为围绕。鬼宿,二十八宿之一,迷信说它主死丧祠祀。堙(yīn),环城所堆土城。颓堙,坍塌了的土城。仗,守卫。

⑤金瓯,比喻疆域、国土。劫火,灾难之火,此指灾祸。懵(méng)腾,半睡半醒,朦胧迷糊。此谓不知不觉到来。范为金属铸造的模子,冶为冶炼。范冶,熔铸。炉锤,锻炼。范冶炉锤,谓凡事都要遵循一定的规矩。盲捶瞎打,指行事不按章法。

⑥厄,害。

⑦兹,此。浑浑茫茫,无岸无边,指长江。沦溺,吞噬,淘尽。衣冠,古代士以上戴冠,衣冠连称,是古代士以上的服装,后引申指世族、士绅,此指贤人君子。

⑧羽,指虫、鸟类。齿,指兽类。裸,无羽毛鳞甲者。脰(dòu),颈项。臆,胸。脰臆鸣者,引颈啼鸣的动物,如公鸡等。旁侧行,指螃蟹。忿翅,指鸟类展翅飞翔。抉抢,疑当作"决抢",意为那些小的虫鸟,飞得不高,有时反而投落地面。语出《庄子·逍遥游》:"我决起而飞,抢榆枋而止,时则不至而控于地。"决,疾貌。抢,撞到。控,投。喜啮(niè),善于用牙啃咬。攫(jué)扪,用爪子抓取。朅(qiè)朅,迅速、繁多的样子。趋,赶。厘然,有秩序的样子。坌(bèn)集,聚集。乌兔,金乌、玉兔,太阳、月亮的别称。掷目,投以眼光。空空,遥远的样子。挐橹,摇橹。嚯嚯,拟声词,本指鸟鸣声,此处指划船摇橹声。挝鼓,击鼓。冬冬,鼓声。詟,慑,令人恐惧。骤,迅速。丰隆,指雷神。岷嶓,指岷山、嶓冢山,在今四川、陕西交界处。蜿蝘,同"蜿蜒",弯曲辗转。庶,希。

⑨狉榛(pīzhēn),野兽奔于树丛草莽中,此指未开化之民。朴噩,淳厚无知。俄焉,一会儿。睢盱(suīxū),朴质,亦指未开化之民。汪洋,众多。黻冕(fúmiǎn),古代祭服,此指穿上美服,由野蛮进入文明时期。侏离,我国古代西部少数民族音乐,此指我国西部少数民族。腾踔(chuō),跳跃,指处于原始状态。渺,水远的样子。漾,水流长。渺漾,广阔。球图,此指地球和版图。渺漾球图,谓受命为王。

⑩谓,说什么。元黄,即玄黄,指天地。清代避康熙玄烨讳,故改玄为元。伎俩(jìliǎng),花招,不正当的手段。蹊跷(qīqiào),奇怪。恇(kuāng)怯,害怕。鬇鬡(zhēngníng),毛发蓬乱的样子。努眼,眼珠突

出的样子。鬖鬖努眼,是以未开化之民的形象来指代未开化之民。

⑪环佩,衣服上的饰物。铿锵,形容声音响亮和谐。盈,满。济济,众多的样子。伊周,指古代贤相伊尹、周公那样的人。忽喇喇,突然。掀转鸿沟,指爆发了农民武装起义。淋漓膏液,流着血水。

⑫蚩氓,忠厚的人,此指平民百姓。咆哮虓(xiāo)虎,成了怒吼的老虎。公卿,封建时代的公侯将相,泛指官吏。幺豚,最后出生的小猪。熊罴,喻勇猛的武士。鹅鹳,古代战阵名,此指摆阵。韬钤,古代兵书《六韬》和《玉钤》,此指用兵。苍,苍颉,相传为黄帝史官,见鸟兽之迹而作书契(文字),实为我国第一个搜集整理汉字的人。羲,伏羲,相传他发展畜牧业并作八卦。苍羲,此指像苍颉、伏羲那样有智慧的人。

⑬迨,待。欃枪,彗星,古代以为妖星,出现即有兵乱,这里指农民起义。扫净,平息。奎壁,二十八宿中的奎宿和壁宿,奎主文章。辉煌,谓文运将兴。纱帽,古代君王与贵族官员所戴的一种帽子,此指君王与贵族官员。瘫瞌睡虫,谓不理政事。太仓,设在京城里的大谷仓,此指官位。营狡猾鼠,此指为专门谋私利的人所盘踞。毛锥子,本为毛笔的别称,此指有才学的人。肉食,指做官。岂堪,哪配。甘脆肥脓,本指美味食品,此指重要职位。

⑭恁,如此。踹踏,蹂躏。距踊,践踏。凤凰台,故址在今南京市南,唐代李白登临过,并作有《登金陵凤凰台》诗。鹦赋洲,在汉阳西南长江中,东汉末祢衡曾作《鹦鹉赋》于此。麒麟阁,表彰贤才处,在汉未央宫中,汉宣帝时曾画霍光等十一位功臣图像于其上。略,随意。鸡肋,借指瘦弱的身躯。靴尖略踢,惨鸡肋虔奉尊拳,意为作者瘦弱的身体忍受着拳打脚踢。喑呜叱咤,厉声怒喝。焰闪胭脂舌矣,谓骂人者(此指狱卒)舌上像闪着火焰一样,极其凶恶。

⑮祈,希望。巴蛇,传说中的大蛇。斑斑,蛇身上的花纹。俊,通"峻",大。舑舕(tāntàn),吐舌的样子,此指吐出的舌头。鳞,泛指有鳞甲的动物,如龙蛇之类。这里指巴蛇。

⑯设,如果。支祁,即巫(亦作无)支祁,传说中的淮涡水神,被禹擒获,锁于洪泽湖中龟山之下,淮水乃安流。例,照例是,自然是。宣尼,孔子,孔子字仲尼,在唐开元二十七年(七三九年)被追封为文宣王,故

称宣尼。慑,害怕。桓魋(tuí),春秋时宋国大司马,曾欲杀害孔子,后把孔子逼走。

⑰爰,于是。排,推开。阊阖(chānghé),传说中的天门。沥诉,一点一滴地向天帝诉说。牢愁(zhòu),牢骚,愁闷。叨,受。和气,太和(阴阳)之气。氤氲,混和鼓荡的样子。既叨和气氤氲,曰父曰母:《易经》认为,乾坤相配,始生万物,若人之父母。巽(xùn)股,巽为风,若人的腿。艮(gèn)趾,艮为山,亦为止(即古趾字),若人的脚。钦,敬。易简,平易简单。知能,知识能力。

⑱胡,何。觇(chān),看。轴折枢摧,指作者遭到严重的摧残。儿孙,天地的儿孙,此指那些贪婪而自私的人。咳(hái),小儿笑,后即用为笑声。号咷(táo),即号啕,意为大哭。恪,死守。板,旧时铸钱的模子。板板规模,宋代铸钱,每板六十四文,不得私增。此喻不合理的章程。诸任,听任。雷霆,喻指官府。粗莽,鲁莽,做坏事。

⑲稽首,古时一种恭敬的跪拜礼节,头叩到地面为止。浓,当为"隆"。派归,指让作者自己变成。甲族,龟鳖鱼虾之类。蝤(jiū),蝤蛑(móu),生活在海里的一种螃蟹。呴(xū),吐。昙,气。嘘,吹。诩,夸。蜉蝣,夏天一种朝生暮死的昆虫。缘,因。香藻,指倚翠偎红的香艳词曲。喧喤即喧哗。铁板铜琶,铁绰板、铜琵琶,皆指乐器。梅花,指笛曲《梅花落》。饫(yù),饱(听)。琼箫玉笛,玉制的箫笛。暮苇,老苇。瀛,大海。寰,寰宇。瀛寰,地球水陆的总称。白露,指秋末冬初时节。蒹葭,芦苇一类。

⑳校序党庠(xiáng),都是古代乡学名。士林,旧指知识界,此指读书人,包括作者自己。羑(yǒu)里,纣王囚西伯(周文王)处,此指监牢,故址在今河南汤阴县。透参,彻底弄明白。妙旨,自然界体现出的深刻哲理。鱼跃鸢飞,比喻自然界的活泼生机。

㉑嗜欲,嗜好和欲望。嗜欲阵,《镜花缘》附会武则天兄弟以"酒色财气"四字摆阵。此类即谓嗜欲阵。痴女呆男,指不动心于名利的人。天关,本指天门,此指阵门。撞破天关,谓摆脱各种束缚。遮莫,莫要。撩,惹上。

㉒懵懂,糊涂。糊涂,涂抹。乔装,扮演。丑末须髯,泛指各种

角色。

㉓讪(shàn)骂,讥笑辱骂。

㉔某,作者自称。吟僧,指会作诗词歌赋但一无所有的人。泥犁,泥犁迦,梵文义为无喜乐,指地狱。

㉕寻此,寻此……地方。摘星,纣王时楼观名,极其高峻。结绮,阁名,南朝陈后主所建。俾(bǐ),使。附,随。晃朗,明亮的样子,此指在日月星辰的照耀下。周,游。八极,八方极远之处。

㉖浊骸,不洁的躯体,与浊人同义。允,诚。津汁,唾液。揉抟,即按摩术,武术练功常用按摩,须练到口舌生津为止。乳洽胶溶,比喻达到炉火纯青、尽善尽美的境界。寸短,一寸长短。灵苗,仙草。妪(yǔ)煦,爱抚,养育。麑(ní 又读 mí),幼鹿。麑卵,麑的雄性生殖器官。绀发,天青色的头发。珠眸,眼球。三百六度,即三百六十度,指周围。斤,斧头的古称。渠,他。镌,雕刻。混沌,指天地未开辟时的模糊一团的景象。

㉗淮渍,淮河。沪渎,吴淞江下游近海一段的古称。泰岱,泰山。涕泗,眼泪。

㉘蚕凫,指蚕丛、鱼凫,皆蜀地传说中远古帝王名。启土,开创疆土。刘孟,指三国蜀主刘备、五代后蜀主孟知祥。膺(yīng)符,接受符命,指称帝。轼辙,指宋代著名文学家苏轼、苏辙,四川眉山人。马扬,指西汉著名辞赋家司马相如、扬雄,均四川成都人。涓滴,小水滴,比喻微小。益部,益州,为汉武帝所置十三刺史部之一,此指四川。

㉙皋、夔、契、稷,传说四人均为尧舜时代的贤臣。皋为皋陶,舜时刑官;夔为舜时乐正;契为舜时教化官,传说中商的始祖;稷为后稷,舜时农官,传说中周的始祖。

㉚欷,叹息。剑栈,四川剑阁的栈道,一种用竹木架于悬崖陡壁上的道路。拾遗指杜甫,杜在唐肃宗时曾任过左拾遗。郊寒岛瘦,唐代诗人孟郊和贾岛齐名,其诗多清峭瘦硬,故世有"郊寒岛瘦"之称。峡鸟巫猿,长江三峡的杜鹃鸟和猿猴,以啼声凄厉著称。

㉛卧龙,指诸葛亮。驰驱,奔波劳碌。井蛙,指东汉公孙述,曾据益州称帝,马援称公孙述为"井底蛙"。此处用典有误,公孙述为东汉初

人,诸葛亮为东汉末人,故宜作灵活的解释。以诸葛亮为英雄豪杰的代称,公孙述为井底之蛙式人物的代称。阴阳,天地。渴鲋饥鹏,涸辙的鲋鱼和饥饿的大鹏鸟,比喻人处困境。

㉜滔滔汩(gǔ)汩,水急流的样子,指长江。匪,无。萍梗,浮萍与断梗,常随水漂流,多喻行踪无定之人。

㉝窔(yǎo),入。澒洞(hòngtóng),亦作洪洞,大水。突,穿。辽敻(xiòng),远大。奥斐,指澳洲非洲。帝国,指清朝。阿,水岸。阿国,即彼岸之国,作者理想中的某一外国。桴(fú),小筏子。乘桴,坐木筏,意为出海到外国去。羿(yì)奡(ào),传说中的夏代两个人名,羿是有穷国的君王,善射,曾射落九个太阳。奡是夏臣寒浞的儿子,力大无比,能陆地行舟。掣楫,摇船。履冰,像踩在薄冰上一样。业业,小心的样子。褰裳,像提着衣裾涉水过河一样。惕惕,警惕的样子。触礁,唯恐碰到礁石上。虩虩(xìxì),害怕的样子。迸机,像箭从弦上发出。止屉,像坐在马鞍上一样。湔泜(jiānchí),古代四川河流名。潢污,池中积水。行潦,路上的积水。尔,借湔泜喻不得志之人。抑塞,受到抑制和阻塞。礌砢(lěiluǒ),即磊落,伟俊不凡。拔尔抑塞礌砢才猷,语出杜甫《短歌行赠王郎司直》诗:“王郎酒酣拔剑斫地歌莫哀,我能拔尔抑塞磊落之奇才。”

㉞区区,小小的。锤凿,人工开辟的。崔嵬,土石山,此指道路。五丁,传说中古蜀国的五个大力士。费蒋,指三国蜀汉大臣费祎和蒋琬,皆诸葛亮所器重之臣,亮死,由蒋而费相继代亮执政。丝纶,理丝为纶,引申为补合、组织、谋划。爻占,卜卦。谯程,北宋谯定、程颐,曾共同讲习易经卜筮。卜筮,古时占卜,用龟甲者称卜,用蓍(shī)草者称筮,卜筮,合指占卜的本领。

㉟冈底,山底,因四川四围高,中间低,当指四川。峥嵘脉络,山水很发展。

㊱沱潜,指沱江和嘉陵江。澎湃,泛滥。荒荒,指荒凉的原始时代。巢燧,指上古时代传说中构木为巢的有巢氏和钻木取火的燧人氏。盘古,中国神话中开天辟地的人物。弹丸,武力。摭(zhí)拓,扩展。

㊲累赘,连累。将军断头,张飞入蜀,生擒蜀将严颜,劝其降,颜曰:“但有断头将军,无有降将军也。”后因以“断头将军”比喻坚决抵抗、宁

死不屈的将领。凄怆，感伤。苌（cháng）弘，东周贤臣，蒙冤而死，传说死后三年其血化为碧玉。礼乐，制礼作乐，意为制定规章制度。

㊳淫滪，即三峡的滟滪堆礁石，已于一九五九年炸掉。轰平，塌毁。黎邛，黎州和邛州，其地在今成都西南一带，此指该地少数民族。顺轨，比喻归服。第，只。薛蕊，指唐女诗人薛涛和后蜀主孟昶之妃费氏（人称花蕊夫人）。芙蓉，《成都记》："孟后主时，成都城上遍种芙蓉，每至秋，四十里锦绣高下，名锦城。"故又称成都为芙蓉城或简称锦城。杜鹃伏丛棘呼冤，传说古代蜀王杜宇被诬，悲愤而死，其魂化为杜鹃鸟，日夜哀鸣，直到啼血乃止。峨眉，指峨眉山。鲜，少。桢干，栋梁。賨（cóng）毡，賨是古代四川少数民族，善织毡。橦（tóng），布，用橦（木名）花织成的布。

㊴指臂，指豺狼的利爪。狻，指狻猊，是狮子的别名。狮狻，即狮子。统，整个。犍叙，指四川犍为、叙州，今四川宜宾一带。灭顶，灭顶之灾，比喻极大的危险。锦纨，五彩丝绢。綷縩（cuìcài），丝绸衣服发出的声响。锦纨綷縩，意为穿着锦纨织成的相擦而发出声响的衣服。宁，难道。穷措，一作穷措大，旧指贫寒之士。

㊵嶪（yè），耸立的样子。巉（chán）岩，险峻的山岩。钟毓，三国时魏人，累官至徐州、荆州都督，性不苟且，曾直言谏阻魏明帝西征祁山与修建洛阳宫室，反对曹爽增兵伐蜀。嶙峋（línxún），林立峻峭的样子，引申为性格孤傲。傲骨，傲世的风骨，比喻不向恶势力低头的气节。

㊶肖形，容貌。凹凸，高低不平。肖形凹凸，比喻貌丑。耨（nòu），惹。邑贵，本地的显要人物。朝官，朝廷的官吏。赤仄，亦作赤侧，汉代钱名，磨光边廓、现出紫红色的五铢钱。赤仄，后来用为钱的通称。紫标，钱数的符号、标志。《南史·梁临川靖惠王宏传》："宏性爱钱，百万一聚，黄榜标之，千万一库，县一紫标。"盗跖，即跖，春秋战国间人民起义领袖，"盗"是封建统治阶级对他的诬称。柳惠，柳下惠，即展禽，春秋时鲁国大夫，以讲求贵族礼节著称，有"坐怀不乱"之誉。

㊷泉宫，地下，迷信的人指所谓阴间。霓，虹的一种，又称副虹。虹彩霓辉，指人世表面光明。幽冥，迷信的人称所谓阴间。

㊸讵，表示反问，相当于"岂"。铅腥锡臊，比喻肮脏的金钱，旧时铅

锡都是铸钱的材料,因此代指金钱。震旦,古印度人对中国的称呼。褦襶(nàidài),本指粗重而宽大、既不合身又不合时的衣服,比喻无能、不懂事理。甫,才。翳(yì)胞,即胎盘,俗称胞衣。遽(jù),就。烦,劳。汤饼,生日面。曩(nǎng)昔,往昔。危老,佛教名词,相当于阎王。轮回,佛教说人辗转生死于六道之中(天、人、阿修罗、地狱、饿鬼、畜生),如车轮旋转,此处指转世。

㊹菩提,佛家指觉悟。胚胎,托生于。胚胎蝼蚁,化生为虫蚁。堂,在山上平坦的地方。宗社,宗族,指子孙后代。

㊺虱(shī)脑,虱子的脑。虮(jǐ)肝,虱卵的肝。虱脑虮肝,比喻极小的地方。垂拱,本指无为而治的太平盛世,此指和平地。萃,聚。蟭螟(jiāomíng),古代传说中一种极小的虫。肸蚼(xīxiǎng),生于湿处的一种极小的虫。蚊眉蜗角,比喻极其微小。蛮触,神话中的国名。《庄子·则阳》:有国于蜗之左角者,曰触氏,有国于蜗之右角者,为蛮氏。艅(zōng)航,船只。旃(zhān)檀,佛家对檀香的称呼,此处指檀香床。

㊻牂牁(zānggē),古地域名,在今贵州一带。僰(bó)道,古地域名,在今四川一带。稽留,停留。逐客,被放逐贬谪的人。夜郎,古代小国,在今贵州西北部,旧时朝廷常将"有罪"的官员放逐于此,唐代李白就是其中之一。獞猺(zhuàngyáo),古籍中对我国少数民族壮族、瑶族的侮辱性称谓。啧啧,鸟叫声,比喻壮族、瑶族话音。鸱鸮(chīxiāo),即猫头鹰,常夜间啼叫,人们以为不祥。此处对少数民族语言的贬抑,表现了作者的偏见,这是不可取的。

㊼丘索坟,三坟、五典、八索、九丘,是传说中的古籍名,"坟"在此亦指书堆。胔(zì),腐肉。骼,尸骨。酸胔醋骼,此指读书人。

㊽忒(tè),太。鞠抚,抚育。

㊾酷滥,特别贪信而读得太多,犹言中……的毒太深。九经,儒家奉为经典的九种古籍,说法不一,《初学记》说,指诗、书、易"三经",周礼、仪礼、礼记"三礼",左传、公羊传、谷梁传"三传"。始,才。畀(bì),给予。徼(jiào)裔,边远的地方。

㊿澄,清。髓,骨中凝脂,此指中的毒素。湔(jiān),洗涤。唏,笑。哦,吟。倩(qìng),借。

㉛蓼瘠,蓼草凋零了。椹(zhēn)敲,石上传来捣衣之声。癯(qú),黄瘦。仆,作者自称。

㉜蓝蔚,蔚蓝色的天空,即指天。蓄,含。阙,古代宫殿、祠庙和陵墓等前面的建筑物,通常左右各一,建成高台,上起观楼,以供远眺,因中有空缺,故名阙或双阙,此指临江城楼。崇,高。腻,鼻涕。掬付,捧给。龟鳌,神话中海里的一种大龟,传说它们顶着五座仙山(岱舆、员峤、方壶、瀛洲、蓬莱),使不动摇。方壶、员峤,古代传说中的二仙山名。蹑(niè),追随。眂(shì),视。侬,我。斲(zhuó),斫,用刀斧砍削。玲珑,灵巧精致。别式乾坤,别致的宇宙。

第二副超长联:单联五百字,全联一千字。

华武题长城主题应征联

神州故郡,数千年青史永存,阅三坟五典,[1]早成书熠熠宏篇,煌煌宝册。现竹简编钟,[2]铜车陶俑,[3]更是盈辉益彩,誉满寰球。指日月星辰久乘宇宙,曾记取风流百代斩棘披荆。自秦汉以至明清,见多少英雄豪杰,墨客骚人。始皇伟绩,武帝丰功,唐宗弘业,宋祖殊勋,俱付诸银甲铁骑,硝烟烽燧。[4]才赢得经渡东瀛,[5]贾通西域,[6]帆挂南疆,旗飘北漠。偏爱驼铃阵响,戈壁轻舟,贯穿丝路;碧毡花雨,漫洒荒沙。友邻验善,[7]伯仲歃盟,[8]毋忘文姬襟怀,[9]返土补吹笳管;别具昭君肝胆,[10]离分尚抱琵琶。惟余耿耿丹心,拳拳宿愿,可与龟鹤齐寿,天地同光。问穹窿兮,常思李杜诗魂,陆辛词魄,端的是铮骨刚肠,高标亮节。只叹甲午沉冤,[11]忠臣用命,戊戌埋恨,[12]志士捐躯。纵致外夷列强,尸抛旷野,空教吾邑先哲,血染轩辕。悲矣!所幸精灵未灭,则越民国便入共和,又继往开来,添无数布衣元帅,黎庶将军。逸翁遗训,[13]毛氏筹谋,[14]周公德政,[15]朱老威仪,[16]更拓展崭新局面,蓬勃生机,虽狐鼠为灾,妖魔作祟,[17]岂能倒扭乾坤,歪斜斗柄?[18]凭栏眺远,看旗卷旌翻,已辞去岁;虎啸龙吟,绝胜昔时。举振兴大纛,[19]戮力挥师,引工、农、商、学、兵比肩奋进。四化途中,纵横驰骋,提缰揽辔,跨鞍扬鞭,奔蹄走马,拨雾撩云。终使边垒脚下,[20]油井凌霄;立交桥畔,广厦夹道。最喜奥运会频传捷报:须眉有种,枪惊四座;[21]巾帼无敌,技冠群芳。全凭骁勇身姿,遍洗弱者羞惭,得倾洪波在握,尽刷病夫奇耻。会须畅饮葡萄美酒,手之舞之足之蹈之,庆华夏子孙重崛起。

赤县家邦,一万里长城犹在,览八达六盘,[22]独绘就恢恢巨幅,赫赫壮图。剩残垣断堡,画栋雕梁,依然嵌玉镏金,名闻遐迩。汇江河湖泊直泻渤海,愈显出苍莽九围蟠蛟翱凤。过陕甘而濒辽冀,聆几番浪涌松涛,猿啼雁唳。敕勒晴川,[23]贺兰深谷,[24]易水寒泉,[25]祁连积雪,[26]都系着险关陡隘,暗峡危峰。还赏及桃含春霭,荷吐夏凉,菊溶秋露,梅绽冬霜。堪赞墙堞乍矗,密林劲旅,固守冈峦,坑道义卒,游袭盗寇。丘壑联袂,村庄挽臂,不忍平畴稻麦,囤仓旋送蟊贼;[27]怎容绛帐粱粟,[28]堆垒却餐倭虏。[29]总留曲曲草径,森森垛口,每叫熊罴均惧,狼犬皆怵。怅寥廓耶,[30]迥忆晋宁重镇,[31]函燕要冲,[32]真个似磐石砥柱,利齿钢牙。甚惜圆明历劫,[33]社稷蒙尘;致远遇焚,[34]桑梓含怒。争奈庙堂贵虏,胸弃田园,徒令闾巷凡夫,泪浮阡陌。[35]嗟乎!当亏关塞勿亡,且控辽吉兼扼陇蜀,若屏前障后,增如许剑戟随从,盔缨传卫。嘉峪层巅,[36]蓟门峻岭,[37]居庸峭岩,[38]临渝叠嶂,[39]益呈现峥嵘气派,葱茏景象。任蚍蜉撼树,虫豸钻穴,断难摧坍巍岳,崩坏昆仑!倚海傍山,听澜鸣潮咏,正迎今朝;鹰翔鱼跃,恰到好处。绾团结纽带,拥麾掠翼,聚汉、满、蒙、回、藏接踵趱行。[40]七色虹里,左右蹁跹,抖翅舒羽,织绣铺锦,撒绿播红,镶黄镀紫。敢教发射架上,火箭掣电;潜水艇内,导弹呼雷。欣闻太平洋迭奏佳音:冰陆探险,舰试初航;极区建站,[41]船分双轨。倾赖俊彦方略,[42]既定香港归计,切盼弟兄息怨,复约合岛回期。务必普悬琉璃纱灯,欢哉笑哉快哉乐哉,祝炎黄儿女再腾飞。

作者简介、题解及评析

华武,江西南昌市人。一九六二年毕业于江西大学新闻系。后任该校新闻系教师。曾在花城《当代诗词丛刊》及《诗刊》等发表其旧体诗词《山乡行吟》、《水乡词笺》等作品。

一九八五年春节,中央电视台《文化生活》组、中华书局《文史知识》编辑部、中国楹联学会、共青团北京市委文体部、《北京政协报》五家单位联合举办"第三届迎春——长城主题征联",此联获三等奖。

这副对联上联叙史言志,热情歌颂中华民族的光辉历史。首先赞扬了我国古代文明,接着列数了历代帝王的所谓"丰功伟绩"都已烟消云散,而只有人民群众所创造的历史与天地同寿。特别是中华人民共和国成立以来在党的领导下中国人民取得了辉煌的成就。下联写景抒情,描绘了神州大地一片雄伟壮丽的图画。先写长城的雄姿,继写长城一带的美丽景物,然后由景及人,写祖国人民在辽阔土地上英勇斗争的事迹,展现了中华腾飞的灿烂前景。

全联主题突出,形象鲜明,结构严谨,层次分明,富有激情和时代精神,艺术上也取得了一定成就。为迄今所见当代楹联中的最长联。不足之处是,语言不够凝练,有些地方意思重复。但从总体来看,仍不失为优秀之作。

注　　释

①三坟五典,传说中我国最古的书籍。

②竹简,战国到魏晋时代书写著作和文件的竹片。编钟,古代乐器,由若干件青铜钟编为一组。

③铜车陶俑,指西安秦始皇陵附近出土的兵马俑和铜车马。

④烽燧,烽火。白天放烟谓之"燧",夜间举火谓之"烽"。银甲铁骑、硝烟烽燧,借以代指战争。

⑤东瀛,指日本。经渡东瀛,唐天宝元年(公元七四二年),扬州大明寺高僧鉴真东渡,几经挫折,终于天宝十二载(公元七五三年)第六次航行抵达日本,授法传经,创日本律宗。

⑥贾(gǔ),做买卖。贾通西域,西汉建元二年(公元前一三九年)

及元狩四年(公元前一一九年),张骞两次奉命出使西域各地,加强了中原和西域各少数民族的联系,此后我国开始与西亚、欧洲通商,形成了有名的“丝绸之路”。

⑦验善,检验友好的诚意。

⑧歃(shà)盟,即歃血为盟,古代订盟时的一种仪式。歃血,口含血;一说以指蘸血,涂于口旁。

⑨文姬,即蔡琰,字文姬,汉末女诗人,蔡邕之女,博学有辩才。汉末大乱,为董卓部将所掳,又嫁南匈奴左贤王,居匈奴十二年。曹操以金璧赎归,作《胡笳十八拍》。

⑩昭君,即王嫱,字昭君,西汉元帝时宫妃。竟宁元年(公元前三三年),匈奴呼韩邪单于入朝求和亲,她自请嫁匈奴,称为宁胡阏氏,对汉朝和匈奴的和好起了一定的作用。

⑪甲午沉冤,指一八九四年(光绪二十年,甲午年)爆发的中日战争。由于清政府的腐败,北洋舰队趋于覆灭,致远号等五艘军舰及邓世昌等数百将士葬身海底,甲午战争以中国失败告终,签订了丧权辱国的《中日马关条约》。

⑫戊戌埋恨,一八九八年(光绪二十四年,戊戌年),以康有为、梁启超等为首的资产阶级改良主义者企图在中国实行一些自上而下的改革。变法失败,谭嗣同、刘光第、林旭、杨锐、杨深秀、康广仁六人被杀,这就是“戊戌六君子”。

⑬逸翁,孙中山。名文,字逸仙,故称“逸翁”。

⑭毛氏,指毛泽东。

⑮周公,指周恩来。

⑯朱老,指朱德。

⑰狐鼠为灾,妖魔作祟,指林彪和“四人帮”反革命集团的倒行逆施与祸国殃民。

⑱斗柄,即北斗七星中玉衡、开阳、摇光三星。

⑲大纛(dào),大旗。

⑳边垒,边陲,边疆。

㉑枪惊四座,指一九八四年我国射击运动员在奥运会上为我国获

得了第一枚金牌。

㉒八达，八达岭。六盘，六盘山。

㉓敕勒晴川，即敕勒川。《敕勒歌》云："敕勒川，阴山下，天似穹庐，笼盖四野。天苍苍，野茫茫，风吹草低见牛羊。"

㉔贺兰，贺兰山，在宁夏回族自治区银川市北部。

㉕易水，在河北省西部。

㉖祁连，即祁连山，甘肃省西部和青海省东北部边境山地的总称。

㉗蟊(máo)贼，本谓吃禾苗的两种害虫，后常用以比喻对人民或国家有危害的人或事物。

㉘绛帐，红色帐帷，含有称美的意思。

㉙倭虏，指日本侵略者。

㉚寥廓，空阔。

㉛晋宁，指山西和宁夏回族自治区。

㉜函燕，指函谷关和燕山。

㉝圆明，即圆明园，我国清代名园之一，有"园中之园"之誉。遗址在北京西郊海淀附近。圆明历劫指咸丰十年(一八六〇年)被英法联军劫掠殆尽，并纵火焚毁，今仅存残迹。

㉞致远遇焚，见注⑪。

㉟阡陌，田间的小路。

㊱嘉峪，即嘉峪关，在甘肃省嘉峪关市西，嘉峪山东南麓，为长城终点。

㊲蓟门，即春秋战国时的蓟城，在今北京广安门一带。传说门外有二土阜，"树木蓊然，苍苍蔚蔚，晴烟拂空，四时不改"，故有"蓟门烟树"之称，原为"燕京八景"之一。学者考证，"蓟门烟树"，当在今北京西城区牛街北口附近。现在的"蓟门烟树"在德胜门外，有乾隆所书石碑。

㊳居庸，即居庸关，在北京昌平区境内，为长城的一个重要关口，古代北京西北的屏障。"居庸叠翠"为"燕京八景"之一。

㊴临渝，即临渝关，故址在今河北秦皇岛市东北山海关。一说故址即今河北抚宁东渝关镇。一说为山海关的别称。

㊵接踵，后边的人的脚尖接着前边人的脚跟。趱(zǎn)行，加快速

度走。

㊶极区建站,指我国在南极建立的科学考察站。

㊷俊彦,才智过人之士。

第三副超长联:单联四百四十五字,全联八百九十字。

清代钟云舫六十自寿联

六十年东碰西撞,误落乾坤圈套。①乱烘烘,叠床梦,急抢抢,架肩愁。②遍三川草木烟霞,滴滴皆啼痕血迹。③长歌代哭,猛惊姬蹶嬴颠;短笛助讴,痛写刘聋赵瞶。④嘈嘈廿四史,阿孰算个男儿?⑤意岳粹嵩华,安肯漫钟贤秀。⑥将上马杀贼,下马作檄。⑦开拓往哲之心胸,推倒亚洲之豪杰。⑧岂料文章贾祸,魑魅兴波,即兹傲骨刚肠,早冲犯着奎宿仇星,耨恼着孔兄丑脸。⑨毁者誉者,诅者祝者,投石者,设饵者,颂项斯者,衔鲁国者,悠悠众口,鲜定评也。⑩而进蹑网罗,退蹊坎壈,无端囚戮管仲,无端谤辱宣尼。⑪懵懂之条科,恁般颟顸。⑫提起我半生鲋辙,历历怆怀。⑬这满腔义胆忠肝,都付于狼吞犬噬。⑭只筵间酒,镜边花,碗底肥鲈,盘中瘦鹿,还值得浓餐淡饮,浅唱低斟。⑮好福泽,需好精神。奈壮志久受磨砻,浩劫毓奇才,奇才动遭浩劫。⑯已矣,吾其伴赤松子游矣。⑰悔韶龄酷嗜简篇,便欲支撑宇宙。⑱至今日筋疲脑碎,斗米跳毙猢狲;髭鬓飘霜,干彻甚么经济!⑲罢罢罢,从此卷旗收伞,要利刀阔斧,斫尽情根,秘诀灵符,消除慧业。⑳把些嫠妇恤,杞人忧,团体欷,同胞叹,掷抛向缥缈虚空,第取一件衣,一盂粥,葆护皮囊。㉑那富贵功名,总属贪嗔痴妄。㉒黄粱熟,黑种滋,问间常喜怒悲欢,为的是谁家世界?㉓拥被窝呵呵窃笑,自笑某辛辛苦苦,碌碌忙忙,做了龁书蠹,敩了钻纸蚊,狂了采蜜蜂,疯了闹山鹊。㉔

二万里南暹北鞑,割残周径球图。㉕霹雳炸,铜铁炎;水火驰,轻赤骤。㉖听盈廷纂组锦绣,哆哆说杜断房谋。㉗裂指叩阶,夸诩擎天手段；咬牙变法，矜持补衮金针。[28]缕缕数千言，非咱难争霸局。[29]谅蜷哄蠋斗，乌能抵抗旃帐。[30]须左挟虬龙，右挟蛟蟒，仗钺髫鬟之窟穴，请缨椎髻之殿庭。[31]宁知压力弗遒，风潮忒逆。[32]就论声光气电，仅剿袭点欧罗糟粕，咀嚼点新学馋涎。[33]英耶德耶，班耶葡耶，拒俄耶，联美耶，购倭械耶，增比款耶，睒睒凶睛，胡闪烁也？[34]而朝修船政，暮整海军，忽焉赏息京垓，忽焉赔兵亿兆。[35]羲农之胄裔，改号野蛮。[36]但闻伊几阵羊鸣，齐齐褫魄。[37]本滥臭行尸走肉，怎禁彼舰碾轮研。[38]惟剥闾阎，刳士族，搜擒瓮鳖，攫捉笼鸡，倒足称顶选尖毫，头批脚色。[39]大完全，先大破败。计苍昊潜徯运会，英雄造对势，时势亦待英雄。[40]伤哉，予竟以白发翁老哉！念圣主勚劳宵旰，隐求酝酿氤氲。[41]乃诸公蟆蛊蛇妖，骄焰吐来瘴雾；腥臊喷毒，散成各道瘟瘟。[42]哈哈哈，假饶乞借斧柯，当倾泻银河，湔锄肮脏，掀翻玉轴，搜检贞元。[43]虽有测量方，格致理，王商战，汽化机，殊不是治平浆汁，应该两撒腿，两拗捶，剔穿地壳，扫贪污庸懦，悉归斩绞徒流。[44]盘古苏，混沌死，嗟若辈梼穷饕浑，究由何处胚胎。登舞台悄悄私看，且看他扰扰营营，轰轰烈烈，跃出五爪狮，吼出独角虎，嗥出四眼狗，现出九尾狐。[45]

作者简介、题解及评析

钟云舫，见前。这副长联与前联，同为在成都狱中所作，为我国第三最长联，单联四百四十五字，全联八百九十字。正文前有一段小序："劳劳人事，数十年来不获一日安居，乃因系我南冠，反得清闲两载。日长无事，因念行年六十，不能不自作寿联。恐一出此门，并无握笔之暇，因预拟如此。"由此可知，作者创作此联时的处境和当时的心情。在这副长联中，作者叙述了自己也曾有过雄心壮志，但因"文章贾祸，魑魅兴波"，结果"半生鲋辙"，"满腔忠肝义胆，都付与狼吞犬噬"。他既后悔自己过去只从书本出发，没有看清社会，以致落入他人的"乾坤圈套"，又痛骂当朝者丧权误国，使我堂堂中华民族处于空前危难之中，他一方面表示自己已“筋疲脑碎”，今后只好去“伴赤松子游”，一方面又还想“饶乞借斧柯”，“倾泻银河，湔锄肮脏”，“扫贪污庸懦，悉归斩绞徒流”。联语文字也比《拟题江津临江城楼联》浅近明白，流畅自然。前人评价此联说：“长歌代哭，即此联确注也。以如此之才，遭如此之厄，处如此之境，际如此之年，而其气象蓬蓬勃勃，怪怪奇奇。百灵毕集，笔足以举，力足以扛，词足以远，识见之超，胸罗之富，令人叹息不置。”又说：“如此才笔，乃令如此埋没以老也。悠悠苍天，彼何人哉！又何怪其长言之不足，又嗟叹之也哉！”又说：“通副一气，曲折排奡，亦挺亦秀，亦豪放，亦诙谐，科诨并杂，美不胜收，悲懑之怀，直令千古英雄为之泪下，真大观也。”又说：“此等语谁能造，又谁敢造！”足见这副对联才华横溢，影响之大。

注　释

①乾坤圈套，设置的陷阱，指一九〇三年，江津县武文源贿赂重庆府尹，借查钟云舫与张泰阶所提江津粮税纠劾案，将二人拘禁“待质”，企图长期关押。

②叠床梦，在床上做着一个又一个梦。抢抢，同“跄跄”。急抢抢，走路不稳的样子。架肩愁，有愁苦压在肩上。

③三川，唐代中叶以后以剑南西、剑南东、山南西三道为三川，泛指四川。啼痕，啼哭留下的泪斑。

④姬，指周代，周为姬姓，周文王就名姬昌。嬴，指秦代，秦为嬴姓，秦始皇就名嬴政。蹶、颠，均指灭亡。讴，歌唱。刘，指汉朝，汉为刘姓，汉高祖名刘邦。赵，指宋朝，宋为赵姓，宋太祖名赵匡胤。聋，听不见，瞶，瞎子。

⑤嘈嘈，声音嘈杂的样子。廿四史，泛指中国历史。阿孰，即阿谁，亦即哪一个。

⑥意，想到。岳粹嵩华，像嵩山、华山那样的山之精粹。安肯，怎肯，也即不肯。漫钟，随便汇集。贤秀，贤德优秀之人。

⑦檄，古代官府用以征召、晓谕或声讨的文书。

⑧开拓，扩大。往哲，过去的贤哲。

⑨贾祸，招来祸害。魑魅，古代传说中山泽的鬼怪，此指设置陷阱陷害作者的人。兹，此，指自己。奎宿，二十八宿之一，奎主文章。冲犯着奎宿仇星，是说得罪了奎神，注定了要在文章上倒霉。耨恼，惹恼。孔兄，即孔方兄，指钱，旧时铜钱中有方孔，故以形名；称兄者，含取笑与鄙视之意。

⑩毁，诋毁。誉，称赞。诅，咒骂。祝，祝福。投石，即落井下石，喻乘人之危加以陷害。设饵，设下圈套诱人上钩。项斯，唐代诗人，未及第时以诗卷谒杨敬之，敬之赠诗云："平生不解藏人善，到处逢人说项斯。"后世称为他人扬揄或说情叫"说项"。颂项斯，指别人为自己说情。衔，暗恨。悠悠，多，亦作滔滔。鲜，少，此指没有。

⑪蹑，踩。蹊，踏。蹑、蹊，于此均有"入"义。坎壈(kǎnlǎn)，困顿，不得志。无端，无故。管仲，春秋时政治家，齐襄公时与好友鲍叔牙分别辅佐公子纠与公子小白。襄公死，小白与纠争夺君位，管仲放箭射中小白带钩。纠败，管仲被执，解往齐国，小白(即齐桓公)欲杀之，因鲍叔牙力荐，得赦免。后相齐桓公，"九合诸侯，一匡天下"，使齐桓公成为春秋时诸侯国中第一个霸主。宣尼，孔子，因字仲尼，后世又被追封为文宣王，故称"宣尼"。无端谤辱宣尼，指孔子想要实行仁政，主张"忠恕"，在鲁国没有行通，便周游列国，同样碰壁，不仅受到责难，在宋国等地还险些丧命，于后世也时或受到批评。

⑫懵懂，糊涂，不明事理。条科，指法律。颟顸(mānhān)，糊涂而马虎。

⑬鲋(fù)辙，即涸(hé)辙之鲋(鲫鱼)之意，在干涸了的车辙里的鲋鱼(见于《庄子·外物》)，比喻处在困难中急待救援的人。历历，一个一个清清楚楚的。怆怀，令人伤感。

⑭噬(shì)，咬。

⑮鲈，一种鱼名。浅唱低斟，通作"浅斟低唱"，意即缓缓唱酒，听人曼声唱歌，此谓悠闲消遣。

⑯受，被。磨砻，即消磨。毓，育。动，一动就。

⑰已矣，算了吧。其，语助词，无义。赤松子，相传为神农时雨师，一说为帝喾之雨师，后为道教所信奉。

⑱韶龄，美好的年龄，即青少年时代。嗜，爱。简篇，文章书籍。

⑲斗米，为斗米。毙，死。猢狲，猴子，指自己。髭，嘴上的胡子。飘霜，变白。干彻，办得好。经济，经世济民，指经世济民之事。

⑳斫，砍。慧业，佛家语，指产生智慧的缘分。

㉑嫠(lí)妇，寡妇。恤，愁。杞(qǐ)人忧天，传说杞国有人怕天塌下来，吃饭睡觉都感到不安(见于《列子·天瑞》)，比喻不必要的忧虑。欷，抽噎。缥缈，隐隐约约，若有若无的样子。第，只。盂，食器，此指碗。葆护，即保护。皮囊，指身体。

㉒嗔(chēn)，怒。贪嗔痴妄，佛门四戒。

㉓黄粱熟，即黄粱梦之意。据说卢生在邯郸旅店中遇见道士吕翁，卢生自叹穷困，道士借给他一个枕头，要他枕着睡觉。这时店家正煮小米饭。卢生在梦中享尽了一生荣华富贵。一觉醒来，小米饭还没熟(见于唐·沈既济《枕中记》)。黑种滋，黑种疑指黑蚂蚁，即南柯一梦之意。淳于棼做梦到大槐安国做南柯太守，享尽富贵荣华。醒来才知道是一场大梦，原来大槐安国就是住宅南边大槐树下的蚁穴(见于唐·李公佐《南柯太守传》)。间常，有时但次数较多，此指平日。

㉔窃，偷偷地。某，作者自称。龁(hé)，咬。蠹，蛀虫。书蠹，死啃书本者。斆(xiào)，学。钻纸蚊，即书呆子。狂了，像发狂了似的。疯了，像发疯了似的。

㉕暹，暹罗，今泰国一带。鞑，鞑靼，西方对蒙古的泛称。周径球图，完整的中国版图。

㉖霹雳，像雷霆一样，此指大炮轰击。铜铁，此指枪弹射击。炎，发出明亮的火光。水火，此指机械手段，如车船之类。轻养，即氢氧，此指化学手段。

㉗盈廷，挤满了朝廷的。纂，五彩的丝带。组，宽阔的丝带，古代用以佩玉或佩印。锦绣，华丽的衣服。纂组锦绣，此指朝廷中臣僚。嚣(xiāo)嚣，即“嚣嚣”，志大言大的样子。杜、房，指唐太宗时宰相杜如晦、房玄龄。杜断房谋，《新唐书·杜如晦传》：“如晦长于断，而玄龄善谋，两人深相知，故能同济谋，以佐佑帝。”后即以杜断房谋指多谋善断。

㉘裂指，疑指南霁云事。《旧唐书·张巡传》，张巡被困睢阳，派南

霁云向贺兰进明求救。进明不仅不出兵相救，反欲留下霁云，并为之设宴。席间，霁云泣曰："睢阳将士不食月余日矣！"义而不忍独食，声明决不背叛张巡，且愿留一指以示信。于是拔刀断指，一座皆惊。叩阶，叩首于皇宫前。夸诩，夸耀。咬牙，表示下决心。变法，即戊戌变法。矜持，自以为是。衮(gǔn)，古代帝王的礼服。补衮，皇帝穿衮龙衣，故称补救皇帝之缺失为补衮。

㉙非咱，不是我们。

㉚蟭(jiāo)，蟭螟，古代传说中一种极小的虫。哄，吵闹。蠋，本作蜀，豆虫，青色，似蚕，大如手指。蟭哄蠋斗，指小小的力量。乌能，何能。旃帐(zhānzhàng)，毡篷，此指住毡篷的，亦即帝国主义侵略者。

㉛虬龙，古代传说中的一种龙。钺(yuè)，一种斧形武器。鬇鬡(zhēngníng)，毛发蓬松的样子，此指侵略军。缨，绳子。请缨，《汉书·终军传》："南越与汉和亲，乃遣军使南越说其王，欲令入朝，比内诸侯。军自请：'愿受长缨，必羁南越王而致之阙下。'"后世指请求杀敌。椎髻，指发髻如椎形，此指侵略军。

㉜宁知，哪知。遒，强。弗遒，尚未达到顶点。风潮，指社会上反对实行改革的习惯势力。忒(tè)，太。逆，不顺。忒逆，太顽固。

㉝剿袭，即抄袭。欧罗，欧罗巴洲，即欧洲，此指西方科学技术发达的国家。新学，与我国儒学相对，指西方的自然科学和社会政治学说。

㉞班，西班牙。葡，葡萄牙。拒俄，十六世纪，沙俄开始向东方扩张。十七世纪后期，开始向我国黑龙江流域进犯。十八、十九世纪，进犯扩大到蒙古和新疆，并用种种手段占去我国大片领土。十九世纪末，强占我国旅顺大连，不久又武装占领我国东北，并阴谋分裂我国西藏。这一系列侵略扩张行径，激起了我国人民的强烈反对。一九〇三年，上海各界在张园召开拒俄大会，中国留日学生也决议成立拒俄义勇队，蔡元培等也组织对俄同志会，力谴沙俄，"拒俄"即指此。联美，十九世纪末，美国在帝国主义列强分割中国"势力范围"的角逐中，受英、法、德、日、俄等排挤。一八九九年美国国务卿海约翰，向英、法等六国提出"门户开放"政策，目的是要求在中国利益均沾。但其利益在东三省受到沙俄排斥，于是公开攻击俄国，其时正值中国人民对沙俄侵略义愤填膺之

时,许多中国人看不清美国的险恶用心,便主张联合美国以对付沙俄等国,“联美”即指此。倭,日本。比,比利时。睒(shǎn)睒,即闪闪,光芒闪烁的样子。睒睒凶睛,指帝国主义列强无时不想吞噬中国,眼里露出凶光。胡,何。

㉟修船政,整海军,指洋务运动。赏息,偿付贷款利息。十九世纪末,清政府财政极其虚弱。为维持军需等多种庞大开支,不得不向帝国主义列强借款,而这种借款利息高得惊人,一部分还得在支付借款时预先扣回,另一部分则在每年税收等项上开支。本为偿付利息,但清政府为表示对“夷人”的“尊严”,总是将“偿”说成“赏”。此处直引,意在嘲讽。京,千万。垓,万万。京垓,极言数字之大。赔兵,赔偿军费。自鸦片战争以来,清政府对帝国主义列强赔偿军费事已屡见不鲜。兆,万亿。亿兆,言数字极大。

㊱羲农,传说中中华民族的祖先伏羲氏和神农氏(即炎帝)。胄裔,子孙。号,称。

㊲伊,他,指羲农胄裔,即当时的百姓。羊鸣,哀鸣。齐齐,本为恭敬的样子,此作声声解。褫(chǐ),夺。褫魄,使人丧魂落魄。

㊳行尸走肉,喻庸碌无能的人,此指处于极弱极贫的境地。彼,指帝国主义列强。

㊴惟,只有。闾阎,里巷的门,此指平民。刳(kū),剖挖。瓮,一种陶质的深腹坛。攫,抓取。头批,头等。倒足称顶选尖毫,头批脚色,指政府的官员们搜刮百姓倒称得上能手。

㊵昊(hào),天。苍昊,苍天。潜徯(xī),暗等。运会,时运机遇。

㊶圣主,此指光绪帝。勚(yì),疲劳。勚劳,辛苦。宵旰(gàn),宵衣旰食的略语,天不亮就穿衣起身,天晚了才吃饭,指帝王勤于政事。氤氲,气或光色混和鼓动的样子,此指和平祥瑞的局面与气氛。

㊷诸公,当指慈禧太后身边的人,一些死硬的顽固派。螟蛊,泛指毒虫。骄,盛。瘟瘽,即瘟疫。

㊸湔(jiān),洗。锄,除。玉轴,美车,指代当朝者,即前述“诸公”。

㊹格致,清末对声光化电等自然科学部门的统称,此指科学。殊,绝。治平,修明政治,安定社会。两撒腿,放开两腿。徒,判刑。流,

流放。

㊺盘古，传说中开天辟地者，此指世界。苏，即苏醒。混沌，古人想象中世界开辟前的状态。梼(táo)，梼杌，凶兽名。穷，尽。饕(tāo)，饕餮，贪残，又恶兽名。浑，满。胚胎，犹言生成。舞台，指人世。他，指前文“若辈”、“诸公”。究由何处胚胎，这句中缺一字。营营，往来不绝的样子。跃出五爪狮，像狮子一样伸出五爪。吼出独角虎，像独角虎一样咆哮而出。独角虎是传说中的凶兽。嗥，野兽叫。四眼狗，一种眼下有两深窝的狗。九尾狐，传说中的异兽。五爪狮、独角虎、四眼狗、九尾狐，喻指凶残、奸邪、狡狯之人。

第四副超长联：单联二百二十八字，全联四百五十六字。

李芸青题长沙天心阁联

重修古阁踞名城。[1]览胜窥奇，处处是千年图画。翘首天空海阔，倚栏耸翠流丹。[2]凭临黄鹤南飞，回雁北返，雪峰西峙，浏水东潆。[3]遥观五岭逶迤，文禽智鸟；四河奔逐，商舫鱼艭。[4]近睹万户炊烟，晨曦暮霭；大桥横渡，鹰击鱼翔。[5]况复衡岳云开，润育澧兰沅芷；洞庭月朗，波摇蜀楫吴樯；桃源问津，吟对青溪红树；潇湘听雨，频添锦句琼笺。[6]茫茫八百里帑库粮仓，共幸益民裕课；声声卅六湾银笙玉笛，吹醉梦痴魂。[7]仰瞻汭浦花明，留得精忠垂宇宙；韶山日出，难忘遗爱遍神州。[8]集家泽群峦，分香摘艳，有如素裹娇姝，浓妆少妇。[9]良辰际春暖，美景浴朝露。[10]且把他兜入窗帘，好让祖国儿女英雄，齐来管领。[11]

敬赞先贤夸楚尾。[12]扬清抑浊，滔滔若一泻江涛。每翻铁券金縢，列座谈今论昔。[13]环视苍梧帝石，斑竹妃祠，蛮控荆枋，麓碑蚪碣。[14]雅慕九歌屈子，诗派骚宗；三策贾生，久安长治。[15]缅怀元勋廑午，巨憝歼诛；首义松坡，诸魔遁迹。[16]侧及定王台址，嘉传绵汉尊亲；邺侯藏书，争道汗牛充栋；农军折将，吊望剩碎残垣；姜斋授经，广植鸿才硕学。[17]皎皎二十纪明邦圣境，同欣毓秀钟灵；

巍巍亿兆载伟业宏基,永肇光华复旦。[18]感荷燎原星火,高擎赤帜扭乾坤;老帅兵陈,再沐甘霖苏绿野。[19]表丰功烈绩,泼墨挥毫,斯亦风流佳话,旷代典模。[20]局面起新猷,中兴逢盛世。[21]喜以之辉煌史册,请看禹甸衣冠人物,自主沉浮。

作者简介、题解及评析

李芸青,现代人。天心阁,在长沙城东南最高处,隔江与岳麓山相对。瞰湘江北去,迎衡岳南来,长沙全城,尽收眼底,是登临揽胜的佳境。天心阁约建于清代康、乾年间,原为天心、文昌二阁,后合为天心阁。咸丰年间,为对付农民起义,清政府于此架设炮台,禁止平民登览,唯端午节开放一天,而此日,"民结队登城游览,路程达四十余华里"。一九三八年毁于火,此后即长期荒凉冷落。中华人民共和国成立后修了一些陪衬建筑。一九八三年,长沙市人民政府决定重建古阁,一年后竣工,长沙古城大为增色。此联为一九八三年重修后所题。

注释

①名城,指长沙。

②翘首,抬头望。翠,指林木。丹,指墙瓦。

③黄鹤,指黄鹤楼。雁,指回雁峰,此谓栖息于回雁峰的大雁。雪峰,指雪峰山,在湖南省西部资、沅两水间,南起湘桂边境,北止洞庭湖滨。浏水,浏阳河,在湖南东部。潆(yíng),水流回旋。

④五岭,指越城岭、都庞岭、萌渚岭、骑田岭、大庾岭,在湖南、江西南部和广西、广东北部交界处。文禽,羽毛有文彩的鸟,此指鸳鸯。智鸟,鸿雁别称。四河,指湘江、资水、沅水和澧水,皆在湖南境内。舫、艭(shuāng),均船名。

⑤大桥,指湘江大桥,连接长沙市五一路口和湘江河西溁湾镇,中跨橘子洲。鹰击鱼翔,毛泽东《沁园春·长沙》词有"鹰击长空,鱼翔浅底"之句。

⑥衡岳,南岳。澧兰沅芷,《楚辞·九歌·湘夫人》:"沅有芷兮澧有兰。"芷和兰,均为香草。楫,桨。樯,桅杆。楫、樯,此均代指船只。蜀

楫吴樯，吴在东，蜀在西，此指从东与西来的船只。桃源，即桃花源。津，渡口，此指路。问津，即访求。青溪红树，指桃花源景色。锦句琼笺，指美好的诗词。

⑦八百里，此指洞庭湖。帑（tǎng）库，国库。裕课，宽税。卅六湾，在湖南湘阴县北，传为五代时楚王马殷所开，水入洞庭湖。

⑧沩浦，沩水河畔。花明，花明楼，在湖南宁乡县炭子冲，是刘少奇同志的故乡。精忠，对国家民族的一片赤诚。韶山，在湖南湘潭县，是毛泽东同志的故乡。遗爱，留下的仁爱。

⑨家泽群峦，指湖南山水。分香摘艳，本指文辞华美，此指优美景色。素裹，未经打扮的。娇姝，美女。

⑩际，遇。

⑪他，指家泽群峦。

⑫楚尾，本指江西北部，春秋时为吴楚两国交界地，此指湖南。

⑬铁券，古时颁与功臣的一种证明契券，其制如瓦。外刻履历恩数，以记其功；中刻免罪减禄之数，以防其过。字涂以金，左颁功臣本人，右藏内府，有故则合以取信。金縢，古时政府设立的一种装藏史册的柜子。用金缄封，故称“金縢”。铁券金縢，指藏于柜中的史册。

⑭苍梧帝石，指舜帝的坟墓。妃祠，湘妃祠，原在洞庭湖中君山上虞舜二妃墓旁，为纪念娥皇、女英而建，今仅陵墓尚存。蛮，南蛮，春秋战国时对楚人的称呼。荆，楚地别称。枋，柄，指权柄。麓，长沙岳麓山。碑，刻竖。蚪碣，指禹王碑，即岣嵝碑，在岳麓山和衡山岣嵝峰禹王宫各有一块，均所谓蝌蚪文，人莫能识，明代杨慎等人虽有翻译文字，然可靠性不大。据考证，此碑系后人所伪托。

⑮九歌，《楚辞》篇名，屈原流放寓居于湖南汨罗玉笥山时所作，是一组寄托屈原“怀忧苦毒，愁思沸郁”的思想感情的祭神乐歌。屈子，即屈原。骚宗，骚体诗的始祖。三策，指西汉贾谊《过秦论》，分上、中、下三篇。

⑯廑（qín）午，黄兴字。巨憝（duì），罪魁。首义，首先起兵。松坡，蔡锷字。诸魔，指那些危害国家民族的坏人。

⑰定王台，在长沙浏阳门附近水月林旁，为汉景帝第十子刘发封为

长沙王后所筑。发母初为景帝程姬侍儿,于宫中地位不显。发封长沙王后,因路途遥远,不能常往拜见,思念不已遂将长安之土运至长沙,筑成一台,以望其母。因刘发谥定王,后人便称此台为定王台。绵,使久远。邺侯,唐代李泌玄宗时为太子供奉,历仕肃宗、代宗、德宗三朝,位至宰相。因在平定安史之乱和对吐蕃用兵中建有奇功,遭权奸所忌,退隐衡山烟霞峰下,结庐读书,尝"架插三万轴"。代宗相召始出。死封邺侯。为作纪念,宋代起即将其结庐处建筑名邺侯书院,至今尚存。汗牛充栋,极言藏书之多。农军折将,指太平军主要将领冯云山、萧朝贵在湖南牺牲。一八五二年南王冯云山在蓑衣渡(在湘桂边境湘江上)之战中负伤牺牲,西王萧朝贵在进攻长沙时中炮牺牲。礮,疑此指炮,因冯云山和萧朝贵皆中炮而死。姜斋,王夫之号。授经,讲授经学。植,培养。鸿才硕学,学问很深的人才。

⑱皎皎,光明的样子。二十纪,二十世纪,此指中华人民共和国成立后。毓秀钟灵,谓天地间灵秀之气聚到了这里。亿兆载,亿万年。伟业宏基,指社会主义事业。肇,创建。光华,光辉。复旦,《尚书大传·虞夏传》:"日月光华,旦复旦兮。"旦复旦,谓光明又复光明。

⑲感荷,犹言感激。燎原星火,指在井冈山创立革命根据地。兵陈,指打倒"四人帮"。

⑳旷代,世所未有的。典模,典范和楷模。

㉑猷,计谋。新猷,新的政策和规划,也包括对天心阁的重建。中兴,复兴。

㉒之,此。甸,古面积单位,一甸方八里。禹甸,传丘甸之制为禹所创立,故后世即以禹甸指称中国的疆域。

第五副超长联:单联二百零六字,全联四百十二字。

无名氏挽友联

死生亦大矣!白发亲,红颜妇,摧残铁石肝肠,枉追仇二竖难驱,三尸莫斩,天乎其奈之何![1]记畴昔灯影连窗,书声隔壁,藤床联话,芸案分笺,茗战倾盂,酒酣�缶,似恁般襟怀意气,有恁般慷慨淋漓。[2]方期揖让夔龙，鞭笞獬豸，金门玉扃共徘徊；哪料你抱负清才，遭逢蹇运，十六日捧心扪腹，骨化形销，本非泄泄者流，遘疾良堪痛也。[3]每念蕉琴断响，玉榻凝尘，仅余寂寞荒坟，嵯峨华表，凄风苦雨泣孤魂。[4]呜呼，宿草将萌，寒杨新种。[5]四周黯淡，为全家春尝秋禴，谱出离骚。[6]恰徒嗟上帝梦梦，乃至斯极，直欲歼除冥使，唤起阎罗，赤手夺还君性命。[7]

英雄安在哉？东流水，北邙山，哭尽古今人物，倒忽如一棺长戢，万虑俱空，我但未能够耳！[8]想尔时爱河登岸，孽海抽身，蓬岛升仙，蓉城拜爵，文郎复位，香尉旋宫，说什么富贵功名，讲什么词章学问，都是饔飧蝼蚁，巢穴狐狸，绣巘锦窝凭鹤吊；试看他解开世网，打破名关，廿七年飞泡浮沤，波漂川逝，落得悠悠自在，受用不既多欤？[9]回思眉锁牢愁，鬓丝绾恨，翻觉尘埋灰劫，焚炙炎坑，掣电驰飙悲幻景。[10]噫嘻，昙花初现，墓树随封。[11]九土逍遥，替儿辈触斗蛮争，点醒恶梦。[12]只剩得狂奴莽莽，作此无聊。[13]倘教忆到停云，归来明月，黄泉应笑我痴呆。[14]

作者简介、题解及评析

作者不详。这副对联，哀悼朋友之死，文情并茂，对世人争名夺利持批判态度，不无可取之处。但言人生不过一场梦幻，情绪颇为消极。

注　释

①亲，父母。红颜，年轻女子。妇，此指妻子。摧残铁石肝肠，形容悲痛到了极点。枉，空。仇，恨。二竖，两小孩，此指病魔。《左传 · 成公十年》："公疾病，求医于秦，秦伯使医缓为之。未至，公梦疾为二竖子，曰：'彼良医也，惧伤我，焉逃之？'其一曰：'居肓(huāng)之上，膏之下，若我何？'医至，曰：'疾不可为也。'"三尸，道教认为人体内有作祟之神曰三尸。段成式《酉阳杂俎 · 玉格》："上尸青姑，伐人眼；中尸白姑，伐人五脏；下尸血姑，伐人胃命。"斩，尽绝。天乎其奈之何，意为这是天意呀，又有何办法呢？

②畴昔，从前。联话，相互谈心。芸案，写字台。笺，写信或题写诗

词用的纸。分笺,分题赋诗。茗战,指斗茶,比赛茶的好坏。倾,倒满。盂,圆口茶具。酒酣,饮酒正在兴头上。拊,拍击。缶,古时一种陶质乐器。恁般,这样的。淋漓,畅快。

③方期,正想。揖让,以礼相见。夔龙,舜二臣名。夔管音乐教化,龙做纳言。夔龙,此指朝中良臣。獬豸(xièzhì),古代传说中一种神兽,这里借指欺世盗名的坏人。金门,金马门,汉时才能优异者,奉命候留于此,以待皇帝召用。玉扃(jiǒng),门户。方期揖让夔龙,鞭笞獬豸,金门玉扃共徘徊,谓正想干一番事业。清才,不俗之才。蹇运,倒霉的命运。扪,按。泄泄,快活的样子。流,一类。本非泄泄者流,意谓平时就有些抑郁。遘(gòu),遇。遘疾,得病。良,真。堪痛,令人苦恼。

④蕉琴,当为"焦琴"。《后汉书·蔡邕传》:"吴人有烧桐以爨(cuàn,煮饭)者,邕闻火烈之声,知其良木,因请裁为琴,果有美音。而其尾犹焦,故时人名曰焦尾琴焉。"玉榻,无顶无框的小床。焦琴断响,玉榻凝尘,皆指朋友死去。仪余,仪容不见,只剩下。嵯峨,高峻的样子。华表,有多种,此指立于墓前作为标志或装饰用的大石柱。

⑤宿草,多年生草本植物。

⑥黯,通"暗"。尝、禴(yuè),古代宗庙四时祭名中的两种。《诗经·小雅·天保》:"禴祠烝尝。"毛传:"春曰祠,夏曰禴,秋曰尝,冬曰烝。"这里说:"春尝秋禴",次序有误。离骚,楚辞篇名,屈原所作,此指忧伤词调。

⑦恰,才。徒,空。嗟,叹息。梦梦,形容昏愦。乃,才。至斯极,到这个地步。直,简直。冥使,迷信中指阴间派出索人之命的鬼。阎罗,即阎王。

⑧北邙,即邙山,在河南洛阳市北,东汉及北魏王侯公卿多葬于此,这里泛指墓地。忽如,忽然觉得像。戢,收敛。长戢,指把自己永远装起来。但,只。耳,罢了。

⑨尔时,那时。爱河,佛教指情天欲海。孽海,佛教指邪恶的深渊。蓬岛,蓬莱岛,传说中的海上神山。蓉城,芙蓉城,传说中的仙境。拜爵,被命做管理芙蓉城的官。文郎,犹言书生。复位,归位。香尉,据《述异记》载,汉代雍仲子进南海香物,拜涪阳尉,人称"香尉"。旋,回。

登岸、抽身、升仙、拜爵、复位、旋宫，皆指已死。饔(yōng)，早餐。飧(sūn)，晚餐。饔飧蝼蚁，给蝼蛄蚂蚁做食料。巢穴狐狸，给狐狸做窝巢。巘(yǎn)，有别于大山的小山，此指坟堆。窝，此指居所。鹤吊，吊唁死者的美称。《晋书·陶侃传》载，东晋时陶侃因丧去职，有二客来吊，不哭而退，化为双鹤。他，指死去的朋友。解开世网，脱离人世的羁绊。名关，功名的诱惑。飞泡，吹起的气泡。浮沤，水上的泡沫。飞泡浮沤，因其易生易灭，常用以喻人生的短暂。漂，同"飘"。川逝，语出《论语》："子在川上曰：逝者如斯夫，不舍昼夜！"波漂川逝，谓很快就过去了。既，已。

⑩牢愁，忧愁。绾(wǎn)，结。回思眉锁牢愁，鬓丝绾恨，意为回想过去那些令人不快之事。翻，反。埋、劫，均指灾祸。尘埋灰劫，犹言所遭的难。炙，烤。炎坑，火坑。焚炙炎坑，犹言所受的苦。掣(chè)电驰飙，极言时间过得快。掣电驰飙悲幻景，意谓都不过是一些虚幻景象，瞬息即逝，令人悲哀。

⑪昙花初现，像昙花刚刚一开，很快就凋谢。

⑫九土逍遥，让我逍遥于九州。触斗蛮争，本指因细故而引起的争端。《庄子·则阳》："有国于蜗之左角者，曰触氏；有国于蜗之右角者，曰蛮氏。时相与争地而战。"此指争名逐利之人。

⑬只剩，最后只剩下那些。狂奴，精神失常的人。《史记·宋微子世家》："(箕子)乃被发佯狂而为奴。"莽莽，本指草深的样子，此指不清白的状态。此，这种。无聊，指争名逐利之事。

⑭忆到停云，指思亲。归来明月，即落月，指慕友。陶潜《停云》诗自序："停云，思亲友也。"杜甫《梦李白》诗："落月满屋梁，犹疑照颜色。"后人常在书札中将"停云落月"连用，表示思亲慕友两个方面。倘教忆到停云，归来明月，意谓若要叫这些人也思亲慕友。黄泉，地下，此指死去的朋友在地下。

第六副超长联：单联二百字，全联四百字。

清代张之洞题长沙屈原湘妃祠联

九派会君山。[1]刚才向汉沔荡胸，沧浪濯足。[2]直江滚滚奔腾到，星沉龛赭，潮射钱塘，乱入海口间。[3]把眼界洗宽，无边空阔。只见那庙唤鹧鸪，落花满地；洲邻鹦鹉，芳草连天。[4]只见那峰回鸿雁，智鸟惊寒；湖泛鸳鸯，文禽戢翼。[5]恰点染得翠霭苍烟，绛霞绿树。[6]蔽开着万顷水光，有多少奇奇幻幻，淡淡浓浓，铺成画景！焉知他是雾锁吴樯？焉知他是雪消蜀舵？焉知他是益州雀舫？是彭蠡渔艭？[7]一个个头顶青箬笠，浮巨艇南来。[8]叹当年靳尚何奸，张仪何诈，怀王何暗，宋玉何悲，贾生何太息。[9]至今破八百里浊浪洪涛，同读招魂呼屈子。[10]

三终聆帝乐。[11]纵亲觅伶伦截管，荣猿敲钟。[12]竟响飒飒随引去，潭作龙吟，孔闻鼍吼，静坐波心里。[13]将耳根贯彻，别样清虚。[14]试听这岳阳铁笛，曲折柳枝；俞伯琼琴，丝弹桐柏。[15]试听这仙源渔棹，歌散桃林；楚客洞箫，悲含芦叶。将又添些帆风橹雨，荻露葭霜。[16]凑合了千秋韵事，偏如许淋淋漓漓，洋洋洒洒，惹动诗情。[17]也任你说拳椎黄鹤，也任你说盘贮青螺，也任你说艳摘澧兰，说香分沅芷[18]。数声声手拨铜琵琶，唱大江东去。[19]忆此祠神尧阿父，傲朱阿兄，监明阿弟，宵烛阿女，殿首阿小姑。[20]亘古望卅六湾白云皦日，还思鼓瑟吊湘灵。[21]

作者简介和评析

张之洞（一八三七年——一九〇九年），清末洋务派领袖。字孝达，号香涛。直隶南皮（今属河北）人。同治进士，曾任翰林院侍讲学士、内阁学士等职。一八八四年中法战争时，由山西巡抚升两广总督，起用冯子才，在广西边境击败法军。一八八九年调湖广总督。开办汉阳铁厂和湖北枪炮厂，设立织布、纺纱、缫丝、制麻四局，并筹办卢汉铁路，与李鸿章争夺权势。一八九八年，发表《劝学篇》，提出“旧学为体，新学为用”，以维护封建伦理纲常，反对戊戌变法。一九〇〇年八国联军进攻北京时，在帝国主义策划下，参与东南互保，镇压两湖反洋教斗争和唐才常自立军起事。一九〇七年调任军机大臣，掌管学部。有《张文襄公全集》。

这副对联，上联写洞庭湖的地理环境及其所见景物，最后抒发对屈原不幸遭遇的感慨。下联写音乐，然后归结到“鼓瑟吊湘灵”。全联虽长，条理清楚，写景抒情结合紧密。然有意炫长，不免某些地方拖沓无力，下联将湘妃家族一一列入，显得凑集典故，有“掉书袋”之嫌。

注　释

①九派，原指江西九江市北的一段长江，有九条支流，故叫九派。这里泛指长江。君山，亦称湘山、洞庭山，在湖南洞庭湖中，相传尧之二女娥皇、女英居此，上有湘妃墓等古迹。

②汉沔，即汉水。沔为汉水流经陕西沔（勉）县一段的别称。这里称汉沔，重在指其上源。荡胸，涤荡胸襟。沧浪，即夏水，汉水支流。濯（zhuó），洗。沧浪濯足，《楚辞 · 渔父》：“沧浪之水清兮，可以濯吾缨；沧浪之水浊兮，可以濯吾足。”

③直江，波涛汹涌的大江。龛赭（kānzhě），浙江龛山与赭山。龛山在萧山东北，其形如龛，与海宁西南之赭山对峙，中乃海门，古为钱塘江门户，因江流北移，现已成为陆地。此喻洞庭湖口。钱塘，浙江省最大河流，入海口呈喇叭状，海潮倒灌，形成著名的钱塘潮。潮射钱塘，海潮在钱塘被射退。钱载《十国词笺》：“吴越王钱镠作捍海塘（堤），怒潮急湍，版筑不就，乃选竹箭三千支，羽簇备具，于叠雪楼命水犀军驾强弩五百以射潮。潮头东趋西陵，遂定其基。”这当然只是传说。此谓江水涌入洞庭时，像钱塘潮一样有不可阻挡之势。

④庙唤鹧鸪，鹧鸪庙在洞庭湖边。洲邻鹦鹉，鹦鹉洲在武汉市西南长江中，因东汉末，祢衡于此作《鹦鹉赋》而得名。

⑤峰回鸿雁，回雁峰在衡阳市，据说北雁南来，至此而返（事实并非如此）。智鸟，雁的别称。文禽，羽毛有文彩的鸟，此指鸳鸯。戢（jí）翼，收拢翅膀。文禽戢翼，《诗经 · 小雅 · 鸳鸯》：“鸳鸯在梁（露出水面的沙梁），戢其左翼。”

⑥恰，正好。得，出。翠霭，青翠的云气。苍烟，苍色的烟雾。绛霞，红色的彩霞。

⑦雾锁，被烟雾笼罩着的。吴樯，从吴地来的船，指长江下游的船

只。雪消,为波浪所遮隐的。蜀舵,从蜀地来的船,指长江上游的船只。益州,古辖有今蜀陕滇黔部分地区,此则指滇黔地区。雀舫,船头画着朱雀的画船。彭蠡,即江西鄱阳湖。鱼艭(shuāng),渔船。

⑧一个个,指船上的人。

⑨靳尚,战国时楚国大臣,怀王时任上官大夫,因妒忌屈原才能,向楚怀王进谗言,使疏远屈原。楚顷襄王即位,靳尚又诬害屈原,致使屈原被放逐。张仪,战国末年纵横家,秦相,游说各国服从秦国,施奸计瓦解齐楚联盟,又夺取楚汉中地。暗,昏聩。宋玉,战国楚辞赋家,屈原弟子。屈原放逐,宋玉作《九辩》述其志以哀之,中有"悲哉秋之为气也"之句。贾生,贾谊,西汉大臣,政治家。文帝时任太中大夫,后被贬为长沙王太傅,终身不得志,年三十三岁,忧郁而死。太息,叹息。贾生何太息,指贾谊才华横溢而不得志,到长沙赴任过湘水时,感自身遭遇与屈原同,作《吊屈原赋》,叹息之情溢于字里行间。

⑩招魂,《楚辞》篇名。东汉王逸认为是宋玉招屈原之魂而作。

⑪终,一曲结束。三终,演奏三次。聆,听。帝,黄帝。帝乐,《庄子·天运》:"黄帝张咸池之乐于洞庭之野。"

⑫伶伦,黄帝时的乐官。截管,截竹管以为乐器。《风俗通》:"昔黄帝使伶伦自大夏之西,昆仑之阴,取竹于嶰(xiè)谷,生其窍厚均者,断两节而吹之,以为黄钟之管。"传十二律即为伶伦首创。截管意为截竹为管以吹之。荣猿,亦作荣援,黄帝时乐官,奉命铸钟十二,以和五音。(见《吕氏春秋·古乐》)

⑬竟响,指乐、管、钟之声。沨(fēng)沨,中庸之声,不高不低。引,拉长,此为传开。潭,洞庭湖。作,发出。孔,穴。鼍(tuó),扬子鳄,多穴居我国安徽南部青弋江沿岸和太湖流域沼泽地带。龙吟,鼍吼,皆乐、管、钟声引起。波心里,即君山上,乃作者观听之所在。

⑭耳根,指耳朵。彻,通。别样清虚,感到特别恬静淡泊。

⑮岳阳铁笛,一种仙笛。《巴陵县志》:"岳州城南……有江叟者,尝遇樵夫遗以铁笛,吹之无声。一日登白鹤山紫荆台(亦在岳阳城南)吹之,响振林谷。"曲折柳枝,即《折杨柳》,汉乐府横吹曲名,大都为伤别和悼念征人之作。此借指铁笛所吹之曲。俞伯,俞伯牙,传说为我国春秋

时人,善弹琴。《荀子 · 劝学》有"伯牙鼓琴而六马仰秣(昂头不再吃草)"的记载。今汉阳龟山有伯牙台,即当年伯牙弹《高山流水》遇知音钟子期处。琼,美玉。丝,琴弦。桐柏,即《桐柏山》,梁鼓吹曲名,沈约制。此借指俞伯牙所弹之曲。

⑯葭(jiā),芦苇。葭霜,《诗经 · 秦风 · 蒹葭》有"蒹葭苍苍,白露为霜"之句。全诗写寻求伊人,终不可得。

⑰千年韵事,千年的风雅之事。此指岳阳铁笛、俞伯琼琴等。偏,竟。

⑱椎,通捶。拳椎黄鹤,语出李白《赠韦南陵冰》:"我且为君捶碎黄鹤楼,君亦为我倒却鹦鹉洲。"这是李白因抱负难以实现的愤慨之言。盘贮青螺,指君山在洞庭湖中的景象。刘禹锡《望君山》诗:"遥望洞庭山水翠,白银盘里一青螺。"澧、沅,澧水、沅水均在湖南境内,均流入洞庭湖。兰、芷,均香草。澧兰沅芷,《楚辞 · 湘夫人》:"沅有芷兮澧有兰。"

⑲铜琵琶,《历代诗余》引宋代俞文豹《吹剑录》载:"东坡在玉堂,有幕士善讴,因问,'我词何如柳七(柳永)?'对曰:'柳郎中词,只合十七八女郎,执红牙板,歌'杨柳岸,晓风残月。'学士词,须关西大汉,铜琵琶,执铁绰板唱'大江东去'。东坡为之绝倒。"大江东去,指苏轼《念奴娇 · 赤壁怀古》词。因该词首句为"大江东去",故名。

⑳神尧阿父,即湘妃娥皇、女英的父亲帝尧。傲朱阿兄,尧的长子丹朱,因傲慢不肖,故称作傲朱。监明阿弟,尧的幼子,名明。宵烛阿女,舜之二女宵明和烛光。《山海经 · 海内北经》:"舜妻登比氏,生宵明、烛光,处河大泽,二女之灵能照此所方百里。"敤(kè)首阿小姑,帝舜之妹。《路史 · 后记十一》注:"瞽叟(舜父)盲……再聚而生象,一女,名敤首。"又说:"世传瞽叟与象每欲杀舜,其妹敤首每为之解。"古时还有"敤首作画"之说。

㉑亘古,从古至今。卅六湾,在湘阴县北湘江上,萦回清澈,出此即渐次入青草湖。古人有"三十六湾湾对湾"的诗句。皦(jiǎo)日,明亮的太阳。鼓瑟,本湘灵所为。《楚辞 · 远游》:"使湘灵鼓瑟兮,令海若舞冯夷。"此乃作者自为之。吊,慰问。湘灵,湘水女神,古谓湘妃所化,此指

湘妃。

第七副超长联：单联一百九十七字，全联三百九十四字。

清代李善济题灌县青城山联

溯禹迹奠岷阜以还，南接衡湘，北连秦陇，西通藏卫，东峙夔巫。[①]葱葱郁郁，纵横八百里舆图。[②]试蹑屐登上清绝顶，看雪岭光腾，红吞沧海；锦江春涨，绿到瀛洲；历井扪参，须臾踏蜗牛两角。[③]争奈路隔蚕丛，何处觅神仙帑库？[④]丈人峰直墙堵耳！[⑤]回思峨眉秋月，玉垒浮云，剑门细雨，尚依稀绕襟袖间。[⑥]况乃夜朝群岳，圣灯先列宿柴天；泉喷六时，灵液疑真君唾地。[⑦]读书台犹存芳躅，飞赴寺安敢跳梁。[⑧]且逍遥陟檐蔔岗，渡芙蓉岛，都露出庐山面目，难遽追攀。[⑨]楼观互玲珑，今幸青崖径达。[⑩]问当年华渚姚墟，铜铸明皇应宛在？[⑪]

自轩坛拜宁封而后，汉标李意，晋著范贤，唐隐薛昌，宋征张愈。[⑫]烈烈轰轰，上下四千年文物。漫借瓻考前代遗徽，记官临内品，墨敕亲颁；曲和甘州，霓裳同咏；鸾章翠辇，不过留鸿爪一痕。[⑬]可怜林深杜宇，几番唤望帝归魂。[⑭]高士传岂欺予哉！[⑮]莫道赵昱斩蛟，佐卿化鹤，平仲驰骡，悉缥缈若遐荒事。[⑯]兼之花蕊宫词，巾帼共谯岩竞秀；貂蝉画像，侍中与太古齐名。[⑰]携孤琴御史曾游，吹长笛放翁再往。[⑱]休提说王柯丹鼎，谭峭靸鞋，那堪他沫水洪波，无端淘尽。[⑲]英雄多寄寓，我亦碧落暂栖。[⑳]待他日，龙吟虎啸，铁船贾郁定重来。[㉑]

作者简介、题解及评析

李善济，清末文人，四川通江人。此联原在四川灌县青城山天师洞，现移建福宫。清代宣统二年撰书。灌县在四川省成都市西北，县驻地为灌口镇，著名的都江堰水利工程就在这里。青城山在灌县西南三十里处，背靠岷山雪岭，面对西川平原，为我国道教发祥地之一。三十六峰，一百零八景，幽秀雄奇。其山群峰环卫，形成城郭，所以取名青城山。一千多年来，吸引了无数隐士游者、文人墨客。全山现有宫观七十余座，著名的有天师洞（古常道观）、建福宫等。天师洞相传为东汉张天师张道陵结茅传道之所，故名。这副对联单联一百九十七字，全联三百九十四字，为青城山第一长联，宛若洋洋洒洒的青城山赋。上联以青城为中心，展望“纵横八百里舆图”的壮丽景色，描绘了“青城天下幽”的特色；下联围绕“上下四千年文物”中有关青城的一些历史故实、人物和神话传说，抒发了作者的怀古幽思和个人抱负。全联广征博引，气势恢宏，遣词严谨，对仗工整。其中穿插了二十多个与青城山有关的历史人物典故，概述了与青城山相连的三十六峰、一百零八景的盛况，还借用唐宋著名诗人李白、杜甫、陆游吟咏四川佳景的名句入联，如“峨眉秋月”、“玉垒浮云”、“剑门细雨”等，把“青城天下幽”渲染得淋漓尽致。胜景佳联，相映生辉，读之使人更能领略青城山幽深绮丽的景色情趣，更能感受祖国历史的悠久，河山的壮美。

注　　释

①溯，追想。禹迹，《蜀王本纪》：“禹本汶山郡广柔县人，生于石纽。”广柔即今四川汶川县，与灌县相邻。石纽村有“禹穴”石碑一块，传为李白所书。又《尚书·禹贡》载，大禹曾于“岷山导江”。“禹迹”即指此。奠，祭。阜，山。岷阜，即岷山，青城山是岷山第一峰。以还，以来。衡湘，衡山、湘水，指代湖南一带。秦陇，陕西、甘肃。藏卫，藏为西藏，卫为前藏的别称，泛指西藏。夔（kuí）巫，夔门、巫山，指代湖北。

②舆图，地域。

③蹑（niè），踏。屐（jī），木底鞋，古人常穿它爬山。上清绝顶，上清宫的顶端。上清宫，在青城山一千六百米高峰顶侧。雪岭，又名西山，在成都西面。红，红霞。吞，布满。沧海，云海。雪岭光腾，红吞沧海，谓太阳从雪山顶上升起，红光照遍了云海。锦江，岷江分支之一，流经成都平原，于成都市南与岷江分支郫江会合。瀛洲，古称东海仙岛。历，经过。扪，摸。井、参，两个星宿名。我国古代，根据天上星宿的位置，划分地面相应的区域，这叫作分野。据《汉书·天文志》说，“井”是

秦(陕西)的分野,“参”是蜀(四川)的分野。历井扪参,意为伸手就可以摸到天上的星星。李白《蜀道难》诗有“扪参历井仰胁息”之句。蜗牛两角,喻极小境地,此指巴蜀两国。《庄子·则阳》:“有国于蜗之左角者,曰触氏;有国于蜗之右角者,曰蛮氏。”

④蚕丛,传说蜀国开国君主,教人养蚕,俗称青衣神。传诸葛亮曾于青城山石笋峰下掘得“蚕丛氏启国誓蜀”之碑,今已不见。路隔蚕丛,谓年代太久远了。神仙帑(tǎng)库,神仙藏金、帛的仓库,传说在青城天仓山中有一座,凡人不知所在。

⑤丈人峰,青城三十六峰之一。直,只。

⑥峨眉,峨眉山,在四川峨眉县西南,其山峰相对如蛾眉,故称峨眉山,为佛教四大名山之一,是我国著名的风景区。峨眉秋月,“峨眉山十景”之一,李白《峨眉山月歌》诗有“峨眉山月半轮秋,影入平羌江水流”之句。玉垒,玉垒山,在四川省灌县西北,众峰丛拥,远望无形,仅峰顶露于云表。玉垒浮云,杜甫《登楼》诗有“锦江春色来天地,玉垒浮云变古今”之句。剑门,即剑阁,古蜀道要隘,在川北剑阁县境,晋人张载《剑阁铭》:“惟蜀之门,作固作镇,是曰剑阁,壁立千仞,穷地之险,极路之峻。”因大小剑山于此崖壁中断,其形如门,故称“剑门”。古有“剑门天下雄,峨眉天下秀,青城天下幽”之说。剑门细雨,因剑阁地势很高,笼罩的云气常形成细雨,陆游《剑门道中遇微雨》诗有“此身合是诗人未?细雨骑驴入剑门”之句。

⑦夜朝群岳,青城山谷夜间磷光闪烁,道家附会说是“群岳百灵来朝”。圣灯,即神灯,实为磷火,现青城山尚有神灯亭,夜间于此可观这一景象。先列宿,在繁星出现之前。柴,焚祭柴。泉喷六时,六时泉,在青城混元顶下,终年不涸不溢,喷流飘洒。真君,指宁封,传黄帝曾设坛拜他为五岳丈人,宁封传道与轩辕黄帝。

⑧读书台,唐杜光庭隐居青城山白云溪时读书之所。躅(zhuó),足迹。芳躅,美好的踪迹。飞赴寺,在青城山前,此指该寺僧人。跳梁,腾跃跳动,后用以比喻跋扈的样子。飞赴寺安敢跳梁,青城乃道教胜地,道释异源,唐玄宗时,飞赴寺僧人曾一度侵占天师洞,开元十二年(七二四年)玄宗诏令归还。

⑨檐蔔岗、芙蓉岛，均在青城山上。露出庐山面目，露出本来面目。遽(jù)，急，骤然。追攀，登临。

⑩楼观互玲珑，即玲珑交错的建筑物。

⑪华渚、姚墟，传说中少昊(黄帝之子)及虞舜的降生之地，皆圣地，此借指青城山。铜铸明皇，唐明皇(玄宗)的铜像。天宝十四载(七五五年)，唐玄宗为避安史之乱，从长安逃往成都，游过青城山，又因其曾为该山佛道两家解决过争端，后人于是铸像纪念。

⑫轩坛拜宁封，轩辕黄帝设坛拜宁封为五岳丈人。标，记。李意，李意其，汉末蜀人，终身不仕，以占卜为业。汉标李意，刘备欲伐吴，迎李意其问吉凶，李不答，画兵马器仗数十张，一一撕毁，又画一大人，掘地埋之，扬长而去。后刘备兵败，死于白帝城，众人始领会其意。范贤，范长生，西晋末蜀人，于青城岩居穴处，求道养志。李雄入成都，欲迎之为君，不受，后拜为丞相，尊曰“范贤”。薛昌，唐玄宗时人，天宝年间隐居青城洞天观，传说他曾饮一种酒，耳鼻流血而死，三日后复苏，身轻目明，势欲飞举，洞见远近，节度使想将他送入京师，瞬息不见。征，聘。张愈，宋仁宗时郫县人，屡试不第，后上书于仁宗，论述边防之事受到赏识，授校书郎。不久归隐青城山白云溪，闭门著书。

⑬瓻(chī)，古时盛酒的器具。借瓻，古人向别人借书，以瓻盛酒为酬，此指查阅典籍。遗徽，遗迹，指青城山轶事。内品，宫廷里的官，此指毛景怀。开元年间，唐玄宗令飞赴寺僧人归还天师洞的手诏，就是让毛景怀送去的。敕，诏书。墨敕，指唐玄宗的手诏，已刻为碑，至今尚在天师洞内。曲和甘州，前蜀主王衍与太后太妃游青城，宫人衣服皆画云霞，飘然若仙。又自作《甘州曲》，上山下谷自歌，使宫人和之，以得其乐。霓裳同咏，谓王衍游青城的歌咏，与唐玄宗所作的《霓裳羽衣曲》(杨贵妃善歌舞，尤其是《霓裳羽衣舞》最著名，唐明皇曾以玉笛伴奏)，有异曲同工之妙。鸾章，鸾凤花纹。翠，车盖颜色。鸾章翠辇，此指帝王们游青城的车驾。鸿爪，比喻往事的遗迹。苏轼《和子由渑池怀旧》诗：“人生到处知何似，应似飞鸿踏雪泥，泥上偶然留指爪，鸿飞哪复计东西！”

⑭杜宇，望帝，传说中的蜀国国王杜宇在周代末年称帝，号为望帝，

其相开明决玉垒山，以除水害，帝遂委以政事，禅位于开明，归隐青城山，后得知此举被诬为与开明之妻私通，悲愤而死。其魂化为杜鹃，日夜哀鸣，叫着“不如归去！不如归去！”直至啼血乃止。

⑮高士传，晋人皇甫谧(mì)撰，记上古至魏晋隐逸之士六十九人。

⑯赵昱(yù)斩蛟，隋时蜀人赵昱，初隐青城山，炀帝闻其贤，征召不就，强征之，始受蜀地嘉州(乐山)太守。传在嘉州时，曾入犍为潭中斩蛟，为民除害。临政五月，复隐青城大面山。佐卿化鹤，唐时青城道士佐卿，传他一日自外归来说：“今吾出游为飞矢所中。”将箭记上年月挂于壁上，曰：“后年箭主至此，当付还。”安史之乱，玄宗入蜀，识其箭，忆一年前重九曾于长安沙苑射中一鹤，带箭飞走，始知该鹤乃佐卿所化。平仲驰骡，宋钦宗时，大将姚平仲固守西陲未获全功，恐朝廷问罪，遂骑骡奔青城大面山隐居。遐荒，遥远的年代。

⑰宫词，以帝王宫中日常琐事为题材，或写宫女的抑郁愁怨的诗。花蕊宫词，后蜀主孟昶妃费氏，号为花蕊夫人，青城人，工诗文，她仿唐代诗人王建作了宫词一百首，蜀亡归宋后，其心仍未忘蜀。巾帼，原指古代妇女的头巾和发饰，后借指妇女，此指花蕊夫人。谯岩，四川涪陵人谯定于南宋初年隐居大面山，后人为纪念他，以其姓称一岩，曰“谯岩”。共……秀，争相比美。貂蝉，汉代侍从官员帽上的装饰物。貂蝉画像，指建福宫壁画中宋代孙太古所绘范长生举手整貂蝉像。侍中，晋代范长生。太古，孙知微，字太古，善画，孟蜀时隐居青城山。

⑱携孤琴御史曾游，唐肃宗时御史大夫兼剑南两川节度使严武，曾独自带着琴到青城山游览过。吹长笛放翁再往，南宋爱国诗人陆游，字务观，号放翁，山阴(今浙江绍兴人)，乾道六年(一一七〇年)入蜀，任夔州通判，乾道八年入四川宣抚使王炎幕府，为收复失地而积极出谋献策。不到一年，王炎调离川陕，陆游也改任成都安抚史参议官。五十四岁时(一一七八年)离蜀东归。陆游《自上清延庆归过丈人观少留》诗有“再到蓬莱路欲平，却吹长笛过青城”之句。

⑲丹鼎，道家炼丹的器具。王柯丹鼎，唐代青城人王柯，即王仙柯，居青城翠围山，以鼎炼丹，传说他服丹升仙。丹鼎古迹至今犹存。谭峭靸(sǎ)鞋，南唐泉州(今属福建)人谭峭，自幼好仙术，传隐嵩山南岳时，

常穿靸鞋(无后跟草鞋)一双,后抛于东海,隐青城成仙而去。沫水洪波,沫水即四川西部的大渡河,该河沿途峡谷连绵,水流湍急,波涛汹涌。

⑳寄寓,迁徙无定居的客户。碧落,天空。栖,寄身。我亦碧落暂栖,作者站在青城山顶,像在空中一样,故云。

㉑龙吟虎啸,龙虎风云际会之时,意指机会到来,便可大展才能。铁船,仙人所乘之船。传说此船后堕于江西庐山天池峰对面,化为铁船峰。贾郁,五代时仙游主簿,正身奉法,不容人过,属吏皆敬畏而不敢徇私,传曾驾铁船出游。铁船贾郁定重来,此谓作者立志做贾郁那样的人。

第八长副超长联:单联一百七十五字,全联三百五十字

清代潘烈炳题武昌黄鹤楼联

跨蹬起岑楼,既言费文伟曾来,旋谓吕绍先到此,楚书失考,竟莫喻昉自何朝。①试梯山遥穷郢塞,觉斯处者个台隍,只有祢衡作赋,崔颢题诗,千秋宛在;迨后游踪宦迹,选胜登临,极东连皖豫,西控荆襄,南枕岳长,北通申息,茫茫宇宙,胡往非过客蘧庐。②悬屋角檐牙,听几番铜乌铁马;涌蒲帆桂楫,玩一回雪浪霜涛。③出数十百丈之巅,高凌翼轸,巍巍岳岳,梁栋重新,挽倒峡狂澜,赖诸公力回气运。④神仙浑是幻,又奚必肩头佩剑,画里酒钱,岭际笛声,空中鹤影。⑤

蟠峰撑杰阁,都说辛氏垆托始,那知鲍明远弗传,晋史阙疑,究未闻建从谁手。⑥由战垒仰慕皇初,想当年许多人物,但云屈子离骚,鬻熊遗泽,万古常昭;其余创霸图王,称威俄顷,任成灭黄弦,庄严广驾,共精组练,灵筑章华,落落豪雄,均归于苍烟夕照。⑦惟方城汉水,犹记得周葛召棠;便大别晴川,亦依然尧天舜日。⑧偕亿兆群伦以步,登耸云霄,荡荡平平,欃枪尽扫,观丰功骏烈,贺而今曲奏承平。⑨风月话无边,赏不尽郭外柳阴,亭阑枣实,

洲前草色,江上梅花。[10]

作者简介、题解及评析

潘炳烈,清代光绪年间人。黄鹤楼,故址在湖北武昌蛇山黄鹤矶头。其名称由来,传说很多。《元和志》说是:"因矶为楼,名黄鹤楼。"《寰宇记》说是:"昔费祎登仙,每乘黄鹤于此憩驾,故号为黄鹤楼。"相传始建于三国东吴黄武二年(二二三年),历代屡毁屡建,单清代就重建四次。原楼中华人民共和国成立后修建长江大桥时已拆除,楼前之塔已迁至附近高观山。今已重建。对黄鹤楼,唐代的崔颢和李白以及宋代的陆游等人均有题诗,而以崔颢的《黄鹤楼》诗最为著名。后人对黄鹤楼的题咏和对联,多受此诗影响。而有关黄鹤楼的对联,则多题于清代该楼几次重修前后。这副对联单联一百七十五字,全联三百五十字,为黄鹤楼第一长联。

注　释

①跨蹬,指仙人跨鹤登仙之处。岑楼,楼之高峻如山者,此指黄鹤楼。既,已。费文伟,即费祎,三国蜀汉大臣,传说他成仙后,曾驾鹤在此楼休憩。旋谓,又说。吕绍先,即吕洞宾,相传一次吕洞宾访友路经武昌,登上蛇山,觉得在山上筑一高楼,观赏长江,一定不错。此时,鲁班也跨木鸢(yuān,鹰)乘风而来,吕便将所想告诉鲁班。鲁谓次日早上再行商议。第二天一早,蛇山已立起一座高楼。吕洞宾边登楼边喊鲁班,仅见楼上一只黄羽木鹤,展翅欲飞。吕洞宾掏出洞箫,吹起"梅花三弄",那只木鹤竟随节拍起舞。吕洞宾跨上木鹤,木鹤便长鸣一声,直上云天而去。莫喻,不明白。昉(fǎng),曙光初现,引申为开始。

②梯山,本指险峻须缘梯而上之山,此指登梯爬上蛇山。遥穷,望尽。郢(yǐng),战国时楚国都城,故址在今湖北江陵附近之纪南城,此指楚地。郢塞,楚地的要塞。斯,此。者,通这。台,高而平的建筑物。隍,城壕。台隍,指黄鹤楼所在处。祢(mí)衡,东汉末文学家。赋,指《鹦鹉赋》,相传东汉末江夏太守黄祖的长子黄射在汉阳西南长江中的鹦鹉洲大会宾客,有人献鹦鹉,祢衡赋之,洲也因此得名。自汉以后,洲屡被江水浸没,今洲所在已非宋前故址。千秋宛在,指崔颢诗和祢衡赋

至今犹在。迨(dài)后,到后来。游宦,指为宦者背离乡井,适转不定。游踪宦迹,谓自己作宦过此。极,远望。皖,安徽。豫,河南。荆襄,湖北荆州和襄阳。岳长,湖南岳阳和长沙。申息,河南南阳、息县一带。周宣王时伯夷之后一部东迁至今河南南阳一带,建立申国。息县一带,乃春秋时息国所在地。胡往,往哪里。非,不是。蘧(qú)庐,犹今旅馆。

③檐牙,房檐的滴水瓦,因排列如齿状,故云。铜乌,即相风乌,古代铜制乌形风向器。铁马,檐上马形铁片,遇风则摆动或相击而发声。涌,随波驾着。蒲帆,以蒲草编织的船帆。桂楫,以桂树制作的船桨。蒲帆桂楫,极好的船。

④出,指黄鹤楼高出。巅,山顶。翼、轸(zhěn),均星宿名,在二十八宿中属朱鸟七宿,楚地是其分野。岳岳,高耸突出的样子。倒峡狂澜,冲破山峡束缚奔腾而下的江水,这里暗指危机四伏的国势。

⑤浑,全。奚必,何必。肩头佩剑、画里酒钱、岭际笛声、空中鹤影:相传辛氏在黄鹤矶头卖酒,一佩剑道士常来店中饮酒,辛氏见其仙骨道风,思为奇异,不肯收他的酒资。半年后,道士临别时,用橘皮在店壁上画一黄鹤相谢说:"酒客至拍手,鹤即下起舞。"辛氏屡试屡验,从此酒店生意兴隆。过了十年,道士复来,见辛氏已成巨富,便取所佩笛吹奏,招黄鹤下壁,跨之而去,辛氏始悟道士乃仙人吕洞宾,于是在此地倡建黄鹤楼。此指成仙得道。

⑥蟠峰,蛇山诸峰之一,在黄鹤矶头,黄鹤楼建于其顶。杰阁,特出的阁楼。垆,古代酒店前放酒瓮的土台子,亦代称酒店。托始,开始。辛氏垆托始,相传黄鹤楼就是辛氏为纪念那个道士才建起来的,这是关于黄鹤楼的又一个传说。鲍明远,即鲍照,南朝齐诗人。家居建康(今南京),曾溯长江过武昌至荆州担任临海王子顼(xū)的前军参军、掌书记等职。弗传,没有只言片语谈到这件事。阙(quē),通"缺"。阙疑,谓有疑暂置不论,不作主观臆测。

⑦战垒,为打仗而筑的堡垒。皇初,上古之时。但云,只说。离骚,屈原代表作。鬻(yù)熊,楚国的祖先。其孙熊绎,在周成王时被封于楚。遗泽,留下来的恩泽。常,长。昭,光明显著。创霸图王,春秋战国时代,各诸侯称王称霸的混乱局面,有天下的为王,诸侯之长为霸。俄

顷,极短暂的时间。成,楚成王。黄弦,春秋时周所封的两个小国名,其地在今湖北黄州和湖北浠水县西。庄严广驾,指楚庄王严格执行广驾(楚国军制)之法。《左传·宣公十二年》载,楚王亲兵,分左右两广,每广有战车十五辆,兵一千一百二十五人。右广从鸡鸣时开始驾车,至正午休息;左广接替,直至黄昏,然后由宫卫值夜。共,楚共王。精,使……精锐。组练,组甲披练的简称,乃古时军士所穿的两种衣甲,引申为军队。共精组练,楚共王在位三十年,曾大兴军事,先后攻伐卫、鲁、郑、宋、陈诸国,虽有鄢陵之败,仍不失为一强。灵,楚灵王。章华,台名,为楚灵王所筑。落落,豁达开朗的样子。归于苍烟夕照,谓已杳然不可寻。

⑧方城,山名,在今河南叶县南,方城县北,春秋时楚国曾因山筑长城,以抗中原。方城汉水,在这里指楚地人民。周葛召棠,指西周初年周召二公。文王死,二公佐武王灭商,武王死,又佐成王。朱熹《诗集传》云:"周公为政于国中,而召公宣布于诸侯。于是德化大成于内,而南方诸侯之国、江沱汝汉之间,莫不从化。"《诗经·周南》有《葛覃》等篇,借葛言王妃修身齐家之事,实颂周公理政之德。《诗经·召南》有《甘棠》等篇,写召公巡行南方时,曾在一株甘棠树下休息,国人敬其人而爱其树,相约加以保护,并称之为"召棠",以示怀念。大别,大别山,在湖北、河南、安徽交界处。晴川,晴川阁,在湖北汉阳龟山东麓禹功矶上,建于明代,取崔颢《黄鹤楼》诗"晴川历历汉阳树"句命名,登楼可远看江汉景色。尧天舜日,比喻理想中的太平盛世,旧时多用作称颂帝王之辞。

⑨偕……以步,即与……同步。亿兆,千百万。群伦,民众。登耸云霄,登上高耸入云的黄鹤楼。欃(chán)枪,彗星的别称,此指兵灾之类。

⑩郭,可指黄鹤楼近旁的武昌,也可指对岸的汉口。亭,太白亭,在黄鹤楼左。阑,同栏字。亭阑枣实,传说这里曾产一种枣,大如西瓜,食之可以长生,故太白楼亦呼"仙枣亭"。"枣实"即由此而来。洲,鹦鹉洲。江上梅花,指笛中吹出的"梅花落"曲调。李白《与史郎中钦听黄鹤楼上吹笛》诗有"黄鹤楼中吹玉笛,江城五月落梅花"之句。

第九副超长联：单联一百七十四字，全联三百四十八字。

李爱歧题长沙天心阁联

天工巧妙，敷陈出锦绣河山；汇八百里洞庭，耸七二峰衡隺。熊槐游梦泽，宋迪写潇湘；归隐陶潜记武陵，重瞳舜帝崩宁远；小乔艳骨，空余湖畔芳抔；刘发高冈，直欲登台瞩母。[1]漫说虞妃斑泪竹，李泌读书堂，庾岭绽先枝，龙宫延柳毅，且看这白沙鹤井，黄蔡忠坟，艨艟浮水橘洲头，立碛象形猴子石，都是四溟胜迹，三楚菁华。[2]争诩地灵，复夸物宝。[3]切摩近景，但恍疑身在层城。[4]允宜把酒临风，岂只消闲寄兴。[5]况还有东塘雨花，北港霞凝，南市暮云，西亭爱晚。[6]

心境通明，比拟乎光华日月。翻几千年史册，数廿五代人豪：正则撰离骚，叔敖埋枳首；虚前贾谊开宣室，完发姜斋抗满清；老杜孤舟，徒悼耒旁空冢；士行都督，犹能运甓惜阴。[7]至于范相岳楼文，宾之怀麓集，永州舒健笔，岳庙宿昌黎，以及那墨绶凤雏，朱张古渡，金匮伤寒长郡守，著方吞毒药王祠，并皆万世崇儒，一时俊杰。[8]缅怀往哲，眷念今贤，展望来兹，已扫尽胸中块垒。[9]自应输芹献曝，尤当为国分忧。[10]莫尽耽春圃桃红，夏池荷绿，冬梅映雪，秋桂留香。[11]

作者简介和评析

李爱歧，现代人。这副对联题于一九八三年天心阁重修之际。单联一百七十四字，全联三百四十八字。余德泉选注《中国长联三百三》一书中四十字以上的题天心阁联收有十副，为各名胜古迹中长联最多的景点，而其中最长的五副，均标明为现代人所作，这一现象实为现代联坛一大奇观。

注　　释

①隺（hè），鹤字省体。衡隺，南方属朱鸟七宿，而南岳之形亦如朱

鸟展翅,故古人以“南岳独如飞”句形容。此言衡崔,即指衡山。熊槐,楚怀王名。相传赤帝有女曰姚姬,未嫁而卒,葬于巫山之南。楚怀王游于云梦高唐,昼寝,梦与相遇,遂筑台观于巫山之南。后其子顷襄王亦有高唐之游,宋玉借此而作《高唐赋》。梦泽,云梦泽,洞庭湖古称。宋迪,北宋著名画家,好作山水,所画潇湘八景,运思高妙,后人名曰:潇湘夜雨、洞庭秋月、山市晴岚、江天暮雪、烟寺晚钟、渔村夕照、平沙落雁、远浦归帆。写,画。陶潜,东晋诗人陶渊明,所作《桃花源记》,述武陵渔人事。武陵,古郡名,指今湖南常德一带。重瞳,眼中有两个眸子。孔安国谓舜名重华,即因重瞳而来。崩,帝王死。宁远,在湖南南部,古属苍梧之地,九嶷山在其境。小乔,三国东吴周瑜之妻,死葬湖南岳阳楼东北隅洞庭湖畔。芳抔,犹言香坟。刘发,即西汉定王。高冈,即定王台。详见本书《李芸青题长沙天心阁联》注。

②虞妃,虞舜帝之二妃娥皇、女英。李泌读书堂,即邺侯书院。邺侯即李泌,见前《李芸青题长沙天心阁联》注。庾岭,大庾岭,亦称梅岭,在江西、广东两省交界处,与湖南相近。绽先枝,谓梅花首先开放。《白孔六帖》云大庾“岭上多梅,南枝既落,北枝始开”,极言岭之南北气候悬殊。延,请。柳毅,唐时书生,曾于湘水之滨遇见龙女,并代为传书。详见下《黄摩西挽所欢联》注③。白沙,白沙井。鹤井,白鹤泉。黄蔡忠坟,黄兴、蔡锷二人之墓,均在长沙岳麓山。艨艟,古指狭而长的战船,此泛指一般船只。碛,浅水中的沙石。猴子石,在长沙城南湘江边,像猴形,水大可没。溟,海。三楚,秦汉时分战国楚地为东、南、西三部分,后即以“三楚”泛称楚地。菁华,同精华。

③诩,夸耀。地灵,人杰地灵。物宝,物华天宝。王勃《滕王阁序》:“物华天宝,龙光射牛斗之墟;人杰地灵,徐孺下陈蕃之榻。”

④但,只。层城,谓昆仑之最高处。《淮南子》:“昆仑有层城九重。”

⑤允,诚。

⑧东塘,长沙城南新建广场,在劳动路与韶山路交汇处。雨花,雨花亭,在东塘广场附近。霞凝,霞凝港,在长沙城北三十余里湘江河畔,今属望城县区。暮云,暮云市,在长沙城南三十多里之大托铺,今属市郊区。爱晚,爱晚亭,在长沙湘江西岸岳麓山青枫峡口,为清乾隆间岳

麓书院院长罗典所建,原名江叶亭,又名爱枫亭。后诗人袁枚到此游览,取唐人杜牧《山行》一诗“停车坐爱枫林晚,霜叶红于二月花”句意,向罗典建议,始更名爱晚亭。抗日战争中毁于火。一九五二年重建,匾额为毛泽东手书。

⑦廿五代,泛指周秦以来。廿五代人豪以下,都是叙述的与湖南有关系的历史人物及其著述、事迹。叔敖,孙叔敖,春秋时人。轵首,亦作枳首,俗称两头蛇。叔敖埋轵首,相传人看见两头蛇就会死去,孙叔敖儿时见两头蛇,为了防止别人再看见,故杀而埋之。孙叔敖后为楚国贤相。虚前,虚前席。古代席地而坐,空出前面的坐席,表示尊重。虚前贾谊开宣室,汉文帝有次召见贾谊,听贾谊讲得很好,不觉挪动坐席,靠近贾谊。姜斋,王夫之号。完发姜斋抗满清,明朝末年,王夫之曾于衡山举兵,阻清兵南下,后战败退走肇庆,任南明桂王政府行人司行人。抗清失败后,王夫之隐居湘西四十年,著书讲学,终身蓄发,出门不管晴雨均打伞穿木屐,示与清朝不共天地。老杜,杜甫。老杜孤舟,安史之乱后,杜甫先流寓成都,依好友成都尹兼剑南节度使严武幕下。严武死,身无依靠,遂携家出蜀,沿江漂流,由洞庭湖入湘江至衡州,贫病交加,最后死于由耒阳北返的船上。耒,耒阳。耒旁空冢,指杜甫墓。士行,指士大夫高尚的德行,此指具有这种德行的人。都督,指陶侃。甓,砖瓦。惜阴,爱惜时光。运甓惜阴,陶侃任广州刺史时,无事则朝夕运甓以习劳。

⑧范相,范仲淹。岳楼文,指《岳阳楼记》。宾之,明代李东阳字。李为今湖南茶陵人,茶陵诗派首领。怀麓集,指李所著《怀麓堂集》。永州,此指柳宗元。永州舒健笔,柳贬永州司马后,同情民间疾苦,撰写了《捕蛇者说》与《永州八记》等千古名文。岳庙,南岳庙。岳庙宿昌黎,传唐贞元年间,韩愈谪为山阳令,途经衡山时,曾于南岳庙歇宿过。墨绶,黑色印带。汉代县令印章用墨绶悬系于身。凤雏,庞统号,三国时人。墨绶凤雏,庞统先投东吴,孙权以为“狂士”不用。刘备占领荆州,初以统为耒阳县令。统至耒阳,百日不理政事,唯醉酒高卧而已。刘备派张飞巡行,意欲治其罪,见庞统半日即将百日积案一一明断,大为震惊,又见鲁肃荐书,遂大加器重,“以为治中从事,……与(诸葛)亮并为军师中

郎将”。后庞统随刘备入川，于攻雒城时中箭而死。朱、张，朱熹、张栻。朱张古渡，在长沙城南书院南头，有个横渡湘江的渡口，因朱熹、张栻在岳麓书院和城南书院两处讲学时，经常于此渡河，后人为纪念他们，便称为朱张渡，今尚存。金匮伤寒，《金匮要略》和《伤寒论》两书，皆东汉名医张仲景所著。长郡守，张仲景灵帝时曾当过长沙太守。今长沙蔡锷北路保节堂街尚有张仲景祠。著方，《千金方》（包括《千金要方》和《千金翼方》）为唐代孙思邈所著。吞毒，吞丹汞。药王祠，《千金方》记载药物八百多种，药物采集和炮制方法二百多条，药方五千三百多个，在唐代可谓前无古人，世人尊孙为“药王”，全国供奉。药王祠在长沙城南药王街。崇儒，即大学问家。一时，一代。

⑨来兹，本指来年。《吕氏春秋·任地》：“今兹美禾，来兹美麦。”此指未来。胸中块垒，胸中积郁不平之气。

⑩输芹献曝，谦词，表示献出自己微不足道的意见和力量。

⑪耽，过分沉醉于。

第十副超长联：单联一百六十七字，全联三百三十四字。

清代黄摩西挽所欢联

鸳鸯待阙廿三年，绝艳眷惊才，问眼底乌衣马粪，龌龊儿郎，谁堪檠架？①奈氤氲使者处，未注定正式姻缘。②雾鬓风鬟，乍谢牧羊憔悴；绣襦甲帐，又临跨虎危疑。③明月易奔，小星难赋。④十斛珠聚作六州铁，谁实为之？⑤例诸钟建负我，宁畏鸩鸟微言？⑥网取西施赠人，原出鸱夷左计。⑦娇情成薄幸。⑧猛回首前尘，半霎绿叶绯桃，钿盟都误，更累卿赍志而终。豪如牡丹王，烈如芙蓉神，痴如茶花女。⑨欲界魔宫，种种悲凉历史，印遍脑筋，怎一个“愁”字了得！⑩

鹣鲽忘形五百日，感恩兼知己，较世间熨体画眉，寻常伉俪，尤觉绸缪。⑪在专制社会中，算略遂自由目的。拗莲捣麝，但拼并命迦陵；善病工愁，忍听断肠杜宇。⑫红霞偷嚼，绛雪无灵。⑬七香车送入四禅天，嗟何及矣。[14]从古旷代丰姿，断不双修福慧。[15]奚况书呆寒气，岂宜永沾温柔？[16]暂别却长离。最伤心通替，重看朱樱翠黛，玉色犹生，尚向我含颦若语：始以《横塘曲》，继以《上云乐》，乱以《华山畿》。[17]笙朝笛夜，喁喁美满名辞，荡为血泪，剩几声魂兮归来。[18]

作者简介、题解及评析

黄摩西，清末南社诗人，江苏常熟人，原名黄振元，曾署"揖陶梦梨拜石耕烟室主"，以示他对陶庵、梨洲、石斋、九烟（四人均为南社成员）为人的推崇。其所欢为程稚侬，遇人不淑，常以晴雯自比。程奉母居吴中紫竹巷时，黄即移居其家。稚侬爱黄才华，常以诗词请其指教。后夫家要将她卖入妓院，她惊骇逃匿，不久郁郁而死。黄心中苦痛，却未能挺身相救，深感愧悔，遂作此联以伤悼之。这副对联，感情真挚，如泣如诉，悲悼之情，溢于言表。

注　释

①鸳鸯待阙，指所爱之女子期待找到如意郎君以结成夫妇。《云仙杂记》："唐朱子春未婚，先开房室，帷帐甚丽，以待其事，人谓之待阙鸳鸯社。"廿三年，直到二十三岁。绝艳，指所爱之女子。眷，爱。惊才，有惊人才干的男子。乌衣，巷名，故址在今南京朱雀桥附近，东晋时王导、谢安诸贵族皆居此，其子弟世称乌衣郎。乌衣马粪，指令人厌恶的纨绔子弟。龌龊，污秽。龌龊儿郎，比喻庸俗的男青年。堪，可。檠（qíng，又读 jìng），承灯之器。架，承屋之梁柱。檠架，意指依靠。

②奈，无奈。氤氲使者，即氤氲大使，传说中的媒妁之神，掌管人间姻缘。未注定正式姻缘，谓允其相好，而不使结为正式夫妻。

③雾鬓风鬟，雾湿着风吹着鬓鬟，形容妇女发髻散乱，极言辛苦。乍，刚。谢，辞，此指摆脱。雾鬓风鬟，乍谢牧羊憔悴，唐代李朝威《柳毅传》云，儒生柳毅于长安应举，落第回乡，遇洞庭君女，自诉遭夫家虐待，逼使牧羊，请传书洞庭娘家，设法解救。柳毅见洞庭君时，有"见大王爱女牧羊于野，风鬟雨鬓，所不忍睹者"等语。这里牧羊憔悴，指初嫁到夫家，受到丈夫、公婆的虐待。绣襦，锦绣做的短袄。甲帐，陈设华丽的卧

室。《汉武故事》:“上以琉璃珠玉、明月夜光杂错天下珍宝为甲帐,其次为乙帐。甲以居神,乙以自御。”绣襦甲帐,指被逼卖与一有钱人作妾。跨虎,骑虎。危疑,危险和疑惧。跨虎危疑,惧怕骑虎难下,指又进入了左右为难的境地,即割不断与作者的感情。

④明月易奔,传说嫦娥为神话中后羿之妻,羿从西王母处得不死之药,嫦娥偷吃后,身体轻捷,遂飞奔月宫。这里并非真易,而是与下文“小星难赋”相反衬。小星难赋,《小星》是《诗经·召南》篇名,朱熹认为此诗意在赞扬南国夫人无妒忌之行,惠及贱妾,后即以“小星”为妾的代称。小星难赋,谓为人作妾于心不愿。

⑤十斛珠,喻身价极高,此指所爱的女子。六州铁,铸成大错之意。据《资治通鉴》载,唐魏博节度使田承嗣,拥有魏、博、贝、相、澶、卫等六州,养牙兵五千,骄横不可制。天雄节度使罗绍威阴引朱全忠兵尽杀牙兵。朱留魏州半年,罗苦于供应,悔曰:“合六州四十三县铁,不能为此错也。”句意为人们将自己(作者)所爱的女子以高昂的身价卖与他人作妾,结果铸成了无可挽回的大错。

⑥钟建,楚臣。春秋时吴伐楚,楚败,王出走,命侍臣钟建背负王妹季芈相随。事平,楚王欲嫁妹,季芈曰:“男女不能相接触,而钟建曾负我。”王乃将季芈嫁于钟建。宁,岂。鸩(zhèn),传说中的一种有毒的鸟,用它的羽毛泡的酒,喝了能毒死人。鸩鸟微言,《离骚》:“望瑶台之偃蹇兮,见有娀之佚女。吾令鸩为媒兮,鸩告余以不好。”王逸注:“鸩羽有毒,可杀人,以喻谗佞贼害人也。”例诸钟建负我,宁畏鸩鸟微言,意谓自己该做的事就应大胆去做,不可在谗言和压力面前屈服。

⑦西施,春秋时越国美女。越王勾践败于会稽,范蠡(lǐ)见吴王夫差好色,取西施以献吴王,使乱其国。吴国灭亡后,西施复归范蠡。此指自己所爱的女子。鸱(chī)夷,范蠡号。《史记·越世家》:“范蠡浮海出齐,变姓名,自号鸱夷子皮。”左计,策划不适事宜。网取西施赠人,原出鸱夷左计,意谓要将自己所爱的女子强卖入妓院,是出于人们极不合适的安排。

⑧矫情,克制着感情,指自己违心地屈从于人们的安排。成薄幸,结果成了负心。

⑨回首,回想。前尘,旧事。半霎,一瞬间。绯,红。绿叶绯桃,即绿叶红桃,钿饰的形状。钿(diàn),用金翠珠宝等制成的花朵形首饰,此指订婚信物。盟,起誓。钿盟,赠钿表示永结同心。赍(jī)志,怀着未能实现的志向,指与作者成婚。牡丹王,牡丹有"花王"之称。芙蓉神,指晴雯,《红楼梦》中人物,先为贾母丫鬟,后侍宝玉,性情刚烈。查抄大观园时,被以莫须有的罪名赶出贾府,病愤而死。一小丫鬟对宝玉说晴雯死后,上帝已派她做芙蓉花神,宝玉便写了《芙蓉女儿诔》祭她。茶花女,小仲马小说《茶花女》中的主人公,原为巴黎名妓,后与青年亚芒真诚相爱。亚芒之父恐两人结合会影响其家族的社会地位,恳请茶花女与亚芒分手。茶花女宁肯独担痛苦,并不说明原因,而离开亚芒之后,受到亚芒误解,缠绵病榻,还受着亚芒给她的精神折磨,然对亚芒的爱仍始终不渝,直到悲惨死去。亚芒旅欧美回来,得见茶花女日记,始知事情原委,悔恨万分。

⑩欲界,佛教所称三界中的第一界,因在此界之人沉于情、色、食、淫四欲,故称欲界。怎一个愁字了得,语出李清照《声声慢》,意谓仅用一个愁字说明不了。

⑪鹣鲽(jiān dié),《尔雅·释地》:"东方有比目鱼焉,不比不行,其名谓之鲽;南方有比翼鸟焉,不比不飞。其名谓之鹣鹣。"旧以鹣鲽比喻夫妻相亲相爱。此指与其所爱之女子恋爱。熨(yùn)体,贴体,即偎抱。画眉,以黛饰眉。《汉书·张敞传》:"(敞)为妇画眉。长安中传张京兆眉妩。有司以奏敞。上问之,对曰:'臣闻闺房之内,夫妇之私,有过于画眉者。'"后因用"画眉"形容夫妻相爱。寻常,一般。伉俪,夫妻。绸缪(móu),情意缠绵。

⑫拗,折。捣,捶烂。拗莲捣麝,温庭筠《达摩支曲》"捣麝成尘香不灭,拗莲作寸丝难绝",比喻摧残美好的东西,此指同所爱女子的姻缘被拆散,但感情割不断。但拼,可我到底失去了。并命,与自己同呼吸共命运的。迦陵,鸟名。《慧苑音义》:"此云美音鸟,此鸟本出雪山,在㲉(kū,又读 què。鸟卵)中即能鸣,其音和雅,听者不厌。"此喻所爱的女子。善病工愁,犹言多病多愁。杜宇,见前李善济《题灌县青城山联》注。忍,不忍。断肠杜宇,令人悲痛到极点的杜鹃的叫声。

⑬红霞,一种红色毒药的美称。绛雪,丹药名,《汉武内传》:“仙家上药,有玄霜,绛雪。”无灵,没有救活。

⑭七香车,用多种香料涂抹之车。曹操《与太尉杨彪书》:“今赠足下画轮四望通幰(xiǎn)七香车二乘。”此泛言华贵的车子。四禅天,佛家语。佛教有三界诸天说,三界指欲界、色界、无色界。又分色界诸天为四禅:初禅为大梵天之类,二禅为光音天之类,三禅为遍净天之类,四禅为色究竟天之类。色究竟天为色界之极处,世界大劫将尽时,火水风三灾相继出现,三禅以上诸天,并皆毁坏,唯第四禅天得以免难。本指不会再有灾难的地方,此指地下。

⑮旷代丰姿,犹言绝代佳人。双修福慧,即同时又获得福气和聪慧。断不双修福慧,是说福气与聪慧往往难以两全。

⑯奚况,何况。书呆,作者自指。寒气,犹言寒酸贫苦。

⑰替,通“屉”,一种像抽屉一样可以随意开闭的棺木,亦泛指棺木。此指所爱的女子装进了棺木里。朱樱,红色,指嘴唇。翠黛,深黑色,指眉毛。玉色,白色,指脸面。犹生,犹如生时。颦,皱眉。含颦,含着忧愁。若语,像要说话。横塘曲,即崔颢《长干行》:“君家何处住,妾住在横塘。停船暂借问,或恐是同乡。”此曲写初期相识。《上云乐》,乐府曲名,歌词多写神仙飞升故事,故名。人于遂心惬意时,多有此感。乱,乐章的尾声。《华山畿》,乐府《吴声歌曲》名。《古今乐录》云:“南朝宋少帝时,南徐(今江苏镇江)一士人从华山畿(今江苏丹徒县华山村)往云阳(今江苏丹阳县),恋客舍中少女,无法接近,含恨而死,归葬,柩车经女家门前,不进,女为之感动,妆点沐浴而出,歌曰:‘华山畿,君既为侬死,独活为谁施。欢若见怜时,棺木为侬开。’棺木应声而开,女即纵身跳入。乃将二人合葬,曰:‘神女冢’。”作者以此三曲,说明同所爱稚侬关系发展的三个阶段,而末尾一曲,则表示作者有以死随之的愿望。

⑱喁喁,低声细语。美满名辞,指情人间的柔情蜜语。荡,散、尽。魂兮归来,即魂啊归来,语出《楚辞·招魂》。

第十一副超长联:单联一百五十八字,全联三百一十六字。

清代俞樾题杭州彭刚直祠联

伟矣哉！斯真河岳英灵乎？[1]以诸生请缨投笔，佐曾文正创建师船，青幡一片，直下长江，向贼巢夺得小姑山去。[2]东防歙婺，西障湓浔，日日争命于锋镝丛中，百战功高，仍是秀才本色。[3]外授疆臣辞，内授廷臣又辞，强林泉猿鹤，作霄汉夔龙。[4]尚书剑履，回翔上接星辰，少保旌旗，飞舞远临海澨，虎门开绝壁，岩崖突兀，力扼重洋。[5]千载后过大角炮台，寻求故迹，见者犹肃然动容，谓规模宏壮，布置谨严。中国诚知有人在。[6]

悲也夫！今已烝尝俎豆矣！[7]忆畴昔倾盖班荆，值阮太傅留遗讲舍，明镜三潭，劝营别墅，从珂里移将退省庵来。[8]南访云栖，北游花坞，岁岁追陪到烟霞深处，两翁契合，遂联儿女姻缘。[9]吾家童孙幼，君家女孙亦幼，对秾华桃李，感暮景桑榆。[10]粤峤初还，举足已怜蹩躠；吴阊七至，发言益觉含糊，驾火遇归桡，俄顷留连，便成永诀。[11]数月前于右台仙馆，传报噩音，闻之为潸然出涕，念酒座尚温，琴歌顿杳，老夫何忍拜公祠？[12]

作者简介、题解及评析

俞樾（一八二一年——一九〇七年），清代学者，字荫甫，号曲园，自称“曲园居士”，浙江德清人。道光进士，官翰林院编修，河南学政。晚年讲学杭州诂经精舍。治经、子、小学，宗法王念孙父子，大要在正句读、审字义、通古文假借，并分析其特殊语法现象。撰有《群经平议》、《诸子平议》、《古书疑义举例》等。能诗词，重视小说戏曲，强调其教化作用。所作笔记，搜罗甚富，包括有学术史、文学史的资料。所撰各书，总称《春在堂全书》，共二百五十卷。彭刚直，即彭玉麟（一八一六年——一八九〇年），清末湘军将领，字雪琴，别号“退省庵主人”，湖南衡阳人。一八五三年随曾国藩创办湘军水师，购买洋炮，制造大船，次年在武昌、汉阳、田家镇等处与太平军作战。一八五五年在湖口遭太平军截击，大败。此后率所部水师配合陆军封锁长江，围攻九江、安庆和天京(今南京)。一八八三年(光绪九年)任兵部尚书,并受命赴广东办防务,后以衰病开缺回籍。喜画梅、吟诗,尤长于题联。死后谥号刚直。

这副对联虽题写于庙祠,实际上是一副挽联。上联从对逝者极高的总评开始,进而回忆他的一生,一是彭刚直曾辅佐曾国藩创建水师,沿长江追剿太平军,为主子立下了战功;二是写他气度非凡,功成引退,一再辞去封疆大臣和朝廷重臣的职务,甘愿退居林下,去做那山间水畔的猿鹤和遨游九天的夔龙;三是写他以尚书兼少保的身份,远临海澨,在虎门开凿绝壁,建造了规模宏阔、布置谨严的炮台,有力地控制了南海海域。下联以昔日的功绩如今入了祭文的感慨领起,回忆作者与逝者当年的交往情谊。先写昔日两人曾借阮太傅遗留讲舍在杭州讲学,承作者劝告,彭在三潭明镜边上经营了一个别墅,题名退省庵,旋即从闹市迁入这里,于是他们南访云栖,北游花坞,年年在烟水云霞深处相追逐、相陪伴。其次写两家联为姻缘,两翁对着桃李秾华,感慨自己如桑榆暮景的晚年,渐次忆写彭凄清、多病的残岁,以及他们最后一次见面时不忍分手的情景。最后写作者在广东右台仙人道院中闻噩耗之后的痛楚心绪。这副挽联的思想性不高,把逝者为清室死心塌地镇压太平军的丑迹当作丰功冠冕堂皇地加以称道,表现了作者的阶级偏见。尽管作者以自己的才华夸饰逝者的地位、功业、品格、性情,也不能使人动容。相反地,写作者和逝者的交往情谊时,如诉如泣,感情真挚,语调凄恻,令人读后悲从中来,在楹联史上,特别是长联史上,还是应当书上一笔,给予它应有的历史地位。

注　　释

①河岳英灵,山河之精英,对天才人物的一种褒赞。

②缨,绳。请缨,借用西汉终军出使南越的故事,意为请求杀敌报国。投笔,是班超投笔从戎的故事,意为弃文从武。曾文正,即曾国藩,清朝大臣,湖南湘乡人,创建湘军,镇压太平天国农民革命,死后谥"文正"。幡,旌旗的总称。青幡,青色的旗帜。小姑山,在安徽宿松县东南部,屹立于长江中。彭玉麟的水师曾攻占小姑山太平军阵地。由于俞樾站在统治阶级立场上,故诬太平军阵地为"贼巢"。

③歙(shè)婺(wù),歙县和婺州,歙县在安徽东南部新安江上游,婺州是隋唐时代州名,治所在今浙江金华。此处泛指安徽南部和浙江北部一带地区。东防歙婺,东面在歙县、婺州设防。湓浔,湓水,今名龙开河,源出江西瑞昌,在九江市西北流入长江;浔,浔阳江,古代指长江流经江西浔阳县(今九江市)境一段,此处泛指江西北部地区。西障湓浔,西边以湓江、浔阳江为屏障。镝(dí),箭镞。锋镝,刀箭,泛指兵器。

④疆臣,镇守边疆的大臣。廷臣,朝中的大臣。强林泉猿鹤,胜似山林中的猿猴、白鹤,比喻品行高洁。夔,龙属,传说一只脚。夔龙,泛指云中之龙。

⑤尚书,官名,明清吏、户、礼、兵、刑、工六部尚书,分掌中央政务,彭玉麟在光绪九年(一八五三年)任兵部尚书。尚书剑履,尚书级的服饰。少(shào)保,官名,一般为大官加衔,并无实职。少保旌旗,少保身份的仪仗。澨(shì),水涯。海澨,海边,犹言天涯海角。虎门,在广东南部,珠江三角洲东南侧,珠江主要出海口之一,东岸虎门村清代建炮台,称“虎门要塞”。虎门开绝壁,在虎门开凿陡峭的山崖。岩崖突兀,石崖高耸。力扼,有力地控制。

⑥大角,海角名,珠江入口处。肃然动容,脸上顿生庄重的样子。

⑦烝尝,古代祭祀,冬祀曰烝,夏祀曰尝。俎豆,是古代祭祀用器具,引申为祭祀。

⑧畴昔,往日。倾盖,盖是车篷,形如伞,停车交盖,两盖稍稍倾斜,常用来形容朋友相遇,亲切谈话的情况。班荆,铺荆条于地垫坐,形容朋友一见如故的亲切的情况。阮太傅,阮元,清朝大臣,经学家,字伯元,号云台,江苏仪征人,乾隆间进士,官湖广、两广、云贵总督,体仁阁大学士,曾在杭州创立“诂经精舍”讲学。明镜三潭,指杭州西湖三潭印月。劝营别墅,小瀛洲上有彭玉麟营建的别墅“退省庵”。退省庵,指彭玉麟在杭州的一所住屋,取退而自省之意。

⑨云栖,在杭州市五云山之西的山坞内,“云栖竹径”为西湖十八景之一。花坞,指杭州市北面玉泉青芝坞,附近有古梅近百株,梅花较别处开得早,谢得迟,与孤山西溪并为西湖探梅胜地。烟霞,泛指山水名胜之地,或指西湖南高峰下的烟霞洞。契合,以文字约定。儿女姻缘,

俞樾与彭玉麟为儿女亲家。

⑩秾华，花木繁盛，常指有贵人嫁于其家。桑榆，指日落时余光所在处，形容暮景，常用来比喻老人的垂暮之年。

⑪粤峤，广东山中。蹩躠（biéxiè），脚疼，腿疾，行动迟钝的样子。吴阊，指苏州，因苏州西阊门外旧有金阊亭，故苏州别名金阊。含糊，发语不清的样子。鸳火，成对的火把。归桡，回来的船只。留连，停滞不前，依恋不忍离去。

⑫噩（è）音，凶信，多指人死的消息。潸然，流泪的样子。涕，泪水。顿杳，立即消逝。

第四章　楹联的修辞

第一节　楹联修辞的特点

一切语言文字的运用都讲究修辞,而汉语的修辞尤其繁丰而缜密。所谓修辞,是指针对不同的表达内容和语境,如何选择最恰当最完美的语言形式以收到最好的交际效果。修辞共有两层含义:一是指某一种语言中加强表达效果的所有方法和手段;二是指人们在语言实践中对各种加强语言表达效果的方法和手段的运用。前者是修辞学研究的对象,后者则是说话和写作中的修辞活动。

汉语修辞作为语言科学的一个分支,是对语言各方面的综合运用的研究,它与现代汉语的语音、词汇、语法密切相关,是从表达方法、表达效果的角度去研究语音、词汇、语法的运用的。就语音说,修辞要研究谐音、叠音、拟声、双声叠韵、押韵、借音、一字多音、语调、字调等语音现象所表现出来的感情色彩、音律美和鲜明的民族风格;从词汇说,修辞是从词语的同义手段进行选用的角度来研究词汇的,其中包括同义词的选用,词的多义关联以及词语的活用等等;就语法说,修辞则研究句型的选择及其表达效果等等。

楹联是深深植根于汉语言文字土壤的艺术之树上开放出来的民族艺术奇葩。一千多年来,经过许多作者的创作和开拓,同时,也由于各种文艺形式的相互交流和促进,楹联艺术逐渐臻于完美,十分典型地把汉语言文字的特长和巨大的表现力充分地发挥了出来。

楹联的修辞现象是异常丰富生动、多彩多姿的。在修辞学研究领域中可以说还是一个未被完全发现和充分开掘的“富矿”。楹联艺术的修辞手法,与其他文艺形式相比较,具有鲜明的特色,这就是多而全,精而巧,活而变,新而奇。

一、多而全

楹联是一种特殊的语言文字艺术,其所运用的修辞手法名目繁多,种类齐全,可谓洋洋大观。它不仅拥有一般文体所常见的修辞手段和方法,诸如语音修辞法,文字修辞法,词汇修辞法,语法修辞法以及各种辞格的运用,而且还有由楹联本身的特点产生出来的一些特殊的修辞手段和方法,诸如改联、续联、故作不对、故作无情对等等。这样,楹联修辞方法的多而全,就为其他一切文学形式所不可企及,大大地扩展了修辞内容和形式的范围。

据梁章钜《楹联丛话》载:契丹使者来宋廷,以“三才天地人”出联属对,苏东坡对以“四诗风雅颂”和“四德元亨利”两则下联。这里,出句是一个数字和三件事物,对句也必须是另一个数字和与之相应的几种事物。这是一个难题。苏轼运用了特殊的修辞手法解决了这一个难题。在前一个对句中,他把《诗经》的四个组成部分即“国风”、“大雅”、“小雅”和“颂”,并把“大雅”、“小雅”合称为“雅”,与“四诗”暗合而与出句的三件事物对仗;在后一对句中,作者把《周易·乾卦》四德“元亨利贞”中的“贞”字,因避圣讳(宋仁宗名赵祯,“贞”与“祯”同音)而减省掉,巧妙地与“四德”相应而与出联的“天地人”相对仗。特殊的修辞手法作成了这两副妙对,显示了中原人才出众,使辽使为之叹服。再如,梁章钜《楹联丛话》卷十二《杂缀》载,清代郑板桥解组归田之日,友人李啸村赠之以对联,其出联为“三绝诗书画”,对句为“一官归去来”。这里,对句援引陶潜《归去来辞》工妙贴切,把郑板桥的特点恰到好处地表现了出来。而“归去来”中的“来”字,本是语气词,联中却借用作“来去”之“来”,以便字面上与上联“诗书画”三个实词相对。这种修辞手法,在一般诗文中是难以见到的。

运用对联的特殊修辞手法和方式的，如《楹联丛话》记载："有一县令自题其署外大门云：'爱民若子，执法如山。'实非良吏也。他日有无名子续写其后，成一长联云：'爱民若子，牛羊父母，仓廪父母，供如子职而已矣；执法如山，宝藏兴焉，货财殖焉，是岂山之性也哉？'"这里，运用对联可以续写的方法，把贪官原来涂脂抹粉标榜自己清正廉明的对联，变成了讽刺和揭露他鱼肉人民、贪赃枉法的对联。再如，有一个官宦之家，依仗权势，欺压百姓，有一年除夕写了一副夸耀自己显贵的对联："父进士，子进士，父子皆进士；婆夫人，媳夫人，婆媳都夫人。"一位穷秀才愤恨不平，把它改成"父进土，子进土，父子皆进土，婆失夫，媳失夫，婆媳都失夫"。这里又是运用了汉字可以改笔画和添笔画另成一字的方法，把喜庆联变成了诅咒联。这种修辞手法是楹联所独具的，非常风趣，极富鲜明性和表现力。

二、精而巧

楹联篇幅短小，除少数长联、超长联之外，绝大多数楹联只有一、二十字，因而被誉为"两行诗"、"诗中诗"、"袖珍诗"。这就要求楹联必须词约义丰、形短质精，具有高度的概括性和极强的表现力。这一特点，又决定了楹联在修辞方面特别讲究精练、精彩、精巧，要求楹联作者十分注重意义的锤炼，深入观察、揣摩客观事物，积累鲜明的印象，形成独特的情理，进行认真的提炼，用高度概括凝练的语言表现出来，从而使楹联的内容寓繁于简，具有高度的浓缩性和联想性；寓静于动，不仅动态的事物要选择最贴切、最传神的动词来表现它，就是静态的东西，也可以通过联想用动态的词语去烘托它，渲染它，使之栩栩如生；寓抽象于具体，用含义比较具体、色彩比较鲜明的词语代替意思比较抽象的词语，使人既有所知，又有所感，见文生情，如临其境。

先说精练。淮阴侯墓祠有一副楹联，是为：

生死一知己；
存亡两妇人。

这副对联的解释,详见第一章第二节部分。

在楹联创作中,为了达到强烈的艺术效果,非常注重各种修辞手段和方法的相互配合和综合运用,从而使楹联作品显得特别精彩。据《楹联丛话》记载,纪晓岚府中屡为庸医所误,于是为庸医作一联云:

不明才主弃;
多故病人疏。("才"借作"财"字)

这副对联借用唐代诗人孟浩然《岁暮归南山》的诗句"不才明主弃,多病故人疏",同时又运用了谐音、换序等修辞手法,形成了嘲讽庸医的妙联。

又如宋代杨大年巧对写在翰林学士院墙上的一副对联:

李伯阳生指李木为姓,生而知之;
马文渊死以马革裹屍,死而后已。

"李伯阳"指老子李耳,又名老聃,字伯阳。传说他刚生下来,就用手指着门外的李树,后来就用李树的"李"做了自己的姓。汉朝道教兴起后,以老子为教主,并说他"生而知之"。马文渊即马援,东汉初年有名的大将,人称伏波将军。他曾豪迈地立下誓言:"男儿要当死于边野,以马革裹尸还葬耳。"后来病死于军中,实践了自己的志愿。这副对联的上联运用了多种修辞手法:一、姓李的"李"和李树的"李"同字异义;二、"生"字是"姓"字的一部分;三"李伯阳生"与"生而知之",重复用了一个"生"字。下联正好符合这样的条件:一、姓马的"马"和"马革"的"马"同字异义;二、"死"字是"屍"("尸"的繁体字)字的一部分;三、"马文渊死"与"死而后已",重复用了一个"死"字。"李伯阳"和"马文渊"是人名对人名,"生而知之"和"死而后已"是成语对成语等。因而说,这副对联是多种修辞手法综合运用的一个范例。

再说精巧。楹联是要"立"起来的艺术,或书之于门楹,或挂之于厅堂,或置之于案头,供人们欣赏品评。有的还流布四方,传之久远,产生广泛的社会影响,因此,比起其他文艺样式来,更加讲究语言文字的技巧。甚至有一些在一般文体中被看作形式化的修辞手法,在楹联艺术中也得到普遍的使用和充分的施展,并产生了良好的艺术效果。广州市翠园酒家一九八一年开业时,以鹤顶格征对,收到三万条应征联,经过多次筛选,最后确定的一副佳联是:

翠阁我迎宾,数不尽甘脆肥脓,色香清雅;
园庭花胜锦,祝一杯富强康乐,山海腾欢。

这副楹联,巧妙地嵌入了酒家的店名,写出了别具园庭风味的优美环境、高超的烹饪技艺和席间的欢乐气氛,对仗工整,音韵和谐,色彩绚丽,使这家偏居广州一隅的饭店名闻大陆、港澳及海外。再如,广东湛江德邻里有一副这样的楹联:

我爱邻居邻爱我;
鱼依水活水依鱼。

这是一副用回文手法写成的楹联,顺读倒读之字和意思完全一样,用语贴切自然,表达了人们团结友爱,和睦相处的亲密关系和良好愿望,思想性、艺术性俱佳。又如苏州网师园有一副楹联:

风风雨雨,暖暖寒寒,处处寻寻觅觅;
莺莺燕燕,花花叶叶,卿卿暮暮朝朝。

此联全部用叠字手法作成,语意纤巧,描写艳冶景色,委婉生动,感人心脾,真可谓"妙丽无匹"。

三、活而变

楹联作品作为装饰性的欣赏艺术,从内容到形式都要求活泼灵变,有动人心弦的艺术魅力。首先,它必须紧密地结合题旨、情境,选择那些最适宜于表达内容的修辞手法,即使表现同一类型的内容,也应当表现出各不相同的个性和风格,做到生动活泼。例如,同样是写唐代的两位诗人,郭沫若题李白纪念馆的楹联是:

酌酒花间,磨针石上;
倚剑天外,挂弓扶桑。

用极度夸张和想象的手法，表现了李白“斗酒诗百篇”的杰出才华和“铁杵磨成针”的刻苦精神，同时又活脱脱地写出了他那雄奇豪放的浪漫主义风格。另一副题于杜甫草堂的楹联则为：

世上疮痍，诗中圣哲；
民间疾苦，笔底波澜。

此联用写实手法和贴切的比喻，揭示了杜甫诗作的深广的社会内容和对战乱中人民苦难的深厚同情，同时又高度评价了他在文学史上的崇高地位。以上这两副对联，内容、用语、修辞手法都迥然不同，一如两位诗人那样，个性鲜明，各有千秋，既贴切又生动。郭沫若写宋代两位词人的楹联，也是活灵活现，呼之欲出。题李清照纪念堂的楹联是：

大明湖畔，趵突泉边，故居在垂杨深处；
漱玉集中，金石录里，文采有后主遗风。

此联形象地描绘了李清照故居的环境，概括了这位女词人一生的创作成就和艺术特色。另一副题辛弃疾纪念祠的楹联则为：

铁板铜琶，继东坡高唱大江东去；
美芹悲黍，冀南宋莫随鸿雁南飞。

此联突出地表现了辛弃疾的爱国抱负和气势磅礴的艺术风格。这两副对联，前者用典多，写得生动婉约，后者用事多，写得激越豪放，酷似为两位词人立言。综观郭沫若的这四副楹联，写诗人的前两副句式整齐，音韵铿锵，犹如两首四言短诗；而写词人的两副则句式参差，节奏变化，宛若两首长短句。

其次，一般来说，楹联上下联之间在字数、词性、句法、平仄等方面都有较为严格的规定，不能违反。但是在某些特定的情况下，往往有所突破，甚至一反常规，从而形成一种新的修辞手段和方法，做到灵活多变。一九三六年鲁迅逝世时，北平风沙文艺社挽鲁迅的对联是：

偏偏在战的热望中，鲁迅死了！中华民族要大哭，无产阶级要痛哭，前进作家更是要狂哭；

偏偏在降的阴云中，鲁迅死了！帝国主义会暗笑，专制恶魔会狞笑，落后文人也许会惨笑！

这副对联突破了一般对联中除某些虚词外要力避同字的常规，在上下联中重复使用“鲁迅死了”，这就突出了挽联的主题，描述了鲁迅的死在中国、在国际以及在社会各阶级、阶层中所引起的强烈反响，表明了作者鲜明的爱憎和无限沉痛的心情，这四字重复，包含了千言万语，千情万态，犹如空谷传响，余音如缕，艺术效果极佳。又如，明代徐渭有一副对联：

好读书，不好读书；
好读书，不好读书。

这副对联见清代李宝嘉《南亭四话》卷七《上下联》。此联上下联完全同字重复，构思用语奇特巧妙，但如不认真思考，意思就难以明了。原来它所运用的修辞手法是巧用一字多音，一字多义，四个“好”字分别代表了两种不同的意义和读音。上联是说，年轻时耳聪目明，精力充沛，正是能够好好读书的时候，却不爱好读书；下联则说，待到年老时爱好读书了，却因为耳聋眼花，体力不支，记忆力衰退等原因，而不能好好读书了。当人们一旦弄明白对联的这个含义后，不禁会拍案叫绝。作者真是把祖国的语言文字用活了，把对联写活了！

四、新而奇

楹联艺术品的修辞手法多能注意出新、创新，力避陈词滥调和修辞的老套套，因而能给人耳目一新、奇巧新颖之美感。

先说新颖。《春在堂随笔》载：清代俞樾偕夫人游览杭州灵隐寺，看到飞来峰下明代董其昌题于冷泉亭的一副楹联：

泉自几时冷起？
峰从何处飞来？

俞樾于是用对联作答道：

泉自有时冷起；
峰从无处飞来。

俞樾夫人说，不如改成这样一副答联：

泉自冷时冷起；
峰从飞处飞来。

后来，俞樾的次女绣孙也作了一副答联：

泉自禹时冷起；
峰从项处飞来。

俞樾听之甚奇，问："'禹'是指大禹，'项'字何指?"绣孙回答说："项羽《垓下歌》有句云'力拔山兮气盖世'，不是项羽将此山拔起，安得飞来?"这几副对联修辞手法不断翻新，联意也不断变化。第一副是两个问句，问而不答，启迪读者思考，让人们各自做出不同的反应和回答。以下三副都是答联。第二副是两句答语，句式与第一副不同，用陈述性的肯定句，但立意平淡，无甚新意。第三副的两句答语，大概是从钟会答嵇康问的"闻所闻而来，见所见而去"演化而来的，采用了模糊语言，表面上看来给予人的信息量等于零，但却别有含义，意趣盎然，比第二副所用的平实而精确的语言，要俏丽生动得多。第四副的两句答语，用语奇险，想象奇特，巧妙新鲜，令人赞叹。再如一九二四年孙中山在中国共产党的帮助下创办黄埔军校时的校门对联：

升官发财，请走别路；
贪生怕死，莫入此门。

一九二七年"四·一二"政变后，军校变成了培养反共反人民的新贵和升官发财的"终南捷径"，有人将此联改为：

升官发财，莫走别路；
贪生怕死，请入此门。

这里将上下联中的两个字位置调换一下，成了两副褒贬截然相反的对联，真是微言大义，巧用“春秋笔法”。

对联艺术的修辞手法，不仅要求新颖，还允许新奇。一九四九年“四·一”事件时有一副挽联：

？　？？　？？？

！　！！　！！！

这副对联全联不着一字，全部用标点符号组成。上联连用了六个“？”号，表示了对国民党反动派血腥镇压南京大专院校学生反饥饿、反内战、反对假和平、要求真和平游行示威的暴行，提出强烈的质问，同时也表达了每一个革命者和爱国者对于敌人的暴行和学生牺牲的事实深沉的思考；下联连用六个“！”号，表达了对这一事件愤怒的控诉，同时也表达了要同反动派斗争到底，血债要用血来还的坚强决心。这副对联在追悼会上十分引人注目，引起了人们去思考，激励人们去战斗！此联无字胜有字，于无声处听惊雷。

第二节　运用语音修辞

为了给对联艺术的修辞手法做比较系统全面的概括和论述，我们拟分为三类：一是运用汉语言文字的语音、文字、词汇、语法等各种因素构成的修辞方式；二是比较侧重于内容或不便于归纳到哪种语言因素的修辞方式；三是由对联艺术特有的形式所产生的修辞方式。这里需要说明的是：一、各种修辞形式的对联，我们尽可能列举出来，特别是有特色的和有重要的资料价值的。如果其中用例在其他部分已有详细说明的，这里就仅指出联文。二、对联的各种基本要求，对仗的各种方式，锤炼词句，布局谋篇，词组、句子的各种关系等，同修辞都有密切的关系，本书其他有关部分会详细论述，这里只能是点到为止。三、对联修辞的分类、命名比较复杂，目前尚难有较为一致的明确界定的概念，对联中出现的某一种修辞现象往往可以从多种角度进行分析，同时又往往是综合性的，包含有多种手法和方式，因而举例时只是指例中包含了我们所要称说的有关的、特定的修辞手法和方式。总之，分类只是为了便于归纳，命名只是为了便于称说。如何给对联和各种修辞手法定名和分类，还大有文章可做。

现在我们先讲第一类，即运用汉语言文字的各种因素构成的修辞方式。其中又包括运用语音修辞，运用文字修辞，运用词汇修辞和运用语法修辞等。

运用语音修辞主要是指在创作楹联时，运用汉字读音上的声、韵、调等因素组织对联的词语，形成读音上的巧趣和音乐感，从而增强对联的艺术性和表现力。运用语音修辞的形式有以下若干种。

一、同韵联

同韵联就是在创作楹联中有意识地运用韵母相同的字，使对联读起来音韵和谐，从而取得良好的艺术效果。同韵联可分为间隔同韵和连续同韵两种。

（一）间隔同韵，即联句中的同韵字之间隔着其他词语。例如有一则上联：

望江楼，望江流，望江楼上望江流，江楼千古，江流千古；

人们对出了两则下联：

印月井，印月影，印月井中印月影，月井万年，月影万年。

赛诗台，赛诗才，赛诗台上赛诗才，诗台绝世，诗才绝世。

这副楹联的上联和对出的两个下联，都运用了间隔同韵的修辞手法。上联的“楼”和“流”，下联的“井”和“影”，或“台”和“才”，都分别是同韵字。这就使这副对联读来朗朗上口，富有韵律美感。

又如：

天心阁，阁落鸽，鸽飞阁未飞；
水陆洲，洲停舟，舟行洲不行。

这是湖南长沙天心阁的一副楹联。上联中的“阁”和“鸽”同韵，下联中的“洲”和“舟”同韵。

（二）连续同韵，即楹联中有两个以上的同韵字连续使用。例如：

二董同床，东董翻身西董动；
两猴上树，前猴跌倒后猴佝。

这副趣联中，上联结尾“董动”二字和下联联尾的“猴佝”二字均为连续同韵。

如果上下联分别全部为同韵字组成，则称为一韵联，例如：

屋北鹿独宿；
溪西鸡齐啼。

这副奇联见《解人颐》。上下联都各用同一个韵，上联五个字都是入声同韵字，下联五个字都是平声同韵字。这副巧联，因受同韵限制，成为楹联的变格，但对仗自然有趣，出句不易，对句更属难得。

又如：

讨小老嫂恼；
想娘狂郎忙。

此联见《解人颐》。这是一副戏谑巧联，上句传为明代尚书边贡的一位宾客开边贡玩笑所出，下联为边贡的续弦胡氏所对。联中的“娘”字，作少女讲。上、下联分别为两组同韵字，并且上联全部是上声字，下联除“想”为上声字外，其余均为平声字。这副一韵趣联讽刺和劝诫边贡纳妾的行为，比声色俱厉的斥责和一本正经的劝告，有效得多。

二、叠韵联

叠韵是我国传统语言学中的一个专有名词，专指韵母相同的双音词，特别是指两个字拆开来就没有意义的联绵词。叠韵联就是指对联上下联对应部分运用叠韵双音词以增强艺术效果的对联。因而,叠韵联实际上是一种特殊的同韵联。例如:

天外是银河,烟波宛转;
云中开翠幄,香雨霏微。

这是北京颐和园养云轩的一副楹联。上联中的"宛转"和下联中的"霏微"均为叠韵双音词。

再如:

一览极苍茫,旧苑高台同万古;
两间容啸傲,青天明月此三人。

这副楹联为清代文人完颜麟庆题开封市梁苑古吹台之作。梁苑古吹台为汉代梁孝王所建。"两间"指梁苑中的"三贤祠",即清代增建的李白、杜甫、高适三位诗人的祠庙。下文中的"三人"即指这三位诗人。"啸傲",典出陶渊明"啸傲东轩下"的诗句。这副对联表达了作者登高览胜,凭台怀古的豪放、苍凉之情。上联的"苍茫"和下联的"啸傲"都是叠韵双音词,一写风景,一写人情,珠联璧合,相得益彰。

三、押韵联

楹联格律不要求押韵。但有的作者在创作对联时,为了增强表达效果和联语的声律美,把诗词的押韵方法借用过来作为一种修辞手法运用,这样作成的对联就是押韵联。

(一)普通的诗歌只押脚韵,即只在句子或词组的末尾押韵,而对联虽然主要是从律诗的对句脱化而来,但它在发展过程中吸收了诗词曲赋等多种韵文的营养,同时还吸收了民间口头文学的营养,因此它的押韵方式也较灵活多样,不仅可押脚韵,还可押头韵(即押韵的字在句子或词组的开头)和腰韵(即押韵的字在句子或词组的中部),甚至缩脚韵(即押韵的字在句子或词组倒数第二个字)。

1. 押头韵的。又可分为押同字头韵和异字头韵。押同字头韵的，如有一副婚联：

喜气溢江夏，喜报上林春，喜廿年订就良缘，喜今夕吹箫引凤；

幸寇退浠川，幸从离乱出，幸三生结成佳偶，幸此日淑女乘龙。

联中上下联每句开头各用了一个相同的字，上联连用四个“喜”字，下联连用四个“幸”字。

押异字头韵的，如有一副巧联：

樱桃林中鹰飞过；

绿豆园中鹿跳出。

这副对联中上联的“樱”和“鹰”，下联的“绿”和“鹿”分别同音，在联中起了押韵的作用。“绿”和“鹿”在古代和一部分现代方言中都是入声字。

2. 押腰韵的。又可分为押同字腰韵和押异字腰韵。押同字腰韵的，如有一副对联：

发上等愿，结中等缘，享下等福；

向高处立，在平处坐，从宽处行。

这副对联上下联每个分句中各用了一个相同的字，上联是三个“等”字，下联是三个“处”字，既运用了排比和反复的修辞手法，同时又具有押韵的作用。又如福建南门外茶亭联：

山好好，水好好，开门一笑无烦恼；

来匆匆，去匆匆，下马相逢各西东。

这副对联，实际上是把腰韵和脚韵结合起来使用。上联第三分句中的“笑”字是腰韵，第一分句、第二分句的“好”和句末的“恼”字是脚韵，它们相互之间是异字押韵。下联第三分句中的“逢”是腰韵，第一分句、第二分句的“匆”和句末的“东”是脚韵，它们相互之间也是异字押韵。

3. 押脚韵的。又可分为押同字脚韵和押异字脚韵。押同字脚韵的，如有一副对联：

年轻化，知识化，专业化，一代新人干四化；
漫天喜，遍地喜，满堂喜，万里江山换新喜。

这副对联中上下联每个分句末尾各用一个相同的字，上联是四个“化”字，下联是四个“喜”字。

押异字脚韵的，如有一副厨联：

有盐同咸，无盐同淡；
冷水要挑，热水要烧。

这副对联运用了两句谚语，上联两个分句句末的“咸”和“淡”，下联两个分句句末的“挑”和“烧”，分别是异字押韵，好听好记，合辙上口。

4. 押缩脚韵的。如在同韵联中引用的清代的那副成都望江楼联：

望江楼，望江流，望江楼上望江流，江楼千古，江流千古；
印月井，印月影，印月井中印月影，月井万年，月影万年。

这副对联中，上联第二个“楼”字是“望江楼上”这一词组的倒数第二字，同其余的几个“楼”字和“流”字押韵。下联的第二个“井”字是“印月井中”这一词组的倒数第二个字，同其余的几个“井”字和“影”字押韵。这两处的“楼”和“井”字可以认为是缩脚韵。

还有不少对联是头、腰、脚韵结合起来使用。有的是头韵和脚韵结合起来使用。如有一副喜联：

好领导，好政策，好形势，好上加好；
富国家，富集体，富社员，富了又富。

这副对联反映了我国农村所发生的深刻变化。上下联每一个分句的开头和最后一个分句的末尾各用了一个相同的字押韵，上联是“好”字，下联是“富”字，句子既整齐，又富有变化，读起来朗朗上口，音韵和谐。

有的是腰韵和脚韵结合起来使用。如《儒林外史》第二十二回慎思堂联：

读书好，耕田好，学好便好；
创业难，守成难，知难不难。

这副对联中，上下联每一个分句的末尾和最末一个分句的中间各用了一个相同的字押韵，上联用“好”字，下联用“难”字，一方面运用了排比、反复的修辞手法，另一方面又起了押韵的作用。

还有的是头韵、腰韵和脚韵结合起来使用。如有一副婚联：

好姻缘，好伴侣，好青年，年年相好年年好；
新社会，新家庭，新人物，处处皆新处处新。

这副对联中上下联的前三个分句开头，最后一个分句的中间和末尾，各用了一个相同的字押韵。上联用“好”字，下联用“新”字。

（二）押韵联，从是否每句押韵，又可分为每句押韵、隔句押韵和不固定押韵三种。

1. 每句押韵联，除前面所举例子外，又如中华人民共和国成立前清华大学师生有一副讽刺蒋介石等军阀联：

好话说尽，坏事作尽，人心丧尽，民主战士杀不尽；
宣言发了，鲜血流了，百姓醒了，专制政权倾倒了。

这副对联上下联每句末尾各用了一个相同的字押韵，上联连用四个“尽”字，下联连用了四个“了”字。

2. 隔句押韵联，如江苏镇江金山寺斋堂联：

一屋一椽，一粥一饭，檀越膏脂，行人血汗，尔戒不持，尔事不办，可惧可忧，可嗟可叹；
一时一日，一月一年，流光易度，幻影非坚，凡心未尽，圣果未圆，可惊可怕，可悲可怜。

这副对联基本上属于隔句押韵，同时又首句入韵。即：上联的第一分句押韵(椽、饭),此后每两个分句押一次韵(汗、办、叹),下联都是每两个分句押一次韵(年、坚、圆、怜),很像念经的节奏。同时,这副对联是异字押韵。

3. 还有的是不固定几个句子押韵,如清代文人胡君复有一副题梅园联:

昔我来时花未开,今日花开我未来,也算神交,难道是前身缘法?

搔首问天天不语,低头问花花笑汝,别无好句,那许做大地闲人。

这副对联上联的前两个分句末尾的“开”和“来”,下联的前两个分句末尾的“语”和“汝”,分别押异字脚韵,而上下联的后两个分句又不押韵,显示了对联押韵的灵活性。

(三)押韵联,从是否押同样的韵,又可分为不换韵、换韵和同时押几个韵三种。

1. 多数的押韵联不换韵。除前面已举的例子以外,再如有一副明代文人施槃幼年对张都宪出句联:

新月如弓,残月如弓,上弦弓,下弦弓;

朝霞似锦;晚霞似锦,东川锦,西川锦。

这副对联见《尧山堂外纪》。据说,施槃年幼时家贫,去拜见张都宪,张对施的对句十分赞赏,即令与其子同学。

2. 少数的押韵联换韵。如前面所举清代的那副成都望江楼联,上联前三个分句的“楼”、“流”押韵,后两个分句的两个“古”字押韵;下联前三个分句的“井”、“影”押韵,后两个分句的两个“年”字押韵,因此谓之“换韵”。

3. 还有的押韵联同时押几个韵。如《楹联丛话》卷八记载,清代姚颐题湖南督学署联:

才要真爱，名要略爱，总之己要自爱；

天不可欺，君不敢欺，实于心不忍欺。

这副对联中腰韵和脚韵结合起来使用，但与前面所举的例子又有所不同，前面所举例子是押同一个韵，这里腰韵和脚韵是各押一个不同的韵。上联的腰韵押“要”字，脚韵押“爱”字，下联腰韵押“不”字，脚韵押“欺”字。这样，就是在同一联中交叉地同时押几个韵。

（四）在同字押韵中，实际上又有同形同义和同形异义之分。

1. 同形同义，即所用的字形相同，其意义也相同。除前面已举的例子外，再如民国时期在成都文殊院菩萨像座上有一副对联：

这征税，那征税，除却菩萨都征税；

英自由，美自由，只有国人不自由。

这副对联中上下联每一个分句末尾各用一个相同的字押韵，上联用“税”字，下联用“由”字。几个分句中的“征税”和“自由”都是同形同义，既运用了反复的修辞手法，又起押韵的作用。

2. 同形异义的，即所用的字虽然字形相同，而实际上意义并不相同。如过去有一副戏台联：

穷的富的，贵的贱的，睁睁眼看他怎的；

歌斯舞斯，哭斯笑斯，点点头原来如斯。

这副对联是押腰韵和脚韵结合起来使用，上联用“的”字，下联用“斯”字。上联五个“的”字，看似相同，而实际上前四个“的”和最后一个“的”是同形异义字。前四个“的”是结构助词，称代各种各样的人物。最后一个“怎的”，是“怎么样”的意思。因此，“的”实际上是两个包含不同意义的语素。这里巧妙地运用了汉字一字多义的特点，用它来构成同字押韵。下联的五个“斯”字也是如此，前四个“斯”字是语气助词，相当于现代汉语的“啊”，而最后一个“如斯”是“如此”的意思。因而，“斯”实际上也是两个包含不同意义的语素,也是巧妙地运用汉字一字多义的特点,用它来构成同字押韵。

四、同声联

同声联指在楹联中运用声母相同的词和词组,造成读音听觉上的连续呼应和音乐节奏感。一般的声母相同的字在语言表达效果中,所造成的韵律感不及韵母相同的字强烈,因而同声字不如同韵字那么重要,同声字的运用也就不如同韵字的运用那么发达。但是,也不可忽视它对于增强语言声律的和谐协调还是有一定作用的。在联语中,这种作用表现得还较为明显。

在楹联中,同声字的运用主要是双声字,即通常所说的一个双音节的词或词组两个字的声母相同。

例如:

四面荷花三面柳;
一城山色半城湖。

这是清代书法家铁保书清代刘凤诰题济南大明湖小沧浪园的楹联,"荷花"、"山色"都是双声字。

再如:

四万青钱,明月清风今有价;
一双白璧,诗人名将古无俦。

这是清代文人齐彦槐题苏州沧浪亭的楹联。其中,"青钱"是我国古代使用的货币。"明月清风今有价",是从欧阳修的诗句"清风明月本无价"中脱化而成,虽反其意而用之,但赞美的意思是相同的。"一双白璧"是比喻沧浪亭园内所建的苏东坡祠和韩世忠祠。联中上联的"青钱"和下联的"白璧"都是双声字,不仅声音协调,而且对仗工整。

又如:

身在庐匡,不见庐山真面目;

足临胜境,方知胜地豁心胸。

这是江西庐山牯牛岭清风阁的楹联。上联的“面目”和下联的“心胸”都是句尾双声。

还有的双声字和叠韵字结合起来使用,如:

半壁起危楼,岭如屏,海如镜,舟如叶,城郭村落如画;况四时风月,朝暮晴阴,试问古今游人,谁领略万千气象?

九秋临绝顶,洞有云,崖有泉,松有涛,花鸟林壑有情;忆八载星霜,关河奔走,难得栖迟故里,来啸傲金碧湖山。

这是云南昆明西山飞云阁的楹联,上联的“领略”是双声字,下联的“啸傲”是叠韵字。这种双声字和叠韵字对仗工稳贴切,音乐感也是很强的。

又如清代刘邻初题扬州云山阁联:

宛转通幽处;

玲珑得旷观。

这副对联中,“宛转”为叠韵,“玲珑”为双声,相互对仗,十分工稳。

五、同音联

同音联是利用汉字同音字多的特点,在对联中运用一些同音字构词造句,表达了某种巧意奇趣,别有风味。同音联可以分为四种情况:

(一)单音词同音联。又可分为两种,一种是单音词间隔同音联,一种是单音词连续同音联。

1. 单音词间隔同音联,如有一副对联:

天上星,地上薪,人中心,字义各别;

云间雁,檐前燕,篱边鹦,物类相同。

这副对联见《解人颐》,是元末明初文学家王彝幼时对客人出句。其中

“星”、“薪”、“心”三个字音同义别,而且它们分别属于“天”、“地”、“人”三个不同的门类。下联的“雁”、“燕”、“鹨”也是音同义别,而且都属于鸟类,“云”、“檐”、“篱”又表现了它们不同的习性,因此对得既工整又富有风趣。

又如有一副对联:

雨打沙滩,沉一渚,陈一渚;
风吹蜡烛,流半边,留半边。

这副对联相传是清代著名诗人周起渭对镇江金山寺长老出句联。上联的“沉”和“陈”,下联的“流”和“留”分别同音。

以上两副对联是在不同分句中单音词间隔同音,还有的是在同一分句中单音词间隔同音,如有一副对联:

冰冻兵船,兵打冰,冰开兵去;
泥污尼鞋,尼洗泥,泥尽尼归。

这副对联上联的“冰”和“兵”,下联的“泥”和“尼”,分别同音,在同一单联中交叉地运用两个单音同音字,念起来绕口咬舌,别有一番情趣。

又如:

李打鲤归岩,李沉鲤又出;
风吹蜂落地,风停蜂再飞。

这副对联上联的“李”和“鲤”,下联的“风”和“蜂”分别同音,也是在同一单联中交叉运用。

还有的对联有三个交叉间隔的同音字,例如湖南望城黑麋峰联:

黑麋峰,峰上栽枫,风吹枫动峰不动;
白沙路,路边栖鹭,露降鹭寒路亦寒。

这副对联中,上联“峰”用三次,“枫”用两次,“风”用一次。下联“路”用三次，"鹭"用两次，"露"用一次，并且都是交错间隔使用。

2. 单音词连读同音联，如上海徐园有一副对联：

无事棋酒着酌；
有时琴诗弹谈。

这副对联写出了悠闲时高雅的情趣。上联的"着"、"酌"，下联的"弹"、"谈"分别是同音字，在对联中连续使用。

又如有一副对联：

嫂扫乱柴呼叔束；
姨移破桶令姑箍。

这副对联相传为明代才子唐伯虎到野外游玩时即景创作。上联中"嫂扫"和"叔束"都是同音字，下联中"姨移"和"姑箍"也都是同音字，在同一单联中运用两个连续同音字，更加有趣。

还有的对联中上下联各有三组同音字：

鸡饥盗稻童桐打；
鼠暑凉梁客咳惊。

这副对联相传为宋代贾仁赴京赶考路过一农舍时被一老翁所难而后终于得对的对联。上联用了"鸡饥"、"盗稻"、"童桐"三组同音字，下联用了"鼠暑"、"凉梁"、"客咳"三组同音字。

（二）双音词或词组同音联，又可分为两种：一种是其中的一个字为同字，另一个字为同音异字，一种是两个字都是同音异字。

1. 双音词或词组一个字是同字，另一个字是同音异字的，如明人杨继盛题镇江焦山联：

杨子怀人渡扬子；
焦山命字合椒山。

这副对联中，"扬子"指扬子江，亦即长江。"杨子"是杨继盛自称。"焦山"在镇江市。"椒山"是杨继盛的号。上联的"扬子"和"杨子"是双音词，"子"是同字，"杨"和"扬"是同音异字。下联的"焦山"和"椒山"，"山"是同字，"焦"和"椒"是同音异字。

又如有一副对联：

无山得似巫山好；
何叶能如荷叶圆。

这副对联见《稗史》，相传是宋代苏轼对僧人佛印的出句联。苏轼之弟苏辙认为诗句还不够工整，不如改成：

何水能如河水清。

这样上下联分别写出山和水，就更加贴切了。

2. 双音词或词组同音联，其中的两个字都是同音异字，如有一副对联：

贾岛醉来非假倒；
刘伶饮尽不留零。

"贾岛"是唐代著名的苦吟诗人。"刘伶"是西晋"竹林七贤"之一，以嗜酒著称。这副对联相传是明代唐伯虎对友人出句联。上联的"贾岛"和"假倒"，下联的"刘伶"和"留零"分别同音。

（三）先是两个单音词，然后再组成与这两个单音词同音的双音词同音联。如明人解缙创作的对联：

蒲叶，桃叶，葡萄叶，草本，木本；
梅花，桂花，玫瑰花，春香，秋香。

这副对联中，上联的"蒲"、"桃"为两种植物名，恰好与第三种植物名"葡萄"同音，而"蒲"属草本植物，"桃"和"葡萄"属木本植物。下联的"梅"

和“桂”为两种花名，又恰好与第三种花名“玫瑰”同音，“梅”于冬末春初开花，“桂”和“玫瑰”则于夏秋时节开花。况且“葡萄”和“玫瑰”同是联绵词，因而更显得难能可贵，新巧别致。

（四）上下联各由中心向两边辐射，对称地运用同音字构成的同音联。例如：

画上荷花和尚画；

书临汉帖翰林书。

这副对联，上下联首字和尾字同字同音，上联的第二字和倒数第二字“上”“尚”、第三字和倒数第三字“荷”“和”同音，下联的第二字和倒数第二字“临”“林”、第三字和倒数第三字“汉”“翰”同音，以中间的字“花”、“帖”为中心向两边辐射，呈对称形地同音，这也是一种很奇特的同音字联。这种同音联我们顺读倒读读音都一样，从这一角度来讲，又可归入“回文联”。

六、全部同音字联

全部同音字联，是同音字联的一种特殊形式，即全联上联和下联各由同音异义字构成的对联。

例如：

李里理履；

凌玲拧菱。

这副对联见《对联 · 民间对联故事》一九八五年二、三期合刊中陈鸿辉《诗联征对，优雅有趣》一文。联中“李里”、“凌玲”作人名解。按普通话“理”和“履”，“拧”和“菱”并不同音，可能是本联作者所讲的广东揭阳县方言系同音。

七、一字多音联

汉语中一字多音的现象不少。一字多音联，就是指在对联中运用一字多音的特殊情况,一字多用,表面上看来字形相同,而实际上读音不同,表义也不同,因而能造成语言的技巧,增加读者的情趣,收到特殊的修辞效果。

如有一副对联:

酒热不须汤盏汤;
厅凉无用扇车扇。

这副对联中,“汤盏”是暖酒的器皿,“扇车”是古时用以取凉的用具。上联用了两个相同的“汤”字,下联用了两个相同的“扇”字。上联第一个“汤”是语素,与“盏”组成双音节的名词“汤盏”。“汤”的本义是热水。第二个“汤”是动词,同“烫”。下联中第一个“扇”也是语素,与“车”组成双音节名词“扇车”。“扇”在这里指由板状或片状的东西制成的用具。第二个“扇”是动词。这两组相同的字都有两种不同的读音。作名词语素的“汤”读平声(tāng),作动词的读去声(tàng),作名词语素用的“扇”读去声(shàn),作动词的读平声(shān)。

又如,有一副对联:

一杯香茶,解解解解元之渴;
两曲清歌,乐乐乐乐师之心。

这副对联中,上联用了四个“解”字,下联用了四个“乐”字,分别都有三种不同的含义,“解”字有三种不同的读音,“乐”字也有两种不同的读音。上联前两个“解”字是动词重叠,是“解渴”的“解”,音 jiě;第三个“解”是名词,是姓,音 xiè;第四个“解”字是“解元”一词的语素,“解元”是对乡试第一名的人的称呼,音 jiè。下联前两个“乐”是动词重叠,是“快乐”的“乐”,音 lè;第三个“乐”是名词,是姓,音 yuè 或 lè;第四个“乐”是“乐师”一词的语素,“乐师”是演奏乐器的人,音 yuè。

再如,又有一副对联:

投水屈原真是屈；
杀人曾子又何曾。

这副对联据梁恭辰《巧对续录》说，某地民间发生一件杀人案，误传为一读书人作案。读书人被捕后大喊冤枉不止，太守后来提出一个条件，自出上联要读书人对一个对子，如对不出来就得判罪。读书人对出后，太守又故意刁难说，出句的两个“屈”字读音一样，而对句两个“曾”字读音不同(后一个曾字音“层”)。读书人解释说：两个“屈”字也并不同音，“屈姓流俗皆如字呼，而‘屈原真是屈’则‘九句反’”。原来太守出对是为了考考读书人的学问，于是就把他放了。由此可知，“屈”字在古代曾有两种不同读音，与两种不同读音的“曾”字相对，不仅意义可通，而且语音上对得也是很好的。

八、绕口联

绕口联是指把声音相同或相近的字放在同一联中交错反复，使读起来觉得拗口，别有一番风趣。前面讲的同音联、同韵联中有一些实际上就是绕口联，这里着重讲声音相近造成绕口效果的对联。例如有一副对联：

父戊子，子戊子，父子戊子；
师司徒，徒司徒，师徒司徒。

据说，这副对联是清代乾隆年间，有父子二人同于戊子年考中进士，有人为此写了上联，然后纪昀对出了下联。在这副对联中，上联“父”和“戊”，声不同而韵同，“父子”和“戊子”反复交叉出现，读快一点，就会感到有些搅扰，不是读得结结巴巴，就是容易把音念歪。下联中“师”和“司”也是声不同而韵同，“师徒”和“司徒”也是交叉反复，读起来绕口。

前面多次提到的成都望江楼联(“望江楼，望江流，望江楼上望江流，江楼千古，江流千古；印月井，印月影，印月井中印月影，月井万年，月影万年”)，从把音近、音同的字组织在一联中的角度来讲，也可以称作“绕口联”。在它的上联中，“楼”和“流”音近，“望江楼”“望江流”，“江楼”“江流”反复交错使用;在它的下联中“井”和“影”也是音近,“印月井”“印月影”,“月井”“月影”反复交错使用,也同样产生了一种“绕口”的效果,不仅对得绝妙,而且读起来极有风趣。

九、借音联

借音对是一种对仗的手法。在撰拟对联时,当遇到某种特殊情况,要表达一定内容而不能形成工稳的对偶时,可以借用某个字的另一种意义,或者借用与这个字读音相同的另外一个字来构成工对。这就是“借对”。前一种我们称之为“借义联”,后一种称作“借音联”。借义联下面还要讲到,这里先讲借音联。借音联上下联对应的两个字表面上并不对仗,但其中一个字可以借与它读音相同的字来与另一个字相对。因而,借音联的特征是,根据内容的需要,而以所借取的与本字读音相同的另外一个字来适应对偶形式的需要。

例如,革命先烈邓中夏有一副对联:

清操厉冰雪;
赤手捕长蛇。

这是邓中夏烈士在北京大学读书时挂在宿舍里的对联,上联集自文天祥的《正气歌》:“或为辽东帽,清操厉冰雪。”原句是赞扬东汉末年在野名士管宁,品格廉洁,严若冰雪。下联集自唐代孙樵《与王霖秀才书》,原文是说,读了卢仝的《月蚀诗》,“如赤手捕长蛇,不施鞚骑生马,急不得暇,莫可捉搦”。在这里,邓中夏表达了要做一个情操高尚,勇于斗争的革命战士的崇高志向。上联的“清”字,借与它同音的“青”字,与下联的“赤”字构成颜色词工对。

仍以“清”字为例,又如,清代文人沈朝初题北京陶然亭联:

慧眼光中,开半亩红莲碧沼;
烟花象外,坐一堂白月清风。

“陶然亭”取唐代白居易诗句“更待菊黄家酿熟，与君一醉一陶然”之意为名。“慧眼”为佛教用语，它能看到一切事物的实相。“烟花”指春天艳丽的景物。“象”指物象，即具体事物。这副对联中下联的“清”字同样是借与它同音的“青”字，与上联的“碧”字形成颜色词工对。同时，上联的“红莲”与“碧沼”，下联的“白月”与“清风”还各自形成当句对。

还有用别的字构成借音联的，如兰州河神庙联：

曾经沧海千层浪；
又上黄河一道桥。

仍以“沧”字为例，又如：

沧海月明珠有泪；
蓝田日暖玉生香。

这两副对联都是以“沧”字借与它同音的“苍”字，分别与和它相应的“黄”字和“蓝”字形成颜色词工对。

再如江苏无锡鼋头渚登澜堂联：

山横马迹，渚峙鼋头，尽纳湖光开绿野；
雨卷珠帘，云飞画栋，此间风月胜洪都。

这副对联中是以“洪”字借与它同音的“红”字，和与它相对的“绿”字形成颜色词工对。

以往人们往往只讲到借数词、借颜色词作为借音，其实借联绵词也可以构成借音联。例如有一副对联：

栗绽缝黄见；
藕断露丝飞。

这副对联中，“栗”、“藕”是两种食物。“缝黄”指栗子绽开后从壳缝中所见黄色的栗肉。“露丝”指藕擘断后显露出的连绵不断的藕丝。如从字面看,“缝黄”和“露丝”是构不成对仗的,然而这两者的背后,有与之谐音的两个联绵词,即“凤凰”和“鹭鸶”,这两者却可以构成工整的对仗,因而我们说,这也是一种借音联。

十、谐音双关联

谐音双关联,指对联中运用读音相同或相近的字,使语带双关,字面上表示一个意思,实际含义又别有所指。这种修辞手法,一般多见之于巧趣游戏性的对联和含蓄隐晦性的对联。

这种谐音双关联,又可分为三类:一是以明为主,暗中隐含某种次要的意义;二是明暗并重,明暗两种意义分不出主次;三是以暗为主,明的只是表面上的词语。

(一)以明为主,又可分两种,一种是明暗字面相同,一种是字音相同而字面不同。

1. 明暗字面相同的谐音双关联,如有一副讽刺李鸿章、翁同龢的对联:

宰相合肥天下瘦;
司农常熟世间荒。

这副对联是说,光绪三年黄河、长江流域大灾,民不聊生,当时李鸿章主政,翁同龢任户部尚书。李是合肥人,翁是常熟人。联中巧妙地把他们的官职、籍贯嵌入对联,对他们的所谓“政绩”给予十分辛辣的讽刺。

又如,早年广州有一家卖象棋、镜子等杂货店的对联:

昨夜敲棋寻子路;
今朝对镜见颜回。

这副对联中,“子路”、“颜回”既明指下棋时寻找棋路,对镜照见面容,又暗暗地关合孔子的两个著名的学生。

2. 字音相同而字面不同的谐音双关联,如有一副北宋刘攽出句,苏东坡对句联：

> 幸早里，且从容；
> 奈这事，须当归。

这副对联是说刘攽宴客，苏东坡有事欲回。刘劝苏说，时间尚早，且从容饮酒。苏回答说，事出无奈，必须回去。上下联中都包含了三种可以吃的水果或植物和一味药物。上联中“幸”谐“杏”，“早”谐“枣”，“里”谐“李”，“从容”谐药名“苁蓉”。下联中“奈”谐“柰”，“这”谐“蔗”，“事”谐“柿”，“当归”即中药“当归”。

又如有一副对联：

> 小麦已熟，父子及早当归；
> 大财未进，阿娇权歇半夏。

这副对联是说，有一户人家，在家务农的妻子写信给在外经商的丈夫和儿子，要他们归来夏收夏种。丈夫回信表示生意尚未成交，不能半途而废，劝妻子雇人收麦。上联中隐含三味中药，“父子”是“附子”的谐音，“及早”是“鸡爪”的谐音，“当归”则是中药“当归”。下联也隐含了三味中药，“阿娇”是“阿胶”的谐音，“权歇”是“全蝎”的谐音，“半夏”即是中药“半夏”。

（二）明暗并重的谐音双关联，又可分为两类：一类是字同的，一类是字异的。

1. 明暗并重的字同的谐音双关联，如黄庭坚出句，苏东坡对句联：

> 晚霞映水，渔人争唱满江红；
> 朔雪飞空，农夫齐歌普天乐。

这副对联中“满江红”、“普天乐”既是即景抒情，又是词曲牌名，一语双关，妙语天成。

再如，有一副民间流传联：

一担重泥拦子路；
两岸伕子笑颜回。

这副对联是说两位秀才路遇农民挑河挡道，无法通过，直到农民收工后好容易才走过去。农民出对子善意地嘲讽他们。“拦子路”既可作“阻挡着你的路”解，也可把“子路”解作孔子的学生来借指秀才。“笑颜回”既可作“农民嬉笑地收工回家”解，也可将其中的“颜回”解作孔子的学生，用来借指秀才。这两种解释都有意义，分不出主次，同前面所举卖象棋、镜子店对联中的“子路”“颜回”有所不同。

再如，有一副某地温泉浴池的对联：

池中温泉，请君入浴；
足下顽疾，找我来医。

这副对联中，“温泉”既是浴池的名字，又指池中热水；“足下”是对顾客的尊称，而脚趼、鸡眼等又都是长在足下。

2. 明暗并重的字异的谐音双关联，如五四运动时期上海闸北区一家鸟店联：

三鸟害人：鸦雀鸨；
一群误国：鹿獐螬。

这副对联中，上联的鸦雀鸨指三种害鸟，又隐喻鸦片、麻雀牌和老鸨，乃当时祸国殃民的三件事；下联鹿、獐、螬是两种野兽和害虫，与当时三个大卖国贼陆宗舆、章宗祥、曹汝霖的姓谐音，用来借指这三人。

又如，过去成都有一副讽刺杨森、王陵基的对联：

洋参吊气；
灵官扫台。

这副对联是说，蒋介石政权崩溃前夕，不断更换地方要员，于一九四九年任命王陵基为四川省主席，杨森为重庆市长。“洋参吊气”，在过去，人快要死时有用吃洋参吊气的说法。同时,"洋参"又与"杨森"谐音。"灵官扫台",四川风俗,每演完戏由戏子装扮成灵官神扫台,表示戏的终了。而王陵基别号王灵官,两个"灵官"同字同音,一语双关,含义深刻。

(三)以暗为主的谐音双关联,也分为两种:字同的和字异的。

1. 以暗为主的字同的谐音双关联,如抗日战争时期重庆有一副为国民党的防空洞所拟联:

见机而作;
入土为安,

这副对联运用了两句成语,表面上是讲挖防空洞的目的是为了躲避敌机的轰炸,一旦发现敌机空袭时,只要立即进入防空洞就可以保障生命安全;实际上是讽刺国民党的一些达官贵人贪生怕死,自己修建了精致坚固的防空洞,而置广大人民群众的生命财产于不顾,以致发生一九四一年重庆大隧道惨案,数以万计的群众死于非命。

又如,有一副对联:

云锁高山,哪个尖峰敢出;
日穿漏壁,这条光棍难拿!

相传这副对联是一个被诬告拘执到官府的穷书生对县官出句联。县官事先曾答应对出后就放他出去,最后只好任他而去。原来他的下联中的"光棍",从字面上讲是指太阳从墙壁的缝隙中射进屋内所形成的柱形光束,而实际上指单身汉,即穷书生本人。一语双关,而暗含的意思比字面意思更为强烈、突出。

2. 以暗为主的字异的谐音双关联,如有一副对联:

因荷而得藕;
有杏不须梅。

这副对联是明代文学家程敏政对大学士李贤出句联。程敏政当了翰林以后，李贤欲以女许之，因以席上藕片出句，程对句。这副对联中表面上是说几种果品，实际上是说“因何而得偶？有幸不须媒！”“荷”和“何”、“藕”和“偶”同音，“杏”与“幸”、“梅”和“媒”同音。据说李贤见程敏政果然才思敏捷，即把女儿许配给他。

再如，清代著名文学家金圣叹有一副对联：

莲子心中苦；
梨儿腹内酸。

这副对联是金圣叹因哭祭文庙、揭露贪官一事，被捕入狱，在被囚期间，思念妻子儿女所写。联中表面上讲两种水果，实际上是用的谐音，“莲”和“怜”、“梨”和“离”谐音。意为怜悯孩子，心中痛苦，离别儿子，腹内辛酸。

还有的在同一副对联中，字同的和字异的谐音双关结合起来使用。如有一副明代某县令出句、徐晞对句联：

擘破石榴，红门中许多酸子；
咬开银杏，白衣里一个大仁。

这副对联是说明代徐晞衣锦还乡，郡守率秀才、举人前去迎接，有的秀才、举人认为他不是科举出身，表现不敬，郡守出上联讽刺那些秀才、举人，徐晞对了下联。上联的“红门”是“黉门”的谐音，指古代学校。“酸子”指这些秀才、举人都是腐儒。“白衣”指出身微寒。“大仁”是“大人”的谐音，指徐晞自己。上下联用了石榴和银杏，构思巧妙有趣，运用谐音含而不露，讽刺却十分辛辣。四个双关的词语又有所不同。“酸子”和“白衣”是字同的，“红门”和“大仁”是字异的，这两种在同一副对联中结合起来使用。这副对联从总体上来讲，属以暗为主的谐音双关联。

十一、单纯谐音联

单纯谐音联，是谐音联的一种，它的特点是纯粹为了达到音韵和谐的目的，不牵涉意义的双关，以区别于谐音双关联。同时，它也不强调对仗的工整，只要求音近、和谐即可。

例如，有一副对联：

上文章，下文昌，文昌桥上晒文章；
前黄昏，后黄昏，黄昏渡前遇黄昏。

这副对联据说是明代万历年间，抚州府临州县陈际森、罗文藻、张世纯、艾南英四才子在文昌桥上横卧，知府不得通过，只好绕道叫"黄昏"的渡口（附近有两个名叫前、后黄昏的村子）。这副对联传为"四才子"所作。上联的"文章"和"文昌"谐音，既不要求包含双关的意义，也不要求和下联对仗工整。

又如：

童子打桐子，桐子落，童子乐；
小刘骑小牛，小牛唤，小刘欢。

这副对联上联的"童"和"桐"同音，下联的"刘"和"牛"同韵，因而上下联并不对仗，但是却使全联音韵和谐，写儿童生活情趣盎然。

十二、方言谐音联

方言谐音联，也是谐音联的一种，因为它的特点是运用方言造成，因而单独列出。

例如，有一副明代万历年间抚州某知府出句，罗文藻对句联：

宝塔七八层，中容大鹤；
通书十二页，里记春秋。

"通书"即皇历。上联利用抚州方言"容"与"庸"、"鹤"与"学"谐音，暗藏《中庸》、《大学》两部书名。下联利用"里"与"礼"同音，暗藏《礼记》、《春秋》两部书名，因而与上联对得十分妥帖工整。

又如，有一副浙江方言联：

独览梅花扫腊雪；

细睨山势舞流溪。

这副对联表面上是欣赏风景，实际上运用浙江方言写出简谱七音“1234567”和中文“一”至“七”的数字。特别是上联的简谱七音运用阿拉伯数字，在用来计数时与下联中文数字读音和意义相同。

十三、外语谐音联

外语谐音联，也是谐音联的一种。它的特点是利用外语的语音造成的谐音，因而单独列出。

例如，有一副日语谐音联：

打他姨妈；

吓我岳母。

这副对联是说从前湖北某学堂开日文课，有一学生将“搭太衣木”读作“打他姨妈”，另有一学生将“黑乌育木”读作“吓我岳母”，于是有同学写此联戏赠他俩。

方言谐音联和外语谐音联，多系游戏之作，未必有什么深意，然知识性、趣味性和娱乐性较强，体现了对联充分运用语言各因素的特点，故可聊备一格。

十四、四声联

四声联，指利用汉语的四声构成对联，使之音韵和谐，富有风趣。

例如：

和尚正法，提汤上坛，大意失手，汤淌烫坛；

裁缝老徐，与妻下棋，不觉漏眼，妻起弃棋。

这副对联相传是明代文人李元阳出句，学生对句联。“不觉漏眼”指徐裁缝与其妻下棋,其妻见李元阳等人来,含羞借口说丈夫下漏眼棋而弃棋离席。李元阳为云南太和人,上联“汤淌烫坛”四字可能大理方言同音,刚好包含了四个声调,读起来颇为有趣。下联“妻起弃棋”四字同音,也恰好包含四个声调,与上联正好相对,真是妙绝。

十五、全平全仄联

全平全仄联,是指全联上联和下联分别全部用仄声和平声构成的对联。

例如:

五岳闭雨认造化;

三湘浮云催文章。

这副对联见《对联 · 民间对联故事》一九八五年二、三期合刊陈鸿辉《诗联征对,优雅有趣》一文。联文疑有误字,录以备考,聊备一格。

十六、特殊节奏联

对联语言的音乐感,主要不外乎由音韵、声调和节奏组成。如果是四字句,一般是“二、二”的句式;如果是五字句,一般的是“二、三”、“三、二”或“二、一、二”的句式;如果是六字句,一般的是“三、三”或“二、二、二”的句式;如果是七字句,一般的是“四、三”、“三、四”或“三、一、三”的句式。可是也有的打破常规,形成一种特殊的节奏,给人以一种新鲜、活泼的感觉。

例如,清代张祥河题桂林风洞联:

到清凉境;

生欢喜心。

这副对联寥寥数字,写出了风洞一年四季岩风不断,每当夏天洞外炎热如火,洞内却清凉如春的特点,语言简练朴实、俊逸清新。句子结构也不同一般,运用"一三"句式,读起来别有一番韵味。

一般的对联,特别是长联,全联句式或用整齐的排比句,或用参差不齐的长短句,大都根据内容的需要,读来顺口、听来顺耳即可,不必刻意追求。但也有极少数对联,作者为了达到某种特殊的艺术效果。对语音节奏特别重视,匠心独运,别具一格,取得了良好的艺术效果,如前面所述镇江金山寺斋堂的一副对联:"一屋一椽,一粥一饭,檀越膏脂,行人血汗,尔戒不持,尔事不办,可惧可忧,可嗟可叹;一时一日,一月一年,流光易度,幻影非坚,凡心未尽,圣果未圆,可惊可怕,可悲可怜。"通篇四字一句,又兼用韵,颇具有禅理。每两句落脚平仄相间,隔句押韵,表现了和尚念经的节奏,是很有特点的。

十七、拟声联

拟声联,就是在楹联中模拟所描写事物的声响而构成既能表义又能表声的词语,从而使楹联富有形象性和真实感,造成一种特殊的音乐效果。

例如,有一副对联:

孩童上山将栗采,劈栗扑篦;

老翁入市担菱卖,倾菱空笼。

这副对联中"劈栗扑篦"字面上的意思是将栗子从树上打下,扔进竹篾编成的篓中,"倾菱空笼",字面上的意思是将菱从担子里倒出,最后只剩下空空的竹笼。同时这两个词组又分别模拟了扑栗和倒菱的声音。

再如:

普天同庆,当庆当庆当当庆;

举国若狂,情狂情狂情情狂。

这是一副含有揶揄味道的谐趣联。袁世凯称帝的洪宪元年(一九一六年),其亲信陈宧执掌四川政权,勒令人民举办庆典,因而有人在牌坊上贴了这副对联。联中“当庆当庆当当庆”和“情狂情狂情情狂”从字面上来看,是表示“应当庆祝”和“群情狂喜”的意思,“当庆”、“情狂”又是“欢庆”锣鼓的拟声字。而实际上,“当庆”不是喜乐,而是驱邪送葬之乐,“情狂”还用来表现男女秽声,因而暗含有讽刺意味。

第三节 运用文字修辞

运用文字修辞,是指利用文字形体构造、一字多音、一字多义、同音通假、同字异形等特点,以及汉字单独使用的灵活性撰制对联,从而增强形式的视觉美和知识性、趣味性。

一、异体字联

异体字是指音同义同而形体不同的字,即俗体、古体、异体、帖体之类。这是汉字运用和演变过程中出现的一种复杂情况。运用异体字形体上的特点作成的对联,称为异体字联,多为拆拼形体以成联文的巧联。

例如,有一副旧联:

冰冷酒:一点、两点、三点;
丁香花:百头、千头、萬头。

这副对联,上联“氷”是“冰”的异体字。下联的“萬”是“万”的繁体字,当时是正字。

再如王文恪六七岁时附学于舅家,一小女使送茶,王戏以手握其手,其舅闻之,出上联,王对以下联:

奴手为拏,以后莫拏奴手;
人言为信,从今休信人言。

这副对联见《一夕话》,联中,其舅宣扬的男女授受不亲的封建思想当然是不可取的。王文恪所对的下联倒还是有点针对性的。“拏”为“拿”的异体字。

二、手写体联

手写体,实际上也是异体字的一种,只是这种手写体极为灵活,变化多端,一般不入字典。手写体联即为运用汉字的手写体作成的楹联。

例如有一副戏台联:

虚弄干戈原是戲;
又加装点便成文。

这副对联中,下联的"文"是"文"的手写体。上联的"戲"是"戏"的异体字。

又如,某僧人出句,伦文叙对句:

竹寺等僧归,双手拝四维罗汉;
木门闲客至,两山出大小尖峰。

这副对联中,上联的"双手"指"拜"字的手写体作两个手字,即"拝";下联的"两山出"指"出"字的手写体作两个"山"字,即"出"。

三、同偏旁字联

同偏旁字联,是指运用相同的偏旁或某种相同的形体结构的字所撰写的对联,故又称为"联边对"。这种同偏旁字联,能够造成联句中的诸字具有特别整齐的形式美,引起读者的特殊的情趣。同偏旁字联可分为单联部分同旁、单联全部同旁、上下联全部同旁三种。

(一)单联部分同旁联,指上下联各有部分字同旁的对联。

例如:

点燈登阁各攻书;
移椅倚桐同对月。

上联的“燈”(“灯”的繁体字)与“登”、“阁”与“各”,下联的“椅”与“倚”、“桐”和“同”,都是同旁同音字。

(二)单联全部同旁联,指上下联分别各用同一个偏旁的字构成对联,如:

泪滴湘江流满海;

嗟叹嚎啕哽咽喉。

相传这是一位文人怀才不遇,流落湘江之滨,端午节时,凭吊屈原投水处而作的对联,上联同用“水”旁,下联同用“口”旁,颇有感染力。

再如:

寂寞守寒窗,寡室宁容客寄寓?

逍遥过远道,迷途邂逅遇逢迎。

上联各字同用“宀”头,下联各字同用“走之”旁。

(三)上下联全部同旁联,指全联用同一个偏旁的字所作成的对联。

例如,有一副马车店联:

迎送远近通达道;

进退迟速遊逍遥。

全联所有的字都是“走之”旁。

又如:

湛江港清波滚滚;

渤海湾浊浪滔滔。

此联上下联十四字全部都是“水”旁。

四、异偏旁字联

异旁联,是指上下联同带具有一定意义的某些不同的偏旁或某些不同的形体结构所作成的对联。异旁联又分两种,一种是这些不同偏旁的字排列时,上下联相互对应,一种是排列时上下联不要求相互对应。

例如:广东虎门有一副对联:

烟锁河堤柳;

炮镇海城楼。

此联上下联内各含有“金、木、水、火、土”五行作为偏旁的字,并且这些不同偏旁的字排列时上下联相互对应,结构奇巧,含义深刻,生动地描绘了虎门前沿阵地的雄姿。

又如:

烟锁池塘柳;

浪煖锦堤桃。

“煖”即“暖”字。这副对联与上副不同之处在于,虽然上下联内都包含以“五行”作偏旁的字,但排列时并不要求相互对应。

五、叠形字联

叠形字联是利用有些汉字可以用相同的形体叠合而成的构字特点而作成的巧联,能给读者造成一种字形上的空间立体感和文字的趣味性。

例如,杭州清真殿联:

𩇔䨺雲内神仙府;

𡴭㞧山中道者家。

这副对联见梁章钜《楹联续话》卷四“杂缀”。上联的“𩇔䨺雲”三字都是用“雲”字组成,下联的“𡴭㞧山”三字都是用“山”字组成。该书说:“𩇔䨺”二字音“沽都”,云厚貌。“𡴭㞧”二字音“吃嗒”,山多貌。

再如贵州安龙县德卧某庙门联:

日昌晶𣊫通天下;

月朋朤朤正乾坤。

这副对联中,上联的“昌”,盛;“晶”,明;“𣊫”,通“圆”。下联的“朋”,同也;“朤”,同“晶”,光亮;“䑕”通“朗”。上下联中各有四字分别由“日”和“月”重叠构成,并且从一个“日”或“月”按顺序逐渐加多至四个。德卧是个少数民族聚居的地区。相传东汉末年,我国西方有一恶人,名“乃支”,带了一支人马到这里烧杀掳掠,搞得四乡八寨不得安宁,驻扎在广西境内的四名汉族将领,率军赶来同乃支作战,在各族人民支援下,奋战七天七夜,终于将乃支和他的人马消灭了。但四名汉将也战死了三名,人们修庙纪念他们,并在庙门的石柱上刻了这副对联,赞颂他们说:你们像又圆又亮的太阳,放出灿烂的光辉,使天下人都得到温暖;你们又像那皎洁的月亮,映照着九州四海,使各族人民得以安宁。这副对联无论内容还是形式,都是充满奇趣的。

六、合音字联

合音字联,是指在对联中,为了便于对仗,而使用合音字构成对联。这些合音字,以合音数字为多。例如四川灌县青城山山门联:

收百八景于目前,数山水林峦,万迭芙蓉环薄雾;

登卅六峰之顶上,看画图烟雨,半天楼阁启凌云。

这副对联下联中“卅六”的“卅”为“三十”的合音字。以“卅六”与上联的“百八”相对仗。

此外,合音数字,常用的尚有廿(二十)、卌(四十)等。

七、通假字联

通假字又称“通借字”,就是用音同或者音近的字代替本字。通假字运用于楹联,可以造成联语同字的巧趣和含义、读音的变化,十分耐人寻思体味。

例如,福州罗星塔联:

朝朝朝,朝朝朝夕;
长长长,长长长消。

这副对联中,上联的六个“朝”字,第一、二个“朝”是名词重叠,音 zhāo zhāo,第三、四、六“朝”通“潮”字,音 cháo,第五个“朝”字是名词,音 zhāo。下联的六个“长”字,第一、二个“长”是形容词重叠,借为“常常”音 cháng cháng,第三、五个“长”通“涨”音 zhǎng,第四、六个“长”,音 cháng。

又如,浙江温州江心寺山门的楹联:

云朝朝,朝朝朝,朝朝朝散;
潮长长,长长长,长长长消。

这副对联见清代梁章钜《楹联三话》。上联八个“朝”字,其中第一、三、四、六、八字,“朝”念 zhāo,为早晨之意;其余读 cháo,是呈现和朝拜的意思。联意是说,天上的云彩,清晨出现并向江心寺朝拜,天天都朝拜,早上朝拜,早上就散。下联八个“长”字,其中第一、三、四、六、八字,“长”读 cháng,其余的为“涨”的通假字,读 zhǎng。联意是说,满满的潮水,每天在瓯江中上涨,不息地上涨,常常涨了,又常常消退。

类似的还有河北山海关姜女庙联:

海水朝,朝朝朝,朝朝朝落;
浮云长,长长长,长长长消。

又如徐渭题四川省长文县长水塘朝云庙联:

朝云朝,朝朝朝,朝朝朝退;
长水长,长长长,长长长流。

八、别字联

别字联是故意运用读错或写错的字所作成的对联,以含嘲谑之意。

例如,有一副讽刺民国初年四川陆军第三镇将孙兆鸾联:

山管人丁,水管财,草管人命;
皮裹袍子,布裹裤,马革裹尸。

这副对联中,“山管人丁,水管财”是指堪舆家谓坟墓的风水好,则子孙多,财源旺。孙兆鸾说话好转文,常闹笑话。他对军士训话说:“我们军人应当丧命疆场,马革裹尸”,将成语“马革裹尸”的“裹”误读作“裹”(“里”的繁体字)。他又斥人妄杀,将成语“草菅人命”读作“草管人命”。

又如有一副对联:

妹妹我思之;
哥哥你错矣。

清末有一次科举考试,用《尚书·泰誓》中的“昧昧我思之”为题(“昧昧”是沉思之貌)。有个考生,将“昧昧”误作“妹妹”,并据此大做文章。主考官看后,不禁哑然失笑,提笔写了此联以讽之。

再如有一副对联:

《曲礼》一篇无母狗;
《春秋》三传有公羊。

清初苏州秀才韩慕庐,在一蒙馆任教。该馆主人有一次将《礼记·曲礼》中“临财毋苟得,临难毋苟免”中的“毋”读作“母”,适逢一名士路过,误以为韩慕庐所教,于是口占上联讥之。韩听了,应出下联以解嘲。“三传”指解释《春秋》的三部著作《公羊传》、《穀梁传》和《左传》。“公羊”正好与“母狗”相对。

九、形近字联

形近字联是利用某些形体结构相近的字所作成的对联,这种对联多富有风趣。

例如,某主考出句讽刺老童生应试,老童生对句揭露主考受贿联:

上钩为老,下钩为考,老考童生,童生考到老;

二人成天,一人成大,天大人情,人情比天大。

这副对联中,上联的"老"和"考"字,下联的"天"和"大"字都是形近字。

再如,《聊斋志异·狐联》中有一副对联:

戊戌同体,腹中只欠一点;

己巳连踪,足下何不双挑。

上联的"戊戌",下联的"己巳"都是形近字。

十、对称字联

对称字联,是指运用某些左右两半边形体结构相互对称的字所作成的对联。这种对联,不仅从正面看起来有一种对称美,从反面看起来也一样,至少是看起来差不多。这种对联制作在两面透明的材料上更别具风味。

例如,清代吴山尊题"幽兰小室"联:

金简玉册自上古;

青山白云同素心。

横额:幽兰小室。

这副对联见清代梁章钜《楹联续话》卷四"杂缀"。吴山尊特意选择了一些结构比较对称的字,并且运用结体通常也比较对称的篆字书写,又别出心裁地制作在玻璃上,这样正反两面看起来,效果都是一样的。

清末文学家陈蝶仙曾筑蝶庄于杭州西湖,因其喜爱镜子,故廊间多置长镜。但楹联入镜,字作反映,颇以为憾。于是,他便用左右结构对称的字拟联,映联入镜正反相同,与吴山尊书联于玻璃上有异曲同工之妙。陈蝶仙之女小翠就曾撰若干联,其中有一副是:

北固云山开画本;
东山丝竹共文章。

十一、以字摹形联

以字摹形联,是指运用汉字书写的形体和单字的数量表示某种特定的意义而作成的对联。这种对联能给读者以直观的印象,因此显得生动活泼。

例如,有一副写酒店方灯和报更的对联:

一盏灯,四个字:酒酒酒酒;
三更鼓,两面锣:汤汤汤汤。

上联的“酒酒酒酒”是模仿方灯四面的四个“酒”字。下联的“汤汤汤汤”是描写打更时敲锣的声音的拟声词。

十二、以形摹字联

以形摹字联,是指利用事物的形状来描绘或补充某个字形而作成的对联,多含有讥讽或戏谑的意味。

例如,有一副讽刺清代主持浙江考试的尚书乌达峰和学士恽次远联:

乌不如人,胸中只少半点墨;
军无斗志,身边常倚一条枪。

这副对联以“乌”、“恽”二姓做文章,说乌达峰是一肚子草包,恽次远是一个大烟鬼。

十三、析字联

析字联,就是把某些汉字的形体结构分析肢解,或者拆分,或者拼合,表示一定的意义而构成的对联。

析字联又可分为:单纯拆字联、单纯拼字联、拆拼结合联、部分析字联和变形析字联。

（一）单纯拆字联，即把一个结构较为复杂的字拆分为几个部分，构成具有一定意义的对联。

例如，清代史望之九岁应县试，考官出句、史对句联：

闻看门中月；

思耕心上田。

此联见清代梁章钜《浪迹丛谈》卷七《巧对补录》。联中拆“闻”为“门”和“月”二字，拆“思”为“心”与“田”二字，连缀成联。

又如：

冻雨洒窗，东二点，西三点；

切瓜分客，横七刀，竖八刀。

上联拆“冻”、“洒”二字，分别为“东”与“二点”，“西”与“三点”（“冫”俗称两点水，“氵”俗称三点水）；下联拆“切”、“分”二字，分别为“七”与“刀”、“八”与“刀”：既切合事理，又生动有趣。

再如有一副明代某客人指知府冯驯出句，某儿童对句联：

冯二马，驯三马，冯驯五马诸侯；

伊有人，尹无人，伊尹一人元宰。

这副巧联见明代祝枝山《猥谈》和清代梁章钜《巧对录》卷四。上联拆“冯”字为“二”与“马”，拆“驯”字为“三”与“马”。“五马”是知府的别称。“伊有人”，指“伊”有“人”旁，“尹无人”指“尹”无“人”旁。“伊尹”是商代有名的大臣。

（二）单纯拼字联，即把几个较为简单的字拼合成为一个字，然后缀文成联。

例如：

人曾是僧，人弗能成佛；

女卑为婢，女又可称奴。

上联传为苏小妹讽佛印僧的出句，下联为佛印答句，双方戏谑对方，势均力敌。

又如：

寸土为寺，寺旁言诗，诗曰："明月送僧归古寺"；
双木成林，林下示禁，禁云："斧斤以时入山林"。

这副古巧对，是用连环式的拼字手法作成，既富有巧趣，又十分典雅。上联的"明"、"月"，下联的"斧"、"斤"，还分别是同偏旁。

再如：

白水泉边女子好，少女尤妙；
山石岩前古木枯，此木为柴。

这副拼字联，上、下联各由三个拼合字组成，写景叙事，生动自然，相映成趣。

（三）拆拼结合联，即上、下联中既有拆字，又有拼字，并连缀成联。

例如：

奴手为拏，以后莫拏奴手；
人言是信，从今休信人言。

上联先拼合"奴"和"手"为"拏"（"拿"的异体字），然后再把"拏"拆分为"奴"与"手"；下联先拼合"人"和"言"为"信"，然后再把"信"拆分为"人"和"言"。这可谓另备一格。

（四）部分析字联，是指利用拆拼的方法作成对联，其拆拼的并非字的所有部分，而只是利用了其中的一部分。

例如：

弓长张，文武斌，张斌元帅，统领琴瑟琵琶八大王，单戈叫戰；

一人大，日月明，大明天子，横扫魑魅魍魉四小鬼，合手擒拿。

这副对联传为明代人所作。上联为一异族统帅叫张斌的领兵犯境时派使者来明营所出。其中拼合“弓”、“长”为“张”，拼合“文”、“武”为“斌”，拼合“单”、“戈”为“戰”（“战”的繁体字）；同时又拆分“琴瑟琵琶”四字的部分形体而成“八大王”，表示对明朝大兵压境的威胁。下联为明朝守将府中一文官所对，拼合“一”、“人”为“大”，“日”、“月”成“明”，“合”、“手”成“拿”；同时，又拆分“魑魅魍魉”四字的部分形体而成“四小鬼”，表明打败侵略者的必胜信心。

又如：

> 四口同圖，内口皆从外口管；
> 五人共伞，小人全仗大人遮。

这副对联，据近人丁楚孙《古今滑稽联话大观》上编说，为明代大学士杨溥幼年时对有司联。杨溥幼年时请求有司免除其父亲的劳役，有司便出了这个上联让杨答对。有司上联的意思是说，在他辖区内的人都归他管，谁也得服从。杨溥对的下句，婉转地请求庇护。

（五）变形析字联，即运用析字所作成的对联，其中所析的各个部分并不完全符合正常的书写要求，而是做了某种变化或省略、合并等。

例如：

> 鸿是江边鸟；
> 蚕为天下虫。

上联拆“鸿”为“江”和“鸟”；下联拆“蚕”为“天”和“虫”，而“蚕”字实际上的写法，上面不是“天”而是“夭”，这里为了构成一定意思而做了改变。

再如：

> 卯金顺写是劉，劉将军镇守台湾，应锡永福；
> 子木逆书为李，李傅相出卖祖国，当罪鸿章。

此联运用析字和嵌字的手法，对刘永福和李鸿章这两个人物做了公正的评价。为了使上下联对仗，上联以“卯”和“金”二字拼合“劉”字（俗称“卯金刀劉”），省了个“刀”字（即“刂”的偏旁）。下联则是以“子”和“木”

二字拼合“李”字。联中“顺”“逆”二字,既表示拼字的顺序和方法,同时又是暗指刘永福“顺”民意,李鸿章“逆”民心,一字双关,极妙。

十四、置换偏旁字联

置换偏旁字联,就是把某些形体结构中的偏旁或某一部分,用另一偏旁或其他形体结构去代替而成为另外一个字,并表示新的意思而构成的对联。例如:

鸟入風中,啄去虫而为鳳;
马来芦畔,吃尽草以成驴。

上联中以“鸟”字置换“風”(“风”的繁体)字中的“虫”字,而成为“鳳”(“凤”的繁体)字;下联中以“马”字置换“芦”字中偏旁“草”字而成为“驴”字。

又如有一副讽袁世凯联:

或入園中,推出老袁还我國;
余行道上,不堪回首问前途。

这副对联中,“園”是“园”的繁体字,“國”是“国”的繁体字。上联中以“或”字置换“園”中的“袁”字而成为“國”字;下联中以“余”字置换“道”中的“首”字,而成为“途”字。

十五、增损笔画字联

增损笔画字联和置换偏旁字联近似,所不同的是,它不是置换某些字形体结构中的偏旁,而是增减这些字的笔画而构成饶有风趣、近乎字谜的对联。

例如,有一副某寺庙里的对联:

日落香残,去掉凡心一点;
炉火已灭,且把意马站边。

据说,这庙里原来香火兴旺,因长老外出云游,小和尚却把香火弄得冷落不振。小和尚为了招揽香客,请来一位读书人在山门上写了这副对联。

联语表面上似是劝善,实际上是骂小和尚不轨。上联“香”字落“日”,剩“禾”字,“凡”字去掉一点,为“几”字,“禾”下加“几”字即为“秃”字。下联“炉”旁灭“火”,再站个“马”字,是“驴”字。上下联合起来即为“秃驴”,是骂和尚的话。

十六、嵌字联

嵌字联,是把能够构成特定意义的字嵌在对联的有关部分,使联语意中有意,言外有言。其作用在于增强对联的针对性,巧妙地点明所指的人名、地名或事物名称等,给读者一种别致有趣的感觉。

(一)嵌字,可以分为“整嵌”和“分嵌”。

所谓“整嵌”,就是将某个词语完整地嵌入联中。例如有一副清代挽苏昆名丑杨鸣玉、斥责李鸿章联:

杨三已死无苏丑;
李二先生是汉奸。

中日甲午海战后,李鸿章因战败受到“褫去黄马褂”的处分,后又因屈辱投降,与日本签订卖国的《马关条约》而受到人民的唾骂。当时,扬州苏昆名丑杨鸣玉(又名杨三)在演出《白蛇传》“水斗”一场时,故意对穿黄色外褂出场的鳖精打诨道:“娘娘有旨,攻打金山寺,如有退缩,定将黄马褂剥去!”观众心领神会,满堂哄笑。不久,杨三被李鸿章(排行老二,故人称其为李二先生)迫害,悲惨死去。有人写了这副对联,悼念杨三,怒斥李鸿章。在这副对联中完整地嵌入了“杨三”、“李二”。

所谓分嵌,就是将某一词语拆开,分别嵌入联中的有关位置。又可分为纵嵌、横嵌、合嵌。

纵嵌指将某词语拆开,在上下联单联中,将该词语嵌完。因为对联一般用竖写,故称为纵嵌。纵嵌又可分为顺序纵嵌、不按顺序纵嵌。

按顺序纵嵌,如:

史鉴流传真可法;
洪恩未报反成仇。

洪承畴降清后，庆祝六十岁生日时，他的一个门生披麻前来吊唁，并献上以上对联。上联把"史可法"三字分嵌于首尾；下联运用谐音的手法，把"洪成仇"（承畴）三字分嵌于首尾。

不按顺序纵嵌如：

玉骢马，少年场，白眉世家，一代文宗传季子；
金叵罗，合欢酒，黄花门第，三秋韵事斗玲珑。

此联见刘叶秋《艺苑丛谈》，为清人方尔谦题赠马文季和罗韵秋结婚的喜联。马文季为桐城古文家马通伯的少子。"白眉"：三国蜀汉时马良兄弟五人，俱以"常"为字，良字季常，眉中有白毛，才学尤高，时谚曰："马氏五常，白眉最良。"罗韵秋家喜养菊花，颇多异品。此联上、下联分别说新郎新娘，拆嵌"马文季"、"罗韵秋"的姓名，并把两家的风范、结婚的时间等，概括无遗，清新流畅，吐属文雅，令人称绝。时人称方尔谦为"联圣"，由此联可见其手笔之高妙。

横嵌指将某词语拆开分别嵌在上、下联相应的位置中。因为对联一般用竖写，故而称为横嵌。横嵌又可以根据它在联语中的位置分为首嵌、腹嵌、尾嵌。

将某词语嵌在上下联开头的，叫首嵌。例如山东泰山黑龙潭西溪石亭联：

龙跃九霄，云腾致雨；
潭深千尺，水不扬波。

这副对联中，将"龙"、"潭"二字分别嵌在上下联句首。这副对联写观瀑景致。

将词语嵌在上下联中间各种位置的，统称腹嵌。例如某地风月亭联：

无风烟焰直；
有月竹荫寒。

这副对联中，将"风"、"月"二字分别嵌在上下联句中。

将词语嵌在上下联末尾的，叫尾嵌。例如某地树山亭联：

坐看流水长亭树；

远望斜阳去路山。

合嵌指将某词语拆开分嵌在上下联中，只有将这些合起来，才能成为一个整体。合嵌又可分为按顺序合嵌和不按顺序合嵌。

按顺序合嵌的，例如一八四四年，清代朝臣赠道光皇帝寿联：

元后亶聪明，二百载继继承承，顺天心，康民物，雍和其德，乾健其身，嘉惠普群生，道统昭羲农尧舜；

维皇臻福寿，亿万年绵绵翼翼，治功懋，熙绩勋，正直在朝，隆平在野，庆云辉五色，光华联日月星辰。

这副对联中，从上下联第三分句起，每分句句首嵌入清代从开国至道光六个皇帝的年号，即："顺治"、"康熙"、"雍正"、"乾隆"、"嘉庆"和"道光"。

不按顺序合嵌的如：

大道本无私，仲尼立己，耶稣救人，能熔铸中西，方称圣学；

冶城多古迹，曼倩风流，芷斋儒雅，凡名垂简册，皆是吾师。

这是杨东莱为大冶中学简师题写的对联，巧妙地把"大冶中学简师"六字不露痕迹地拆嵌在上、下联中。联文庄重雄健，旨高趣远。

（二）按照传统的习惯，从所嵌的字在对联中的位置，嵌字联又可分为十多种。

1. 鹤顶格。又叫凤顶格、虎头格，也叫顶头格。即将所需嵌的字，列在上下联的第一字。

例如，南京秦淮河天韵楼联：

天仙都化美人来，问上界琼楼，可有六朝新乐府？

韵事不随流水去，听后庭玉树，依然十里旧秦淮。

又如，邓小平任八路军一二九师政委时为战士们作的对联：

列为无产者；

宁不革命乎？

将“列宁”的名字分别嵌入上下联句首。

2. 燕颔格。又叫凫颈格。即将所需嵌的字，列在上下联的第二个字。例如，成都桂湖升庵殿联：

老桂披离，六招荒烟怆往事；
平湖潋滟，一湖秋水想伊人。(桂湖)

又如，孙中山题广东梅县松口爱春楼联：

博爱从吾好；
宜春有此家。(爱春)

3. 鸢肩格。又叫鹿颈格。即将所需嵌的字，列在上下联的第三个字。例如，有一副挽秋瑾联：

悲哉秋之为气；
惨矣瑾其可怀。(秋瑾)

4. 蜂腰格。即将所需嵌的字，列在上下联当中的一个字。五言联嵌在第三字，七言联嵌在第四字。

例如，蔡锷赠小凤仙联：

此地之凤毛麟角；
其人为仙露明珠。(凤仙)

5. 鹤膝格。即将所需嵌的字，列在上下联的第五个字。例如，今人刘振武所撰的一副祝寿联：

年年共祝南山寿；
岁岁欣开北海樽。(南北)

6. 凫胫格。即将所需嵌的字，列在七言联的上下联的第六个字。长于七言的列在倒数第二个字。

例如，湖北武昌岳庙联：

老奸终古分尸，鬼斧神斤，劈开桧树；
快事一时抚掌，风欺雪虐，压倒秦头。(秦桧)

7. 雁足格。又叫燕足格、雁尾格。即将所需嵌的字，列在上下联的最后一个字。

例如，清人秦大士题杭州岳王墓联：

人从宋后羞名桧；

我到坟前愧姓秦。(秦桧)

这副对联见近人吴恭亨《对联话》卷十一《杂缀》。据说，乾隆时，杭州秦大士状元及第，趾高气扬。当他回到杭州时，知府故意设宴于岳飞墓前，为状元公洗尘。席间，众官绅请状元公为岳飞祠庙题联，分明想窘辱他。秦大士心中明白，挥毫写成此联。写罢，掷笔而去。

8. 魁斗格。即将所需嵌的字，列在上联的第一字和下联的最后一字。

例如，四川青城山上清宫联：

上德无为，行不言之教；

大成若缺，天得一以清。(上清)

9. 蝉联格。即将所需嵌的字，列在上联的最后一字和下联的第一字。

例如，嵌人名"翠玉"联：

黛螺淡点三分翠；

玉髻斜簪一抹红。

10. 云泥格。即将所需嵌的字，列在上联的第二字和下联的倒数第二字。

例如：

饮酒愿人容我醉；

怡情与子赏花开。(酒花)

11. 辘轳格。即将所需嵌的字，列在上联第一字，下联第二字，或上联第二字，下联第三字，……以此类推。也可以是，列在下联第一字，上联第二字，或下联第二字，上联第三字……以此类推。

如"醉山"酒楼联：

地喜四时常醉酒；
楼无一面不当山。（醉山）

12. 卷帘格。即将所需嵌的字，列在上联末字，下联倒数第二字，或上联倒数第二字，下联倒数第三字……以此类推。也可以是，列在下联末字，上联倒数第二字，或下联倒数第二字，上联倒数第三字……以此类推。如嵌任意字"袍、到"联：

草色侵来袍袖底；
花香飞到酒樽前。

13. 鼎峙格。此种格式中所嵌的字必须是三个字，把这三个字排成三足鼎立之势。或是上联头尾各嵌一个字，下联中间嵌一个字，或是上联中间嵌一个字，下联头尾各嵌一个字。也可位置不拘。

例如：

梅香桃艳人皆羡；
好鸟名华世所珍。（梅羡华）

又如：

跨凤乘龙终有日；
安居乐业在斯乡。（龙安乡）

位置不拘的，如"玉壶春"茶馆联：

新诗玉局松风作；
大隐壶公杖履春。

14. 碎锦格。此种格式所嵌的字必须是四字或四字以上。将所需嵌的字，分别列在上下联，位置不拘，上下联所嵌的字也不必相对或相等（当然相对或相等亦可）。

例如：有一副题广东清远县飞霞洞三仙殿联：

清游古寺三仙殿；
远览飞霞两洞天。

又如：

素壁写归来，画舫行斋，细雨斜风时候；
瑶琴才听彻，钧天广乐，高山流水知音。

这是苏州怡园听琴室的楹联。此联嵌字方法与一般嵌字联不同，它不是把“听琴”二字分嵌在上、下联中，而是单独拆嵌在下联的不同位置。这种嵌字法，所嵌之字更加显得隐蔽而自然。

15. 双钩格。此种格式所嵌的字必须是四个字。将所需嵌的字，列于上、下联的首尾。位置不拘。如广州“海山仙馆”联：

海上神山；
仙人旧馆。

16. 押尾联。即将所需嵌的两字或两个以上的字，连续置于下联句尾。如上海“小有天”闽菜馆联：

道道非常道；
天天小有天。

17. 晦明格。即将所需嵌的字或者在上联明嵌，在下联暗示，或者在上联暗示，在下联明嵌。

例如：

阶下举杯邀明月；
篱边信步赏花开。（酒花）

上联暗示“酒”字，下联明嵌“花”字。

又如:

携酒与鱼游赤壁;

随蜂伴蝶赏东篱。(酒花)

上联明嵌“酒”字,下联暗示“花”字。

18. 兼用格。即将以上多种格式两者甚至两者以上兼用。例如,题广东南雄大庾岭梅关联:

南国风光推北粤;

雄州景色数梅关。(南雄粤梅关)

(三)从所嵌的字是否重复,可分为单一嵌字联和重复嵌字联。单一嵌字联,已如前述。重复嵌字联,例如孙中山题广东梅县松口爱春楼联:

爱国爱民,玉树芝兰佳弟子;

春风春雨,朱楼画栋好居家。

这副对联中,上下联分别重复嵌了两个“爱”字和“春”字。

再如,杭州西湖仙乐酒家联:

翘首仰仙众,白也仙,林也仙,苏也仙,今我买醉湖山里,非仙也仙;

及时行乐也,春亦乐,夏亦乐,秋亦乐,冬来寻诗风雪中,不乐亦乐。

这副对联中,上下联分别重复嵌了六个“仙”字和“乐”字。

还有一种重复嵌字联,是将重复的字连在一起,构成叠音词,如嵌人名“倩卿”联:

倩倩无言时顾影;

卿卿有意实怜才。

(四)从所嵌的词是否完整,又可分为完整嵌字联和不完整嵌字联。

完整嵌字联,已如上述。不完整嵌字联,如赞誉京剧表演艺术家盖叫天(原名张英杰)联:

英名盖世三岔口;
杰作惊天十字坡。

这副对联中,“英”“杰”是盖叫天原名,《三岔口》和《十字坡》是盖叫天演出的优秀剧目。“盖”“天”是嵌了盖叫天艺名的两个字,省去了“叫”字,为不完整嵌字联。

又如:

博济群伦,挺身为民主,惊传凶讯增悲恸;
发扬正义,飞楫载和平,岂意黑茶赋魂归。

一九四六年四月八日,王若飞等十三人自重庆乘飞机回延安,不幸在山西黑茶山遇难。当时的中共西安情报处为悼念“四·八”烈士,撰写了这副挽联。这副挽联上、下联所嵌“博、挺、发、飞”四字,分别指博古、叶挺、邓发、王若飞四位遇难烈士,构思精巧,颇具匠心。

(五)从所嵌的字是否明显,又可分为显豁嵌字联和隐晦嵌字联。显豁嵌字联,已如前述。隐晦嵌字联,如某人赠焦山僧人几谷联:

脱去凡心一点;
了却俗身半边。

这是一副析字联,去掉“凡”字中间的一点和“俗”字左边的“人”旁,正是“几谷”二字。

(六)从所嵌的字来讲,可以嵌人名、地名、物名和其他专有名词,也可以嵌入其他的词,现分别列举于后。

嵌人名联。例如:

从明,从顺,从清,三朝之俊杰;
纵子,纵孙,纵仆,一代岂凡人。

明末清初，江苏吴江金之俊（字岂凡），先任明朝的兵部侍郎，后又投降李自成的大顺政权，最后又任清朝大学士，是一个三朝“不倒翁”。他放纵子孙仆从奴役乡里，鱼肉百姓。因而有人写了这副讽刺联，内嵌他的名和字，辛辣而巧妙地鞭挞了这个全无廉耻的官僚。

又如：

三强韩、赵、魏；

九章勾、股、弦。

数学家华罗庚写的这副巧联，内嵌物理学家钱三强和赵九章的名字，语意双关，妙若天成。《九章算术》，中国古代数学典籍。

嵌地名联。例如：

密云不雨旱三河，虽玉田也难丰润；

怀柔有道皆遵化，知顺义便是良乡。

这副巧联内嵌北京附近的八个县名，并形成特定联意。

又如：

定安全之策，坐镇琼山，开乐会以会同官，统府州县群僚，独临高位；

澄迈往之怀，清扬陵水，佐文昌而昌化理，合万儋崖诸邑，共感恩波。

这是清代广东雷琼道道府大堂上的一副楹联，内嵌琼州道所属的十三个府县名称，顺次为：定安、琼山、乐会、会同、临高、澄迈、陵水、文昌、昌化、万州、儋州、崖州、恩波。

嵌药名联，如：

神州到处有亲人，不论生地熟地；

春风来时尽著花，但闻藿香木香。

生地、熟地、藿香、木香均中药名。

嵌节气名联，如：

天气大寒，霜降屋檐成小雪；
日光端午，清明水底见重阳。

嵌书名联，如：

燕山磊落；
夜话千秋。

这是李苦禅、傅克挽邓拓联。联中嵌邓拓杂文集《燕山夜话》书名。

嵌剧名联，例如：

不出力，便出钱，慷慨激昂，歼敌才消生死恨；
欲同归，且同乐，欢欣鼓舞，为君试唱凤还巢。

抗战时期，艺术大师梅兰芳等在成都演出《生死恨》、《凤还巢》等剧，筹款抗日。经济学家洪传经撰就此联，不仅妥帖地嵌入两出戏名，而且表达了当时全国人民坚决抗战、誓夺胜利的愿望。

嵌影片名联，如：

客从何来，处处知音多；
海外赤子，绵绵乡情浓。

嵌词牌名联，如：

虞美人穿红绣鞋，月下行来步步娇；
水仙子持碧玉箫，风前吹出声声慢。

这副对联见《解人颐》，是明代姚广孝出句，高启对句联。此联为高留姚同饮，命一妓佐酒时所作，既切眼前情景，又串六个词牌。

嵌年代联，如：

一代英豪，九州生色；
八年业绩，四海归心。

这是一九八四年春节中央电视台等举办的征联中的一副得奖佳联。上、下联中拆嵌“一九八四”四个字,奇巧而有意义。

嵌年号联,如:

顺泰康宁雍然乾德嘉千古;
治平熙世正是隆恩庆万年。

这是清代嘉庆皇帝过生日时百官贺联中夺得魁首的一副寿联,传为广西北流籍的状元李绍仿所作。联中嵌入顺治、康熙、雍正、乾隆、嘉庆五代皇帝的年号。此联虽在思想内容方面不过是歌功颂德的陈词滥调,但修辞手法嵌字极巧妙。

嵌字联,除嵌入各种普通名词和专有名词外,还可以将其他一系列的或有一定意义的字嵌入联中。

例如嵌入一系列时间词和方位词联:

冬夜灯前,夏侯氏读《春秋传》;
东门楼上,南京人唱《北西厢》。

这副对联上联分嵌“春、夏、秋、冬”四个季节字,下联分嵌“东、西、南、北”四个方位字。此联见清代梁章钜《巧对录》卷六引《痂留编》。上联出后,好长时间没人能对出下联。过了些时,南京来了个戏班在城楼上演戏,于是有人对出了下联。《北西厢》即有名的元杂剧,用北曲来演唱。

又如嵌入一系列形容词和颜色词联(颜色词是形容词的一种,因在对联中比较重要,故通常单独列出):

泪酸血咸,悔不该手辣心甜,只道世间无苦海;
金黄银白,但见了眼红心黑,那知头上有青天。

这是何维题定远城隍庙联。这副对联中,上联分嵌“酸、甜、苦、辣、咸”五个表味的形容词,下联分嵌“红、黄、青、白、黑”五个颜色词。联文既有巧趣,又有深意。

十七、藏字联

藏字联是一种近于字谜式的巧联。多数藏字联是为了含蓄地表达某种不便言明,或者言明不如不言明更好,故意将某些关键性的字省略或隐藏起来,这样构成的对联,弦外有音,意在言外。它往往是利用人们熟知的诗文名句、俗谚、典故等构成对联,故意隐藏起某个字,或借用其他的谐音字来代替本字,让读者通过自己的思考来找出所藏的字。

藏字联,又可分为歇后藏字、借代藏字、谐音藏字、隐意藏字等四种。

(一)歇后藏字联。例如:

君子之交淡如;

醉翁之意不在。

这副藏字联见明代江盈科《雪涛谐史》,是说明代有一士人家贫,招待友人没有酒,就以水代替,出上联,其友人对下联。上联借用俗谚"君子之交淡如水"藏"水"字;下联借用欧阳修《醉翁亭记》中的"醉翁之意不在酒"藏"酒"字。主人意谓以水代酒,招待来客,表示歉意,客人则表示贵在友谊,不在有酒与否,既文雅又风趣。

又如,有一副讽刺钱谦益联:

逸居无教则近;

老而不死是为。

明代钱谦益,降清后任礼部右侍郎,晚年自号"逸民",并把自己的住宅署名为"逸老堂"。当时有人写了这副对联贴在他家门上。上联借用《孟子·滕文公上》"逸居而无教,则近于禽兽",歇去"禽兽"二字;下联借《论语·宪问》"老而不死是为贼",歇去"贼"字,并在上下联句首嵌入"逸老"二字,对他的变节行为加以辛辣的嘲骂。

(二)借代藏字联。例如:

未晚先投二十八;

鸡鸣早看三十三。

这是一旅店的门联。上联借用“二十八宿”的旧说，而以“二十八”代“宿”字；下联借用“三十三天”旧说，以“三十三”代“天”字，形藏实露，别有意趣。

（三）谐音藏字联。例如：

且喜壮游添健仆；
未容鼾睡任他人。

此联运用两个典故构词成句，上联借用谐音字“健”而藏起原字“剑”，下联语出“卧榻之旁岂容他人鼾睡”，借用谐音字“他”而隐藏了“榻”字，联意也因之产生了一些变化。

（四）隐意藏字联。有的所藏不止一字，而是一句，或者未说出的那句话的意思。例如：

士为知己；
卿本佳人。

这副讽贪官联，上联套用“士为知己者死”成句，隐“者死”二字，暗骂贪官该死。下联用《北史》“卿本佳人，奈何作贼”典故，隐“奈何作贼”四字，讽其贪污为贼。

又如，有一副嘲讽联：

兄弟三人，酒癖、赌癖、烟癖；
田园万顷，今年、明年、后年。

这副对联是说，某富家有三个儿子酗酒、赌博、抽大烟，虽有田园万顷，要不了三年就会卖光。“今年、明年、后年”引而不发，让读者自己去领会，可谓妙绝。

也有的所藏的不只是一个单字，而是用这所藏之字的意思而联系起来构成一句话。例如：

一二三四五六七；
孝悌忠信礼义廉。

这副对联是清初某人贴在洪承畴府第的梁柱上。上联末缺“八”，下联末缺“耻”，意在骂洪承畴投降清朝是“忘八”（王八）、“无耻”。

藏字联，大多所藏的字在句尾，也有的所藏的字不限于在句尾。如有一副藏字联：

老欲依僧；

急则抱佛。

此联见邵博《河南邵氏闻见后录》卷十九。上联为宋王安石所说，引用一句古诗“投老欲依僧”藏“投”字，“投”和“头”谐音；下联为一客人所对，利用俗语“急则抱佛脚”藏“脚”字。这样上、下联各藏起一个字，构成了对仗工整的对联，而又恰恰是藏“头”藏“脚”，读之令人拊掌。

还有的藏字联所藏的字虽然可以补上来，但只能补在心里。例如有一副题杭州西湖黄龙洞联：

黄泽不竭；

老子其犹。

这副对联中，用孔子在洛阳见到老子后回鲁国对人讲的一句话“老聃其犹龙乎？”这里故意将“龙”字隐去。如将“龙”字补出，“黄龙洞”的“黄龙”二字就非常明显了。但是这样补出后，下联就会多出一字，又不对仗了。因而只能补在心里。

十八、缺字联

缺字联，就是将有的字故意空缺，让读者去联想或猜测的对联。这实际上也是一种藏字联，因为在形式上它有明显的空缺，因而专门另列一类。

这种缺字联情况也不尽相同，有一种是可以根据情况的变化随机填充的。例如，有一副对联：

童子六七人，毋如尔狡；

太守二千石，莫若尔□。

此联见《一夕话》。这一副缺字联为旧时一知府和一童子的对句。下联最后一个字童子未说出来，知府问童子究竟是何字，童子说："给我赏钱，则是'廉'字，不给我赏钱，则为'贪'字。"这充分表现了童子的狡黠和机智。

还有一种则是要根据读者不同的心境去回答的。例如有一副喜联：

人称新郎新娘，原本是旧相思一对；
你吃喜糖喜酒，能不有□风味几番。

这副对联中下联缺一字，要由吃喜糖喜酒的人来回答。但是这里又带来一个问题，这里所缺的字又似乎无论补哪个字都不很恰当。这就告诉我们：缺字联所缺的字，有的可以补上，但也有的不一定都能补上。像这副对联补不上来，正说明了那种风味是不能用语言表达出来的，此联妙也就妙在这里。

十九、顶真联

顶真，也作顶针，又称嬗递、联珠。顶真联是用上一句结尾的词语做下一句的开头，使前后的句子头尾蝉联，上递下接。从一事物到另一事物，顺连而下，反映事物间的顺承连接关系。其修辞效果在于环环紧扣，引人入胜。

顶真联，可分为个别字顶真、一连串字顶真、以词或词组为单位顶真和间隔其他字顶真四种。

（一）个别字顶真。例如北京潭柘寺题弥勒联：

大肚能容，容天下难容之事；
开口便笑，笑世间可笑之人。

又如钱毅一九四六年贺四位革命老同志寿联：

革命老人，人人尊敬；
寿星四个，个个光荣。

再如南京瞻园联：

大江东去，浪淘尽千古英雄，问楼外青山，山外白云，何处是唐宫汉阙？

小苑春回，莺唤起一庭佳丽，看池边绿树，树边红雨，此间有舜日尧天。

（二）一连串字顶真。例如湖南长沙沙水亭联：

常德德山山有德；

长沙沙水水无沙。

在这副对联中，上下联各有两组字顶真。

又如有一副讽寿联：

寿比南山，山不老，老大人，人寿年丰，丰衣足食，食千钟美味，位列三台，台享荣华富贵，贵客早来，来之有理，理所当然；

福如东海，海广阔，阔大人，人面兽心，心田不好，好一个坏蛋，但愿万死，死无葬身之地，地归农民，民者无忧，忧者贪官。

（三）以词或词组为单位顶真联。以上所举顶真联，都是以字为单位顶真，还有的顶真联不是以字为单位，而是以词或词组为单位顶真。

例如有一副集句联：

身修而后家齐，家齐而后国治；

天时不如地利，地利不如人和。

这副对联中，上、下联各有一个双音节的词组“家齐”和“地利”顶真。

再如，有一副明朝胡子琪出句、解缙对句联：

金水河边金线柳，金线柳穿金鱼口；

玉栏杆外玉簪花，玉簪花插玉人头。

这副对联见清代褚人获《坚瓠七集》卷二《解大绅对》，是说明代文人胡子琪带着八岁的解缙到南京游玩，两人即景随口说出的对联。联中上、下联各有一个三音节的词“金线柳”和“玉簪花”顶真，同时还各用了四个“金”和“玉”的复字。

又如有一副原《前线》杂志社部分同志挽邓拓联：

文章满纸，满纸丹心，丹心遭厄，奇冤绝今古；

风雨同舟，同舟聆教，聆教难忘，心花慰英灵。

这副对联中，“文章满纸”、“风雨同舟”，系引用邓拓生前留赠《人民日报》诸同志的诗：“笔走龙蛇二十年，分明非梦又非烟。文章满纸书生累，风雨同舟战友贤。”联中引用这八字概括邓拓以及挽者与邓拓的情谊是很切题适体的。

（四）间隔其他字顶真联，是中间有规律地间隔其他字顶真。

例如，有一副以翁笠渔曾任昆山、阳湖等知县为出句联：

昆山县，山阳县，阳湖县，湖南从九，做过四五年知县；

铁宝臣，宝瑞臣，瑞鼎臣，鼎足而三，都是一二品大臣。

这副对联中，上联的“昆山”、“山阳”、“阳湖”、“湖南”，中间间隔相同的“县”字；下联的“铁宝”、“宝瑞”、“瑞鼎”、“鼎足”中间间隔相同的“臣”字，分别蝉联顶真。当然，这副对联还有其他特点，即上联的“九”和“四五”相加是等数，下联的“三”和“一二”相加也是等数，于此可见匠心独运。

从另外一个角度来分，又可分为句与句之间的顶真和词与词之间的顶真。

句与句的顶真，又可分为：部分句子顶真，如明代吴文之同客人应答联：

蚕作茧，茧抽丝，织就绫罗缎匹；

兔生毫，毫扎笔，写成锦绣文章。

这副对联，上、下联各有三个分句，前两个分句之间顶真。

全部句子顶真，如：

天心阁，阁落鸽，鸽飞阁未飞；

水陆洲，洲停舟，舟流洲不流。

这副对联中，上、下联各有三个分句，每个分句之间顶真。

又有一副传为明代韩毅雍出句，某死囚对句联：

水上冻冰，冰积雪，雪上加霜；
空中腾雾，雾成云，云开见日。

传说，韩毅雍巡抚江南时，一日审讯死囚得出句，久不能对，一死囚请对。韩说："能对，免死。"该死囚果然对出了，对句不仅对得很工，而且表达了对巡抚的期望。

词与词的顶真，例如有一副对联：

无锡锡山山无锡；
平湖湖水水平湖。

这副对联中上联的"无锡"、"锡山"和"山无锡"之间，下联的"平湖"、"湖水"和"水平湖"之间都是顶真。

二十、复字联

复字联，是指运用重复相同的字所作成的对联。复字同后面将要讲到的"反复"、"同字"不同。复字是从文字的角度，重复相同的字；反复是从语法的角度，重复相同的语素、词、词组和句子；同字是从上、下联之间的关系，指出其是否有相同的字、词、句。尽管三者常有交叉现象，但角度和侧重点是不同的，必须加以区分，才能更好地分析和掌握其运用的修辞手法。复字联，反复使用某一相对仗的字，以表达对某一特定内容特征或感情的强调和突出，同时可以造成声律上回环往复之美。这一手法在对联中运用较为普遍，修辞效果较强。

复字联，可以分为集中重复一两个字，重复好几个不同的字，上下联分别重复同一个字，和全部重复同一个字四种。

（一）集中重复一两个字。如有一副揭露帝国主义以宗教伪装对我国进行侵略的对联：

什么天主教，称天父天兄，绝天伦，灭天理，光天化日，闹得天昏，赶多咱天讨天诛，天才有眼；

这些地方官，似地贼地寇，掘地宝，刹地藏，胜地名区，变成地狱，又搭上地租地税，地也无皮。

这副对联中，上联用了十个“天”字，下联用了十个“地”字，把帝国主义和贪官污吏的罪行揭露无遗，痛快淋漓，一气呵成。

再如《聊斋志异·细柳》中高生与其妻细柳的对句：

细柳何细哉：眉细、腰细、凌波细，且喜心思更细；

高郎诚高矣：品高、志高、文字高，但愿寿数尤高。

（二）重复几个不同的字。如有一副梅兰芳生前喜爱的戏台联：

看我非我，我看我，我也非我；

装谁像谁，谁装谁，谁就像谁。

这副对联，全联共二十二字，实际上只有八个不同的字，“我”和“谁”二字各重复六次，“看”、“非”、“装”、“像”四个字各重复两次。

（三）上下联分别重复同一字。如有一副对联：

长长长长长长长；

行行行行行行行。

这副对联，上下联各由七个相同的“长”和“行”字组成。意为称赞别人不断长进，干哪一行都行。这里当读作：

长(cháng)长(zhǎng)，长(cháng)长(zhǎng)，长(cháng)长(cháng)长(zhǎng)；

行(háng)行(xíng)，行(háng)行(xíng)，行(háng)行(háng)行(xíng)。

又如故宫太和殿联：

乐乐乐乐乐乐乐；

朝朝朝朝朝朝朝。

这副对联意为,各种鼓乐奏鸣使人快乐,百官大臣每天前来朝见。这里当读作:

乐(yuè)乐(lè),乐(yuè)乐(lè),乐(yuè)乐(yuè)乐(lè);

朝(zhāo)朝(cháo),朝(zhāo)朝(cháo),朝(zhāo)朝(zhāo)朝(cháo)。

(四)全联重复同一个字。如有一副为卖豆芽者题联:

长长长长长长长;

长长长长长长长。

这副对联,全联十四字都用一"长"字组成。意为希望豆芽不断地长,并且长得很长。这里当读作:

长(cháng)长(zhǎng),长(cháng)长(zhǎng),长(cháng)长(cháng)长(zhǎng);

长(zhǎng)长(cháng),长(zhǎng)长(cháng),长(zhǎng)长(zhǎng)长(cháng)。

二十一、连环字联

连环字联是一种特殊的复字联,即上、下联首尾用相同的字所构成的对联。例如有一副明代王洪与一客人应答联:

地楼上起楼,楼间无地;

天井中开井,井底有天。

这副对联中,上、下联首字和尾字相同,分别用"地"字和"天"字。同时中间又各用了三个相同的"楼"字和"井"字,第二个和第三个"楼"字和"井"字之间还是顶真。

再如有一副金圣叹撰联:

半夜二更半；

中秋八月中。

上、下联首字和尾字相同，分别为“半”字和“中”字。

这种连环字联和“回环”的区别在于，它除了首、尾字相同外，不具有回环的其他特点。

二十二、借形联

借形联，是指那些为了表达内容的需要，而不能形成工对时，借用某些词语的字形与另一联相应的部分形成比较整齐的对仗。

例如，历山兴国寺舜殿集句联：

高山仰止，景行行止；

卿云烂兮，纠缦缦兮。

这副对联中，下联出《尚书大传》，其中的“纠缦缦”为形容词，“缦缦”为形容词后缀；上联语出《诗经·小雅·车舝》，“景行（xíng）”是崇高的德行。另有一说景行（háng），指大路。两说均为名词。第二个“行”则为动词，“止”为助词。这里借用两个“行”字形式上相连，与下联中的“缦缦”相对应，作成对偶。

二十三、标点符号联

标点符号联，是指联文全部或部分用标点符号组成的对联。这些对联虽然没有一字，只有标点符号，但仍然表达一定意义，出奇制胜，发人深省。

如有一副一九四九年“四·一”事件挽联：

？　？？　？？？；

！　！！　！！！。

这副对联说明见前“楹联修辞的特点”四“新而奇”部分。

又如：

?;

!。

这是一九七六年“四五”运动中天安门广场上贴出的一副标点符号联。全联仅由两个标点构成,潜台词却无穷无尽。它高度概括地表现了人民群众对“四人帮”正在加紧进行的篡党夺权的阴谋活动的疑虑和愤怒。

二十四、倒写字联

倒写字联,是指运用汉字书写时位置的变化;将字倒写而产生某种特定意义所作成的对联。例如一九三一年“九一八”事变后,有一副追悼死难同胞的挽联：

死;

生。

这副挽联的意思是:宁可站着死,也不倒着生。

二十五、外文字联

外文字联,是指在汉字中插入某些外国文字,用以表达用中文所不能表达或不易表达的意义而作成的对联。例如：

为 X、Y、Z 送了君命;

叫 W、F、S 依靠何人?

这是旧时一位英文教员挽数学教员的对联。X、Y、Z,是表示未知数的数学符号,代指数学;W、F、S 是英语妻子(wife)、父亲(father)、儿子(son)的第一个字母。联语既幽默,又辛酸,反映了旧社会教师生活的艰辛。

二十六、宝塔联

宝塔联，指用从一个字到若干字的长短不同的句子排成宝塔形所构成的对联。

例如，今人任佳所撰的一副对联：

怪！	嗟？
秦民，	陶令，
逃世外！	慕桃花？
胜地求源，	奇文作记，
此地即桃源！	彼文曾误记？
质问那武陵人：	疑猜这彭泽令：
偏向醒时求梦界！	错将秋蕊作春华？

这副对联是一九八七年任佳看到八月四日《长沙晚报》载："今年重阳节，桃源县有盛会，纪念渔人发现桃花源一千七百年"，抚今追昔，沉思仙境即在人间，觉悟陶潜原爱秋菊，信是重阳节开纪念会为妥，因而作此联。联中嵌入了"世外桃花源记质疑"八字。

二十七、缺笔联

缺笔联，指有意让某些字缺少笔画，以表达某种特定的意义而构成的对联。

例如，山东曲阜"衍圣公府"联：

与国咸休，安冨尊荣公府第；
同天并老，文章道德圣人家。

这副对联中，上联的"富"字没有宝盖头的一点，而写成了"冨"。这并非书写者的疏忽，而是故意这样写的。"冨"与"富"为古通用字。然而这副对联中却注入了特殊的含义,即:孔府千年不衰,富贵是没有头的,因而“富”字也没有头。

第四节　运用词汇修辞

汉语极其丰富的词汇,不仅为人们创作文学作品和写作各类文章时准确、完美地表情达意提供了得天独厚的条件,而且,为了增强表达效果和艺术性,人们还运用汉语词汇构成形式和含义的丰富性和变化性作为一种修辞手段,形成词汇修辞的种种技巧,使词汇运用显得更加变幻神妙,摇曳多姿,生动活泼。词汇修辞法在楹联创作中运用是十分充分而成功的。

一、一词多义联

一词多义联,是指利用汉语一词多义的特点,使用同一个词而表示不同的意义作成的对联。

例如,明代杨慎九岁时对句联:

杨花乱落,眼花错认雪花飞;

竹影徐摇,心影误疑云影过。

这副对联见《解人颐》。某人见杨花扑面时出句,杨对句。上联的“花”字有三种不同的意义:第一个“花”指植物的花朵,第二个“花”指眼睛模糊迷乱,第三个“花”指雪的形状;下联的“影”,三处的意义也各不相同:第一个“影”指光线照到竹上的投影,第二个“影”指心中的影像,第三个“影”指云彩总是模糊变幻的样子。

又如,有一副讽刺某贡生出身的禁烟督办和某监生出身的警佐联:

禁烟总局,警察分局,设此两大骗局,小民如何了局?

督办贡生,警佐监生,有这一对畜生,大家安得聊生?

这副对联中,上联第一、二两个“局”指政府机关,第三个“局”指圈套,第四个“局”指处境。下联第一、二个“生”指书生，第三个“生”是名词后缀，第四个“生”指生活。

再如，明代有人题在浙江分水县分水桥柱的上联，陈启东续下联：

分水桥边分水吃，分分分开；
看花亭下看花回，看看看到。

此联见明代冯梦龙《古今谭概》卷二十九《谈资部 · 俗语对 · 重字对》和明代王圻《稗史》。“分水桥”、“看花亭”都是浙江分水县城内的地名。分水桥是由于上游来的河水流到这里分为两岔而得名。看花亭是另一处游玩地方。陈启东在分水县当官时看到上联，于是将下联续在另一柱上。联中“分水吃”和“分开”的“分”是动词，“分分”是量词重叠，音 fèn fèn。“看花回”和“看到”的“看”是动词，“看看”是动词重叠，音 kān kān，在这里当“堪堪”讲（可以之意）。

二、转类联

转类联，旧称“转品”，专指那种运用同一个字，由于词性不同，因而声调和意义也随之发生变化所作成的对联。

例如，有一副桂馥手书集《史记》、《说苑》句联：

解衣衣我，推食食我；
春风风人，夏雨雨人。

这副对联，上联出自《史记 · 淮阴侯列传》，下联出自《说苑 · 贵德》。上、下联各有两组相同的单音词，其中前一个字都是名词，按常音读，后一个字都是动词，读去声。“衣我”、“食（sì）我”、“风人”、“雨人”，意义分别为“给我穿”、“给我吃”、“吹到人身上”、“落到人身上”。

又如清代乾隆帝撰河北省定县宝塔联：

城内宝塔，好比玉钻钻天；
野外黄花，犹似金钉钉地。

这副对联中，“玉钻”的“钻”读去声，名词，“钻天”的“钻”读平声，动词；

“金钉”的“钉”读平声，名词，“钉地”的“钉”读去声，动词。

还有一种是，前面分别运用两个单音词，后面把这两个单音词合起来恰好又构成另一个双音词，前面的单音词与后面双音词中的字声调不同，词性、意义也不同。例如：

> 内无相，外无将，不得已玉帛相将；
> 天难度，地难量，这才是乾坤度量。

这副对联见近人吴恭亨《对联话》卷十四。传为中日签订《马关条约》时，伊藤博文嘲讽李鸿章出句，讽刺清廷无人，战败了才不得已而媾和；对句是李鸿章自我解嘲，谓割地赔款是表现了清朝政府的豁达大度。上联中“将”、“相”读去声，是名词，“相将”连用读阴平声，是动词。下联中“度”(duó)、“量”读阳平声，是动词，“度量”连用读去声，是名词。实际上，这两组词不完全相同，下联中“度”、“量”与“度量”之间的关系可以说是“转品”，相互之间意义是有关联的。而上联中“相”、“将”与“相将”之间只是字形相同，意义并无关联，是毫不相干的词。但是从字面上来看，上下联对仗是很工整的。

三、借义联

借义联，是指在创作楹联时，当遇到表达的内容不能形成工对时，利用某些汉字一字多义的特点，借用某个字的另外一个含义所作成的对联。在借义联中，同时利用一个字的两种含义，用其甲义表示内容，用其乙义适应对偶，使对联的内容和形式两方面得到兼顾，一字双用，形义并显。

例如：

> 新四军拼命抗日；
> 老百姓安心过年。

上联的“日”字，从表达的内容来看，指“日本侵略者”；而从对偶的形式来说，则是借用它表示时间“年月日”的“日”的意义，以便字面上与下联的表示时间的“年”字形成工对。

再如，清代南通蒋芹森为其家宅所作的门联：

南通州，北通州，南北通州通南北；

东典当，西典当，东西典当当东西。

这副对联中，下联末尾的“东西”，从表达的内容来看，指事物；而从对偶形式来，则是借它表示方位的意义，以便字面上与上联末尾的“南北”形成方位词的工对。

四、避讳联

避讳联，是指运用避讳的手法省略某字而作成的对联。

例如，辽使臣出句，苏轼对句联：

三才天地人；

四德元亨利。

苏轼对句引《易经·乾卦》“元亨利贞”，讳去“贞”字，以避宋仁宗赵祯的“祯”字，“贞”、“祯”谐音。

五、合称联

合称联，是指运用某些事物可以合称的手法作成的对联。

例如：

七音：宫商角徵羽；

五事：貌言视听思。

这副对联中，上联的“七音”，指中国古代七声音阶中的七个音阶，即：宫、商、角、变徵（徵的低半音）、徵、羽和变宫（宫的低半音）。这里将“宫”和“变宫”合称为“宫”，“徵”和“变徵”合称为“徵”。

六、节缩联

节缩联是指为了对仗的需要，将某些词语加以节缩而构成的对联。

一种是名词的节缩。例如清代邓石如题碧山书屋联：

沧海日，赤城霞，峨眉雪，巫峡云，洞庭月，彭蠡烟，潇湘雨，武夷峰，庐山瀑布：合宇宙奇观，绘吾斋壁；

少陵诗，摩诘画，左传文，马迁史，薛涛笺，右军帖，南华经，相如赋，屈子离骚：收古今绝艺，置我山窗。

这副对联中，“马迁”即司马迁，司马复姓，为了字数的限制，节缩为“马迁”。

一种是词语的节缩。例如四川灌县青城山山门联：

收百八景于目前，数山水林峦，万迭芙蓉环薄雾；

登卅六峰之顶上，看画图烟雨，半天楼阁启凌云。

这副对联中，上联的“百八”是“一百零八”的节缩，以与下联的“卅六”相对仗。

七、断取联

断取联，是指运用词语的某个部分，采用“断章取义”的手法构成的对联。例如：

园门不紧，跳出孙悟空，活妖怪怎能善化；

湘水横湍，浮来猪八戒，死畜牲流落长沙。

这副对联，据传上联为长沙县令朱某所出，下联为善化县令孙某所对。“孙悟空”只取“孙”字，是对善化县令孙某的戏称，“猪八戒”只取“猪”字（与“朱”同音），是对长沙县令朱某的戏称。

又如，王夫之退回衡州知府崔鸣鸾所赠帛粟等物题联：

清风有意难留我；

明月无心自照人。

王夫之抗清失败隐居衡阳，清朝官员去拉拢他，遭到严词拒绝。联中“清风”取其“清”字，指清朝，“明月”取其“明”字，指明朝。

八、别解联

别解联,是指运用词语可能发生歧义的情况,故意曲解原意而作成的对联。

例如清代项某自署门联:

一门三学士;
四代五尚书。

这副对联中,“三学士”和“五尚书”并非指真的显宦,而是说项家父子三人都是县学生员,分别在杭州、仁和、钱塘三个县学,并且其祖父和父亲生前曾举明经,合四代共有五人都是读书的。这里“尚”旧读上声。

又如某县官大堂联:

得一文,天诛地灭;
循一情,男盗女娼。

这副对联见清代黄图珌《看山阁全集·闲笔》卷十五《誓联》,是某县官为自己装潢门面而书写的,实际上却非常贪婪腐败,当有人指责他时,他竟厚颜无耻地辩解说,联上所书“得一文”,而他所得不止一文,“循一情”,而他所循不止一情。

九、隐切联

隐切联来源于“分咏”。分咏是作诗的一种方式。若以五七言律句为限的,则叫作“诗钟”。据清代徐兆丰《风月谈余录》载,其方法为文人墨客汇聚一处,分事分字为题,“构思时以寸香系缕上,缀以钱,下承盂,火焚缕断,钱落盂响,虽佳卷亦不录”。还有一说,以敲钟为限,当场完卷,评定优劣。这种分咏所规定的字,可以嵌在句里,也可以不嵌;规定的事可以言明,也可以用相关的话去暗指。若并不要求将要讲的事物言明,而只要求用相关的话去暗指,这就叫作“隐切”。后来“隐切”进一步发展了,不限于用分咏的方法,其他方法所产生的、只要是暗暗地切合某个题旨的联句,都可称作“隐切”。

隐切联可分为两种,一种是暗暗地切合某个词语。例如,宋代京口韩香请客,题在桃符上的一副对联:

有客如擒虎;
无钱请退之。

这副对联见蒋平仲《山房随笔》,联中“擒虎”是隋朝大将韩擒虎,“退之”是唐代文学家韩愈(字退之),二人都姓韩,但在联中并不出现。作者正是用暗暗切合的方式表达了自己的意思。

一种是暗暗地描述某种事物。例如有一副上、下联,是分别以帝国主义分子和螃蟹为题的隐切联:

中土岂能容久住;
醉乡何得复横行!

这副对联中,“中土”即中国之意,“醉乡”也指中国,因为我国古来素以善酿著名,人民亦有饮酒的习俗。上联言“中土”不得“久住”者,自非“中土”人士,用以指帝国主义分子。下联“横行”指螃蟹,在“醉乡”,螃蟹自是下酒之物。故此联意为:中国人民决不容许帝国主义分子在我国横行霸道。

十、叹词联

叹词联,是指那些运用叹词而别具匠心,使联文特别生动活泼的对联。

例如杭州岳庙秦桧夫妇铁像联:

咳!仆本丧心,有贤妻何至若是?
啐!妇虽长舌,非老贼不到今朝!

这副对联,上联用表示悲伤的叹词“咳”,下联用表示斥责的叹词“啐”,模仿秦桧夫妇对话的口吻,惟妙惟肖地描绘出了卖国贼秦桧夫妇相互埋怨的丑态。

又如清代云南某地村口社庙春联:

咦，那里放炮？

哦，他们过年！

这副对联中，上联用表示惊讶的叹词“咦”，下联用表示领会的叹词“哦”，写出了旧社会劳动人民啼饥号寒，而地主豪绅却过着花天酒地的生活，表达了作者的愤怒和不平。

十一、助词联

助词联，是指那些运用助词匠心独运，使对联取得特殊艺术效果的对联。

例如宋代苏轼题广东省城内真武庙联：

逞披发仗剑威风，仙佛焉耳矣；

有降龙伏虎手段，龟蛇云乎哉。

这副对联中，上下联末尾各连用了三个助词，以拉长和渲染语气与感情，奇妙而又得体。真武神披发仗剑驱妖魔，降龙伏虎定人寰，有如此大的本领，但对世间的不合理现象却视而不见，难怪苏轼用“焉耳矣”、“云乎哉”，看似赞叹，实寓贬抑。

又如有一副酒馆门联：

入座三杯醉者也；

出门一拱歪之乎。

这副对联中，把“之”、“乎”、“者”、“也”这四个文言文最常用的助词都用上了，生动有趣。

还有的是助词和其他虚词结合起来使用，构成对联。例如：

翁之乐者山林也；

客亦知夫水月乎？

这副对联中，上、下联各七字，其中就有三个虚字。上联语出欧阳修《醉翁亭记》。下联语出苏轼《前赤壁赋》：“客亦知夫水与月乎？”

再如，明代杨继盛的一副对联：

则学孔子也；
无若宋人然。

这副对联中，上、下联各五字，其中就各用了两个虚字。上下联均出《孟子·公孙丑上》。孟子回答公孙丑说："乃所愿，则学孔子也。"宋人，指揠苗助长者。

十二、拟声词联

拟声词是形容词的一种（作一说为叹词的附类），因为对联形制短小，所以运用起来就显得特别突出，易于取得生动的效果。

例如有一副民间流传的对联：

山羊上山，山碰山羊足，咩……
水牛下水，水淹水牛鼻，吽……

这副对联中，上、下联末尾分别用了一个拟声词，作羊鸣牛叫，令人解颐。

十三、动词联

动词联，是指那些运用动词颇有特色，产生了特殊效果的对联。

例如清代某考生讽刺主考官不学无术，以摇签的方式决定名次联：

尔等论命莫论文，碰！
咱们用手不用眼，摇！

这副对联，借主考官的口吻，用了两个动词"碰"和"摇"，自我嘲笑不能凭眼力衡文，而考生也只好听天由命了。

再如，一九四九年冬成都人警告胡宗南联：

问道：入冬蚂蚱还能蹦跶几下？
记着：落网豺狼难免咔嚓一刀。

胡宗南部队被我军击败后退入成都，继续镇压人民，有人贴出此联以示警告。上联用动词“蹦跶”,形容胡军眼下虽暂时神气活现,但日子不会长久了。下联用拟声词“咔嚓”,表示反动军队终将得到应有的惩罚。

十四、颜色词联

颜色词联,是指运用一系列颜色词作成的对联。这种对联,可以形成鲜明的色彩对比和工整的对仗,有助于丰富联语的色调和情感,因而具有良好的修辞效果。

例如抗美援朝时期有一副中朝两军祝捷会联:

穿紫云金霞,双双银翼高飞,白鹞鹰抛下碧眼佬;
保蓝天绿海,尊尊土炮发射,黑老鸦翘起红尾巴。

这副对联上联由朝鲜人民军一指挥员拟出,内用“紫”、“金”、“银”、“白”、“碧”五个颜色词;下联由中国人民志愿军一文书对出,也用了“蓝”、“绿”、“土”、“黑”、“红”五个颜色词,鲜明生动地勾画出侵略者惨败的丑态,歌颂了中朝两国人民军队协同作战的胜利。

又如,一九二七年吴兰阶题黄安县劳农政府联:

痛恨绿林兵,假称白日青天,黑暗沉沉埋赤子;
克复黄安县,试看碧云紫气,苍生济济拥红军。

这副对联中,上联用了“绿”、“白”、“青”、“黑”、“赤”五个颜色词,下联也用了“黄”、“碧”、“紫”、“苍”、“红”五个颜色词,形成工对。

再如,有一副颜料店联:

青黄赤白黑;
紫绿朱蓝橙。

这副对联全部用颜色词组成,用于颜料店正巧合适。

十五、数词联

数词联,是指运用数词所作成的对联。

例如,中央电视台等单位一九八三年春节征联第五联:

十里春风,长安两路;

千年晓月,永定一桥。

这副对联以“十里”、“两路”、“千年”、“一桥”高度概括了北京具有典型意义的历史风物,形象生动,对仗工整,上下联各用了两个数词,形成了工对。长安两路,指东西长安街,永定一桥指卢沟桥。“卢沟晓月”乃燕京八景之一。

再如某地十佛寺联:

万瓦千砖,百匠造成十佛寺;

一舟二橹,三人摇过四仙桥。

这副对联中,上联“万”、“千”、“百”、“十”从大到小,下联“一”、“二”、“三”、“四”由小到大,排列整齐而有趣。联中写了十佛寺和四仙桥这两个用数字命名的景物,写法一静一动,错综变化,也增加了艺术魅力。

又如宋代吕蒙正早年贫困时所书对联:

二三四五;

六七八九。

这副对联全部用数字组成,意为“缺一(衣)少十(食)”。

数词联中还有一些用特殊方法构成的对联。

一种是概数联,就是为了便于构成对联,只取整数,而略去零头。例如,云南《爨宝子碑》联:

奉东晋大亨,瑰宝增辉三百字;

称南滇小爨,石碑永寿二千年。

这副对联中,“三百字”、“二千年”是指《爨宝子碑》的字数和历史。其实,该碑共三百八十八字,该碑题为立于东晋大亨四年(公元四〇五年),距今一千六百多年。这里用“三百”、“二千”是为了便于对仗,且合平仄。按“大亨四年”,实为“义熙元年”,当时云南因地远,不知东晋“大亨”年号已改,故仍沿用。

一种是等数联，就是将一个数字换用另一种相等数字的表达方式。这种方式在寿联、趣联中用得最多。例如：

七鸭游湖，数数三双一只；

尺蛇出洞，量量九寸十分。

一种是换算联，就是将数字用另一种数学计算方法来代替。这种方法以乘法、加法为多。例如长沙岳麓山古麓山寺观音阁联：

二七慈悲喜舍身，感湘土群声持诵；

四八庄严微妙相，应麓山万众瞻依。

这副对联中，上联的“二七”即“十四”，指观音出家的年龄。下联“四八”即“三十二”，指观音的化身。这两个数字都是用相乘的方法来表达。

十六、方位词联

方位词联，是指在撰写对联时突出强调地运用了方位词，而造成了良好的艺术效果。

例如，宋代寇准出句，杨亿对句联：

水底日为天上日；

眼中人是面前人。

这副对联见宋代欧阳修《归田录》卷下。上、下联各用了两个方位词（底、上、中、前），形成了工对。

再如，有一副对联：

北雁南飞，双翅东西分上下；

前车后辙，两轮左右走高低。

这副对联中，上、下联几乎把“东”、“西”、“南”、“北”、“上”、“下”、“左”、“右”、“前”、“后”等主要的方位词都用上了，很有风趣，对得也很工整。

十七、叠字联

叠字联，是指运用一些相同的字组成词语作成的对联。这种叠字联如同穿珠成串，闪光流彩，读起来娱目悦耳。

叠字联从所重叠的字的词性来分，可分为名词重叠、形容词重叠、形容词后缀重叠等。

（一）名词重叠。如刘葆良题愚园花神阁联：

> 花花叶叶，翠翠红红，惟司香尉着意扶持，不教风风雨雨，清清冷冷；
>
> 蝶蝶鹣鹣，生生世世，愿有情人都成眷属，长此朝朝暮暮，喜喜欢欢。

这副对联，全联用了八个叠词共三十二个字。

又如福州鼓山涌泉寺弥勒座联：

> 日日携空布袋，少米无钱，却剩得大肚宽肠，不知众檀越，信心时用何物供养？
>
> 年年坐冷山门，接张待李，总见他欢天喜地，请问这头陀，得意处是什么来由？

这副对联中，上联的“日日”、下联的“年年”是名词重叠，意为“每日”、“每年”。

再如，有一副行业联：

> 处处为人民，工作哪管东西南北？
>
> 行行出状元，劳动不分贵贱重轻。

（二）形容词重叠。如杭州九溪十八涧联：

> 重重叠叠山，曲曲环环路；
>
> 高高下下树，叮叮咚咚泉。

“叮叮咚咚”是拟声词，也属于形容词。

又如清代张之洞题屈原湘妃祠联：

> 万顷水光，有几多奇奇幻幻，淡淡浓浓，铺成画景；
>
> 千秋韵事，偏如许淋淋漓漓，洋洋洒洒，惹动诗情。

（三）形容词后缀重叠。例如昆明五华书院联：

鱼跃鸢飞，活泼泼地；
日华云烂，纠缦缦兮。

这副对联中，上、下联各用了一个形容词后缀重叠，形成了工对。

又如，有一副旧乡村戏场联：

湾有廿三，闹吵吵，白叟黄童，赏此乍暖乍寒天气；
班名四六，乱纷纷，高冠长剑，演出半文半武排场。

这副对联，上联的"闹吵吵"，下联的"乱纷纷"都是形容词，其中的"吵吵"、"纷纷"，为形容词的后缀。

（四）动词重叠。如有一副旧戏联：

人生何处不逢场，且来看看；
世事现身而说法，如是云云。

这副对联中，上联的"看看"是动词重叠，是看一看的意思，下联的"云云"是助词重叠，是如此如此的意思，两者相对仗。

又如，有一副春联：

上上下下，男男女女，老老少少，都添一岁；
家家户户，谈谈笑笑，欢欢喜喜，各过新年。

这副对联中，下联的"谈谈笑笑"是动词重叠，"欢欢喜喜"是形容词重叠，形成自对，然后又与上联的"男男女女"、"老老少少"两个形容词的重叠形成对仗。

（五）助词重叠。见"动词重叠"第一例。

叠字联大多数为部分叠字，也有少数全部用叠字组成，例如上海豫园联：

莺莺燕燕，翠翠红红，处处融融洽洽；
风风雨雨，花花草草，年年暮暮朝朝。

又如，有一副讽刺军阀混战给人民带来灾难的对联：

南南北北，文文武武，争争斗斗，时时杀杀砍砍，搜搜刮刮，看看干干净净；

家家户户，女女男男，孤孤寡寡，处处惊惊慌慌，哭哭啼啼，真真惨惨凄凄。

十八、口语联

口语联，是指用口语作成的对联。楹联通常是用文雅的书面语言写成，但也有少数楹联，以大白话式的口头语言入联。这种对联，格调清新自由，通俗浅显，明白易懂，更便于为广大群众所接受，同时也产生了一种特殊的艺术效果。

例如，有一副讽刺某知府联：

见州县则吐气，见藩臬则低眉，见督抚大人茶话须臾，只解得说几个："是！是！是！"

有差役为爪牙，有书吏为羽翼，有地方绅董袖金贿赠，不觉的笑一声："呵！呵！呵！"

这副对联全用口语，特别是上下联句末连用三个应答词"是是是"和三个拟声词"呵呵呵"，把封建官僚媚上欺下的丑态刻画得惟妙惟肖。

又如，有副冯玉祥题联：

要想着收咱失地；

别忘了还我河山。

这副对联纯用口语，直抒胸臆，表达了冯玉祥的爱国精神。

十九、歇后语联

歇后语联，是指运用歇后的手法所构成的对联。前面从文字的角度曾经提出过"藏字联"，其中有一部分如果从词汇的角度来看，则可归之为歇后语联。例如：

一二三四五六七；

孝悌忠信礼义廉。

这副对联意为“王八无耻”，解释见前《藏字联》部分。

又如：

稻草扎秧——父抱子；

竹篮提笋——母怀儿。

醉汉骑驴——颠头簸脑算酒账；

艄公摇橹——打拱作揖讨船钱。

二十、成语联

成语联，是指运用成语所作成的对联。这种对联言简意赅，形象生动。

成语联，可分为正用成语和反用成语两种。

（一）正用成语。例如刘少奇抗美援朝联：

唇亡齿寒，辅车相依；

被发缨冠，众志成城。

这副对联中，上、下联各用了两个成语，表达了中朝两国唇齿相依的关系和同仇敌忾的精神。

又如，从前江苏省立第一师范学校附属小学十周年纪念联：

种瓜得瓜，种豆得豆；

十年树木，百年树人。

此联下联也是采用成语而成，既形象又贴切，真可谓妙手轻取，点石成金。

（二）反用成语。例如有一副讽刺国民党政府法院联：

有条有理；

无法无天。

这副对联中,上下联各用了一个成语,但都是反其意而用之,“有条有理”指有金条就有理,“无法无天”指无法币(当时发行的货币)就无青天,揭露国民党政府的腐败。

二十一、谚语联

谚语联,是指运用谚语所作成的对联。谚语是人们对社会生活经验通俗化的概括和总结,文字浅显而含义深远,往往包含着精辟的哲理,能给读者十分亲切的感受和深刻的启示。

例如有一副厨联:

有盐同咸,无盐同淡;

冷水要挑,热水要烧。

上下联各用了一条谚语,说的是生活中最简单的事情,却寄寓了人生的至理妙道。

又如,苏州积功堂俞樾题联:

积累譬为山,得寸则寸,得尺则尺;

功修无幸获,种豆是豆,种瓜是瓜。

再如:

日亲日近,日疏日远;

自轻自贱,自重自尊。

这些谚语都在通俗的语言中蕴含着某一生活哲理,既有趣味性,又有思想性。

二十二、现成话联

现成话联,是指运用除歇后语、成语、谚语外的某些现成的话所作成的对联。例如杭州西湖月老祠联:

愿天下有情的，都成了眷属；

是前生注定事，莫错过姻缘。

上联运用“愿天下有情人终成眷属”的俗话，下联运用“姻缘是前世注定的”说法，自然而贴切。

二十三、典故联

典故联指运用典故所作成的对联。对联中用典，可使联语凝练警策，典雅庄重，寓意无穷。对联用典贵在确切、自然、文雅，忌深僻、晦涩和堆砌。

如五四运动中有一副对联：

学生含冤，定卜三年不雨；

同胞受辱，可兆六月飞霜。

联中运用了“齐妇含冤，三年不雨”和“邹衍下狱，六月飞霜”两个典故。悲愤之情，溢于言表，读后令人扼腕。

又如，姚文蔚赠王秀兰联：

秀雅之体，清亮之音；

兰蕙其质，柳絮其才。

“柳絮其才”系用《世说新语》中女诗人谢道韫咏雪的典故。某大雪天，谢安与子侄们论文问道：“白雪纷纷何所似？”其侄谢朗说：“撒盐空中差可拟。”侄女道韫说：“未若柳絮因风起。”赠联用“柳絮其才”赞美女表演艺术家王秀兰，极为得当。

用典贵在蕴藉精到，例如康有为挽戊戌变法死难诸君联：

殷干酷刑，宋岳枉戮，臣者无恨，君亦何尤，当效正学先生，启口问成王安在？

汉室党锢，晋代清谈，振古无斯，于今为烈，恰如子胥相国，悬睛看越寇飞来。

此联共用六个典故。比干、岳飞、党锢、清谈四典用来类比衬托。正学先生，指明朝的方孝孺。明初燕王朱棣借口“清君侧”起兵，建文帝不知下落，朱棣说：“吾欲效法周公辅成王耳。”方孝孺问：“成王安在？”朱棣说：“彼自焚死。”孝孺问：“何不立成王之子？”最后朱棣大怒，将方孝孺车裂，并将方的亲属、朋友、学生八百多人一齐处死。联中借用此典揭露慈禧太后把光绪软禁起来，自己独揽大权，所以问“成王安在？”伍子胥谏吴王，被吴王逼死。他临死时说：“以吾目悬于东门，以见越之入，吴之亡也！”联中借用伍子胥一典，表示慈禧杀害变法忠良，列强将灭亡中国，死难诸君死不瞑目。

又如周恩来、董必武、邓颖超贺马寅初六十寿辰联：

> 桃李增华，坐帐无鹤；
> 琴书作伴，支床有龟。

当时，马寅初正被蒋介石政府关押于上饶集中营。联中的“桃李增华”，意思是说，马老桃李满天下，能为他争光；“琴书作伴”则表示马老虽身陷囹圄，仍不忘治学。而“坐帐无鹤”和“支床有龟”则出于庾信的《小园赋》：“檐直倚而妨帽，户平行而碍眉。坐帐无鹤，支床有龟。”庾信原是梁朝使臣，奉命出使西魏，被西魏长期扣留长安，不予放回。他内心痛苦，因写《小园赋》以寄托怀念故国的哀思。庾赋中的“坐帐”典出《神仙传》，三国时吴大帝聘请术士介象到武昌，学习隐身之术，还为介象建造住宅，用绮罗作帐。后来介象死了，吴大帝立庙供奉他，常有鹤结集其上。庾信以此典比喻自己无隐身之术。“支床有龟”一典，则出自《史记·龟策列传》：“南方老人用龟支床足，行二十余岁，老人死，龟尚生不死。”庾信用这个典故，比喻自己久羁长安，好像龟支床足一样。周恩来等的贺联把这两个古老的典故活用出新，赋予了赞扬马寅初主持正义，挺身而出，坚持战斗的新意。

又如陶亮题成都望江楼门联：

少陵茅屋，诸葛祠堂，并此鼎足而三，饰崇丽，荡漪澜，系客垂杨歌小雅；

元相诗篇，韦公奏牍，总是关心则一，思贤才，哀窕窈，美人香草续离骚。

此联上联先以杜甫草堂、诸葛亮祠堂与之鼎足，为之陪衬；次则点出江楼崇丽，锦水漪澜，对此景色，游人恋恋不舍，而以小雅、垂杨恋客之意结之，一气呵成。其中“茅屋”、“祠堂”二典出自杜诗，“崇丽”出自《蜀都赋》，“漪澜”出自《南都赋》，“垂杨小雅”出自《诗经》，典多而不腻，串用不显痕迹，可谓活水自有源头。下联先肯定薛涛为唐代女诗人，“元相”指元稹，曾写诗赞誉薛涛：“纷纷词客皆停笔，个个公卿欲梦刀。”“韦公”指西川节度使韦皋，曾奏请薛涛为校书郎（实为武元衡所奏）。其中借用《诗经》毛传“思贤才”、“哀窕窈”之典，而以“美人香草续离骚”贯通下来，为女诗人下定注脚，风华蕴藉，迥不同人，且全联联意熨帖，宫羽相变，诚为新作楹联中难能可贵的佳作。

还有不少好的对联用典不隔，词浅意深。例如湖南岳阳楼联：

四面湖山归眼底；

万家忧乐到心头。

这副对联，典出宋代范仲淹《岳阳楼记》，联文明白晓畅，十分自然，读者即便不知出典也可领会联意。

又如李振军题安庆大观亭联：

秋色满东南，自赤壁以来，与客泛舟无此乐；

大江流日夜，问青莲而后，举杯邀月更何人？

此联见《詹詹言》。上联的“与客泛舟”用苏轼《前赤壁赋》“壬戌之秋，七月既望，苏子与客泛舟游于赤壁之下”。此指本联作者乘舟由湖北来到安庆。下联“举杯邀月”出李白（号青莲居士）诗《月下独酌》：“花间一壶酒，独酌无相亲,举杯邀明月,对影成三人。”上下联虽都用典,但自然生动,浑然天成。

二十四、方言词语联

方言词语联,是指运用方言词语入联,具有特殊的艺术效果的对联。

例如,有一副讽刺杨森一九二五年强行将成都石板路改修马路联:

> 碎石已铺成,问督办何时才滚;
> 民房皆拆尽,请将军早日开车。

这副对联,下联的“开车”,是四川方言骂人离开的话,“滚”和“开车”,这里语带双关,表面上指轧路机,实际上指杨森之流。

又如清代某门吏出句,宋湘幼年对句联:

> 急水推沙粗在后;
> 风车放谷冇先行。

这副对联中,下联的“冇”(mǎo)为客家话,意讽外圆腹空,没有真才实学的人。

运用方言入联,还可借音、借义,使之对仗工整。例如有一副浙江方言联:

> 独览梅花扫腊雪;
> 细睨山势舞流溪。

这副对联用浙江话读,上联与七声音阶的“1234567”谐音,下联与数字“一二三四五六七”谐音,形成工稳的对仗。

又如清末广东名士何淡如题联:

> 有酒不妨邀月饮;
> 无钱何必食云吞。

这副对联中,“云吞”是广东人称“馄饨”。如果用“馄饨”就不能同上联的

“月饮”对仗,现在用“云吞”,在字面上就可以与“月饮”二字相对仗,并且还很工整。

二十五、同素联

同素联,是指运用包含相同的字或语素的词结构成联。这样可使对联中的有关词语既相同又相异,造成语义和语音的特殊趣味,从而增强对联的艺术性和表现力。

例如黄庭坚出句,苏东坡对句联:

松下围棋,松子每随棋子落;
柳边垂钓,柳丝常伴钓丝长。

联中“松子”、“棋子”均含“子”字,“柳丝”、“钓丝”均含“丝”字。

又如有一副清代河道总督黎湛溪出句,节相孙季圃对句的格言联:

要办事,莫生事,要任怨,莫敛怨;
可兴利,毋近利,可急功,毋喜功。

再如有一副戏联:

谭鑫培,谭小培,谭富英,祖孙三代,三代三生,衣钵真传,箕裘永绍;
言菊朋,言少朋,言慧珠,艺成一家,一家一业,名声远播,技术高超。

这副对联中,上联三位艺人都姓“谭”,且“谭鑫培”和“谭小培”仅相差一字;下联三位艺人都姓“言”,且“言菊朋”和“言少朋”也只相差一字,富有巧趣。

二十六、反义词联

反义词联就是将意义相对或相反的词放在一起构成的对联。这种对联可以令人产生一种事物矛盾统一的意趣。

例如，据传古代某县官微服出访，见一姑娘在园中取菜情景作出句，某牧童作对句联：

大小姐提圆扁篓掰青白菜；
高矮子拿长短棍赶黑黄牛。

这副对联中“大小姐”是指姑娘年轻而个高；“圆扁篓”是指篓子口圆体扁；“青白菜”是指所取白菜颜色还是青的；“高矮子”为牧童称自己是矮子中的较高的；“长短棍”是指赶牛时所拿之棍时长时短，没有一定；“黑黄牛”是指所赶的黄牛毛色是黑的。这些意义相反的词看起来是矛盾的，而实际上又是相统一的。

第五节　运用语法修辞

运用语法修辞，是指运用汉语的语法特点，构成对联。如汉语没有词的形态变化，主要运用词序表明句子的语法关系。对联的艺术形式最主要的特点就是运用对偶，而对偶的基本特点之一是上下联相对应的部分词性相同和句法相似；对联又较多地运用排比、反复等，这样可以使对联更加整饬而富有变化，或则气势磅礴，或则委婉细腻，或则节奏明快，或则舒缓顿挫，或则一泻无余，或则回环往复，多彩多姿，美不胜收。

一、排比联

把结构相同或相似，语气一致、意思密切关联的句子或句子成分排列起来，使语势得到增强，感情得到加深，意思得到强调，这种修辞格叫排比。构成排比的一组语句总是包含三项或三项以上的相关内容，它们的关系是并列的。排比是一种富于表现力的辞格。古人说：“文有数句用一类字，所以壮气势、广文义也。”楹联排比多用于说理和抒情，有时也用来写景叙事。用排比说理可以把道理阐述得更严密、更透彻；用排比抒情可以把情感抒发得淋漓酣畅；用排比写景叙事，可以把景物或事物描述得鲜明生动，给人多侧面、多层次的完整印象。

排比联可分为部分排比词组联、全部排比词组联、部分排比句子联、全部排比句子联四种。

（一）部分排比词组联。如方志敏卧室联：

心有三爱：奇书骏马佳山水；

园栽四物：青松翠竹白梅兰。

这副对联中，上下联各用了三个词组，突出地表现了无产阶级革命家崇高的志趣和情操。

再如，无锡惠山梵音阁孔北萱题联：

八景赛芙蓉，最宜诗酒清谈：远寺疏钟明月夜；

九峰环惠麓，绝妙溪山入画：小桥流水夕阳天。

又如，贵阳翠微阁汪仙圃题联：

半面江楼，半面山楼，书画舫客我掀髯大笑，邀几个赤松、黄石、白猿，来一评今古；

数声樵笛，数声渔笛，翠微天尽他拍手高歌，听不真明月、清风、流水，引万象空濛。

以上是名词性词组。

还有的是动词性词组等。如有一副悼张志新联：

敢想、敢说、敢做、敢当，为真理战斗，一身正气；

忧党、忧国、忧军、忧民，遭贼逆残害，千古奇冤。

（二）全句排比词组联。如清代徐本撰破除赛戏陋习联：

防贼防奸防火烛；

费钱费力费工夫。

这副对联中，上下联各用了三个词组，谆谆告诫人们赛戏时要警惕可能发生的事情，并指出赛戏陋习的坏处。

再如，有一副格言联：

毋意、毋必、毋固、毋我；

如切、如磋、如琢、如磨。

（三）部分排比句子联。

如郭沫若挽张曙父女联：

黄自死于病，聂耳死于海，张曙死于敌机轰炸，重责寄我辈肩头，风云继起；

抗敌歌在前，大路歌在后，洪波歌在圣战时期，壮声破敌奴肝胆，豪杰其兴。

又如，唐弢挽鲁迅联：

痛不哭，苦不哭，屈辱不哭。今年诚何年？四个月前，流过两行泪痕，又谁料这番重为先生湿；

言可传，行可传，牙眼可传。斯老真大老，三十载来，打出一条血路，待吩咐此责端赖后世肩。

又如，山东济南千佛山北极台联：

出门一瞧：数千里图画屏风，请看些梵宇僧舍，与丹枫翠柏相间，红的火红，白的雪白，青的靛青，绿的碧绿；

归台再想：几千年江山人物，回溯那朱门黄阁，和茅屋蓬扉接壤，名者争名，利者争利，圣者益圣，愚者益愚。

（四）全部排比句子联。如有一副集《四书》句联：

好学近乎知，力行近乎仁，知耻近乎勇；
富贵不能淫，贫贱不能移，威武不能屈。

这副对联中，上下联各用了三个排比的句子，表现了立身处世和为人的高尚道德情操。

又如：

发上等愿，结中等缘，享下等福；
向高处立，在平处坐，从宽处行。

二、自对联

楹联本身就是一种对偶艺术。上、下联对偶是楹联的最基本的特征，没有对偶也就谈不上对联（这种上下联之间的对偶将在其他部分详细论述）。这里要指出的是，还有一种上下联内部词语或分句之间的对偶，即自对。

有一种最能说明是自对的现象，就是在对联的上下联中一联用叠字，一联不用叠字；或者一联用数字，一联不用数字；一联用方位词，一联不用方位词，等等。例如，康有为题河南开封龙亭联：

中天台观高寒，但见白日悠悠，黄河滚滚；
东京梦华销尽，徒叹城郭犹是，人民已非。

这副对联中，上联用了叠词"悠悠"、"滚滚"，下联没用。上联的"白日悠悠"和"黄河滚滚"，下联的"城郭犹是"和"人民已非"分别自对。

又如：

三分水，二分竹，一分屋；
前听钟，后听笛，里听书。

这副对联中，上联用数字，下联用方位词。只有上下联分别自对时才可以不必要求上下联相应位置相对。

这种自对，使楹联对中有偶，偶外有对，能够造成形式上特别强烈的整齐美、层次美和对称美，同时避免联句的繁冗、板滞，使联语显得节奏分明，气势雄健，更能提高表情达意的效果。

（一）自对联可分为部分当句自对联、全部当句自对联、部分隔句自对联和全部隔句自对联四种。

1. 部分当句自对联。如苏州清代皇帝行宫联：

松声竹韵清琴榻；
云气岚光润笔床。

这副对联中，上联的“松声竹韵”，下联的“云气岚光”分别自对。

又如，龚正谦撰邵武熙春山联：

放开眼界看：朝日才上，夜月正圆，山雨欲来，溪云初起；
洗净耳根听：林鸟争鸣，寺钟响答，渔歌远唱，牧笛横吹。

这副对联，见梁章钜《楹联三话》卷上。上联的“朝日才上，夜月正圆，山雨欲来，溪云初起”，下联的“林鸟争鸣，寺钟响答，渔歌远唱，牧笛横吹”，两组词语先自对，然后上下联这两组词语之间再相对。

2. 全部当句自对联。例如有一副胡震手书联：

山高月小；
天澹云闲。

这副对联中，上下联由两个当句自对的词组组成。

再如，有一副刘熙载手书联：

东壁图书，西园翰墨；
南华秋水，北苑春山。

这副对联中，上下联分别由一组当句自对的句子组成。

又如，有一副集《兰亭序》字联：

林气映天，竹阴在地；

日长似岁，水静于人。

这副对联中，上下联也是分别由一组当句自对的句子组成。

3. 部分隔句自对联。通常所谓隔句对，指诗中隔句相对。有人认为应用到对联中，凡上下联有两个分句以上的，即自然为隔句对。如有一副武侯祠联："能攻心则反侧自消，从古知兵非好战；不审势即宽严皆误，后来治蜀要深思。"上联的第一分句和下联第一分句，上联的第二分句和下联的第二分句相对。我们认为，隔句对还应包括上下联内的隔句对，作为对联艺术中对仗的特殊的修辞手法。这种现象较少见，在长联中才会出现。

例如，成都崇丽阁联：

几层楼独撑东面峰，统近水遥山，供张画谱：聚葱岭雪，散白河烟，烘丹景霞，染青衣雾。时而诗人吊古，时而猛士筹边。最可怜：花蕊飘零，早埋了春闺宝镜；枇杷寂寞，空留着绿野香坟。对此茫茫，百感交集。笑憨蝴蝶，总贪迷醉梦乡中。试从绝顶高呼：问、问、问，这半江月谁家之物？

千年事屡换西川局，尽鸿篇巨制，装演英雄：跃冈上龙，殒坡前凤，卧关下虎，鸣井底蛙。忽然铁马金戈，忽然银笙玉笛。倒不如：长歌短赋，抛撒些幽恨闲愁；曲栏回廊，消受得清风好雨。嗟予蹙蹙，四海无归。跳死猢狲，终落在乾坤套里。且向危楼俯首：看、看、看，哪一块云是我的天！

这副对联中，上联的"花蕊飘零，早埋了春闺宝镜；枇杷寂寞，空留着绿野香坟"，下联的"长歌短赋，抛撒些幽恨闲愁；曲栏回廊，消受得清风好雨"，都是隔句对，然后上下联这些词语之间再相对。

4. 全部隔句自对联。例如，温州江山寺浩然楼联：

旭日、芙蓉，晓风、杨柳；

青山、北郭，白水、东城。

这副对联中，上联的“旭日、芙蓉，晓风、杨柳”，下联的“青山、北郭，白水、东城”，可以认为是由四个词或词组构成的独词句，这样也就可以说它们是隔句自对，然后上下联之间这些词或词组再相对。

（二）自对联，我们如果换一个角度，从对仗的语言单位大小来分类的话，又可分为句中词语自对和句子自对。

如果单联只有一个句子，其自对的形式就是句中词语自对。例如，北京圆明园光明正大殿联：

心天之心而宵衣旰食；
乐民之乐以和性怡情。

这副对联中，上联的“宵衣旰食”，下联的“和性怡情”分别为自对。

又如，北京圆明园北远山村水村阁联：

鱼跃鸢飞参物理；
耕田凿井乐民和。

这副对联中，上联的“鱼跃鸢飞”，下联的“耕田凿井”分别为自对。

如果单联有好几个分句，其自对的形式就可能是句子自对。句子自对较之句中词语自对，远为复杂。陆伟廉在《句子自对》一文中指出，其种类可按三个不同标准加以划分：据自对句的修辞学形式，可分为排偶自对、对偶自对、排比自对；据自对句相数的多少，可分双相自对、多相自对；据出句、对句的奇偶，可分单句自对、双句自对。现分述如下：

1. 排偶自对。排偶为原始的对句形式，对仗要求仅为句子等长，及相对的词语在词性上、句法结构上大体相同，平仄不拘——允许句中音步失替及两边平仄失对，又允许同字相对。

例如，佚名题杭州岳庙旁关庙联：

先武穆而神，大汉千古，大宋千古；
后文宣而帝，山东一人，山西一人。

又如近人曹民甫挽宋教仁联：

不可说，不可说；
如其仁，如其仁。

前例为半同相排偶，有部分同字相对，后例为同相排偶，全部以同字相对。后例纵然以排偶自对收尾，但仍未违反对联基本规律，能做到上下联分别以仄声、平声落脚。

2. 对偶自对。对偶为由排偶向整齐化的方向发展而成的。除讲究句长要相等，对仗的词语要词性相同，语法结构相称外，音步在句中要平仄交替，上下联要平仄相反。

例如，清代顾德华题苏州抱绿渔庄联：

塔影在波，山光接屋；
画船人语，晓市花声。

由此联可见对偶句自对时，对仗精工，上下联相对时则词性可不相同，语法结构可不相称，但上下联之句脚仍能保持平仄相反——这一点为对偶句自对必须遵守的起码原则。

3. 排比自对。排比自对是由排偶向参差化方向发展而成的。可以同字相对、同声相对，但对仗的相数至少为三相，句长可相等也可不相等。

例如，佚名题杭州岳王庙联：

涪王兄弟，蕲王夫妇，鄂王父子，聚河岳精灵，仅留半壁；
两字君恩，四字母训，五字兵法，洒英雄涕泪，莫复中原。

又如，佚名题江阴双忠祠联：

僮可烹，妾可杀，城不可亡，矢志保江淮半壁；
生同岁，死同年，神亦同祀，精忠比日月双辉。

前例为等长排比句自对，后例为不等长排比句自对。自对相数为三相，且均有同字相对。

4. 双相自对。排偶限于两句，因而只有双相自对。例句见前。

将对偶句引进同边即同一单联自对后,可以是双相自对(例句见前),但也不限于双向自对,可以利用对联幅列长度不受限制而加以发展,创造出多相自对。

排比至少三句,因而相数至少为三相,所以无双相自对。

5. 多相自对。如前所述,对偶自对可以有多相自对。例如,佚名题武汉东湖联:

> 鹄比翼,花颦眉,柳拂裙,画意更兼诗意;
> 林蕴幽,水凝碧,山环翠,东湖不让西湖。

此联为对偶三相自对。联中自对句句脚的平仄安排,恰似律诗各句开头音步的一对、一粘、一粘、一对,只是上下联末尾均似截除了一项而已。

又如,江庸题杭州灵隐寺大雄宝殿联:

> 宝枋阅千载常新,楼阁喜重开,依旧前台花发,清夜钟闻,东涧水流,南山云起;
> 胜景数西湖第一,林泉称极美,试看驼岘风高,鹫峰石峙,龙泓月印,猿洞苔斑。

此联为对偶四相自对。联中自对句句脚的平仄安排,恰似律诗各句开头音步的一对、一粘、一粘、一对。

还有一种复合对偶,例如,王紫仙题南京妙相庵联:

> 燹前楼阁未成灰,犹剩得半折磬,一卷经,五更钟,六月凉风,三冬积雪;
> 雨后园林无限好,最爱是百本蕉,千条柳,万竿竹,数声啼鸟,几寸游鱼。

此联中的自对共五相,对仗较工,基本符合对偶句的格律。前三相应为四相的三字对偶句剪截末相而成;后二相为典型的双相四字对偶句。两组拼成五相自对,故可称为“复合对偶”。

6. 单句自对。以上各例均为单句自对。即出句为一句,对句在双相自对时亦为一句,在三相自对时则为二句,在四相自对时则为三句。

7. 双句自对。即出句为两句，对句亦为两句。

例如，清代江峰青题朱文公祠联：

> 师统扶君统于微，东鲁衰，圣人生，南宋衰，贤人出；
> 临安视新安为近，望帝乡，沧海月，怀故乡，黄海云。

此联为排偶双句自对。由于排偶句的对仗要求不严，故此联在同边自对时有同字相对，两边（即上下联）相对时又有同声相对。

又如，佚名挽友联：

> 如何春草不报春晖，况破镜光中，孤鸾未老，残书堆里，幺凤犹雏。哀哉！奚以为情。苦月凄风，九地有知应抱恨；
> 曾记长沙同听夜雨，溯海棠开后，纨扇题诗，桂子香初，铜炉瀹茗。已矣！而今若梦。高山流水，七弦无恙向谁弹。

此联为对偶双句自对。在同边自对时词性、结构、平仄各方面对仗精工，但上下联相对时则不要求相应位置的词语一一对仗。如"破镜"与"海棠"，"残书"与"桂子"等显然是不对仗的。

双句自对多为双相，但也偶见有三相的。例如，近人原岭南大学校长钟荣光自挽联：

> 三十年科举沉迷，自从知罪悔改以来，革过命，无党勋，作过官，无政绩，留过学，无文凭，才力总后人，唯一事功，尽瘁岭南至死；
> 两半球舟车习惯，但以任务完成为乐，不私财，有日用，不养子，有众徒，不求名，有记述，灵魂乃真我，几多磨炼，荣归基督永生。

此例为排比双句自对。自对句中每两个相应的短句之间，均有同字相对，但句脚的平仄安排很有规律，如四相自对对偶句句脚的粘、对，只须将相互衔接的几个双句连起来看，即清清楚楚。

从以上论述可见：

一、句子自对使对联的对仗产生两方面的突破：一是突破了无自对句对联的上下联各以单个的出、对句互相对仗的形式，使之能以各自成组的出、对句互相对仗；二是大大扩充了对仗“原料”来源，使原来不能用作两边（即上下联）相对的排偶、排比、复合对偶以及句法不同的对偶（如四、三句与三、四句）融入两边相对之中。

二、句子自对能使对联的对仗形式变得比诗词的对仗形式远为多样化。从格律上讲来，对联含有比诗词远为复杂的成分，可知诗词格律绝不能包括或替代对联格律。

三、句子自对为对联对仗中的高级形式。欣赏对联而不明句子自对，则有如欣赏音乐而不明“阳春白雪”。

三、独词句联

独词句联，是运用一个个单独的词平行排列而成联句。这种联句，上下联都不成“句”，只是一个并列的词组，在特定的语境下连缀组合并构成一个较为完整的意思。

例如，广州庆春园门联：

东山丝竹；
南海衣冠。

这副对联，上下联各由一个偏正结构的名词性词组组成。

有一副茶壶上的装饰联：

竹露、松风、蕉雨；
茶烟、琴韵、书声。

这副对联，上下联各由三个名词性词组组成。

桃花源大门牌坊联：

红树、青山、斜阳、古道；
桃花、流水、福地、洞天。

这副对联中，上下联各由四个名词性词组组成。

四、单音词组联

单音词组联是运用一连串单音节词，罗列和概括各种相关的事物和现象，构成联语中短促、传神而又突出重要的内容。

单音词组联，多数是名词单音词组。少的三字，如有一副春联：

松、竹、梅，岁寒三友；
桃、李、杏，春风一家。

多的六、七、八字不等。例如陶行知撰晓庄师范开学典礼会场联：

和牛、马、羊、鸡、犬、豕交朋友；
对稻、粱、菽、麦、黍、稷下功夫。

有的甚至可以多至十三字。例如北京安徽会馆戏台联：

安、庐、凤、颍、徽、宁、池、太、滁、和、广、六、泗，八府五州，良士于于来日下；

金、石、丝、竹、匏、土、革、木、宫、商、角、徵、羽，五音六律，新声袅袅入云中。

单音词组联，不仅可用名词，也可用动词。

演离、合、悲、欢，当代岂无前代事；
观抑、扬、褒、贬，座中常有剧中人。

还可用形容词。如有一副饮食店联：

精、洁、廉，小餐特色；
麻、辣、烫，川味正宗。

为了便于构成单音词组联，有的运用了简称字入联。如周恩来撰国民经济调整联：

先抓吃、穿、用；
实现农、轻、重。
横批：综合平衡。

这副对联中，上联连用了三个动词，下联连用了三个简称，高度概括了当时中央实行经济调整的方针。

五、反复联

为了强调和突出某种思想感情，故意重复某个词语或句子，这种辞格称为反复。楹联中运用反复，能够表现强烈深挚的感情，突出主题思想，增强联语的层次性和节奏感。楹联中运用反复辞格，常见的形式有间隔反复、连续反复两种。

（一）间隔反复联，指相同词语或句子间隔出现，即有其他词语或句子在它们中间隔开。

例如，湖北汉阳古琴台石璞撰联：

一曲高山，一曲流水，千载传佳话；
几分明月，几分清风，四时邀游人。

再如，有一副张文端题格言联：

富贵贫贱，总难称意，知足即为称意；
山水花竹，无恒主人，得闲便是主人。

此联见清王之春《椒生随笔》。

（二）连续反复联，是接连重复相同的词语或句子，中间没有其他词语或句子间隔。

例如，有一副挽杨杏佛联：

不可说！不可说！
如之何？如之何？

二十世纪三十年代，杨杏佛在上海被国民党特务暗杀。这副挽联语言委婉，含意深邃，意思是说，杨是被蒋介石派人暗杀的，但在当时的黑暗统治下，这事情却不能公开说明；反动派这样残暴和卑鄙，我们应该怎样对付它呢？对联运用反复，以便引起读者的深思，作者的沉痛和愤慨之情溢于言表。

再如，清代何淡如撰两龙墟赛船戏棚联：

扒、扒、扒、扒、扒、扒、扒、扒、扒，扒到龙门三级浪；
唱、唱、唱、唱、唱、唱、唱、唱、唱，唱出仙姬七姐词。

这副对联中，上联连用十个“扒”字，下联连用十个“唱”字，尽情地写出了赛龙船时的生动景象。

（三）同构反复联，是指同一结构的词语或句子反复出现。这里与“间隔反复联”的不同之点，在于强调其结构相同，间隔反复联中有一部分是同构的，也有一部分不是同构的，两者互有交叉，但不能等同。

例如，清代俞樾自挽联：

生无补乎时，死无关乎数，辛辛苦苦，著二百五十余卷书，流播四方，是亦足矣；
仰不愧于天，俯不怍于人，浩浩荡荡，数半生三十多年事，放怀一笑，吾其归乎！

这副对联中，上联的前两个分句用“……无……乎……”的结构，下联的前两个分句用“……不……于……”的结构，构成整齐的反复句式。

又如，济宁子路祠联：

久矣圣人之徒，闻善则行，闻过则喜；
大哉夫子之勇，见危必拯，见义必为。

以上所举对联，每个单联都只重复一个词语。还有的重复两个或两个以上的词语的。其重复的方式，主要有三种：

一是甲甲乙乙式。例如四川灌县青城山联：

栽竹栽松，竹隐凤凰松隐鹤；
培山培水，山藏虎豹水藏龙。

二是甲乙甲丙式。例如传为古代两兄妹题联：

天上月圆，人间月半，月月月圆逢月半；
今宵年尾，明日年头，年年年尾接年头。

三是甲乙甚至甲乙丙丁相互交错。例如民初刘师亮题联：

男女平权，公说公有理，婆说婆有理；
阴阳合历，你过你的年，我过我的年。

反复联常常于反复中又有变化，于整饬中见错综，增强了层次感和节奏的变化感。

例如李铎一九八四年题联：

常笑，常笑，常常笑，笑里愁去；
多思，多思，多多思，思中智来。

又如，毛泽东挽杨昌济联：

忆夫子，易箦三呼，努力，努力，齐努力；
恨昊天，不遗一老，无情，无情，太无情。

六、同字联

对联上、下联相对仗的字一般要求避免同字。但有些对联作者把同字作为一种修辞手法，故意在上、下联相对仗的地方使用相同的字，出现字同义变的现象，从而造成着意强调、反复咏叹的格调和效果。

多数的是虚词同字，有的对联除虚词之外，还有个别实词同字。例如周恩来挽蔡元培联：

从排满到抗日战争，先生之志在民族革命；
从五四到民权同盟，先生之行在民主自由。

这副对联中，“从”、“到”、“之”、“在”是虚词同字，“先生”、“民”是实词或实词语素同字。

又如彭文勤联：

> 至乐莫过读书；
> 至要莫过教子。

还有的部分句子同字。如一九三六年鲁迅逝世时北平风沙文艺社挽联：

> 偏偏在战的热望中，鲁迅死了！中华民族要大哭，无产阶级要痛哭，前进作家更是要狂哭；
>
> 偏偏在降的阴影里，鲁迅死了！帝国主义会暗笑，专制恶魔会狞笑，落后文人也许会惨笑。

这副对联中，上下联都有一句"鲁迅死了"完全相同，里面有实词也有虚词。

七、设问联

陈述、疑问、祈使、感叹四种句式，在对联艺术中有比较特殊的修辞效果的是疑问句，其中又有设问、问答、反问几种手法。

设问，就是明知故问，无疑而问，以引起读者的注意，积极思考问题，更好地体会楹联的内容，并使对联有波澜变化，避免平板之弊。

有的部分设问。例如刘坤一撰滕王阁联：

> 兴废总关情，看落霞孤鹜，秋水长天，喜此地湖山无恙；
> 古今才一瞬，问江上才人，阁中帝子，比当年风景何如？

此联见《詹詹言》。这副对联中，下联用一问句，表明作者看到江山、王阁依旧，而才人、帝子无存，幽默地说明了历史的兴废变幻无常而这里的风景却美丽依然。

有的全联设问。例如昆明三清阁联：

听鸟说甚？
问花笑谁？

这副对联中，作者用两个词句，赋予“鸟”和“花”以人的感情，使读者更加感到眼前景物的美好。

又如徐懋庸挽鲁迅联：

敌乎？友乎？余唯自问；
知我？罪我？公已无言。

八、问答联

问答联，就是在联内不只是单纯设问，而且有问有答，或他人问，自己答，或自己问，自己答，或他人问，他人答，如同表达作者心声，或与人对话。

有的在上下联内一问一答。例如毛泽东撰纪念孙中山诞辰并追悼抗日烈士大会联：

国共合作的基础为何？孙先生云：共产主义是三民主义的好朋友；
抗日胜利的原因何在？国人皆曰：侵略阵线是和平阵线的死对头。

这副对联中，上下联内各用一个问句一个答句，表达了国共合作的基础，指明了抗日战争胜利的原因。

又如，有一副劝学联：

何物动人？二月杏花八月桂；
有谁催我？三更灯火五更鸡。

再如，中华人民共和国成立前西安莲湖公园中共地下组织开设的奇园茶社门联：

奇乎？不奇，不奇亦奇；

园耶？是园，是园非园。

有的上联问，下联答。例如清代顾复初撰成都杜甫草堂联：

异代不同时，问如此江山，龙蟠虎卧几诗客？

先生亦流寓，有长留天地，月白风清一草堂。

这副对联中，上联问：在祖国壮丽河山里，龙蟠虎卧的诗人有多少呢？下联答：杜甫就是这样的诗人，他传留下了长存天地间的草堂，至今仍在月白风清之夜为人们流连、缅怀。

再如，山西平定娘子关联：

雄关百二谁为最？

要路三千此并名。

九、反问联

反问也是明知故问，无疑而问。它不用回答，意义自明。其所要表达的意思，就包含在反问的句子之中。用否定句反问的即表达肯定的内容，用肯定句反问就表达否定的内容。反问联的作用，主要是加强语气，用不确定的语气表明作者所要表达的思想内容，既有启发性又有说服力，给读者造成一种毋庸置疑的印象。

有的部分反问。例如文天祥题山海关孟姜女庙联：

秦皇安在哉？万里长城筑怨；

姜女未亡也！千秋片石铭贞。

这副对联中，上联用一反问句，提出当年不顾人民死活强迫人民修筑长城的秦始皇如今在哪里呢？下联用一感叹句，说明只有那个忠于爱情、反抗暴政的孟姜女仍然活在人们心中。

又如郑燮有一副对联：

室雅何须大？

花香不在多。

有的上下联都有反问句。例如吴作人题蒲松龄故居联：

岂有真鬼狐？前贤形此箴世；

安得装妖冶？后代剥它画皮。

这副对联中，上联用一反问句，说明世界上哪里真有鬼狐？蒲松龄的用意在于箴世。下联用一反问句，警告那些心术不正的人，即使乔妆打扮得再巧妙，最终总要被剥下画皮。

又如廖鹤年拟广州盂兰盆会神坛联：

经忏可超生，难道阎罗怕和尚？

纸钱能赎罪，居然菩萨是赃官？

再如贵州贵阳城隍庙联：

站着！你背地做些什么？好大胆还来瞒我！

想下！俺这里轻饶那个？快回头莫去害人！

十、换序联

汉语的主要语法手段是运用语序。语序不同往往就会产生不同的意义。在对联中，运用语序的变化作成对联，可以使对联造语新颖奇特，寓意丰富深刻，格律严整工巧，情境生动有趣。

（一）有的是把别的对联中部分字的词序调换一下，用在另一副新的对联中。例如章太炎讽刺慈禧太后七十岁生日联：

今日到南苑，明日到北海，何日再到古长安？叹黎民膏血全枯，只为一人歌庆有；

五十割琉球，六十割台湾，而今又割东三省，痛赤县邦圻益蹙，每逢万寿祝疆无。

这副对联见近人吴恭亨《对联话》卷十四。联语中，把过去每逢慈禧太后生日时，全国都要贴的一副祝寿联“一人有庆；万寿无疆”中的“有庆”、“无疆”二字的词序颠倒一下，就变成了意思迥然不同的讽刺联。

（二）有的是在同一副对联中将部分字的词序调换一下。例如有一副集句联：

美言不信，信言不美；
疑人莫用，用人莫疑。

这副对联中，上联将“美”和“信”二字，下联将“疑”和“用”二字调换一下，表达了事物的哲理。当然，上联的内容未必完全正确，真善美可以是统一的整体，“美言亦信，信言亦美”。

又如有一副戏台联：

文中有戏，戏中有文，识文者看文，不识文者看戏；
音里藏调，调里藏音，懂调者听调，不懂调者听音。

（三）还有的将部分字的词序重新排列一下。例如《瀑布》中韦步平写的春联：

财神地主了不得；
穷人佃农不得了。

这副对联中，上联的“了不得”和下联的“不得了”三字相同，词序排列不同，词义也不同，意为财神地主平常耀武扬威，欺压百姓，而穷人佃农一旦团结起来斗争，就使那些土豪劣绅威风扫地，吓得发抖。

（四）还有的把句中的词，用多种排列的方式组成。如清代钟云舫所撰春联：

过苦年，苦年过，过年苦，苦过年，年来年去今变古；
读书好，书好读，读好书，书读好，书田书舍子而孙。

这副对联中，上联的“过苦年”三字，下联的“读书好”三字用多种次序排列，反复咏叹，表达了穷愁潦倒的凄苦之情，和对自己、对儿孙矢志读书的自勉和告诫。

以上的换序是因为内容的需要。还有一种因对仗的需要而换序。这种换序多为入联的成语名句，因照顾上下联的对仗、平仄等格律而变换词序。

（一）有的是为了句中平仄格律的需要。例如河南省汲县比干庙联：

君德难回，当此亲离众叛，若但如微子去，箕子奴，无以激亿万人忠贞之气；

臣心不死，即兹血溅魂飞，犹将以周日兴，殷日丧，上诉诸六七王陟降之灵。

上联中的“亲离众叛”为成语“众叛亲离”的倒序，其目的在使“亲离”、“众叛”分别与下联的“血溅”、“魂飞”平仄相对，合于声律的要求。

再如一九四四年友人挽邹韬奋联：

残山剩水度中秋，凭吊文豪，百感苍茫，无非是孤愤韩非，离骚屈子；

棘地荆天怀蜀史，低回往事，神州破碎，写不尽宫中黄皓，座上谯周。

这副对联中，黄皓、谯周均为刘禅宫中佞臣。下联的“棘地荆天”为成语“荆天棘地”的倒序，词序调换以后与上联的“残山剩水”才平仄协调。

（二）有的是为了句末平仄格律的需要而改变词序的。例如李彦章撰镇江北固山多景楼联：

天与雄区，欲游目骋怀，一层更上；

地因多景，喜山光水色，四望皆通。

上联中的“一层更上”是唐代王之涣《登鹳雀楼》诗中“更上一层楼”之句的倒序引用。其作用在于使“一层”与下联的“四望”对仗，并且使上联尾字“上”成为仄声收尾，以符合对联的格律要求。

还有的是使下联的尾字符合格律要求。例如一九一八年北京某女校挽一位反抗包办婚姻而自杀的女学生联：

君死何辜，忍看魔鬼家庭，凶得张牙舞爪；

我生有责，愿把吃人礼教，打个流水落花。

下联的“流水落花”是成语“落花流水”的倒序，倒序后与上联“张牙舞爪”平仄相反，对仗工整，符合上联尾字仄、下联尾字平的要求。

（三）有的是为了使词语相对仗而改变词序的。例如：

五风十雨梅黄节；

二水三山李白诗。

这副对联中，上联的“梅黄”本当作“黄梅”，为使与下联的“李白”相对，故将“黄梅”的词序颠倒一下，“梅”对“李”，“黄”对“白”，字面上就十分工整了。

又如题著名京剧艺术家程砚秋由上海至北京演出联：

艳色天下重；

秋声海上来。

这副对联中上下联首嵌“艳”、“秋”二字，为程砚秋原名。程以演青衣著称，属旦角，故联中有“艳色”、“秋声”之语。将“上海”颠倒为“海上”，一方面是因为上海位于海滨，另一方面改变后，就可与“天下”相对仗。

十一、回环联

回环联，是指在楹联语句相同的情况下，巧妙地调遣它们，利用它们不同结构关系的不同含义形成回环往复的语言形式，从甲事物到乙事物，又从乙事物到甲事物，反映事物之间相互依存或密切关联，以及某种偶然巧合的关系。还有些回环联，联文顺读、倒读，文句都通顺，意思都完整。回文联一般思想价值不大，但用得好的还是很有价值的。而一般的回环联,作为一种高级的文字游戏,也有助于人们培养思维的巧妙和语言的趣味性。

(一)部分回环。有的是部分字的回环。例如一九七六年清明节人民群众挽周恩来联:

“五四”运动,“四五”精神,顶天立地大英雄,生荣死哀,光耀二十世纪;

“八一”倡义,“一八”赍志,赤胆忠心好总理,鞠躬尽瘁,恩被九亿神州。

这副对联中,上联的“五四”和“四五”,下联的“八一”和“一八”两组数字的次序正好颠倒过来,这四个日期都是对周恩来革命的一生和中国革命有重要意义的日子,用得巧妙而工整。

又如:

西浙浙西,三塔寺前三座塔;

北京京北,五台山下五层台。

这副对联见《唐伯虎纪事》,联中“西浙浙西”,“北京京北”正好字序相反。“三塔寺”在嘉兴。

有的是部分词语的回环。例如杭州西泠印社联:

面面有情,环水抱山山抱水;

心心相印,因人传地地传人。

又如:

骇浪惊涛,先生去矣,枪林弹雨,吾辈当之,为其易,为其难,维死可生生可死;

衡云湘树,魂兮归来,沅芷澧兰,人如可作,同此心,同此理,以歌当哭哭当歌。

再如：

正正反反，反反正正，反正一样；
是是非非，非非是是，是非不分。

（二）全部回环。例如云南通海秀山公园联：

秀山青水青山秀；
香柏古风古柏香。

厦门鼓浪屿鱼脯浦联：

雾锁山头山锁雾；
天连水尾水连天。

桂林斗鸡山联：

斗鸡山上山鸡斗；
龙隐岩中岩隐龙。

再如：

响水口河口水响；
连云港海港云连。

还有一种全部回环联，不是由一句组成，而是由两个相互回环的分句组成。例如：

客上天然居，居然天上客；
人过大佛寺，寺佛大过人。

再如：

镜如明湖水，水湖明如镜；
花香满园亭，亭园满香花。

（三）还有的不是上下联内回环，而是上下联之间回环。例如上海天然居茶室联：

客上天然居；
居然天上客。

这副对联中，下联就是上联的回读。

再如：

僧游云隐寺；
寺隐云游僧。

人中柳如是；
是如柳中人。

（四）还有的上下联之间，不是以字为单位回环，而是以词、词组或句子为单位回环。例如明代某盐吏出句，曹宗对句联：

东楼三、西楼四，更鼓朦胧，朦胧更鼓；
南斗六，北斗七，诸星灿烂，灿烂诸星。

据说有个更夫打错了更鼓，东门打了三更，西门打了四更，盐吏作对，要他对上方可免罚，曹宗教他回此对句。上联的“更鼓朦胧，朦胧更鼓”，用来形容更夫吃醉了酒，糊里糊涂打错了更；下联的“诸星灿烂，灿烂诸星”，用来赞叹天上的群星闪烁着光辉，都是很恰当的，而且运用回环以后，更富有感情色彩。

又如有一副挽闻一多联：

一个人倒下去，千万人站起来；
千万人站起来，一个人倒下去。

这副对联中，下联由上联的两个分句次序颠倒而组成。这样变动后，意思也有了发展，上联是说烈士的牺牲，唤醒了更多的人的觉悟，下联是说，千万革命者奋起了，可是您却倒下了，表达了无限沉痛和缅怀之情。

（五）以上所说的都是在一副对联中，可以明显地看出它们运用了回环，而有些对联表面上看不出来，只有把它倒读以后才可以看出它也是文从字顺的回环。例如：

风送花香红满地；
雨滋春树碧连天。

这副对联倒读后为：

天连碧树春滋雨；
地满红香花送风。

这副回环联如果不倒读是看不出来它运用了回环的手法的。原联和倒读后的回环联意思也有所不同。前一副对联是说：清风送来了花香，红花把满园的土地都映红了；细雨滋润着春天的树木，碧绿的树林似乎连着天际。后一副对联的意思变成了说：天连着碧绿的树林，春天下着滋润大地的喜雨，大地满含着红花的浓郁芳香，花儿在摇曳，宛如送来阵阵清风。

又如广西梧州北山园观鲤亭联：

鸣禽听耳悦；
跃鲤视神怡。

这副对联倒读后为：

怡神视鲤跃；
悦耳听禽鸣。

再如：

迢迢绿树江天绕；
霭霭红霞海日晴。

这副对联倒读后为：

晴日海霞红霭霭；
绕天江树绿迢迢。

又如：杭州西湖的一副叠字联倘若细细品尝，它也是一副回文联，即：

秀秀明明，处处山山水水；
奇奇好好，时时雨雨晴晴。

还有的对联不仅要求上下联顺读逆读皆成文，并要求以指定的字冠首嵌尾。例如：

幽星淡月寒天碧；
碧草芳花野径幽。

这副对联上下联以“幽”、“碧”冠首，又以“碧”、“幽”嵌尾。

（六）还有的是同音回环。这种回环联，倒读与顺读只同音，不同字，也构不成完整明确的意义。

例如：

画上荷花和尚画；
书临汉字翰林书。

包里精盐经理包；
图间泰山太监图。

这两副对联，上下联倒读顺读字音相同，只能作为一种文字游戏罢了。

（七）还有一种情况，有些对联中顺读的词语与倒读的词语基本相同，而略有变化，这也应当看作是属于回环的一种。

例如：

色即是空空即色；
卿须怜我我怜卿。

据说，晚清苏州女子卿怜，才貌出众，十六岁时，被某官买了献给浙江巡抚王亶望。王专房宠爱，即写此联于密室共赏。

还有一种宽式的回环联，回环往复时所使用的词语可以略有变换。例如有一副碑帖店门联：

中华传妙墨；
妙墨焕中华。

这副对联中，上下联体现回环特色的词语“中华”、“妙墨”是相同的，中间的词语“传”、“焕”有变换，充分表现了“中华”“妙墨”之间的有机联系和辩证关系。

十二、层递联

层递又称递进，是根据事物的逻辑关系，连用结构相似、内容层层递升或递降的三组以上的语句，表达逐层递进的意思。其作用是借层层推进、依次排列的逻辑关系，揭示事物的内在联系，使人们的认识层层深化，对所表达的事理产生强烈、深刻的印象。

楹联层递常见的有递升和递降两种。

（一）递升联，是指楹联内容在表达分量的轻重、范围的大小、程度的深浅、时间的长短等时依次递加。

例如四川灌县青城山天师洞石刻联：

一生二，二生三，三生万物；
地法天，天法道，道法自然。

又如：

空中腾雾，雾成云，云开见日；
水面冻冰，冰积雪，雪上加霜。

再如，有一副挽周恩来联：

有雄才，有伟略，有奇勋，实在有德；
无后裔，无偏心，无享受，真正无私。

（二）递降联，是指联语的内容在分量、程度、范围、时间等方面是按逐层递降的方式排列的。

例如清代有一副对联：

大鱼吃小鱼，小鱼吃虾，虾吃泥，泥干水尽；
朝廷刮州府，州府刮县，县刮民，民穷国危。

（三）递升递降混合联，是指在对联中递升递降混合运用。

如有一副对联出句为：

大鱼吃小鱼，小鱼吃虾，虾吃水，水落石出；

对句为：

溪水归河水，河水归江，江归海，海阔天空。
近树连远树，远树连云，云连月，月小山高。

此联上联为递降，两个下联均为递升，第一下联为江西工人黄德贵应征所作，第二下联为湖南医生邓磬石所作。

十三、两兼联

两兼联，是在联语中让某一个字兼任两用，既与它前面的字或词构合成义，又同后面的字直接组词连讲。

例如，抗战时期画家吴湖帆讽刺汉奸梁鸿志、吴用威联：

孟光轧姘头，梁鸿志短；
宋江吃败仗，吴用威消。

这是一副嵌名两兼联。上联的“梁鸿志短”，甲义是“梁鸿、志短”，即“梁鸿没有志气”，乙义是指汉奸“梁鸿志志短”；下联的“吴用威消”，甲义是“吴用、威消”，即吴用丧失威信，乙义是指汉奸“吴用威威消”。

又如，有一副传为李东阳儿时与人应答联：

李东阳气暖；
柳下惠风和。

此联上联中“李东阳气暖”,甲义是李树东边春光暖,“阳气”即春光之意。乙义“李东阳”是人名,“阳气暖”又有一定意义。下联的“柳下惠风和”,甲义是柳林下面惠风和畅,“惠风”即和风之意。乙义“柳下惠”是人名(春秋时鲁国大夫),“惠风和”又有一定意义。

再如:

易君左闲话扬州,引起扬州闲话,易君左矣;
林子超主席国府,连任国府主席,林子超然。

三十年代易君左写了《扬州闲话》,大谈“扬州姑娘”,引起扬州人的不满。“林子超”即林森,一九三二年起任国民政府主席,为避免同蒋介石发生冲突,常住峨眉山洪春坪和青城山建福宫,像“隐士”一样过山林生活,因资格老,蒋介石也乐于利用他,竟得连任。“左”,错,不对头。“超然”,置身事外,与人无争。“易君左矣”,意即“易君实在大错特错了”。“林子超然”,意即“林子真是超然物外啊”。这副对联与前面两副两兼联又略有不同的是,“易君”“林子”中,“君”、“子”是对人的尊称,“易君”本身即可指“易君左”,“林子”本身即可指“林子超”。

十四、拆词联

拆词联,指在一联中将某一词语先作一个词用,然后又将该词拆开作词组用。据说,有一副明代唐伯虎与某理发师题联:

无锡锡山山无锡;
平湖湖水水平湖。

这副对联中,上联的前一个“无锡”是地名,后一个“无锡”是动宾词组。下联的前一个“平湖”也是地名,后一个“平湖”是动宾词组。

又如康有为悼谭嗣同联:

复生不复生矣;
有为安有为哉!

这副对联中，上联的前一个“复生”是谭嗣同的字，后一个“复生”是偏正词组，意为“再活过来”。下联的前一个“有为”是康有为自称，后一个“有为”是动宾词组，意为“有所作为”。

拆词还可与两兼结合起来使用。例如有一副对联：

宜宾最宜宾住；
乐山可乐山居。

这副对联中，上联的前一个“宜宾”是地名，后面的“宜宾住”是“适合于客人居住”之意，其中的“宜宾”又是地名。下联的前一个“乐山”为地名，后面的“乐山居”，是“使人住在山中快乐”之意，其中的“乐山”又是地名。

拆词还可与谐音结合起来使用。例如：

贾岛醉来非假倒；
刘伶饮尽不留零。

这副对联见《解人颐》。联中，上联的“贾岛”为唐代诗人，“假倒”为与“贾岛”同音的偏正词组，下联的“刘伶”为西晋“竹林七贤”之一，“留零”为与“刘伶”同音的动宾词组。

十五、组合联

组合联，是把一些本来没有逻辑联系的事物组合在一起，不必借助其他的词语，而运用其内部语法结构的变化来表示一定的意义的对联。组合联和嵌字联有某些相似之处，即运用一些特定词语，但也有明显的区别，嵌字以联意为主，组合以词趣为主。嵌字联所嵌的字一般在全联中不占多数，在表达完整的意义时还要与其他的词语共同组合起来。而组合联则不需要其他的词语，直接组合起来表达某种意义。例如，中央电视台等单位一九八三年迎春征联，有一副获奖对联是：

碧野田间牛得草；
金山林里马识途。

这副对联中,上下联各用当代三位文艺界知名人士配合而成。语意连贯,画面生动,对仗工整。

又如,抗日战争胜利后的一副对联:

中国捷克日本;

南京重庆成都。

这副对联是抗日战争时期成都一进步人士题:上联用三国名,下联用我国的三个大城市名连缀而成。“捷克”、“重庆”既为名词,又可用如动词,分别作“战胜”、“欢庆”解。整副对联,词类相当,结构相应,节奏相似,内容丰富,一气呵成而无斧凿痕迹。

再如,清代广州按察使许宾衡撰七夕联:

帝女合欢,水仙含笑;

牵牛迎辇,翠雀凌霄。

这副对联用八个花名连缀而成,其中“合欢”、“含笑”、“迎辇”、“凌霄”又可做动宾词组表达一定的意义,道出了七夕故事,贴合乞巧之意,清雅动人。

十六、总分联

总分联,是指在联中既有总述又有分述。

总述部分常用数字来概括。有的先分后总。例如有一副春联:

松竹梅:岁寒三友;

桃李杏:春风一家。

有的先总后分。例如清代郑板桥题联:

三绝诗书画;

一官归去来。

总述部分还有的用隐含数量的词语来概括。例如:

孔子传道诸贤：曾子、子思、孟子；

周室开基列圣：太王、王季、文王。

总述部分还有的将分述的词语直接相加。例如广州陶陶居联：

陶潜善饮，易牙善烹，饮烹有度；

陶侃惜分，夏禹惜寸，分寸无遗。

如果分述部分为同素词语的话，总述部分有的可以用重叠形式的词语。例如明顾宪成题无锡东林书院联：

风声雨声读书声，声声入耳；

家事国事天下事，事事关心。

总述部分，有的可用对分述部分有包含关系的词语。例如清代邓石如题碧山书屋联：

沧海日，赤城霞，峨眉雪，巫峡云，洞庭月，彭蠡烟，潇湘雨，武夷峰，庐山瀑布：合宇宙奇观，绘吾斋壁；

少陵诗，摩诘画，左传文，马迁史，薛涛笺，右军帖，南华经，相如赋，屈子离骚：收古今绝艺，置我山窗。

总述部分有的还可用指代性词语。例如康有为题杭州西湖三潭印月联：

岛中有岛，湖外有湖，通以卅折画桥，览沿堤老柳，十顷荷花，食莼菜香：如此园林，四洲游遍未尝见；

霸业销烟，禅心似水，阅尽千年陈迹，当朝晖暮霭，春煦秋月，山青水绿：坐忘人世，万方同慨更何之。

总分联，还有的隐去总述部分。例如海州云台山联：

世外凭临，一面峰峦三面海；

云中结构，二分人力八分天。

这副对联中，上联隐去总述部分“四面”，下联隐去总述部分“十分”。

十七、互文联

互文联，是指两句话的词语意义可以相互交叉、相互补充的对联。例如有一副挽周恩来联：

生为国家，死为人民，耿耿忠心昭日月；
功同山岳，德同湖海，洋洋正气结丰碑。

这副对联中，上联的“生为国家，死为人民”和下联的“功同山岳，德同湖海”都是互文。即称颂周恩来同志生死都为国家和人民，功德都同山岳一样高，同湖海一样深。互文在语言上的特点是，词语可以互换，意义同样可通。即“生为国家，死为人民”说成“生为人民，死为国家”，“功同山岳，德同湖海”说成“德同山岳，功同湖海”，同样可通。

第六节　运用其他修辞方法

运用其他修辞手法，主要指不便于归纳为语音、文字、词汇、语法等语言因素的其他辞格。辞格是人们从语言运用的实践中提炼和归纳出来的具有明显增强表达效果和感染力量的积极修辞的各种格式和手法。辞格的种类很多，体现着人类运用语言的才华和创造能力。陈望道在《修辞学发凡》一书中把辞格概括为四类三十几格，各种之中又有若干式，总计有六七十种格式。在现代文学作品中，使用频率较高的辞格不下二十种。楹联，作为一种特别精粹的文学形式，尤其注重对各种辞格的运用。各式各样辞格的富有创造性的灵活运用，成为造成楹联高度艺术性的主要手段之一。

对于修辞格的分类手法，历来就有各种不同的看法。我们从楹联的实际出发，将可以纳入运用语言各因素的各种方式，已分别归纳到运用语音修辞、运用文字修辞、运用词汇修辞、运用语法修辞等各个部分，现在将那些比较侧重于内容，或者不便于明确地纳入哪一种语言因素的修辞方式放在本节中论述。

一、比喻联

楹联在描写客观事物或说明主观情理时，运用同它具有相似点的并为人们熟知的别的事物或情理来打比方，这种辞格称为比喻。比喻中被比方的对象叫本体，用来打比方的对象叫喻体，联系本体和喻体的词语叫喻词。本体和喻体必须是性质不同的事物，只是利用它们之间存在的某种相似之处来打比方，从而构成比喻。

楹联中比喻的作用有三：一是对事物的特征和形象进行描绘或渲染，使事物生动、具体，给人以鲜明深刻的印象；二是用浅显常见的事物对深奥的情理加以说明，能帮助读者深入理解；三是可以增强语言的形象化和艺术美。

楹联中的比喻常见的有明喻、隐喻、借喻三种。

（一）明喻的构成方式是本体、喻体和喻词全部具备，喻词主要为“如”、“似”、“若”、“比”、“喻”等，其基本格式为“甲如乙”。

最多的是用“如”、“似”、“若”、“比”等对举。例如：

小沼沉星，似仙人撒下金棋子；
枯松挂月，如老龙擎出夜明珠。

新月如弓，残月如弓，上弦弓，下弦弓；
朝霞似锦，晚霞似锦，东川锦，西川锦。

文心清若水；
诗胆大如天。

（文艺批评联）

鹦鹉能言争似凤？
蜘蛛虽巧不如蚕。

（宋代王禹偁幼时对太守出句）

还有的可以用其他表示或含有“比喻”意义的词对举。例如：

工堪比官，斧斤利刃随手携来，因材而用；
医可喻政，硝磺猛剂有时投下，看病何如。

（武承谟题无锡县署联）

黄河水滚滚而来，文应若是；
韩信兵多多益善，士亦宜然。

（淮安府学明伦堂联）

（二）隐喻，是比明喻更进一层的譬喻。其构成方式是主体和喻体之间不用喻词，直接连接，或者运用“作”、“为”、“是”、“乃”等喻词连接。其基本格式是“甲为乙”。隐喻直接指出本体就是喻体，因此二者的关系显得更为密切，相似之处也得到更多的强调。

不用喻词的隐喻联。如：

云归大海龙千丈；
雪满长空鹤一群。

（广润灵雨祠联）

日月两轮天地眼；
诗书万卷圣贤心。

（朱熹题白鹿书院联）

云衣竹带；
海帽江袜。

这是旧时某穷困潦倒的流浪者自题联，短短八个字用了四个隐喻，意思是说，自己的衣服破烂得像天上的云彩一块一块的，衣带像竹子一样打了许多结，帽子破得像海一样没有边沿，袜子破得像江水一样没有底子。

又如：

玉帝行兵，雷鼓云旗雨箭风刀天作阵；
龙王夜宴，月烛星灯山肴海酒地为盘。

这副巧联中运用了一系列隐喻，比喻夸张，气势非凡，充满了浪漫主义色彩。

运用喻词的隐喻联，喻词多用“为”、“作”，“为”、“是”，“为”、“乃”等相对举。如：

书山有路勤为径；
学海无涯苦作舟。

（格言联）

水作青罗带；
山为碧玉簪。

（阳朔画山联）

自主权为幸福路；
责任制乃富裕桥。

（新春联）

还有的可以运用其他方式或含有“是”、“为”意义的词相对举。例如：

吾之修书，可谓猢狲入布袋矣；
君于仕宦，何异鲇鱼上竹竿耶。

（宋梅尧臣受诏修《新唐书》与妻联句。此联见《归田录》）

（三）借喻，比隐喻又进了一层。借喻之中本体和喻体的关系更为密切。因此，在联语中根本不说出本体，也不用喻词，而是把喻体直接用在本体应该出现的地方，但读者根据题写的对象可以明白本体。其基本格式是“甲代乙”。这种比喻有突出本体的某种特性的作用。

借喻联有喻人的。如：

平生慷慨班都护；
万里间关马伏波。

（孙中山挽蔡锷联。本体为蔡锷）

黄梅未落青梅落；
白发反送黑发人。

（盖叫天挽子联。“黄梅”的本体为盖叫天，“青梅”的本体为其亡子）

玉在匣中求善价；

钗于奁内待时飞。

（《红楼梦》中贾雨村联。本体为贾本人）

也有喻物的。如：

千峰拔地；

万笏朝天。

（吉林长白山高山亭联。“万笏”的本体为长白山）

玉宇琼楼天上下；

方壶员峤水中央。

（汪由墩撰北京金鳌玉蛛桥联。“玉宇琼楼”、“方壶员峤”的本体是桥上的建筑物）

二、借代联

借代就是在需要运用某人或某物的名称时，不直接说此人或此物的名称，而是借用与之密切相关的其他名称去代替它。其中被代替的人或事物称作“本体”，用来代替本体的对象称作“借体”。

借代的依据是客观事物之间的相关性。它利用本体和借体之间在形、貌、神、质等方面的某种相关之点巧妙地构成一种语言的艺术换名，以引起读者的广泛联想，造成鲜明生动的形象特征，增强艺术魅力。

楹联中运用借代手法常见的有如下几种：

（一）用特征代本体，即用借体的某一特征、标志去代替本体名称。

例如：

黑发不知勤学早；

白首方悔读书迟。

（劝学联）

不信美人终薄命；

从来侠女出风尘。

（蔡锷赠小凤仙联）

(二)用专名代泛称,即用具有典型性的人或事物的专用名称作为借体来代替本体事物的名称。

例如:

朱提公子千金诺;
白水真人四海游。

(钱庄联。“朱提”(shū shí)是产银之地名,“朱提公子”代指银子;“白水”二字合起来是“泉”字,通“钱”字,“白水真人”代指钱)

年年酷暑,岁岁苦寒,青春韶光伴大漠;
日日操弓,夜夜枕戈,为国戍边振炎黄。

(边防战士联。“炎黄”代指中华)

(三)用具体代抽象,即用具体的名称代替抽象事物的名称。

例如:

避席畏闻文字狱;
著书都为稻粱谋。

(郁达夫集清代龚自珍句联。“稻粱”代指生活)

再如:

想吾生竭力经营,无非是之乎者也;
问此去何等快乐,不管它柴米油盐。

(旧时某终生不第的老学究自挽联。“之乎者也”代指经典;“柴米油盐”代指生计)

又如:

追科学,揣摩宇宙事物,速度唯恐不光电;
师造化,穷变古今中外,青丝不教逝流年。

(解放军某哨所春联。“光电”代指高速度)

(四)用部分代整体,即用事物的具有代表性的部分来代替事物本体。

例如：

何处招魂，香草还生三户地；
当年呵壁，湖流应识九歌心。

（清代秦瀛题长沙岳麓山三闾大夫祠联。“三户”，《史记·项羽本纪》：“楚虽三户，亡秦必楚。”“三户”犹言几户人家，借指楚国。“九歌”，《楚辞》篇名，此处借指屈原）

又如：

汉水接苍茫，看滚滚江涛，流不尽云影天光，万里朝宗东入海；
锦城通咫尺，听纷纷丝管，送来些鸟声花气，四时佳兴此登楼。

（成都望江楼联。“丝管”本指弦乐器和管乐器，这里代指各种乐器）

（五）用数字代名称。例如：

虎贲三千，直扫幽燕之地；
龙飞九五，重开尧舜之天。

这副太平天国对联中，“九”和“五”本是《易经》中的两个爻位名。九，阳爻，五，第五爻。《易·乾》：“九五，飞龙在天，利见大人。”后即以“九五”指帝位。“龙飞九五”，指洪秀全登基。为了能与上联“三千”相对，下联以“九五”代帝位。

此外，用数字代名称，常用的尚有以“二八”（即八元、八恺）代贤臣，以“三九”（即三公九卿）代公卿，等等。

（六）用习语代数字。例如：

花甲重开，外加三七岁月；
古稀双庆，又多一个春秋。

这副对联是乾隆在乾清宫开千叟宴时，为贺一位老人一百四十一岁而作。

“花甲”，指六十岁。“古稀”，指七十岁。“花甲重开”，即两个六十岁。“古稀双庆”即两个七十岁。“三七岁月”即二十一岁。“一个春秋”即一岁。上下联中数字相加均为一百四十一岁。

三、比拟联

比拟是把人或物异化的一种表现手法，即在想象中把物当作人写（物的人化），或把人当成物写（人的物化），或把此类物当作彼类物写。比拟手法具有思想跳跃性和表达灵巧性的特点。正确运用比拟，可以引导读者展开想象的翅膀，捕捉对联的形象，追索它的意境，产生艺术的美感和思想的共鸣。运用比拟表现喜爱的事物，可以把它写得栩栩如生，使人倍感亲切；表现憎恶的事物，可以把它写得丑态毕露，增强人们对它的厌恶感。

楹联运用比拟的手法，常用的是拟人，即把物当作人来写，赋予物以人的思想感情和言论行为。

有的是把动物拟人化。如：

花坞春晴，鸟韵奏成无孔笛；
树庭日暮，蝉声弹出不弦琴。

（明顾鼎臣幼对馆师联）

有的是把植物拟人化。如：

池中莲苞攥红拳，打谁？
皋上麻叶伸绿掌，要啥？

（乾隆和纪晓岚联句）

有的是把无生命的事物或自然现象拟人化，如：

春风放胆来梳柳；
夜雨瞒人去润花。

（郑板桥撰联）

绿水本无愁，因风皱面；
青山原不老，为雪白头。

（巧趣联）

祖国江河滔滔，评千秋功罪；
神州大地漫漫，论万代英豪。

（挽周恩来联）

有的是把动、植物乃至各类自然景物拟人化综合使用。例如：

白鸟多情留我住；
青山无语看人忙。

又如：

野鸭有声，开口劝君宜暂息；
山花无语，点头笑客莫常忙。

（茶凉亭联）

还有的将神、佛以及传说中的事物拟人化，赋予人的思想感情和言论行为，如：

你求名利，他卜吉凶，可怜我全无心肝，怎出得什么主意？
殿遏云烟，堂列钟鼎，堪笑人供此泥木，空费了多少钱财。

（某庙司命殿联）

廿四风吹开红萼，悟蜂媒蝶使，总是姻缘，香国无边花有主；
一百年系定赤绳，愿秾李夭桃都成眷属，情天不老月常圆。

（杭州西湖花神月老祠魏滋伯题联）

四、自称联

楹联一般是用客观的笔法表现的。作者站在第三者的立场上，隐于联外，不直接出面。但有少数对联采用第一人称手法，作者以“我”的身份出现，直接述说“我”的所见所闻所思所感。运用第一人称创作楹联，表达思想比较自由、真切，使读者产生真实感和亲切感。其中，第一人称的“我”，有时又是同第二人称的“你”，甚至第三人称的“他”配合使用。

运用第一人称手法写成的楹联，又可分为独白式和对话式两种。

（一）独白式自称联，上下联都是由“我”的述说或告白构成的。

有的直接向题写对象说话，如：

菜根滋味知君惯；
潭水交情爱我深。

（余小霞赠江西芝联）

你去乎，你有多少说不尽的苦衷，须知琐屑家常，即到百年犹未了；
吾老矣，吾亦断无历不完的魔劫，惟愿从容杖履，待予一路赋偕行。

（挽老年妻联）

七八载夫妻，少米无柴空嫁我；
三两个儿女，大啼小叫乱呼娘。

（挽青年妻联）

我为黄埔江边客；
卿是红楼梦里人。

（上海某君题林黛玉像联）

有的面对读者，表达作者的意愿和思想。如：

何须千秋我不老；
但愿百病人不生。

（河南南阳医圣祠联）

也有的站在观众的立场，对题写对象表示自己的看法和态度。如：

人情到底好排场，耀武扬威，任你放开眉眼做；
世事原来多假局，装模作样，惟吾脚踏实地看。

（旧戏台联）

还有的借用题写对象的口吻,向读者讲话,如:

你眉头着什么焦?但能守分安贫,便收得和气一团,常向众人笑开口;

我肚皮这般样大。总不愁穿虑吃,只讲个包罗万物,自然百事放宽心。

(钟云舫题笑佛联)

有的“我”字虽然不直接出现,但从联文完全可以看出作者是站在“我”的角度说话的。如:

劝君更尽一杯酒;

与尔同消万古愁。

(酒楼集句联)

(二)对话自称联,是上下联分别由两个人用第一人称的口气对话。如:

“咦,哪里放炮?”

“哦,他们过年!”

(旧土地庙联)

这是土地公公、土地娘娘对话。

“咳,仆本丧心,有贤妻何至若是;”

“啐!妇虽长舌,非老贼不到今朝!”

(杭州岳坟前秦桧、王氏跪像联)

这是模拟秦桧、王氏夫妇对话。

在以上自称联中,如果不是以作者本人的姿态出现,而是假托题写的对象,或者站在楹联读者的立场来讲话,那么这种自称联,又可称为“假称联”。

这种“假称联”,借以假称的可以是“神仙”,如前某庙司命殿联。也可以是“死者”,例如浙江上虞曹娥庙联:

事父未能，入庙倾诚皆末节；

悦亲有道，见吾不拜也无妨。

这副对联传为明代徐渭所作，是以死者曹娥的口吻来写的，意为教人行孝要真，不要只做样子。

借以假称的，也可以是活人。例如有一副嘲庸医的对联：

入吾门千差万错；

要我诊九死一生。

这副对联以庸医愧悔的口吻，叫病人不要登门找他治病。

借以假称的，还可以是站在楹联读者的立场。例如前引戏台联："人情到底好排场，耀武扬威……"这副对联就是站在观众的立场讲话的。在这里，观众也就是楹联的读者。

以上所举对话式的自称联中，也都是假借题写对象的口吻的"假称联"。

五、夸张联

为了增强内容的表达效果和艺术上的感染力，创作对联时故意将所写的人或事物尽力做扩大或缩小的描述，这种修辞方式叫夸张。夸张应该是在客观真实的基础上，对所写对象做艺术渲染，并力求显豁，新颖，不落窠臼。楹联夸张的作用有二：一是通过艺术夸张的手法对事物形象的特写和渲染，有利于突出事物的本质和特征，并引起人们丰富的联想；二是能够深刻而鲜明地表现作者对所写对象的感情和态度，从而引起读者的强烈共鸣，爱其应该爱，憎其应该憎。

夸张联可分为扩大夸张和缩小夸张两种。

（一）扩大夸张联，就是故意"言过其实"地把所写对象往大的方面（大、高、快、强、长、多等）说。

例如，有的形容自然地势之高：

门辟九霄，仰步三天胜迹；

阶崇万级，俯临千峰奇观。

（山东泰山南天门联）

坐地行天，击扬子风涛，破五洲烟雾；
攀星摘月，采钟山灵秀，悦四海嘉宾。

（金陵饭店新征并获二等奖徐克明题联）

有的形容产品质量之好：

酒味冲天，飞鸟闻香化凤；
糟粕入水，游鱼得味成龙。

（江苏洋河酒厂）

有的形容艺术手法之高超：

胸中富丘壑；
腕底有鬼神。

（齐白石撰联）

夸张联往往将夸张和比喻、比拟等手法结合起来使用。如：

两手把大地山河捏瘪搓圆，洒向空中，毫无色相；
一口将先天祖气咀来嚼去，吞在肚里，放出光明。

（昆明筇竹寺联）

还有不少夸张联，不仅夸张事物的某一个方面的性质和特征，而且从事物的不同方面同时夸张。如：

有的既形容其高，又形容其深：

大太爷，太爷在上，上至三千里凌霄，玉皇盖楼，您来楼头做寿；

愚晚生，晚生跪下，下到十八层地狱，龙王淘井，我去井底挖泥。

（讽刺某善于巴结上司的小吏联）

有的既形容其强烈，又形容其阔大：

声驱千骑疾；
气卷万山来。

（浙江钱塘观潮亭联）

有的既形容其丰富,又形容其有力:

词源倒流三峡水;
笔阵独扫千人军。

(集杜甫《醉歌行》诗句联)

(二)缩小夸张联,就是把所写对象往小的方面(小、低、慢、短、少、弱等)说。例如:

六朝山色收杯底;
千里江声到枕边。

(镇江北固山甘露寺联)

缩小夸张有很多与比喻紧密结合在一起,如:

珠海船如梭,横织波中锦绣;
羊城塔似笔,倒写天上文章。

两崖如剑立;
一江似布悬。

(长江三峡联)

乾坤浮一镜;
日月跳双丸。

(昆明睡佛山达灭洞联)

十八省通衢,冠盖如云,斗大一州供应苦;
二千年旧郡,河梁落日,车停片刻感怀多。

(河北涿州大庇亭联)

这是和隐喻相结合运用。

一池浓墨盛砚底;
万木长毫挺笔端。

(新疆天池郭沫若题联)

这是和借喻相结合运用。

六、对比联

对比是把两种不同事物或者同一事物的两个方面，放在一起加以比较的一种修辞方式。楹联中运用的对比辞格，主要指上、下联内容相反或相对的，词语上也是相反或相对的所谓“反对”。这种“反对”，上、下联相反相对，相辅相成，殊途同归，合起来表达某一共同的意旨。楹联运用对比，可以使事物的状态、特征、性质更加突出，语言色彩更加鲜明，使读者在相反或相对的对比和思维中正确鉴别和全面认识客观对象。

楹联对比常见的有两体对比和一体两面对比两种形式。

（一）两体对比联，是把两种根本对立的事物放在一起进行对照，使双方的性质或特征显得更加鲜明突出。例如：

凌霄羽毛原无力；
掷地金石自有声。

（臧克家撰联）

新松恨不高千尺；
恶竹应须斩万竿。

（陈毅集杜甫诗句题杜甫草堂联）

十载秋风侵岁月，百花凋零；
一朝春雨洗山河，万木争荣。

（新春联）

这是两种事物（包括所喻指的人事或形势）相对比。

旧社会天昏地暗；
新中国日耀月明。

这是两种社会制度相对比。

上官吏彼何人？三户仅存，忍使忠良殄瘁；
太史公真知己，千秋定论，能教日月争光。

（汨罗屈子祠联）

这是两种人相对比。上官吏,指上官大夫靳尚,在楚怀王面前陷害屈原。太史公,指司马迁,在《史记》中对屈原高度评价,谓"推其志也,虽与日月争光可也"。

(二)一体两面对比联,是把同一主体事物中矛盾对立的两个方面放在一起进行比较描述,从而把主体事物表现得更为全面、透彻。例如:

双肩千石重;
白发万根轻。

(臧克家撰联)

这是讲人的年龄和使命的一体两面相互对比。

三字沉冤千古恨;
一盒忠骨万年春。

(唐棣华挽邓拓联)

这是讲人的厄运和忠心一体两面相互对比。

同外国民族争强方为好汉;
对自家乡亲和气乃是英雄。

(霍元甲手书联)

这又是讲人对内、对外应有的不同态度的一体两面相互对比。

说一声去也,送别河头,叹万里长驱,过桥便入天涯路;
盼今日归哉,迎来道左,喜故人见面,握手还疑梦里逢。

(贵州北关桥联。此桥昔日为送往迎来之地)

这是阐述同一事物两种作用的一体两面相互对比。

苟有恒,何必三更眠、五更起;
最无益,莫过一日曝、十日寒。

(治学格言联)

这又是从正反两方面阐述对一项事情要求的一体两面相互对比。

从对比的事物之间的相互关系,还可分为平比、差比和反比三种。

(一)平比联。如:

青山有幸埋忠骨；
白铁无辜铸佞臣。

（杭州西湖岳坟清代松江女史题联）

（二）差比联。如：

格超梅以上；
品在竹之间。

（黄易手书联）

（三）反比联。如：

蝉噪林愈静；
鸟鸣山更幽。

（苏州拙政园文徵明集南朝梁王籍《入若耶溪》诗句联）

七、双关联

利用语音或语义的条件，有意使同一联语兼有两层意思，表面上说这个意思，实际上是说另一个意思，或者附带地包含了另一意思，或者两者并重，这种辞格叫双关。双关在楹联中，特别是一些巧趣、讽刺、戏谑性的楹联中较为常用。恰当地运用双关辞格，一方面可以使楹联语言诙谐机巧，饶有趣味，同时也能适应某种特殊语境的需要，使思想内容蕴藉含蓄，曲折生动，增强表达效果。

双关主要分语音双关和语义双关。语音双关，是指运用同音或音近的词语，同时含有另一意义。语义双关，是指联句意义有双重层次，字面上所表达的是表层意义，而内里还隐藏着更深一层的意义。语音双关，在运用语音修辞部分已做论述，这里专讲语义双关。

例如《聊斋志异·仙人岛》中的一副拼字双关联：

王子身边，无有一点不似玉；
黾翁头上，再着半夕即成龟。

这副对联中，上联是故事的主人公王勉（字黾斋）的岳父赞誉女婿的；下联是王勉的妻妹嘲弄姐夫的。上联的字面意义是“王”字不加一点就不能成为“玉”字,实际意义是赞誉王勉的品貌举止,如玉树临风,没有一点不佳。下联的字面意义是“黾”字再加半“夕”即成为“龟”字,实际意义是嘲笑王勉差不多像乌龟。

又如,石达开为理发店题写的对联:

磨砺以须,问天下头颅几许;
及锋而试,看老夫手段如何!

这副对联,表面意思是磨快理发工具,为人剃头,施展手艺,其深层含义则是秣马厉兵,准备起义,扫灭清朝统治者。

再如,有一副戏台联:

看不见姑且听之,何须四处钻营,极力排斥前面者;
站得高弗能久也,莫仗一时得意,挺身遮住后来人。

这副对联表面意思是说看戏要讲德行,其深层意思则辛辣地讽刺了旧时官场的腐败。

八、反语联

反语就是正话反说,反话正说,故意使用与本意相反的词语或句子曲折地表达真意,造成字面意思与主观意思的对立,实际上所要表达的意思恰好是字面的反义。反语多用于讽刺,能造成比正面论说更为有力的效果。

例如有一副土地庙联:

这一街许多笑话;
我二老从不作声。

这副对联是讲清代初年北京某街,住有不少亲王及太监,欺凌百姓,又多秽闻丑事,因此有人贴出此联。“从不作声”是反语。此联正是把他们的丑行劣迹公之于世。

还有的上下联均用反语,如中华人民共和国成立前某盲哑学校联:

熟视无睹，诸君尽管贪污作弊；
有口难言，我辈何需民主自由。

又如，清代杨荣绪自挽联：

一死便成大自在；
他生须略减聪明。

杨荣绪任浙江太守，为官清廉，得罪上司，被革职，抑郁而死。在临死前，杨作此挽联以自嘲并讽世。

九、婉曲联

婉曲，又称委婉或曲说，就是运用委婉曲折、含蓄的方式表达某种不愿直说或不便直说的意思。作者不把要说的意思直截了当地表述出来，而把真意潜藏在联文之中或之外，或者完全不讲本事，只用他事来烘托本事，或者说到本事时，只用隐约闪烁的话来示意。读者乍看似难理解，细加推敲，其意便可明了。婉曲所表达的思想往往是巧妙的讽刺、规劝、祈求、提示等。

有的不着一字，意在言外。如苏州真娘墓亭联：

香草怜美人，千古艳名齐小小；
茅亭宿花影，一泓清味向憨憨。

真娘为唐代名艺妓，时人比之为南齐钱塘名妓苏小小。对联不直接称道真娘貌美格清，而借用墓上花草垂怜，亭外花影绰约，以及苏小小的艳名，憨憨泉的清奇，婉约、缠绵地赞美了当年“歌舞有名”的“吴门女郎”唐真娘。

有的委婉曲折，闪烁其词。例如：

你共人，女边著子；
怎知我，门里添心。

此联传为宋人黄庭坚词中的句子，运用字谜委婉地表达一个丈夫对妻子不贞行为的揭露和规劝。“女边著子”为“好”,“门里添心”是“闷”。

有的是绵里藏针,讽刺辛辣。如有一副讽刺贪官联:

天高一尺;
为政十方。

这副对联明褒暗斥。上联曲折地谴责他会刮地皮。地皮被刮去十寸,天就增高了一尺。下联暗讽县官为政无方,其中巧取“十”与“失”的谐音,听起来就是“为政失方”。

又如有一副讽贾似道联:

天下三分明月夜;
扬州十里小红楼。

此联见《稗史》、《啸红笔记》及《寄园寄所寄》。表面写景,实乃曲意骂贼。南宋末年,贾似道镇守扬州,扬州人民就借元宵灯节的联语曲折表达愤恨之情。上联取自唐诗“天下三分明月夜,二分无赖是扬州”,暗骂贾似道是“无赖”。下联取自唐人登第词“扬州十里小红楼,尽卷珠帘一半”。此联暗指贾似道专权卖国,弄得“三分天下二分亡”。

再如有一副讽刺吸鸦片烟者联:

直吹无孔之箫原非引凤;
卧握不毛之管岂是涂鸦?

十、衬托联

为了突出地表现主体对象或主要事物,在写作楹联的时候,运用其他类似的事物或反面的、有差别的事物作陪衬,这就是衬托法,即所谓“烘云托月”手法。衬托的修辞作用,主要在于突现正面或反面事物,表达强烈的思想感情,使楹联的意旨深化。有了陪衬的事物,被陪衬的主体事物才能显得突出,并得到充分的说明。但陪衬事物和被陪衬事物之间的关系是宾主关系,有主从之分。被陪衬事物是主体,陪衬事物是从属,它只是为了说明和突出被陪衬事物的,因此,不可宾主不明,或喧宾夺主。

楹联中运用衬托辞格，常见的有正衬和反衬两种形式。

（一）正衬联，就是用同主体事物相类似的其他事物作陪衬。其中又有两种不同情况：一种是上、下联中出现被陪衬的主体事物；另一种是上、下联中不出现被陪衬的主体事物。

上、下联中出现主体事物的陪衬联，如民国初年名士易实甫挽金玉兰联：

《玉堂春》竟作尾声，者回宣武城南，真个曲终人不见；
《广陵散》今成绝响，若过正阳门外，只余花落水流红。

这副对联是说，金玉兰为当时北京的京剧名旦，声容并茂，家寓宣南。一夕演《玉堂春》于前门外某剧场，旋染时疫而殁。此联上联实写金玉兰之死，下联虚写正阳门外之景，下联衬托上联，融化自然，恰到好处。

以上是上下联中一联为主，一联为宾的。还有的上下联中均有衬托的。如浙江上虞虞姬庙联：

今尚祀虞，东汉已无高后庙；
斯真霸越，西施羞上范家船。

这副对联是说，虞姬死得悲壮，后人钦佩她，纪念她；而骄横专权、逞威一时的吕后，到东汉光武帝时，就以薄太后配祀刘邦，不祭吕后了。至于那位帮助勾践灭亡吴国的绝代美人西施，既侍夫差，复随范蠡乘舟隐遁，比起虞姬也是可羞的吧。联中运用吕后和西施两个陪衬对象来表现虞姬的壮烈义举，不愧为女中英豪。

又如清代李篁仙题长沙贾谊祠联：

当年有痛哭流涕文章，问西京对策孰优，惟董江都后来居上；
今日是长治久安天下，幸南楚故庐无恙，与屈大夫终古相依。

这副对联中，上联将贾谊和董仲舒加以对比，下联将贾谊与屈原相比，以董和屈从两方面衬托。上联中“痛哭流涕文章”指贾谊上疏说有可为痛哭者一,可为流涕者二,可为长太息者六等话。“西京对策”系指贾谊所献的《治安策》和汉武帝时董仲舒(即“董江都”)的《贤良对策》。贾谊和屈原都是政治上有才能有抱负而不受重用、结局悲惨的人。长沙贾谊祠,原合祀屈原,清末才分开。把贾谊与屈原放在一起进行类比评说,寄托了作者对贾谊的褒扬和深厚的同情。

上、下联不出现被陪衬的主体事物的对联,如山东泰山楼联:

一日无心出;
群山不敢高。

这副对联中,上下联写太阳无心出来,群山不敢言高,都是为了烘托泰山之高。联中被衬托的主体事物泰山未出现,但读者只要一看楹联所题写的特定对象,就立即会明白被衬托的主体事物了。

又如河南灵宝函谷关犹龙阁联:

未许田文轻策马;
愿逢老子再骑牛。

这副对联,意在表现函谷关的雄伟、险要和古老,可是未正面实写,而是用烘云托月手法,用发生在函谷关的两个古老的奇闻轶事作陪衬,形象生动地表达了主题,收到了引人入胜的效果。上联借用田文(孟尝君)智过函谷关之典故。孟尝君被秦王释放后,连夜逃到函谷关,天尚未亮,关门未开,他叫门客学鸡叫,骗开关门,得以逃出关去。下联运用老子曾骑牛过函谷关,尹喜亲自开关迎接。老子收尹喜为徒,传授他炼气吐纳之法和《道德经》五千言。

再如,有一副郑成功祠联:

东海望澎台,风景不殊,举目有山河之异;
南天留祠宇,雄图虽渺,称名则妇孺皆知。

这副对联,作者并未正面叙述郑成功当年如何反抗侵略者,如何收复台湾的英雄事迹,只是用“河山之异”和“妇孺皆知”来衬托示意,这样就使人们自然联想到这位民族英雄当年的伟绩壮举来。

(二)反衬联,就是用与主体事物相反或迥异的事物作陪衬。这样以反托正,形成鲜明的对照,从而表达肯定或否定正面内容的修辞效果。

例如有一副对联:

看透人情知纸厚;
经多世路觉山平。

这副对联意在说明人情淡薄、世路坎坷,为此,对联运用"纸厚"、"山平"这两种与实际相反的事物作反衬。纸原薄,但与人情相比却显得厚,山路本来不平,但同世路相比却显得平坦。这样一反衬,就突出地表现了人世感叹,给人留下深刻的印象。

又如杭州西湖湖心亭联:

四季笙歌,尚有穷民悲夜月;
六桥花柳,浑无隙地种桑麻。

这副对联是对过去所谓"人间天堂"的深刻写照。

再如,陕西耀州区药王庙联:

药物素有灵,苦无奇方医俗病;
王侯高不任,独操仁术救人危。

这副对联的联旨是赞扬孙思邈的高贵品行。上联用无药可治贪图升官发财的世俗之病作为反衬,更突出了药王不爱富贵、治病救人的高风亮节。下联指隋文帝和唐太宗时,孙思邈两次被召到京城封给官职,他都拒不赴任。

十一、粗说联

粗说联,就是故意运用粗俗、谩骂性的语言构成联语以表示对丑恶事物的厌恶和批判。

例如,有一副政治讽刺联:

自古未闻粪有税;
而今只剩屁无捐。

第一次国内革命战争失败以后,国民党反动政府对劳苦大众极尽盘剥掠夺之能事,据当时统计,仅城市小商贩的捐税,即达一千七百五十六种。当时《大公报》曾以醒目的地位刊登了这副对联,戏赠南京政府。

十二、集引联

集引联是指在联文中辑录和引用前人诗文典籍中的成句。在对联创作中,集引的运用相当普遍,成为构句表意的一种重要手段,可以使语言显得更为精彩、典雅,联旨更加鲜明、突出。

集引联从材料的来源,可分为集句联、集字联、摘句联。在楹联创作论中,将详细论述。这里先举几个例子。

集句联,如鲁迅集《离骚》句联:

望崦嵫而勿迫;
恐鹈鴂之先鸣。

集字联,如集《圣教序》字联:

大本领人,当时不见有奇异处;
敏学问者,终身无所为满足时。

又如集《争座位帖》字联:

修身岂为名传世;
作事唯思利及人。

集引联从引用的方法,又可分为直接引用联、间接引用联。

直接引用联,是指直接引用前人诗文典籍的词句。如江苏武进阳湖庙下社戏台联:

旧雨尽来游,破些些忙里工夫,休说乡村四月闲人少;
浮云俄过了,看出出空中楼阁,须知世上千官似此多。

这副对联中,上联的"乡村四月闲人少",引自宋范成大诗《村居即事》:"绿遍山原白满川,子规声里雨如烟。乡村四月闲人少,才了蚕桑又插田。""旧雨"为老朋友的代称。杜甫《秋述》:"常时车马之客,旧,雨来;

今，雨不来。”

再如张采芹挽张善孖联：

天地为之久低昂。挺身巴蜀，写照山林，扬虎威而励人壮志，大长精神。看今日遗墨淋漓，悬壁能惊风雨；

丹青不知老将至。遨游外邦，伸张正义，凭兔颖以济国多金，未私囊橐。待他年敌尘净扫，论功应图凌烟。

这副对联中，上、下联首句都引用杜甫的诗句，所造情境与全联意旨贴切融洽，自然浑厚。张善孖是著名画家张大千的二哥，擅长画虎。

间接引用联，是指引用前人诗文典籍词句的意思。如一九五〇年鲁迅逝世十四周年时，陈毅挽鲁迅联：

要打叭儿落水狗，临死也不宽恕，懂得进退攻守，岂但文坛闯将？

莫做空头文学家，一生最恨帮闲，敢于嬉笑怒骂，不愧思想权威。

这副对联中，上下联前两个分句都是引用鲁迅名句大意，高度概括了鲁迅的战斗经验。

还有的直接引用和间接引用结合使用。如清代黄星岩题云南昆明翠湖海心亭联：

有亭翼然，占绿水十分之一；

何时闲了，与明月对影而三。

这副对联中，上联的“有亭翼然”引自欧阳修的《醉翁亭记》；下联的“对影而三”，变引自李白诗《月下独酌》：“举杯邀明月，对影成三人。”

集引联从是否明确说明，可分为明引和暗引。

明引是在引用原文或原话时，加以说明词，明白地告诉读者。例如，一九三八年三月毛泽东纪念孙中山逝世十三周年暨追悼抗日阵亡将士联：

国共合作的基础为何？孙先生云：“共产主义是三民主义的好朋友”；

抗日胜利的原因安在？国人皆曰："侵略阵线是和平阵线的死对头"。

暗引就是不加说明词，直接把原文引用过来，或者把有关引语组织在自己撰写的对联中。前面所举的例联大都是暗引，这里就不赘述了。

集引联从引用是否完整，又可分为完整引用和紧缩引用。

前面所举的例子，一般的都是完整引用。这里举一副紧缩引用的例子。例如，周元鼎题岳阳楼联：

"后乐""先忧"，范希文庶几知道；
"昔闻""今上"，杜少陵可与言诗。

上联中的"后乐""先忧"是范仲淹《岳阳楼记》中的"先天下之忧而忧，后天下之乐而乐"的紧缩的说法，下联的"昔闻""今上"，是杜甫《登岳阳楼》诗句"昔闻洞庭水，今上岳阳楼"的紧缩说法。

集引联从对所引用的话的态度，又可分为肯定引用和否定引用。

前面所举的例子，一般的都是肯定引用。这里举一副否定引用的例子。例如清代有一个贪而且酷的官吏自贴一副春联："爱民若子；执法如山。"有人在上下联的后面各添了一行字，改为：

"爱民若子"，金子银子皆吾子也；
"执法如山"，钱山靠山为其山乎？

这副对联上下联前一句是贪官自我标榜的话，后一句加以批驳，无情地揭露和讽刺了他的虚伪、贪婪和无耻。

十三、释义联

释义联，是指对所题写的对象用下定义、做解释的方式构成联句。

释义联可分为同向释义、反向释义和既同向又反向释义三种。

（一）同向释义联，即从肯定的方面对所题写的对象加以解释或说明。

例如明代傅青主题戏台联：

曲是曲也，曲尽人情，愈曲愈妙；

戏其戏乎，戏推物理，越戏越真。

上联释“曲”，是说戏曲要有曲折生动的情节，写出人生的悲欢离合、喜怒哀乐之情，越是波澜曲折、淋漓尽致越好。下联释“戏”，是说戏曲要富有戏剧性，用艺术典型化的方法反映社会生活，越是富有戏剧性和典型性，越是符合艺术的真实。

再如，相传清代广东才子冯诚修即兴联：

万寿无疆叫做“老”；

顶天立地谓之“头”。

冯因背后谩称乾隆皇帝为“老头子”，乾隆闻之，欲怪罪之，冯情急生智作此联，曲意解释“老”、“头”之意，颇能自圆其说，因而免罪。

（二）反向释义联，是从否定的方面对所题写的对象加以解释和说明。如相传明代文人艾自修和张居正互嘲联：

艾自修，自修不修，白面书生背虎榜；

张居正，居正不正，黑心宰相卧龙床。

据说艾自修与张居正同为李元阳的学生，艾进京赴考时，张已是宰相了，张嫉妒艾的才学，利用主考之权，故意要压压艾的名气，把他取了个末名（俗称虎榜）。事后艾自修去参见张居正，张因出上联相讥。艾忽然想到张居正与皇后的暧昧之事，便得下联予以还击。不料，此联不胫而走，被皇帝知道了，一查，果然有宰相卧龙床的丑事，一怒之下，抄了张居正的家。

（三）既同向又反向释义联。如一九四四年至一九四七年中共地下党开设的西安奇园茶社联：

奇乎？不奇，不奇亦奇；

园耶？是园，是园非园。

这副对联以茶社的名称“奇园”二字做文章。说它“不奇亦奇”、“是园非园”,因为它设于莲湖公园内,表面是茶社,而实际上却是中共地下组织秘密交通站。

又如,有一副题梅岭(大庾岭)联:

不必定有梅花,聊以志将军姓氏;
从此可通粤海,愿无忘宰相风流。

上联说,梅岭之所以叫梅岭,并不是因为非得有梅花,而是为了让这座山记下梅将军的姓名。下联追说梅岭乃通粤要道,唐代宰相张九龄当年率部下在岭下开路,岭上种梅,为梅岭留下了功绩和光彩。

十四、牵附联

牵附联,是指由甲义牵附到乙义所构成的对联。这类对联多富有风趣或讽刺意味。

例如:

刘戡戡内乱,内乱未戡戡先死;
徐保保宝鸡,宝鸡不保保成仁。

刘戡为国民党二十九军军长,徐保为国民党整编师师长,二人均在替蒋介石打内战中被中国人民解放军击毙。有人在胡宗南为他们开追悼会时戏题此联。过去国民党把他们反共反人民的内战称之为“戡乱”。

十五、象征联

象征是言在此而意在彼的一种修辞手法,明写某事物的形象属性,暗示人物的某种思想品格。象征联能够引起读者的感性联想,对被象征的人物认识更为生动、具体。

例如,臧克家题四川眉山三苏祠联:

眉山巍峨三峰碧;
眉水苍茫一片蓝。

这副对联中，上联的“三峰碧”象征苏氏父子三人及其思想文章。

又如，谭嗣同墓石柱联：

亘古不磨，片石苍茫立天地；
一峦挺秀，群峰奔赴若波涛。

这副对联象征谭嗣同的英雄形象，以及他的历史功业和崇高声誉。

上面是以事物象征人的，还有的是以事物的某种属性象征人的思想品德的。如有一副格言联：

大海有真能容之度；
明月以不常满为心。

又如有一副对联：

虚心竹有低头叶；
傲骨梅无仰面花。

十六、通感联

通感，运用人在感知事物时感官的相互配合的关系，交叉运用感官去感觉形象，例如把嗅觉的东西写成听觉的东西，粗看似乎不好理解，细品却余味深长，给人一种异乎寻常的新鲜和贴切感。

例如，岳麓山爱晚亭联：

山径晚红舒，五百夭桃新种得；
峡云深翠滴，一双驯鹤待笼来。

这副对联中，“翠”为物体的颜色，却用表现物体动态的“滴”来形容它，因而把本来是静态的色泽赋予它动态感，显得更加可爱。

又如：

无风烟焰直；
有月竹荫寒。

竹荫是视觉形象,可是却说成触觉感受的“寒”。

再如,有一副商店联:

文明经商,三尺柜台春意闹;

礼貌待客,一腔热忱语带香。

这副对联中,“语”为听觉形象,却用嗅觉形象的“香”来形容它。

十七、巧意联

对联艺术的传流,有各种“巧意联”、“谐趣联”,多数以文字技巧为主的已归纳为以上各类,尚有以构思的巧妙、意义的巧合而取胜的,略举数例。

(一)有的揭示事物的矛盾。例如廖鹤年撰广州盂兰盆会神坛联:

经忏可超生,难道阎罗怕和尚?

纸钱能赎罪,居然菩萨是赃官?

旧时广州每年要商店住户捐款,筹办盂兰盆会,请和尚诵经作法。此联讽刺了他们这种愚昧落后的迷信活动。

(二)有时富有辩证观点。如某御史出句,董玘八岁时对句联:

船载石头,石重船轻,轻载重;

杖量地面,地长杖短,短量长。

又如,明代陆粲与其弟陆采月下见庭中短松,陆粲出句,陆采对句联:

松矮墙高,来岁松高墙又矮;

月明日暗,诘朝月暗日还明。

(三)有的写出同一事物。例如有一位姓李的老师出句,铁匠对句联:

台上是人,台下也是人,锣鼓敲响,人看人;

大墩是铁,大锤也是铁,风箱拉动,铁打铁。

这副对联揭示了生活中的一种现象,戏剧中的角色是由人扮演的,然而人们却喜爱这种反映人生的艺术;大墩和大锤都是铁铸的,然而各种铁器却正是用它们在千锤百炼中制造出来的。

(四)有的写出了事物的发展。例如有一副明代弘治皇帝出句,杨慎少时对句联:

炭黑火红灰似雪;
谷黄米白饭如霜。

这副对联中,上联“炭”出于木,“火”出于炭,而炭经火烧之后,即变成“灰”。下联“谷”出于稻,“米”又出于“谷”,而米煮熟之后,即变成“饭”。这副对联表现了同一事物在一定条件下产生的发展变化,富有一种特殊的意趣。

(五)有的写出相等的数量。如有一副对联:

七里山塘,行到半塘三里半;
九溪蛮洞,经过中洞五溪中。

这副对联见《唐伯虎纪事》。联中,“七里山塘”的一半即为“三里半”,“九溪蛮洞”的中间即为第五溪的中间。

第七节 楹联的特殊修辞手法

由于对联篇幅短小,形式灵活,格律特殊,能够表现多方面的思想内容,因此在写作对联时,不仅广泛运用通常的修辞手法,而且还借助于对联表情达意的特殊性,采用了一般文体所罕见的修辞手法,使楹联的修辞显得特别丰富多样,灵活多变。楹联特殊的修辞手法主要有以下各种:

一、改联

改联就是改动旧联的语句,或另注新意,或逆反原意,形成一副具有不同思想内容的新对联。

有的是用来揭露和讽刺丑恶事物的。

如,一九〇八年某名士为袁世凯五十岁生日写了一副寿联:

戊戌八月,戊申八月;

我佛万年,我公万年。

两个月后,慈禧死了,袁世凯被罢职,于是祝鸣元把原联改作:

戊戌八月,戊申八月;

我佛今年,我公明年。

再如旧时某恶霸乡长家贴出一副喜联:

近智近仁近勇;

立法立功立言。

当晚就有人把这副喜联改作:

近霸、近官、近贼;

立恶、立奸、立邪。

有的改联反映了时代和思想的变化。如旧时有一副茶酒店门联:

劳心苦,劳力苦,苦中寻乐,拿壶酒来;

为名忙,为利忙,忙中偷闲,饮杯茶去。

湖南岳阳"巴陵酒家"店主马明锋把原联改作:

劳心苦,劳力苦,劳逸结合,拿壶酒来;

为国忙,为民忙,忙中有闲,饮杯茶去。

又如有一单位几个职工打算给领导送一副对联:

矛盾棘手糊为贵;

困难绊脚拖当先。

横批:得过且过。

后来经过讨论,改为积极地促进领导改进作风,改联为:

矛盾棘手解为贵；

困难绊脚干当先。

横批：知难而进。

还有的多人、多次改联，更富有风趣。如旧时有一副某县衙门联：

眼前皆赤子；

头上有青天。

百姓气不忿，一人改联为：

眼前皆赤地；

头上有黑天。

还有一人改联为：

手中持白刃；

头上戴红缨。

又如，元末刘福通领导的红巾军东路军将领毛贵战旗上有一副对联：

虎贲三千，直捣幽燕之地；

龙飞九五，重开大宋之天。

到明代中叶，刘六、刘七起义时把这副对联改动两个字，重题于战旗之上：

虎贲三千，直捣幽燕之地；

龙飞九五，重开混沌之天。

太平天国占领南京后，又把原联改动两个字题于龙凤殿：

虎贲三千，直捣幽燕之地；

龙飞九五，重开尧舜之天。

二、续联

续联就是在原联基础上再接续一些文字，形成新联，表达新意。续联有顺续和倒续两种。

（一）顺续联，是在原联的后面续字成联。例如某贪官门联：

爱民若子；

执法如山。

老百姓愤而改读作一副讽刺联：

爱民若子，金子银子皆吾子也；

执法如山，钱山靠山为其山乎！

又如，明礼部尚书钱谦益自署厅堂联：

君恩深似海；

臣节重如山。

后钱投降清朝，且多反复，时人因在其原联后各续一字以讽之：

君恩深似海矣！

臣节重如山乎？

（二）倒续联，是在单联的前面写上一些字构成新联。例如有王某平日挥霍无度，过年时缺柴少米，在门上贴了一副春联：

行节俭事；

过淡泊年。

邻居在原联前各加一字教训之，因成：

早行节俭事；

不过淡泊年。

续联多为讽刺之作，也有少数为戏谑之作，或自勉之作。如清代乾嘉年间广东举人萧燧善写春联，贴出去的春联每被人夜间偷揭。一除夕夜，他特意写了一副对联贴出，人皆不偷。此联为：

福无双至；

祸不单行。

次早，他把原联续写成：

福无双至，今年至；
祸不单行，昨日行。

再如，相传苏东坡少年时，聪明过人，备受称赞，不免有些飘飘然起来。有一天，乘兴在门上写了一副对联：

识遍天下字；
读尽人间书。

没过几天，来了一位白发老翁，拿着一本小书，口称特来向小苏请教。苏东坡接过一看，竟连一个字都不认识。苏东坡面红耳赤，只得认错："请老翁原谅小生一时狂兴。"老翁走后，苏东坡立即在门联上倒续了两个字，改写成一副七言联：

发愤识遍天下字；
立志读尽人间书。

三、扩写联

扩写，是指在原联的基础上，运用原联中的字，加以扩写，使之成联。

例如：唐代书法家欧阳询父子读书处——湖南望城书堂山书堂寺门联：

书香玉座；
堂构名山。

"玉座"指欧阳询父子读书的石案。"构"，筑。这副对联后来被扩写成为：

玉座息欧阳，万卷书香传宇宙；
名山藏太子，千秋堂构镇乾坤。

这副扩写的对联内容比原联更丰富和发展了，同时也增加了新鲜感。

四、递加联

递加,指在创作过程中,字数从少到多,在开始的字上逐步添加而创作的对联。

例如,清代有个私塾先生平时好喝酒,喝醉了就借酒撒疯。有一天上对课,先生出句,学生答句,轮流递加,作成对联。开始时为:

雨;
风。

第二轮时为:

催花雨;
撒酒风。

第三轮时则为:

园中阵阵催花雨;
席上常常撒酒风。

这副对联见清代黄图珌《看山阁全集·闲笔》。

人们所传“坐,请坐,请上坐;茶,敬茶,敬香茶”的对联,也可以看作是一种递加式的对联,只是它不是好几副对联,一副一副逐渐递加,而是在同一副对联中,上下联各由递加的方式成联。

五、改笔联

改笔就是将原联某些字的笔画加以添改成为另外的字,以成新联,表达别意。

例如有一个官宦家的春联:

父进士,子进士,父子皆进士;
婆夫人,媳夫人,婆媳均夫人。

人们由于痛恨他们依仗权势,欺压百姓,将此联改为:

父进士，子进士，父子皆进士；
婆失夫，媳失夫，婆媳均失夫。

六、出新联

出新，就是在原联的基础上，或回答原联的问题，或反其意而用之，或修改而添新意，或取意而作新联。

例如，董其昌题杭州飞来峰冷泉亭联：

泉自几时冷起？
峰从何处飞来？

俞樾答联：

泉自有时冷起；
峰从无处飞来。

俞樾夫人答联：

泉自冷时冷起；
峰从飞处飞来。

俞樾次女绣孙答联：

泉自禹时冷起；
峰从项处飞来。

俞樾随问，“怎么从项处飞来”？其女答曰，项羽不是说“力拔山兮”吗。

后来还有人继续作了答联。左宗棠的答联：

在山本清，泉自源头冷起；
入世皆幻，峰从天外飞来。

这些答联都力求立意新颖，构思奇巧，语词变幻，风格独异。

七、断句联

对联艺术的传统是不用标点断句的，由读者在吟读时根据联文的意思自行断句。因此有些对联故意造成两种不同的断句方式来表达两种各异其趣的内容，从而收到特殊的表达效果。

例如，某秀才为一吝啬的地主所开酒店撰写的对联：

酿酒缸缸好做醋坛坛酸；
养猪大如山老鼠头头死。
横额：人多病少财富。

秀才将对联念给地主听，断句为：

酿酒缸缸好，做醋坛坛酸；
养猪大如山，老鼠头头死。
横额：人多，病少，财富。

酒店开张后，顾客一见对联，捧腹大笑，有人这样断句念道：

酿酒缸缸好做醋，坛坛酸；
养猪大如山老鼠，头头死。
横额：人多病，少财富。

又如，有一副传为祝枝山给一财主所题联：

明日逢春好不晦气；
终年倒运少有余财。

祝枝山为财主读时，断句为：

明日逢春好，不晦气；
终年倒运少，有余财。

别人读时，断句为：

明日逢春，好不晦气；
终年倒运，少有余财。

再如：

此屋安能居住；
其人好不悲伤。

这副对联可以有两种读法，意思截然相反。一种是：

此屋安，能居住；
其人好，不悲伤。

这样读，意思是好的。还有一种读法：

此屋安能居住？
其人好不悲伤！

这样读，意思就是不好的了。

又如，杭州“西湖天下景”亭联：

水水山山处处明明秀秀；
晴晴雨雨时时好好奇奇。

这副对联也可以有两种读法，意思略有区别，一种是我们所常见的：

水水山山，处处明明秀秀；
晴晴雨雨，时时好好奇奇。

还有一种与众不同的读法：

水水山山处处明，明秀秀；
晴晴雨雨时时好，好奇奇。

这种读法，据说“明秀秀”是显出秀中之秀之意。“好奇奇”是“好”在奇中有奇之意。

八、奇读联

奇读联指对某些对联，不作一般的读法，而是运用人们意想不到的方法去读它，造成一种特殊的艺术效果。

例如，杭州“西湖天下景”亭联：

水水山山处处明明秀秀；
晴晴雨雨时时好好奇奇。

有人不按正常的顺序读，而采用跳字、省读的办法，把它读成：

水处明，山处秀；
晴时好，雨时奇。

这样意义也可通，并且不禁使人联想起苏东坡赞美西湖的名句“水光潋滟晴方好，山色空蒙雨亦奇”的意境。

更有人想出另一种读法，用跳字法打乱原来顺序，但是又将原联中的字无一遗漏地重新组合起来，读成：

水明山秀，水山处处明秀；
晴好雨奇，晴雨时时好奇。

这样不仅意义可通，原联的全部字也用上了。如果说前面的跳字省读，人们还可以提出其不足，即省读后原联中有些叠字没有着落的话，那么，后面的跳字重组的读法，就天衣无缝，使人们无懈可击了。

九、故作字数不等联

故作字数不等联，就是上下联字数不对等，以曲折地表达一种特殊意义。

例如：

袁世凯　千古；
中华民众万年。

据说这是袁世凯死时，四川的一位资望很高的学者写的一副特殊的挽联。这副对联，乍一看根本不成对，作者的意思是说袁世凯对不住中华民众。

十、故作无情对联

无情对是楹联中别具格调、非常特殊的品种。这种对联，出句与对句各自通顺成章，字面上也相互对仗，但内容没有联系，对句的每个词依其在句中的本义，并不能与出句相对，必须对每个字来一番别解，才能与出句相应的字形成某种关联。

例如：

庭前花始放；
阁下李先生。

这副对联出自明代冯梦龙《古今谭概》卷二十九《谈笑部·随口对》，是说李东阳任华盖殿大学士时，有次一班庶吉士去拜见他，有人尊称他为“阁下李先生”，于是李东阳出上联，请众庶吉士对之。众人认为这太容易了，可又总找不出工整的对句。就在他们各自沉吟时，李东阳说出了下联，众人连声称赞。上下联字面形式相对仗而思想内容不相干，字有缘而意无情。

再如，相传有一天张之洞在陶然亭会饮，当时有人以自己的一句诗为上联，以无情格求对下联。这句诗是：

树已半寻休纵斧；

张之洞对以：

果然一点不相干。

另一人则对以：

萧何三策定安刘。

这两个下联何以能与出句别解成联呢？原来“树”、“果”、“萧”皆为草木；“已”、“然”、“何”皆为虚词；“半”、“一”、“三”皆为数词；“寻”、“点”、“策”皆名词，又可转义为动词；“休”、“不”、“定”皆为虚词；“纵”、“相”、“安”也可做虚词（“纵”别解作“纵使”之“纵”，“安”别解作疑问词，皆可看作虚词）；“斧”、“干”、“刘”则皆为古代兵器。因此，皆可对仗。尤其是张之洞的对句，以通俗的口语对诗句，更是不拘一格，巧夺天工。最后，张之洞又以“陶然亭”三字命作无情对，一位客人说：“若求无情，除非阁下的大名。”众人皆开怀大笑。这副无情对即为：

陶然亭；
张之洞。

十一、谜联

谜联就是用谜语构成的对联。谜语,古代叫“廋词”、“隐语”,是指把自己要说的意思隐藏起来,表面上只说一些与之密切相关而又拐弯抹角的话。它以事物或文字为谜底,用隐喻、形似等方式作出谜面,让人猜射,是一种带有娱乐和试智性质的群众文艺形式。因南宋时杭州人闹元宵时将谜面贴在碧纱灯上,后来,谜语又称“灯谜”。谜联是运用对联的形式制作的谜语。根据谜底内容的性质,谜联可分为字谜、物谜和事谜三种。

(一)字谜联。例如:

阿兄门外邀双月;
小妹窗前捉半風。

上下联各打一字:上联的谜底为“朋”,下联的谜底为“虱”。

又如:

鳳立禾下鸟飞去;
马站芦边草不见。

上下联各打一字:上联为“秃”,下联为“驴”。

再如,有一副讽清代四川贪官柳儒卿联:

木非正人,装着雷公模样,却少三分面目;
惯开私卯,会打银子主意,绝无一点良心。

这副对联,上联谜底是“儒”,下联谜底是“卿”。

又如,张治安赠其老师徐悲鸿五十寿联:

四海风尘三尺剑;
万古云霄一羽毛。

这副对联中,上联谜底为“悲”,下联谜底为“鸿”。

(二)物谜联。例如:

白蛇过江，头顶一轮红日；

青龙挂壁，身披千点金星。

这副对联上下联各打一物：上联的谜底是“油灯芯”，下联的谜底是“秤”。

又如：

一肩风雪三千里；

双眼乾坤十二时。

这副对联见《南楼随笔》，上联打一种职业的人，下联打一家养的动物：上联的谜底是“轿夫”，下联的谜底是“猫”。

再如：

足下工夫三寸铁；

眼前身价一文钱。

这副对联上联打一种职业的人，下联打一文化用品：上联的谜底是“修脚工”，下联的谜底是“题名录”。

（三）事谜联。如一九八二年五月，五省一市在江西庐山举行的“匡庐谜会”上，江西九江队作的一副谜联：

鲁肃遣子问路；

阳明笑启东窗。

这副对联中，上联的“鲁肃”，字子敬，谜底为“敬请指导（道）”；下联的谜底为“欢迎光临”。

再如，北宋文学家梁颢自题联：

白首穷经，少伏生八岁；

青云得路，多太公二年。

梁颢屡试不第，直到八十二岁才应中状元。有人问新科状元贵庚几何，他便用这副谜联作答。上联的“伏生”为西汉时人，九十岁时讲授《尚书》；

下联的姜太公八十岁时辅佐周文王打天下。此联的谜底是说自己的年龄是八十二岁，而且“老当益壮”，“不堕青云之志”。

从谜联中谜面和谜底的关系来看，又可分为上下联中一联为谜面，一联为谜底，和上下联均为谜面两种。

（一）上联为谜面，下联为谜底。例如，有一副猜成语联：

赤心报国；

白手起家。

又如，有一副猜酒名联：

五月黄梅天；

三星白兰地。

（二）上下联均为谜面，另猜谜底。例如，有一副清代纪昀对乾隆的谜联：

黑不是，白不是，红黄更不是，和狐狼狗猫仿佛，既非家畜，又非野兽；

诗也有，词也有，论语上也有，对东西南北模糊，虽为短品，也是妙文。

这副对联上下联的谜底，分别是“猜”字和“谜”字，以“猜谜”二字来回答猜谜，真是妙不可言！

又如某客人出句，曹著对句的谜联：

坐也坐，卧也坐，立也坐，行也坐；

坐也卧，卧也卧，立也卧，行也卧。

这副对联上下联的谜底，分别是“蛙”和“蛇”。客人猜不出曹著对句的谜底，曹著诙谐地对客人说：“我的谜吃你的谜。”这联的构思也是非常巧妙而富有风趣的。

从谜联的创作方法来看,又可分为象形、会意、别解、谐音、析字、增损、扣合等多种类型。

(一)象形体。就是把谜底用文字加以形象化的描写让人去揣摩,从而得出谜底。

例如:

> 樱桃小口,齿楞楞,吞粗吐细;
>
> 杨柳纤腰,星闪闪,知重识轻。

谜底是“磨”和“秤杆”。

(二)会意体。就是把谜底用丰富的联想表达出来,让人通过对谜面含义的思索、领会而揭示谜底。

例如,明解缙的对联“严父肩挑日月;慈母手转乾坤”,说他父亲白天黑夜挑水,水桶里映着日光和月影,他母亲在家推磨磨豆腐。

(三)别解体。就是把谜底隐含在汉字的多音多义或者言语的歧义中,让人运用多向思维和逆向思维,寻求它的另一种解释,以找出谜底。

例如,前面第四章第二节中提到的“擘破石榴,红门中许多酸子;咬开银杏,白衣里一个大仁”就是。

(四)谐音体。就是把谜底隐含在声音相同或相近的文字或言语中,让人透过同音现象揭示出谜底。

例如:上联中的“红门”、“大仁”就是运用谐音的手法,指“黉门”和“大人”。

(五)析字体。又叫离合体。就是把谜底的汉字形体结构的部首或偏旁加以分解或合并,让人从谜面的叙述所透露的汉字形体结构可能的各种组合中找出谜底。

例如,前面讲到的“鳳立禾下鸟飞去;马站芦边草不见”就是。

(六)增损体。就是把谜底的汉字增加或减少笔画,让人从谜面的叙述所透露的信息中找出谜底。

例如,前面讲到的"本非正人,装着雷公模样,却少三分面目;惯开私卯,会打银子主义,绝无一点良心",谜底为"儒"、"卿"二字。其中"却少三分面目"、"绝无一点良心"就是运用增损的手法。

(七)扣合体。就是把谜底分割成几个部分用相关的事物表达出来,让人通过思索、联想找出谜底。

例如前面的"鲁肃遣子问路;阳明笑启东窗"就是。

当然,谜联的创作方法不限于此,而且还有很多谜联是用多种手法综合制作而成的,这就更增加了谜联的情趣和魅力。

十二、哑联

哑联又称无音联,就是用手势演示事物的形象特征来表达联意,并不用语言文字说出或写出,双方都只是意会,心照而不宣。

有的是出上联,用手势或动作对下联。例如相传春寒时节,下着毛毛细雨,苏东坡的一个门生,独坐书房,见冷雨打窗,触景生情,吟成一个单联:

冻雨洒窗,东两点,西三点;

这是一则析字上联,他沉思颇久,未得下联。时过半年,依然未对上,他只好去请教苏东坡。当时正值暑天,苏东坡不忙应对,却拿起刀来,切开西瓜待客。书生见老师总不开口答对,连请恩师赐对。苏东坡笑了笑说:刚才我不是已经对给你了吗?书生忙问:对在哪里?东坡指着被切开的西瓜,念道:

切瓜分客,横七刀,竖八刀。

苏东坡对的下联也用析字法,而且用切西瓜的动作表达了下联的联意,是绝妙的哑联。

又如,明代徐文长,有一次在杭州西湖吟诗作画,百姓争相观看,盛赞徐文长是"天下才子"。此事被素来高傲的杭州知府知道了,十分气恼,忙派人把徐文长叫来，提出要和他出对联句，如对不出，就要把徐押出杭州。徐含笑应允。两人来到湖边山上，知府指着西湖边六和塔出上联道：

六塔重重，四面七棱八角；

徐文长听后并不答话，只向知府扬了扬手。知府又以保俶塔为题出了一个上联：

保俶塔，塔顶尖，尖如笔，笔写五湖四海；

徐文长还是不答话，只用手指指锦带桥，又向知府拱拱手，然后两手平摊，向上一举。知府不解这些动作，以为徐文长对不出，得意地讽刺说："'天下才子'，为何肚子里空空如也？"徐文长笑道："我刚才不是已经对出了下联了吗？大人为何还不理解？"知府怒道："你对在哪里？"徐文长慢条斯理地说："我刚才打的一阵手势，那就是下联呀。大人不懂，听我解释。"徐文长边打手势边解释说，他对第一联时，扬一扬手，就是：

一掌平平，五指两短三长。

他对第二联时，指指锦带桥，拱拱手，再两手平摊，向上一举，就是说：

锦带桥，桥洞圆，圆似镜，镜照万国九州。

知府听了，顿时哑口无言，羞愧而去。徐文长对的两个下联都是哑联。

又如，清代李调元任广东学政时，一天，几个外籍幕友和举子邀李郊游，来到一个地方，见路旁立一石碑，上刻：

半边山，半段路，半溪流水半溪涸；

一举子说："相传佛印和尚考苏东坡，出了此联，没想到身为蜀派魁首的苏学士竟被难住了，只好刻碑在此以示自抑，兼求下联。"一位幕友也接口说道："李学政才高思敏，定能代贵同乡一洗此羞。"李调元这才明白，别人是在存心挫辱自己。他略一沉思，含笑说道："这下联苏学士早已对好，就在碑上，何须再对？"众人跑到碑后察看，不见只字。李调元指着碑解释说，下联乃是：

一块碑，一行字，一句成联一句虚。

众人听了无不折服。

还有的哑联上下联都用手势或动作组成。

例如，据传苏东坡谪居黄州时，有次同好友佛印和尚泛舟江上，佛印看着两岸宜人秋景，遂向东坡提议道："有酒无诗不成美，作个对如何？"东坡点点头，有意想开一开佛印的玩笑，就指着岸上的一条狗说："我出的上联就是那个。"佛印看去，那狗正在河边上啃着骨头，仔细一想，心已领会，原是东坡取笑自己，于是呵呵一笑，将手中题有东坡诗句的扇子丢入江中，说："我对的下联如何？"东坡旋即领悟，知道是佛印的报复，抚掌而笑。东坡和佛印的这副联语就是哑联，其意思是：

狗啃河上骨；

水流东坡诗。

联中"河上"谐"和尚"，"诗"谐"尸"，实际是说："狗啃和尚骨；水流东坡尸。"

十三、联句联

十四、横额

联句和横额，可以说是运用篇章修辞。联句中所联之句，与对联所书之横额，都必须与原句在内容、形式上紧密配合，我们将在楹联创作论中详细加以论述，故这里从略。

第五章　楹联创作的规律与方法

楹联，是一种形式独特的文学作品。书写张挂出来的许多楹联，还是一种书法艺术品。作为一种文学形式，楹联创作自然应当遵循文学创作的一般规律，在选材、立意、结构、表达、炼字等方面匠心独运，妙手点化，创造典型形象和诗的艺术美；作为一种独特的文学形式，楹联创作又必须遵循自身的特殊规律，在对仗、平仄、横额、书写等方面殚虑竭智，精心结撰，以求严整工巧的格律与准确完美的内容和谐统一。

楹联区别于其他文学样式的特殊本质是其格律性，因此，创作楹联，应首先掌握格律，当然，只懂格律和平仄，未必就能作出佳联。善于观察体验生活，读书博览，纵观文史，多背诵一些骈俪文和律诗的名篇，借鉴佳联，取法乎上，以充实自己的学识，逐步提高思想修养和文学修养，才是作联的基础。但是，研究和把握楹联创作的规律和方法，也是十分必要的。只有既具备巩固的作联基础，又掌握作联的科学规律和方法，才能事半功倍，得心应手，创作出楹联艺术佳作。本章将从方法论的角度，论述楹联创作的基本规律和方法。

第一节　对　　仗

一、对仗是楹联最本质的特征

楹联最本质的特征是对仗，没有对仗就谈不上对联。从这个意义上说，楹联是一种对仗艺术或对称艺术，是对宇宙事物所具有的对称性特点的艺术化反映。许多事物的成双作对和事物内部的对立统一，乃是事物的本质特点之一。阴阳、刚柔、祸福等，一开始就不是孤立存在的。对称，既是事物自身的特点，又能给人匀称整齐、悦目赏心的美感。因此，在文学作品中运用对偶实乃顺应自然、合情合理的事情，而作为对仗艺术的楹联，其形成和发展正是建立在这个基础之上的。

汉语言文字的美，除了音乐美、意义美，还有造型美。造型美中很重要的一点，就是对偶美。音乐美是对联平仄对仗的基础，意义美是对联词义对仗的条件，造型美则是对联文字对仗的形式。楹联受了古代格律诗、骈文、词曲、散文甚至八股文中某些生动技法的影响，经过逐步的发展完善，才形成一种独特而成熟的对仗艺术。所谓楹联的对仗，就是上、下联语言的对偶，即把同类的概念、相关的概念或对立的概念并列起来，做到字数相等、词性相同、节奏相应、句式相似、平仄相反、内容相连，共同构成一个特定而完整的意义。

楹联既具有格律诗对仗的精确性，骈文对仗的条畅性，词、曲对仗的活脱性，还具有个别优秀八股文中对仗的老辣性。楹联对仗的精确性，从某种意义上说，也许比律诗的颔、颈联有更严格的要求。一般来说，联文字数不多，既要切题，又要有余味；既要扣合描写对象的历史沿革、社会意义，还要突出事物的个性特征。放之而想象无穷，收之则不过三、二十字，确乎是寓千里于咫尺，内涵丰厚，情境跃然。

楹联对仗的条畅性和活脱性，标志着联句组织形式的变化错落，张弛开阖，舒卷有致。或繁弦促节，或怡然自得，或清新俊逸，或顾盼绰约。

楹联对仗的老辣性则表现着作者气质的爽健、风度的灵通和语言的老练。格律被改造得灵活自如，似散非散，语言简练，对仗工巧，随手拈来，天衣无缝。这一点，如果没有古散文、骈文和诗词写作的深厚基础，是难以做到的。

请看两副例联：

除去祖龙苛，闾泽万家歌武始；

评量功狗当，高名一代属文终。

这是晚明兵部尚书倪元璐题浙江绍兴萧相国寺的一副楹联。联文对仗精确、条畅、活脱、老辣兼而备之。“祖龙”，名词，指秦始皇。“功狗”，名词，典出《史记·萧相国世家》。刘邦平定天下后，论功行赏，把头功封给了萧何。武将们不服。刘邦听后，问大家懂不懂打猎的事，说：“夫猎，追杀兽兔者狗也，而发踪指示兽处者人也。今诸君徒能得走兽耳，功狗也；至于萧何，发踪指示，功人也。”联中“祖龙”对“功狗”，名词中动物小类相对仗，极工极精。“武始”，即《武德》和《文始》，汉高祖时所作的乐舞，《武德》为“以象天下乐己行武以除乱也”，在这里指老百姓欢庆推翻秦王朝。“文终”，萧何死后谥“文终”。文中“武”对“文”，“始”对“终”，极恰、极达。

我们再举一副新创作的楹联：

闹市藏幽，于无声处听鼙鼓；

高台揽胜，乘有兴时瞰金陵。

这副南京鼓楼揽胜征联一等奖获得者吴卫平创作的楹联，词性、句式、节奏、意境均巧若天成，而且还带有“拗”的音节，又足见其瘦硬。

楹联的对仗，固然是脱胎于律诗的颔、颈二联，但又不同于律诗的对仗，也有异于酒令、词曲的对仗。

楹联与律诗中颔、颈二联的区别有：（一）对联字数不定，可多可少；律诗字数固定，通常为五言或七言。（二）楹联句法结构不定，可用诗句，可用赋句，可用散句，现代更可以用白话入对；而律诗的结构缺少这些自由。（三）对联句内节奏不定，音步变化较大；律诗则稳定。（四）律诗中的颔、颈二联是全诗的一个组成部分，其意思与前后的诗句有密切的联系，独立性较少；而楹联则仅凭自己的上下两个联句构成一个整体，以独立的内容和形式而存在。这些区别说明，楹联虽然是由律诗发展变化而来，但又有自己的特点，超越了律诗对仗的格式，因而成为独树一帜的文学样式。要而言之，律诗对仗求工，古风对仗求拙，楹联对仗则工、拙并用。

楹联的对仗与酒令、词、曲的对仗也是有明显区别的。楹联与词、曲，其对仗有相互引发、相互吸收的关系。对此,前文已有所论述。这里,仅拟引几首酒令来说明一下楹联对仗的独特性。

传说苏东坡在翰林院任职时,有一次设宴招待文朋诗友。苏东坡提出行酒令,要求开头先用对立的事物做比喻,然后再用诗句来阐发这种对立的关系是如何相沟通的。苏东坡首先吟道:

闲似忙,蝴蝶飞舞过彩墙;
忙似闲,鹭鸶忍饥立沙滩。

这个酒令一行出,王安石随即也吟出:

来似去,潮翻巨浪还西注;
去似来,跃马转身射箭回。

秦观也不甘落后,接口吟道:

动似静,明月当空悬宝镜;
静似动,长桥卧波漾春风。

佛印和尚半闭双眼,慢声吟道:

悲似乐,凄凄送葬奏丝竹;
乐似悲,娇娇新娘上轿啼。

当时还有别的坐客也纷纷凑趣。

以上几首酒令的对仗看起来和楹联的对仗颇为相似,特别与巧趣联更为接近。从词性和句式这两点看,酒令的对仗几乎跟楹联对仗是同样工整严格的。但从平仄和内容两点来看,二者则又呈现出明显的差异。楹联的平仄大体要遵守律诗平仄的格律,而且上、下联的最末一字要求是上仄下平,而酒令的平仄则较自由,尾字也不受上仄下平的限制。楹联的上、下联之间,或相关联,或相对立,思想内容结合得很紧密,而酒令的前后两句思想内容的结合则较为松散。另外,酒令的内容和形式事先都限定,且多同字;楹联一般无限定,且上、下联避同字。

楹联对仗的完美性的品格,主要表现在如下五个方面:

(一)字数相等。对联要求上、下联“句句相衔”、“字字相俪”(借用《文心雕龙·丽辞》语),“编字不只,捶句皆双,修短取均,奇偶相配”(借用《史通·叙事篇》语)。这就是说,首先上、下联的字数必须相等,才能形成对仗。如果上、下联字数不等,就不像对联了。例如,过去我们在会场上常看到在主席台的两边写着:

领导我们事业的核心力量是中国共产党;
指导我们思想的理论基础是马克思列宁主义。

这两句话的内容是很好的,但两边的字数不等,于对联的格律就不合了。

(二)词性相同。楹联上、下联对应位置的词或词组的词性必须相同才能构成对仗。具体地说,就是名词对名词,动词对动词,形容词对形容词,介词对介词,助词对助词等。例如:

秋色横眉,桂树丛中招隐士;
湖光照面,荷花香里坐诗人。

这是四川省新都桂湖的楹联。上下联相对应的词或词组词性完全相同。

如果上下联词性不一致,就是“失对”,即不合对仗要求,失去对联的基本特征。例如:

登高远望,四面云山,千家烟树;
长啸临风,一川星月,万里江天。

这是吉林北山公园旷观亭联。此联写景造境皆有特色,但联首四字失对。上联的“登高远望”,分别为动词、形容词、形容词、动词;下联的“长啸临风”则分别为形容词、动词、动词、名词,四对词性全然不一致,这就削弱了此联的艺术价值。

又如:

光荣人家光荣花;
热爱祖国热爱党。

这是某解放军战士给一家军属写送的春联,“光荣”是形容词,“热爱”是动词,不对仗。同时,此联句式、平仄也都不成对仗,所以还称不上是一副对联,只是两句赞颂性的话吧。

（三）结构相似。这是指上、下联句子的结构必须大体一致。上联是主谓结构,下联也应是主谓结构;上联是动宾结构,下联也应是动宾结构;上联是单句,下联一般也用单句;上联是复句,下联一般也用复句。再进一步,构成句子成分的合成词或词组的结构也应当大体一致。复合式的合成词对复合式的合成词,附加式的合成词对附加式的合成词;合成词中联合型对联合型的,偏正型对偏正型的,述宾型对述宾型的,主谓型对主谓型的,等等。例如:

吉人吉时传吉语;
新人新岁结新婚。

这副婚联,上、下联句式均为主谓结构,句中三个词组,都分别为偏正、偏正、动宾结构。结构相同,对仗工稳。

如果上、下联句式不一致,也不能构成对仗工稳的对联,例如:

政策落实社社喜;
人寿年丰家家乐。

这副对联中上联的"政策落实"是主谓词组,下联的"人寿年丰"是两个主谓结构的词组构成的联合型的固定词组,违格。

（四）平仄相对。这是指联句文字音调高低长短相反相错。此项后文专论。

（五）内容相联。这是指上、下联的思想内容必须相互关联,有合理的内在逻辑关系,或相近,或相关,或相反,合起来可以共同表达某一特定的主题。一副对联,如果从形式上看,上、下联词性、句式、节奏、平仄都对仗工稳,但是内容风马牛不相及,没有有机的内在联系,表达不了同一的主题思想,这样的对联,严格地说,也算不上对联,充其量是文字游戏罢了。例如:

图书馆里查资料；
动物园中看虎狼。

太子洗马高乘鱼；
皇后骑牛低钓鳖。

（此联见冯梦龙《古今谈概》。上联的太子洗马为官名，高乘鱼乃人名；下联和上联内容毫无联系，不过为了和"太子洗马高乘鱼"相对仗而已）

这些都算不上真正的严格意义的对联，有的甚至根本不能算对联。

衡量楹联和其他文学样式区别的根本标志是对仗，有些句子，词语排列得整齐，看起来颇像对联，细较起来，并不对仗，这就不能看作对联。有些联书把一些排列得很整齐的诗句、词句或文句当作对联收入，显然是不恰当的。这类现象，特别是将名人的名句与对联混淆起来的较多。例如：

忠心为国，
虽死犹荣。

外侮需人御，将军赋采薇，师称机械化，勇夺虎罴威。
浴血东瓜守，驱倭棠吉归，沙场竟殒命，壮志也无违。

前者是一九四〇年毛泽东为挽张浩（林育南）而题的，但这是挽词，而非挽联，因为两句完全不对仗。后者是毛泽东为在缅甸与日军作战献身的戴安澜将军写的挽诗。有人把它归入挽联，显然是混淆了挽诗与挽联的界限。此挽诗近于五律，中间两联大体对仗，双句押韵，但前四句和后四句不对仗，不具备挽联应有的格律。

二、楹联对仗的方法

从对仗方式观察，楹联可分为严式和宽式两格。下面分别说明之。

（一）严式对仗。严式对仗是指工对的方法和原则。所谓工对，指上、下联对仗工稳、严整，完全符合格律。工对的类型及其对仗方法大体有如下几种：

其一，相对仗的词是属于同一小类的。在我国传统的诗词创作中，根据含义把词划分为若干小类。诸如：

1. 天文类：日、月、星、风、雨、雪，等等；

2. 时令类：春、秋、年、月、朝、夕，等等；

3. 地理类：山、川、江、河、土、地，等等；

4. 宫室类：楼、台、房、舍、门、窗，等等；

5. 器物类：刀、枪、舟、车、杯、盘，等等；

6. 衣饰类：衣、帽、巾、带、甲、胄，等等；

7. 饮食类：酒、茶、饭、菜、汤、羹，等等；

8. 文具类（包括文人用品）：笔、墨、纸、砚、印、信，等等；

9. 文学类：诗、词、书、画、典、籍，等等；

10. 植物类（包括草木花果）：花、草、果、木、枝、叶，等等；

11. 动物类（包括鸟兽虫鱼）：虫、鱼、蛙、鸟、禽、兽，等等；

12. 形体类：身、心、手、足、发、肤，等等；

13. 人事类（一部分由动词转成）：德、识、智、勇、贤、愚，等等；

14. 人伦类（包括人品）：父、母、子、女、舅、姑，等等；

15. 代名类：吾、我、汝、尔、谁、何，等等；

16. 方位类：东、西、南、北、上、下，等等；

17. 数目类：千、万、两、双、诸、众，等等；

18. 颜色类：红、黄、翠、苍、彩、素，等等；

19. 干支类：甲、乙、丙、丁、子、丑，等等；

20. 人名类：（略）

21. 地名类：（略）

22. 同义连用字类：行役、鼓鼙、格调、梳妆，等等；

23. 反义连用字类：兴亡、古今、前后、短长，等等；

24. 联绵词类：寂寞、凄凉、薜荔、芰荷，等等；

25. 重叠词类：袅袅、漫漫、处处、瑟瑟，等等；

26. 副词类（由形容词转成者不列）：忽、渐、才、乍、已、将，等等；

27. 连介词类：与、和、共、同、并、且，等等；

28. 助词类：也、矣、焉、旃、哉、欤（与），等等。

工对的对仗要求是同一小类的词或词组相对。例如：

> 桑柘几家湖上社；
> 芙蓉十里水边城。

这是福建省福州小西湖黄莘田题的楹联。上下联相对仗的名词“桑柘”和“芙蓉”同属植物类；“湖”和“水”同属地理类；“社”和“城”同属宫室类，十分工整，完全协格。

又如：

> 四万青钱，明月清风今有价；
> 一双白璧，诗人名将古无俦。

这是苏州寒山寺清齐梅麓题联。上联“青钱”的“青”与下联“白璧”（比喻沧浪亭园内所建的苏东坡祠和韩世忠祠）的“白”恰好是颜色词对颜色词。

同词性的联绵词对仗，如：

> 蒙难观爻，石径蒺藜皆卦象；
> 拘幽作操，云田柞棫济琴材。

这是河南汤阴文王庙联。“蒺藜”、“柞棫”皆植物类联绵词。

> 韬晦竹林深，客至徘徊，一尘不染；
> 光辉莲座放，堂开迤逦，万象皆空。

这是杭州西湖“韬光观海”楹联。“徘徊”、“迤逦”同为形容性的联绵词。

其二，相对仗的词是相邻的小类。语言学家王力在《汉语诗律学》中把可以用于工对的相邻小类的词分为二十类，列举如下：

1. 天文类与时令类：天与夜，雨与晓，等等；

2. 天文类与地理类：云与山，雪与泉，等等；

3. 地理类与宫室类：道与楼，峤与台，等等；

4. 宫室类与器物类：牖与灯，屏帏与枕席，等等；

5. 器物类与衣饰类:剑与衣,轮与裸,等等;

6. 器物类与文具类:镜与笺,车与笔,等等;

7. 衣饰类与饮食类:衣与饭,布与粞,等等;

8. 文具类与文学类:纸与诗,简与字,等等;

9. 植物类与动物类:花与鹊,菰与鸟,等等;

10. 形体类与人事类:泪与愁,魂与梦,等等;

11. 人伦类与代名类:人与自,己与王,君与宦,尔与爷,等等;

12. 疑问代词及“自”、“相”等字与副词:谁与空,何与所,等等;(“自”,“相”二字用如副词。“谁”、“何”习惯上被视同副词)

13. 方位类与数目字:中与四,边与双,等等;

14. 数目字与颜色字:万与白,等等;

15. 人名类与地名类:(略)

16. 同义词类与反义词类:战阵与存亡,荣宠与爱憎,等等;

17. 同义词类与联绵词类:虚无与酩酊,岁月与凄凉,等等;

18. 反义词类与联绵词类:断续与参差,鞅掌与乾坤,等等;

19. 副词类与连介词类;皆与为,当与为,等等;

20. 连介词类与助词类:以与之,等等。

在不能同小类词性相对时,可以用相邻小类的词相对仗,亦为工对。例如:

云纳大海龙千丈;
雪满长空鹤一群。

这是北京龙王庙的对联。上联的“海”属地理类,下联的“空”属天文类,是邻类对仗,工整而自然。

又如:

极目太华高,偌大乾坤撑半壁;
荡胸滇海阔,无边风月倚层楼。

这是昆明西山三清殿的楹联,“目”对“胸”是形体类对形体类,“太华”对

“滇海”是地名对地名,“乾坤”对“风月”是地理类对天文类,“壁”对“楼”是宫室类对宫室类。

其三,联句自对工整,不限同小类或邻类词相对仗,也是工对。例如:

山襟水带;
虎啸龙吟。

这是安徽和县乌江霸王庙的对联。上联的“山襟”和“水带”,下联的“虎啸”和“龙吟”恰成自对。而上下联同为由两个主谓词组构成的联合词组,上联的“山”、“水”为地理类,下联的“虎”、“龙”是动物类,不是同类和邻类对仗,但都是名词。此联对仗仍给人十分工整之感。

再如:

清气若兰,虚怀若竹;
寄情于水,取静于山。

这是前人集《兰亭序》的一副对联。“兰”与“竹”为工对,“水”与“山”为工对,至于“兰”与“水”对,“竹”与“山”对,则不必求工。

甚至于上联和下联之间几乎完全不像对仗,只要句中自对是一种工对,全联也可以认为是工对。例如:

流水长亭,春风静宇;
幽兰一室,修竹万山。

这是另一副集《兰亭序》的对联。“幽兰”与“修竹”为工对,“长”与“静”,“一”与“万”为工对;“水”与“风”为准工对;“室”与“山”为邻对,因有数目字相衬,故亦颇工;“流”字动词作形容词用,“春”字名词作形容词用,对仗较为欠工,但因系集字联语,标准可略从宽。

其四,有时候,字在联中的意义对起来本不甚工,但那字另有一个意义,或者另有一个同音字,却恰和另一联中相当的字成为颇工或极工的对仗,这叫作借对。前者可叫借义,后者叫借音。后者多见于颜色对。有些词虽不同小类,但常被用为对称。

借对主要指颜色词、方位词等，借音或借义相对。例如：

曾经沧海千层浪；
又上黄河一道桥。

兰州河神庙的这副对联，上联的“沧”是借“苍”的读音而与下联的颜色词“黄”形成工对。

其五，有些同类的词，在文章中常被用为对仗者，如“歌舞”、“声色”、“心迹”、“老病”等，如用为对仗，被认为最工。还有些词虽不同类，但因常被用为对称，如“诗酒”、“金玉”、“金石”、“天地”、“人物”、“兵马”等，如用为对仗，也被认为最工。

例如：

高山流水诗千首；
明月清风酒一船。

这是曹雪芹刻于砚台上的装饰联，联中“诗”、“酒”虽非同小类，前者为文学类，后者为饮食类，但习惯上常并提，故仍很工严贴切。

又如：

古刹有真如，最庄严七层宝塔；
老僧无障碍，大供养一个庐山。

这是九江市能仁寺清代唐英题的楹联。上联的“刹”属宫室类，下联的“僧”属人伦类，但二者联系紧密，经常并用，用以对仗，十分工巧。

其六，数词相对，除一、二、三、四等自然数外，还可以与“半”、“单”、“只”、“孤”、“独”、“奇”、“偶”、“双”、“倍”、“几”、“数”、“诸”、“众”等表示一定数量意义的词相对，还可以与表示程度和范围的形容词、表存在的动词、所带数为“一”的量词对仗，也都可构成工对。例如：

君妃二魄芳千古；
山竹诸斑泪一人。

（岳阳二妃墓联）

新水影摇双槛碧；
旧山光映四围青。

（杭州西湖湖心亭清代杨石泉联）

以上是表示一定数量的词。

才子重文章，凭他二赋八诗，都争传苏东坡两游赤壁；
英雄造时势，待我三年五载，必艳说湖南客小住黄州。

（黄兴题湖北黄州东坡赤壁二赋堂联）

石室云开，见大地山河，三千世界；
水帘风卷，露半天楼阁，十二栏杆。

（福建漳平龙洞清代江景阳题联）

遵道而行，但到半途须努力；
念心不远，要登绝顶莫辞劳。

（南岳半山亭联）

这是表示程度范围的形容词。“绝”含有“不能再大”的量，所以能与“半”相对。

姊妹花残，青草湖边双断雁；
佩环月冷，紫藤墙外有啼鹃。

（岳阳小乔墓联）

这是表存在的动词，“有”至少含有“一”的量，所以能与“双”相对。

青冢芳魂留片石；
白波明月照双娥。

（湘潭雨湖双女墓联）

这是所带的数为“一”的量词，“一”在量词前常可省去，“片”即“一片”，所以能与“双”相对。

其七，凡属单音词的对偶，也须要求词性相同，但如果是双音词，就应该根据句子的结构情况而定。如果双音词词性虽然不同，但都用在成语

中,这两个成语可以为对,同时对联中其他的字词性相同,那么这副对联仍可属于工对。例如:

伯仲之间见伊吕;
指挥若定失萧曹。

这是杜甫《咏怀古迹》中的联句。“伯仲”是名词,而“指挥”却是动词,词性显然不同,但句中的“伯仲之间”和“指挥若定”都是成语,可以为对,而“见”、“失”则为词性相同的对偶,从整体来说,这一联属于工对。

(二)宽式对仗。宽对是相对于工对而言的,也就是对仗的要求可以适当放宽的楹联。古今楹联作品中大部分是宽对,而且佳作也很多。宽对又可分为两个层次,即古代宽对和现代宽对。

古代宽式对仗相当于现代严式,就是一般地符合对联的诸特点即可,有以下若干具体方式:

其一,相同的词性就可以对仗,不必再分小类。例如:

东阁联吟,有客忆千秋词赋;
南楼纵目,此间对六代江山。

这是扬州市南门城楼清代洪梧题联,“客”为人伦类,“间”为方位类,“词赋”为文学类,“江山”为地理类,都不是同类或邻类名词相对,只是一般的名词相对仗。

其二,原来不同词性或小类的词,充当相同的语法成分或具有相同的语法功能者可以对仗。例如:

死含瑶草千秋恨;
魂傍梅花万古香。

这是扬州史可法墓联。上联的“死”原为动词,在这里做主语与下联的名词“魂”相对仗。

又如:

一庭芳草围新绿；
十亩藤花落古香。

这是清代倪国琏题写的北京古藤书屋联。下联的“藤”原为名词，在这里修饰“花”而与上联的形容词“芳”相对仗。同时，上联的“绿”为颜色形容词，下联的“香”为气味形容词，也是越类形容词对仗。尽管对仗宽松，但全联形象鲜明，音节和畅，众口传诵。其效果并不比工对稍逊。

再看现代严式对仗联，例如：

愿得此身长报国；
每逢佳节倍思亲。

这副新征的集句联，上下联相对应的字，“愿”原为动词，“每”是副词，“此”是指代词，“佳”是形容词，词性各不相同，但联中运用词语各有相同或类似的意义和语法作用，使之对仗。“愿”在这里是动词表意愿，因而它后面的“得”就成为更主要的动词，所以“愿”能和“每”对仗；“此”是代词，做“身”的定语，跟形容词“佳”对仗，这样就使对仗合乎格律。

其三，楹联的对仗，要求句法相同的语句互为对仗，这是正格。但是还有另一种情况，就是只要求字面相对，不要求句法结构相同，这是变格。例如：

长征老战士；
文革病诗人。

这是董必武挽谢觉哉联。上联中的“老”是形容词，“老战士”是偏正结构的词组，下联的“病”是由名词转化为使动词，“病诗人”是“使诗人病”之意，是动宾结构的词组，两者结构并不相同。这种对偶的变格，并无“失对”之嫌，因为它的字面对偶还是十分工整的，我们只有仔细地去推敲它的句法结构，才能发现它的差异。这种对仗，似拙实工，耐人寻味。

其四，同字可以对仗。古严式对联是不可同字对仗的，但宽对则不避同字。例如：

学成君子，如麟凤之为祥而龙虎之为变；

德在生民，如雨露之为泽而雷霆之为威。

（宋代朱熹题松溪县学明伦堂联）

再如：

有我之时要无我；

无我之时要有我。

（黄兴自题联）

其五，上下联绝大部分对仗，只有很小一部分词性、句式不对仗，也是宽对。

例如：

谁转大地，纵览金陵三千名胜；

欲擎青天，敢称江左第一高楼。

这副金陵饭店璇宫新征获三等奖的楹联，其中上联的"谁"是疑问代词，与"转大地"构成主谓句；而下联的"欲"是能愿动词，和动词"擎"与"青天"构成连谓句，词性和句式都失对。但此联立意宏大，气势磅礴，巧用设问，形象生动，虽因对仗宽泛而屈成三等奖，仍不失为一副佳联。

又如：

有名作，有群众，有青年，先生未死；

不做官，不爱钱，不变节，是我良师。

这是鲁迅的日本朋友佐藤村夫挽鲁迅联。联中运用同构反复，形成整齐的节奏，表达了精当的思想，虽有几处结构不同，也称佳对。

其六，长联的对仗可以从宽。例如：

有史公作传如生，爱客若君，真令读者慷慨悲歌不已；

其门馆风流未谢，于今思昔，问谁能拔抑塞磊落之才？

（河南开封信陵君祠清代许仙屏题联）

现代宽式对仗则要求更为宽松，只要上下联的词性、结构、平仄大体上对得上即可。

例如：

幼诵孔孟之言，长学声光化电，忧国忧家，斯人斯疾，奈何长才未展，死难瞑目；

良人亦即良师，十年互勉互励，雹碎春江，百身莫赎，从今誓守遗言，管教双雏。

（茅盾母亲陈爱珠为终年三十四岁的丈夫沈永锡写的挽联）

又如：

英雄有用武之地；

发财无后顾之忧。

横额：共同富裕。

（广东南海南沙村某农民春联）

现在有些对联失之太宽，不遵守对仗规则，违格破格过甚，仅用字数相同、大体整齐的两句话当作对联，实际上并不成对，这是现代对联创作中的一种缺陷。例如：

大灾之年党照顾，温暖如春；

房屋冲光群关心，生活美满。

横额：灾民高兴。

这副对联内容很好，但词性、结构都不对仗，文字勉强凑合，表达不恰切。像这类对联，不能列入宽对之列。

三、楹联对仗的避忌

以下几种情况为楹联对仗的禁忌。

（一）合掌对。这就是同义词相对，上下联的内容重合，只是同义异词的反复。“合掌”的对偶，令人读了有重复累赘之感，所以是楹联的大忌。

《红楼梦》第七十六回写史湘云跟林黛玉赏月联句,成《大观园中秋节即景联句三十五韵》,林黛玉的出句是"犯斗邀牛女",史湘云的对句为"乘槎访帝孙"。林黛玉说:"对句不好,合掌。"乘槎犯斗的故事,出自晋代张华《博物志》,说海边有人,于八月乘槎到了天河,看到了牛郎织女。当时卜者严君平说"某年月日,有星客犯牵牛宿"。帝孙,即织女星。史湘云的对句跟林黛玉的出句,意思完全一样,所以林黛玉要说对句不好了。又如:

云泽青光满;
洞庭月色深。

造成合掌对的原因是求工太过,走上反面,同义反复,枯燥无味,作联者应当避忌。

(二)一意,也是对偶的一种毛病。《诗人玉屑》引《蔡宽夫诗话》:"晋宋间诗人造语虽秀拔,然大抵上多出一意。如'鱼戏新荷动,鸟散余花落','蝉噪林愈静,鸟鸣山更幽'类,非不工矣,终不免此病。"所谓"一意",就是出句和对句所表现的意境是一样的,"鱼戏新荷动,鸟散余花落",诗眼在"动"和"落",都是动的意境。"蝉噪林愈静,鸟鸣山更幽",诗眼在"静"和"幽",都是静的意境。写对联和写诗一样,要讲究疏密相间,动静交错,避免意境单一化。王安石把"风定花犹落"对"鸟鸣山更幽",就把读者带进一个动静相映衬的意境中去。

(三)形对神不对。这就是上下联字面形式上对仗工整,但思想内容却强弱悬殊,头重脚轻,不相匹敌,无以成对。例如:

气凌衡岳三千丈;
心托离骚廿五篇。

(明代祁隽藻题长沙衡阳会馆联)

风吹马尾千条线;
雨打羊毛一片毡。

(明代朱元璋出句,朱允炆对句)

以上二联都是上联气势强健，语义充盈，构思奇巧，格调高昂，而下联力弱，意俗格低，对仗失去平衡，削弱了思想的完整性和艺术的完美性。

又如：

海峡难隔同心，共盼江山归一统；
天河不阻聚首，相期云汉渡双星。

这副新征联，以“天河”对“海峡”，“聚首”对“同心”、“云汉”对“江山”、“双星”对“一统”，字面对仗可称工整，但上下联的意思不能匹对。上联“海峡难隔同心”反映的是全国人民的一个重大的愿望，述国家大政；而下联“天河不阻聚首”，是说男女爱情，仅可比喻夫妻关系，如喻指台湾和大陆的关系，则不伦不类，难以切合了。

（四）新对联中运用较长的专用名词，要注意完整、规范，不可为了对仗而随意缩写或斩头去尾。例如：

马列主义安天下；
泽东思想立中华。

此联把专用名词“毛泽东思想”减为“泽东思想”，这样虽然字数相等，勉强对仗，但违背语言规范而且也损害思想内容的表达，是应当避忌的。

（五）上下联除特殊需要，一般的应避忌实字同字对仗，也不能叠字与非叠字对仗。例如：

一腔热血，满腹文章，赢得济济英才；
三更灯火，五更鸡鸣，换来灿烂群星。

这副对联中上联的“济济”是叠字，而下联的“灿烂”则是非叠字的双音词，相互用于对仗，不合联律要求。

第二节 平 仄

一、楹联调平仄的作用

一九八四年全国第二届迎春征联的评选过程中，特邀顾问王力教授特意向评委会强调对联的平仄问题。他说："对联一定要讲平仄，平仄不协，就不宜入选。"(《新春征联集萃》第二辑第六十三页)

古人作诗词，特别讲究平仄。用平用仄，字有定音，平仄交错，律有定格。错综字调，调谐节奏，形成了诗词的音乐性。楹联作为从律诗中脱胎而来的一种特殊的诗体文学样式，作为专供人们欣赏吟读的装饰艺术，自然也应保持律诗的声调和谐、抑扬顿挫的特点，讲究用字的平仄。

汉语言是有声调的语言，人们在运用语言的时候十分注重它所具有的音乐性的特点，造成语言的平仄协调而富有旋律，朗朗上口，悦耳动听。

平仄是对汉字声调最基本的区分和概括。区分平、仄声在南北朝和隋代就开始了，唐代形成定规，普遍用于律诗，后来楹联问世，又成为楹联创作的基本法则之一。

楹联用字的调平仄，是指利用汉字读音中四声的高低、升降、长短的变化特点，形成声调上错落有致，和谐协调，产生吟诵和听觉上的音乐美感。楹联的对仗，包括声调的对仗，也就是调平仄。作对联而不讲平仄声调，词性、句式和意义对仗即使工整，也只有骨肉，没有神，就会显得平板单调，读起来不顺口，听起来不悦耳，那是不合格的。而用不同声调的字组成联句，使具有高低、升降、长短不同的声调的字间隔出现，交错使用，才能使联句的语音显得富有变化，造成声调和旋律的抑扬有致，跌宕和谐，徐疾相济，给人舒畅愉悦的感受。这就是楹联的音乐美。这种音乐美正是构成楹联艺术美的一个重要方面。

请看几副楹联：

花香鸟语无边乐；
水色山光取次回。

这是北京北海公园静心斋画峰室楹联。上联的字调为“平平仄仄平平仄”,下联的字调为“仄仄平平仄仄平”。上下联内部平仄相间,上下联之间平仄相反,平仄协调,音调铿锵,很有韵味。

海到无边天作岸;
身登绝顶我为峰。

这是林则徐青年时代撰写的一副对联。此联不仅思想内容写景咏志,奇想异趣,真实而又形象,而且音调上也配合和谐,具有乐趣。上联的平仄为“仄仄平平平仄仄”,下联的平仄为“平平仄仄仄平平”。

这里需要说明的是,人们对调平仄的作用,并不是一下子就认识到的。日本僧人遍照金刚在《文镜秘府论》中说:“沈侯、刘善之后,王、皎、崔、元之前,盛谈四声,争吐病犯,黄卷溢箧,湘帙满车。”这说明律诗形成之前,沈约辈大讲声律上的病犯,提出“四声八病”之说,所谓“平头”、“上尾”、“蜂腰”、“鹤膝”诸病犯,就是根据声律要求,主张写诗应该避免什么样的毛病,才合乎声律。但是这些清规戒律非常繁琐,使人难以遵循。吴聿《观林诗话》:“昔人有言:‘马有三百四病,诗有三百八病,诗病多于马病。’”可见病犯是个很复杂的问题,后来把四声二元化(即把四声归为平仄二声,阴平阳平属平,上、去、入均属仄),这个问题才得到解决。这说明了把四声归为平仄二声是形成律诗的极为重要的因素,是从消极病犯到积极规律的演进。律诗形成之后,写诗的人只要按照律诗规定的平仄格式去遣词造句,就不会有病犯之虞了。

以上说明调平仄是非常符合声律要求的科学依据的,在律诗中有着不可移易、不可替代的重要作用;对于由律诗中的律句发展而来的楹联,它比律诗中一般的句子对声律的要求更严,因而音乐性也更强,艺术性也更高。

现在再来看几副不合平仄的对联:

海峡难隔同心,共盼江山归一统;
天堑未阻胞情,齐愿昆仲聚千年。

此联的下联为一九八四年春节中央电视台等单位征联中落选的应征联。

从内容看,这个下联与出联对得并不算弱,其落选的原因在于平仄失调,读来拗口。此联的出联采用了上六下七的句法,上六字以仄声起头,为“仄仄平仄平平”,下七字接而为“仄仄平平平仄仄”;应对下联须对以“平平仄平仄仄,平平仄仄仄平平”才算协律。而该联的平仄却为“平仄仄仄平平,平仄平仄仄平平”,不合平仄对仗要求。

牡丹吐艳国富;
松柏滴翠人寿。

这是马寅初的夫人、百岁老人张桂君上海居室内的堂联(见一九八三年八月七日《光明日报》张耀智摄影)。这副堂联,雍容典雅,富丽堂皇,恰当地表现了百岁老人晚年的颐养之乐。可是从声调上看,这副堂联却全不入格,上联是“仄平仄仄仄仄”,下联是“平仄仄仄平仄”,因此读起来没有抑扬顿挫、错综变化的音节气韵之趣,削弱了这副堂联的艺术价值。

二、楹联调平仄的原则

楹联调平仄的基本原则是遵守律诗诗联的格律而适当放宽和变通。具体来说,楹联调平仄应遵守如下一些规定和要求。

(一)基本上以古四声为确定平仄的标准

在对联调平仄问题上,现有两派主张。一派主张对联调平仄应以古汉语读音的四声,即平上去入古四声为标准,一派主张用普通话读音的四声为标准,即阴阳上去新四声,把古入声字废除不用。我们认为,作对联用字的平仄应有一个统一的标准,既符合科学的规律,又符合使用习惯,读音基本上以韵书为准,即以古汉语的四声为标准而不能依照普通话的新四声为标准。这是因为,楹联是汉民族传统的格律化极强的文学形式,它的形成和发展都是以古汉语为其基本条件的。尽管现代的一些新对联逐渐采用了一些现代汉语,但并不能也不是从根本上改变楹联的格律化的传统。在这个问题上,楹联和目前诗词的创作有类似的地方,即基本上遵循旧有格律,但又有所突破和创新。事实上,现代人所写的对联和旧体诗词,基本上还是遵循古四声的原则的。

伫马太行侧，十月雪飞白；
战士仍衣单，夜夜杀倭贼。

（朱德诗《寄语蜀中父老》）

天著霞衣迎日出；
峰腾云海作舟浮。

（赵朴初题峨眉山清音阁联）

这些诗词、对联中加点的字都是古入声字，如果按普通话的读音，有的就不是仄声字，因而也就不符合诗词、对联的格律要求了。

古四声的实际调值已不可考，只能大致上描摹出来。古汉语中的"平"就是平声，其声调特点是中平，不高不低，不升不降，轻而且长。"仄"包括上、去、入三声，其特征是有升有降，读音短促。其中上声是升调，去声是降调，入声是短调。《康熙字典》把古四声的特点编为歌诀：

平声平道莫低昂，上声高呼猛烈强，
去声分明哀远道，入声短促急收藏。

此诀所说虽不精确，但也道出了古四声的大致特征。

现代人运用古四声写作对联，最大的障碍是辨识入声字的问题。在今天的普通话中，古四声中的入声字已归入新四声之中，对于在本地方言中没有入声的人，要辨识它可参看本书所附的入声字表。其他可供参考的识辨方法有：

（1）在读古人对联、诗词时，见到应该用仄声字的地方却用了普通话中的平声字，就可猜知这个字本为入声。

（2）如果认识了一定数量的入声字，就可以在古人押韵中认识其余的入声字。例如已知"月"字是入声字，就可推知岳飞《满江红》词中的其余韵脚"歇"、"烈"、"切"、"灭"、"缺"、"血"、"阙"都是入声字。

（3）认识字的谐声偏旁是入声字，例如已知"白"是入声字，那么从"白"得声的形声字"柏"、"帛"、"伯"、"迫"等都是入声字。

（二）对联用字平仄必须交错

对联平仄交错有两个具体要求，一是上下联各联内部平仄交替，即平声字和仄声字各连用两三个要交换一次，既不可平仄不变换，也不可变换太频，一字一换。二是上下联之间大体遵循律诗的规则。五、七言联，可分平起和仄起两种。是平起还是仄起，根据上联的第二个字来判断，因为一般以两个字为一个音步。而音步重点，自然落在第二个字上。

五言联平起：

(平)平(平)仄仄；
(仄)仄仄平平。

“平”表示平声，“仄”表示仄声，“(平)”表示可平可仄，“(仄)”表示可仄可平。下同。

例如：

云来山补缺；
月静水无痕。

（广东黄婆洞游泳池联）

五言联仄起：

(仄)仄(平)平仄；
平平(仄)仄平。

例如：

海上生明月；
山中有白云。

（广州白云山联）

七言联平起：

(平)平(仄)仄(平)平仄；
(仄)仄平平(仄)仄平。

例如：

无求便是安心法；
不饱真为却病方。

（北京故宫养心殿联）

七言联仄起：

(仄)仄(平)平(平)仄仄；
(平)平(仄)仄仄平平。

例如：

我有钳锤成利器；
君由雕刻出神工。

（齐白石赠张凤鸣联）

其他四、六言等的平仄格式是：
四言联有的是：

平平仄仄；
仄仄平平。

例如：

春回大地；
日暖神州。

（春联）

四言联有的是：

仄平平仄；
平仄仄平。

例如：

物华天宝；
人杰地灵。

六言联：

仄仄平平仄仄；
平平仄仄平平。

例如：

海内文章第一；
朝中宰相无双。

（唐寅题江苏吴县王鏊坟联）

八言联同两个四言联；九言联多为一个四言句，一个五言句；十一言联多为一个四言句，一个七言句；十二言联多为一个五言句，一个七言句。依此类推，大体须按平仄交错的规律，上下联内平仄转换，而上下联间平仄对立，形成鲜明的节奏与对比。这里必须指出的是，八言联、九言联、十一言联、十二言联……都可能有多种结构，譬如八言联除四、四结构外，还有三、五结构和五、三结构等。同时每一种结构，又会有多种平仄格式。以上讲的是正格，还有各种各样的变格。现仅以八言联的四、四结构为例，以见一斑。

黄振岗《八字联平仄格律》一文中指出，四、四结构的八言联，共有八种平仄格式。举例如下：

（1）仄仄平平，平平仄仄；
平平仄仄，仄仄平平。

例如，有一副游船联：

锦缆牙樯，烟波事业；
兰桡桂桨，湖海生涯。

此为习见的八言联正格。

（2）仄仄平平，平平仄仄；
仄仄仄仄，平平平平。

例如，陈无垢集《诗品》联：

横绝太空，脱巾独步；
汛彼浩劫，杖藜行歌。

(3)仄仄平平，仄仄仄仄；
平平仄仄，平平平平。

例如，白某题广州学海堂联：

智水仁山，在此堂宇；
经神学海，发为文章。

(4)仄仄仄仄，仄仄仄仄；
平平平平，平平平平。

例如，张謇题南通有斐旅馆联：

适子之馆，授子之粲；
观其所由，察其所安。

(5)平平平平，仄仄仄仄；
仄仄仄仄，平平平平。

例如，陈无垢集《赤壁赋》联：

扣弦而歌，风起水涌；
举酒属客，月明星稀。

(6)平平平平，仄仄仄仄；
平平仄仄，仄仄平平。

例如，吴恭亨贺人婚联：

必齐之姜，必宋之子；
愿花长好，愿月长圆。

(7)平平平平，平平仄仄；
平平仄仄，平平平平。

例如，刘石庵赠邵志于联：

人称其才,我称其德;
不为良相,便为良医。

(8)平平平平,平平仄仄;
仄仄仄仄,仄仄平平。

例如,吴大澂题湖南巡抚署招贤馆联:

叶公好龙,真龙必出;
伯乐相马,凡马皆空。

(三)联句尾字上仄下平

楹联尾字(句脚)原则上要求上仄下平,即上联最末一个字用仄,下联最末一字用平声,这是正格。它的原理同人们的听觉心理有关。正像音乐方面音阶中有主音、属音、导音等区别一样,主音给人最稳定的感觉,属音也较稳定,导音等则很不稳定,乐曲的问句即上句多以不稳定音作结,答句即下句多以较稳定音作结,而乐曲终了大都结束在主音上,以给人稳定结束的感觉。汉语的字调,虽然在不同方言中同调类的绝对音值不同,但同一调类给人的稳定与否等感觉大约在各地还是差不多的。因平声字可给人以稳定的结束感,所以对联上句不用平收,而下句则多用平收。例如:

短联:

与钟山终古;
为民族增光。

(于右任题南京明孝陵联)

勒马黄河悲壮士;
挥戈易水哭将军。

(刘伯承挽叶挺联)

中联:

皎月白如银，辽海浪淘天外月；

乱山蹲似虎，长城围锁塞边山。

（北京颐和园联）

长联：

笺疏训诂六经，于易尤专，阐羲文周孔之遗，汉宋诸贤齐退听；

节义词章终古，以儒为准，继濂洛关闽而起，元明两代一先生。

（湖南长沙船山学社郭嵩焘题联）

这些对联中的尾字，都分别是上仄下平。

但是也有极少数上联尾字为平声，下联尾字为仄声，是为“变格”。“变格”读起来拗口，犹如律诗的“拗体”。它的原理也与人们的听觉心理有关。正如前面以音乐方面音阶中有主音、属音、导音等区别为喻，乐曲有时不结束在主音上，以造成特殊效果；同样，对联下句不用平声作结，也可造成特殊效果。运用这种格式通常有两种情况：

一是多用于口头上的应对。例如：

三光日月星；（辽使出句）

四诗风雅颂。（苏轼对句）

三尊佛像，坐狮、坐象、坐莲花；（老和尚出句）

一介书生，攀凤、攀龙、攀桂子。（于谦少年时对句）

再如，有一副周渔璜对众考生联：

洞庭八百里，波滔滔，浪滚滚，宗师由何而来？

巫山十二峰，云重重，雾霭霭，本院从天而降！

二是少数集联和因内容特殊需要不便更易的对联。例如：郭沫若集毛泽东词句联：

江山如此多娇；

风景这边独好。

又如：

一怒而安天下之民；

百世以俟圣人不惑。

（陆文农挽蔡锷联）

欲穷千里目，剩有西南半壁，遥接秋水长天；

更上一层楼，管教后进联翩，共乐春风化雨。

（贵州遵义藏书楼联）

叹中国版图，诸军各怀异志，政客多门枉用心；

问沙场战骨，几人归是奇男，英雄两字空流血。

（朱德一九一六年参加云南讨袁起义时题联）

还有少数对联，上、下联的尾字同平或同仄的，这更属违格的宽对。这种格式名家偶一为之则可，初学者不足法。例如：

尾字用平的：

冬去高天，万物复苏；

春回大地，一派生机。

（春联）

悼一代巨星，举世无限伤心；

幸满台桃李，梅花万古常青。

（挽梅兰芳联）

尾字同仄的：

湖山钟秀英杰出，仗剑入敌垒，气吞胡虏；

怒发冲冠肝胆吐，词风开豪放，雄视千古。

（济南辛弃疾祠联）

值得注意的是，超短联、短联、中联有上联收平声，下联收仄声的；而长联和超长联则几乎全无。这是因为仄声沉闷急促，适合于中道暂停，平声悠扬高远，余音袅袅，最宜收束全联。

（四）中长联各分句尾字上、下联平仄相反

长联平仄较宽，只讲究句脚的平仄，通常采用的规律是“平仄仄平平仄仄平……”或“仄平平仄仄平平仄……”这种方式反复进行，旧称“仄项仄，平项平”，或者用相反法，即每一分句头一个字与尾一个字平仄相反，无论多少分句，依此类推。如做不到首尾二字平仄都相反，至少也要每句首尾二字不用同一声调，使阴、阳或上、去、入交替出现。请看下例：

天意启斯文，不是一封书，安得先生到此；
人心归正道，只须八个月，至今百世师之。

（广东潮安韩愈庙联）

此地可停骖，剪烛西窗，偶话故乡风景：剑阁雄，峨眉秀，巴山曲，锦水清涟。不尽名山大川，都来眼底；

入京思献策，扬鞭北道，难忘先哲典型：相如赋，太白诗，东坡文，升庵科第。行见佳人才子，又到长安。

（北京四川会馆联）

三、楹联调平仄的方法

（一）孤平的避忌

孤平是律诗的大忌，也是对联的大忌。所以写对联时，要注意避免孤平。犯孤平是指下联除了联尾是平声字之外，只剩一个平声字。上联即使只有一个平声字，也不算犯孤平。

以五言联为例，在“平平仄仄平”这个下联中，第一字必须用平声；以七言联为例，在“仄仄平平仄仄平”这个下联中，第三字必须用平声。否则

就叫犯孤平。

(二)特定的一种平仄格式

在五言律诗中,“平平平仄仄”的句型可以使用另一个格式,就是“平平仄平仄”;在七言律诗中,“仄仄平平平仄仄”的句型也可以使用另一个格式,就是“仄仄平平仄平仄”。这种格式的特点是:五言第三四两字的平仄互换位置,七言第五六两字的平仄互换位置。必须注意的是,在这种情况下,五言第一字、七言第三字必须用平声,不再是可平可仄的了。

由律诗发展而来的楹联,五言联和七言联的平仄,也可以使用这另一种平仄格式。

(三)拗救

凡平仄不依常格的句子,叫作拗句。所谓拗救,是指在诗句中该用平声的地方而用了仄声,必须在本句或对句适当的位置,把该用仄声的字改用平声的字,以便补救;或者在该用仄声的地方用了平声,则要求在本句或对句该用平声的地方改用仄声,以为抵偿。这种“拗救”的方法,也适用于对联调平仄。

上文所叙述的那种特定格式(五言“平平仄平仄”,七言“仄仄平平仄平仄”),也可以认为是拗句的一种,因为在律诗中很常见,所以跟一般的拗句有所不同,称为“特定的一种平仄格式”。这里再谈另外几种比较常见的拗句:

一是在该用“平平仄仄平”的地方,第一字用了仄声,第三字补偿了一个平声,以免犯孤平。这样就变成了“仄平平仄平”。七言则是由“仄仄平平仄仄平”换成“仄仄仄平平仄平”。这是本句自救。

二是在该用“仄仄平平仄”的地方,第四字用了仄声(或三四两字都用了仄声),就在对句的第三字改用平声来补偿。这样就成为“㊀仄㊁仄仄;㊁平平仄平”。七言则为在该用“平平仄仄平平仄”的地方,第六字

（或第五六两字）用了仄声，就在对句的第五字改用平声来补偿，这样就成为“（平）平（仄）仄（平）仄仄；（仄）仄（平）平平仄平”。这是对句相救。

三是在该用“仄仄平平仄”的地方，第四字没用仄声，只是第三字用了仄声；七言“平平仄仄平平仄”的地方只是第五字用了仄声。这是半拗，可救可不救。

人们在运用以上第一种拗救的方法的同时，常常在出句运用第二或第三种方法。这样既构成本句自救，又构成对句相救。

下面举一些拗救的例子。

读书必提要；
处事在通情。

这副五言格言联，平起式的正格应该是：

平平平仄仄；
仄仄仄平平。

联句中的实际平仄，下联协律，上联不协。上联的第一字“读”和第三字“必”应该用平声而用仄声，属“一、三、五不论”，而第四字“提”应该用仄声而用了平声，违背“二、四、六分明”的要求，违格。但由于它相邻的“必”字该用平而用了仄，与“提”恰成平仄交错，这样就使“提”字声调的违格得到了补救。

又如：

万树梅花一潭水；
四时烟雨半云山。

这副七言联，仄起正格为：

仄仄平平平仄仄；
平平仄仄仄平平。

联中实际平仄不协此律。下联的第一字“四”和第三字“烟”都换用平仄，属“一、三、五不论”。上联的第六字“潭”应当用仄声，联中用了平声，违格,但与之相邻的“一”字应用平而用了仄,正好形成邻字声调相错,使违格得到了补救。这样,亦合于格律要求。

(四)“一、三、五不论,二、四、六分明”

律诗的平仄古人有新谓“一、三、五不论,二、四、六分明”之说,这是一种变通的办法,意指五言律诗每句的第一、三字,七言律诗每句的第一、三、五字,平仄可以不拘定格,当用平声字的用了仄声字,或当用仄声字的用了平声字,皆无不可;而五言律诗中的第二、四字和七言律诗中的第二、四、六字都必须平仄分明,严守格律,不可易换。这种说法,虽非定格,但大体可行。这也是出于读音考虑而定的通融之法。因为诗句的音调节奏,通常为两个音节一个音步,而一个音步总是后一个音节重读,该重读的正好是第二、四、六字,在节奏点上,所以对平仄要求严。如果第二、四、六字平仄失调,读起来就会拗口,破坏诗句的节奏感和音乐性。而第一、三、五字,为节奏的前一个字,不重读,平仄变换后读音无显著影响,就不妨通融灵活了。

律诗调平仄的这种变通方法,也适用于创作对联,可以看作是平仄格律的一个补充规定。这就是在五言联中,第一、三两字可平可仄;在七言联中,第一、三、五三字可平可仄;而第二、第四和第六字则一定要按律,凡该用平声字或仄声字的,均不宜擅改。请看两例:

祖国山河无限好;
人民天下万年春。

此联按七言仄起格,平仄应为:

仄仄平平平仄仄;
平平仄仄仄平平。

但下联的第三字“天”不是仄声,而是平声,按“一、三、五不论”说,平仄也是协调的。

一幅湖山来眼底;
万家忧乐注心头。

这副七言楹联，上联仄起，下联平起，按定格平仄应为：

仄仄平平平仄仄；

平平仄仄仄平平。

而联中实际运用的平仄有了两处变换，下联第一字“万”换平为仄，第三字“忧”换仄为平，但符合“一、三、五不论”的变通规定，因此平仄仍是协调的。

天壤薄王郎，节见穷时，各有清名扬海内；

乾坤扶正气，神伤雨夜，好凭血债索辽东。

这是一九四〇年郁达夫在新加坡寄挽其兄郁华的对联。上、下联各由三个分句所组成。按正格此联的平仄应为：

仄仄仄平平，仄仄平平，仄仄平平平仄仄；

平平平仄仄，平平仄仄，平平仄仄仄平平。

这副对联绝大部分字声调符合平仄格律，仅上联第一分句的第一字“天”换仄为平，下联第三分句的第一字“好”换平为仄，符合“一、三、五不论”法式，读起来感到十分协调，富有抑扬顿挫之美。

在“一、三、五不论”的平仄对仗中，上、下联同仄或同平的字应避同声调，最好错用不同声调的字。例如上、下联头一个字都用仄声，最好一个是上声，一个是去声，上、下联开头第一个字都是平声，最好是采用一阴一阳，这样同声而不同调，形成一定的起伏变化。像郁达夫挽郁华一联，上、下联第一字分别为“天”和“乾”，同为平声，但调不同，“天”为阴平调，“乾”为阳平调；第三分句的第一个字，“各”和“好”同为仄声，但“各”为入声调，“好”为上声调。由于声调不同，形成一定的错落变化，保持了读音的和谐畅达。

这里必须指出的是，“一三五不论，二四六分明”的口诀，应当和上述调平仄的方法结合起来才比较全面，不致引起误解。这个口诀和上述方法是相互补充，相辅相成的。

具体来说，关于一、三、五字：（一）在五言“平平仄仄平”中，第一字必平，在七言“仄仄平平仄仄平”中，第三字必平，不能不论，否则犯孤平；（二）在五言“平平仄平仄”的特定格式中，第一字必平，在七言“仄仄平平仄平仄”的特定格式中，第三字必平；（三）五言第三字，七言第五字，在一般情况下，以论为原则。总之，五言“仄仄平平仄”、“平平平仄仄”，可以有一、三两个字不论，“平平仄仄平”、“仄仄仄平平”，只能有一个字不论。

关于二、四、六字：（一）在一般格式中，五言二、四字，七言二、四、六字分明。（二）在特定格式中，五言“平平仄平仄”的第四字，七言“仄仄平平仄平仄”的第六字有改变。（三）在拗句中，五言“仄仄平平仄”可以换成“㊀仄㊁仄仄”，在对句第三字补偿一个平声，即“㊀仄㊁仄仄；㊁平平仄平”；七言“平平仄仄平平仄”可以换成“㊁平㊀仄㊁仄仄”，在对句第五字补偿一个平声字，即“㊁平㊀仄㊁仄仄；㊀仄㊁平平仄平”。

（五）其他平仄可以放宽的情况

一般来说，对联的平仄应该按以上格律运用和协调，但有些较为特殊的对联，其平仄则不一定受格律限制，可以更为自由地运用声调。这主要有如下几种情况：

其一，当内容表达和平仄发生矛盾时，应服从内容表达的需要而放宽平仄的要求。

例如，台湾高雄市郑成功祠联：

由秀才而封王，主持半壁旧江山，为天下读书人顿增颜色；
驱外夷以出境，自辟千秋新事业，愿今日有志者再鼓雄风。

此联中上联的“由秀才”、“为天下”与下联的“驱外夷”、“愿今日”平仄相同，不合相反要求。而且“日有志者再鼓”连续六字皆为仄声，亦违格，但由于此联慷慨激昂，吐属不凡，音节雄壮，内容、文字俱佳，读起来只觉其对仗整齐，一气呵成，很有感人力量，因此就不咎平仄小失了。

其二，故为拗体的对联平仄自然不协律。

例如，邓某善骑马，多畜骏骥，其友人赠联曰：

大宛名马日千里；

丹山一凤飞九霄。

上联切其爱马，下联切其姓邓，用三国时邓艾的“凤兮凤兮，固是一凤”的典故，颇为贴合。虽平仄违于常规，读起来拗口，但作者故为拗体，转增劲峭挺拔之致。

又如徐悲鸿题的一副对联：

直上青天揽日月；

欲倾东海洗乾坤。

此联表达了徐悲鸿倔强的性格，远大的抱负，联如其人，具有一种“拗美”，虽平仄不协调，却愈显联意奇崛之色彩。

其三，集句联平仄宽泛，不多受限制。

例如，伊秉绶题扬州平山堂集句联：

衔远山，吞长江，其西南诸峰林壑尤美；

送夕阳，迎素月，当春夏之交草木际天。

这副对联，上联前两句集范仲淹《岳阳楼记》，后一句集欧阳修《醉翁亭记》。下联前两句集王禹偁《黄冈竹楼记》，后一句集苏轼《放鹤亭记》。

其四，现代新对联平仄可以放宽。

例如：

斧头砸烂旧世界；

镰刀开辟新天地。

三中全会如春雨润心田；

四化建设似东风鼓征帆。

其五，长联和超长联，以及一些特殊词、字对偶构成的对联，如同字对偶联、专用名词对偶联、文言虚词对偶联、智巧奇险的字对偶构成的巧趣联等，可以不拘平仄格律。

例如：

柴米油盐酱醋茶,除却神仙少不得;
孝悌忠信礼义廉,没有铜钱可做来。

这副南京随园的妙联,用字奇绝、工巧,节奏短促,内容幽默而又深刻,平仄就退而让奇了。如为了平仄而勉强换字,就会破坏联文的奇妙,反而得不偿失了。

四、余论

以上是讲的楹联调平仄的基本原则和方法,这里想再做一点讨论。

楹联学家们一致认为,调平仄是楹联创作最基本、最重要的规律,然而对于楹联创作中调平仄的具体要求和解释,尚存在不同的认识。吴小如认为:"律诗分五、七言两种,对联中的五言对和七言对,实际就是两句律诗。骈文以四言句和六言句为主,而四言对和六言对,实际同两句骈文也差不多。律诗讲平仄,对联也讲平仄,其规律跟作律诗基本相同,即不论五言或七言,都分'平'起和'仄'起两种。""此外,还有一条补充规定以增加其灵活性,这就是通常说的'一三五不论,二四六分明'。""四言句的对仗规律,实际就是七言句的前四字的平仄;六言句则要求仄声字和平声字两两相间隔……当然其第一、三、五字也可稍有变通。至于八言句,大抵是两个四言句;九言句多为一个四言、一个五言句;十二言句多为一个五言句、一个七言句。以此类推,自能掌握。"宋子尧则认为:"对联的平仄规律有常规正格,也有多种多样的灵活变化","对联不一定都用律诗的句式,一般只要每句中的平仄有变化,两句间对应字平仄相反即可",并且通过举例论证,提出了几点值得注意的见解:

(一)不处于音步末尾的字,平仄的要求可以放宽。例如:杭州岳坟联:

天下太平,文官不爱钱,武官不惜死;
乾坤正气,在下为河岳,在上为日星。

苏州怡园石听琴室顾彬集辛弃疾词联:

素壁写归来，画舫行斋，细雨斜风时候；
瑶琴才听彻，钧天广乐，高山流水知音。

这两副对联中，前一副对联第三小句中第四字“惜”与“日”都是仄声，后一副对联第一小句第四字“归”与“听”都是平声，不相对。这是因为，这几个五字句为二三节奏，其第四字并不处于音步的末尾上，而是在音步的中间，没有延长或停顿，在音感上不处于重要地位，所以平仄要求可以放宽些。

（二）位于领字、读音较轻的字，平仄的要求可以放宽。例如《红岩》一书中的一副对联：

是七尺男儿，生能舍己；
作千秋鬼雄，死不还家。

西湖平湖秋月彭玉麟题联：

凭栏看云影波光，最好是红蓼花疏，白蘋秋老；
把酒对琼楼玉宇，莫辜负天心月到，水面风来。

这两副对联中，前一副对联前一个五字句是一四节奏，第一字单独构成一个音步，本应要求稍严，但位为领字，读音较轻，也不如联末一字和联中小句末字影响大，所以可容许一定的灵活性。后一副对联前两个七字句是三四节奏，其中四个三字逗（“凭栏看”、“最好是”、“把酒对”、“莫辜负”）类似曲中的领字，读音较轻，而其中的重音又在第二字不在第三字，所以第二字从严第三字放宽。这表面上看来是执行二四六分明的原则，没有执行音步尾字从严的原则，而实际上是按照领字、轻读的字平仄放宽的原则来处理的。

（三）极少数全虚字可以在上下联句中轻读快读的同位处重（chóng）用，而不能在句末重用。这种重用的全虚字当然平仄不相对。例如，苏州慧山云起楼联：

腾两邑之欢，千村稻熟；
据一山之胜，四照花开。

这副对联第一小句是一四节奏,"之"虽然是第四字,但不在小音步的尾字上,平仄本可不论。这里应注意的是,这种上下联同位处重用的全虚字只能在句中轻读快读处,而不能在音步的尾字上重用。

(四)提出了对联中有大逗处和小逗处之分,联尾和大逗处为平仄的关键处,必须符合格律的要求。例如,扬州平山堂伊秉绶集句联:

衔远山,吞长江,其西南诸峰林壑尤美;
送夕阳,迎素月,当春夏之交草木际天。

此联平仄不对处甚多,且上联连用许多平声字,读来实在拗口,但一因是集句联,平仄不能随便更动,又因内容工切,也就不以形式害内容;二则本联的平仄关键处一为联尾音步"尤美"对"际天",一为联中大逗处"长江"对"素月",平仄都是相对的。

(五)提出了联尾和联中大逗处逗尾可以用去上对或上去对,联中逗尾只要声调不同(平声中阳平和阴平相对,仄声中上声和去声相对)即可,并且指出有的大逗处的逗尾字,实际比联尾字读音更重,影响更大。例如,有几副旧联:

尺璧非宝;
寸阴无价。

直不犯祸,和不害义;
宽以待人,严以责己。

大宛名马日千里;
丹山一凤飞九霄。

这些对联中,第一副对联联尾字是上去对,第二副对联联尾字是去上对。第三副对联中,"千里"二字声音宏阔劲健,落字"九霄"高飘俊逸,而中间"马"、"凤"两个大逗处的逗尾字,实际比联尾的"里"、"霄"二字读音更重,影响更大,用了上去对更显得力重千钧,再加其余各字的音与调的巧妙配合(当然更有字义内容的作用),使全联音调气势宏伟,挺拔秀劲。

(六)提出了对联的平仄可以以普通话为准。他认为:写旧体诗词用古音韵有一定道理(也不一定非用古音韵不可),因为旧体诗词本来不太通俗,读者多非一般大众;而对联则不然,对联是雅俗共赏的形式,在今天的广大群众中应用极广,还是以使用现在的普通话的音韵为宜。他还主张联中如有连续变调的字,就应按变调之后的平仄对待。

例如前面所举的苏州慧山云起楼联中,“一”和“两”按古音同为仄声,虽处于第二字的位置,然因不在音步尾字上(此联前五字可视为一四节奏),所以本来可以不论。但是,如按现在普通话读音,“一”字为平声,更没有问题。还有,如考虑到连续变调问题,则“两邑”为上去,“一山”为去平,此处有上去连用,有去平对,也有上去对,调式一升一降,十分活泼响亮,效果很好。

至于我们的看法,在前面已表述过,这里就不赘述了。

第三节 立　　意

一、楹联创作立意的依据及其意义

明末清初的哲学家王夫之说过:“无论诗歌与长行文字,俱以意为主。意犹帅也……烟云泉石,花鸟苔林,金铺锦帐,寓意则灵。”(《船山遗书·夕堂永日绪论》)这里所说的“意”,就是主题思想。文艺作品,都应有主题。“修业勤为贵,行文意必高。”楹联虽然是袖珍式的特殊文学样式,但是也毫不例外地必须具有主题。正如古人所说:“联语虽文字小品,而于短言片语中,或取诸身,或取诸物,庄谐杂列,劝惩寓焉。”

楹联立意的依据有客观外境和主观内情两个方面。客观方面的依据是指所描写的客观对象,即外境,诸如人物、景物、事件等。楹联作者要从客观对象所具有的具体形象、特征、性质等事实材料中提炼出其所包含的思想意义和审美意义。楹联作者在考察客观对象的时候,还必须从空间和时间两个角度入手,既要根据客观对象的现场景物、现实情况,又要根据客观对象的历史事迹、佳话轶闻,并在这个基础上,概括提炼,表达出好的主题来。主观方面的依据即指作者的特定立场、思想基础、认识水平、感情、气质等,即内情。任何楹联的主题,虽然首先是建立在客观对象的基础之上的,但是,它不是客观事物本身的自然体现,而是通过作者匠心独运的处理并以主观的形式表现出来的一种观念。因此,脱离了作者的立场观点、思想感情,不经过作者一番精神劳动、加工处理,也就不可能产生作品的主题。

被誉为“金陵第一名胜”的南京莫愁湖,历代文人墨客曾为之题写过许多楹联,写景咏史,抒怀寄情,蕴意颇深,耐人寻味。楹联大都把莫愁湖之美,南朝卢莫愁的传说,朱元璋和徐达对弈的佳话熔为一炉,作者的主观思想感情不露痕迹地体现在景物、事物的描写之中。例如:

占全湖绿水芙蕖,胜国君臣棋一局;
看终古雕梁玳瑁,卢家庭院燕双飞。

国士难逢,一代云龙留胜迹;
美人已去,千秋海燕识芳名。

王者五百年,湖山具有英雄气;
春光二三月,莺花合是美人魂。

在莫愁湖的楹联中,由于作者的身世遭际、思想感情不一,观察立意的角度也不同,所以,虽然所描写的客观对象是同一的,却表现出各自鲜明的主题。

有的是侧重吊古怀故,抒发感慨的。如:

红藕花开,打桨人犹夸粉黛;
朱门草没,登楼我自吊英雄。

有的是侧重慨叹朱元璋死后的明朝政局的。如:

湖本无愁,笑南朝迭起群雄,不及佳人独步;
棋何能胜,为北道误投一子,致教此局全输。

有的是侧重赞美莫愁女的勤劳善良的品德的。如:

莫轻他北地燕支，看画舫初来，江南儿女生颜色；
尽消受六朝金粉，只青山无恙，春时桃李又芳菲。

有的是侧重赞扬莫愁湖风景之美的。如：

一片湖光比西子；
千秋乐府唱南朝。

有的是侧重于揭示历史发展的辩证法的。如：

江水东流，浪淘尽千古风流儿女；
石城西峙，依旧是六朝烟雨楼台。

有的则是抒发虚无消极的清高思想和冷漠感情的。如：

湖属卢家，唯江头明月，曾领略画艇风光，韵事相传，付于骚人作诗料；
地归徐氏，以国手胜棋，博优游名园汤沐，英雄安在，遥闻商女唱歌声。

楹联立意的作用在于赋予楹联以灵魂、生命和社会思想意义。一副楹联的价值，不仅在于它真实而艺术地表现了客观对象的形、质、美、丑、善、恶，给人们提供认识世界的文字材料，而且还在于它融进了作者的活生生的、典型的思想感情，为社会上和历史上的人们提供识辨真理、交流思想、融汇感情、传导美感的精神工具。“诗从肺腑出，意自高远求。”楹联立意，正是从客观对象的生动内容中提取出来的精华，是作者发掘并赋予客观对象的生命力，也是借客观对象顽强表现着的作者自我。立意精美深刻的楹联，才能使人动心移情，受到感染，才能形成一种社会的精神力量，才能获得历史的价值和不朽的生命力。

请看几副挽孙中山的楹联：

树弱小民族解放先声，列宁而还，公真健者；
与帝国主义奋斗救世，斯人已往，谁其嗣之？

（柳亚子联）

是中国自由神,三民五权,推翻历史数千年专制之局;
愿吾侪后死者,齐心协力,完成先生一二件未竟之功。

(蔡元培联)

英雄作事无他,只坚忍一心,能成世界能成我;
自古成功有几,正疮痍满目,半哭苍生半哭公。

(杨度联)

这三副出自不同人之手的挽联,可谓历史之回响,英雄之绝唱。各自的联文,不仅准确而有力地表现和评赞了孙中山一生的伟大业绩、历史地位及其崇高的信仰和品格,而且都恰当而集中地表明了作者各自的政治主张和人生追求。活跃在挽联中的,既有孙中山的灵魂,又有作者的"自我"。二者不是勉强拼合,而是水乳交融,合二而一。

作楹联而无主题,就会变成枯燥的材料堆积和形式主义的文字游戏,既无社会思想意义,也失去艺术审美价值。例如:

白鹭引鸥游浅水;
黄牛驱马上高山。

这副对联虽然对仗工整,但没有主旨,上、下联不能形成有机整体,犹如没有灵魂或生命力的人,无法自立。

当然,作为一种最为短小而又非常灵活的文学形式,楹联表现主题的形式和方法是多种多样的。从内容上说,有的是从抽象的词句中显示,有的是通过具体的形象来体现;从结构上说,有的用上联表达,下联烘托,有的用下联表达,上联呼引,还有的是融汇在上、下两句,从描述中体现主题;从手法上说,有的侧面烘托,主题含蓄,有的正面描写,点明主题,有的用夸张手法突出主题,有的用比喻点示主题。总之,楹联主题的提炼和表现,较之其他文学样式,方法更加丰富、灵活而又曲折巧妙。

二、楹联立意的基本要求

(一) 楹联立意要客观

立意客观是指楹联所表达的主题思想要符合外境和内情的实际情

况，真实地反映所描写对象的个性特征和本质，实事求是地表现作者的思想感情。不可歪曲或虚构客观事物，也不可矫揉造作，违心地拔高或虚假地表达主观思想感情。

例如，广东西樵山云泉仙馆联：

花间酒气；
竹里棋声。

这副对联文字极简明，而诗情画意撩人，立意非常切合描写对象的特征。作者用形象的描绘和合理的联想，说嗅到了花丛间的"酒气"，听到了竹林里的"棋声"，既点明了"云泉"的风物，又切中了"仙馆"的名字，此境此情，不正是典型的仙人住地吗？这样，就使表现仙居清静优雅的主题跃然于字里行间了。

又如，桂林独秀峰清代廖鸿熙题联：

撑天凌日月；
插地震山河。

独秀峰有"南天一柱"的美称。对联作者用夸张的手法描绘了独秀峰的雄奇，赞美了它顶天立地的气概。

再如安徽太白楼姚兴荥题联：

狂到世人皆欲杀；
醉来天子不能呼。

这副对联的立意在于表现李白的狂傲。上联典出杜甫诗《不见》："不见李生久，佯狂真可哀；世人皆欲杀，吾意独怜才。"下联出自杜甫《饮中八仙歌》："李白斗酒诗百篇，长安市上酒家眠。天子呼来不上船，自称臣是酒中仙。"

写作对联时，如果不尊重客观事物，有意无意地歪曲描写对象，那么，就无从表达特定的主题，并会造成错误或笑话。据宋代魏庆之《诗人玉屑》卷十一说，北宋诗人王琪年轻时写过一副咏竹联：

叶垂千口剑；
干耸万条枪。

这副联语一写出，颇受人们赞扬。他于是自鸣得意，声称“有能挑剔一字者，愿以十金相奉”。数日之内无人能挑剔其病。第八日苏东坡来访，王琪故请指教。苏东坡说：“好虽好也，十干一叶。”一语道破了王联不合物理的毛病。

作对联必须情真意切，言之有理，不可无病呻吟，或勉作违心之调。

旧时有一位官吏十分爱才，当地的文人学士常常送诗词、对联请他评鉴。有个秀才送来的诗中，有这样一联：

舍弟江南殁；
家兄塞北亡。

这个官吏见到此句，十分同情。秀才说：“那哪是真的，不过为了作对罢了。”有一客人讽刺他说，你何不说：

爱妾眠僧舍；
娇妻宿道房。

旧楹联中往往可见一些沽名钓誉、粉饰标榜、言不由衷之作。例如：

以君年正富强，方期奋迹云霄，作吾国补天妙手；
痛我身肩艰巨，遽折高飞羽翼，恨招魂抢地无灵。

（陈炯明挽飞机师叶少毅遇难对联）

帝力与我何有；
臣清恐人不知。

（清初吴三桂镇云南时题书的府门联）

这两副对联，作者的思想是等而下之的，因而联中所表现出来的主题自然是虚伪不足式的了。

（二）楹联立意要明确

楹联立意明确，指作者在楹联中所寓托的思想观点、感情倾向应该是鲜明的、正确的、积极的，使读者能够读联会意，受到感染；而不应该是含糊的、乖谬的、消极的，使读者莫名其妙或是受到精神的污染。

立意明确，至少要达到两项要求：

一是主题鲜明。如宋代石曼卿以词句对李贺诗句联：

天若有情天亦老；
月如无恨月长圆。

这副对联见《迂叟诗话》，从形式上看对仗工整，但从内容上看，则显得空泛，立意不明。而另一副与这相类似的对联给读者的感受就显著不同了。

天若有情天亦老；
人能无私人自如。

这副对联，文质俱佳，主题鲜明、积极。这一主题主要是通过下联集中表达的，而上联则起了烘云托月的作用。

二是思想正确。例如有一位五十过头的干部为自己写了一副对联：

退休尚有时日；
提拔已无希望。
横额：安全降落。

而另一位老同志也作了一副自题联，是为：

明知夕阳短；
更须奋蹄疾。
横额：最后冲刺。

两副对联，表达了对待晚年的两种不同态度，意旨截然相反。

又如，清代为莫愁湖的一副楹联还发生了一场纠葛。两江总督曾国藩令藩司桂芗亭主持重修莫愁湖，王闿运为之题了一副楹联：

莫轻他北地燕支，看画舫初来，江南儿女无颜色；
尽消受六朝金粉，只青山依旧，春时桃李又芳菲。

这副楹联一出，江南人士大哗。王平日在讲话或通信中，常说湘勇带着江南女子回籍，络绎道路，身衣文绣，跟着傻头傻脑的大兵，而怡然自得，对江南女子进行污辱。现在又作出这一副对联，来嘲贬江南儿女，使当地人群情愤慨，几乎要兴师问罪。桂芗亭出面调停，王闿运只好把“无颜色”三字改为“生颜色”；又把下联中的“只青山依旧”改为“只青山无恙”，以致歉责难他的人，这一段公案才算了结。这件轶事说明，对联抒发对社会现实的感伤，应以不损及民众之感情为限。

在旧时代的楹联中，有一部分联旨消极，主题谬误，应该为我们今天作联者戒。

例如：

睡至二三更时，凡功名都成幻境；
想到一百年后，无少长俱是古人。

（河北邯郸吕祖祠黄粱梦亭柱联）

这副对联情调低沉，充满老庄的虚无主义思想，虽然对热衷于功名富贵的人是一种嘲弄，但其思想基调过于低沉，对读者的思想影响是消极的。

又如：

歌咏擅风流，纵仆射多情，难得青楼拼一死；
芳心嗟寂寞，赖香山绝唱，顿教红粉艳千秋。

这是徐州燕子楼清代程与九题的楹联，本旨在于赞扬白居易的诗和推崇节妇。燕子楼是唐代名妓关盼盼的故居。关盼盼原是礼部尚书张建封的爱妾。张建封死后，白居易作了一首《感故张仆射诸妓》一诗：“黄金不惜买蛾眉，拣得如花三四枝。歌舞教成心力尽，一朝身去不相随。”诗意讽刺关盼盼不能从夫死节。关盼盼读到这首诗后，绝食而死。这副楹联以赞赏的笔调称道白居易的诗和关盼盼的死，反映了作者乃至白居易的道德观念上的荒唐。但这副对联的客观意义却超越了主题的局限，它从反面暴露了封建礼教吃人的本质。

还有的对联作者站在反动的立场，其立意是更加荒谬和别有用心的了。

例如：

殉人以身哀稚子；

挥泪和墨吊冤魂。

这是一九二六年段祺瑞政府制造的“三·一八”惨案后，北平学联召开的追悼会上，学校当局送的一副“挽联”。引联别有用心地对死难者加以歪曲和诬蔑，说死难的爱国学生是为某些人殉身的（殉人），是不懂事的毛孩子（稚子），死得很冤枉（冤魂）。这种观点显然是为反动的北洋政府讲话的。对此，爱国学生写了一副针锋相对的挽联加以批驳。

不失赤子非稚子，本为国家岂殉人？

出师未捷方为痛，视死为归不是冤。

“不失赤子”，《孟子·离娄》：“大人者，不失其赤子之心者也。”

（三）楹联立意要创新

写对联立意要新颖、深刻、独到，构思不落俗套，出语非同凡响，有销魂摄魄的艺术魅力。人家讲过千百遍的意境，用得陈旧了的词语，你再去重复，毫无创见，就难免拾人牙慧，落入窠臼了。楹联作者应该站在时代精神的高层次上，针对特定的描写对象的个性特征，笔写近前，想落天外，由表面到底里，由感性到理性，由特殊到一般，引申联想，抽象出新鲜独到的见解，提炼出思想的结晶体，发射出感情的火花，造成美妙的诗境。诚然，有许多名胜古迹之处，名家高手题咏的佳联已经琳琅满目，后来的人再来作联，因主要角度已经被占，要做到别具一格，出人之上，确实不是易事。但是，时代、人情和精神境界的不同，常常使人对同一事物产生不同的感受，只要细心观察，刻意探求，创新还是可以做到的。

诗人臧克家每年春节，在他家的两扇漆门上，都要换上新春联。例如：

双肩千石重；

白发万根轻。

必达宏标远；
兼关不计程。

狂来欲碎玻璃镜；
还我青春火样红。

凌霄羽毛原无力；
掷地金石自有声。

臧克家的这些春联，意深语奇，饱含激情和哲理，立意颇有独到之处。据臧克家介绍，他虽然喜爱对联，但自己撰写的对联只有十几副。他每次作对联，总是苦思苦吟不止，有时一副对联要磨上一两个星期，修改上百遍。臧克家所说的作联之难，当然不是说文字对仗上的困难，而主要是指构思立意上的创新是不易做到的。

古今楹联创新的佳作不胜枚举。这里略引几副说明之。

上溯羲皇画八卦时，文字权舆，秦而篆，汉而隶，任后来缣素流传，不外六书体例；

高踞吴山第一峰顶，川原环抱，江为襟，湖为带，看从此菁华大启，振兴两浙人材。

这是俞樾题浙江吴山仓颉庙的楹联。俞樾在为仓颉庙题联时，其指导思想并不写仓颉造字的事迹和功绩，却别开生面地追溯了汉字形成和演变的历史，描写了仓颉庙的风物人文。联中的主题思想是独创而明确的，即否认文字是仓颉创造的，而认为文字是在人类历史发展过程中逐步地形成、变化和发展的。这一思想显然是较为客观而精辟的，正体现了一位饱学而严肃的学者的深刻思考和独特创见。

再如：

双鬓多年作雪；
寸心至死如丹。

这是当代人民教师的述志联，运用画龙点睛的手法，寥寥十二个字，就描画出老教师的典型形象，揭示了其崇高的思想境界，表达了人民教师对我国教育事业的高度责任感和无限忠诚。

一些传统的对联，由于历来沿用太多，联意显得陈旧而俗气，应该加以改造，使之推陈出新。

例如有一副传统的春联：

爆竹一声除旧；
桃符万户更新。

有人把它改造出新为：

爆竹两三声，人间易岁；
梅花四五点，天下皆春。

这样一改，"过新年，迎新春"的主题就清新生动了。

当然，有许多楹联主题的表达，并不都是从联文直接表露出来的，而往往是运用描写、比喻、烘托等艺术手法含蓄地表现出来的。这样的楹联，只要读者细加思考，就会领悟其中所寄寓的明确而深刻的主题。表现主题含蓄而不直露，引发而不道破，这正是楹联最擅长的一种艺术手法。

读律书惧刑，读兵书惧战，读儒术兵刑不惧；
耕尧田忧水，耕汤田忧旱，耕心田水旱无忧。

这是清代张叔平所撰联，联旨在于崇尚儒术，颇有些"万般皆下品，唯有读书高"的味道，但其表现手法却十分蕴藉、婉转。

又如：

红拂有灵应识我；
青山何幸此埋香。

这是湖南醴陵红拂墓联。红拂系隋朝宰相杨素侍姬，但不恋相府荣华而私奔布衣英雄李靖，追求真正的爱情。唐初，李靖受命平广西，红拂随征，病故于醴陵。此联旨在对红拂的赞美和赏识，但作者不正面说出，而用红拂如有灵应该理解"我"，和青山因埋葬红拂而非常荣幸，曲折含蓄地表达了主题,其感染力比直道更胜一筹。

第四节　结　　构

楹联结构是指全联表达完整内容和主题思想的逻辑关系和结构方式。楹联的结构灵活多变、复杂多样,从超短联、短联、中联到长联、超长联,内容的多寡,篇幅的长短,差别很大。因此,联语的结构形式就形成了多彩多姿的局面。从超短联和短联来说,有的是独词结构或词组结构,如偏正词组、联合词组、述宾词组等;有的是句子结构,但其中又有句子成分完整的,有句子结构省略了某种成分的,例如最常见的省略主语句。从中联、长联和超长联来说,有的是单句结构,有的是复句结构;有的则洋洋洒洒,如词如赋,形成相当完整的篇章结构。所以,楹联的结构很难归纳到某种规律之中。在写作和赏析楹联的时候,只能根据具体的内容和特定的要求来考虑。楹联的具体结构形式和结构风格,一定要依据内容和表达主题思想的需要,去精心选取,自由创造,标新立异,切不可墨守成规,拘泥老套,作茧自缚。基于此,我们在论述楹联结构的时候,不打算做详细的分析说明,而是着重从上、下联之间的逻辑结构、单联内部的语法结构和句子节奏做一些概略的解说。

一、上、下联之间的逻辑结构

楹联是由上、下联组成的,但上联与下联并不是以各自独立的个体而存在的,而是作为有机统一的楹联整体的两个组成部分而存在的,是为表现某一特定的主题思想服务的。因此,上、下联之间的内在逻辑关系是十分严密的。这种逻辑关系具体表现为上、下联之间思想内容的联系和组合方式。

上、下联之间的逻辑结构常见的有这样几种组合方式:

(一)并列结构

把意思平行、语势一致的上、下两联并列构成对联,这种结构方式就是并列结构。楹联中的“正对”通常就是这种并列结构。并列结构对联的优点是能较为充分地描述某一事物或阐述某一事理,内容显得完整,气氛显得强烈,易于表现主题;缺点是缺少波澜、曲折,意味平显而单一。

例如:

斗酒纵观廿一史;
炉香静对十三经。

这是史可法撰写的对联,上、下联各用一个省略主语的句子构成,讲的都是读书治学,并列成联,表达了作者研读经史的刻苦精神和无限乐趣。

还有的上、下联各是一个复句,其中也可以是多种关系。例如:

桂馥兰芬,水流山静;
花明柳媚,月朗风清。

这副上海豫园点春堂的对联,由八个主谓词组并列构成,单联的内部和上、下联之间都是并列关系,完美地“点”出了点春堂的春色。

又如:

不作公卿,非无福命却缘懒;
难成仙佛,为爱文章又恋花。

这是梁章钜的自题联。上、下联各为一个表示因果关系的复句,并列而成联,曲折地表现作者的诗人志趣。

再如:

教子读诗书,纵不成名终脱俗;
呼儿耕垄亩,虽无大利免求人。

这是一九三八年除夕,陈毅住在江苏茅山九龙塘章传容家,亲手在章家大门上书写的春联。全联为并列结构,上联劝读,下联乐耕,表现了我国耕读持家的传统思想。上、下联内部则为假设关系。

还如:

放开眼界看:朝日才上,夜月正圆,山雨欲来,溪云初起;
洗净耳根听:林鸟争鸣,寺钟响答,渔歌远唱,牧笛横吹。

这是龚正谦题于熙春山憩亭的楹联。上联写所见之景色,下联写所听之声音,通过两个平行的角度,描绘了一幅栩栩如生的风景画,有山有水,有声有色,有人有物,诗情画意,跃然纸上。上、下联内部各用两个述宾词组构成顺承关系。

(二)转折结构

转折结构是上联的内容和下联的内容相反相对,下联的内容在上联内容的基础上转折到它的反面,一正一反,相反相成构成对联,楹联中的"反对"大都是这种结构方式。转折结构的楹联,由于由正转反,陡起陡落,形成了鲜明的对比,因而表达效果和艺术力量都较强,但要求较高,上、下联意要转折得贴切自然,不生不涩,颇有难度。

例如:

一味黑时犹有骨;
十分红时便成灰。

这是一副蕴藏深义的咏煤格言联。不仅上、下联字面相反,意思也是由正面转向反面的。上联从正面说:煤一直黑着的时候尚且有骨气;下联转入反面:当它十分火红时反而就变成灰烬了。

再如:

纵使有钱难买命;
须知无药可通神。

这是一副药王财神合祠联。

以上两副对联中都有关联词语"……犹……;……便……","纵使……;须知……",上、下联意思明显相反,转折意味很重。还有的对联不用关联词语,转折意味相对来说较轻。

例如:

远富近贫,以礼相交天下少;
疏亲慢友,因财绝义世间多。

这是鄂比书赠曹雪芹联。

孔子之前，无数孔子，孔子之后，一无孔子；
鲁迅之前，一无鲁迅，鲁迅之后，无数鲁迅。

这是郭沫若挽鲁迅联。

（三）启承结构

启承结构是依照内容的时间顺序和连续关系构成的对联。上联内容时间在前，下联内容发生在后；上联是开启，下联是承续。这种启承关系所构成的纵式结构，可使楹联的内容和语势贯通畅达，有如行云流水，给人生动、明快、一气呵成之感。楹联中的“流水对”（串对）有一部分就是这种结构。

置身欲向极高处；
举首还多在上人。

这是昆明三清阁联。

这副对联表达启承关系时用了“……欲……；……还……”的关联词语。还有的对联表达启承关系时不用关联词语。

例如：

微君之功，今为洪宪之世矣；
思子之故，怕闻鼙鼓之声来。

这是康有为挽蔡锷联。

粗衣淡饭好些茶，这个福老夫享了；
齐家治国平天下，此等事儿曹任之。

这是林则徐父亲题写的厅堂联。

（四）递进结构

递进结构是下联对上联的内容具有递进一层的关系，或是范围上的扩展，或是程度上的深化，或是品级上的升格，反映事物或事理发展中层次的递升性变化的不同阶段和表现形态。楹联中的“流水对”有一部分是这种结构。

例如：

一生不曾屈服；
临死还要斗争。

这是章乃器挽鲁迅联。

以上这副对联，用“……还……”表达递进关系，还有些对联不用关联词语表达递进关系。

例如：

坐，请坐，请上坐；
茶，敬茶，敬香茶。

这是相传苏东坡（一说郑板桥）游寺时题的趣联。上、下联之间和单联内部都是递进关系。

恨我晚来游，只落得万柄枯荷，一湖秋水；
问谁能不朽，除非是六朝儿女，百战英雄。

这是王子安题南京莫愁湖联。

公生则人民死，公死则人民生，生死相关，互为因果；
天视自我民视，天听自我民听，视听洞彻，不爽毫厘。

这是某君挽袁世凯联。

（五）因果结构

因果结构，上、下联的逻辑关系是原因和结果或结果和原因的关系。有的是由因及果。例如：

土豪劣绅把穷人当盘中餐；
劳苦大众把豪绅做枪口靶。

（韦拔群题东兰县农讲所联）

成大事以小心,一生谨慎;
仰风流于遗像,万古清高。

(成都武侯祠冯玉祥题联)

有的是由果溯因。例如:

莫愁前路无知己;
西出阳关有故人。

因果结构的对联多数不用关联词语,因而有时需要加以分析或了解一些背景,才能领会。但从另一方面来讲,如果我们领会了它上、下联之间的因果关系,就会加深理解,更得联文之旨趣。

例如:

无欲常教心似水;
有言自觉气如霜。

此联见清代纪晓岚《阅微草堂笔记》,明代刘念台题御史台联。都御史古称“言官”,职司就是弹劾枉法官吏,那么“正人先正己”,言官首先自己必须克服个人欲念,使心地像水一样光明平正,才能不畏强暴,敢于进言,具有肃霜般的勇气。

也有的因果结构的对联虽然没有用关联词语,但有些词语含有因果的意味,也可以帮助我们辨认和领会。例如:

独坐黄昏谁是伴?
怎教红粉不成灰。

这是成都望江楼清婉室赵熙题集句联。此联系为唐代女诗人薛涛而作。下联中“怎教”一语,一般的当有上文,故而可知此为因果结构。如果我们知道薛涛凄苦的身世和卓荦的才华,读之当会一唱三叹,黯然神伤。

(六)选择结构

选择结构是上、下联摆出两种情况或道理,并且表明选取一种,舍弃另一种,形成强烈的对照和选择关系,意旨显豁,语气肯定,颇能使人醒目清神,激扬正气。

选择结构的对联,多用关联词语。一种是先舍后取,一种是先取后舍,前者语气比较委婉,而后者语气比较坚定,是一种强调的说法。

先舍后取的,例如:

莫做盆里小景,只在斗室吐芳艳;
应学山中劲松,傲对风雪显英姿。

(春联)

不求金玉重重贵;
但愿子孙个个贤。

(堂联)

这两副对联中,用了"莫……;应……"和"不……;但……"表示上、下联之间的选择关系。

先取后舍的,例如:

宁以义死;
不苟幸生。

(济南女界追悼郭钦光烈士大会挽联)

这副对联中,用了"宁……;不……"表示上、下联的选择关系。语气显然比上述二联强烈。

还有的先取后舍,再加上用反诘句,语气就更强烈了。例如:

惟以一人治天下;
岂为天下奉一人。

(北京故宫乾清宫养心殿西暖阁雍正题联)

这副对联中,用"唯……;岂……"既表选择又表反诘,语气强烈,虽然表现了某种比较开明的民本主义观点,但仍是封建君主专制主义思想。

(七)假设结构

假设结构是上联提出假定情况,下联推出肯定的结论。假设结构的对联，一般多用关联词语。例如：

若能杯水如名淡；
应信村茶比酒香。

（书法家启功书写的对联）

这副对联中，用“若……；应……”表示假设关系。

还有的把假设和反问结合起来，语气更为强烈。例如：

不经几番锤炼；
怎成一段锋芒。

（刀店联）

苟利国家生死以；
岂因祸福避趋之。

（林则徐题《海国图志》联）

（八）条件结构

条件结构是上联提出条件，下联说出达到的目的。

条件结构的对联一般不用关联词语，上、下联的条件关系需仔细体味。一种是必要条件，希望由此能产生某种结果；一种是充足条件，要求定要达到某种相应的结果。

必要条件的，例如：

劝君更尽一杯酒；
与尔同消万古愁。

（集句题酒楼联）

充足条件的，例如：

我本是一片婆心，抱个孩儿给你；
汝须行十分好事，留些阴骘与他。

（杭州送子观音庙联）

以上所述上、下联之间的各种关系，除第一种外，都可称作“流水对”。

所谓流水对，是出句与对句之间的关系不是对立的，是一气连贯下来，像流水一样直泻而下，给人以流动之感。周振甫在《诗词例话》中说："流水对就是两句的意思连贯而下，好像不是对偶。如王之涣的《登鹳雀楼》：'白日依山尽，黄河入海流。欲穷千里目，更上一层楼。''白日'、'黄河'两句是并列写景，意思不是连贯的。'欲穷'、'更上'两句，意思连贯而下，好像不是对偶，实际上对得很工整，是流水对，是很好的对偶。对偶的好处是符合于美学上的所谓均齐，但过于求均齐又容易呆板，又容易因迁就对偶的形式而损害内容。流水对既有均齐之美，又自然而不呆板，意思连贯而下并不损害内容，所以是很好的对偶。"黄遵宪《〈人境庐诗草〉自序》中说，"以单行之神，运排偶之体"，这句话很可以作为流水对的注脚。流水对意思连贯而下，精神是单行的，但字面上却是对偶的。正因为流水对具有这样的优点，因而具有较高的艺术性，不仅在诗歌中为诗人们较多地运用，而且在楹联中也为楹联作家们所乐于使用。要识别流水对，除了从意义上加以分析外，还可以从关联词语上加以辨认。凡出句和对句有"且看"，"莫厌"，"但觉"，"不知"，"但知"，"不必"，"但将"，"不用"，"但须"，"莫管"等字样表示意思连贯而下为之关捩的，必定是流水对。当然，流水对不必都有这样的字眼，那就需要我们仔细地加以辨识了。

二、单联内部的语法结构

（一）词组结构

词组结构是上、下联各自的内容是通过词组形式结构而成的。如偏正词组、述宾词组、联合词组等。

偏正词组联，如：

一轮明月；
四壁清风。

（厅堂联）

联合词组联，如：

白马秋风塞上；
杏花春雨江南。

（徐悲鸿联）

南浦绿波，西山爽气；
春风落日，秋水长天。

（清代李棠阶题昆明西山联）

联合词组实际上可以是各种词组的联合。前一副对联上、下联各是三个名词的联合；后一副对联中，下联是两组名词联合构成，而这两组名词又各由两个名词联合构成，上联可以看作是由两个偏正结构的词组联合构成。

有些上、下联均由偏正结构的词组联合组成，可以被认为是省略了主语的单句。例如：

光荣传统光荣史；
英雄阵地英雄兵。

（军队联）

这副对联的主语不说自明，即为人民军队。

如果上、下联均由主谓结构的词组联合组成，则更可以看作是省略了主语的单句，或者紧缩了的几个主谓结构的复句。例如：

秋水为神玉为骨；
词源如海笔如椽。

（黄兴赠汤增璧联）

这副对联显然是称赞赠联对象和他的作品的，可以被认为大主语省略了，这个大主语就是题赠对象。

又如：

山青水秀风光好；
人寿年丰喜事多。

（春联）

人勤物阜；
国泰民安。

（春联）

这两副对联显然是称赞此地人物风光或者表示对来年良好祝愿的。像这种情况，亦宜当作由几个主谓结构组成的复句为妥。

（二）单句结构

单句结构是上、下联各为一个单句，其中可分为省略句和完整句两种。

省略主语句联，如：

劝子勿为官所腐；
知君欲以诗相磨。

（梁章钜赠余小霞联）

此联主语当为赠联的作者。

想四化干四化一心建设四化；
迎新春贺新春永葆革命青春。

（春联）

此联主语当为贴联的主人。此联上、下联如读作三个分句，那就变成复句结构了。

完整句联，如：

客游图画里；
僧语云水间。

（肇庆鼎湖山半山亭联）

民心党心军心同心建设四化；
人力物力智力协力建设九州。

（门联）

以上二联中，前联主谓明确，自不待言。第二副对联，上、下联结构似有不同,上联“民心党心军心”可做“同心建设四化”的主语;而下联意谓要调动一切可以利用的人力、物力、智力,大家同心协力来建设祖国,句子形式貌似完整的主谓句,而实际上是两个不完整的分句。

(三)复句结构

复句结构是上、下联由复句构成。复句中可有多种多样的关系。例如:

大屋不画龙蛇,待名士来题咏者;
今世复多蛟虎,愿将军斩而除之。

(南京周处台联)

这副对联中,上联两个分句为由果溯因,下联是由因及果。

爽气西来,云雾扫开天地恨;
大江东去,浪涛洗尽古今愁。

(武汉黄鹤楼联)

这副对联中,上、下联两分句均为顺承关系。

顾曲有闲情,不碍破曹真事业;
饮醇原雅量,偏嫌生亮并英雄。

(湖南岳阳周瑜墓联)

这副对联中,上、下联两分句均为转折关系。上联是说,周瑜通晓音乐,“曲有误,周郎顾”(童谣),能听出乐曲演奏中出现的错误,颇有闲情逸致,但这并不妨碍他指挥打败曹操的大事业。下联是说,周瑜酒量大,气量却小,容不得才能居于己上的诸葛亮。

一水抱城西,烟霭有无,拄杖僧归苍茫外;
群山朝阁下,雨晴浓淡,倚栏人在画图中。

(云南昆明西山华亭寺明代杨慎联)

这副对联中,上、下联的三个分句均为并列关系。

栏干外滚滚波涛，任千古英雄，挽不住大江东去；
窗户间堂堂明月，尽四时凭眺，几曾见黄鹤西来。

（湖北武汉黄鹤楼联）

这副对联中，上、下联两分句均为假设关系。

能诗能笔即真才，且休说万古奇冤，燕山夜话；
为国为民皆实绩，更那堪一生心事，碧海青天。

（杨沫、马健民挽邓拓）

这副对联中，上、下联两个分句均为选择关系。

（四）段落结构

段落结构是上、下联句子较多，表达比较丰富复杂的意思，各自形成相对完整的段落。

例如：

昔时未读五车书，雅量清心，温如玉，冷如冰，是大将实是大儒，使天下讲道论文人愧死；

此日竟成千载业，忠肝义胆，重于山，坚于石，忘吾身不忘吾主，任世间寡廉鲜耻辈偷生。

（熊一本题上海陈化成祠联）

陈化成（一七七六—一八四二），行伍出身，历任总兵、提督，鸦片战争爆发后，守卫吴淞，一八四二年战死于西炮台。上联讲平日，下联讲战时。

再如：

为祖国赤胆忠心，参政务，察民情，驱彩笔，著雄文，毕其生劳绩卓著，万众共长征，看大地春回，虎跃龙腾，正在待高歌猛进；

论私谊良师益友，律己严，待人宽，治学勤，任事勇，数十年启迪殊多，一朝成永诀，对满梁落月，抚今感旧，焉能免意恸神伤。

（金诚夫、孔明恺挽王芸生联）

这副对联,上联论品德,下联论私谊。

(五)篇章结构

篇章结构是指联幅特长、联意丰厚、结构复杂的一些长联和超长联,上、下联简直可以说各自都能独立成篇。当然,不管怎么长,上、下联也仍然有有机联系,从整体上来看,仍可看作是全联的段落。

因联文太长,这里不再举例。可参见前长联、超长联部分。

三、楹联的节奏

楹联的结构包括联句的节奏形式。节奏本是乐曲结构的基本因素,是由音响运动的轻重缓急形成的,其中节拍的强弱或长短,要合乎一定的规律,符合内容表达和口头歌唱的要求。节拍就是乐曲中的节奏序列,每一序列包括二拍、三拍或四拍。对联是一种特殊形式的诗,要求有音乐性,这首先就表现在它的音调有节奏感,念起来上口,听起来悦耳。即使不念不听,只是看,由于看的时候也是按节奏进行的,若能节奏调谐,就会在内心产生一种畅快感。

具体来说,"节奏"一般是指在一定时间内交替出现的现象。音乐里所讲的"节奏",是指音的长短关系和强弱关系有规律的组合。语言的"节奏",是语音的异同、轻重缓急、高低变化、停顿间歇在一定时间内互相配合交替出现关系的组合。它是由音色、音量、音高、音长四个要素构成的,其中任何一个要素在一定时间内有规律地交替出现,都会造成节奏。由音色造成的节奏,主要表现在押韵上,即利用句尾用韵母相同或相近的字有规律的组合,给人一种回环往复、和谐悦耳的节奏感;由音量造成的节奏,主要表现在重音上,它是利用词或语句声音的强弱、轻重交替出现而形成节奏的;由音高造成的节奏,主要表现在平仄和语调上,即交错运用不同的声调和语调的高低升降变化,造成抑扬有致而富有节奏性;由音长造成的节奏,主要表现在速度和停顿上,利用语流的快慢、长短和有规律的停顿间歇形成节奏美。语言的节奏是增强语言音乐性的一种重要方法，它有助于增强作品的准确性、鲜明性和严整性，使语言更富有表现力，因此运用语言不可忽视节奏，对联作为韵文、诗歌的一种特殊形式更要强调运用语言的节奏。由于对联一般不要求押韵，平仄、句读已另做专门论述，因而这里着重讲句读内部的停顿间歇所造成的节奏。

在对联创作中，要做到上、下联句式合拍、节奏对应协调，这是一个基本的原则。例如：

魂魄托日月；
肝胆映河山。

这是一九七六年“四五”运动中天安门广场上的对联。上、下联都是三拍：二、一、二，对应合拍。

又如：

一戎衣而天下定；
微斯人吾谁与同。

这副蔡锷祠的对联，上、下联各七字三拍，同为“三、一、三”节奏。

楹联的节奏，并无固定的格式，即便是五言联，也有几种分法，如“二、一、二”式，“二、二、一”式，“三、二”式，“二、三”式，“一、二、二”式，“四、一”式，“一、四”式等。这主要根据联文的内容和所用词语的语气自行决定。但上、下联的节奏一定要一致，即合拍，上联是什么“式”，下联也必须是什么“式”。如果上、下联节拍错乱，就违反对联结构的要求了。例如：

江山如画；
唱春光好。

上、下联虽都是两拍，但长、短、强、弱不相同，节奏失调，读起来也不和谐整齐。

又如：

花明柳媚春光好；
大江南北庆丰收。

这两句节奏不相对应，句式也不相同。上句节奏是“四、二、一”式，句式是主谓 + 主谓 + 主谓，下句节奏是“四、一、二”式，句式是偏正 + 动宾。

楹联的节奏和句式是密切相关的，而句式又是由句子的逻辑和语法结构决定的。具体来讲，句子是由词和词组组成的。对联由于它本身的特点，字数多少不限，句子长短不限，因而在每一个句子中词和词组的数目不固定，词或词组之间的关系多种多样，多少字一个节奏，以及节奏的变化情况随之而繁复丰富。所以对联的节奏要比近体诗、骈体文都复杂得多。

罗深原在《对联写作基本知识》中指出，近体诗五言的，如王之涣《登鹳雀楼》“白日依山尽，黄河入海流，欲穷千里目，更上一层楼”，按词和词组划分节奏，前两句节奏为“二、二、一”，后两句节奏为“二、三”。对联除了有诗的两种节奏外，五言对还有“三、二”，“一、四”和“一、二、二”。例如，晚清时某土地庙门联：

咦！哪里放炮？
哦！他们过年。

节奏为“一、四”或“一、二、二”。

又如，清代李渔咏物联：

八宝珊瑚枕；
双珠玳瑁簪。

是“四、一”或“二、二、一”节奏。

再如，于右任题明孝陵联：

与钟山终古；
为民族增光。

是“三、二”节奏。

七言诗如杜甫的《江南逢李龟年》：“岐王宅里寻常见，崔九堂前几度闻。正是江南好风景，落花时节又逢君。”前两句节奏为“二、二、二、一”，后两句节奏为“二、二、三”。对联除了有诗的这两种节奏外，七言对还有

“二、一、四”,“四、三”,“三、四”,“二、五”,“一、六”等节奏。例如,贵阳浮玉桥涵碧亭联:

水从碧玉环中出;
人在青莲瓣上行。

为“二、四、一”或“二、五”节奏。

又如,杭州碧波亭联:

三千里外一条水;
十二时中两度潮。

是“四、三”节奏。

再如,昆明龙门联:

仰笑宛离天尺五;
凭临恰在水中央。

是“二、五”节奏。

四言联的节奏较简单,一般只有“二、二”或单一两种。例如,郑板桥题青城山天师洞台榭联:

心清水浊;
山矮人高。

是“二、二”节奏。

又如,李苦禅挽邓拓联:

燕山磊落;
夜话千秋。

可读单一节奏,也可读“二、二”节奏。

再如,徐悲鸿自书居室联:

独持偏见;
一意孤行。

是单一节奏。

六言联的节奏有“二、二、二”,“三、三”,“二、四”,“四、二”等。例如,郭沫若题宁波天一阁藏书楼联:

好事流传千古;
良书播惠九州。

是“二、四”节奏。

又如,张元济贺康有为寿联:

形其量者沧海;
何以寿之名山。

是“四、二”节奏。

再如,广东南海公园联:

四时无冬无夏;
终岁不暑不寒。

是“二、二、二”节奏。

中长联要按各句词组构成的情况划分节奏。

例如,清代蒲松龄自勉联:

有志者事竟成,破釜沉舟,百二秦关终属楚;
苦心人天不负,卧薪尝胆,三千越甲可吞吴。

此联的节奏第一句为“三、三”,第二句为“二、二”,第三句为“四、三”。

又如,长沙天心阁联:

望不断七二峰衡岳,流不尽八百里洞庭,明月当头,如许江山赢我醉;
是谁赋屈大夫离骚,是谁虚贾太傅前席,幽情无限,满城风雨自西来。

前两句是上下联各自相对的。上联第一、二句是“三、五”节奏,下联第一、二句是“二、六”节奏,第三句是“二、二”节奏,末句是“四、三”节奏。

再如,陶行知题育才学校礼堂联:

和马牛羊鸡犬豕交朋友;
对稻粱菽麦黍稷下工夫。

可分三个和七个两种节奏:第一种,第一节奏为四字,第二、三节奏各三字,这是三个节奏的分法;第二种,第一节奏二字,第二到第六节奏各一字,第七节奏三字,这是七个节奏的分法。

在句子中,又是怎样根据词和词组结构来划分节奏的呢?现再举一例以说明之。例如,小凤仙挽蔡锷联:

万里南天,鹏翼直上扶摇,忍抛撇儿女情怀,萍水因缘成一梦;
廿年北地,燕支自伤沦落,喜赢得英雄知己,桃花颜色亦千秋。

上联中,第一句"万里"是数量结构,"南天"是方位结构,节奏"二、二";第二句是主谓结构,"鹏翼"是主语,"直上扶摇"是谓语,节奏为"二、四";第三句是动宾结构,"忍抛撇"是动词,"儿女情怀"是宾语,节奏为"三、四";第四句是主谓宾结构,"萍水因缘"是主语,"成一梦"是动宾结构做谓语,节奏为"四、三"。下联相同。

楹联的节奏和句式,在通常的情况下,二者相一致,句法不一致的对联,其节奏也难以相一致。但语法结构和音调节奏有时并不完全一致。郭绍虞在《文镜秘府论》前言中说:"从古诗演变到永明体,声律已有偏于吟的倾向,到律诗则'新诗改罢自长吟',就明确意识到音步问题了。古代诗歌相合,诗的节奏以乐为主,随乐调而抑扬的。后来诗不歌而诵,逐渐注意到诵读的音节,然而以语词或语意为单位,来规定诗句或诗篇的抑扬顿挫之节,还是不适于长吟的。从永明体演变到律诗,节奏便依诗句本身的音步为抑扬。根据诗句本身的音数,规定音步,再使音步配合平仄,就可以突破语词或语意的限制,于是出现了适合于长吟的律诗。例如'似梅花落地,如柳絮因风',吟的时候,不会按照语意读作前三后二;总是按吟的规律，读作前二后三的。那么‘梅花’、‘柳絮’二词，在吟的时候就把它折开了。所以，音步的发现，是构成律诗的主要因素。”

由律诗脱胎而来的楹联，则更是不歌而诵，必须注意到诵读的音节，因而它是按照吟的规律来规定联语的抑扬顿挫之节。例如董其昌题飞来峰冷泉亭联：

泉自几时冷起？
峰从何处飞来？

上联的“自几时”和下联的“从何处”都是介词结构，从句法上看，应作为一个节奏。但从音调上看，却是把“泉自”作为一节，仄声字落脚；“峰从”作为一节，平声字落脚。后面的“几时”，平脚；“何处”，仄脚；“冷起”，仄脚；“飞来”，平脚。这样按声调划分节奏，才顺口流利，自然协调。

楹联的字数不固定，构成联句节奏的方法和因素又有许多，运用起来可谓自由灵活，变化多端。一般说来，其中应遵循的基本原则就是上、下联音步等长，强弱等量，繁疏缓急和谐，轻重抑扬鲜明，对仗合拍。特殊说来，则应注意掌握如下几点：

（一）七言联的节奏前四后三比前三后四为好。

（二）单数字组成的节奏比偶数字组成的节奏好。

（三）如果上下联各有两个分句，最好前一分句用双字，后一分句用单字；两个分句若能都用单数字组成则更好。

例如：

厚地高天，堪叹古今情不尽；
痴男怨女，可怜风月债难酬。

（《红楼梦》第九回联）

这副对联上、下联都是前四后七。

皎月白如银，辽海浪淘天外月；
乱山蹲似虎，长城围锁塞边山。

（北京颐和园联）

这副对联上、下联都是前五后七。

（四）长联和超长联的节奏，原则上与短联同。长联是由若干个短句组成的，常用的还是四字句、五字句、七字句。因此，掌握住短联的节奏方法，也就掌握了长联的节奏方法。组成长联的各分句，既不要使它们字数都相等，也不要使它们字数都不等，要适当安排使各分句的字数多少相间，奇偶交错，这样才能分出声调的轻重徐疾、语气的参差变化来。

第五节　炼　字

一、楹联炼字的意义

炼字是对联创作中运用语言的基本功。由于对联具有高度的概括性、极强的表现力和诗的艺术美的特点，而且上、下联字数必须相等和对仗，因此，十分讲究用字造句，每一个字都必须进行一番选择和锤炼，让它发挥不可替代的作用，并增强艺术魅力。楹联语言是一种诗的语言，但它又比一般诗的语言具有更丰富的内涵和更强的外在美。清代方树梅在《滇联丛话录》中说："得一佳联，执笔凝思，往往有较成一五、七言绝句尤难，非个中人不能说其甘苦也。"这确是经验之谈，当然也包括了创作对联炼字铸意之艰难。楹联创作中炼字之所以重要，就在于它是使楹联语言达到准确精练、清新典雅、生动形象和富有表现力的最基本的手段。

相传苏小妹偶然写得一副对联，是为：

月下杜鹃喉舌冷；
花前蝴蝶梦魂香。

苏东坡十分高兴，向宾客们夸耀。苏东坡送客出门时，却见门口有一人摆着一张桌子，布标上写着："专门修改天下奇联妙句。"苏东坡以其狂傲，有意难之，出示苏小妹妙联，请他修改。那人说："这两句不通！"苏东坡问："何以不通？"那人说："月下杜鹃，如是闭嘴飞行，风吹不进喉舌，何以会'喉舌冷'呢？花前蝴蝶如是飞着，并未熟睡，又何以会'梦魂香'呢？"众人询问应如何修改。那人提笔改为：

啼月杜鹃喉舌冷；

眠花蝴蝶梦魂香。

苏东坡看了非常佩服，叹道：“吾自此方知天下之大，奇才之多也。”原来那人是王安石的仆人，按王安石授计所为。

王安石授计仆人修改后的对联，仅改动两字，调动两字，顿使联文所表达的意思准确而生动，既克服了原联立意不够严密之处，又把原联静态事物写成了动态，增强了艺术感染力。由此可见炼字的重要意义。

《红楼梦》第十七回“大观园试才题对额，荣国府归省庆元宵”中，贾宝玉题“有凤来仪”（潇湘馆）的对联是：

宝鼎茶闲烟尚绿；

幽窗棋罢指犹凉。

潇湘馆的特色为“有千百竿翠竹遮映”。对联在字面上并没有写到竹，可是由于句末用了“烟尚绿”、“指犹凉”，艺术地表现了翠竹的神采清韵。脂砚斋专门为此作批道：“‘尚’字妙极，不必说竹，然恰是竹中精舍，‘犹’字更妙，‘尚绿’、‘犹凉’四字，使如置身于森竹万竿之中。”这个评语正是称赞联语作者炼字有真功夫，用词精当，状景贴切，造境出神入化。

另外，贾宝玉题“蘅芷清芬”（蘅芜院）的一联也有异曲同工之妙：

吟成豆蔻诗犹艳；

睡足荼蘼梦亦香。

这副对联中，“艳”、“香”二字用得活脱、精彩。它将豆蔻的“艳”移来说诗的“艳”；将荼蘼的“香”，移来说梦的“香”，使这两个形容词同时兼顾两面，互相映衬，摇曳生姿，成了吸引人的“联眼”，获得了特定情境中最佳的表达效果。

又如四川成都望江楼公园薛涛故居咏诗楼有诗人何绍基题撰的一副名联：

花笺茗碗香千载；
云影波光活一楼。

上联用一个“香”字，既切合花笺茗碗，又是对女诗人诗风人品的赞扬。下联用了一个“活”字，“活”本是不及物动词，联中当作及物动词用，有使动的意义，生动地刻画出祖国美丽的河山与吟诗楼的迷人风光。“香”、“活”二字使全联为之生色，显示出作者高度的驾驭文字的技巧和楹联语言的特色。

再如有一副新征佳联：

一代英豪，九州生色；
八年业绩，四海归心。

此联气势豪壮，语言精美，其中“四海归心”的“归”字尤为精当。“四海归心”的深刻含义是指我国对内改革，对外开放，人心向我。有的应征联对以“四海同心”，则“同”字用得就不恰当了。因为如果“四海”指国内，则与上联的“九州”合掌；如指国际，则除非全世界都进入共产主义，方可“四海”同心。所以，用“同”字给人一种夸大不实之感，用“归”字则理通意畅，文精字当。

二、楹联炼字的要求

为了使联语达到鲜明准确、高雅清新、精练形象的艺术境界，对联创作中的炼字，要求做到如下几点：

（一）准确把握描写对象的本质特征，扣紧主题思想，反复推敲，力求文质相符，使每一个字都用得恰到好处。

例如贵州黄果树瀑布观瀑亭上的一副楹联：

白水如棉，不用弓弹花自散；
虹霞似锦，何须梭织天生成。

此联寥寥二十二字，清新淡雅地把我国最大瀑布的壮观奇景描绘得栩栩如生，有声有色。据说此联原来的下联是：

红岩似火,何须薪助焰亦高。

“红岩”指“红岩碑”,是白水河黄果树瀑布上游十六公里处的一个古迹。作者觉得这个下联虽然对仗工整,但与瀑布有生硬拼合之嫌,分散了主题,不如集中笔墨写瀑布。经过反复思考,改写成另一个下联:

虹霞似绣,何须梭织天生成。

后来有一位诗人来此游览,读了这副楹联,又觉得“天”字尚欠工稳自然,于是再三斟酌,最后提笔将“天”字改成“锦”字。这一改,也仍有值得研究之处。近年该亭重修,设计者将下联改为:“虹霞似锦,何须梭织天生成。”这说明,只有经过再三修改锤炼,才能达到较高的艺术境界。

又如南京渡江史碑新征并获得一等奖的对联,最初的油印材料是:

千帆竞发,破浪乘风,越天堑,夺石城,胜决终局是役定;
万人夹送,高歌猛舞,迎解放,庆翻身,功记青史此碑铭。

报上正式发表时改作:

千帆竞发,破浪乘风,越天堑,夺石城,胜决终局斯役定;
万众夹道,高歌狂舞,庆翻身,迎解放,功垂青史此碑铭。

原联“万人夹送”表达不明确,解放军渡长江,进南京,应当是“万人夹迎”,而不是“万人夹送”。改作“万众夹道”,未讲“迎”字而迎意极明且浓。“猛舞”不合人们口语,有生造之嫌,改作“狂舞”,合乎语言规范,且“狂”字比“猛”字更能表现人民群众欢天喜地的情景。“垂”有永远留存之意,“记”则不一定有,因此改“记”为“垂”,表意确切,格调典雅。当然,此联还可在炼字上再下工夫,比如“功垂青史此碑铭”的上联对句比较牵强,如能把“胜决终局”四字推敲得更为精当自然,就更理想了。

再如一九六二年郭沫若为四川中江黄继光纪念馆题联:

血肉作干城,烈概在火中长啸;
光荣为党国,英风使天下同钦。
横额:凯歌百代。

据郭沫若在《凯歌百代》一文中说，此联题写时颇费斟酌，上联的“长啸”二字，初写时为“永在”，写好后发觉上联有两个“在”字，乃改。同时，感到“永在”是死字眼，而英烈是永远活着的，永远在呼啸前进，于是改作“长啸”。这一改就“活”起来了。在拟制横额时，郭沫若也是颇费匠心的。初拟作“永垂不朽”、“浩气长存”、“气壮山河”等，因其泛泛一般，弃而未用；继改作“藩翰中朝”，殊觉典雅，又圈去不用；复改作“火中凤凰”、“青年师表”、“人民模范”仍感不切题；又改为“血铸和平”、“国际英雄”，亦不称意。前后写易二十余次，才选定为“凯歌百代”。郭沫若不厌其烦地思考推敲，精益求精，终于得到如此精当无比的横批，具有与联语珠联璧合、相得益彰之妙。

（二）在楹联的语言运用中，要特别注重关键字（词）的锤炼，努力选用最能表达描写对象本质特征的动词、形容词等，使之成为“联眼”，以求达到一字用活，全联生辉的艺术效果。

例如，南京中山陵新征并获得二等奖的汪尔驹联，在油印材料上发表时联文为：

推翻两千载帝制，首义功归先行者；
积累四十年经验，遗言启迪后继人。

后来报纸正式发表时，改“推翻”为“废”，改“积累”为“积”。这样修改，首先是为了文字的简练，使上、下联各省一字，同时，改后的文字也显得更为准确、典雅而庄重。一个字反而比两个字的表达效果好。

（三）楹联用字要忌陈俗，忌生造，忌故作艰深。有些词语，如“展宏图”、“谱新章”、“立新功”、“庆新春”等，使用频率太高，变得陈俗了，不宜沿用，否则就不够新鲜、醒目了；有些词语，如“鸥鹏”、“柏松”、“桂荣”、“歌诗”等，是为了对仗而临时拼合、生造的，不合语言习惯，读不顺口，也不应使之入联；还有一些人作对联，喜欢故作高深，寻找一些生僻难认的字用来作联，也是不可取的。

据说宋代宋祁撰写《新唐书》时，爱用冷字僻典，佶屈聱牙，十分晦涩。有一次，欧阳修知道宋祁要来做客，就故意拟写了一副晦涩难懂的对联贴在门上：

宵寐匪祯；
扎闼鸿庥。

宋祁连看几遍，不解其意，只得请教主人。欧阳修笑着解释道："昨夜我做了一个噩梦，很不吉利，写副对联贴在门上避避邪。对联的意思就是'夜梦不祥，出门大吉'。"宋祁说："你为什么不直说呢？何必如此令人费解？"欧阳修说："我这是学你修《新唐书》的笔法啊。"宋祁听后，满面羞愧，接受了一次深刻的教训。

古今的许多佳联，在用字造句方面是很讲究推陈出新的，同时又千锤百炼，合乎汉语的规范化要求，因而清新自然，生动感人，达到炉火纯青的至境。

例如武汉黄鹤楼清代方维新题的楹联：

对江楼阁参天立；
全楚山河缩地来。

这副对联，上联突出"点"，下联勾勒"面"，极简洁概括而又极具体形象。尤其是上联的"参"字，下联的"缩"字，把黄鹤楼一楼耸天、三楚山河衬托拱卫之势生动地突现了出来，一"参"一"缩"，一扬一抑，把静景写动、死物写活了。用语新奇而规范，表意明白而有味。

又如广东白云山听涛亭有一副对联：

旭日朝霞红雨乱；
天风海水白云闲。

此联是郭沫若和古大存的联句。古大存游白云山时曾写过一首诗，其中一句是"天风海水白云间"。管理园林的同志认为这句诗颇能表现白云山的风韵，便于一九六三年做了两块对联式的木板，挂在"白云松涛"的"听涛亭"上，其中一块上写"天风海水白云间"作为下联，另一块留为上联而空着，以示向游人征求佳联。一九六四年七月二十日，郭沫若游览白云山时，听到这件雅事，他想了想说："上联可用'旭日朝霞红雨乱'，原下联

‘天风海水白云间’的‘间’字改为‘闲’字更好。”于是他当场就把对联写了下来。郭沫若改“间”为“闲”，一字之易，动态跃然纸上，且与“乱”对仗精妙，真有点石成金之功。

再如南京“栖霞丹枫”新征并获得二等奖的吴广鑫联，评选揭晓发奖会时的油印材料上写作：

枫叶丹霞，掩映六朝古寺；
苍松翠岭，深藏千佛名山。

报上正式发表时，“丹霞”改作“如花”，“苍松翠岭”改作“松涛似海”。修改后的联语比修改前的有三个好处，一是由并列两物改为集中一物，突出了景物特点，避免了平板罗列，文字显得精粹；二是由直陈改为比喻，形象生动；三是修改后前半句和后半句意思的衔接贴切自然，浑然一体。

南京天王府新征并获二等奖的俞家柽撰写的一副楹联，揭晓时油印材料公布为：

名园有幸还黎庶；
石舫无情阅古今。

报纸上发表时改“情”为“言”。一字之改，神采迥异。修改后虽然还是用的拟人手法，但思想、格调却有高下、雅俗之别。“无情”表意过于直露、生硬，改作“无言”，则显得委婉得体，耐人寻味。

还如，江苏镇江东郊京岘山北麓有宋代抗金名将宗泽墓，墓上有一副对联：

大宋濒危撑一柱；
英雄垂死尚三呼。

这副对联联文新奇、峭丽，一字千钧，足以勾魂摄魄。其中“撑”、“尚”二字尤佳，写尽了时势之危和忠臣之心。三呼，宗泽临终时，连呼“过河”者三。制作对联，在炼字造语方面，用古人“吟安一个字，拈断数茎须”来形容，实不为过。

第六节 楹联的横额

横额又称横批、横披、横联、横幅，是横书于对联顶额上、与对联的意思密切相关的简短的文字，是对联的一个特殊的组成部分。对联通常都是直书竖悬的，而横额则是横写平挂的，对竖联来说，横额犹如额头。

一、横额的作用

横额的作用主要表现在帮助内容表达方面，它对上、下联所表达的思想内容起突出、深化或补充作用，有助于更好地表现主题。具体说来，横额的作用主要表现在以下几个方面：

（一）题明对联所写的处所的名称。这种情况多见于名胜古迹的额联，通常是对联描写某一特定景物或建筑物的特色、意境、事迹和意义，横额则直接写出这一景物处所的名称。此即所谓对联写意，横额题名。《红楼梦》第十七回“大观园试才题对额，荣国府归省庆元宵”中，写贾政一群人来到新竣工的大观园一处，见周围佳木奇花，一带清流从花木深处折向北去，两边飞楼雕甍，隐于山坳树梢之间，俯视则清溪碧透，石桥三港，桥上有亭。众人有为之题“翼然”者，有题“泻玉”者，而贾宝玉据景依物，认为不如题“沁芳”新雅，并拟制七言对联一副：

绕堤柳借三篙翠；
隔岸花分一脉香。

可见横额题名，正是从联意中浓缩提炼而成。对联与横额配合得体，既可以扩展思想内容的表现力，又可增强艺术形式的外在美。特别从名胜古建筑的布置装饰艺术而言，联额相配，更显得典雅高妙，相映生辉。

用于题写名称的横额在胜迹和厅堂联中较为多见。例如：

北京陶然亭的联、额：

十朝名士闲中老；
一角西山恨有青。
横额：陶然。

无锡梅园香雪海康有为手书的联、额：

七十二峰青未断；
万八千株芳不孤。
横额：香雪海。

浙江绍兴“三味书屋”的联、额：

至乐无声惟孝悌；
太羹有味是读书。
横额：三味书屋。

此横额为清代书法家梁山舟所写。“三味”一词出典于“读经味如稻粱，读史味如肴馔，读诸子百家味如醯醢”。

杭州西湖胜景之一“断桥残雪”联、额：

断桥桥不断；
残雪雪未残。
横额：断桥残雪。

（二）画龙点睛，突现对联的主题意义。这种横额使用最多，往往运用精粹巧妙的语言，一语道破对联的中心和实质所在，收到画龙点睛的效果。例如：

浙江绍兴秋瑾故居对联：

哀哉秋风秋雨，东浙渐无光，女豪杰含冤七字；
好是元年元月，西湖灵不昧，后英雄追悼孤魂。
横额：巾帼英雄。

盼望祖国统一的新春联：

日月潭碧波凝翠，台湾骨肉日日思归盼统一；
扬子江热浪含情，大陆同胞天天翘首望团圆。
横额：炎黄心愿。

（三）从另一角度对楹联的思想内容加以补充说明，并往往成为关键之笔，从而使联意显得更加明确和深刻。例如：

杭州玉泉寺水池画家董其昌写的联、额：

鱼有化机参活泼；

人无俗虑悟清凉。

横额：鱼乐图。

广东佛山祖庙的联、额：

破除迷信：佛地天堂，养性修心，全是统治阶级骗人鬼话；

保护文物：石雕木琢，色装粉点，皆属劳动人民智慧结晶。

横额：并不矛盾。

（四）运用特殊修辞手法，使联意显现、升华，并别具深长意味。例如，讽刺自命风雅的北洋军阀张子志、张敬尧联、额：

此子本俗人，偏说是志在高山，志在流水；

吠尧本桀犬，何曾识敬以为国，敬以临民？

横额：堂堂乎张也。

此横额运用嵌字法，点明两个军阀的姓氏，更富讽刺意味。《论语·子张》："堂堂乎张也，难与并为仁也。"这里借以抨击二张。

讽刺柯逢时联：

逢君之恶，罪不容于死；

时日曷丧，予及汝偕亡。

横额：执柯伐柯。

讽刺路大尊联：

大道生财，财连云汉三千里；

尊古炮制，制死黎民几万人。

横额：路断人稀。

以上两联也是运用嵌字法，将"柯逢时"、"路大尊"的姓名，分别嵌入上、下联句和横额中，辛辣有趣。

夏明翰撰写的嘲弄洋奴联：

洋衣洋帽洋袜子，头发亦有洋气；
卖国卖民卖祖宗，江山也快卖完。
横额：ABCD。

一九一八年春，十八岁的夏明翰考入衡阳省立第三甲种工业学校。当时，有一个在日本混过几个月的训育主任，竭力反对学生参加爱国运动，鼓吹“东洋文明”，甚至主张学生的穿着打扮也要“洋化”。夏明翰愤而作此联，横额用几个洋文字母来讽刺洋奴，妙趣横生而又字字如匕首，如投枪。

横额一般为四个字，多用成语。拟制横额的总的要求是精练、贴切、新巧、深刻；忌冗长，忌笨拙，忌与联语文字重复。当然个别也有与联语文字重复的，还有的横额较长，但这都不是常格和正格。

横额较长的，如：

北京北海公园濠濮涧联、额：

衡皋蔚雨生机满；
松嶂横云画意浓。
横额：汀兰岸芷吐芳馨。

无锡梅园香雪海的一副楹联：

客为坎上寓公，到此好吟千树雪；
我是江南驿使，折来聊寄一枝春。
横额：一生低首拜梅花。

横额除了表达内容的作用之外，还有形式上增强美感的作用。横额与上、下联相配合，可造成一种外在结构的整齐美和布局的协调感，可以把景物装饰得更加美观典雅。

二、常用横额类举

(一)通用横额

大致可分为三类：

一类是歌颂四化建设、改革开放形势的，如：

振兴中华 革故鼎新

继往开来 凯歌万里

大展宏图 神州飞跃

奔向四化 众志成城

一类是祝颂国家富强、人民幸福、江山壮丽、前程远大的，如：

国泰民安 江山似锦

人寿年丰 日暖神州

物阜民康 远景辉煌

一类是祝愿家庭幸福、安居乐业，表达个人志向、党的方针的，如：

红星高照 勤俭持家

安居乐业 志在四方

幸福家庭 实事求是

文明人家 百花齐放

（二）春联常用横额

大致可分三类：

一类是欢呼春天降临人间，大地万象更新的，这一类的横额绝大部分都带上一个“春”字，如：

九州同春 大地春回

春意盎然 春色满园

红梅报春 春花争妍

东风浩荡 人勤春早

一类是欢度春节，万民同乐的，这一类不少都带有“喜迎”、“喜庆”、“新年”、“春节”等字样，如：

普天同庆 四海升平

举国欢腾 山欢水笑

喜庆丰收　恭贺新禧

欢度春节　喜迎新春

一类是祝颂家庭和个人幸福,万事吉祥如意的,如:

向阳门第　皆大欢喜

喜气盈门　喜庆有余

喜临门第　恭喜发财

欢天喜地　合家欢乐

(三)婚联常用横额

婚联横额可分为三类:

一类是祝颂男女双方结成美满婚姻的,这一类横额多用各种成双作对的美好事物为喻,或点出结成佳偶之意,如:

鸾凤和鸣　佳偶天成

笙磬同谐　鸳鸯比翼

花开并蒂　美满姻缘

玉树琼枝　模范夫妻

一类是对办喜事的家庭的庆贺和美好的祝愿,如:

燕尔新婚　处处见喜

幸福美满　欢溢高堂

一类是对结婚夫妇婚后生活的希望和祝愿,如:

情投意合　志同道合

心心相印　同奔四化

互敬互爱　并肩前进

永结同心　男女平等

(四)寿联常用横额

寿联横额可分为三类:

一类是祝贺老人健康长寿，还有少数祝贺小孩健康成长的，如：

鹤算筹添 庚星耀彩

松鹤延年 康乐宜年

柏翠松青 德高望重

南极星辉 大德大年

一类是对做寿的家庭表示庆贺的，如：

甲第增辉 蟠桃献寿

璇阁大喜 榴花献瑞

共颂期颐 桑弧衍庆

莱彩承欢 桂馥兰芳

一类是专门祝贺男女双寿、或父寿、或母寿的，这一类横额不能混用，如：

天上双星 金萱焕彩

椿荣萱茂 婺宿腾辉

盘献双桃 庚婺同明

大椿不老 星辉宝婺

(五)挽联常用横额

挽联横额大致可分为四类：

一类是哀悼死者永离人间，这一类横额多沿袭一些传统说法，如：

碧落黄泉 骑鲸西归

驾返瑶池 鹤归华表

一类是称颂为人民利益而牺牲或对党和国家做出重大贡献的人，对他们的去世表示怀念和哀悼，如：

一代英豪 举世同悲

人民英烈 英灵永吊

浩气长存 千古流芳

重如泰山 名垂青史

一类是对一般的死者表示怀念和哀悼,称颂他们的优秀品德,如:

音容宛在 典型宛在

德及梓里 淑德可风

垂范后世 松柏长青

一类是专门哀悼某一种情况的死者的,不能混用,如:

女史流芳 哲人其萎

巾帼英雄 英烈门第

母仪千古 福寿全归

宝婺星沉 含笑九泉

(六)屋宇联常用横额

屋宇联横额大致可分两类:

一类是指明建房、上梁、搬入新居和乔迁的,如:

百年大计 莺迁乔木

上梁大吉 乔迁之喜

类是赞扬居室华美,庆贺吉祥如意的,如:

喜气满堂 紫微銮驾

祥云绕屋 长发其祥

华屋增辉 美轮美奂

瑞气云集 肯构肯堂

(七)行业联常用横额

工业交通方面,大致可分为两类:

一类是讲优质高产、艰苦创业、心灵手巧、力争上游的,如:

文明生产 爱厂如家

优质高产 巧夺天工

艰苦创业 宏图大展

增产节约 锦上添花

一类是专门指某种特定行业用的，如：

百年大计 鹏程万里

乘风破浪 飞向蓝天

银燕展翅 一路顺风

玉海金涛 安全正点

商业财贸方面，大致可分为两类：

一类是讲文明经商，面向群众，发展经济，广开财源的，如：

文明经商 公平交易

服务周到 童叟无欺

春风满店 发展经济

价廉物美 保障供给

一类是指特定的商业财贸部门的，如：

柜台新风 高朋满座

宾至如归 胜友如云

农林牧渔方面，大致可分两类：

一类有比较广的应用范围，农村大多可用，内容为发展农业，勤劳致富，风调雨顺，五谷丰登之类，如：

热爱农村 勤劳门第

劳动致富 风调雨顺

五谷丰登 瑞雪丰年

六畜兴旺 百业兴旺

一类是专门指某一特定环境，或某些专业的，如：

治山治水 甜蜜事业
山村明珠 绿化祖国
沧海桑田 花卉之家
松竹争翠 渔歌高唱

文化教育卫生方面，这一类对联横额针对性都较强，大致可分为两类：

一类是关于培养人才的，如：

德才兼备 勤学苦练
又红又专 人才辈出
严于治学 自学成才

一类是具体讲教育、科学、卫生、体育、文艺的，分别举例如下：

辛勤园丁 尊师爱生
因材施教 桃李争艳
教学相长 青春万岁

这是讲教育的。

科学繁荣 智慧花朵
科学春天

这是讲科学的。

除害灭病 救死扶伤
讲究卫生 妙手回春

这是讲卫生的。

球艺精湛 武术新花

这是讲体育的。

百花齐放 艺苑新秀
古为今用 舞台新风

推陈出新 珠圆玉润

文坛英才 彩笔生辉

这是讲文艺的。

党政军方面,大致可分为三类:

一类是作为机关和干部应当具有的全心全意为人民服务的高贵品德和开拓进取的精神,如:

全心全意 秉公办事

一心为公 光明正大

廉洁奉公 依靠群众

任劳任怨 发扬民主

发愤图强 平易近人

一类是讲政治上安定团结,政通人和的,如:

安定团结 拥军爱民

政通人和 拥政爱民

一类是指具体部门的,应用时要有针对性,如:

军民同心 铜墙铁壁

保卫祖国 执法如山

保卫边防 民族团结

中流砥柱 统一祖国

第七节　书写和张挂

一、楹联的书写

对联是语言艺术和书法艺术的综合形式,具有质、形兼美的特点,不仅联意可以咀嚼品尝,而且书法更能令人赏心悦目。在游览胜地或厅堂书斋等处张挂一副文意和书写兼佳的楹联，能给人以智慧的启迪、灵魂的陶冶和艺术的享受。因此，写对联很讲究书法。好的对联总是与好的书法相结合的。佳联妙对如果书写糟糕，那将大煞风景，黯然失色，而优美的对联文词与精湛的书法艺术相结合，就会珠联璧合，相映生辉，形成极高的艺术价值和美的境界。根据前人的传统经验，书写对联要求做到如下几点：

（一）字体

中国的书法，是世界艺苑的奇葩，形式多样，体态万千，风格各异，美不胜收。楹联书写的体式是多种多样，灵活自如的，可根据作者的艺术爱好情趣和书写特长自由选取。凡真、草、隶、篆、楷、行、八分、瘦金各体，以及鼎铭、甲骨诸文，甚至泥金、鸟篆等变体，均可取用。以上各书体都能显示出自己的美好风格，有的如泼墨，有的如绣花，有的龙飞凤舞，有的娴雅秀丽，有的豪放遒劲，有的庄重古朴，有的倜傥潇洒，有的婉转匀称，各得神韵，各具千秋。在对联艺术品中，运用真、草、隶、篆四体书写的最为多见。楷书庄重，草书自如，隶书稳健，篆书秀丽，最为人们所喜闻乐见。

许多名胜古迹，荟萃了文学家的妙联、书法家的佳作，真是琳琅满目，美不胜收，使我们如同进了各种书体争奇斗妍的书法展览会。杭州岳庙于一九八〇年重修，除恢复了一些前人旧联外，还增加了一些当代名人的新作。张爱萍写于庙门上的一联用形神飞动的行书：

三十功名尘与土；
八千里路云和月。

书画家诸乐三写于庙门内廊柱上的一联用篆体：

奇祸陷风波，南宋山河才半壁；
精忠贯日月，西湖俎豆足千秋。

书法家王蘧常书于大殿上的一联用章草体：

奈河铁马金戈，仅争得偏安局面；
至今山光水色，犹照见一片丹心。

书法家启功书于大殿上的一联用结体端凝的行楷：

遗烈镇栖霞，酾酒重瞻新庙貌；
大旗悬落日，撼山愿学古军容。

书法家沙孟海书于大殿的一联用遒媚的行楷：

不爱钱，不惜命，乃太平根基，名将名言，无怪贪婪长跽跪；
取束刍，取缕麻，定斩徇军律，保民保国，允宜正气壮湖山。

赵朴初书于大殿的一联用隽逸秀丽的行楷：

观瞻气象耀民魂，喜今朝祠宇重开，苍柏千寻抬望眼；
收拾山河酬壮志，看此日神州奋起，新程万里驾长车。

舒同写的一联用他那独特风格的颜体字：

爱国忠君，武穆英灵长在；
旧容新貌，西湖美景增辉。

浙江美术学院教授陆维钊书于墓阙两侧的一联，用气韵雄沉的篆隶：

青山有幸埋忠骨；
白铁无辜铸佞臣。

由此可见，各种书体在楹联书法中都可使用，只要与内容、环境密切配合，选择书写得当。

（二）用笔

对联在实际应用中一般字体较大，因而常用毛笔、中大楷笔甚至斗笔。质地可用狼毫或羊毫，这种毛笔，软硬适度，书写起来得心应手，但也有用质地柔软的鸡毫毛的，运用得好，可别具一种风格。

由于书法艺术的普及和深入，现在在青年中兴起了钢笔书法热，有人把楹联作为钢笔书法的重要内容，出现了钢笔字书写楹联和钢笔字楹联字帖。一般来讲，钢笔笔尖较小，不能写大字，因而钢笔书写楹联，并不适于张挂，但可置于案头或书赠友人。钢笔书写楹联的方法，凡提、按、顿、挫等笔顺、结构,一如毛笔,唯握笔与书写钢笔字同。钢笔书写于宣纸,任其自然晕化,别有一番风味。只是书写弯钩笔画时须当心钩破纸。钢笔书写以写一公分见方大小的字最为适宜,用蘸水钢笔则可写大到一市寸见方的字。

在钢笔书写楹联兴起之前,也早有人用硬笔(羽毛管之类)书写楹联,不过多见书写于质地较硬的纸上,字大可二寸许。这也主要是用来欣赏的。

还有些楹联,是雕刻在楹柱、木板、竹片、石壁或金属体上的,这就需要先写后刻,书写工具不仅用笔,而且还要用刀,不仅带有笔味,而且还有"刀功"了。

(三)用墨

书写对联一般用黑墨,要求乌、纯、光、香,宜选用优质徽墨细磨而成,既要不浓不腻,又要不淡不化。用现成的墨汁,要用质量好而且不臭的。可在墨汁内略加碱性物质,如洗衣粉、肥皂水、茶或酒,这样墨汁更易渗入纸里。如能在墨汁或墨水内加进一些鱼的胆汁,写出的字则会显露光泽。若是能用中药白芨煎水磨墨写对联,那么,虽经风吹雨打日晒,墨色也可长保乌艳,不褪色泽。

有时根据需要,也有用金色、绿色、白色油漆或其他粉末的。这样,有的显得富丽堂皇,有的显得端庄严肃,有的显得洁净雅致,有的显得朴素隽永,使楹联与整个景物、气氛更加协调,色调丰富,多彩多姿。

在楹联史上还曾有过以血写联的悲壮史实。这当然是特殊情况下所发生的事,并非要求我们今天也这样做。"五四"时期,徐特立在湖南办学。一次,他给修业的学生做演讲,痛斥帝国主义侵略中国的罪行和反动政府的腐败无能。当讲到中国人民惨遭杀害时,他声泪俱下,泣不成声。他号召青年一代勇敢地挑起救国重担,"义之所在,虽赴汤蹈火,亦在所不辞"。说完,他用菜刀,斩断自己的手指,以血书写"驱逐鞑虏,恢复中华"八个大字的楹联,表示自己的决心,在座学生无不为之动容。

另据《宋史·杨邦乂传》记载,南宋建炎三年(公元一一二九年)十一月，金军进逼建康（今南京），守臣杜充、大臣李棁、陈邦光降敌，唯杨邦乂临危不惧，愤然咬破手指，用鲜血在衣襟上写下十字联语，表明宁死不屈的坚强意志：

宁作赵氏鬼；
不为他邦臣。

金帅完颜宗弼（兀术）对杨邦乂威胁利诱，但他毫不动摇，最后被宗弼下令剖腹挖心，残酷杀害。杨邦乂壮烈殉国，实现了自己用鲜血写下的誓言。

（四）用纸

书写对联通常用的是纸张。春联、婚联、寿联、厅堂联、行业联，用红纸或“虎皮纸”，挽联用白纸、绿纸或紫蓝色的纸。百岁挽联也可用红纸，因是“喜丧”，百岁不易，哀中有乐。有些对联，也可根据习惯和爱好，用黄纸、白纸或裱糊好的挂轴书写。也有一些对联，不是写在纸上的，而是写在木板、竹片、布帛、金属、玉石、玻璃上的。

这里附带提一下，在我国历史上还有用黄金制作的对联，这可谓最昂贵的对联了。它是明代邱南镇因降职，为了重新升官而送给宰相张居正的。联文是：

日月并明，万国仰大明天子；
丘山为岳，四方颂太岳相公。

这副对联见清代褚人获《坚瓠首集》卷三《黄金对联》。联语中，“日”、“月”合成“明”字，“丘”、“山”合成“岳”字，所嵌“太岳”为张居正的号。对仗工整，然格调卑下，不足为法。

（五）落款

名胜古迹联、贺喜联、挽联以及题赠联，大多要落款。名胜古迹联和题赠联除落款署名外，而且还要用印。

例如，在北京东总布胡同马寅初先生的寓所里，收藏着一副珍贵的对联，是一九四一年三月周恩来等在重庆为马寅初六十寿辰而书赠的。此联裱糊在两条七尺长、一尺五寸宽的挂轴上，宣纸徽墨，显得古朴而庄重。

楷书联语上有序文,下有落款:

寅初先生六秩大庆

桃李增华,坐帐无鹤;
琴书作伴,支床有龟。

周恩来
董必武　鞠躬敬祝
邓颖超

蔡锷手书的对联"誓师伏波庙,倚马剑门山",联下落款署名"蔡锷"并钤印二方,上印刻"蔡锷之印",下印刻"松坡"。

还有的可以盖上其他内容的印章。例如"五四"时期,胡适用白话文写过一副对联。

靠山吃山,靠水吃水;
种豆得豆,种瓜得瓜。

这副对联落款处有胡适的两枚图章。其中第二枚用阳文刻着"但开风气不为师"七个篆字。

二、楹联的张挂

楹联都是竖行直书,上联居右,下联居左,横额旧时自右向左写,现代自左向右写,楹联和横额均不用标点符号。字数较多的对联需要写两行以上的,应从两边向中间写,各行平头,即开头一行不需低两格,样式成"门"字形,称为"龙门写法"。例如:

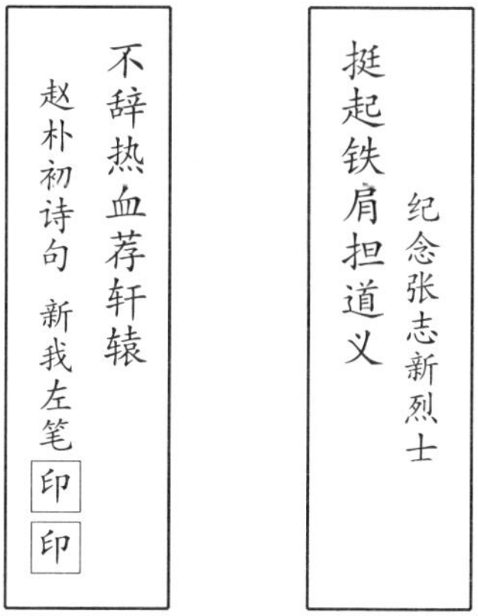

异代不同时问如
此江山龙蟠虎卧
几诗客

题杜甫草堂

先生亦流寓有长
留天地月白风清
一草堂

顾复初　印

对联的悬挂方法是：上联应张贴或悬挂在右手一边；下联应张贴或悬挂在左手一边。要注意位置适中，上、下联幅齐平。有些对联无落款，悬挂时要注意分辨上、下联。一般来讲，分辨方法，可看联脚的字：联脚为仄声字的，是上联；联脚为平声字的，是下联。现在社会上倒贴对联的现象经常可见，把上联贴在左边，下联贴在右边，显然是常识性的错误。电视剧《武松》中，有一场戏是武松拜访何九叔。何家堂屋北墙悬挂一副对联："室雅何须大；花香不在多。"可是置景者竟把下联悬在右侧，把上联悬在左侧，弄颠倒了。"何须大"的"须"字也被写成"需"字。而且这副对联为清代郑板桥所作，拿来用于宋朝，也有点不合情理。

第六章　楹联的鉴赏

和其他的文艺形式一样，楹联艺术自产生以后，从宋元明清，到近代现代许多诗文大家、仁人志士，以至劳动群众，创作了丰富的对联作品，成为中华民族艺术宝库中光彩夺目的珍珠。这些优秀的楹联作品，既以其精美的语言艺术赢得了人们的喜爱，又以多领域、多角度、多层次地反映生活而具有一定的社会意义。楹联鉴赏是楹联艺术在读者方面引起的一种艺术思维活动，是楹联艺术实现其社会功能的基本途径之一。欣赏对联艺术，可以使我们领略古今人物的智慧才华、胸襟抱负、思想感情，得到思想上、认识上的启迪和教益，又可以获得艺术上的享受，满足心理上的审美需求，使心灵得到陶冶和美化。

第一节　楹联鉴赏的依据和目的

一、楹联鉴赏的依据

楹联之所以能成为一种欣赏的对象，就在于它是一种艺术，是一种美，具有可供欣赏的内在依据。楹联的美学价值较之其他文学形式具有更为丰富的内容。它不仅具有形象之美，还具有声律之美、形式之美，以至书法之美。对联，从声律上讲，要求平仄相对；从意义上讲，要求有对照；从语法结构上讲，要求有同一性。对联中的汉字是孤立的方块字，一个对着一个，符合美学上的匀称统一美，具有艺术魅力。

严北溟在《论律诗对偶形式与辩证思维》(《社会科学战线》一九八二年第一期)中说：“对偶或对仗，实际上就是硬性规定的一个格式，叫你揭露矛盾、对立，看起来是公式化，形而上学，运用起来却又是很辩证的，有助于辩证思维的发挥作用。”这段话同样适用于以对偶为其主要特征的对联。因而对联不仅具有强烈的艺术美，而且具有深刻的哲理美，所有这些都构成了楹联欣赏的客观基础。

楹联作为文学作品之一种，其基本的艺术手段也是创造形象，用形象来表现主题，感染读者。楹联所创造的形象，无论是实体的，还是虚体的，都是一种艺术美，都能构成审美的对象，并启发读者展开想象的翅膀，感受形象的内涵，飞翔于景物的外延，产生一种情大于景、意远于形的艺术境界。请看：

适从云水窟中来，山色可人，征袂尚留巫峡雨；
欲向海天深处去，邮程催我，扁舟又趁浙江潮。

此联见《詹詹言》。这是清代四川学史丁叔衡奉命由四川顺江而下，前往浙江，中途逗留江苏镇江焦山海云堂时的题联。对联题于焦山却避而不谈焦山的姿色。上联极写来处山水形象之绮丽。作者经长江上游、四川三峡一带，就像从万山急流中飞渡而来，就像从云水深窟中穿过来似的。下联接写去地江潮之深。杭州西湖一带自古号称水云乡，作者行将去浙江，所以说“欲向海天深处”，在读者面前呈现出一幅海天无际、扁舟弄潮的动人情景。看完全联，如读一篇情景交融淋漓尽致的山水游记，气势之雄放，动景之美妙，形象之逼真，令读者有身历其境之感，并自然而然地联想到“两岸猿声啼不住，轻舟已过万重山”的千古佳句。

再请看杭州“九溪十八涧”的一副对联：

重重叠叠山，曲曲环环路；
高高下下树，叮叮咚咚泉。

此联描绘由山、路、树、泉所组成的涧溪图画，运用叠词“重重叠叠、曲曲环环”形容山回路转、涧折溪环，再摄入坡面“高高下下”的千重绿树，录下沁人肺腑的“叮叮咚咚”的美妙泉声，绘形绘声，给人以置身仙境的感受和意趣。这是典型的“九溪十八涧”，而不是“山远疑无树，湖平似不流”的平湖秋月。

又如北京颐和园谐趣园的一副楹联：

西岭烟露生袖底；
东洲云海落樽前。

此联所创造的形象不是眼前的实景，而是展开广阔的联想，把视野扩大到海天之外，摄取目之不及而意之所至的奇情美景，因而造成了虚实相济，虚而若实的艺术情境。读者来到颐和园，既看不到西山烟霞，又看不到东洲云海，但当你欣赏到这副楹联时，这些遥远的景物所构成的艺术形象，就好像呈现在你的眼前，使你得到一种审美心理的满足。

其他诸如：

山势西分巫峡雨；
江流东压海门潮。

（湖北汉阳晴川阁联）

碧通一径晴烟润；
翠涌千峰宿雨收。

（北京颐和园涵虚堂联）

千朵莲花三尺水；
一弯明月半亭风。

（苏州闲吟亭联）

这些写景联，都如风景彩墨画，形象逼真而生动，富有韵味，能引发读者的欣赏兴趣。

楹联的形式美（包括对仗美、声律美等），是源于诗歌而又高于诗歌的一种艺术美。楹联作家凭借着他的特殊的艺术眼光和手法，在人们习以为常的生活中发现美，创造美，并以形象概括的手段和对偶对称的方式去集中、浓缩生活，“用最少的面积惊人地集中了最大的量和思想”（巴尔扎克：《论艺术家》，《古典文学理论译丛》第十册第一〇〇页）。楹联形象美和形式美的珠联璧合,相互辉映,能强有力地激发欣赏者的创造性的思维活动,使之由少到多地联想和想象,调动起对生活的记忆、理智和情趣,重新品味着生活,加深着爱憎,扩大和丰富精神境界。请看下面几副对联:

天仙都化美人来,问上界琼楼,可有六朝新乐府;
韵士不随流水去,看后庭玉树,依然十里旧秦淮。

南京天韵楼的这副楹联,运用嵌字法,将"天韵"二字分嵌于上下联之首,既切合楼名,又天衣无缝地构成精妙的联文,并使联语别具一番风韵。上下联语言优美、流畅,对仗工稳,平仄协调。全联意境深远,神采飘逸,天上人间,古往今来,一唱三叹,情真意切。上联"天仙都化美人来",在优雅而轻快的语言中,评论历史,抒发感慨。六朝靡丽,历代帝王在脂粉歌舞、纸醉金迷的生活中,不断兴衰更替,世间许多美女都被收罗在这里,成为帝王荒淫生活的牺牲品和见证人。作者用低沉的笔调发出了深沉的诘问:美人如此之美,该都是天仙的化身吧,请问仙姬美人,天国神仙之境是否也像六朝宫阙这样的花天酒地、充满靡靡之音呢?下联转说风流清高的文人雅士的诗文佳作,却不会像六朝权贵们被历史淘汰而销声匿迹,相反,像杜牧的"商女不知亡国恨,隔江犹唱后庭花"这样的警言绝唱,却长留在南京人的心目中。读者在欣赏这副楹联的时候,会形成一种由形式到内容、由感情到理智、从形象到逻辑的复杂的思维活动,从欣赏活动中得到感情上的满足,认识上的深化,美学上的享受。

再如:

碧野田间牛得草;
金山林里马识途。

这是一九八三年春节征集的一副佳联。出句是由当代文艺界的三位知名人士的名字配合起来的,而意义则连贯一致,并非生拼硬凑而成。"碧野"是大背景,"田间"是一块具体的空间,它归属于碧野的大范围之中,却不即等于碧野本身。牛在田中拉犁,同时也可以在田间找到草吃。这一上联的构思是很巧的。征联时要求下联也用当代三位文艺界的知名人士的名字相配，并与上联的“仄仄平平平仄仄”的声调相反。应征的最好下联就是“金山林里马识途”。此联的前两字是“金山”对“碧野”，“金”和“碧”是最工整的对仗，自古已然。如说“金碧山水”、“金碧辉煌”，都以“金”、“碧”相提并论。这既是两种绚丽的色彩，又是两种性质相近的贵重天然物质，“碧”是玉石，“金”是矿产。从韵律看，入声字“碧”对阴平字“金”，声调也很协调。而“山”和“野”，从地形看，一高一平，又都是泛指，对得也很工稳。有的应征下联对“绿原”或“白杨”，似好而非。因为“绿”和“碧”，“原”和“野”基本上是同义词，犯“合掌”毛病；而“白杨”的“杨”乃是一种植物的名称，同“山”、“野”不属同一小类，而且“白”、“碧”双声，又同为入声字，读起来缺少抑扬顿挫之趣。所以，还是“金山”对得最为妥帖。其次，“林里”对“田间”，恰当自然，浑然天成。有的应征联对成“村里”，虽仅一字之差，但联系上下文看，“村”不如“林”。因为“村里”有路径，有人家，不必靠“马”来“识途”才能走路，故感意浅、理缺。而山中有林木则是很自然的，其关系正如上联中的“野”与“田”是大背景中的某一地带。如果用“村”，人们就可能误会为“这个村子名叫金山村”，而人们一般是不会把“金山林”三字看成是某一森林的专用名。所以，“林里”对得最工。最后三字，“马识途”对得美中不足，但又十分难得。其优点是自然浑成，相映成趣，且“牛”、“马”相对，动物对动物，顺理成章。略有小疵是“得”与“识”同为仄声字，根据“二、四、六分明”的对仗原则，不免是个欠缺。至于“草”和“途”虽非同小类名词，但草的形象是向横阔发展的，并给人以细密之感；“途”的形象是向纵深延伸的，能引人入宽远之境，所以这样的对仗，还是难能可贵的。有的应征下联以“叶知秋”与“牛得草”对，“知”对“得”无论从音调上或含义上都很理想，但仔细推敲，上联动、植物皆备，下联却仅剩下植物，显得单调。欣赏这副佳联，可以领略对联形式美中所包含的意趣。

又如：

名山、名园、名楼，半亩清凉堪扫叶；

好景、好书、好画，千秋翰墨永流芳。

这是南京“清凉扫叶”陆小苏应征获一等奖联。联中所写，山名“清凉”，园号“半亩”，楼称“扫叶”，三个名词的连用，分外衬出了这一风景点的丰富内涵和诗情画意。从句式上看，此联两字一顿，上、下联一共六顿，最后陡然放长而为七言句，恰如两峡紧夹着苍苍天穹，一旦出峡，顿得开朗之趣。

对联如果不具有艺术美，或形象不健康，或意境不高雅，或形式不入格，就失去了欣赏价值。例如：

一月二十九日醉；
百年三万六千场。

（某地三醉亭联）

门前生意，好似夏夜蚊虫，队进队出；
柜里铜钱，要像冬天虱子，越捉越多。

（唐伯虎戏弄某商，为其代写的门联。）

《董存瑞》《爆炸》《巴黎圣母院》救出《冰山上的来客》，这是《血与火的洗礼》；

《吉鸿昌》《奇袭》《上饶集中营》放走《偷自行车的人》，他们《不是为了爱情》。

第一联意境低下，第二联形象粗俗，第三联生拼硬凑，且以革命先烈作为戏谑对象，极不严肃。对联的美既反映着生活的真实美，又是艺术的创造美。单纯模拟自然，模拟生活，模拟人物，模拟别人的作品，都不会产生艺术美，为骈俪而失真，为形似而失神，为藻丽而损害内容，为幽默而伤害严正，也都不会产生艺术美。若拈花惹草、搔首弄姿，若吟风弄月、无病呻吟，若溢美过誉、媚悦权贵，若流言蜚语、挟私泄愤，更不会产生艺术美。

二、楹联鉴赏的目的

如果说楹联欣赏的依据是楹联的内容和形式所体现出来的艺术美，那么楹联鉴赏的目的就在于求美，即追求这种艺术美及其蕴含的真、善、美、智、乐。楹联欣赏是一种有广泛群众参加的精神活动。其认识作用和审美作用是通过读者自愿的欣赏活动来实现的。只有通过欣赏、通过吟读感受、分析理解，人们才能辨出什么是真、善、美，什么是假、丑、恶，才能受到楹联艺术的影响，真正受到真的启示，善的感化，美的熏陶，智的教育，乐的情趣。在欣赏活动中，当我们感受到楹联所表现的美的事物、美的理想、美的言行、美的情操时，就会产生一种共鸣、兴奋和满足，进而激起我们向往和追求美好生活、高尚情操的理想和愿望。

这一方面前面已有不少例子，现在我们举一些内容比较复杂的楹联来加以说明：

四镇多二心，两岛屯师，敢向东南争半壁；
诸王无寸土，一隅抗志，方知海外有孤忠。

这是清代康熙挽郑成功的对联。郑成功对内坚决抗清，对外，他驱逐了荷兰殖民主义者，收复台湾。从中华民族的立场来说，郑成功是杰出的民族英雄，从清朝统治者的立场来说，郑成功又是他们的死敌。可是一六六二年郑成功病逝于台湾，后来郑的后代将其遗体归葬福建故土，作为清朝最高统治者的康熙却敕派官员一路护送灵柩，并亲自题撰了这副挽联。上联指清兵入关以后，明王朝马士英等专权误国，四镇总兵，心怀二志，致使福王朱由崧建立的弘光小朝廷顷刻覆亡，唐王朱聿键也被清军擒获。当此之时，郑成功以厦门、金门二岛为根据地，兴兵抗清。一六五九年，郑成功会同张煌言北伐，从崇明溯江而上，克镇江，围南京，东南大震，后因误信清两江总督郎廷佐伪降，失利后退守厦门。下联指的是因厦门一带地势孤单，郑成功于一六六一年三月渡海到台湾，打败了荷兰殖民主义者，收复了沦陷三十八年的祖国神圣领土台湾，并在台湾施行新政，志在反清复明。

康熙的这副挽联，高度概括了当时的斗争形势和历史事实，充分肯定和褒扬了郑成功的功勋业绩和气节人品，这无疑对我们有着积极的认识作用。同时，也说明了一个矛盾而又复杂的现象，康熙作为郑成功的政敌，在郑成功死后却又表示哀悼，这是由于郑成功在人民群众中的巨大影响，以及清王朝统治者出于巩固它统治的需要等等多方面的原因。

再如：

举世崇拜，举世仇恨，看清崇拜和仇恨是些什么人，愈见先生伟大；

毕生革命，毕生治学，倘把革命与治学分成两件事，便非吾党精神。

这是邵力子挽孙中山的长联。上联从爱与憎两个方面加以对举、比示，从而说明了孙中山的伟大。下联进而写孙中山所独具的"内质"：既是革命家，又是理论家。有人评论此联，认为孙中山主要是革命家，称他"毕生治学"，有些不当。其实这是皮相之见。孙中山自己也说过："我平生只有两个嗜好，除了革命之外，就是读书。我一天不读书，就不能够生活。"这就是"毕生革命，毕生治学"的最好注脚。这副对联除概括了孙中山之所以伟大，就在于他为人民所热爱，而为帝国主义和封建势力所忌恨；又揭示了一个真理，即一个伟大的领袖人物应当文武兼济，集革命家和理论家的品质于一身。又如：

出山海，踞岭催涛，纵观千秋华夏风流史；

（征联出句）

立昆仑，倚天仗笔，好绘四化神州壮丽图。

（应征下联之一）

望澎台，临风寄语，常念万代炎黄骨肉情。

（应征下联之二）

长城是我们祖先辛勤劳动创造出来的世界奇迹，是中华民族光辉历史的见证。这一联的出句，博大浑重，稳健沉雄，苍山峻岭，滚滚惊涛，使人心潮澎湃不能自已，确实是奇伟，壮丽，气吞寰宇，摄人心魄。第一个对句，气势雄浑，景观辽阔，威镇出句。这是难得的优点和特点。从技巧上看，属对工整,特别是用“倚天仗笔”对“踞岭催涛”,比出句更能显示出当代英雄的伟大形象。上、下联相配,正好是继往开来,显示着豪放之气和豪壮之美。第二个对句则显示着凝重之气和婉约之美。骨肉岂可久离,祖国终将统一。这是历史的必然,又是现实的需要。下联紧扣这一思想加以发挥,临风寄语,思绪绵绵,辞属婉惬,语重心长,既落落大方,又情深意永,使人有如沐阳春、如入至境之感。这个下联,充满真情,与征联的出句,刚柔相济,相得益彰。此联出句和两个对句,不仅思想性强,艺术性也高。

还有的思想性不强,但艺术性较高,也有一定的欣赏价值。例如:

人言为信,我始欲愁,仔细思想:风吹皱一池春水;
胜固欣然,败亦可喜,如何结局:浪淘尽千古英雄。

这副南京莫愁湖胜棋楼的楹联,历来为人们所称道,是因其情景交融,虚实相济,语义双关,神意高远。上联意思是说,讲定几盘定输赢,开始着棋之时,就因担心结局的胜败而发愁,这种忧思愁绪犹如被清风吹皱的莫愁湖水。联意把下棋和湖巧妙地联系起来,并突现了一个联眼:“愁”。下联语意双关,字面意思是说,心胸要阔达,不必计较输赢,下棋本身就有意趣,一个个的棋子在鏖战中被“吃”掉了,犹如大浪淘尽千古英雄一样。另一层意思则暗指人事,人世纷争,有胜有败,但不管是成功还是失败的英雄,都要被时间的长河淘汰而去,成为古人。其中暗喻了一个“莫”字。

有的楹联不直接写美的事物、美的情操,而是写美的事物、美的情操被玷污、被毁灭,借以暴露和鞭笞丑恶的势力、丑恶的灵魂。这类作品同样能够使读者受到激励或得到满足,并产生摧毁丑恶的事物、争取美好生活和情操的强烈要求。

秦皇安在哉,万里长城筑怨;
姜女未亡也,千秋片石铭贞。

这是山海关孟姜女庙文天祥题的楹联。此联批判了暴政,而赞颂了被暴政所毁灭的美。孟姜女哭城抗暴的历史传说给予一代一代人以深刻的启发和鼓舞。人们同情孟姜女,赞颂这个反对暴政,忠于爱情,终于哭塌了长城的孟姜女。孟姜女代表的是善良、正义,代表的是人民的美好感情和愿望。孟姜女代表的是一种美。而长城,作为我们民族的象征和骄傲,也是一种美。但对联让孟姜女哭倒了长城,这似乎是个矛盾,我们在欣赏此联的时候,应当把长城同秦始皇分开来。秦始皇筑的是民怨,而不是长城本身;孟姜女哭的是对秦始皇暴政所造成的苦难和不幸,体现出来的是对暴政的怨恨和对爱情的忠贞。

我国古典文学中有些名句流传至今,为人们所传诵。这些名句绝大多数是对偶句。对联也是这样,由于它对偶工整,声调和谐,容易上口,容易记住,因而也较容易流传。再加之它往往与历史掌故、地理名胜、民间传说结合在一起,更为广大群众喜闻乐见、雅俗共赏,起到认识、教育、审美、娱乐的作用。

第二节　楹联鉴赏的一般过程

一、具体感受

具体感受是欣赏者凭借自己的感官对楹联的感性认识,其内容主要是眼看、口读、耳听,初步弄懂联文的字面意思,了解它的对仗、平仄等格律形式,对楹联形成具体而完整的感受。这是鉴赏的低级阶段,也是鉴赏的基本环节。

例如,山海关孟姜女庙的一副对联:

海水朝朝朝朝朝朝朝落;
浮云长长长长长长长消。

这是利用汉字的多音多义和通假字的原理创作而成的具有特殊艺术意境和诙谐趣味的对联。欣赏这样一副奇联,首先要读通字句,弄明联意。我们知道,海水的潮汐,主要是由于月球对地球的引力而造成的,每隔十二个半小时一次，早称潮，晚称汐，形成天天涨潮和落潮的自然现象。而天空的浮云也是不断地聚而消，消而聚，变化循环不已的。根据以上道理，此联应读成：

海水潮，朝朝潮，朝潮朝落；
浮云长，常常长，常长常消。

有了这样的断句和解释之后，读者才能进一步地分析思考、联想发挥，探索更深的意旨。这副对联不仅表现了自然现象，而且喻指人世间的事物也是经常不断地变化的，因而揭示了大自然和人类社会现象的辩证法，含有某种哲理意味。由此可见，欣赏对联首先要断好句，把字面的意思搞懂，然后在此基础上进一步领会全联的意思。

顺带在这里说一句，孙安邦《姜女庙妙联读法多》一文指出，这副妙联尚有四种读法，即：

海水潮，朝朝潮，朝潮朝落；
浮云涨，长长涨，长涨长消。

海水潮，朝朝潮，朝朝潮落；
浮云长，常常长，常常长消。

海水朝朝潮，朝潮朝朝落；
浮云常常长，常长常常消。

海水朝潮，朝朝潮，朝朝落；
浮云常长，常常长，常常消。

这几种读法，其基本意思并未变，只不过是从不同的角度描绘罢了。那跌宕往复、回环起伏的旋律，令人产生多少遐想！

怎样断好句，也有一些辅助的方法可供参考。

一是要了解作者的身世、所题写的对象或内容的有关材料。掌握了这些方面的材料，有时可以帮助我们断句。例如，清代俞樾挽钟文烝联：

廿四卷补注，为谷梁子功臣，频年手校青编，镂版告成犹及见；

六十年耆儒，是乾嘉间宗派，此后我来黄浦，谈经同调更无人。

“青编”即简册。“乾嘉间宗派”犹“乾嘉学派”，指清代乾隆、嘉庆年间讲究训诂考据的经学派系。这副对联前有一段序文：“子精勤《谷梁》之学，著《谷梁补注》二十四卷，主讲上海敬世书院者十余年。余每至沪，必与讨论经义，今不可得矣。其殁也，年六十。”如果我们知道了序文中的这些情况，再来读这副对联，断句问题就迎刃而解了。

二是将上、下联联文相互参照起来，可以帮助我们确定如何断句。例如，清代何绍基题岳阳楼联：

一楼何奇：杜少陵五言绝唱，范希文两字关情，滕子京百废俱兴，吕纯阳三过必醉。诗耶？儒耶？吏耶？仙耶？前不见古人，使我怆然涕下；

诸君试看：洞庭湖南极潇湘，扬子江北通巫峡，巴陵山西来爽气，岳州城东道岩疆。渚者，流者，峙者，镇者，此中有真意，问谁领会得来？

上联的“一楼何奇”和下联的“诸君试看”相应，作一停顿；以下为上、下联的四个排比句相应；再以上联的四个问句，下联的四个词组相应；末尾，上联“前不见古人，使我怆然涕下”与下联“此中有真意，问谁领会得来”相应。

又如，南京明代中山王故邸联：

大江东去，浪淘尽千古英雄。问楼外青山、山外白云，何处是唐宫汉阙？

小苑春回，莺唤起一庭佳丽。看池边绿树、树边红雨，此间有舜日尧天。

这副对联，如果我们知道了上联的断句，“大江东去，浪淘尽千古英雄”是一个复句,“问”后是两个并列的词组,最后是一个问句。那么,下联的断句也就迎刃而解了,“小苑春回,莺唤起一庭佳丽”是一个复句,“看”后也是两个词组,最后是一个肯定句。

三是要有广博的知识。例如,清代圆明园戏台联:

尧舜生,汤武净,五霸七雄丑末耳,伊尹太公便算一只耍手,其余拜将封侯,不过摇旗呐喊称奴婢;

四书白,六经引,诸子百家杂说也,杜甫李白会唱几句乱弹,此外咬文嚼字,大都缘街乞讨闹莲花。

这副对联既然是戏台联,因而联中讲的都是有关唱戏的事。如果我们懂得了“生、旦、净、丑、末”是戏剧的各种角色,尧舜、汤武、五霸、七雄、伊尹、太公是传说和古代历史人物,又知道四书、六经、诸子百家、杜甫、李白是古代的书籍和作家,那么这副对联就比较好断句了。

又如一副新征联:

十里春风,长安两路;

千年晓月,永定一桥。

这一副八言联,写的是首都风光。这就要求我们对首都北京要有所了解。“长安两路”,是指横贯北京城的东西长安街。“十里春风”是借用唐人杜牧《赠别》诗“春风十里扬州路”的字面,写出了首都在新春佳节中为骀荡的春风所沐浴,呈现一片欣欣向荣的景象;同时,这四个字又与下文的“路”字隐隐相关。“长安”本是古帝都,这里指北京的通衢大道,而这两字本身还含有“长治久安”之意。下联中“永定一桥”即卢沟桥,位于北京西南永定河上,“卢沟晓月”是过去有名的“燕京八景”之一,故下联的前四字与下文的“桥”字也息息相关。“永定”二字既是桥名,又含有其他意义。永定,本是河名,即永定河。永定河原名无定河,自北京石景山以下一段又称卢沟水。卢沟桥本名广利桥,因在卢沟水上,故又称卢沟桥。康熙时将无定河改名永定河。“永定”两字本身还含有“永远安定”之意,这样上下联恰好对称,彼此呼应。从对仗角度来看,“十里”对“千年”,空间对时间。“春风”对“晓月”,“春”为一年之始,“晓”为一日之初;而且,“风”对“月”,也是顺理成章,特别是以“永定”为“长安”之偶,更是极为工整。联中“十”与“千”,“两”与“一”,数词相对亦有妙处,“十里”状其长,“千年”状其久,是虚说;“两”和“一”则实指两条街和一座桥。这就使联语虚实相应相生,毫不牵强。从形象上看,很具体,一动一静,极富诗意,无平板呆滞之病,有了这些具体的感受和认识,楹联的艺术情境就可以进而追求欣赏了。

二、分析研究

分析研究是具体感受的继续和深化,是欣赏者由感性认识向理性认识的发展。欣赏者对楹联有了初步的具体感受以后,进而就要依据自己的政治观点、思想感情、生活经验和艺术素养,对楹联的思想内容和艺术价值加以考察研究,鉴别分析,形成真知灼见,理解和领会其中的艺术美。

欣赏对联要有比较丰富的历史知识,要有对实际生活的深刻的了解。例如,辛亥革命初,郭沫若写过这样一副春联:

> 故国同春色归来,直欲砚池溟渤笔昆仑,裁天样大旗横书汉字;
>
> 民权如海潮爆发,何难郡县欧非城美澳,把地球员幅竟入版图。

这副热情高涨、气吞万里的联语,是郭沫若心胸的直接吐露,也是他最感得意的作品。故国春归,民权争得,这是作者当时憧憬的理想。古老的中国从此将如睡狮猛醒,雄踞东方,世界上的“八大强”何足挂齿。这种奇情畅想和宏图狂愿,后来诗人做了自我剖析:“那时的少年人都是一些国家主义者,他们有极浓重的民族感情,极葱茏的富国强民的祈愿,而又是极幼稚的自我陶醉。他们以为只要把头上的豚尾一剪,把那原始的黄色大龙旗一换,把非汉民族的清政府一推倒,中国便立地成为醒狮,便把英、美、德、法、意、奥、日、俄等当时的所谓‘八大强’,当成几个汤团,一口吞下。”(《沫若文集》第六卷《黑猫》)虽然,此联在思想认识上存在着严重的历史性缺陷,但是诗人高亢激越的爱国主义热忱和昂扬奋发的反帝反封建情绪,从“直欲”、“何难”等豪言壮语中非常充沛而感人地表达了出来。联语想象奇绝,夸张惊人,胸襟阔大,抒写的虽不是至理却是至情。我们只有了解了当时的时代背景和作者的思想,对这副楹联才能有正确的理解和领会,也才能正确评论它的思想和艺术价值。

有些对联,我们在欣赏时还必须了解题联者和所题写对象的关系,乃至对联创作的过程,才能更深切地了解其思想内容,咀嚼出个中滋味。

例如,小凤仙有两副挽蔡锷联:

万里南天鹏翼,直上扶摇,哪堪忧患余生,萍水因缘成一梦;
廿年北地胭脂,自伤沦落,赢得英雄知己,桃花颜色亦千秋。

不幸周郎竟短命;
早知李靖是英雄。

要欣赏这两副挽联,首先得了解小凤仙和蔡锷的身份和关系,方能更好地体会此二联。民国初年,蔡锷任云南都督时,袁世凯正密谋改制称帝。袁对蔡很不放心,便设法把他骗到北京,饵以爵禄,同时把他软禁起来。蔡锷运用韬晦之计,表面上赞同恢复帝制,并经常出入于八大胡同中和名妓小凤仙结识交往,以麻痹袁氏耳目。小凤仙虽沦落风尘,却深明大义,两人结为知己,一往情深,成为风尘知音。蔡锷曾题赠小凤仙两副对联(一副为“此地之凤毛麟角;其人乃仙露明珠”。另一副为“不信美人终薄命;从来侠女出风尘”)以表示对她的爱重。袁世凯以为蔡锷耽于醇酒美人,英雄之气已消,因而对蔡锷的监视渐渐松弛。蔡锷遂利用时机,在小凤仙的掩护下,化装混出北京抵天津,旋即乘船去日本,绕道香港、河内,然后返抵云南。一九一五年底,以蔡锷为首的唐继尧、李烈钧等军政首领,首先揭起讨袁护国义旗,接着各省闻风响应,很快粉碎了袁世凯的皇帝美梦。蔡后因喉疾赴日就医,不幸竟成不治,年仅三十四岁。当蔡锷的灵柩由日抵沪时,上海各界举行隆重的追悼大会。祭堂上悬挂了小凤仙的上述第一副挽联。在这副挽联中，小凤仙用出自肺腑的真挚感情，倾诉了"萍水因缘"的结成和幻灭，抒发了对英雄知己的赞颂和哀悼，写得委婉悱恻，哀怨感人。小凤仙挽蔡锷联系请人代笔。一九八三年九月六日《羊城晚报》载《为小凤仙代笔的人》一文，否定了以往认为系清末民初诗坛盟主易顺鼎或樊增祥代笔的说法，认定为出自易宗夔之手。

此联一出不胫而走，然有人觉得尚嫌累赘，将八句缩为四句，最后方尔谦又将四句改为两句，即上述第二副挽联。在这第二副挽联中，文字虽短，然含意很深。上联以周瑜比蔡锷，就含有骂袁世凯是曹操的意思。周瑜是在赤壁大胜后死的，而蔡锷正是在推翻袁世凯后去世的。下联则又用李靖比蔡锷。歌妓红拂原是隋朝宰相杨素的侍妾，她在李靖失意之时，脱离杨素，而私奔李靖，而小凤仙也是在风尘中结识了蔡锷，成为知音。这两个比喻贴切而生动。

又有的对联为了更准确地弄清它的意义，还需进行一番认真的考证功夫。例如山西晋祠的一副楹联：

文章千古事；
社稷一戎衣。

此联见清代顾嗣立《寒厅诗话》，许多联书都署为唐太宗题。细加分析，就可以发现此联不可能是唐太宗所题，而是无名氏所作的一副集句联。第一，此联上联出自杜甫《偶题》中"文章千古事，得失寸心知"的诗句；下联出自杜甫《重经昭陵》中"风尘三尺剑，社稷一戎衣"的诗句。李世民生活在杜甫之前，不可能集杜诗成联。第二，从联文内容看，也不合唐太宗的口气，而是他人对唐太宗其文其人的评赞和写照。上联乃系评赞贞观二十年，唐太宗所作之《晋祠之铭并序》碑文，下联则活画出雄才大略的唐太宗的形象。唐太宗题写的碑文，主要记述西周初期唐叔虞被封立国的事迹，并以史论今，宣扬唐王朝的武功文治。此联既高度概括，又高度形象，静物写动、写活，呼之欲出，而气度、境界又极豪壮、阔大、雄浑、威严。在集句联中，此联堪称妙手偶得的绝世极品，远胜过许多创作联。

三、联想升华

欣赏者在对楹联作品有了具体感受和分析理解以后,对于一般楹联作品来说,欣赏过程就算结束了。但是,对于一些思想意义和艺术价值俱高的楹联作品,欣赏过程并没有完结,而常常要继续进行下去,进入一个更高级的欣赏阶段,这就是联想、想象,并进行艺术再创造,使楹联的艺术境界变得更充实,更美好,更博大精深、含义无穷。欣赏者本身也超脱了感性和理性的界限,心驰神飞,升华到空灵奇妙的美好境界。

例如吴桂卿题安徽马鞍山采石矶太白楼联:

荐汾阳再造唐家,并无尺土酬勋,只落得采石青山,供当日神仙啸傲;

喜妃子能谗学士,不是七言衔怨,怎脱却名缰利锁,让先生诗酒逍遥。

这副楹联见《蜨阶外史》,是根据传闻故事来描写真实历史人物的作品,却造成了特别感人的艺术境界。传说当年李白在采石矶对江赏月,喝醉了酒,看到水中的月亮,就跳入江中去捉月亮,结果竟被淹死。李白死后,最初就葬在这里,白居易有"采石江边李白坟"的诗句。后人因而在此建造了太白楼,以示纪念。这副对联讲了有关李白的两个传闻故事。上联是说李白救郭子仪的故事。传说有一天,李白在长安街头,看到郭子仪被绑赴刑场,便出面把他救了。后来,李白晚年获罪要被处死,郭子仪又设法救了李白。唐朝安史之乱,全靠郭子仪重振山河。那么,当年救郭子仪,并把他荐入朝廷的李白,应是有大功的,可是,"并无尺土酬勋",最后凄凉地死在采石矶,只留下这样一个风景名胜之地,"供当日神仙啸傲"。下联是说李白因写《清平调》词三章而遭高力士谗害的故事。相传李白在长安任供奉翰林时,有一次唐玄宗与杨贵妃赏花,很想听新的乐章,便召来李白。此时李白还酒醉未醒,奉旨醉写《清平调》词。唐玄宗和杨贵妃看了都很高兴,谁知高力士一旁进谗说:词里的"可怜飞燕倚新妆",是拿赵飞燕比杨贵妃。由此杨贵妃转恨李白,终于把他赐金还乡。此事本是李白政治生涯中的一大挫折,而楹联作者却用了一个“喜”字开头,认为李白如不受谗害,就不会脱去“名缰利锁”而去“诗酒逍遥”,也就不会留下那么多优美的诗篇,成为历史上第一流的诗仙。这副对联不用史实而用传闻,欣赏者读其联而观其楼,思其人而赞其诗,更能激起对李白的崇敬,对祖国山河的热爱。这是一种超脱于现实美之上的艺术美,而正是这种艺术美造成了对欣赏者的一种特殊的魅力和高尚的精神享受。

再如,旧称“天下第一长联”的云南昆明大观楼一百八十字的名联,是长联中的典范之作,历来脍炙人口,为人们所喜闻乐道。这副对联以其深刻的思想性和高超的艺术性,曾经唤起了多少读者的想象和联想,又曾调动了多少读者艺术创造的积极性,人们从各自不同的立场、观点和艺术见解出发评品赞叹,甚至有人想动手来加以修改,又引起了一场纷争。这种楹联史上的现象,足以说明楹联的艺术魅力和人们在艺术审美过程中积极的思维活动。这副长联的联文是:

> 五百里滇池,奔来眼底。披襟岸帻,喜茫茫空阔无边。看东骧神骏,西翥灵仪,北走蜿蜒,南翔缟素。高人韵士,何妨选胜登临。趁蟹屿螺洲,梳裹就风鬟雾鬓,更苹天苇地,点缀些翠羽丹霞,莫辜负四围稻香,万顷晴沙,九夏芙蓉,三春杨柳;
>
> 数千年往事,注到心头。把酒凌虚,叹滚滚英雄谁在!想汉习楼船,唐标铁柱,宋挥玉斧,元跨革囊,伟烈丰功,费尽移山心力。尽珠帘画栋,卷不及暮雨朝云,便断碣残碑,都付与苍烟落照,只赢得几杵疏钟,半江渔火,两行秋雁,一枕清霜。

这副对联中,“披襟岸帻”,是敞开衣襟,高戴着帽子,显示了潇洒自得、傲岸不羁的神情。“看东骧神骏”四句,是写滇池四周山峦和美妙景色,分别指金马山、碧鸡山、蛇山和鹤山四座山。“趁蟹屿螺洲”二句,是说大观楼外水中由蟹、螺、蚌之类的骨骸堆积而成的小岛小洲上面,花草树木像高高的发髻和疏松的鬓毛。“更苹天苇地”二句,是说从远处望,在水上的苹叶芦苇同天际相连，天空中的云霞五彩缤纷。下联中“想汉习楼船”四句，是写汉、唐、宋、元四朝有关云南历史的几件大事。汉武帝命人在长安西南凿昆明池，造楼船教军士演习水战，以便攻取滇国（今滇池一带）。铁柱，在今云南弥渡县西，唐懿宗时所立纪功之物。宋太祖用玉斧在地图上指划疆域，把云南划为化外之区。元世祖带兵攻占大理昆明等地，用皮囊鼓气做船，涉江渡河。

作者孙髯翁，为清代康乾间的一位布衣诗人，一生穷困潦倒，虽博学多才，名重一时，但不随流俗，不愿仕清，自称“万树梅花一布衣”。其著作有《咏言堂诗文集》和《金沙诗草》，但流传后世影响最大的还推这副大观楼长联。后人曾在孙髯翁墓上写了这样一副对联赞扬他：

古冢城西留傲骨；
名士滇南一布衣。

大观楼在云南昆明西郊滇池之滨，清康熙三十五年（一六九六年）建成之后，文人墨客常常会聚于此，相与酬唱，但多为对清朝统治者的歌功颂德之词，唯有孙髯翁卓荦不群，傲然写出了这副出类拔萃的长联，惊动儒林。联成之后，由昆明另一寒士陆树堂用草书镌刻挂于楼前，极为游者赞赏。咸丰七年（一八五七年），长联与大观楼同毁于兵火。同治五年（一八六六年）马如龙重建大观楼。光绪十四年（一八八八年）岑毓英让赵藩将长联重新书写，仍挂在原处。联板系木制，长一丈五尺，宽约二尺，为覆瓦形阴文楷体，蓝底金字，这就是我们今天所能见到的长联。

大观楼长联写滇池美丽的风景，生机勃勃，如画如诗；写云南历史变迁，气势豪放，典雅华丽。作者因景生情，借史抒怀，旨高意远，既歌颂了祖国的壮丽河山，又嘲讽了“滚滚英雄”的“伟烈丰功”，并揭示了清王朝必然灭亡的命运。尤其是下联，作者尖锐地指出，历代封建统治者“费尽移山之力”地“征服”云南，但这些“伟烈丰功”却如同“暮雨朝云”一般飘散零落，只剩下“苍烟落照”中的“断碣残碑”。其目光之冷峻，寓意之深刻，笔力之犀利，简直和同时代的伟大作家曹雪芹在《红楼梦》中写的“白茫茫一片大地真干净”,有着异曲同工之妙,宛然活画出了一幅封建统治衰亡图。陈毅游滇池时看到大观楼长联,十分欣赏孙髯翁的眼光识见,曾写诗赞曰:

滇池眼中五百里,联想人类数千年。
腐朽制度终崩溃,新兴阶级势如磐。
诗人穷死非不幸,迄今长联是预言。

在艺术上此联构思精巧,形象鲜明,写景、叙史、抒怀和谐自然,俊逸奔放,对仗工整,平仄协调,用字遣词精妙传神,语如贯珠,一气呵成。尤其上联的静山动写,将花草树木拟人等,更令人如陶醉于仙境之中。一九六一年一月二十四日,郭沫若游大观楼时,即席写的一首五言律诗,也悬于楼前。诗中也曾赞道:

长联犹在壁,巨笔信如椽。

于此可见,人们在欣赏这副名联时创造性思维活动仍在继续和延伸。这是从赞扬这一名联方面来讲的。由于人们的立场观点、审美情趣的不同,也有个别人对于这一长联持贬斥态度的,结果引起了多数欣赏者的不满。道光年间的云南总督阮元认为孙联的终局是袭用岳阳楼的对联,其词句来自王勃的《滕王阁序》,且以为冗长,将它缩减为一短联:

千秋怀抱三杯酒;
万里云天一水楼。

并说,上联包括全部历史,下联蕴藏四外景色。其实阮联语义晦涩,远不能与孙联相比。同时,阮元又擅自篡改孙联,将“伟烈丰功”改成“爨长蒙酋”,以指吴三桂。这样,就把吴三桂与历代已亡的统治者并列,而将清朝统治者排除在外。他在与友人书中道出了改联的动机:“孙髯原联,以正统之汉、唐、宋、元,伟烈丰功总归一空为主,岂不骎骎乎说到我朝。故改为‘爨长蒙酋’,递到吴三桂等人身上,所以扶正而消逆也。”这段表白,正好说明阮元阉割孙联,是出于维护清王朝统治的目的。阮元并把他的改联,重新制板悬挂于大观楼上。这副篡改后的对联,遭到多数人的鄙弃,有人编打油诗讽刺说：

> 软烟袋不通，萝卜韭菜葱。
> 擅改古人对，笑煞孙髯翁。（“软烟袋”谐音阮云台，阮元字云台）

后来阮元又因书写五华山诸葛武侯祠一联（联文为：“丞相大威，南人不复反矣；先生若在，礼乐其可兴乎。”），把云南骂为蛮貊之邦，把云南人说成是孟获后人，触怒了云南文人士子，于是聚集了二百多人，把阮元悬挂在大观楼的对联捣碎了。这场联坛的纠纷，终以群众的胜利而告终。这说明，即使在作品的欣赏评价中，人民的意志也是不可拂逆的，文学作品的优劣终将由历史和群众来下结论。

其他一些楹联中的优秀之作也都是能调动读者的联想和想象的。例如，南京长江大桥新征并获二等奖的张玉良创作的楹联：

> 长虹接地通南北；
> 远水浮天贯古今。

此联摄入长江大桥的神韵，有雄浑壮阔之美。联状桥，桥证联，相映生辉，令人顿生豪情。上联极言大桥之高，但不说耸天，而说“接地”。“长虹接地”，看似相反，实则更显其高，可谓落笔不凡。下联极言大江之长，但不言其长，而用“浮天”形容之，一望无际，水天相连，到底是水浮天，还是天浮水，难分难辨。然而就在这难分难辨的微妙境界中，把大江之长表现得精当无比了。而且，下联还巧妙地把时、空结合起来，从江流无限的空间联想到它贯通古今的时间，流向长，历史久，互为因果，所构成的形象和气派真是天地间的奇迹壮观了。正如有一首诗中所说：

> 上桥如升天，直疑人变仙。
> 待到顶上走，一水天地连。

凡亲身登临过长江大桥的人，都会产生登高凌虚、雄浑壮阔之感，引起古往今来、天上地下的无限联想。而这副楹联，确实道出了人人心中皆有、人人口中欲吐的美妙感受。

第三节　批判继承和创新

一、楹联的批判继承

批判、继承、革新、创造，这是文学艺术发展的一条内在规律。没有批判就不能正确地继承，而不能正确地继承也就谈不上创新。毛泽东同志在《新民主主义论》中说："我们必须继承一切优秀的文学艺术遗产，批判地吸收其中一切有益的东西。"我国过去一千多年所创作的大量楹联，是我国文学遗产的一部分，对我们来说，其中又分为进步和落后、积极和消极两类。因此，对楹联遗产，我们必须采取批判继承的态度，剔除其封建性的糟粕，吸收其民主性的精华。既不能无批判地兼收并蓄、全盘继承；也不能不加区别地一概排斥，割断历史。

楹联的批判和继承，就是运用马克思主义的观点和方法，对楹联遗产进行分析、研究、鉴别和取舍的过程。凡是封建性的糟粕，即"古代封建统治阶级的一切腐朽的东西"（毛泽东语），都应该予以批判和剔除。主要表现为：

一是为封建帝王及其他反动统治阶级歌功颂德的。如：

帝德乾坤大；
皇恩雨露深。

龙德正中天，四海雍熙符广运；
凤城回北斗，万方和协颂平章。

皇极运而岁月日时无易；
圣德大而禄位名寿并隆。

（康熙六十寿辰应制联）

皇向福锡庶民福；
帝如春与四时春。

（乾隆八十寿辰应制联）

二是宣扬封建伦理道德的。如：

君恩臣必报；
父业子当承。

一妻十七妾；
百子半千孙。

（清代沭阳某乡绅家门联）

父母之命，媒妁之言，采礼既行，全乎为妇；
谷则异室，死则同穴，葩经垂训，烈哉殉夫。

（挽烈妇联）

三是宣扬封建迷信思想的。如：

举念有神知，善恶贞邪能立判；
照人如镜朗，吉凶祸福总无私。

阳世所为，朝秦暮楚皆由己；
阴司昭报，古往今来放过谁。

四是宣扬“万般皆下品，唯有读书高”，以及消极无为甚至玩世不恭等错误和落后思想的。如：

今日之东，明日之西，光阴冉冉，岁月悠悠，忙什么？走不尽绿水青山，填不足心田欲海。智兮周瑜，力兮项羽，赤壁乌江多烦恼。劝君将坐片刻，把寸衷思前想后，得安闲处且安闲，留点精神防自己；

这条路来，那条路往，风尘仆仆，车役遥遥，恋怎的？带不走黄金白玉，挽不住黑发红颜。贵矣韩信，富矣石崇，淮阴金谷总成空。为我掷下几文，沽半瓶叫五差三，可快乐时且快乐，让些辛苦与他人。

（湖南岳阳楼联）

楹联发展的历史,是不断创作又不断淘汰的历史。一些具有民主性或人民性精华的楹联,经过一代一代人的选择,不断地积累流传下来;而一些具有封建糟粕性质的楹联,也在人们的选择中被舍弃、被淘汰了。因此,能够流传至今的楹联作品,大多数是具有一定社会意义和继承价值的。这些具有继承价值的楹联,大体上包括以下几方面的内容:一是描写和赞美祖国锦绣河山的作品;二是评价和赞颂历代杰出人物,表现爱国主义精神的作品;三是揭露、批判和讽刺封建统治阶级的种种罪恶行为和丑恶灵魂的作品;四是反映人民群众对现实生活的认识,对美好理想的追求,并通过形象的描绘提供了一定客观真理性的作品;五是古人长期积累的斗争经验、思想品德修养方面的格言警句式的对联作品。从楹联遗产中,继承前人为我们提供的各种有价值的思想材料,充分而审慎地吸收对我们有用的精神成果,是创造和发展社会主义新文学、新楹联的必要条件。

批判地继承楹联遗产,除了内容方面之外,还包括形式方面。经过长期的创作实践,楹联的艺术形式已经达到了十分完善的阶段,其格律形式、创作方法、表现手法、文学语言等方面,都形成了自己的特色和传统。新时代的楹联创作,必须认真地研究和继承楹联传统形式的种种成功的经验和艺术规则,舍弃其中陈旧的、繁琐的形式主义的因素,在这个前提下才有可能进行革新和创造,开辟新的楹联创作道路,创作出既师承以往楹联又高于以往楹联的新时代的楹联。

二、创造社会主义新楹联

鲁迅说过:“不能革新的人种,也不能保古的。”(《忽然想到》六)继承和创新,是辩证统一的关系。继承是创新的前提条件,创新是继承的真正目的。旧楹联是适应旧时代、旧生活的需要的产物。我们今天继承旧楹联,必须立足于我们时代的实际,根据人民群众的新要求,加以革新创造,才能使楹联别开生面,并且不断向前发展。

楹联创新,要求从两个方面入手,一是从思想内容方面入手,努力反映和表现社会主义时代的新现实、新风貌、新思想，具有超越于前人的历史的深度和广度，创造出更高尚美好的意境和情趣；二是从艺术形式方面入手，根据新时代的需要和新生活的启示，进行艺术规则、艺术手段、艺术技巧方面的探索和革新，创造出和新的时代内容及新的欣赏习惯相适应的完美形式。近几年来的楹联创作中，我们可以看到一些作者在这方面已做了可喜的尝试，写出了一些体现新时代特征的佳联。例如：

帝业已销沉，留得孝陵葱郁，石像巍峨，胜地重游溯前史；
神州终变革，喜爱钟阜峥嵘，人民解放，豪情奋发创新天。

这是南京"孝陵烟岚"郭宗海应征获得一等奖联。上联领句"帝业已销沉"和下联领句"神州终变革"不但本身对仗工整，而且一旧一新景象，作为典型细节的对比来说，也都情景跃然，这何止是孝陵的变迁，乃是从封建专制到人民世纪的变革。联语在条畅中兼有雄浑、新峻的风格，体现了作者创新的努力和达到的水平。当然，此联也有不足之外，如下联显得空泛、直白，后面的分句力度不足，形象性差，与领句不称，有虎头蛇尾之感。

又如一九八四年的一副迎春征联：

梅柳迎春，万里东风绽桃李；
椿萱含笑，一门和气乐桑榆。

这是一副既具有浓厚传统色彩，又具有创新精神的优秀春联。上联的特点是，梅、柳、迎春、桃、李是五种植物。从句子结构和内容含义来看，头四个字包含三种植物，但它们同时又构成了一个完整的句子。梅和柳是并列的主语，"迎春"一语双关，既是花名，又是动宾词组，在前一个分句中构成谓语部分。后面七个字是一个完整的句子，有主语有谓语。而前后两个分句又相互关联和呼应。"东风"同春天有关联，桃花、李花也是在春天开放的。从修辞角度来看，上联是四个词组："梅柳"、"迎春"、"万里东风"、"绽桃李"。五种植物分别在三个词组里面出现，都自然浑成。从声律来看，上联前四个字的平仄，就是一句七言诗的前四个字的平仄"仄仄平平"，但第一个字可平可仄，所以"梅柳"一平一仄，也是协律的。后半句照理说应是“仄仄平平平仄仄”，而“绽桃李”是“仄平仄”，这在律诗中是拗救，也是允许的。

应对的这个下联十分理想。“椿萱”既是两种植物，又是父母的代称。“含笑”也是一语双关，既是花名，又是构成一个明确意义的动宾词组，用来对“迎春”，非常巧妙，而且它又和下面的“乐桑榆”的“乐”字彼此呼应。“桑榆”是两种树名，同时又象征人的晚年。而“一门和气”对“万里东风”，不但工整，而且流畅生动、浑然天成。从意义看，就更好了，上联写自然景物，一片朝气，下联写家庭关系，十分融洽，用作春联极为理想。从声律看，下联为“仄仄平平，仄平平仄仄平平”，也是协律的。像这样构思精巧，既概括了美好的新时代生活内容，又创造出如此工巧完善的艺术形式的楹联，堪称推陈出新的佳作。

附录一

二十九种对

遍照金刚

第一　的名对

又名正名对，又名正对，又名切对。的名对者，正也。凡作文章，正正相对。上句安天，下句安地；上句安山，下句安谷；上句安东，下句安西；上句安南，下句安北；上句安正，下句安斜；上句安远，下句安近；上句安倾，下句安正：如此[①]之类，名为的名对。初学作文章，须作此对，然后学余对也。

或曰：天、地，日、月，好、恶，去、来，轻、重，浮、沉，长、短，进、退，方、圆，大、小，明、暗，老、少，凶、儜，仰、俯，壮、弱，往、还，清、浊，南、北，东、西。如此之类，名正对。

诗曰："东圃青梅发，西园绿草开；砌下花徐去，阶前絮缓来。"

释曰：上二句中："东""西"是其对，"园""圃"是其对，"青""绿"是其对，"梅""草"是其对，"开""发"是其对。下二句中："阶""砌"是其对，"前""下"是其对，"花""絮"是其对，"徐""缓"是其对，"来""去"是其对。如此之对[②]类，名为的名对。

又曰："手披黄卷尽，目送白云征[③]。玉霜摧草色，金风断雁声。片云

① "此"，原作"是"，据《抄本》改。
② "对"，《考文篇》云："'对'字疑衍。"
③ "征"，原作"往"，据《抄本》改。

愁近戍,半月隐遥城。”

释曰:上有“手披”,下有“目送”,上“黄”下“白”,上“玉”下“金”:故曰的名对。

又曰:“云光鬓里薄,月影扇中新;年华与妆①面,共作一芳春。”

释曰:上有“云光”,下有“月影”,落句虽无对,但结成上意而已。自余诗皆放此最为佳。

又曰:“送酒东南去,迎琴西北来。”

释曰:“迎”“送”词翻,“去”“来”义背,下言“西北”,上说“东南”:故曰正名也。

又曰:“鲜光叶上动,艳彩花中出;疏桐映兰阁,密柳盖荷池。”

释曰:持“艳”偶“鲜”,用“光”匹“彩”,“疏桐”“密柳”之相酬:故受的名。

又曰:“日月光天德,山河壮帝居。”

有虚名实名,上对实名也。

又曰:“恒敛千金笑,长垂双玉啼。”

元兢曰:正对者,若“尧年”“舜日”。尧、舜皆古之圣君,名相敌,此为正对。若上句用圣君,下句用贤臣;上句用凤,下句还用鸾:皆为正对也。如上句用松桂,下句用蓬蒿;松桂是善木,蓬蒿是恶草:皆非正对也。

第二 隔句对

隔句对者,第一句与第三句对,第二句与第四句对:如此之类,名为隔句对。

诗曰:“昨夜越溪难,含悲赴上兰;今朝逾岭易,抱②笑入长安。”

释曰:第一句“昨夜”与第三句“今朝”对,“越溪”与“逾岭”是对;第

① “妆”,原作“壮”,据李百药原诗改。

② “抱”,《抄本》作“拖”。

二句“含悲”与第四句“抱笑”是对，“上兰”与“长安”对：并是事对，不是字对；如此之类，名为隔句对。

又曰：“相思复相忆，夜夜泪沾衣；空悲亦空叹，朝朝君未归。”

释曰：两“相”对于两“空”，隔以“沾衣”之句，“朝朝”偶于①“夜夜”，越以“空叹”之言：从首至末，对属间来，故名隔句对。

又曰：“月映茱萸锦，艳起桃花颊；风发蒲桃绣，香生云母帖。”又曰：“翠苑翠丛外，单蜂拾蕊归；芳园芳树里，双燕历花飞。”

释曰：夫“艳起”对“香生”，隔以“映茱萸”之锦，“月锦”偶“风绣”，又间诸“生云母”之帖；其双“芳”“燕”匹两“翠”“蜂”，“里”“外”尽②间成，故云隔句。

又曰：“始见西南楼，纤纤如玉钩；未③映东北墀，娟娟似蛾眉。”

第三　双拟对

双拟对者，一句之中所论，假令第一字是“秋”，第三字亦是“秋”，二“秋”拟第二字；下句亦然：如此之类，名为双拟对。诗曰：“夏暑夏不衰，秋阴秋未归；炎至炎难却，凉消凉易追。”

释曰：第一句中两“夏”字拟一“暑”字；第二句中，两“秋”字拟一“阴”字；第三句中，两“炎”字拟一“至”字；第四句中，两“凉”字拟一“消”字：如此之法，名为双拟对。

又云：“乍行乍理发，或笑或看衣。”

又曰：“结萼结花初，飞岚飞叶始。”

释曰：既双“结”居初，亦两“飞”带末；宜书④宜时之句，可题可怜之

① “于”字原缺，据《抄本》补。

② “尽”字似为衍文。

③ “未”，《鲍参军集》作“末”，与“始”相对成文。

④ “书”，原作昼，据《抄本》改。

论,准拟成对,故以名云。而又所[1]双拟为名。

又曰:"可闻不可见,能重复能轻。"

又曰:"议月眉欺月,论花颊胜花。"

释曰:上陈二"月",隔以"眉欺";下说双"花",间诸"颊胜"。文虽再读,语必孤来;拟用双文,故生斯号。

或曰:春树春花,秋池秋日;琴命清琴,酒追佳[2]酒;思君念君,千处万处:如此之类,名曰双拟对。

第四 联绵对

联绵对者,不相绝也。一句之中,第二字、第三字是重字,即名为联绵对。但上句如此,下句亦然。诗曰:"看山山已峻,望水水仍[3]清;听蝉蝉响急,思卿卿[4]别情。"

释曰:一句之[5]中,第二字是"山",第三字亦是"山";余句皆然:如此之类,名为联绵对。

又曰:"嫩[6]荷荷似颊,浅[7]河河似带,初月月似[8]眉。"

释曰:两"荷"连续,放诸上句之中;双"月"并陈,言之下句之腹:一文再读,二字双来,意涉连言,坐兹生号。

又曰:"烟离离万代,雨绝绝千年。"

释曰:情起多端,理暧昧难分,情参差迢述;且[9]自无关赋体,实乃偏用

---

① 《全集》原校云:"'所'恐'以'欤。"《笺本》"所"作"取"。

② "佳",《抄本》作"桂"。

③ "仍",《抄本》作"乃"。

④ "卿卿",《抄本》作"乡乡"。

⑤ "之"字原缺,《抄本》补。

⑥ "嫩",原作懒,《全集》、《抄本》"嫩"字多误作"懒",今据文义区分。此处《考文篇》正作"嫩"。

⑦ "浅",《抄本》作"残"。

⑧ "似",《抄本》作"如"。

⑨ "且"下《抄本》有"辞也"两字,系旁注误入正文。

开格。

又曰："望日日已晚，怀人人不归。"

又曰："霏霏敛夕雾，赫赫吐晨曦；轩轩多秀气，奕奕有光仪。"

又曰："视日日将晚，望云云渐积。"

或曰：朝朝，夜夜，灼灼，菁菁，赫赫，辉辉，汪汪，落落，素素[①]，萧萧，穆穆，堂堂，巍巍，诃诃[②]，如此之类，名连[③]绵对。

第五　互成对

互成对者，天与地对，日与月对，麟与凤对，金与银对，台与殿对，楼与榭对。两字若上下句安之，名的名对；若两字一处用之，是名互成对，言互相成也。诗曰："天地心间静，日月眼中明；麟凤千年贵，金银一代荣。"

释曰：第一句之[④]中"天地"一处；第二句之中，"日月"一处；第三句之中，"麟凤"一处；第四句之中，"金银"一处：不在两处用之，名互成对。

又曰："玉钗丹翠缠，象榻金银镂；青昳[⑤]丹碧度，轻雾历檐飞。"

释曰："丹翠"自拟，"金银"别对，各途布列，而互相成。"飞""度"二言，并如斯例。

又曰："岁时伤道路，亲友念东西。"

第六　异类对

异类对者，上句安天，下句安山；上句安云，下句安微[⑥]；上句安鸟，下

① "素素"，罗根泽云："当为'索索'。"《笺本》旁注引高野山《宝龟院本》作"索索"。

② 《抄本》无"诃诃"两字。王利器云，疑当作"曨曨"。

③ "连"宜据上文作"联"。

④ 四"之"字，《抄本》除第一处外，余三处均无。

⑤ "昳"，王利器云，疑当作"蛈"，形近而误。

⑥ 《抄本》无"上句安云，下句安微"八字。

句安花;上句安风,下句安树:如此之类,名为异类对。非是的名对,异同比类,故言异类对。但解如是①对,并是大才,笼罗天地,文章卓秀,才无拥滞,不问多少,所作成篇,但如此对,益诗有巧。诗曰:"天清白云外,山峻紫微中;鸟飞随去影,花落逐摇风。"

释曰:上句安"天",下句安"山","天""山"非敌体,"白云""紫微"亦非敌体;第三句安"鸟",第四句安"花","鸟""花"非敌体,"去影""摇风"亦非敌体:如此之类,名为异类对。

又曰:"风织池间字,虫穿叶上文。"

释曰:"风""虫"非类,而②附对是同;"池""叶"殊流,而寄巧归一。或双声以酬迭韵,或双拟而对回文;别致同词,故云异类。

又曰:"鲤跃排荷戏,燕舞拂泥飞;琴上丹花拂,酒侧黄鹂度。"

释曰:鸟飞鱼跃,琴歌酒唱,事迹既异;至如鸟飞树动,鱼跃水浅,③叶润凭水而成文,枝摇托风而制语,谚赤鲤为对,引酒歌傍传酒唱,二各相无,故异类题目,空中起事。④

又曰:"离堂思琴瑟,别路绕山川。"

又如以"早朝"偶"故人",非类是也。元氏曰:"异对者,若来禽、去兽,残月、初霞。"此"来"与"去","初"与"残",其类不同,名为异对。异对胜于同对。

第七 赋体对

赋体对者,或句首重字,或句首迭韵,或句腹迭韵,或句首双声,或句腹双声:如此之类,名为赋体对。似赋之形体,故名赋体对。

诗曰:

---

① "是",《抄本》作"此"。
② 《抄本》无"而"字。
③ "跃",《抄本》作"跳"。"浅",王利器云,当作"溅"。
④ 以上二十五字,文多脱误,《抄本》同。

句首重字:“袅袅树惊风,晒晒云蔽月。”“皎皎夜蝉鸣,胧胧晓光发。”

句腹重字:“汉月朝朝暗,胡风夜夜寒。”

句尾重字:“月蔽云晒晒,风惊树袅袅。”

句首迭韵:“徘徊四顾望,怅恨独心愁。”

句腹迭韵:“君赴燕然戍,妾坐逍遥楼。”

句尾迭韵:“疏云雨滴沥,薄雾树朦胧。”

句首双声:“留连千里宾,独待一年春。”

句腹双声:“我陟崎岖岭,君行硗确山。”

句尾双声:“妾意逐行云,君身入暮门。”①

释曰:上句若有重字、双声、迭韵,下句亦然。上句偏安,下句不安,即为犯病也。但依此对,名为赋体对。

又曰:“团团月挂岭,纳纳露沾衣。”头。“花承滴滴露,风垂袅袅衣。”腹。“山风晚习习,水浪夕淫淫。”尾。

释曰:《诗》有鸾鸣哙哙,鹿响幼幼,往往处处。婀娜之名,泽波菡萏之状,模②潮济而荟蔚,写荇菜而参差,既正起重言,亦傍生迭字者。③

第八 双声对

诗曰:“秋露香佳菊,春风馥丽兰。”

释曰:“佳菊”双声,系之上语之尾;“丽兰”迭韵,④陈诸下句之末。秋朝非无白露,春日自有清风,气侧音谐,反之不得。“好花”“精酒”之徒,“妍月”“奇琴”之辈:如此之类,俱曰双声。

又曰:“飚飑岁阴晓,皎洁寒流清;结交一顾重,然诺百金轻。”

---

① “暮门”,疑应是“墓门”。

② “模”,原作“摸”,据《抄本》改。

③ “有鸾”以下,对仗不属,文多脱误。据《诗经》“哙哙”作“哕哕”,“幼幼”作“呦呦”,“泽波”作“泽陂”,“潮济”作“朝隮”。

④ “迭韵”当作“双声”。《考文篇》正作“双声”。

又曰："五章纷冉弱，三冬粲陆离；怅望一途阻，参差百虑违。"

释曰："飋飏""皎洁"，即是双声，得对迭韵[①]；"冉弱""陆离"，即是知[②]双声，自得成对。

又曰："州渚递萦映，树石相因依。"

或曰：奇琴、精酒，妍月、好花，素雪、丹灯，翻蜂、度蝶，黄槐、绿柳，意忆、心思，对德、会贤，见君、接子：如此之类，名双声对。

第九　迭韵对

诗曰："放畅千般意，逍遥一个心；漱流还枕石，步月复弹琴。"

释曰："放畅"双声[③]，陈之上句之初；"逍遥"迭韵，放诸下言之首。双道二文，其音自迭，文生再字，韵必重来。旷望、徘徊、绸缪、眷恋，例同于此，何藉烦论。

又曰："徘徊夜月满，肃穆晓风清；此时一樽酒，无君徒自盈。"又曰："郁律构丹巘，棱层起青嶂。""郁律""棱层"是。

《笔札》云：徘徊、窈窕、眷恋、彷徨、放畅、心襟、逍遥、意气、优游、陵胜、放旷、虚无、蘘酌、思惟、须臾：如此之类，名曰迭韵对。

第十　回文对

诗曰："情亲由得意，得意遂情亲；新情终会故，会故亦经新。"[④]

释曰：双"情"著于初、九，两"亲"继于十、二；又显头"新"尾"故"，还标上下之"故""新"：列字也久，施文已周，回文更用，重申文义，因此名云。

---

① "迭韵"，当作"双声"。《考文篇》正作"双声"。

② "是知"两字，疑其中知字是衍文。

③ "双声"，当作"迭韵"。《考文篇》正作"迭韵"。

④ 两句原作"新情终会会，故故亦经新"，据《眼心钞》改。

第十一　意　对

诗曰:"岁暮临①空房,凉风起坐隅;寝兴日已寒,白露生庭芜。"又曰:"上堂拜嘉庆,入室问何之;日暮行采归,物色桑榆时。"

释曰:"岁暮""凉风",非是属对;"寝兴""白露",罕得相酬;事意相因,文理无爽:故曰意对耳。

第十二　平　对

平对者,若青山、绿水,此平常之对,故曰平对也。他皆效此。

第十三　奇　对

奇对者,若马颊河、熊耳山;此"马""熊"是兽名,"颊""耳"是形名,既非平常,是为奇对。他皆效此。又如漆②沮、四塞,"漆"与"四"是数名,又两字各是双声对。又如古人名,上句用曾参,下句用陈轸,"参"与"轸"者同是二十八宿名。若此者出奇而取对,故谓之奇对。他皆效此。

第十四　同　对

同对者,若大谷、广陵,薄云、轻雾;此"大"与"广","薄"与"轻",其类是同,故谓之同对。同类对者,云、雾,星、月,花、叶,风、烟,霜、雪,酒、觞,东、西,南、北,青、黄,赤、白,丹、素,朱、紫,宵、夜,朝、旦,山、岳,江、河,台、殿,宫、堂,车、马,途、路。

---

① "临",原作"望",据《抄本》改。

② "漆",《抄本》作"柒"。

第十五　字　对

或曰：字对者，若桂楫、荷戈，“荷”是负之义，以其字草名，故与“桂”为对；不用对①，但取字为对也。

或曰：字对者，谓义别字对是。诗曰：“山椒架寒雾，池筱韵凉飙。”

“山椒”，即山顶也；“池筱”，傍池竹也；此义别字对。

又曰：“何用金扉②敞，终醉石崇家。”“金扉”“石家”即是。③

又曰：“原风振平楚，野雪被长营。”即“营”与“楚”为字对。

第十六　声　对

或曰：声对者，若晓路、秋霜；“路”是道路，与“霜”非对，以其与“露”同声故。

或曰：声对者，谓字义俱别，声作对是。诗曰：“彤驺初惊路，白简未含霜。”“路”是途路，声即与“露”同，故将以对“霜”④。

又曰：“初蝉韵高柳，密茑挂深松。”“茑”，草属，声即与“鸟”⑤同，故以⑥对“蝉”。

第十七　侧对　崔名“字侧对”

元氏曰：侧对者，若冯翊（地名、在右辅也）、龙首（山名，在西京也）。

---

① “不用对”，《笺本》校云：“‘对’上恐脱‘义’字欤。”

② “扉”，原作“麻”，据《抄本》改。

③ “金扉石家即是”，“家”原作“崇”；又六字原作注文，均据《抄本》改。

④ “路是……对霜”，原作注文，从本章体例改正文。

⑤ “鸟”上原有“飞”字，《抄本》“飞”字在“声”字上，似为衍文，今校删。

⑥ “以”上，《抄本》涉上文衍“声即与”三字。

此为"冯"字半边有"马",与"龙"为对;"翊"字半边有"羽",与"首"为对:此为侧对。又如泉流、赤峰;"泉"字其上有"白",与"赤"为对。凡一字侧耳,即是侧对,不必两字皆须侧了。以前八种切对,时人把笔缀文者多矣,而莫能识其径路。于公义藏之箧笥、不可弃[①]示于非才。深秘之,深秘之。

或曰:字侧对者。谓字义俱别,形体半同是。诗曰:"忘怀接英彦,申劝引桂酒。"

"英彦"与"桂酒",即字义全别,然形体半[②]同是。

又曰:"玉鸡清五洛,瑞雉映三秦。"

"玉鸡"与"瑞雉"是。[③]

又曰:"桓山分羽翼,荆树折枝条。"

"桓山"与"荆树"是:如此之类,名为侧对。

第十八　邻近对

诗曰:"死生今忽异,欢娱竟不同。"又曰:[④]"寒云轻重色,秋水去来波。"上是义,下是正名。此也[⑤]对大体似的名,的名窄,邻近宽。

第十九　交络对

赋诗曰:"出入三代,五有[⑥]余载。"

或曰:此中"余"属于"载",不偶"出入";古人但四字四义皆成对,故偏举以例也。

① "弃",《无点本》作"垂"。
② "半"上,原涉上文衍"即字义"三字,据《眼心钞》删。
③ "玉鸡与瑞雉是",原作注文,据本章体例改正文。
④ "曰"上,《抄本》有一"诗"字。
⑤ "也"字疑为衍文。王利器云,疑当乙作"对也"。
⑥ 《全集》原校云:"'有'恐'百'欤。"《鲍参军集》作"百"。

第二十　当句对

赋诗曰:“薰歇烬灭,光沉响绝。”

第二十一　含境对

诗曰:“悠远长怀,寂寥无声。”

第二十二　背体对

诗曰:“进德智所拙,退耕力不任。”

第二十三　偏　对

诗曰:“萧萧①马鸣,悠悠旆旌。”谓非极对也。又曰:“古墓犁为田,松柏摧为薪。”又曰:“月日光太清,列宿曜紫微。”又曰:“亭皋木叶下,陇首秋云飞。”

全其文彩,不求至切,得非作者变②通之意乎。若谓今人不然,沈给事诗亦有其例。诗曰:“春豫③过灵沼,云旗出凤城。”此例多矣。但天然语,今④虽虚亦对实,如古人以“芙蓉”偶“杨柳”。亦名声类对。

---

① “萧萧”,原作“肃肃”,据《抄本》改。
② “变”上,《抄上》有“沈给事诗亦”五字,系涉下文而衍。
③ “豫”原作“预”,据《抄本》改。
④ “今”,《考文篇》据《三宝院本》定作“全”。案:如作“全”,则宜断入上句。

第二十四　双虚实对

诗曰:“故人云雨散,空山来往疏。”

此对当[1]句义了,不同互成。

第二十五　假　对

诗曰:“不献胸中策,空归海上山。”

或有人以“推荐”偶“拂衣”之类是也。

第二十六　切侧对

切侧对者,谓精异粗同是。诗曰:“浮钟宵响彻,飞镜晓光斜。”

“浮钟”是“钟”,“飞镜”是“月”,谓理别文同是。

第二十七　双声侧对

双声侧对者,谓字义别,双声来对是。诗曰:“花明金谷树,叶映首山薇。”

“金谷”与“首山”字有别,同双声侧对。

又曰:“翠微分雉蝶,[2]丹气急檐楹。”

“雉蝶”对“檐楹”,亦双声侧对。

① “当”,原作“常”,据《抄本》改。
② “蝶”,《笺本》旁注引《无点本》作“堞”。下同。

第二十八　迭韵侧对

迭韵侧对者，谓字义别，声[1]名迭韵对是。诗曰：“平生披黼帐，窈窕步花庭。”

“平生”“窈窕”是。[2]

又曰：“自得优游趣，宁知圣政隆。”

“优游”与“圣政”，义非正对，字声势迭韵。

或曰：“夫为文章诗赋，皆须属对，不得令有跛眇者。”跛者，谓前句双声，后句直语，或复空谈：如此之例，名为跛。眇者，谓前句物色，后句人名，或前句语风空，后句山水：如此之例，名眇。何者？风与空则无形而不见，山与水则有踪而可寻，以有形对无色：如此之例，名为眇。或云：景风心色等，可以对虚，亦可以对实。今江东文人作诗，头尾多有不对。如：“侠客倦艰辛，夜出少平津；[3]马色迷关吏，鸡鸣起戎[4]人。露鲜花剑影，月照宝刀新；问我将何去？北海就孙宾。”

此即首尾不对之诗，其有故不对者若之。

第二十九　总不对[5]

如：“平生少年日，分手易前期；及尔同衰暮，非复别离时。勿言一樽酒，明日难共持；梦中不识路，何以慰相思？”

此总不对之诗，如此作者，最为佳妙。夫属对法，非真风花竹木，用事而已；若双声即双声对，迭韵即迭韵对。

---

① “声”下，《眼心钞》有一“同”字。

② “平生窈窕是”，原作注文，从本章体例改正文。

③ 少平津，《无点本》作“小平津”，地名，在今巩义市西北。

④ “戎”，《抄本》作“戍”。

⑤ “对”下，《眼心钞》重一“对”字，与本章第一节相应。

附录二

笠翁对韵

李渔

上卷(上平声)

一东

天对地,雨对风。大陆对长空。山花对海树,赤日对苍穹。雷隐隐,雾蒙蒙。日下对天中。风高秋月白,雨霁晚霞红。牛女二星河左右,参商两曜斗西东。十月塞边,飒飒寒霜惊戍旅;三冬江上,漫漫朔雪冷渔翁。

其二

河对汉,绿对红。雨伯对雷公。烟楼对雪洞,月殿对天宫。云叆叇,日曈曚。蜡屐对渔篷。过天星似箭,吐魄月如弓。驿旅客逢梅子雨,池亭人挹藕花风。茅店村前,浩月坠林鸡唱韵;板桥路上,青霜锁道马行踪。

其三

山对海,华对嵩。四岳对三公。宫花对禁柳,塞雁对江龙。清暑殿,广寒宫。拾翠对题红。庄周梦化蝶,吕望兆飞熊。北牖当风停夏扇,南帘曝日省冬烘。鹤舞楼头,玉笛弄残仙子月;凤翔台上,紫箫吹断美人风。

东韵注

苍穹:天也。牛女:牵牛织女。参商:高辛氏有二子,长阏伯,季实沉,兄弟不睦,日寻戈矛。帝迁阏伯於商邱主辰,迁实沉於大夏主参,使之永不相遇。戍旅:守边之卒。蜡屐:晋阮孚好蜡屐。谢灵运亦有登山蜡屐。梅雨:即黄梅雨。“五月江南雨,迎梅又送梅。”清暑殿:孙吴有避暑宫,相传至今无暑气云。广寒宫:即月宫也。梦蝶:庄子梦化为蝶。兆熊:姜太公钓渭滨。西伯将猎,卜之。兆曰:所获非龙、非螭、非罴,乃伯王之辅。果遇太公於渭阳。

二冬

晨对午,夏对冬。下晌对高春。青春对白昼,古柏对苍松。垂钓客,荷锄翁。仙鹤对神龙。凤冠珠闪烁,螭带玉玲珑。三元及第才千顷,一品当朝禄万钟。花萼楼间,仙李盘根调国脉;沉香亭畔,娇杨擅宠起边风。

其二

清对淡,薄对浓。暮鼓对晨钟。山茶对石菊,烟锁对云封。金菡萏,玉芙蓉。绿绮对青锋。早汤先宿酒,晚食继朝饔。唐库金钱能化蝶,延津宝剑会成龙。巫峡浪传,云雨荒唐神女庙;岱宗遥望,儿孙罗列丈人峰。

其三

繁对简,叠对重。意懒对心慵。仙翁对释伴,道范对儒宗。花灼灼,草茸茸。浪蝶对狂蜂。数竿君子竹,五树大夫松。高皇灭项凭三杰,虞帝承尧殛四凶。内苑佳人,满地风光愁不尽;边关过客,连天塞草憾无穷。

冬韵注

下晌:午后。高春:傍晚时候。花萼楼:唐明皇建花萼搂,兄弟五人宴乐于其间。仙李:杜诗“仙李盘根大”,喻唐之宗室繁衍也。娇杨:指杨贵妃,尝侍宴沉香亭,唐明皇宠之以致乱。绿绮:琴名。青锋:剑名。化蝶:唐穆宗夜宴,有黄白蝶飞集花间,宫女得之,皆库中金银所化。成龙:晋张华问雷焕曰:“斗牛之间常有异气。何也?”焕曰:“此宝剑之精也。”焕补丰城令,掘狱间得一石函,中有双剑,以南昌西山土拭之,光彩艳发。送其一与华,留一自佩。后过延平津。剑跃入水,化为龙去。神女庙:楚王游高唐,梦神女自谓巫山之女,朝云暮雨。王为立庙,号朝云庙。丈人峰:在泰山。杜诗:诸峰罗列如儿孙。君子竹:劲节虚心,有君子之德。王子猷喜种之,曰:何可一日无此君。大夫松:始皇登泰山,避雨松下,封之为五大夫。三杰:萧何、韩信、张良。

三江

奇对偶,只对双。大海对长江。金盆对玉盏,宝烛对银釭。朱漆槛,碧纱窗。舞调对歌腔。兴汉推马武,谏夏著龙逄。四收列国群王伏,三筑高城众敌降。跨凤登台,潇洒仙姬秦弄玉;斩蛇当道,英雄天子汉刘邦。

其二

颜对貌,像对庞。步辇对徒杠。停针对搁竺。意懒对心降。灯闪闪,月幢幢。揽辔对飞艎。柳堤驰骏马,花院吠村犬。酒量微酣琼杏颊,香尘没印玉莲蹤。诗写丹枫,韩女幽怀流节水;泪弹斑竹,舜妃遗憾积湄江。

江韵注

马武:汉光武将。龙逄:夏桀臣。四收:宋曹彬平南唐、西蜀、南汉及北汉。三筑:唐张仁愿筑三受降城,以威北敌焉。跨凤:秦穆公女,楼上吹箫,与夫箫史跨凤升仙而去。斩蛇:蛇,白帝子也,被赤帝斩之,秦灭汉兴也。香尘:石崇布香尘於地,令诸姬行其上,以试鞋底之大小。丹枫:唐僖宗时,于祐于御沟拾一红叶,上题诗句,祐亦题其上云:曾闻叶上题红怨,叶上题诗寄阿谁。置上流,为宫女韩夫人得之,后为夫妇。韩题诗云:一联佳句随流水,十载幽思满素怀。今日却成鸾凤友,方知红叶是良媒。竹泪:娥皇、女英哭舜於苍梧之野,泪洒竹成斑。

四支

泉对石,干对枝。吹竹对弹丝。山亭对水榭,鹦鹉对鸬鹚。五色笔,十香词,泼墨对传卮。神奇韩干画,雄浑李陵诗。几处花街新夺锦,有人香径淡凝脂。万里烽烟,战士边头争保塞;一犁膏雨。农夫村外尽乘时。

其二

菹对醢，赋对诗。点漆对描脂。璠簪对珠履，剑客对琴师。沽酒价，买山资。国色对仙姿。晚霞明似锦，春雨细如丝。柳绊长堤千万树，花横野寺两三枝。紫盖黄旗，天象预占江左地；青袍白马，童谣终应寿阳儿。

其三

箴对赞，缶对卮。萤炤对蚕丝。轻裾对长袖，瑞草对灵芝。流涕策，断肠诗。喉舌对腰肢。云中熊虎将，天上凤凰儿。禹庙千年垂橘柚，尧阶三尺覆茅茨。湘竹含烟，腰下轻纱笼玳瑁；海棠经雨，脸边清泪湿胭脂。

其四

争对让，望对思。野葛对山栀。仙风对道骨，天造对人为。专诸剑，博浪椎。经纬对干支。位尊民物主，德重帝王师。望切不妨人去远，心忙无奈马行迟。金屋闭来，赋乞茂陵题柱笔；玉楼成后，记须昌谷负囊词。

支韵注

五色笔：江淹梦郭璞赠以五色笔，才思大进。李白笔生花。十香词：萧后所作。韩干：曹将军霸弟子，善画马。夺锦：唐武后御龙门，命群臣赋明堂火珠诗，先成者，赐锦袍。东方虬诗成拜赐，末坐宋之问亦成，有“不愁明月尽，自有夜光来”之句。沽酒价：阮咸每以百钱挂杖头，至酒市沽饮。买山资：支道林就深公买邱山，深公曰：未闻巢由买山而隐。紫盖：吴主孙皓时，国有术士曰：庚子之年，紫盖黄旗，当入于洛。皓以为平晋也。是年吴亡，皓入洛中。青袍：梁武帝时童谣曰：青袍白马寿阳儿。未几，寿阳侯景叛，军中尽青袍白马。流涕策：贾谊治安策有“可为流涕”之句。断肠诗：才女朱淑真诗名断肠集。云中：汉北方有云中郡。橘柚：杜诗“荒庭垂橘柚”。茅阶：尧时土阶茅茨。专诸剑：伍子胥荐专诸于公子光，藏剑鱼腹中，以刺吴王。博浪椎：张良使壮士于博浪沙以铁椎击始皇，误中副车。金屋赋：汉武帝幼时，长公主问曰：儿欲得妇否？帝曰：愿得阿娇，当以金屋贮之。后阿娇宠衰，独居长门宫，以千金请司马相如作长门赋以悟上焉。玉楼记：李贺每出,骑款段马,从小奚奴背古锦囊。得句即投其中,诗名昌谷集。后梦神人曰:上帝白玉楼成,命君作记。未几而亡焉。

五微

贤对圣,是对非。觉奥对参微。鱼书对雁字,草舍对柴扉。鸡晓唱,雉朝飞。红瘦对绿肥。举杯邀月饮,骑马踏花归。黄盖能成赤壁捷,陈平善解白登危。太白书堂,瀑泉垂地三千丈;孔明祀庙,老柏参天四十围。

其二

戈对甲,幄对帏。荡荡对巍巍。严滩对邵圃,靖菊对夷薇。占鸿渐,采凤飞。虎榜对龙旗。心中罗锦绣,口内吐珠玑。宽宏豁达高皇量,叱咤喑呜霸王威。灭项兴刘,狡兔尽时走狗死;连吴拒魏,貔貅屯处卧龙归。

其三

衰对盛,密对稀。祭服对朝衣。鸡窗对雁塔,秋榜对春闱。乌衣巷,燕子矶。久别对初归。天姿真窈窕,圣德实光辉。蟠桃紫阙来金母,岭荔红尘进玉妃。霸王军营,亚父丹心撞玉斗;长安酒市,洞仙狂兴换银龟。

微韵注

黄盖:孙权将,诈降曹军,成就赤壁之火攻。陈平:汉高祖谋臣,帝困於白登,平用美人计以解围。严滩:严子陵钓鱼处。邵圃:秦东陵侯邵平弃官种瓜。靖菊:陶潜采菊东篱下,号靖节先生。夷微:夷齐歌曰:采其微矣。走狗:汉高祖擒韩信,信曰:狡兔死,走狗烹。卧龙:诸葛亮居南阳称卧龙,后为蜀相。鸡窗:晋宋处宗与窗外鸡谈,学问大进。雁塔:唐韦肇及第,偶於慈恩寺雁塔题名,后人效之,遂成为故事。乌衣巷:晋时王谢所居。燕子矶:在南京长江边。金母:即王母,于汉武宫中饷帝以蟠桃。岭荔:杨贵妃好食荔枝,命岭南送,七日限至长安。杜牧诗:"一骑红尘妃子笑,无人知是荔枝来。"撞玉斗:项王军灞上,会高祖於鸿门,范增使杀高祖,项羽不听,增撞碎玉斗曰:竖子不足与谋也。换银龟:李白银龟换酒。

六鱼

羹对饭，柳对榆。短袖对长裾。鸡冠对凤尾，芍药对芙蕖。周有若，汉相如。王屋对匡庐。月明山寺远，风细水亭虚。壮士腰间三尺剑，男儿腹内五车书。疏影暗香，和靖孤山梅蕊放；轻阴清昼，渊明旧宅柳条舒。

其二

吾对汝，尔对余。选授对升除。书箱对药柜，耒耜对耰锄。参虽鲁，回不愚。阀阅对阎闾。诸侯千乘国，命妇七香车。穿云采药闻仙人，踏雪寻梅策蹇驴。玉兔金乌，二气精灵为日月；洛龟河马，五行生克在图书。

其三

欹对正，密对疏。囊橐对苞苴。罗浮对壶峤，水曲对山纡。骖鹤驾，待鸾舆。桀溺对长沮。搏虎卞庄子，当熊冯婕妤。南阳高士吟梁父，西蜀才人赋子虚。三径风光，白石黄花供杖履；五湖烟景，青山绿水在樵渔。

鱼韵注

孤山：宋林逋种梅于孤山，号逋仙。蹇驴：孟浩然骑蹇驴，踏雪寻梅。罗峤：《初学记》云，罗浮二山随风雨而合离，壶峤二山逐波涛而上下。搏虎：卞庄子欲刺虎，管竖子曰：两虎食牛，牛死必争，争则大者伤、小者死，从伤者刺之，必毙。故有搏双虎之名。当熊：冯婕妤侍汉成帝观虎圈，有熊出，众惊走，冯独当之，帝深佳其勇。子虚：相如作子虚赋，武帝读而善之。

七虞

红对白，有对无。布谷对提壶。毛锥对羽扇，天阙对皇都。谢蝴蝶，郑鹧鸪。蹈海对归湖。花肥春雨润，竹瘦晚风疏。麦饭豆糜终创汉，莼羹鲈脍竟归吴。琴调轻弹，杨柳月中潜去听；酒旗斜挂，杏花村里共来沽。

其二

罗对绮，茗对蔬。柏秀对松枯。中元对上巳，返璧对还珠。云梦泽，洞庭湖。玉烛对冰壶。苍头犀角带，绿鬓象牙梳。松阴白鹤声相应，镜里青鸾影不孤。竹户半开，对牖不知人在否；柴门深闭，停车还有客来无。

其三

宾对主，婢对奴。宝鸭对金凫。升堂对入室，鼓瑟对投壶。觇合璧，颂联珠。提瓮对当垆。仰高红日近，望远白云孤。歆向秘书窥二酉，机云芳誉动三吴。祖饯三杯，老去常斟花下酒；荒田五亩，归来独荷月中锄。

其四

君对父，魏对吴。北岳对西湖。菜蔬对茶淡，苣藤对菖蒲。梅花数，竹叶符。廷议对山呼。两都班固赋，八阵孔明图。田庆紫荆堂下茂，王裒青柏墓前枯。出塞中郎，羝有乳时归汉室；质秦太子，马生角日返燕都。

虞韵注

谢蝴蝶：宋谢逸好作蝴蝶诗，人称为谢蝴蝶。郑鹧鸪：唐郑谷鹧鸪诗最佳，人称为郑鹧鸪。麦饭：汉光武兵败，冯异于滹沱河进麦饭，芜蒌亭进豆粥。莼羹：晋张翰见世将乱，因秋风起，思吴下莼羹鲈脍辞官。返璧：赵得和氏璧，秦请以十五城易之。赵使蔺相如奉璧入秦，秦不偿城，相如绝之，完璧归赵。还珠：合浦郡产珠，太守贪，珠徙；孟尝为太守，廉，珠复还。云梦泽：在楚地，方九百里。洞庭湖：在楚地，方五百里。鹤声：《诗经》“鸣鹤在阴，其子和之”。鸾影：骆宾王结屋峻卯之山，得一鸾，三年不鸣，其夫人曰，鸟见其类而后鸣。悬镜照之，果见影而鸣。合璧联珠：圣世日月合璧，五星联珠。提瓮：鲍司隶宣妻桓少君习美饰。宣曰：贫贱不当此。少君乃去服饰，著布衣，常提瓮出汲，并修妇道焉。当垆：司马相如卖酒临邛，著犊鼻裈涤器，卓文君当垆。又于城都以鹔鹴裘就市沽酒，与文君同饮。日近：晋元帝太子明帝幼时，帝抱以适朝。有长安使者至，帝问曰：日与长安孰远近？对曰：长安近，不闻人从日边来。明日，宴群臣，帝夸于众。明帝又以为日近。帝问其说,对曰:举头见日,不见长安。众大奇之。云孤:狄仁杰客外,忆亲曰:白云飞处为亲所在。机云:陆机、陆云兄弟名重三吴。苣藤:芝麻。山呼:汉武帝登中岳,山呼万岁者三。八阵:诸葛武侯兵法,有四正奇。紫荆:京兆田真、田庆、田广兄弟欲析居,紫荆忽枯,合居则生。青柏:王裒父死,攀墓柏号哭,柏忽枯。羝乳:汉苏武为郎中,出使匈奴,使牧羝羊,曰:羝有乳使归。马角:燕太子丹为质于秦,秦王曰:马生角始放归。太子悲啼,马果生角。

八齐

鸾对凤,犬对鸡。塞北对关西。长生对益智,老幼对旄倪。颁竹策,剪桐圭。剥枣对蒸梨。绵腰如弱柳,嫩手似柔荑。狡兔能穿三穴隐,鹪鹩权借一枝栖。角里先生,策杖垂绅扶少主;於陵仲子,辟纑织屦赖贤妻。

其二

鸣对吠,泛对栖。燕语对莺啼。珊瑚对玛瑙,琥珀对玻璃。绛县老,伯州犁。测蠡对燃犀。榆槐堪作荫,桃李自成蹊。投巫救女西门豹,赁浣逢妻百里奚。阙里门墙,陋巷规模原不陋;隋堤基址,迷楼踪迹亦金迷。

其三

越对赵,楚对齐。柳岸对桃溪。纱窗对绣户,画阁对香闺。修月斧,上天梯。蝃蝀对虹霓。行乐游春圃,工谀病夏畦。李广不封空射虎,魏明得立为存麑。按辔徐行,细柳功成劳王敬;闻声稍卧,临泾名震止儿啼。

齐韵注

长生益智:即长命缕和益智粽。桐圭:成王剪桐叶为圭,封弟康叔。扶少主:汉帝立吕后子惠帝为太子,既而又欲以赵王如意易之。时有商山四皓,曰东园公、夏黄公、绮里季和角里先生,须发皆白,从太子,帝见之曰:幸烦公等善为调护。绛县老:晋有老人,使问其年。曰:臣小人也,不知纪年,臣生日正月朔甲子,至今四百四十五甲子矣。师旷曰:七十三年矣。伯州犁:楚人,吴太宰伯嚭之父。测蠡:管窥天,蠡测海,喻见小也。燃犀:温峤过牛渚,燃犀照之,见奇状异形。夜梦人曰:幽明道别,何苦相逼。投巫:魏俗信巫,每岁以女子投河.曰为河伯妇。西门豹为守,投巫于河,俗乃止。赁浣:百里奚为秦相,赁一浣妇,歌曰:百里奚,五羊皮。忆别时,烹伏雌,炊扊扅。今日富贵忘我为!问之,乃其妻也。迷楼:隋炀帝游江都,浙人进新宫图,营建既成,幸之,曰:使真仙游此,亦当自迷。因名之曰迷楼。修月斧:天中记曰:有人游嵩山,见道卧者,问:为谁?笑曰:君不知月乃七宝合成乎?月势如丸,其回处常有二万八千户修之,我其一也。遂示以斧凿。射虎:李广守北平,出猎,见草中石,以为虎,射之,箭没石中,而以数奇,终不得封侯。存麑:魏明帝幼从文帝猎,文帝射鹿,使明帝射其子。对曰:已伤其母,不忍更伤其子。文帝立为太子。细柳:汉文帝时,周亚夫军细柳御敌。帝先至灞上、棘门两处劳军,后至细柳,军门严闭不得入。临泾:赤玼守原州,虏不过临泾。民常道其名以怖啼儿。

九佳

门对户,陌对街。枝叶对根荄。斗鸡对挥麈,凤髻对鸾钗。登楚岫,渡秦淮。子犯对夫差。石鼎龙头缩,银筝雁翅排。百年诗礼延余庆,万里风云入壮怀。能辨名伦,死矣野哉悲季路;不由径窦,生乎愚也有高柴。

其二

冠对履,袜对鞋。海角对天涯。鸡人对虎旅,六市对三街。陈俎豆,戏堆埋。皎皎对皑皑。贤相聚东阁,良朋集小斋。梦里山川书越绝,枕边风月记齐谐。三径萧疏,彭泽高风怡五柳;六朝华贵,琅琊佳气种三槐。

其三

勤对俭,巧对乖。水榭对山斋。冰桃对雪藕,漏箭对更牌。寒翠袖,贵金钗。慷慨对诙谐。竹径风声籁,花溪月影筛。携囊佳韵随时贮,荷锄沉酣到处埋。江海孤踪,雪浪风涛惊旅梦;乡关万里,烟峦云树切归怀。

其四

杞对梓,桧对柏。水泊对山崖。舞裙对歌袖,玉陛对瑶阶。风入袂,月盈怀。虎兕对狼豺。马融堂上帐,羊侃水中斋。北面黉宫宜拾芥,东巡岱畤定燔柴。锦缆春江,横笛洞箫通碧落;华灯夜月,遗簪堕翠遍香街。

佳韵注

斗鸡:唐王勃有斗鸡檄。挥麈:晋人挥麈清谈。或曰拂尘。高柴:遇卫难,不径不窦。俎豆堆埋:孟子幼时,居近墓,习堆埋;移舍于市,又习贸易事;移学宫傍,乃习礼让,修俎豆。东阁:公孙宏以布衣为宰相,尝开东阁延贤士,禄尽给之,自奉甚薄。五柳:陶渊明三径种菊,门前有五柳。三槐:琅玡王氏,世为公卿,盛于江左。其祖植三槐于堂前,曰:后世必有为三公者。荷锄:刘伶,字伯伦,好酒,荷锄自随,曰:醉死,便好埋我。马融:汉马融,堂前教授生徒,后设绛纱帐,置女乐焉。羊侃:梁人,好奢侈,结舟为斋,亭馆皆备,日事游宴。

十灰

春对夏,喜对哀。大手对长才。风清对月朗,地阔对天开。游阆苑,醉蓬莱。七政对三台。青龙壶老杖,白燕玉人钗。香风十里望仙阁,明月一天思子台。玉橘冰桃,王母几因求道降;莲舟藜杖,真人原为读书来。

其二

朝对暮,去对来。庶矣对康哉。马肝对鸡肋,杏眼对桃腮。佳兴适,好怀开。朔雪对春雷。云移鸩鹊观,日晒凤凰台。河边淑气迎芳草,林下轻风待落梅。柳媚花明,燕语莺声浑是笑;松号柏舞,猿啼鹤唳总成哀。

其三

忠对信,博对赅。忖度对疑猜。香消对烛暗,鹊喜对蛩哀。金花报,玉镜台。倒斝对衔杯。岩巅横老树,石磴覆苍苔。雪满山中高士卧,月明林下美人来。绿柳沿堤,皆因苏子来时种;碧桃满观,尽是刘郎去后栽。

灰韵注

壶老杖:壶公赠费长房杖,立化为龙。玉人钗:汉武帝升平元年,起招灵阁,有神女留玉钗与帝,后化为玉燕升天。望仙阁:陈后主建。思子台:汉武帝戾太子,被江充谗死,帝知其冤,作思子台。玉橘:王母降汉武帝宫中,享帝以玉橘、冰桃、雪藕。莲舟:太乙真人坐莲舟,燃藜杖,降天禄阁,照刘向读书。马肝:马肝味劣,喻烦悴之意也。鸡肋:曹操征汉中欲还,出令曰:鸡肋。杨修曰:鸡肋,弃之可惜,食之无味,示欲还也。金花报:状元寄家信,曰金花报喜。玉镜台:温峤娶其姑女,以玉镜台为聘。美人来:赵雄师游罗浮,醉卧,见一美人邀其饮,醒来在梅花树下,翠羽嘈唧而已。苏子:苏轼守杭州,令西湖沿堤种桃柳,人称苏公堤。刘郎:刘禹锡诗:玄都观里桃千树,尽是刘郎去后栽。

十一真

莲对菊,凤对麟。浊富对清贫。渔庄对佛舍,松盖对花茵。萝月叟,葛天民。国宝对家珍。草迎金埒马,花醉玉楼人。巢燕三春尝唤友,塞鸿八月始来宾。古往今来,谁见泰山曾作砺;天长地久,人传沧海几扬尘。

其二

兄对弟,吏对民。父子对君臣。勾丁对甫甲,赴卯对同寅。折桂客,簪花人。四皓对三仁。王乔云外舄,郭泰雨中巾。人交好友求三益,士有贤妻备五伦。文教南宣,武帝平蛮开百越;义旗西指,韩侯扶汉卷三秦。

其三

申对午,侃对訚。阿魏对茵陈。楚兰对湘芷,碧柳对青筠。花馥馥,叶蓁蓁。粉颈对朱唇。曹公奸似鬼,尧帝智如神。南阮才郎差北富。东邻丑女效西颦。色艳北堂,草号忘忧忧甚事;香浓南国,花名含笑笑何人。

真韵注

金埒:王武子有马癖,编钱为金埒,常乘马不渡水,曰:是必惜锦障泥。去之,马乃渡水。作砺:黄河如带,泰山如砺。扬尘:沧海变桑田,行复扬尘耳。王乔:汉人,为叶县令,不乘车骑,太史见双凫飞来,网之,乃是一舄。郭泰:汉人,遇雨,巾折一角。人效为之折角巾。似鬼:曹操奸伪,人称如鬼。如神:帝尧,其智如神。

南阮:晋洛阳阮氏,处北者富,处南者贫而多才。东施:尝效西施捧心而颦。

十二文

忧对喜,戚对欣。二典对三坟。佛经对仙语,夏耨对春耘。烹早韭,翦春浮。暮雨对朝云。竹间斜白接,花下醉红裙。掌握灵符五岳篆,腰悬宝剑七星纹。金锁未开,上相趋听宫漏永;珠帘半卷,群僚仰对御炉薰。

其二

词对赋,懒对勤。类聚对群分。鸾箫对凤笛,带草对香芸。燕许笔,韩柳文。旧话对新闻。赫赫周南仲,翩翩晋右军。六国说成苏子贵,两京收复郭公勋。汉阙陈书,侃侃忠言推贾谊;唐廷对策,岩岩直谏有刘蕡。

其三

言对笑,绩对勋。鹿豕对羊羵。星冠对月扇,把袂对书裙。汤事葛,说兴殷。萝月对松云。西池青鸟使,北塞黑鸦军。文武成康为一代,魏吴蜀汉定三分。桂苑秋宵,明月三杯邀曲客;松亭夏日,薰风一曲奏桐君。

文韵注

白接:头巾名。山涛醉后巾帽欹斜,古诗云:山公倒著白接篱。带草:不其城东,有郑康成书带草。香芸:香草,能避蠹。燕许:唐张说封燕国公,苏颋封许国公,以文章显,为大手笔。柳韩:唐柳宗元、韩愈文章绝代。右军:晋王羲之,官右军。六国:苏秦以合纵说诸侯,为六国相。两京:唐郭子仪收复两京,封汾阳王。刘蕡:唐刘蕡对策直言,不第。李郃曰:刘蕡不第,我辈登科,能无厚颜上书,以己所受授之。羵:季桓子穿井,得一土缶,中有羊焉。以问仲尼。曰:土之怪,羵羊也。书裙:羊欣年十三,右军爱其才。昼卧,右军书其白练裙,书法遂大进。青鸟:西王母用青鸟为使。黑鸦:李克用守塞,军皆着黑衣,号黑鸦军。曲客:酒也。桐君:琴也。

十三元

卑对长，季对昆。永巷对长门。山亭对水阁，旅舍对军屯。杨子渡，谢公墩。德重对年尊。承乾对出震，叠坎对重坤。志士报君思犬马，仁王养老察鸡豚。远水平沙，有客泛舟桃叶渡；斜风细雨，何人携榼杏花村。

其二

君对相，祖对孙。夕照对朝曛。兰台对桂殿，海岛对山村。碑堕泪，赋招魂。报怨对怀恩。陵埋金吐气，田种玉生根。相府珠帘垂白昼，边城画角动黄昏。枫叶半山，秋云烟霞堪倚杖；梨花满地，夜来风雨不开门。

元韵注

杨子渡：杨侯封子于金陵，故名江曰杨子渡。谢公墩：在金陵谢安登眺处。桃叶渡：王献之送其妾桃叶于此渡江，歌曰：桃叶复桃叶，渡江不用楫。杏花村：在金陵。碑堕泪：晋羊祜卒后，襄阳百姓为建碑岘山，见者，莫不堕泪。赋招魂：楚国宋玉哀师屈原之死，作招魂赋。埋金：秦王埋金于金陵钟山，以镇王气焉。种玉：杨伯雍设义浆给行旅，一人与之石，曰：种之生玉。

十四寒

家对国，治对安。地主对天官。坎男对离女，周诰对殷盘。三三暖，九九寒。杜撰对包弹。古壁蛩声匝，闲亭鹤影单。燕出帘边春寂寂，莺闻枕上漏珊珊。池柳烟飘，日夕郎归青锁闼；砌花雨过，月明人倚玉栏干。

其二

肥对瘦，窄对宽。黄犬对青鸾。指环对腰带，洗钵对投竿。诛佞剑，进贤冠。画栋对雕栏，双垂白玉箸，九转紫金丹。陕右棠高怀召伯，河阳花满忆潘安。陌上芳春，弱柳当风披彩线；池中清晓，碧荷承露捧珠盘。

其三

行对卧，听对看。鹿洞对鱼滩。蛟腾对豹变，虎踞对龙蟠。风凛凛，雪漫漫。手辣对心酸。莺莺对燕燕，小小对端端。蓝水远从千涧落，玉山高并两峰寒。至圣不凡，嬉嬉六龄陈俎豆；老莱大孝，承欢七衮舞斑斓。

寒韵注

三三：上巳。九九：重阳。杜撰：唐杜举好为不经之谈，人谓之为杜撰。包弹：宋包拯为御史中丞，不避权贵，人谓之为包弹。青锁闼：翰林直宿之所也。诛佞剑：汉朱云求赐上方剑，斩一佞臣。上问：为谁？曰：张禹。上怒欲斩之。云攀槛，槛折。后或请易槛。上不许，曰：存之以旌忠臣。进贤冠：杜诗：良相头上进贤冠。白玉箸：释家得道，临终有白玉气出鼻孔，双垂如白玉箸。陕右：周召分理天下，陕以东周公主之，陕以西召伯主之。河阳：潘岳为河阳令，栽桃满县，人曰花县。豹变：易曰：君子豹变。莺莺燕燕：钱塘范十二郎有二女曰莺莺、燕燕，为富民陆氏妾。东坡嘲张子野八十娶妾，诗云：诗人老去莺莺在，公子归来燕燕忙。小小端端：钱塘妓苏小小，亦名简简。端端，唐妓，姓李。

十五删

林对坞，岭对峦。昼永对春闲。谋深对望重，任大对时艰。裙袅袅，佩珊珊。守塞对当关。密云千里合，新月一钩弯。叔宝君臣均纵逸，重华父母是嚚顽。名动帝畿，西蜀三苏来日下；壮游京洛，东吴二陆起云间。

其二

临对仿，吝对悭。讨逆对平蛮。忠肝对义胆，雾发对云鬟。埋笔冢，烂柯山。月貌对天颜。龙潜终得跃，鸟倦亦知还。陇树飞来鹦鹉绿，池筠密处鹧鸪斑。秋露横江，苏子月明游赤壁；冻雪迷岭，韩公雪拥过蓝关。

删韵注

叔宝：陈后主名。三苏：眉山苏洵，字老泉，与子苏轼、苏辙名振一时，人称为三苏。二陆：晋陆机、陆云兄弟大有才名，人称为二陆。埋笔：僧智永学书，积笔十八瓮，瘗之，号曰退笔冢。烂柯：晋樵者王质入山，见二人对弈，棋终，斧柯已烂。赤壁：周公瑾以火焚曹兵，石壁皆赤，故曰赤壁，苏轼有赤壁赋。蓝关：韩愈《左迁至蓝关示侄孙湘》诗云“云横秦岭家何在？雪拥蓝关马不前”。

下卷(下平声)

一先

寒对暑，日对年。蹴鞠对秋千。丹山对碧水，淡雨对覃烟。歌宛转，貌婵娟。雪鼓对云笺。荒芦栖南雁，疏柳噪秋蝉。洗耳尚逢高士笑，折腰肯受小儿怜。郭泰泛舟，折角半垂梅子雨；山涛骑马，接篱倒着杏花天。

其二

轻对重，肥对坚。碧玉对青钱。郊寒对岛瘦，酒圣对诗仙。依玉树，步金莲。凿井对耕田。杜甫清宵立，边韶白昼眠。豪饮客吞波底月，酣游人醉水中天。斗草青郊，几行宝马嘶金勒；看花紫陌，千里香车拥翠钿。

其三

吟对咏，授对传。乐矣对凄然。风鹏对雪雁，董杏对周莲。春九十，岁三千。钟鼓对管弦。入山逢宰相，无事即神仙。霞映武陵桃淡淡，烟荒隋堤柳绵绵。七碗月团，啜罢清风生腋下；三杯云液，饮余红雨晕腮边。

其四

中对外，后对先。树下对花前。玉柱对金屋。叠嶂对平川。孙子策，祖生鞭。盛席对华筵。解醉知茶力，消愁识酒权。丝剪芰荷开东沼，锦妆凫雁泛温泉。帝女衔石，海中遗魄为精卫；蜀王叫月，枝上游魂化杜鹃。

先韵注

洗耳：尧时有颍水，箕山高人曰巢父、许由，尧以天下让许由，巢父以为污耳，就颍水洗之。折腰：陶渊明为彭泽令，有督邮至。渊明曰：吾不为五斗米折腰，遂去，作归去来辞。青钱：即铜钱。郊寒岛瘦：孟郊诗失之寒，贾岛诗失之瘦。玉树：杜甫诗：宗之潇洒美少年，皎如玉树临风前。金莲：齐东昏侯以金为莲花贴地，令潘妃行其上，曰：步步生莲花。清宵：杜诗：思家步月清宵立。白昼：边韶常昼眠，弟子嘲之曰：边孝先，腹便便，不读书，昼贪眠。董杏：董奉治病，令愈者种杏五株，杏成林。周莲：宋周茂叔好莲，有爱莲说。春九十：春光九十，深春也。岁三千：汉武帝时，东郡献短人，东方曼倩谓帝曰：王母蟠桃，三千岁一熟，此儿已三偷之矣。山中相：梁陶宏景隐山中，帝时问以国事，人称为山中宰相。武陵：桃花源记，武陵人捕鱼为业，偶逢桃花源。隋堤：炀帝自板渚引河达淮，岸上悉种柳，后人谓之隋堤。孙子：孙武，著兵法传世。祖生：晋祖逖与刘琨同寝，闻荒鸡鸣，逖蹴琨曰：此非恶声也。琨曰：常恐祖生先吾著鞭。芰荷：隋炀帝事。凫雁：唐宫中事。精卫：炎帝女渡海溺死，化精卫鸟，衔石填海。杜鹃：蜀帝死化杜鹃，啼则吐血。

二萧

琴对管，釜对瓢。水怪对花妖。秋声对春色，白缣对红绡。臣五代，事三朝。斗柄对弓腰。醉客歌金缕，佳人品玉箫。风定落花闲不扫，霜余残叶湿难烧。千载兴周，尚父一竿投渭水；百年霸越，钱王万弩射江潮。

其二

荣对悴，夕对朝。露地对云霄，商彝对周鼎，殷濩对虞韶。樊素口，小蛮腰。六诏对三苗。朝天车奕奕，出塞马萧萧。公子幽兰重泛舸，王孙芳草正联镳。潘岳高怀，曾向秋天吟蟋蟀；王维清兴，尝于雪夜画芭蕉。

其三

耕对读，牧对樵。琥珀对琼瑶。兔毫对鸿爪，桂楫对兰桡。鱼潜藻，鹿藏蕉。水远对山遥。湘灵能鼓瑟，嬴女解吹箫。雪点寒梅横小院，风吹弱柳覆平桥。月牖通宵,绛蜡罢时光不减;风帘当昼,雕盘停后篆难消。

萧韵注

臣五代:冯道历事后唐、后晋、契丹、后汉、后周。钱王:钱镠为吴越王,作御潮铁柱于江中,未成而潮至,王命万弩射之,潮果退;筑土一升者,赏钱一升,名之曰钱塘。樊素、小蛮:白乐天妾。白有诗曰:樱桃樊素口,杨柳小蛮腰。六诏:滇南地名。蟋蟀:潘岳有蟋蟀赋。芭蕉:王摩诘画不论四时,尝画雪中芭蕉。鹿藏蕉:郑人有薪者,遇鹿而毙之,藏诸泥中,覆之以蕉,俄而失其处,遂以为梦,顺途而道其事。傍闻者取之归,告室人曰:薪者梦得鹿,不知其处,我今得之,彼真在梦中已矣。兔毫:笔名。鸿爪:字名。湘灵:湘水之神。

三肴

诗对礼,卦对爻。燕引对莺调。晨钟对暮鼓,野馔对山肴。雉方乳,鹊始巢。猛虎对神獒。疏星浮荇叶,皓月上松梢。为邦自古推瑚琏,从政于今愧斗筲。管鲍相知,能交忘形胶漆友;蔺廉有隙,终为刎颈死生交。

其二

歌对舞,笑对嘲。耳语对神交。焉乌对亥豕,獭髓对鸾胶。宜久敬,莫轻抛。一气对同胞。祭遵甘布被,张禄念绨袍。花径风来逢客访,柴扉月到有僧敲。夜雨园中,一颗不雕王子柰;秋风江上,三重曾卷杜公茅。

其三

衙对舍,廪对庖。玉磬对金铙。竹林对梅岭,起凤对腾蛟。鲛绡帐,兽锦袍。露果对风梢。扬州输橘柚,荆土贡菁茅。断蛇埋地称孙叔,渡蚁作桥识宋郊。好梦难成,蛩响阶前偏唧唧;良朋远到,鸡声窗外正嘐嘐。

肴韵注

雉方乳:汉鲁恭为中牟令,蝗不入境。河南尹闻之,使人往看,行至桑下,见雉驯止,儿童不捕,曰:雉方将雏。鹊始巢:月令,季冬之月,鹊始巢。神獒:犬名,能知人意。管鲍:管仲、鲍叔牙交最善。蔺廉:赵将廉颇蔺相如争功,相如避之,颇负荆请罪,遂为刎颈之交。焉鸟;古之讹字。亥豕:读史者曰;晋师伐秦,三豕渡河,子夏曰:己亥耳。獭髓:能补人者。鸾胶:能续断弦。祭遵:汉光武将。张禄:范雎在魏,被须贾所害,后为秦相,易姓张禄。须贾使秦,禄私见之,贾不知其为秦相也,曰:范叔何一寒至此?以己绨袍赠之。禄以须贾有故人之意,免死。王子柰:王祥遭后母之忌,命护园中柰,落则鞭之。祥抱树大哭,一颗不落。杜公茅:杜甫诗句:八月秋高风怒号,卷我屋上三重茅。竹林:晋嵇康与阮籍等七友,号竹林七贤。梅岭:英州司寇种梅三十万株于大庾岭,故庾岭多梅。鲛绡:南海有鲛人,水居如鱼,不废织绩,常出卖绡,眼能泣珠。兽锦:织有兽形图案的锦绣。断蛇:孙叔敖见两头蛇,杀而埋之,恐后有人见而致死,后为楚相。渡蚁:宋郊见蚁为雨所溺,渡而活之,后为状元。

四豪

茭对茨,荻对蒿。山鹿对江鳌。莺簧对蝶板,麦浪对桃涛。骐骥足,凤凰毛。美誉对嘉褒。文人窥蠹简,学士书兔毫。马援南征载薏苡,张骞西使进葡萄。辨口悬河,万语千言常亹亹;词源倒峡,连篇累牍自滔滔。

其二

梅对杏,李对桃。棫朴对旌旄。酒仙对诗史,德泽对恩膏。悬一榻,梦三刀。拙逸对贵劳。玉堂花烛绕,金殿月轮高。孤山看鹤盘云下,蜀道闻猿向月号。万事从人,有花有酒应自乐;百年皆客,一丘一壑尽吾豪。

其三

台对省,署对曹。分袂对同袍。鸣琴对击剑,返辙对回艚。良借箸,操捉刀。香茶对醇醪。滴泉归海大,篑土积山高。石室客来煎雀舌,画堂宾至饮羊羔。被谪贾生,湘水凄凉吟鹏鸟;遭谗屈子,江潭憔悴著离骚。

豪韵注

骥足:徐孝嗣曰:人中骐骥,能致千里。凤毛:宋谢超宗善文,时人曰:超宗殊有风毛。薏苡：马援征交趾还，以薏苡能治瘴疠，载数车随行，人以为皆金。葡萄：张骞使西域，始得之，传入中原。悬榻：陈蕃悬榻以待徐孺子。梦刀：王浚梦悬三刀，又益一刀。解者曰：三刀是州字，又益者是益州也。果守益州。借箸：张良与高祖尝借箸画策。捉刀：北使见魏主，操使崔琰代，自捉刀立旁。使者出曰：魏主亦复平常，捉刀人，乃真英雄耳。

五歌

微对巨，少对多。直干对平柯。蜂媒对蝶使，雨笠对烟蓑。眉淡扫，面微酡。妙舞对清歌。轻衫裁夏葛，薄袂剪春罗。将相兼行唐李靖，霸王杂用汉萧何。月本阴精，岂有羿妻曾窃药；星为夜宿，浪传织女漫投梭。

其二

慈对善，虐对苛。缥缈对婆娑。长杨对细柳，嫩蕊对寒莎。追风马，挽日戈。玉液对金波。紫诏衔丹凤，黄庭换白鹅。画阁江城梅作调，兰舟野渡竹为歌。门外雪飞，错认空中飘柳絮；岩边瀑响，误疑天半落银河。

其三

松对竹，荇对荷。薜荔对藤萝。梯云对步月，樵唱对渔歌。升鼎雉，听经鹅。北海对东坡。吴郎哀废宅，邵子乐行窝。丽水良金皆待冶，昆山美玉总须磨。雨过皇州，琉璃色灿华清瓦；风来帝苑，荷芰香飘太液波。

其四

笼对槛，巢对窝。及第对登科。冰清对玉润，地利对人和。韩擒虎，荣驾鹅。青女对素娥。破头朱泚笏，折齿谢鲲梭。留客酒杯应恨少，动人诗句不须多。绿野凝烟，但听村前双牧笛；沧江积雪，唯看滩上一渔蓑。

歌韵注

李靖：唐初功臣，三定朔方，位兼将相。萧何：以文事辅汉高得天下。羿妻：羿有长生药,其妻窃之,奔月宫,是为嫦娥。织女:世传牛郎、织女隔天河以梭相投。长杨:汉宫名。追风:穆王八骏,有追风马。挽日:鲁阳与韩战酣,日将落,以戈挥之,日返三舍。白鹅:王羲之写黄庭经,山阴道人以白鹅换之。升鼎:商时,有雉升鼎而鸣。听经:僧志违养鹅,能听经说法。北海:孔融。吴郎:唐吴融有废宅诗。邵子:宋邵雍有安乐窝。冰清玉润:乐广,人称为冰清,其婿卫玠为玉润。韩擒虎:隋名将。荣驾鹅:鲁昭公之臣。青女:霜神。素娥:嫦娥。朱泚:朱泚欲窃位,段秀实以笏击破其头。谢鲲:鲲戏其邻女,女方织,投梭折其齿。

六麻

清对浊,美对嘉。鄙吝对矜夸。花须对柳眼,屋角对檐牙。志和宅,博望槎。秋实对春华。乾炉烹白雪,坤鼎炼丹砂。深宵望冷沙场月,边塞听残野戍笳。满院松风,鱼声隐隐为僧舍;半窗花月,锡影依依是道家。

其二

雷对电,雾对霞。蚁阵对蜂衙。寄梅对怀橘,酿酒对烹茶。宜男草,益母花。杨柳对蒹葭。班姬辞帝辇,蔡琰泣胡笳。舞榭歌楼千万尺,竹篱茅舍两三家。珊枕半床,月明时梦飞塞外;银筝一奏,花落处人在天涯。

其三

圆对缺,正对斜。笑语对咨嗟。沈腰对潘鬓,孟笋对卢茶。百舌鸟,两头蛇。帝里对仙家。尧仁敷率土,舜德被流沙。桥上授书曾纳履,壁间题句已笼纱。远塞迢迢,露碛风沙何可极;长沙渺渺,雪涛烟浪信无涯。

其四

疏对密,朴对华。义鹘对慈鸦。鹤群对雁阵,白苧对黄麻。读三到,吟八叉。肃静对喧哗。围棋兼把钓,沉李并浮瓜。羽客片时能煮石,狐禅千劫似蒸沙。党尉粗豪,金帐笼香斟美酒;陶生清逸,银铛融雪啜团茶。

麻韵注

志和宅:张志和以太虚为庐,明月为伴。博望槎:张骞封博望侯,乘槎寻河源。鱼声:僧家梵声,即木鱼也。寄梅:范晔在长安,顾恺自江南寄梅花一枝,诗曰:江南无所有,聊赠一枝春。怀橘:陆绩七岁,怀袁术橘事母。班姬:汉武帝游后苑,命班婕妤同辇,辞不敢。蔡琰:蔡邕女,早寡,汉末被虏入胡,作胡笳十八拍。沈腰:沈约,字休文,常多病,腰瘦。潘鬓:潘岳有悼亡诸作曰:潘岳自伤,两鬓早苍。孟笋:孟宗母病,思食鲜笋,宗守竹而哭,果生笋。卢茶:卢仝好茶,饮必七碗。纳履:张良遇黄石公于圯桥上,使良纳履,曰:孺子可教也。遂传以韬略。笼纱:寇准题诗寺壁,后贵,僧人将诗用纱笼之。义鹘:杜甫有义鹘诗。慈鸦:鸦能反哺其母。白苎:古有白苎歌。黄麻:唐时以黄麻纸写诏。三到:读书口到、眼到、心到。八叉:温庭筠八叉其手而诗成。煮石:仙人能煮石为饭。蒸沙:佛经云:野狐禅如蒸沙,千劫不能成饭。党尉陶生:陶穀得党尉家姬,偶烹雪茶,陶曰:党家有此味否?姬曰:彼但知坐销金帐里,共饮羊羔美酒,浅斟低唱而已。

七阳

台对阁,沼对塘。朝雨对夕阳。游人对隐士,谢女对秋娘。三寸舌,九回肠。玉液对琼浆。秦皇照胆镜,徐肇返魂香。青萍夜啸芙蓉匣,黄卷时摊薜荔床。元亨利贞,天地一机成化育;仁义礼智,圣贤千古立纲常。

其二

红对白,绿对黄。昼永对更长。龙飞对凤舞,锦缆对牙樯。云弁使,雪衣娘。故国对他乡。雄文能徙鳄,艳曲为求凰。九日高峰惊落帽,暮春曲水喜流觞。僧占名山,云绕茂林藏古殿;客栖胜地,风飘落叶响空廊。

其三

衰对壮,弱对强。艳饰对新妆。御龙对司马,破竹对穿杨。读班马,识求羊。水色对山光。仙棋藏绿橘,客枕梦黄粱。池草入诗因有梦,海棠带恨为无香。风起画堂,帘箔影翻青荇沼;月斜金井,辘轳声度碧梧墙。

其四

臣对子,帝对王。日月对风霜。乌台对紫府,雪牖对云房。香山社,昼锦堂。蔀屋对岩廊。芬椒涂内壁,文杏饰高梁。贫女幸分东壁影,幽人高卧北窗凉。绣阁探春,丽日半笼青镜色;水亭醉夏,薰风常透碧筒香。

阳韵注

谢女:谢安问兄子胡儿曰:大雪纷纷何所似?胡曰:撒盐空中差可拟。兄女道韫曰:未若柳絮因风起。安大奇之。秋娘:李锜妾杜氏,能诗,有云:劝君莫惜金缕衣,劝君惜取少年时。照胆:始皇有照胆镜。返魂:徐兆遇苏德音,授以返魂香,燃之,能起上世亡魂。青萍:剑名。云弁使:蜻蜓。雪衣娘:白鹦鹉也。徙鳄:潮州有鳄鱼为害,韩愈作文祭之乃去。求凰:成都卓王孙有女文君,新寡,相如作凤求凰之曲以挑之。落帽:晋孟嘉为桓温参军,宴集龙山,风吹落帽。流觞:王羲之兰亭修禊,引曲水流觞。穿杨:养由基善射,能百步穿杨。班马:班固作汉书,司马迁作史记。求羊:蒋诩归桂林,于竹下开三径,惟故人求仲、羊仲从之游。绿橘:巴邛人家有橘,忽长三枚,大如斗,剖之,有二叟对弈。黄粱:钟离权,汉人,吕岩途遇之,共憩旅肆。权炊黄粱,岩欲睡,一梦五十年。醒,见炊未熟。权笑云:黄粱犹未熟,一梦到华胥。池草:谢灵运诗云:池塘生春草,园柳变鸣禽。因梦惠连得此句也。海棠:彭渊林曰:吾生平五恨,一恨鱼多骨,二恨橘多酸,三恨莼性淡,四恨海棠无香,五恨曾子固不能诗。香山社:白居易等九人,为香山九老社。昼锦堂:韩琦封魏国公,造昼锦堂,致仕,退老其中。东壁影:齐女与邻妇共烛而绩,妇辞之。女曰:我贫无烛,一室之中,多不为暗,少不为明,何惜东壁余光。碧筒:郑悫取荷茎,通之盛酒,名曰碧筒杯。

八庚

形对貌,色对声。夏邑对周京。江云对涧树,玉磬对银筝。人老老,我卿卿。晓燕对春莺。玄霜舂玉杵,白露贮金茎。贾客君山秋弄笛,仙人缑岭夜吹笙。帝业独兴,尽道汉高能用将;父书空读,谁言赵括善知兵。

其二

功对业，性对情。月上对云行。乘龙对附骥，阆苑对蓬瀛。春秋笔，月旦评。东作对西成。隋珠光照乘，和璧价连城。三箭三人唐将勇，一琴一鹤赵公清。汉帝求贤，诏访严滩逢故旧；宋廷优老，年尊洛社重耆英。

其三

昏对旦，晦对明。久雨对新晴。蓼湾对花港，竹友对梅兄。黄石叟，丹丘生。犬吠对鸡鸣。暮山云外断，新月水中平。半榻清风宜午梦，一犁好雨趁春耕。王旦登庸，误我十年迟作相；刘蕡不第，愧他多士早成名。

庚韵注

卿卿：王衍妻呼衍曰：卿。衍曰：奈何卿我？妻曰：我不卿卿，谁复卿卿？玉杵：裴航遇云翘夫人，与诗曰：一饮琼浆百感生，玄霜捣尽见云英。蓝桥便是神仙窟，何必崎岖上玉清。航后过蓝桥见一妪，揖之求饮。妪使云英持一瓯浆，令饮之。因诗合，欲娶云英。妪曰：须以玉杵为聘乃可。后航果得玉杵聘之，俱仙去。金茎：汉武帝作铜柱承露，上有仙人掌持玉盘接露。又魏明帝亦作承露金茎，高十一丈。君山：贾客过君山，遇仙人吹笛。缑岭：周灵王太子晋好吹笙，作凤凰鸣，遇浮丘公接上嵩山。后乘白鹤过缑氏山头，谢别时人而去。高帝：汉高帝问韩信，将兵几何？信曰：多多益善。又曰：陛下不善将兵，而善将将。赵括：括父赵奢善用兵。奢卒，括不用其法，以致大败。乘龙：杜诗：门阑多喜色，女婿近乘龙。春秋笔：孔子作春秋，一字荣于华衮，一字严如斧钺，游夏诸贤不能赞一词。月旦评：汉末河南许劭好甄别人物，号月旦评。唐将：薛仁贵东征，三箭毙三人。军中歌曰：将军三箭定天山，壮士长歌入汉关。赵公：赵抃守成都，以琴鹤自随。汉帝：汉光武与严子陵友善，即位后命访之。陵在富春江披蓑钓泽中，载以至朝，帝以故人礼敬之。尝与同寝，陵以足加帝腹，太史奏曰：有客星犯帝座。宋廷：宋文彦博、富弼诸人，在洛阳作耆英社。王旦：宋王旦卒，王钦若曰：子明迟我十年宰相。

九青

庚对甲，巳对丁。魏阙对彤庭。梅妻对鹤子，珠箔对银屏。鸳浴沼，鹭飞汀。鸿雁对鹡鸰。人间寿者相,天上老人星。八月好修攀桂斧,三春须系护花铃。江阁凭临,一水净连天际碧;石栏闲倚,群山秀向雨余青。

其二

危对乱,泰对宁。纳陛对趋庭。金盘对玉箸,泛梗对浮萍。群玉圃,众芳亭。旧典对新型。骑牛闲读史,牧豕自横经。秋首田中禾颖重,春余园内菜花馨。旅次凄凉,塞月江风皆惨淡;筵前欢笑,燕歌赵舞独娉婷。

青韵注

护花铃:明皇兄宁王爱花,尝作铃护花,蜂、鸟至则牵铃惊之。泛梗:孟尝君将入秦,客止之曰,见有木梗人谓土偶人曰:今将大雨,子必沮坏。答曰:我沮乃反吾真耳,今子东园之桃也,刻予以为梗,雨至必浮,子泛泛不知所止矣。孟尝君乃止。骑牛:李密牧牛读汉书,常挂一帙于牛角之上。牧豕:公孙弘少为人牧豕,勤于学,常带经而读。年五十位至丞相。

十蒸

萍对蓼,芡对菱。雁弋对鱼罾。齐纨对鲁缟,蜀锦对吴绫。星渐没,日初升。九聘对三征。萧何曾作吏,贾岛昔为僧。贤人视履循规矩,大匠挥斤校准绳。野渡春风,人喜乘潮移酒舫;江天暮雨,客愁隔岸对渔灯。

其二

谈对吐,谓对称。冉闵对颜曾。侯嬴对伯嚭,祖逖对孙登。抛白纻,宴红绫。胜友对良朋。争名如逐鹿,谋利似趋蝇。仁杰姨惭周不仕,王陵母识汉方兴。句写穷愁,浣花寄迹传工部;诗吟变乱,凝碧伤心叹右丞。

蒸韵注

贾岛:岛曾为僧,韩退之劝其读,后登进士,官长江尉。白纻:裴思谦登第,以红笺数十幅入平康里赋诗,时号风流薮泽。王元之诗曰:利市襕衫抛白纻,风流名字写红笺。红绫:唐僖宗幸兴庆池,同新进士宴曲江,命御厨烧红绫饼,依人数赐之。逐鹿:中原逐鹿,不知死于谁手,以喻相争也。仁杰:狄仁杰为武后相,其姨灵氏有子,杰欲官之。姨曰:止此一子,不愿事女主。王陵:陵事汉,其母在楚,知汉必兴,嘱善事之。项羽令母召陵,母遂自刎。工部:杜甫为工部员外郎,寓蜀之浣花溪。右丞:王维官至右丞。值安禄山之乱被俘,作凝碧池诗,以伤之也。

十一尤

荣对辱,喜对忧。缱绻对绸缪。吴娃对越女,野马对沙鸥。茶解渴,酒消愁。白眼对苍头。马迁修史记,孔子作春秋。莘野耕夫闲举耜,渭滨渔父晚垂钩。龙马游河,羲帝因图而画卦;神龟出洛,禹王取法以明畴。

其二

冠对履,舄对裘。院小对庭幽。面墙对膝地,错智对良筹。孤嶂耸,大江流。芳泽对圆丘。花潭来越唱,柳屿起吴讴。莺懒燕忙三月雨,蛩摧蝉退一天秋。钟子听琴,荒径入林山寂寂;谪仙捉月,洪涛接岸水悠悠。

其三

鱼对鸟,鹡对鸠。翠馆对红楼。七贤对三友,爱日对悲秋。虎类狗,蚁如牛。列辟对诸侯。陈唱临春乐,隋歌清夜游。空中事业麒麟阁,地下文章鹦鹉洲。旷野平原,猎士马蹄轻似箭;斜风细雨,牧童牛背稳如舟。

尤韵注

白眼:阮籍视人作青白眼。错智:汉晁错多智,人称智囊。听琴:钟子期善解琴,闻伯牙鼓高山流水曲,遂相知好。子期死,伯牙碎琴,不复鼓,谓无知音也。捉月:李白于采石矶,水中捉月而死。虎类狗:马援戒兄子书:学龙伯高不成,犹为谨慎之士,所谓刻鹄不成尚类鹜;学杜季良不成,为天下轻薄子,所谓画虎不成反类狗。蚁如牛:殷浩病,见床上蚁动如牛。陈唱:陈后主作结绮临春阁,张丽华、孔贵嫔皆有学士之号,常唱后庭花。隋歌:炀帝宴游,冬日剪彩为花,夏夜放萤火,歌清夜之曲。麒麟阁:汉宣帝绘功臣图像于其上。鹦鹉洲:祢衡于此作鹦鹉赋而得名。

十二侵

歌对曲,啸对吟。往古对来今。山头对水面,远浦对遥岑。勤三上,惜寸阴。茂树对平林。卞和三献玉,杨震四知金。青皇风暖催芳草,白帝城高急暮砧。绣虎雕龙,才子窗前挥彩笔;描鸾刺凤,佳人帘下度金针。

其二

登对眺,涉对临。瑞雪对甘霖。主欢对民乐,交浅对言深。耻三战,乐七擒。顾曲对知音。大车行槛槛,驷马骤骎骎。紫电青虹腾剑气,高山流水识琴心。屈子怀君,极浦吟风悲泽畔;王郎忆友,扁舟卧雪访山阴。

侵韵注

三上:善读者,有三上之功,枕上、途上、厕上。寸阴:陶侃致力中原,朝夕运甓曰:禹惜寸阴,吾人当惜分阴。四知:汉杨震为青州刺史,所举茂才王密,暮夜怀金谒震,震怒曰:故人知君,君何不知故人也。密曰:夜无人知。震曰:天知,地知,子知,我知,何谓无知?绣虎:曹子建有奇才,七步成诗,人称绣虎。雕龙:梁刘勰《文心雕龙》五十篇,论古今文体,沈约善之。三战:鲁国曹沬与齐战,三败,后劫持齐桓公,收复失地。七擒:孔明征孟获,七纵七擒。顾曲:吴周瑜善审音律,谚曰:曲有误,周郎顾。王郎:山阴王子猷雪夜往访戴逵,至中途而返,曰:乘兴而来,兴尽而返,何必见戴。

十三覃

宫对阙,座对龛。水北对天南。蜃楼对蚁郡,伟论对高谈。遴杞梓,树楩楠。得一对函三。八宝珊瑚枕,双珠玳瑁簪。萧王待士心唯赤,卢相欺君面独蓝。贾岛诗狂,手拟敲门行处想;张颠草圣,头能濡墨写时酣。

其二

闻对见,解对谙。三橘对双柑。黄童对白叟,静女对奇男。秋七七,径三三。海色对山岚。鸾声何哕哕,虎视正眈眈。仪封疆吏知尼父,函谷关人识老聃。江相归池,止水自盟真是止;吴公作宰,贪泉虽饮亦何贪。

覃韵注

蜃楼:东坡仕登州,作文祷海,而海市见。蚁郡:淳于棼梦入槐下蚁国,蚁王妻之,封南柯郡。得一:天得一以清,地得一以宁,人得一以贞。萧王:光武初封萧王,凡来臣服者,以赤心待之。卢相:唐奸相卢杞,貌蓝而心险,人曰蓝面鬼。敲门:贾岛于京师得句云:鸟宿池边树,僧敲月下门。濡墨:张旭善草书,醉后以头濡墨而写。双柑:戴颙春日携斗酒、双柑,听黄莺弄声。七七:鹤林寺杜鹃花为天下第一。周宝谓殷七七曰:闻君能顷刻开花,今方重九能开花乎?七七曰:诺。即于掌中作幻术。夜闻一女子曰:妾为上帝司此花,不久即归阆苑。三三:陶渊明种菊:冶冶溶溶三径色,风风雨雨九秋时。函谷:关尹喜于函谷关见紫气,知老子过此关。止水:江万里题其池止水,后即尽节于池中。贪泉:吴隐之为广州刺史,有贪泉饮诗:石门有贪泉,一歃重千金。试使夷齐饮,终当不易心。

十四盐

宽对猛,冷对炎。清直对尊严。云头对雨脚,鹤发对龙髯。风台谏,肃堂廉。保泰对鸣谦。五湖归范蠡,三径隐陶潜。一剑成功堪佩印,百钱满卦便垂帘。浊酒停杯,容我半酣愁际饮;好花傍座,看他微笑悟时拈。

其二

连对断,减对添。淡泊对安恬。回头对极目,水底对山尖。腰袅袅,手纤纤。凤卜对鸾占。开田多种粟,煮海尽成盐。居同九世张公艺,恩给千人范仲淹。箫弄凤来,秦女有缘能跨羽;鼎成龙去,轩臣无计得攀髯。

其三

人对己,爱对嫌。举止对观瞻。四知对三语,义正对辞严。勤雪案,课风檐。漏箭对书签。文繁归獭祭,体艳别香奁。昨夜题诗更一字,早春来燕卷重帘。诗以史名,愁里悲歌怀杜甫;笔经人索,梦中显晦老江淹。

盐韵注

风台:风,厉也。台:台省。谏:谏臣。肃堂廉:廉,阶陛之侧隅也。治安策曰:人主如堂,人臣如陛,众庶如地。范蠡:字少伯,佐越王破吴后,载西施归五湖。一剑:苏秦尝佩一剑,合纵六国,佩相印。百钱:严君平卖卜成都,每日得百钱,即闭户垂帘。微笑:释迦佛拈花微笑,世尊传以正法。张公:唐人,九世同居。高宗幸其第,问:何以能此?公书百忍字以进之。范仲淹:宋人,置义田以养宗族。轩臣:轩辕皇帝铸鼎成,龙降,骑之升天,其臣攀龙髯欲随之去,不得。三语:王戎问老子、孔子之旨于阮瞻,曰,将无同。时人谓之三语掾。獭祭:李商隐作诗文,多检阅书册,左右鳞次,号曰獭祭鱼。香奁:韩偓好作艳诗,谓香奁体。题梅:唐僧齐己题梅花诗曰"昨夜数枝开",郑谷改之"为一枝",时人称为一字师。史名:杜甫感痛时事,发之于诗,人称为诗史。

十五咸

栽对植,夷对芟。二伯对三监。朝臣对国老,职事对官衔。鹿麌麌,兔毚毚。启牍对开缄。绿杨莺睍睆,红杏燕呢喃。半篱白酒娱陶令,一枕黄粱度吕岩。九夏炎飙,长日风停留客骑;三冬寒冽,漫天雪浪驻征帆。

其二

梧对杞,柏对杉。夏濩对韶咸。涧瀍对溱洧,巩洛对崤函。藏书洞,避诏岩。脱俗对超凡。贤人羞献媚,正士嫉工谗。霸越谋臣推少伯,佐唐藩将重浑瑊。邺下狂生,羯鼓三挝羞锦袄;江州司马,琵琶一曲湿青衫。

其三

袍对笏,履对衫。匹马对孤帆。琢磨对雕镂,刻划对镌镵。星北拱,日西衔。卮漏对鼎馋。江边生桂若,海外树都咸。但得恢恢存利刃,何须咄咄达空函。彩凤知音,乐典后夔须九奏;金人守口,圣如尼父亦三缄。

咸韵注

藏书洞:小西山石穴中有书千卷,相传秦人读书于此。避诏岩:四皓隐商山,高帝诏之,不至。狂生:曹操欲辱祢衡,使为鼓吏,衡裸体而为渔阳三挝,以辱曹操。江州:白居易谪江州司马,闻邻舟老妓弹琵琶,因作琵琶行。利刃:庄子庖丁解牛,恢恢乎游刃有余矣。空函:殷浩与人书,误达空函。人曰:咄咄怪事。

附录三

声律启蒙撮要

卷上

一东

云对雨。雪对风。晚照对晴空。来鸿对去燕。宿鸟对鸣虫。三尺剑;六钧弓。岭北对江东。人间清暑殿;天上广寒宫。夹岸晓烟杨柳绿;满园春色杏花红。两鬓风霜,途次早行之客;一蓑烟雨,溪边晚钓之翁。

沿对革。异对同。白叟对黄童。江风对海雾。牧子对渔翁。颜巷陋;阮途穷。冀北对辽东。池中濯足水;门外打头风。梁帝讲经同泰寺;汉皇置酒未央宫。尘虑萦心,懒抚七弦绿绮;霜华满鬓,羞看百炼青铜。

贫对富。塞对通。野叟对溪童。鬓皤对眉绿。齿皓对唇红。天浩浩;日融融。佩剑对弯弓。半溪流水绿;千树落花红。野渡燕穿杨柳雨;芳池鱼戏芰荷风。女子眉纤,额下现一弯新月;男儿气壮,胸中吐万丈长虹。

二冬

春对夏。秋对冬。暮鼓对晨钟。观山对玩水。绿竹对苍松。冯妇虎;叶公龙。舞蝶对鸣蛩。衔泥双紫燕;课蜜几黄蜂。春日园中莺恰恰;秋天塞外雁雍雍。秦岭云横,迢递八千远路;巫山雨洗,嵯峨十二危峰。

明对暗。淡对浓。上智对中庸。镜奁对衣笥。野杵对村舂。花灼烁;草蒙茸。九夏对三冬。台高名戏马;斋小号蟠龙。手擘蟹螯从毕卓;

身披鹤氅自王恭。五老峰高,秀插云霄如玉笔;三姑石大,响传风雨若金镛。

仁对义。让对恭。禹舜对羲农。雪花对云彩。芍药对芙蓉。陈后主;汉中宗。绣虎对雕龙。柳塘风淡淡;花圃月溶溶。春日正宜朝看蝶;秋风那更夜闻蛩。战士邀功,必藉干戈成勇武;逸民适志,须凭诗酒养疏慵。

三江

楼对阁。户对窗。巨海对长江。蓉裳对蕙帐。玉斝对银釭。青布幔;碧油幢。宝剑对金缸。忠心安社稷;利口覆家邦。世祖中兴延马武;桀王失道杀龙逄。秋雨潇潇,熳烂黄花都满径;春风袅袅,扶疏绿竹正盈窗。

旌对旆。盖对幢。故国对他邦。千山对万水。九泽对三江。山岌岌;水淙淙。鼓振对钟撞。清风生酒舍;白日照书窗。阵上倒戈辛纣战;道旁系剑子婴降。夏日池塘,出没浴波鸥对对;春风帘幕,往来营垒燕双双。

铢对镒。支对双。华岳对湘江。朝车对禁鼓。宿火对寒缸。青琐闼;碧纱窗。汉社对周邦。笙箫鸣细细;钟鼓响摐摐。主簿栖鸾名有览;治中展骥姓惟庞。苏武牧羊,雪屡餐于北海,庄周活鲋,水必决于西江。

四支

茶对酒。赋对诗。燕子对莺儿。栽花对种竹。落絮对游丝。四目颉;一足夔。鸲鹆对鹭鸶。半池红菡萏;一架白荼蘼。几阵秋风能应候;一犁春雨甚知时。智伯恩深,国士吞变形之炭;羊公德大,邑人竖堕泪之碑。

行对止。速对迟。舞剑对围棋。花笺对草字。竹简对毛锥。汾水鼎;岘山碑。虎豹对熊罴。花开红锦绣;水漾碧琉璃。去妇因探邻舍枣;出妻为种后园葵。笛韵和谐,仙管恰从云里降;橹声咿轧,渔舟正向雪中移。

戈对甲。鼓对旗。紫燕对黄鹂。梅酸对李苦。青眼对白眉。三弄笛;一围棋。雨打对风吹。海棠春睡早;杨柳昼眠迟。张骏曾为槐树赋;杜陵不作海棠诗。晋士特奇,可比一斑之豹;唐儒博识,堪为五总之龟。

五微

来对往。密对稀。燕舞对莺飞。风清对月朗。露重对烟微。霜菊瘦;雨梅肥。客路对渔矶。晚霞舒锦绣;朝露缀珠玑。夏暑客思欹石枕;秋寒妇念寄边衣。春水才深,青草岸边渔父去;夕阳半落,绿莎原上牧童归。

宽对猛。是对非。服美对乘肥。珊瑚至玳瑁。锦绣对珠玑。桃灼灼;柳依依。绿暗对红稀。窗开莺并语;帘外燕双飞。汉致太平三尺剑;周臻大定一戎衣。吟成赏月之诗,只愁月堕;斟满送春之酒,惟憾春归。

声对色。饱对饥。虎节对龙旗。杨花对桂叶。白简对朱衣。尨也吠;燕于飞。荡荡对巍巍。春暄资日气;秋冷藉霜威。出使振威冯奉世;治民异等尹翁归。燕我弟兄,载咏棣棠韡韡;命伊将帅,为歌杨柳依依。

六鱼

无对有。实对虚。作赋对观书。绿窗对朱户。宝马对香车。伯乐马;浩然驴。弋雁对求鱼。分金齐鲍叔;奉璧蔺相如。掷地金声孙绰赋;回文锦字窦滔书。未遇殷宗,胥靡困傅岩之筑;既逢周后,太公舍渭水之渔。

终对始。疾对徐。短褐对华裾。六朝对三国。天禄对石渠。千字策;八行书。有若对相如。花残无戏蝶;藻密有潜鱼。落叶舞风高复下;小荷浮水卷还舒。爱见人长,共服宣尼休假盖;恐彰己吝,谁知阮裕竟焚车。

麟对凤。鳖对鱼。内史对中书。犁锄对耒耜。畎浍对郊墟。犀角带;象牙梳。驷马对安车。青衣能报赦;黄耳解传书。庭畔有人持短剑;

门前无客曳长裾。波浪拍船,骇舟人之水宿;峰峦绕舍,乐隐者之山居。

七虞

金对玉。宝对珠。玉兔对金乌。孤舟对短棹。一雁对双凫。横醉眼;捻吟须。李白对杨朱。秋霜多过雁;夜月有啼乌。日暖园林花易赏;雪寒村舍酒难沽。人处岭南,善探巨象口中齿;客居江左,偶夺骊龙颔下珠。

贤对圣。智对愚。傅粉对施朱。名缰对利锁。挈榼对提壶。鸠哺子;燕调雏。石帐对郇厨。烟轻笼岸柳;风急撼庭梧。鸜眼一方端石砚,龙涎三炷博山炉。曲沼鱼多,可使渔人结网;平田兔少,漫劳耕者守株。

秦对赵。越对吴。钓客对耕夫。箕裘对杖履。杞梓对桑榆。天欲晓;日将晡。狡兔对妖狐。读书甘刺股;煮粥惜焚须。韩信武能平四海;左思文足赋三都。嘉遁幽人,适志竹篱茅舍;胜游公子,玩情柳陌花衢。

八齐

岩对岫。涧对溪。远岸对危堤。鹤长对凫短。水雁对山鸡。星拱北;月流西。汉露对汤霓。桃林牛已放;虞坂马长嘶。叔侄去官闻广受;弟兄让国有夷齐。三月春浓,芍药丛中蝴蝶舞;五更天晓,海棠枝上子规啼。

云对雨。水对泥。白璧对玄圭。献瓜对投李。禁鼓对征鼙。徐稚榻;鲁班梯。凤翥对鸾栖。有官清似水;无客醉如泥。截发惟闻陶侃母;断机只有乐羊妻。秋望佳人,目送楼头千里雁;早行远客,梦惊枕上五更鸡。

熊对虎。象对犀。霹雳对虹霓。杜鹃对孔雀。桂岭对梅溪。萧史凤;宋宗鸡。远近对高低。水寒鱼不跃;林茂鸟频栖。杨柳如烟彭泽县;桃花流水武陵溪。公子追欢,闲骤玉骢游绮陌;佳人倦绣,闷欹珊枕掩香闺。

九佳

河对海。汉对淮。赤岸对朱崖。鹭飞对鱼跃。宝钿对金钗。鱼圉圉;鸟喈喈。草履对芒鞋。古贤尝笃厚;时辈喜诙谐。孟训文公谈性善;颜师孔子问心斋。缓抚琴弦,象流莺而并语;斜排筝柱,类过雁之相挨。

丰对俭。等对差。布袄对荆钗。雁行对鱼阵。榆塞对兰崖。挑荠女;采莲娃。菊径对苔阶。诗成六义备;乐奏八音谐。造律吏哀秦法酷;知音人说郑声哇。天欲飞霜,塞上有鸿行已过;云将作雨,庭前多蚁阵先排。

城对市。巷对街。破屋对空阶。桃枝对桂叶。砌蚓对墙蜗。梅可望;橘堪怀。季路对高柴。花藏沽酒市;竹映读书斋。马首不容孤竹扣;车轮终就洛阳埋。朝宰锦衣,贵束乌犀之带;宫人宝髻,宜簪白燕之钗。

十灰

增对损。闭对开,碧草对苍苔。书签对笔架。两曜对三台。周嫱虎;宋桓魋。阆苑对蓬莱。熏风生殿阁;皓月照楼台。却马汉文思罢献;吞蝗唐太冀移灾。照耀八荒,赫赫丽天秋日;震惊百里,轰轰出地春雷。

沙对水。火对灰。雨雪对风雷。书淫对传癖。水浒对岩隈。歌旧曲;酿新醅。舞馆对歌台。春棠经雨放;秋菊傲霜开。作酒固难忘曲蘖;调羹必要用盐梅。月满庾楼,据胡床而可玩;花开唐苑,轰羯鼓以奚催。

休对咎。福对灾。象箸对犀杯。宫花对御柳;峻阁对高台。花蓓蕾;草根荄。剔藓对剜苔。雨前庭蚁闹;霜后阵鸿哀。元亮南窗今日傲;孙弘东阁几时开。平展青茵,野外茸茸软草;高张翠幄,庭前郁郁凉槐。

十一真

邪对正。假对真。獬豸对麒麟。韩卢对苏雁。陆橘对庄椿。韩五鬼;李三人。北魏对西秦。蝉鸣哀暮夏;莺啭怨残春。野烧焰腾红烁烁;溪流波皱碧粼粼。行无踪,居无庐,颂成酒德;动有时,藏有节,论著钱神。

哀对乐。富对贫。好友对嘉宾。弹冠对结绶。白日对青春。金翡翠；玉麒麟。虎爪对龙鳞。柳塘生细浪；花径起香尘。闲爱登山穿谢屐；醉思酾酒脱陶巾。雪冷霜严，倚槛松筠同傲岁；日迟风暖，满园花柳各争春。

香对火。炭对薪。日观对天津。禅心对道眼。野妇对宫嫔。仁无敌；德有邻。万石对千钧。滔滔三峡水；冉冉一溪冰。充国功名当画阁；子张言行贵书绅。笃志诗书，思入圣贤绝域；忘情官爵，羞沾名利纤尘。

十二文

家对国。武对文。四辅对三军。九经对三史。菊馥对兰芬。歌北鄙；咏南薰。迩听对遥闻。召公周太保；李广汉将军。闻化蜀民皆草偃；争权晋土已瓜分。巫峡夜深，猿啸苦哀巴地月；衡峰秋早，雁飞高贴楚天云。

欹对正。见对闻。偃武对修文。羊车对鹤驾。朝旭对晚曛。花有艳；竹成文。马燧对羊欣。山中梁宰相；树下汉将军。施帐解围嘉道韫；当垆沽酒叹文君。好景有期，北岭几枝梅似雪；丰年先兆，西郊千顷稼如云。

尧对舜。夏对殷。蔡惠对刘蕡。山明对水秀。五典对三坟。唐李杜；晋机云。事父对忠君。雨晴鸠唤妇；霜冷雁呼群。酒量洪深周仆射；诗才俊逸鲍参军。鸟翼长随，凤兮洵众禽长；狐威不假，虎也真百兽尊。

十三元

幽对显。寂对喧。柳岸对桃源。莺朋对燕友。早暮对寒暄。鱼跃沼；鹤乘轩。醉胆对吟魂。轻尘生范甑；积雪拥袁门。缕缕轻烟芳草渡；丝丝微雨杏花村。诣阙王通，献太平十二策；出关老子，著道德五千言。

儿对女。子对孙。药圃对花村。高楼对邃阁。赤豹对玄猿。妃子骑；夫人轩。旷野对平原。瓠巴能鼓瑟；伯氏善吹埙。馥馥早梅思驿使；萋萋芳草怨王孙。秋夕月明，苏子黄冈游赤壁；春朝花发，石家金谷启芳园。

歌对舞。德对恩。犬马对鸡豚。龙池对凤沼。雨骤对云屯。刘向阁;李膺门。唳鹤对啼猿。柳摇春白昼;梅弄月黄昏。岁冷松筠皆有节;春暄桃李本无言。噪晚齐蝉,岁岁秋来泣恨;啼宵蜀鸟,年年春去伤魂。

十四寒

多对少。易对难。虎踞对龙蟠。龙舟对凤辇。白鹤对青鸾。风淅淅;露漙漙。绣毂对雕鞍。鱼游荷叶沼;鹭立蓼花滩。有酒阮貂奚用解;无鱼冯铗必须弹。丁固梦松,柯叶忽然生腹上,文郎画竹,枝梢倏尔长毫端。

寒对暑。湿对干。鲁隐对齐桓。寒毡对暖席。夜饮对晨餐。叔子带;仲由冠。郏鄏对邯郸。嘉禾忧夏旱;衰柳耐秋寒。杨柳绿遮元亮宅;杏花红映仲尼坛。江水流长,环绕似青罗带;海蟾轮满,澄明如白玉盘。

横对竖。窄对宽。黑志对泥丸。朱帘对画栋。彩槛对雕栏。春既老;夜将阑。百辟对千官。怀仁称足足;抱义美般般。好马君王曾市骨;食猪处士仅思肝。世仰双仙,元礼舟中携郭泰;人称连璧,夏侯车上并潘安。

十五删

兴对废。附对攀。露草对霜菅。歌廉对借寇。习礼对希颜。山累累;水潺潺。奉璧对探环。礼由公旦作;诗本仲尼删。驴困客方经灞水;鸡鸣人已出函关。几夜霜飞,已有苍鸿辞北塞;数朝雾暗,岂无玄豹隐南山。

犹对尚。侈对悭。雾髻对霜鬟。莺啼对鹊噪。独鹤对双鹇。黄牛峡;金马山。结草对衔环。昆山惟玉集;合浦有珠还。阮籍旧能为眼白;老莱新爱著衣斑。栖迟避世人,草衣木食;窈窕倾城女,云鬓花颜。

姚对宋。柳对颜。赏恶对惩奸。愁中对梦里。巧慧对痴顽。孔北海;谢东山。使越对征蛮。淫声闻濮上;离曲听阳关。骁将袍披仁贵白;

小儿衣着老莱斑。茅舍无人,难却尘埃生榻上;竹亭有客,尚留风月在窗间。

卷下

一先

晴对雨。地对天。天地对山川。山川对草木。赤壁对青田。郏鄏鼎;武城弦。木笔对苔钱。金城三月柳;玉井九秋莲。何处春朝风景好;谁家秋夜月华圆。珠缀花梢,千点蔷薇香露;练横树杪,几丝杨柳残烟。

前对后。后对先。众丑对孤妍。莺簧对蝶板。虎穴对龙渊。击石磬;观韦编。鼠目对鸢肩。春园花柳地;秋沼芰荷天。白羽频挥闲客坐;乌纱半坠醉翁眠。野店几家,羊角风摇沽酒旆;长川一带,鸭头波泛卖鱼船。

离对坎。震对乾。一日对千年。尧天对舜日。蜀水对秦川。苏武节;郑虔毡。涧壑对林泉。挥戈能退日;持管莫窥天。寒食芳草花烂熳;中秋佳节月婵娟。梦里荣华,飘忽枕中之客;壶中日月,安闲市上之仙。

二萧

恭对慢。吝对骄。水远对山遥。松轩对竹槛。雪赋对风谣。乘五马;贯双雕。烛灭对香消。明蟾常彻夜;骤雨不终朝。楼阁天凉风飒飒;关河地隔雨潇潇。几点鹭鸶,日暮常飞红蓼岸;一双鸂鶒,春朝平泛绿杨桥。

升对落。暗对昭。赵瑟对虞韶。轺车对驿骑。锦绣对琼瑶。羞攘臂;懒折腰。范甑对颜瓢。寒天鸳帐酒;夜月凤台箫。舞女腰肢杨柳软;佳人颜貌海棠娇。豪客寻春,南陌草青香阵阵;闲人避暑,东堂蕉绿影摇摇。

班对马。董对晁。夏昼对春宵。雷声对电影。麦穗对禾苗。八千路;廿四桥。总角对垂髫。露桃匀嫩脸;风柳舞纤腰。贾谊赋成伤鹏鸟;周公诗就托鸱鸮。幽寺寻僧,逸兴岂知俄尔尽;长亭送客,离恨不觉黯然消。

三肴

风对雅。象对爻。巨蟒对长蛟。天文对地理。蟋蟀对螵蛸。龙夭矫;虎咆哮。北学对东胶。筑台须垒土;成屋必诛茅。潘岳不忘秋兴赋;边韶常被昼眠嘲。抚养群黎,已见国家隆治;滋生万物,方知天地泰交。

蛇对虺。蜃对蛟。麟薮对凤巢。风声对月色。麦穗对桑苞。何妥难;子云嘲。楚甸对商郊。五音惟耳听;万虑在心包。葛被汤征因仇饷;楚遭齐伐责包茅。高矣若天,洵是圣人大道;淡而如水,实为君子神交。

牛对马。犬对猫。旨酒对嘉肴。桃红对柳绿。竹叶对松梢。藜杖叟;布衣樵。北野对东郊。白驹形皎皎;黄鸟语交交。花圃春残无客到;柴门夜永有僧敲。墙畔佳人,飘扬竞把秋千舞;楼前公子,笑语争将蹴鞠抛。

四豪

琴对瑟。剑对刀。地迥对天高。峨冠对博带。紫绶对绯袍。煎苦茗;酌香醪。虎兕对猿猱。武夫攻骑射;野妇务蚕缫。秋雨一川淇澳竹;春风两岸武陵桃。螺髻青浓,楼外晚山千仞;鸭头绿腻,溪中春水半篙。

刑对赏。贬对褒。破斧对征袍。梧桐对橘柚。枳棘对蓬蒿。雷焕剑;吕虔刀。橄榄对葡萄。一椽书舍小;百尺危楼高。李白能诗时秉笔;刘伶爱酒每铺糟。礼别尊卑,拱北众星常灿灿;势分高下,朝东万水自滔滔。

瓜对果。李对桃。犬子对羊羔。春分对夏至。谷水对山涛。双凤翼;九牛毛。主逸对臣劳。水流无限阔;山耸有余高。雨打村童新牧笠;尘生边将旧征袍。俊士居官,荣列鹓鸿之序;忠臣报国。誓殚犬马之劳。

五歌

山对水。海对河。云竹对烟萝。新欢对旧恨。痛饮对高歌。琴再抚;剑重磨。媚柳对枯荷。荷盘从雨洗;柳线任风搓。饮酒岂知欹醉帽;观棋不觉烂樵柯。山寺清幽,直踞千寻云岭;江楼宏敞,遥临万顷烟波。

繁对简。少对多。里咏对途歌。宦情对旅况。银鹿对铜驼。刺史鸭;将军鹅。玉律对金科。古堤垂亸柳;曲沼长新荷。命驾吕因思叔夜;引车蔺如避廉颇。千尺水帘,今古无人能手卷;一轮月镜,乾坤何匠用功磨。

霜对露。浪对波。径菊对池荷。酒阑对歌罢。日暖对风和。梁父吟;楚狂歌。放鹤对观鹅。史材推永叔;刀笔仰萧何。种橘犹嫌千树少;寄梅谁信一枝多。林下风生,黄发村童推牧笠;江头日出,皓眉溪叟晒渔蓑。

六麻

松对柏。缕对麻。蚁阵对蜂衙。赪鳞对白鹭。冻雀对昏鸦。白堕酒;碧沉茶。品笛对吹笳。秋凉梧堕叶;春暖杏开花。雨长苔痕侵壁砌;月移梅影上窗纱。飒飒秋风,度城头之筚篥;迟迟晚照,动江上之琵琶。

优对劣。凸对凹。翠竹对黄花。松杉对杞梓。菽麦对桑麻。山不断;水无涯。煮酒对烹茶。鱼游池面水;鹭立岸头沙。百亩风翻陶令秫;一畦雨熟邵平瓜。闲捧竹根,饮李白一壶之酒;偶擎桐叶,啜卢仝七碗之茶。

吴对楚。蜀对巴。落日对流霞。酒钱对诗债。柏叶对松花。驰驿骑;泛仙槎。碧玉对丹砂。设桥偏送笋;开道竟还瓜。楚国大夫沉汨水;洛阳才子谪长沙。书箧琴囊,乃士流之活计;药炉茶鼎,实闲客之生涯。

七阳

高对下。短对长。柳影对花香。词人对赋客。五帝对三王。深院落;小池塘。晚眺对晨妆。绛霄唐帝殿;绿野晋公堂。寒集谢庄衣上雪;秋添潘岳鬓边霜。人浴兰汤,事不忘于端午;客斟菊酒,兴常记于重阳。

尧对舜。禹对汤。晋宋对隋唐。奇花对异卉;夏日对秋霜。八叉手;九回肠。地久对天长。一堤杨柳绿;三径菊花黄。闻鼓塞兵方战斗;听钟宫女正梳妆。春饮方归,纱帽半淹邻舍酒;早朝初退,衮衣微惹御炉香。

荀对孟。老对庄。亸柳对垂杨。仙宫对梵宇。小阁对长廊。风月窟;水云乡。蟋蟀对螳螂。暖烟香霭霭;寒烛影煌煌。伍子欲酬渔父剑;韩生尝窃贾公香。三月韶光,常忆花明柳暗;一年好景,难忘橘绿橙黄。

八庚

深对浅。重对轻。有影对无声。蜂腰对蝶翅。宿醉对余醒。天北缺;日东升。独饮对同行。寒冰三尺厚;秋月十分明。万卷书容闲客览;一樽酒待故人倾。心侈唐玄,厌看霓裳之曲;意骄陈主,饱闻玉树之赓。

实对虚。送对迎。后甲对先庚。鼓琴对舍瑟。搏虎对骑鲸。金匼匝;玉玎瑲。玉宇对金茎。花间双粉蝶;柳内几黄莺。贫里每甘藜藿味;醉中厌听管弦声。肠断秋闺,凉吹已侵重被冷;梦惊晓枕,残蟾犹照半窗明。

渔对猎。钓对耕。玉振对金声。雉城对雁塞。柳袅对葵倾。吹玉笛;弄银笙。阮杖对桓筝。墨呼松处士;纸号楮先生。露浥好花潘岳县;风搓细柳亚夫营。抚动琴弦,遽觉坐中风雨至;哦成诗句,应知窗外鬼神惊。

九青

红对紫。白对青。渔火对禅灯。唐诗对汉史。释典对仙经。龟曳尾;鹤梳翎。月榭对风亭。一轮秋夜月;几点晓天星。晋士只知山简醉;楚人谁识屈原醒。倦绣佳人,慵把鸳鸯文作枕;吮毫画者,思将孔雀写为屏。

行对坐。醉对醒。佩紫对纡青。棋枰对笔架。雨雪对雷霆。狂蛱蝶;小蜻蜓。水岸对沙汀。天台孙绰赋;剑阁孟阳铭。传信子卿千里雁;照书车胤一囊萤。冉冉白云,夜半高遮千里月;澄澄碧水,宵中寒映一天星。

书对画。传对经。鹦鹉对鹡鸰。黄茅对白荻。绿草对青萍。风绕铎;

雨淋铃。水阁对山亭。渚莲千朵白;岸柳两行青。汉代宫中生秀柞;尧时阶畔长祥蓂。一枰决胜,棋子分黑白;半幅通灵,画色间丹青。

十蒸

新对旧。降对升。白犬对苍鹰。葛巾对藜杖。涧水对池冰。张兔网;挂鱼罾。燕雀对鹍鹏。炉中煎药火;窗下读书灯。织锦逐梭成舞凤;画屏误笔作飞蝇。宴客刘公,座上满斟三雅爵;迎仙汉帝,宫中高插九光灯。

儒对士。佛对僧。面友对心朋。春残对夏老。夜寝对晨兴。千里马;九霄鹏。霞蔚对云蒸。寒堆阴岭雪;春泮水池冰。亚父愤生推玉斗;周公誓死作金縢。将军元晖,莫怪人讥为饿虎;侍中卢昶,难逃世号作饥鹰。

规对矩。准对绳。独步对同登。吟哦对讽咏。访友对寻僧。风绕屋;水襄陵。紫鹄对苍鹰。鸟寒惊夜月;鱼暖上春冰。扬子口中飞白凤;何郎鼻上集青蝇。巨鲤跃池,翻几重之密藻;颠猿饮涧,挂百尺之垂藤。

十一尤

荣对辱。喜对忧。夜宴对春游。燕关对楚水。蜀犬对吴牛。茶敌睡;酒消愁。青眼对白头。马迁修史记;孔子作春秋。适兴子猷常泛棹;思归王粲独登楼。窗下佳人,妆罢重将金插鬓;筵前舞妓,曲终还要锦缠头。

唇对齿。角对头。策马对骑牛。毫尖对笔底。绮阁对雕楼。杨柳岸;芦荻洲。语燕对啼鸠。客乘金络马;人泛木兰舟。绿野耕夫春举耜;碧池渔父晚垂钩。波浪千层,喜见蛟龙得水;云霄万里,惊看雕鹗横秋。

庵对寺。殿对楼。酒艇对渔舟。金龙对彩凤。豮豕对童牛。王郎帽;苏子裘。四季对三秋。峰峦拔地秀;江汉接天流。一湾绿水渔村小;万里青山佛寺幽。龙马呈河,羲皇阐微而画卦;神龟出洛,禹王取法以陈畴。

十二侵

眉对目。口对心。锦瑟对瑶琴。晓耕对寒钓。晚笛对秋砧。松郁郁;竹森森。闵损对曾参。秦王亲击缶;虞帝自挥琴。三献卞和尝泣玉;四知杨震固辞金。寂寂秋朝,庭叶因霜摧嫩色;沉沉春夜,砌花随月转清阴。

前对后。古对今。野兽对山禽。犍牛对牝马。水浅对山深。曾点瑟;戴逵琴。璞玉对浑金。艳红花弄色;浓绿柳敷阴。不雨汤王方剪爪;有风楚子正披襟。书生惜壮岁韶华,寸阴尺璧;游子爱良宵光景,一刻千金。

丝对竹。剑对琴。素志对丹心。千愁对一醉。虎啸对龙吟。子罕玉;不疑金。往古对来今。天寒邹吹律;岁旱傅为霖。渠说子规为帝魂;侬知孔雀是家禽。屈子沉江,处处舟中争系粽;牛郎渡渚,家家台上竞穿针。

十三覃

千对百。两对三。地北对天南。佛堂对仙洞。道院对禅庵。山泼黛;水浮蓝。雪岭对云潭。凤飞方翙翙;虎视已眈眈。窗下书生时讽咏;筵前酒客日耽酣。白草满郊,秋日牧征人之马;绿桑盈亩,春时供农妇之蚕。

将对欲。可对堪。德被对恩覃。权衡对尺度。雪寺对云庵。安邑枣;洞庭柑。不愧对无惭。魏征能直谏;王衍善清谈。紫梨摘去从山北;丹荔传来自海南。攘鸡非君子所为,岂当月一;养狙是山公之智,止用朝三。

中对外。北对南。贝母对宜男。修池对浚井。谏苦对言甘。千取百;二为三。魏尚对周堪。海门翻夕浪;山市拥晴岚。新缔直投公子纻;旧交犹脱馆人骖。文达淹通,已叹冰兮寒过水;永和博雅,可知青者胜于蓝。

十四盐

悲对乐。爱对嫌。玉兔对银蟾。醉侯对诗史。眼底对眉尖。风飘飘;雨绵绵。李苦对瓜甜。画堂施锦帐;酒市舞青帘。横槊赋诗传孟德;引壶酌酒尚陶潜。两曜迭明,日东生而月西出;五行式序,水下润而火上炎。

如对似。减对添。绣幕对朱帘。探珠对献玉。鹭立对鱼潜。玉屑饭;水晶盐。手剑对腰镰。燕巢依邃阁;蛛网挂墟檐。夺槊至三唐敬德;弈棋第一晋王恬。南浦客归,湛湛春波千顷净;西楼人悄,弯弯夜月一钩纤。

逢对遇。仰对瞻。市井对闾阎。投簪对结绶。握发对掀髯。张绣幕;卷朱帘。石碏对江淹。宵征方肃肃;夜饮已厌厌。心褊小人长戚戚;礼多君子屡谦谦。美刺殊文,备三百五篇诗咏;吉凶异画,变六十四卦爻占。

十五咸

清对浊。苦对咸。一启对三缄。烟蓑对雨笠。月榜对风帆。莺睍睆;燕呢喃。柳杞对松杉。情深悲秋扇;泪痛湿青衫。汉室既能分四姓;周朝何用叛三监。破的而探牛心,豪矜王济;竖竿以挂犊鼻,贫笑阮咸。

能对否。圣对凡。卫瓘对浑瑊。雀罗对鱼网。翠巘对苍岩。红罗帐;白布衫。笔格对书函。蕊香蜂竞采;泥软燕争衔。凶孽誓清闻祖逖;王家能乂有巫咸。溪叟新居,渔舍清幽临水岸;山僧久隐,梵宫寂寞倚云岩。

冠对带。帽对衫。议鲠对言谗。行舟对御马。俗弊对民岩。鼠且硕;兔多毚。史册对书缄。塞城闻奏角;江浦认归帆。河水一源形瀰瀰;泰山万仞势岩岩。郑为武公,赋缁衣而美德;周因巷伯,歌贝锦以伤谗。

附录四

对联常用字分类表

天文类

天空日月风雨霜雪霰雷电虹霓霄云霞霭气烟星斗岚阳照晖曛露雾烽火阴飚

时令类

年岁月日时刻世节春夏秋冬晨夕朝晚午宵昼夜伏腊寒暑晴晦朔昏晓闰

地理类

地土山水江河川湖海波浪涛潮冰池洲渚林京国郊潭泽渠桥乡村关塞戍城市道路径衢峰园苑圃墓坟岩崖石磴堤陇禁掖郭郊州县邑郡镇墟壤泥畦岸峡田谷岛屿浦溪境家岭原涧渡驿塘沙尘泉冈矶

宫室类

房宅庐舍楼台堂斋宫室阁门间塔巷街墙垣壁窗牖户槛梁柱檐廊阶砌庭除仓库坛篱扉阙殿署井栏楹寺观庙店堞壕垒屯瓦甍馆亭榭

器物类

舟船舫舠车辇钟磬砧床榻枕箪席茵旌旗鼓角干戈刀剑弓箭枪槊戟弩灯檠镜案座幌帘箔帏屏帷幄香烛炉棹桅篷樯帆桨桡壶杯觞樽觥珂铃辔鞍鞭策绳甑釜箱箧尺盘碗盆缸靴钥钱箪瓢杓瓮瓶

衣饰类

衣裳襟袂裙裾巾冠帽环钗佩带绂绶簪缨杖屦靴屐袍衫裘襦毡扇冕旒盔甲

饮食类

酒茶糕饼饧醪齑鲙药丹餐茗酿醅浆饭肴馔蔬笋菜酎粥饘醢醯盐酱胙脯羹汤蜜药

文具类(包括文人用品)

笔墨砚纸笺印铃简筹签书剑琴瑟弦箫笛棋卷轴幅帏简策册翰毫

文学类

诗书赋檄疏章句经论集策约文字信缄诏令符篆旨敕篇编碑碣词辞咏图画歌谣制诰典籍札

植物类(包括草木花果)

树木花草萝藤柳杨蕉荇蓼菊桂枝条叶桃杏李梅蕊絮梨榴橙橘柑柚芦荻麦禾苔藓药蔬莲茎根竹篁梗芜葶蒂兰蕙芝葛椒松柏菱芡菰蕖杉椿萱楸樗葭苇蒲

动物类(包括鸟兽虫鱼)

马牛鸡犬鸿雀鲤鲈鹤鸥貂狐鱼虾雉凤莺燕鸟禽兽鹿虎豹狼蛇龙狗雕雁猿蝶鹏鸭虫蝉鸥鸠鸾鹘蚌龟鳌蝇蚊乌骏骢鹃驹骊麋麖鹄螭豸獬蟹犀象蟾蚕兔鹊蛛蛟隼鸳鹈鹭鹳鹅凫鼠猫蛾蚁

形体类

身心肌肤骨肉头首眼眉鼻准额颜面脸颊须髯耳目手足肩腰腹脐膝胫胸背睛瞳影魂声色音容迹羽翼翅翎蹄角觜牙齿口唇毛爪翮膂

人事类(一部分由动词转成)

功名恩怨愁闲才情歌舞妆吟笑谈宴游羞妒言论志道思感荣宠爱憎语辞力势醉梦气怀意事心性灵德品行

人伦类(包括人品)

兄弟父母君臣夫妻朋友翁姑子妇儿女婿叔伯伴侣圣贤仙佛鬼将相士农侯王军兵渔樵叟僧尼伎

代词类

吾我余予汝尔君子他谁何孰或自己相者人

方位类

东南西北中外里边前后左右上下

数目类

一二三四五六七八九十百千万两双孤独数几半再扁(舟)群诸众

颜色类

红黄白黑青绿赤紫翠苍蓝碧朱丹绯赭金(黄)玉(白)银(白)粉(白)彩素玄黔缁皓

干支类

甲乙丙丁戊己庚辛壬癸子丑寅卯辰巳午未申酉戌亥

人名类

(略)

地名类

（略）

同义连用字类（包括大致相似之义）

行役鼓鼙格调梳妆陵谷友朋宾客绮罗

反义连用字类

兴亡今古前后短长纵横高下东西表里

连绵字类

寂寞凄凉薜荔芰荷蟋蟀鸳鸯惨淡依稀翡翠鹂鹈

重迭字类

臬臬漫漫腥腥瑟瑟处处时时寂寂厌厌小小（人名）卿卿

副词类（由形容词转成者不列）

忽渐才乍已将欲拟即皆俱争（怎）岂空徒枉频屡每亦却休莫不未只但惟尚又复曾尝须应宜合犹虽且更可能殊甚颇稍堪竟还顿浑漫转翻浪

连介词类

与和共同并且还於而则于因为之

助词类

也矣焉旃哉欤(与)乎耶尔然止之(代词“之”被认为助词类)

附录五

平仄两读常用字表

(一)虽有平仄两读,而意义不变者。

看,平声。仄声(去)。

过,平声。仄声(去)。但是,“过失”的“过”必须读去声,不能读平声。

望,平声。仄声(去)。但是,“声望”的“望”必须读去声。

忘,平声。仄声(去)。

听,平声。仄声(去)。

醒,平声。仄声(上去)。

(二)平声所表示的意义和仄声不同者。

中,平声,内。仄声(去),动词,射中,多用引申义。

重,平声,复叠。仄声有两种:上声,轻重,形容词。去声,更为,副词。

雍,平声,和。*仄声(上),州名。

从,平声,由,动词。*仄声(去),随从之人,名词。但名词的“从”偶然也作平声。

供,平声,供给。*仄声(去),陈设。

离,平声,别离。*仄声(去),离去。

吹,平声,以口吹,动词。*仄声(去),鼓吹,名词。

骑,平声,骑马,动词。*仄声(去),车骑,名词。

为,平声,作为,动词。仄声(去),因,副词。

施,平声,施行。*仄声(去),施舍。

治,*平声,动词。仄声(去),形容词。

思,平声,动词。*仄声(去),名词。按,“思”字动词当以用平声为正例,名词当以用仄声为正例;凡动词用仄声,或名词用平声者,都该认为例外。例外晚唐以后才有。

衣,平声,衣服,名词。*仄声(去),着衣,动词。

污,平声。污秽,名词。*仄声(去),染。

疏,平声,疏密,形容词。唐诗里多写作“踈”,使它和名词的“疏”有别。*仄声(去),奏疏,名词。

分,平声,分开,分别,动词。*仄声(去),音“愤”,名分,名词;料,动词。

殷,平声,富,大。*仄声(上),雷声。

闻,平声,听闻,动词。*仄声(去),名誉,名词。

论,*平声,讨论,动词。仄声(去),言论,名词。

观,平声,观看,观察,动词。*仄声(去),寺观,名词。

冠,平声,冠冕,名词。*仄声(去),为首,动词。

判,*平声。义与现代“拚”字相近。按,字典和韵书中“判”字都没有平声,然而唐诗里“判”字确有平声。仄声(去),判别,裁判。按,“判别”之义不应用平声。

翰,*平声,羽翰。仄声(去),翰墨。

难,平声,不易,形容词。仄声(去),灾难。名词。

间,平声,中间。*仄声(去),间隔。

先,平声,形容词或副词。*仄声(去),限用于副词。

燕,*平声,地名。仄声(去),鸟名。

扇,平声,动词。仄声(去),名词。

便,*平声,安静。仄声(去),方便。按,“便”作“就”字讲的也念去声。

扁,平声,扁舟,名词。仄声(上),不圆,形容词。

传,平声,传授,传播,动词。仄声(去),传记,名词。

旋,平声,回旋,动词。*仄声(去),俄顷之间,副词。按,一般字典里

“旋”字无仄声,《广韵》去声有“旋”字,云“绕也”,亦非此义。

要,*平声,约。仄声(去),欲得。

调,平声,调和,动词。仄声(去),曲调,名词。

烧,平声,焚烧,动词。*仄声(去),猎人放火焚烧之处,名词。

教,*平声,使为,任令,俗云“让”,动词。仄声(去),教化,名词。

荷,平声,荷花,名词。仄声(去),负荷,荷承,动词。

那,*平声,何。仄声(去),无那,即无奈。

颇,*平声,偏颇,形容词;廉颇,人名。仄声(上),略,俗云“有几分”,或“还算”,副词。

和,平声,和谐,和好,与,形容词,动词,连词。*仄声(去),唱和,动词。

华,平声,华美,繁华。仄声(去),太华,山名,即西岳华山。

行,平声,行走,行为,动词。*仄声(去),德行,名词。

王,平声,帝王。*仄声(去),王霸,盛。

浪,*平声,沧浪,水名。仄声(去),波。

傍,*平声,同“旁”。仄声(去),依。

当,平声,应当,值。仄声(去),正当,相称,心以为。

强,平声,强有力。仄声(上),勉强。

长,平声,长短。仄声(上),音“掌”,长幼,形容词;长成,动词。

相,平声,互相。仄声(去),宰相。

正,平声,正月,名词。仄声(去),形容词,又副词。

令,*平声,使,动词。仄声(去),命令,县令,名词。

兴,平声,兴起,兴盛,动词,或形容词。*仄声(去),兴致,名词。

胜,*平声,犹今言“经得起”。仄声(去),名胜,胜败,胜过。按,“胜过”的“胜”本该读仄声,但唐宋人多读入平声。

乘,平声,驾,动词。*仄声(去),车乘,名词;趁,动词。按,字典“趁”义作平声,唐人多作去声。

称,平声,称谓,称赞。*仄声(去)。相称,俗云“合适”。

不，*平声(读如“否”之平)，义与“否”同。仄声(本应读去声，后世读成入声)，用于动词或形容词之前，表示否定。

任，*平声，堪。仄声(去)，听任，犹今言“随他去”；任务。

禁，*平声，犹今言“经得起”，义与“胜”同。仄声(去)，禁令，宫禁。

占，*平声，卜也。仄声，占据。

*现代一般容易误读，特别值得注意。

附录六

入声字表

	阴　平	阳　平	上　声	去　声
ba	bā 八捌	bá 拔		
bo	bō 拨剥～削	bó 泊箔渤钹铙～博搏膊薄淡～驳勃蓬～伯		bò 薄～荷
bi	bī 逼	bí 鼻荸	bǐ 笔	bì 必壁毕碧辟复～
bu		bú 醭	bǔ 卜	bù 不
bai	bāi 掰	bái 白	bǎi 百柏佰	
bei			běi 北	bèi 孛悖
bao	bāo 剥～皮儿	báo 雹薄～板儿		
bie	biē 鳖憋	bié 别蹩	biě 瘪	biè 别～扭
po	pō 泼			pò 迫魄粕
pi	pī 劈霹		pǐ 匹劈～柴	pì 僻辟甓
pu	pū 扑	pú 仆	pǔ 朴璞	pù 曝一～十寒 瀑～布
pai	pāi 拍			
pie	piē 撇		piě 撇	
mo	mō 摸	mó 膜	mǒ 抹	mò 末沫抹～灰茉莫漠墨没埋～寞
mi				mì 密秘觅汨
mu				mù 幕木目牧睦苜
mai				mài 麦脉
mei		méi 没		

	阴　平	阳　平	上　声	去　声
mie				miè 灭蔑
fa	fā 发	fá 阀筏伐罚乏	fǎ 法砝~码	fà 发头~
fo		fó 佛		
fu		fú 弗佛仿~伏袱服福幅蝠辐~射	fǔ 黼	fù 腹缚覆复馥
da	dā 搭答~应	dá 答~复瘩达		
de		dé 得德		
di	dī 滴	dí 笛敌的翟		
du	dū 督	dú 独读犊牍毒	dǔ 笃	
dei			děi 得	
die	diē 跌	dié 碟蝶谍叠		
duo		duó 夺掇铎		
ta	tā 塌		tǎ 塔獭	tà 踏
te				tè 特
ti	tī 剔踢			tì 惕倜
tu	tū 秃突凸	tú 腯		
tie	tiē 贴帖		tiě 帖贴请~	tiè 帖字~
tuo	tuō 托脱			tuò 唾拓柝
na				nà 纳钠捺呐
ni				nì 匿溺逆
nie	niē 捏			niè 孽聂涅臬
nuo				nuò 诺
nüe				nüè 虐疟
la	lā 拉	lá 拉~个口子		là 辣剌瘌腊
le	lē 肋~脦			lè 乐勒
li				lì 力立粒笠栗沥历砾厉
lu				lù 鹿辘录绿陆戮
lü				lǜ 率律绿氯

	阴　平	阳　平	上　声	去　声
lei	lēi 勒～紧			lèi 肋～骨
lao				lào 烙酪
lie				liè 列烈裂猎劣
liu				liù 六陆
luo	luō 捋			luò 洛络骆落
lüe				lüè 略掠
ge	gē 搁胳疙割鸽	gé 格阁蛤～蚌 革隔葛	gě 葛姓	gè 各
gu	gū 毂～辘	gú 骨～头	gǔ 骨谷	gù 梏
gei			gěi 给	
gua	guā 刮			
guo	guō 郭	guó 国帼		
ke	kē 磕瞌	ké 咳壳	kě 渴	kè 克客刻
ku	kū 窟哭			kù 酷
kuo				kuò 阔括廓
ha	hā 哈		hǎ 哈	
he	hē 喝	hé 合盒核～心貉		hè 吓吓威～褐鹤
hu	hū 忽	hú 核李子～儿斛		
hei	hēi 黑嘿			
hao		háo 貉	hǎo 郝	
hua		huá 滑猾		huà 划
huo	huō 豁	huó 活		huò 或惑获霍蠖
ji	jī 激缉击积 唧迹绩	jí 及级极吉急 集即籍辑棘 圾藉狼～脊～梁	jǐ 给配～脊～髓	jì 鲫迹寂
ju		jú 局菊鞠橘		jù 剧
jia	jiā 夹～子	jiá 夹荚	jiǎ 甲	
jie	jiē 揭结～果子 接疖	jié 捷劫杰竭 孑结截节		
jiao		jiáo 嚼	jiǎo 脚角	jiào 觉睡～

	阴　平	阳　平	上　声	去　声
jue		jué 决诀倔孓掘撅绝镢角觉~悟	juě 蹶	juè 倔
qi	qī 七柒漆沏缉~鞋口		qǐ 乞	qì 泣讫葺迄碛
qu	qū 曲弯~屈	qú 麹	qǔ 曲歌~	qù 阒
qia	qiā 掐		qiǎ 卡~子	qià 恰洽
qie	qiē 切~削			qiè 妾惬怯切窃
qiao	qiāo 雀~斑		qiǎo 雀	qiào 壳
que	quē 缺阙			què 却确雀鹊
xi	xī 吸夕螅熄惜息蟋蜥晰析膝	xí 媳习袭席锡檄		xì 隙舄阋
xu	xū 顼蓿			xù 畜~牧蓄续恤旭
xia	xiā 瞎	xiá 狭挟峡匣辖黠		xià 吓~唬
xie	xiē 歇蝎楔	xié 协胁挟	xiě 血出~了	xiè 泄屑
xiao	xiāo 削切~			
xue	xuē 薛削剥~	xué 学	xuě 雪	xuè 穴血输~
zha	zhā 札	zhá 铡闸轧~钢扎挣~	zhǎ 眨	zhà 栅
zhe	zhē 蜇	zhé 折哲辙	zhè 浙	
zhu		zhú 竹烛逐	zhǔ 嘱	zhù 祝筑
zhi	zhī 只织汁	zhí 直值殖植执侄职		zhì 质秩掷窒蛭
zhai	zhāi 摘	zhái 翟宅	zhǎi 窄	
zhao	zhāo 着花~	zháo 着点~了		
zhou	zhōu 粥	zhóu 轴妯		
zhuo	zhuō 捉拙卓	zhuó 酌着浊啄琢灼镯		
cha	chā 插	chá 察		chà 刹
che				chè 撤彻坼
chu	chū 出			chù 触畜家~矗

	阴　平	阳　平	上　声	去　声
chi	chī 吃		chǐ 尺	chì 斥赤叱敕
chai	chāi 拆			
chuo	chuō 戳			chuò 绰辍
sha	shā 杀煞			shà 煞歃
she		shé 舌折		shè 设摄涉
shu	shū 叔淑	shú 赎秫熟	shǔ 属蜀	shù 述术束
shi	shī 虱湿失	shí 十什拾识石食蚀实		shì 式室释适饰
shai			shǎi 色套～	
shao		sháo 芍勺		
shou		shóu 熟～了		
shua	shuā 刷			
shuo	shuō 说			shuò 硕朔芍烁
shuai				shuài 帅蟀
re				rè 热
ru			rǔ 辱	rù 褥入
ri				rì 日
rou				ròu 肉
ruo				ruò 弱若
za	zā 扎咂匝	zá 砸杂		
ze		zé 则泽责择		zè 仄
zu		zú 足族卒		
zei		zéi 贼		
zao		záo 凿		
zuo	zuō 作～坊	zuó 昨凿穿～		zuò 作怍祚
ca	cā 擦			
ce				cè 侧厕测册策恻
cu				cù 促簇猝
cuo	cuō 撮			cuò 错
sa	sā 撒		sǎ 撒	sà 萨飒卅

	阴 平	阳 平	上 声	去 声
se				sè 塞涩色瑟啬
su		sú 俗		sù 肃速宿粟
sai	sāi 塞瓶~儿			
suo	suō 缩		suǒ 索	
e		é 额	ě 恶~心	è 扼鄂恶萼
yi	yī 一壹揖	yí 宜	yǐ 乙	yì 亦邑役疫益逸翼译易屹抑轶
wu	wū 屋			wù 物勿兀
yu				yù 育域聿欲昱吁玉狱郁
ya	yā 押鸭压			yà 轧揠
ye	yē 噎			yè 叶页业谒
yao				yào 药钥~匙
wa				wà 袜
wo				wò 握沃斡
yue	yuē 约曰		yuě 哕	yuè 悦阅越粤跃月乐岳